10/18

12, AVENUE D'ITALIE. PARIS XIIIᵉ

Sur l'auteur

Fille de diplomate, Elif Shafak est née à Strasbourg en 1971. Elle a passé son adolescence en Espagne avant de s'établir en Turquie. Après des études en « Gender and Women's Studies » et un doctorat en sciences politiques, elle a un temps enseigné aux États-Unis. Elle vit aujourd'hui à Istanbul. Internationalement reconnue, elle est notamment l'auteur de *La Bâtarde d'Istanbul*, de *Bonbon Palace* et de *Lait noir*. *Soufi, mon amour* est l'un des plus grands succès de librairie des dernières décennies en Turquie.

ELIF SHAFAK

BONBON PALACE

Traduit du turc
par Valérie GAY-AKSOY

10/18

PHÉBUS

Du même auteur
aux Éditions 10/18

LA BÂTARDE D'ISTANBUL, n° 4154
LAIT NOIR, n° 4371
SOUFI, MON AMOUR, n° 4487

Titre original :
Bit Palas

© Elif Shafak, 2002.
© Éditions Phébus, Paris, 2008,
pour la traduction française.
ISBN : 978-2-264-05715-0

À Shafak,

À ma mère

Le ghetto peut lui aussi être un endroit tranquille et sécurisant, mais ce qui fait de ce lieu un ghetto est l'obligation que nous avons d'y vivre. Maintenant que les murs ont commencé à s'effondrer, je pense que nous avons intérêt à franchir les décombres et nous confronter à la ville qui est à l'extérieur.

URSULA K. LE GUIN
Femmes, Rêves, Dragons

Les gens disent que j'ai beaucoup d'imagination. C'est la façon la plus délicate jamais inventée pour dire : « Tu débites des absurdités ! » Ils ont peut-être raison. Quand je cède à l'angoisse, quand je ne sais plus ce qu'il faut dire à certains moments ou dans certaines circonstances, quand j'ai peur du regard des autres et essaie de n'en rien laisser paraître, quand je veux me présenter à quelqu'un que je désire connaître et fais mine de ne pas voir combien, dans le fond, je me connais mal, quand le passé me fait souffrir et qu'il m'est difficile d'admettre que l'avenir ne sera pas meilleur, quand j'ai du mal à digérer d'être là et qui je suis… je raconte n'importe quoi, je débite des absurdités. Aussi loin qu'elle soit de la vérité, l'absurdité est tout aussi éloignée du mensonge. Le mensonge est l'envers de la vérité. L'absurdité quant à elle amalgame si bien le mensonge et la vérité qu'on ne peut plus les dissocier. Cela paraît compliqué, mais en fait, c'est très simple. Tellement simple qu'on pourrait l'exprimer en un seul trait.

Disons que la vérité est un trait horizontal :

───────────────

Ce que nous appelons le mensonge devient dès lors un trait vertical :

Quant à l'absurdité, on pourrait la représenter comme suit :

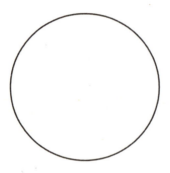

Dans le cercle, il n'y a ni horizontale ni verticale. Ni fin ni commencement.

Tant que vous ne cédez pas à l'illusion de trouver le début, vous pouvez plonger dans le cercle par où vous voulez. Mais vous ne nommerez pas commencement l'endroit par lequel vous serez entré. Ni avènement, ni seuil, ni terminus... Quel que soit mon point de départ, il est toujours précédé d'un *avant*.

Je ne l'ai jamais vu de mes propres yeux, mais je le tiens de quelqu'un qui le sait. Jadis, à l'époque où les poubelles dans les rues avaient des couvercles en fer, ronds et grisâtres, il existait un jeu auquel se livraient les jeunes, filles et garçons, alignés les uns à côté des autres sur les murets. Pour pouvoir y jouer, il fallait un certain nombre de participants. Ni trop ni trop peu, juste assez pour que la rue ne soit ni noire de monde ni par trop déserte, mais ce nombre devait impérativement être pair.

Sur le couvercle de poubelle en fer, rond et grisâtre, on indiquait d'abord quatre points cardinaux et, en face de chacun d'eux, pour répondre à la question « Quand ? », on écrivait un mot à la craie blanche : « Rapidement », « Demain », « Bientôt », « Jamais ». On faisait alors tourner le couvercle à toute vitesse par sa poignée. Avant même qu'il ne ralentisse, la personne dont c'était le tour posait au hasard le doigt sur un point du couvercle et stoppait d'un seul coup la giration du cercle. Chacun des participants répétait à tour de rôle la même opération et découvrait ainsi de quelle échéance il était proche. Au deuxième tour, afin de répondre à la question « À qui ? », on écrivait quatre réponses différentes dans les espaces vides entre les quatre premiers mots : « À moi », « À mon amoureux (amoureuse) », « À mon ami(e) préféré(e) », « À nous tous ». On faisait à nouveau tourner à toute vitesse le couvercle en fer, rond et grisâtre. Les participants posaient encore une fois le doigt sur le couvercle et l'arrêtaient au petit bonheur. Au troisième tour venait le moment de trouver la réponse à la question : « Quoi ? » Huit autres mots venaient se loger entre les précédents, quatre positifs et quatre négatifs, par souci d'équité : « Amour », « Mariage », « Bonheur », « Richesse », « Maladie », « Séparation », « Accident », « Mort ». Le couvercle se remettait à tourner et les réponses tant attendues à la question multiple « Quand, à qui, quoi ? » tombaient une à une dans l'escarcelle des joueurs : « À moi, Richesse, Bientôt », « À mon amoureux, Bonheur, Demain »,

« À mon meilleur ami, Mariage, Rapidement », ou bien « À nous tous, Séparation, Jamais ».

Commencer n'est pas difficile. En apportant de légères modifications dans la forme du jeu, je peux utiliser la même logique. Il faut d'abord établir les temps du récit : « Hier », « Aujourd'hui », « Demain », « L'éternité ». Puis dresser la liste des lieux : « D'où viens-je ? », « Où suis-je ? », « Où vais-je ? », « Nulle part ? ». Ensuite, c'est au tour des acteurs : « Moi », « L'un de nous », « Nous tous », « Personne ». Enfin, sans rompre l'ordonnancement par quatre, il ne reste plus qu'à placer les dénouements probables dans les vides restants. Si, de cette façon, je fais tourner quatre fois coup sur coup le couvercle de poubelle en fer, rond et grisâtre, je peux réussir à construire une phrase digne de ce nom. Et pour commencer, une phrase suffit amplement : « Au printemps 2002, à Istanbul, l'un de nous, sans attendre que son temps fût révolu ni que le cercle se refermât sur lui-même, mourut. »

★

Le mercredi 1er mai 2002, à 12 h 20, arborant d'un côté l'image d'une gigantesque souris aux dents pointues, et de l'autre celle d'une énorme araignée noire et velue, la carrosserie couverte de part en part d'inscriptions de toutes les dimensions, une camionnette blanc cassé tentait de rejoindre par une petite rue étroite un de ces grands axes d'Istanbul, aussi constitutifs de l'identité de la ville que fréquemment rebaptisés. Les barrières installées tôt dans la matinée à l'angle de la rue s'étant mystérieusement retrouvées par terre vers midi, la camionnette poursuivit sa route, et d'un seul coup se retrouva au milieu d'une foule avoisinant deux mille deux cents personnes : près de cinq cents manifestants venus défiler pour la fête du

Travail, mille trois cents policiers déployés afin de les en empêcher et, à l'autre bout de la place, des personnalités politiques rassemblées afin de déposer des gerbes autour de la statue d'Atatürk pour célébrer la fête du Printemps, tandis que les écoliers du primaire, drapeaux à la main, se massaient partout où restait un peu d'espace. La plupart des élèves venaient tout juste d'apprendre à lire et à écrire. Comme tous les enfants qui acquièrent les rudiments de la lecture, ils avaient pris l'habitude de déchiffrer en hurlant la moindre inscription qui leur tombait sous les yeux. Au moment où la camionnette à la souris et à l'araignée s'engouffra dans leurs rangs, les enfants, au bord de la crise d'urticaire à force de rester plantés sous le soleil, sans moufter, depuis des heures, soumis à de pompeux discours héroïques, se mirent à crier tous en chœur : « SER-VI-CE-DE-DÉ-SIN-SEC-TI-SA-TION-ARC-EN-CIEL : Ap-pe-lez-nous. Nous-net-toy-ons-pour-vous. »

Complètement désarçonné face à cette attaque inattendue, le conducteur aux cheveux roux, aux oreilles en feuilles de chou, à la drôle de bobine et qui ne faisait pas du tout son âge, braqua le volant dans l'autre sens pour échapper à la vindicte des enfants. Ce faisant, il fonça tout droit dans le cercle à haute tension prêt à s'enflammer à la moindre étincelle que formaient d'un côté la foule des manifestants, et de l'autre les policiers. Durant les quelques minutes de flottement pendant lesquelles il ne sut dans quelle direction s'orienter, il se retrouva la cible à la fois de joyeuses huées et de furieux jets de pierres, lancés par des groupes de manifestants ayant pris position sur différents fronts d'une même idéologie. Tandis que, la peur au ventre, il conduisait la camionnette vers l'autre moitié du cercle, cette fois-ci, il fut stoppé par les policiers. C'est alors qu'un petit groupe dans les premiers rangs d'en face sembla déterminé à forcer le passage pour aller manifester ; tous les policiers se ruèrent de ce côté, et c'est ainsi que le chauffeur de la camionnette échappa de justesse à l'arrestation. Lorsqu'il réussit à sortir de la place, il était en nage de la tête aux pieds. Haksızlık[1] Öztürk, c'était son nom, s'occupait de désinsectisation depuis trente-trois ans, mais jamais, de toute sa carrière, il n'avait autant détesté son métier qu'aujourd'hui.

Afin de s'épargner de nouveaux déboires, quitte à rallonger son trajet, il évita autant que possible de couper directement par les grandes avenues. Après avoir tourné dans le sinueux labyrinthe des rues adjacentes, lorsqu'il parvint enfin à l'immeuble qu'il cherchait, il avait exactement quarante-cinq minutes de retard. Il s'approchait du trottoir et retrouvait plus ou moins ses esprits quand une vingtaine de personnes, attroupées devant l'entrée de l'immeuble, le scrutèrent d'un air suspicieux. Une fois convaincu qu'elles étaient inoffensives, même s'il ne comprenait pas ce qu'elles faisaient là, il vérifia l'adresse que sa secrétaire, qui parlait toujours plus qu'il ne fallait, lui avait remise ce matin-là : « *88 rue Jurnal*[2] *(Bonbon Palace)* ». Cette pipelette n'avait pu s'empêcher de rajouter une petite note en bas du papier : « *L'immeuble avec un arbre à soie*[3] *dans la cour* ». Essuyant les gouttes de sueur qui perlaient sur son front, Haksızlık Öztürk observa attentivement l'arbre qui se trouvait dans la cour de l'immeuble devant lui. Ses branches étaient couvertes de fleurs roses ou tirant sur le mauve. Ce devait être le fameux *arbre à soie*.

1. *Haksızlık* : injustice.
2. *Jurnal* : rapport élaboré par la police politique.
3. Arbre à soie (*Albizia julibrissin*), *Gülibrişim* en turc, dit aussi acacia de Constantinople.

16

Pourtant, n'ayant pas une entière confiance en sa secrétaire, qu'il pensait d'ailleurs remplacer dans les meilleurs délais, il voulut vérifier de ses propres yeux, myopes au dernier degré, le nom inscrit sur la plaque de l'immeuble. Il se gara à la va-vite et descendit de la camionnette. Il n'avait pas encore fait un pas que la gamine serrée contre deux jeunes enfants au milieu de l'attroupement, un peu plus loin, se mit à piailler :

— Ah ! Regardez ! Lui, là ! Un djinn est arrivé ! Grand-père, grand-père, regarde, un djinn est arrivé !

La barbe poivre et sel, le front large, une calotte sur la tête et la gamine agrippée à ses jambes, un vieil homme lança un regard acrimonieux à la camionnette immobilisée au milieu de la chaussée et à son chauffeur. Ce qu'il vit dut fortement lui déplaire, car, se renfrognant, il ramena d'un seul coup ses trois petits-enfants vers lui.

C'était faire injustice à Haksızlık Öztürk. Il n'avait rien d'un démon. C'était juste un homme de petite taille affublé d'un visage ingrat, d'oreilles démesurées et d'une tignasse à la couleur réputée funeste. Il était effectivement très petit, mais vraiment très petit. Un mètre quarante et demi. Il était déjà arrivé qu'on le prenne pour un nain, mais c'était la première fois qu'on le traitait de djinn. Tâchant de ne pas y accorder d'importance, il se fraya un passage au milieu du petit attroupement et se dirigea d'un pas décidé vers l'immeuble gris comme la cendre. Il chaussa ses lunettes. Des lunettes à fine monture et aux verres épais comme des culs-de-bouteille, qu'il préférait porter non sur le nez, bien que son médecin lui ait prescrit de les y garder en permanence, mais dans la poche de sa combinaison de travail, d'un orange plus vif encore que ses cheveux. Pourtant, ce n'est qu'après s'être avancé jusqu'au pied de l'immeuble qu'il parvint à distinguer la forme floue qui saillait sur la façade. C'était un paon sculpté en bas-relief. Son plumage était noir de crasse. Nettoyé, il ferait bel effet. Il jeta un œil sur l'inscription en lettres ornées un peu plus bas, au-dessus de la porte à double battant : Bonbon Palace n° 88. C'était la bonne adresse. Dans l'encadrement de la porte, une carte de visite glissée entre les sonnettes alignées l'une au-dessus de l'autre attira son attention. Elle provenait de la société concurrente qui, depuis deux mois, avait commencé à travailler dans le même secteur. Personne ne s'occupait de lui ; il en profita pour retirer la carte de visite de l'endroit où elle avait été déposée pour y substituer une des siennes.

**SOCIÉTÉ DE DÉSINSECTISATION
ARC-EN-CIEL**
Ne soyez pas injustes envers vous.
Appelez-nous, nous nettoyons pour vous.

CONTRE
Poux – Cafards – Puces – Punaises – Fourmis –
Araignées – Scorpions – Mouches – Souris
et toutes vermines,
Notre équipe de spécialistes hautement qualifiés,
Nos pompes électriques et mécaniques
sont à votre service.

Pulvérisateurs et atomiseurs mécaniques
ou manuels,
diffuseurs de désinfectants avec ou sans odeur,
toutes techniques de désinfection adaptées
en fonction des lieux, espaces ouverts ou fermés.
Tél. : (0212) 258 242 40

Après avoir fait imprimer ces cartes de visite, il avait renvoyé, sans même le payer, l'étudiant qu'il avait embauché pour les distribuer dans chaque immeuble de chaque rue du secteur, parce qu'il faisait son travail à moitié et avait essayé de le rouler. Haksızlık Öztürk était d'une nature à n'avoir confiance en personne. Il sortit une autre carte de visite de sa poche, la coinça au-dessus de la première, puis, tournant rapidement les talons, sauta dans sa camionnette. Mais avant même qu'il ait pu refermer sa portière, une femme blonde, portant un long tablier en plastique entièrement couvert de motifs léopard, pencha la tête par la fenêtre et le regarda en louchant :

— Vous n'êtes venu qu'avec ça ? Mais ça ne suffit pas, dit-elle en fronçant les sourcils, épilés si fin qu'ils se réduisaient à une ligne. Ils devaient nous envoyer deux camions ! Et encore, ce n'est même pas sûr que deux camions suffisent à emporter autant d'ordures.

Aussitôt dit aussitôt fait, avant même que Haksızlık Öztürk ne comprenne de quoi on lui parlait, deux camions rouges s'engouffrèrent de chaque côté de la rue Jurnal. Ils approchèrent à fond de train et, serrant de part et d'autre la camionnette, pilèrent devant Bonbon Palace. Le véhicule d'une chaîne de télévision privée apparut dans le sillage des camions et, à sa vue, une légère houle agita le petit attroupement. Haksızlık Öztürk était alors en train d'essayer de se garer. Et c'est à cet instant précis que ses nerfs, soumis à rude épreuve depuis qu'il était tombé au beau milieu de la manifestation, envoyèrent un élancement aigu dans sa veine temporale droite. Levant les mains pour presser sa tempe battant à tout rompre, il perdit le contrôle du volant. Alors qu'il pensait récupérer la manœuvre en enclenchant la marche arrière, il fonça dans le tas de sacs-poubelle amoncelés près du mur qui séparait la rue du jardin de l'immeuble. Tous les détritus contenus dans les sacs se répandirent sur le trottoir.

★

Depuis longtemps, Bonbon Palace se plaignait des ordures ; moins de celles du dedans que de celles du dehors. Du début du mois de février jusqu'à la mi-avril, durant toute la période qui s'était écoulée entre le moment où la société privée chargée de la collecte des ordures dans cette zone avait fait faillite et celui où une nouvelle société avait remporté le marché, le monceau d'ordures, et avec lui l'odeur aigre qui s'en exhalait à mesure qu'il croissait, avait atteint un seuil intolérable. Seulement, même après la reprise de l'activité par la nouvelle société, la situation n'avait guère changé. Les ordures que, toute la journée, riverains et passants jetaient contre le mur du jardin avaient beau être systématiquement enlevées dans la soirée, elles parvenaient toujours à se reconstituer.

Aujourd'hui, si jamais la curiosité vous poussait à vous rendre sur les lieux, vous verriez que, le long du mur séparant la rue du jardin de l'immeuble, il y a une petite montagne d'ordures. Sensiblement résorbée à la fin du jour, elle s'élève à nouveau dès le lendemain et, en fin de compte, ne perd jamais rien de sa totalité. On jette des sacs d'ordures d'une main, on les enlève de l'autre. Mais contre tous ceux qui viennent ici récupérer boîtes de conserve, cartons, reliefs de repas et une multitude d'autres choses, contre les cohortes de chats-corbeaux-mouettes, et contre les chiens à poils longs, noirs comme du goudron, à la barbe blanche et à la gueule patibulaire qui règnent en maîtres, la montagne d'ordures défend vaillamment son territoire. Et puis, il y a bien sûr les insectes. Car partout où il y a des ordures, il y a forcément des insectes. Dans Bonbon Palace, les poux aussi sont légion. Et croyez-moi, les poux sont les pires.

Évidemment, pour pouvoir observer tout cela, il faudrait passer pas mal de temps là-bas. Si le temps vous manque, vous devrez vous contenter de mon récit. Seulement, je relate les faits à ma façon : pas en y mettant trop de moi – non, ce n'est pas tout à fait cela –, mais plutôt en essayant de souder le trait horizontal de la vérité au trait vertical du mensonge, et de m'éloigner, dans la mesure du possible, de l'immobilisme accablant du lieu où je me trouve. Parce que je m'ennuie. Si j'avais la chance de me voir annoncer qu'un jour ma vie sera moins morose, peut-être éprouverais-je moins d'ennui. Or demain sera exactement comme aujourd'hui, et il en ira de même les jours suivants. Mais ce n'est pas seulement ma propre vie qui s'acharne à se répéter. Si différentes qu'elles puissent paraître, la verticale tout autant que l'horizontale sont fidèles à leur permanente continuité. Contrairement à ce que l'on croit, le principe que l'on appelle *éternel retour* s'applique aux lignes droites et non aux cercles.

Je ne connais qu'un sentier qui permette de bifurquer hors de la monotone uniformité des lignes droites : les cercles dans les cercles, en spirales concentriques. Vous pouvez considérer cela comme une sorte d'infraction à la règle du jeu. Dans un sens, c'est un peu comme dire pouce quand l'enchaînement de mots obtenu après avoir fait tourner le couvercle en fer, rond et grisâtre, ne vous convient pas... et pourtant, se remettre à le faire tourner, encore et encore. C'est comme jouer avec les sujets, les adverbes, les verbes et les coïncidences ; et en jouant, chercher à se consoler : « Au printemps 2002, à Istanbul, la mort d'une personne parmi nous fut provoquée par Elle-même / Moi / Nous tous / Aucun de nous. »

Ce jour-là, Haksızlık Öztürk désinfecta l'un des appartements de Bonbon Palace, puis tous les autres, un par un. Quinze jours plus tard, lorsqu'il revint pour les bébés cafards sortis des œufs abandonnés par leurs mères après leur mort, la porte du premier appartement qu'il avait désinfecté était close. Mais il est encore trop tôt pour parler de tout cela. Parce qu'il y a un autre temps avant ce moment, et naturellement, un autre temps encore avant.

Avant…

Jadis, il y avait deux vieux cimetières dans cette contrée. L'un était petit, rectangulaire et bien entretenu, l'autre était grand, en hémicycle et à l'abandon. Tous deux étaient à la fois pleins à craquer et déserts au possible. Entourés de haies de lierre et de ruelles en pente ombragées, adossés au même mur délabré, ils s'étendaient sur un immense terrain vague. Le grand appartenait aux musulmans, le petit aux Arméniens orthodoxes. Afin d'empêcher les gens de sauter de l'un à l'autre, le mur d'environ un mètre cinquante de haut qui séparait les deux cimetières avait été hérissé de clous rouillés, de morceaux de verre, et, sans redouter qu'ils puissent porter malheur, de bris de miroirs. Comme les immenses grilles de fer à deux battants à l'entrée de chacun des cimetières avaient été placées aux antipodes, à cent quatre-vingts degrés par rapport au mur mitoyen, un cimetière donnait au nord et l'autre au sud. S'il prenait l'envie à un visiteur de passer de l'un à l'autre, il devait d'abord sortir du cimetière dans lequel il se trouvait, longer le mur d'enceinte par l'extérieur, et ce n'est qu'après avoir gravi ou descendu la côte, selon les cas, qu'il finissait par atteindre l'autre porte. Mais comme jamais aucun visiteur venu sur la tombe d'un proche n'avait manifesté le désir de faire par la même occasion un saut dans le cimetière voisin, personne n'avait eu à se donner cette peine. Pourtant, certains ne se privaient pas, de jour comme de nuit, de passer à leur gré d'un cimetière à l'autre : par-dessus, par l'intérieur ou par-dessous, vent et voleurs, lézards et chats étaient parfaitement au fait de toutes les manières de franchir ce mur.

Cela ne dura qu'un temps. À mesure que la ville, sous la pression du perpétuel flot d'immigrants, s'emplissait et débordait de constructions alignées en rangs serrés comme les bataillons de soldats d'une armée de béton progressant au pas cadencé, toutes semblables les unes aux autres vues de loin, les cimetières se retrouvèrent cernés de toutes parts, tels deux paisibles îlots au milieu d'un océan chaotique. D'un côté, de nouveaux immeubles, des maisons en enfilade poussaient sans cesse comme des champignons ; de l'autre, surgissaient des rues qui se tortillaient et louvoyaient en fonction du tracé des bâtiments ; toutes petites, entrecoupées, entrelacées, elles ressemblaient vues de haut aux circonvolutions du cerveau. À ce train-là, les bâtisses barrant le passage aux routes et les routes empiétant sur les bâtisses, tout le secteur grandit, enfla et se boursoufla comme un poisson ahuri, depuis longtemps repu mais toujours insatiable. Et lorsqu'il fut sur le point d'éclater, il fallut faire une entaille dans son ventre tendu, gonflé, à bout, pour qu'il puisse, lui et ses occupants, respirer. Cette entaille signifiait une nouvelle route, une grande artère.

En raison de la croissance que l'on n'avait ni prévue ni su prévenir, de l'étranglement de toutes les rues et impasses du secteur, repoussées sur les bords et acculées dans les recoins comme des eaux usées ne trouvant nulle part où s'écouler, on envisageait à présent la construction d'une grande avenue qui garantirait leur fluidité en les reliant toutes à un même canal. Mais lorsque vint le moment de déterminer à vol d'oiseau le tracé de la fameuse route, un désagréable constat attendait les autorités : comme par un fait exprès, à chaque point où pourrait passer l'avenue se dressaient un bâtiment administratif ou la propriété privée de personnes fortunées, ou encore, tout tassés, de petits immeubles de rapport dont la valeur unitaire n'allait pas chercher bien loin, mais dont la démolition globale pouvait générer des problèmes en cascade. Il allait falloir ouvrir la voie à cette route pour qu'elle puisse exister.

Sachant qu'Istanbul est une ville où ce sont les rues qui se sont adaptées à l'implantation des bâtiments et non les voies de circulation qui ont déterminé le plan de construction, la nouvelle route devait impliquer le moins de démolitions possible. Si bien qu'il ne restait plus qu'un seul itinéraire : le terrain en pente où se trouvaient les cimetières.

Les rapports préparés dans ce sens une fois approuvés, on décida de supprimer les deux cimetières et de niveler le terrain pour y faire passer la route, dans un délai de deux mois et demi. Les personnes dont les défunts reposaient dans les cimetières en question n'avaient aucune raison de s'inquiéter. Il suffisait de déplacer l'ensemble des tombes vers d'autres endroits de la ville. Les tombes musulmanes pouvaient être transférées sur les flancs de la Corne d'Or, par exemple, et celles des non-musulmans vers les cimetières de différents quartiers.

Cependant, la majorité des tombes était si ancienne que tous les éventuels propriétaires des concessions avaient déjà rejoint leurs morts dans l'autre monde. D'autres sépultures comptaient sans doute encore de la famille dans le monde des vivants, mais personne ne s'occupait d'elles. Malgré cela, le nombre des gens qui se mirent à suivre de près l'affaire des cimetières, et à entraver l'action des autorités, dépassa largement les pronostics de celles-ci. Ceux qui voulaient qu'on laisse leurs morts en paix, ou ceux qui découvraient que l'ensemble des cimetières qu'on leur avait indiqués étaient en fait complètement saturés, recouraient à tous les moyens pour faire annuler la décision ; mais la majorité d'entre eux, souhaitant voir réglé ce qui devait l'être et en finir au plus tôt, commença, avec force récriminations, à se charger de la partie qui lui incombait dans cette opération de transfert. Au cours des jours suivants, le cimetière musulman accueillit toutes sortes de gens, chacun y allant de son air selon les heures de la journée. Aux premières lueurs de l'aube, les dévoués gardiens du cimetière, qui veillaient scrupuleusement sur les lieux, refermaient les fosses éventrées pendant la nuit et ramassaient les ossements épars pour dissimuler aux visiteurs de la journée les traces laissées par les visiteurs nocturnes ; vers midi, les autorités compétentes venaient inspecter les gardiens ; et, dans l'après-midi, déboulaient en masse les familles alarmées à l'idée que leurs morts puissent être confondus avec ceux des autres, et qui se répandaient en lamentations sur leur stèle.

Jusqu'à ce que les visites fussent formellement interdites, des grands-mères et des mères de familles faisaient le siège quasiment chaque jour que le Bon Dieu fait. Lorsqu'elles étaient fatiguées d'être debout, elles étendaient un kilim près de la tombe de leurs défunts et s'alignaient les unes à côté des autres sur tout le terrain. À peine assises, séparément ou ensemble, elles pleuraient et récitaient des prières ; tenant fermement dans leurs bras les jeunes enfants qu'elles avaient emmenés avec elles, elles les forçaient eux aussi à garder le silence et à rester tranquilles. Et puis, les heures s'écoulaient, le temps ralentissait, certains enfants sombraient dans le sommeil, d'autres qui s'étaient échappés s'absorbaient dans leurs jeux ; un nuage de quiète indolence se formait tout doucement dans l'atmosphère et bruinait sur les femmes assises au sol. On pourrait qualifier cela de descente de la spiritualité sur la terre. Quoi qu'il en soit, même les nimbes les plus diaprés de l'au-delà se laissent fléchir par l'attraction terrestre. Elles passaient l'après-midi à se partager les cric-crac à l'anis et le thé des thermos sortis de leurs sacs achetés Dieu sait quand, déchirés depuis belle lurette et dont la couleur d'origine avait invariablement viré au marron ; à se passer des bouteilles d'eau de Cologne dont elles rafraîchissaient leur visage moite et les cercles rouge vif que l'élastique de leurs grosses chaussettes en nylon avait imprimés autour de leurs genoux. Pendant ce temps, ouvrant une à une les pages noircies de notes et griffonnées jusque dans les marges de leur mémoire, elles commençaient à égrener les noms de ceux, nombreux, qui avaient assombri de troubles et de chagrins les jours de leurs défunts ; parlant de ce que faisaient et devenaient les personnes concernées encore en vie, elles délaissaient rapidement le souvenir du mort pour passer aux commérages sur les vivants. Et puis, les thermos de thé étaient vides, des cric-crac ne restait plus qu'une poignée de grains d'anis ; l'une d'entre elles revenait encore sur le fait qu'après toutes les souffrances endurées, même sous terre, son défunt n'avait pu trouver le repos ; la mélancolie du lieu faisait refluer vers le haut le nuage d'indolence. On pourrait qualifier cela d'élévation de la matérialité vers les cieux. Quoi qu'il en soit, même les problèmes les plus terrestres ne restent pas insensibles aux séductions de la voûte céleste. Et c'est ainsi que des grands-mères et des mères de famille, rebroussant le chemin qu'elles avaient parcouru pas à pas de la prière à l'anathème et de l'anathème à la médisance, revenaient au point de départ.

À peine revenues au début, elles cherchaient des yeux leur progéniture. Les enfants, qui s'étaient égaillés sans la moindre crainte au milieu des pierres tombales, et qui, jusqu'à cet instant, avaient eu la liberté de s'ébattre à volonté dans le cimetière, étaient récupérés un à un et ramenés devant la tombe pour une dernière prière.

Entre-temps, les hommes aussi étaient revenus, fourbus d'avoir passé leur journée à essayer de se faire entendre auprès d'une bureaucratie qui faisait la sourde oreille. Au final, ils avaient tout juste réussi à obtenir quelques documents et une carte du nouveau cimetière, mais ignoraient toujours sous quel emplacement de cette carte leurs morts seraient enterrés. Leurs mères, leurs sœurs, leurs femmes, leurs belles-mères, leurs sœurs aînées, leurs tantes paternelles, leurs nièces, leurs tantes maternelles, leurs belles-sœurs et leurs filles les assaillaient alors de questions et de commentaires à l'emporte-pièce qu'ils accueillaient avec un impeccable sang-froid ; ils débitaient leurs informations comme s'ils étaient au fait de tous les développements et maîtrisaient parfaitement la situation.

Tandis qu'on remballait les kilims et qu'on s'éloignait des tombes, certaines femmes ayant remarqué des contradictions dans les informations données par les hommes revenaient à la charge, avec de nouvelles questions ou en reposant inlassablement les mêmes. C'est alors que les hommes, à bout de nerfs de s'être fait renvoyer toute la journée d'un endroit à l'autre par les rouages de l'administration, craquaient d'un seul coup. Les hommes criant sur les femmes et les femmes sur les hommes, dans la cacophonie générale et sans que rien ait été réglé, les familles quittaient les lieux. Et puis, la nuit tombait, l'immense grille de fer à deux battants se refermait, et commençaient alors les heures propices aux pilleurs de tombes et aux chiens errants.

Quant au cimetière orthodoxe arménien, il connaissait de son côté la même affluence. Avec une seule différence : la grande majorité des visiteurs venaient ici non pour régler le déménagement des tombes mais pour leur faire leurs adieux. Car même s'ils parvenaient à obtenir les autorisations de transfert, ils ne savaient toujours pas dans quel recoin de ces cimetières orthodoxes d'autres quartiers de la ville, qui, au fil du temps, s'étaient réduits comme une peau de chagrin, ils pourraient enterrer leurs morts. Certaines familles influentes et certaines églises réussirent à transférer quelques-unes de leurs tombes. Mais cela n'alla pas plus loin. Parmi les sépultures restantes, on trouvait aussi bien des tombes orphelines à l'abandon que les caveaux d'importants personnages issus de grandes familles ; il y en avait aussi dont les enfants et les petits-enfants étaient éparpillés aux quatre coins de la terre, ou d'autres dont les descendants vivaient toujours à Istanbul ; certaines abritaient des gens qui leur vie durant avaient voué un respect aveugle à l'État et un fidèle attachement à leur religion, et d'autres n'ayant jamais reconnu ni État ni Dieu…

Car ainsi va le monde. L'infortune d'appartenir à une minorité ne vient pas d'une infériorité numérique face à la majorité, mais d'une assimilation qualitative. En tant que membre d'une minorité, vous pouvez trimer comme une fourmi et vous tuer à la tâche, voire trouver le bon filon pour amasser des biens et vous constituer une fortune considérable, un beau jour, vous pouvez être mis dans le même panier et soumis au même traitement que des gens ayant passé leur vie dans l'oisiveté ou restés dans un état crasse depuis l'eau du premier bain donné par la sage-femme, pour la simple raison que vous êtes membre de la même communauté et le resterez à jamais. Jamais les riches issus des minorités ne sont assez riches, ni les puissants suffisamment puissants. Dans la Turquie des années 1950 notamment, si un riche musulman voyant un musulman pauvre pouvait se dire qu'il ne lui ressemblait pas, un riche minoritaire considérant un pauvre de sa minorité voyait devant lui quelqu'un qui, en dépit du fait qu'il ne lui ressemblait pas, pouvait être tenu pour son semblable. Alors que la même misère éveillait chez l'un un sentiment de compassion, elle pouvait déclencher chez l'autre la crainte de l'injustice. Or, dès qu'on redoute d'être victime d'une injustice, on peut aisément se tromper de cible ; on confond les causes et les effets. C'est précisément pour cette raison que la fine fleur de la majorité peut faire preuve d'une naïve compassion envers les miséreux et la misère en général, tandis que la fine fleur issue des minorités fait montre d'une froideur cynique envers les déshérités de sa propre communauté.

Mais voilà, toutes ces distinctions ne valent que jusqu'à un certain point. Lorsque le délai de deux mois et demi arriva à échéance, seul un nombre infime de tombes du cimetière orthodoxe arménien avait pu être déplacé : la majorité de la minorité était restée. En revanche, un nombre beaucoup plus important de tombes avait été transféré hors du cimetière musulman : ne restait qu'une minorité de la majorité. Et c'est ainsi que ces deux catégories, dont les noms, les origines ou les histoires ne se ressemblaient pourtant en rien, achevèrent la phase ultime de leur existence à Istanbul de la même manière. Nous pouvons leur attribuer une appellation commune : *les non-partants*. Le pire dans l'état de non-partant, ce n'est pas tant le fait de *ne pouvoir partir* que de *ne pouvoir rester*. C'est comme vouloir chercher refuge sur la terre qui vous chasse.

Toujours est-il qu'à cette étape, le hasard intervint avant les bulldozers. Une partie des non-partants virent leur stèle pillée par les voleurs et leurs os emportés par les chiens. Les époux ensevelis l'un près de l'autre se retrouvèrent chacun de leur côté. D'autres défunts, à cause de la ressemblance de leurs noms ou des bévues des employés ne sachant pas déchiffrer l'ancienne écriture[1], se retrouvèrent dispersés ou mélangés dans divers cimetières. Et puis, une très grande partie fut éliminée sans bruit. Mais le sort réservé à tel ou tel des non-partants fut le pur fruit du hasard.

Lorsque l'ensemble des opérations fut terminé, l'immense terrain vague se trouva criblé de trous, comme s'il avait été attaqué par des centaines de taupes. Mais quand vint le moment d'aplanir le terrain, il apparut que deux sarcophages en marbre blanc veiné de rouge étaient restés absolument intacts. Entourés de grilles en fer pointant comme des flèches et d'un vert feuille profond, d'une hauteur d'environ 146 cm du socle jusqu'à leurs stèles surplombées d'un turban presque aussi volumineux qu'un pneu de voiture, ils étaient ornés de calligraphies et de motifs végétaux à trois branches partant du centre et formant une roue de fortune. Ces tombes qui ne différaient en rien l'une de l'autre se trouvaient toutes deux sur le périmètre du cimetière musulman, mais l'une était sur le flanc sud, et l'autre au pied du mur marquant la frontière avec le cimetière orthodoxe arménien, à

---

1. L'ottoman écrit en alphabet arabe, avant l'adoption des caractères latins promulguée par Mustafa Kemal Atatürk en 1928.

l'extrême nord. Hormis ce détail, elles étaient en tous points semblables. Les parois latérales de chacun des sarcophages étaient décorées de motifs de jacinthes et de tulipes sortant d'un vase. Sur leur stèle, exactement le même turban, autour de l'assise, les mêmes séries de petits arcs effilés, et les inscriptions présentaient la même épitaphe en style jelî[1] : « *Seul le désir de Dieu est éternel.* » Étrangement, à côté de chacun des sarcophages se trouvait une plaque rouillée, qui à l'évidence avait été posée au même moment par les mêmes personnes : « *Ci-gît Kalkıtgöçeyledi Dede*[2], *ayant combattu avec grand héroïsme dans l'armée d'Ebû Hafs-i Haddad pour la victoire de l'Islam et accédé à la miséricorde de Dieu avant de voir la prise d'Istanbul. Paix à son âme.* »

Quand vint le moment d'enlever ces deux sarcophages de marbre, le conducteur du bulldozer fut pris de terribles douleurs à l'aine et abandonna tôt le travail. Le lendemain, bien que ses douleurs aient cessé, il refusa cette fois de monter dans le bulldozer. Le troisième jour, à la place de l'ouvrier débarqua son grand-père, à qui il ne restait plus une seule dent ni de force dans les genoux, mais qui n'avait rien perdu de la vigueur de sa mâchoire. Il débita à qui voulait l'entendre des histoires édifiantes et effrayantes relatives aux malheurs ayant déferlé sur ceux qui s'étaient aventurés à piller les tombes des saints. Le quatrième jour, au matin, aucun des ouvriers ne consentit à manœuvrer les bulldozers. En réalité, personne à part eux ne s'interrogea sur le sort des deux

---

1. Style jelî : style de calligraphie trouvant son élaboration définitive au XVe siècle, caractérisé par des ornements abondants et des procédés décoratifs variés.
2. *Kalkıtgöçeyledi Dede* : phrase signifiant mot à mot : « il prit le chemin de l'exil ». Dede est le qualificatif attribué aux personnages religieux soufis.

saints répondant au nom de Kalktıgöçeyledi Dede. Mais dès qu'il revint aux oreilles de certains que cette situation pourrait être interprétée comme de l'irrespect envers les éminences religieuses et récupérée par leurs adversaires politiques, les autorités compétentes se penchèrent de près sur la question. C'était en 1949 et l'équilibre politique était on ne peut plus précaire. Dans les accusations hâtives de l'opposition et dans les grandiloquentes dénégations du pouvoir, il était sans cesse question du manque de respect du parti adverse envers la religion. Et c'est là qu'entrèrent en scène les Trois Larrons Conseillers.

Le Premier des Trois Larrons Conseillers lança l'idée d'imprimer à la route un virage à la hauteur de chacun des tombeaux des saints pour les contourner sans y toucher. Seulement, depuis le jour funeste où en pleine journée, sur son lieu de travail et devant tout le monde, il s'était non seulement pris une bonne engueulade mais une gifle par sa femme venant d'apprendre qu'il avait dilapidé en une nuit tout l'argent du loyer dans un *paviyon*[1], la proposition de notre brave homme, que plus personne ne prenait au sérieux, resta lettre morte. Le Deuxième des Trois Larrons Conseillers proposa que l'avenue suive un tracé rectiligne mais qu'autour de chaque tombeau elle se divise en deux voies qui se rejoindraient après les avoir dépassés. Tout le monde savait que, bon an mal an, c'était lui qui avait l'autorité sur sa femme, et que, à la maison, il donnait de la voix et jetait contre les murs les plats qu'il n'aimait pas. Mais comme personne ne voulait endosser la responsabilité des accidents de la circulation qui ne manqueraient pas de survenir, cette idée fut également écartée. Le Troisième des Trois Larrons Conseillers se lança dans

---

1. *Paviyon* : du français « pavillon », lieu de distraction nocturne fréquenté par les hommes.

une longue démonstration pour expliquer qu'ils avaient agi à la hâte et commis l'erreur de vouloir courir immédiatement au résultat, car, pour pouvoir trouver la solution la plus adéquate, la situation demandait d'abord à être éclairée de façon globale et un examen plus attentif ne manquerait pas de faire apparaître la présence de plus d'une bizarrerie, et passablement sûr de lui, il ajouta :

— D'abord le diagnostic, ensuite le remède !

Les points que le Troisième des Trois Larrons Conseillers voulait éclaircir étaient les suivants :

1. Qu'était au juste l'armée d'Ebû Hafs-i Haddad ? Que faisait celui-ci à Istanbul ?

2. Si cette armée était effectivement l'une de celles venues jusqu'à Istanbul pour la victoire de l'Islam, que faisait donc parmi ces troupes un individu du nom de Kalkıgöçeyledi Dede dont la consonance n'avait rien d'arabe ?

3. Si Kalkıgöçeyledi Dede était réellement mort en martyr pour la conquête d'Istanbul en combattant aux côtés des Arabes, pourquoi se trouvait-on en présence de deux tombeaux ?

4. Lequel de ces deux tombeaux était authentique ?

Après avoir énoncé ces points un à un, le Troisième des Trois Larrons Conseillers souligna que si, pour gagner du temps, on pouvait passer sur les premiers articles, en revanche, il était indispensable d'établir lequel des deux tombeaux était authentique. C'était un bon orateur. De plus, il était célibataire.

Cette proposition remporta l'adhésion de tous et fut entérinée, mais pour établir l'authenticité de l'un ou l'autre des tombeaux, le seul moyen était de les fouiller tous les deux. Or, par les temps qui couraient, fouiller les tombeaux des saints revenait à accepter un paquet cadeau d'un expéditeur inconnu et au contenu incertain : sans doute n'en sortirait-il rien de fâcheux lorsqu'on l'ouvrirait, mais savait-on jamais ? Entre-temps, comme par un fait exprès, un journaliste connu pour avoir l'oreille partout et un langage ordurier, et dont on disait qu'il trempait ses tartines dans le *rak* au petit-déjeuner, flaira l'affaire et écrivit un article intitulé « Les fossoyeurs à col blanc du gouvernement » dans le principal journal d'opposition. En réalité, le contenu du papier n'était pas aussi accusateur que le titre et ce qu'il voulait dénoncer n'était du reste pas très compréhensible, mais comme cela tenait sans doute davantage au fait que le journaliste avait dû s'assoupir sans réussir à boucler son article plutôt qu'à sa volonté de rester sibyllin, rien ne garantissait que, une fois à jeun, il ne rédigerait pas un nouvel article plus agressif.

Quoi qu'il en soit, on ouvrit les tombeaux ; qui plus est, dans une grande hâte. Pour s'acquitter en toute urgence et sans témoin de cette tâche ingrate, deux fonctionnaires, trois gardiens et cinq ouvriers bardés de valises, de documents, de lampes et de pelles se retrouvèrent à la pointe de l'aube. Sous le regard incrédule des quelques sans-abri qui avaient élu domicile dans les cavités abandonnées par les voleurs et les chiens, partis rôder ailleurs depuis que le cimetière avait été rasé, on se mit à excaver les tombes des saints. Rien ne sortit de la première ; ni cercueil, ni linceul, ni os, ni crâne, ni effets personnels ayant appartenu au saint. Mais il s'y trouvait tout du moins des racines d'arbre, des débris de rochers et des vers de terre. Dans la deuxième tombe il n'y avait rien, absolument rien. Ici, les autorités, promptes à penser que la question était ainsi réglée, commirent l'erreur de faire enlever les deux sarcophages et démolir les grilles de fer. Le lendemain, un article anonyme mais, cette fois, cohérent du début à la fin, parut dans le principal journal d'opposition sous le titre : « Les meurtriers en col blanc assassinent nos saints ». L'article expliquait que le gouvernement, qui ne ratait pourtant jamais une occasion de rappeler le total manque de respect des Ottomans envers leur héritage culturel, s'était désormais fait un devoir de raser l'une après l'autre les sépultures de saints d'Istanbul ; qu'un certain nombre d'hommes politiques, passant aux yeux de tous pour des défenseurs des coutumes et de la tradition, nourrissaient dans le fond un secret mépris pour tout ce qui avait trait au peuple, qu'au nom d'un modèle occidental abstrait on piétinait les croyances émanant du sein du peuple ; que dans le but de purifier l'islam de ses superstitions on pratiquait une opposition ouverte à la religion, bref, que tous les musulmans étaient invités à veiller sur leurs saints.

Même si cet article ne créa pas autant de remous qu'espéré, telle une fusée de détresse, il eut pour effet de mettre en branle toutes sortes d'associations et de personnes simultanément à travers tout le pays. D'un seul coup, après avoir appris ce qui était arrivé à la sépulture des deux saints dont on avait vidé la tombe, ces braves gens semblèrent ne plus avoir d'autre but dans la vie que de demander des comptes aux responsables. C'était un sujet à la fois terriblement épineux et fécond. Les polémistes attaquaient sur le thème d'une modernisation inconséquente pour finir sur les effets pervers de la modernisation ; ils survolaient ce sujet immense comme des libellules effleurant la surface d'un lac, rebondissant sans se mouiller sur le bord des feuilles de nénuphars où étaient écrits « inconscience nationale », « les satisfaits de l'époque », « occidentalisation à marche forcée », « le péril de la laïcité ».

« Ce qu'on appelle occidentalisation n'est rien d'autre que le mariage de l'Orient et de l'Occident, déclarait un journal local, publié uniquement en province mais concerné de près par les problèmes d'Istanbul. Dans ces épousailles où l'Orient est incarné par l'homme, et l'Occident par la femme, il convient de garder à l'esprit qu'il est dans l'ordre naturel des choses que le mari endosse le rôle du chef de famille. Dans ce cas, ce sont les rues qui ont le devoir d'honorer les saints, et non les saints celui de s'incliner devant ces routes pomponnées, construites pour que trois, quatre cocottes frivoles paradent en remuant du popotin et que des *mon cher*[1] à la mise impeccable et au courant de toutes les combines pour s'en mettre plein les poches et garnir leur panse friment à bord de leurs grosses voitures. »

Le crime diagnostiqué réclamant la tête du criminel, le moment était venu de désigner un coupable. Le couperet s'agita et tournoya quelque temps dans les airs avant de s'abattre sur les gardiens du cimetière. Tout habiles qu'ils étaient à camoufler aux visiteurs diurnes les traces laissées par les visiteurs nocturnes, les dévoués gardiens du cimetière, incapables de se dérober à la vue de leurs supérieurs hiérarchiques, furent accusés d'avoir profané les tombes des saints et suspendus de leurs fonctions. Deux des trois gardiens étaient des hommes vénérables et sages croyant qu'à quelque chose malheur est bon. L'un retourna dans son village, l'autre se cloîtra chez lui et consacra le reste de sa vie à ses petits-enfants. Mais le troisième gardien, plus jeune et moins pondéré que les autres, ne put digérer l'injustice qui leur était faite. Une longue période durant, il écrivit des lettres pleines de reproches au président de la direction des cimetières, au maire, aux ministres, au Premier ministre et jusqu'aux plus hautes sphères de l'armée ; qu'il les connaisse ou non, il racontait ses malheurs à

---

1. En français dans le texte.

tous ceux qu'il croisait. L'équipe au pouvoir tomba, l'opposition passa aux affaires ; l'époque avait changé, mais ses lettres étaient toujours sans réponse. Quant aux gens auxquels il s'adressait, ils ne manifestèrent qu'indifférence. À force de parler aux murs, le gardien se replia sur lui-même et s'enferma dans le mutisme. Juste au moment où l'on croyait qu'il avait oublié cette sombre histoire et recouvré son calme, un jour, pris d'une soudaine crise de folie, il se mit à pourchasser sa femme qu'il n'avait pas touchée depuis des années dans toute la maison, pendant près d'une heure, dans les cris et les hurlements, alors qu'ils faisaient chambre à part parce qu'elle ronflait toute la nuit comme un éléphant. Lorsque enfin il parvint à l'attraper, faisant fi de ses refus, de ses blâmes, de ses supplications et de ses malédictions, sans s'inquiéter ni rougir de ce que pourraient dire les voisins en entendant le bruit d'ébats qui n'étaient plus de leur âge, la chance aidant, malgré ses cinquante ans passés, il la mit enceinte. Dès que l'enfant vint au monde, notre homme courut sans perdre un instant au service de l'état civil. Afin de ne jamais oublier et que jamais ne soit oubliée l'injustice qu'il avait subie, malgré les protestations de sa femme et à grand renfort de pots-de-vin au fonctionnaire de l'état civil, il donna au fils que Dieu lui avait accordé à cet âge avancé le nom de HAKSIZLIK.

*

Avant même qu'Haksızlık ne germe dans le ventre de sa mère, l'affaire des saints avait commencé à perdre de sa vigueur et à sombrer dans l'oubli. À peine deux semaines après le démantèlement des tombeaux des saints Kalktıgöçeyledi Dede, l'actualité avait changé, et l'opposition comme le pouvoir concentraient toute leur attention sur les prochaines élections. Dans ce contexte, les responsables municipaux accélérèrent la construction de la route, et considérant le problème clos, sans plus se heurter à aucun obstacle, ils réussirent à la faire passer où ils l'entendaient. De toute façon, les deux sarcophages de marbre avaient été enlevés au moment de l'excavation des tombes ; ce qui était fait n'était plus à faire. Mais le Troisième des Trois Larrons Conseillers, en cette période d'effervescence où tout événement parvenant à rameuter plus d'une dizaine de personnes était parachevé par un discours de propagande, réussit facilement à convaincre ses collègues que, au lieu de classer le dossier des saints, on aurait tout intérêt à l'utiliser.

À quelques semaines des élections, sur le flanc sud de l'ancien cimetière musulman, une brève cérémonie se déroula devant une foule de spectateurs. Comme le terrain vague près du mur de séparation avec ce qui avait été un cimetière orthodoxe arménien ne se prêtait guère à une célébration, on ne fut pas long à décider lequel des deux tombeaux serait considéré comme authentique. Une partie de l'assistance avait été expressément recrutée pour cette affaire. Quant aux autres, c'étaient de simples curieux qui passaient par là par hasard et ignoraient de quoi il s'agissait ou, au contraire, de consciencieux citoyens désireux de voir de leurs propres yeux le spectacle de l'événement qu'ils avaient suivi dans les journaux.

La cérémonie était articulée en trois grandes parties. Dans la première, deux religieux, un vieux à la voix juvénile et un jeune à la voix mûre, récitèrent le Coran. Dans la deuxième, un officiel tiré à quatre épingles fit un discours assez polémique, mais néanmoins dépassionné, pour répondre aux accusations qui avaient été portées contre l'équipe municipale jusqu'à présent. La troisième partie était la plus confuse. Afin de ne pas semer le trouble avec des fragments de sarcophages dans l'esprit de ceux qui ignoraient tout des détails de l'affaire, un cercueil vide apporté au dernier moment fut transporté sur les épaules et chargé dans un corbillard. Ensuite, on sauta dans les autobus pour se rendre sur un terrain vague, couvert de glaise couleur rouille et cerné de constructions délabrées aux abords du pont de Galata. Là-bas, les pieds dans la boue, sous une pluie de vœux et de prières, de discours et d'applaudissements, on inhuma le cercueil vide de Kalktıgöçeyledi Dede. Puis, après avoir installé autour de la sépulture une clôture en bois sculpté d'un mètre et demi de haut, on rassembla et dressa les morceaux épars du sarcophage, qui apparut plus magnifique que jamais. Le Troisième des Trois Larrons Conseillers avait préparé des jours à l'avance le discours qui devait couronner cette cérémonie et l'avait glissé dans sa poche. Sauf que ce matin-là, ayant enfin réussi à rassembler son courage pour demander la main de sa cousine qu'il aimait depuis des années en secret, il avait essuyé un refus catégorique qui l'avait laissé dans un état de totale hébétude, et après avoir perdu un temps fou à errer dans les rues sans savoir que faire ni où aller, ni lui ni son discours ne parvinrent à temps à la cérémonie.

Lorsque, avec près d'une heure de retard, il arriva sur les lieux, le Troisième des Trois Larrons Conseillers ne trouva âme qui vive. La foule n'avait laissé, çà et là, que des mégots de cigarettes et un enchevêtrement de traces de pas. De dépit, il se laissa tomber au pied de la tombe ; il essuya la sueur qui perlait à son front, sortit de sa poche le texte qu'il avait mis des jours à préparer et se mit à le lire pour lui-même. En réalité, il n'avait nul besoin de son papier car il en connaissait chaque ligne par cœur. Sa voix, d'abord tremblotante, s'éclaircit à mesure qu'il parlait. Il lit un à un les points de son discours : la personne qui repose dans cette tombe était un derviche ; afin de ne pas succomber à la tentation des biens de ce monde, il avait emprisonné ses appétits terrestres dans la bague sertie de turquoise qu'il portait au doigt ; comme le prescrivait sa foi, il ne passait jamais plus d'une nuit sous le même toit et de ce fait ne trempait jamais deux fois sa cuiller dans le même bol ; il dormait la tête posée sur une pierre en guise d'oreiller et sa vie n'était que perpétuelle souffrance ; il ne s'était jamais marié et n'avait pas fondé de famille, il n'avait ni parents ni descendance, ni biens ni fortune ; errant hiver comme été d'une contrée à l'autre, il avait fait de la terre son domicile et du ciel son toit ; enfin, sa renommée s'étant établie sur le fait qu'il avait vécu sans jamais prendre racine nulle part, il adopta le nom de Kalktıköçeyledi Dede ; en regard de quoi, le transfert de sa tombe ne constituait pas une entorse à la tradition ; en revanche, il convenait d'émettre des doutes sur les intentions ou la profondeur des connaissances religieuses de ceux qui prétendaient le contraire.

Arrivé à la fin de son discours, il caressa pensivement les mots « désir éternel » gravés sur le sarcophage et s'absorba un instant dans ses pensées, puis, revenant subitement à lui, il quitta les lieux à grands pas, aussi vite qu'il était venu.

C'est seulement alors que le tombeau de Kalktıgöçeyledi Dede put retrouver la quiétude parfaite à laquelle il aspirait depuis si longtemps. Hormis les visiteurs qui venaient de temps à autre prier en silence et frotter leurs billets d'autobus, de train, de bateau ou d'avion contre sa sépulture, aucun événement ne vint troubler son impassible sérénité pendant près de trente-six ans. Le nom de Kalktıgöçeyledi Dede étant associé au déplacement, il devint coutume pour les voyageurs de venir ici la veille de leur départ afin de placer leur voyage sous de bons auspices. Trempant les doigts dans la boue couleur rouille autour du tombeau, ils en estampillaient un coin de leur billet, comme pour obtenir l'approbation d'un employé des douanes imaginaire. Vers la fin des années 1960, les émigrés ou leurs proches commencèrent à remplacer les voyageurs. À cette époque, les pèlerins les plus fidèles étaient les épouses des hommes s'apprêtant à partir travailler à l'étranger. Vu qu'elles n'avaient pas de billet, elles s'étalaient, au bout des doigts ou dans la paume, de la glaise couleur rouille, qui prenait en séchant une apparence proche de celle du henné. Seulement, au fil du temps, beaucoup de ces femmes partirent rejoindre leurs maris et le nombre des visiteurs diminua de façon exponentielle. À la fin de la trente-sixième année, les boutiques, les ateliers et les restaurants qui avaient investi les alentours avalèrent insidieusement la clôture en bois, puis le marbre blanc veiné de rouge, et enfin la glaise couleur rouille. Comme une chasse à courre, ils resserraient peu à peu le cercle de leur étreinte autour de ce qui avait été une somptueuse sépulture. C'est ainsi que le mausolée des saints Kalktıgöçeyledi, qui de « deux » s'était réduit à « un », atteignit finalement le « zéro ».

*

Quant au terrain en pente où se trouvaient les deux anciens cimetières, il subit, avec l'achèvement des travaux de la grande avenue, le changement le plus spectaculaire. On construisit de pimpants immeubles tout le long du flanc nord-ouest, sur l'emplacement de l'ancien cimetière orthodoxe arménien. Semblables à des cerfs-volants tirant derrière eux des rubans multicolores, ces immeubles entraînèrent dans leur sillage des magasins aux vitrines illuminées, des trottoirs fagotés de neuf pour la parade et une multitude de locaux déversant des torrents de musique. Les prix de l'immobilier sur l'artère principale furent rapidement multipliés par trois puis par cinq, et ceux qui y possédaient un appartement ou du terrain se firent beaucoup d'argent en peu de temps. Une grande partie de ces appartements donnant sur l'avenue fut louée à des sociétés. Il s'agissait en majorité de cabinets médicaux ou de bureaux. Au fil du temps, ils devinrent si nombreux que, bientôt, dans chaque minibus dont l'itinéraire passait par le quartier, montaient au moins un docteur et un avocat. Les gens confrontés à des problèmes de santé ou juridiques étaient désormais légion, et l'on voyait souvent des passagers sans le sou sauter dans ces lignes de minibus pour prendre gratuitement conseil auprès du médecin se trouvant à leur côté ou de l'avocat assis à l'arrière. Les chauffeurs de minibus, abreuvés de ces conversations du matin au soir, acquirent pas mal de connaissances tant en droit qu'en médecine. Il y eut même un neurologue, comptant parmi les médecins les plus réputés et les plus en vogue de l'époque, qui, à force d'aller et venir sur la ligne, se lia d'amitié avec l'un de ces chauffeurs débrouillards. Quand il était excédé d'avoir à répondre à des questions qui l'ennuyaient, il avait pris l'habitude de se retirer habilement de la conversation, et d'orienter les malades resquilleurs vers le chauffeur. D'un âge vénérable et d'un naturel farceur, le neurologue prit peu à peu plaisir à ce jeu, qu'il avait initié à la fois par lassitude et par désir de se distraire. Bien que d'une vivacité extrême, le jeune chauffeur était de ces rares personnes capables de rester d'humeur égale et de maintenir un état constant de bienveillante insouciance. De plus, comme il n'était pas tenu par le souci de respecter les règles et les usages de la médecine ni de peser au gramme près chacun de ses propos, il parvenait à analyser et dénouer en un tour de main les cas les plus sensibles, disant tout de go ce qui lui passait par la tête. Tout en conduisant le minibus, il imitait avec un sens inné de l'exagération les dames fébriles et pressées ou les messieurs minés par le doute, et la plupart du temps, il réussissait à les faire rire d'eux-mêmes.

Le vénérable médecin fut tellement impressionné par sa bonne humeur et son enthousiasme que, quelque temps plus tard, il lui proposa de travailler à ses côtés. Seulement, l'extravagante amitié de ce duo dérogeant à l'étiquette exigée par le cabinet, le jeune chauffeur retourna très vite à son ancien métier.

En l'espace d'à peine quinze ans, le quartier changea totalement de physionomie. Il n'y eut plus personne pour se souvenir ou rappeler que, sous les proprets immeubles blancs alignés le long de l'avenue comme des dents de porcelaine bien rangées, sous les magasins de luxe et les distingués cabinets médicaux, à une époque et, d'ailleurs, encore maintenant, il y avait des centaines de tombes. La majorité des immeubles était équipée d'ascenseurs étroits, avec des doubles portes et un sol recouvert de moquette. Si ces ascenseurs ne s'étaient pas contentés d'aller et venir du rez-de-chaussée aux étages, s'ils avaient pu descendre plus bas, encore plus bas, comme entre les couches superposées d'un gigantesque gâteau, on aurait pu observer la vie à l'intérieur de chacune des strates. Dessous, les couches de l'écorce terrestre, dessus, la terre rugueuse et pleine d'aspérités, puis un cimetière réduit en poussière, un fin ruban d'asphalte, plusieurs appartements les uns au-dessus des autres, une bande de toits rouges et, couronnant le tout, barbouillé de bleu pour faire joli, le ciel étale... De temps en temps, quelqu'un lançait : « Avant, cet endroit était couvert de cimetières. » Mais bien que l'avant en question ne remontât pas à plus de quinze ou vingt ans, il y avait quelque chose d'irréel dans ces propos. Comme si l'on avait dit : « Dans le palais aux mille chambres de cristal du sultan de la lune, la nuit, des jeunes filles à la beauté envoûtante se plongent dans des bains de lumière. » Cela appartenait à un passé n'ayant jamais existé ou à un instant céleste suspendu hors du temps.

Bonbon Palace, l'immeuble devant lequel Haksızlık Öztürk avait renversé les poubelles en garant sa camionnette en marche arrière le mercredi 1er mai 2002, fut édifié en 1966 dans ce quartier qui, aujourd'hui, aurait bien du mal à convaincre quiconque de son faste passé. Quant au couple qui avait fait construire cet immeuble, tout étranger qu'il était à Istanbul, il avait vécu dans cette ville, encore avant.

Encore avant...

À l'automne 1920, quand Agripina Fiodorovna Antipova découvrit pour la première fois Istanbul du pont d'un cargo, elle avait une petite bosse dans le ventre, une grosse bosse dans le dos, et très, très faim. Avec l'aide de son mari, elle se fraya tant bien que mal un passage au milieu de la foule de ceux avec qui ils avaient voyagé debout, trois jours durant, depuis leur départ de Crimée. Plaquée contre le bastingage, elle essayait de voir à quoi ressemblait la ville qui les attendait. Petite fille déjà, elle aimait par-dessus tout jouer avec les couleurs. Pour se sentir chez elle quelque part, il fallait d'abord qu'elle découvre la couleur de l'endroit. Dans sa ville natale de Grozny, par exemple, c'était le rouge pourpre de la propriété où elle avait passé son enfance, ainsi que le jaune parchemin de l'église où, chaque dimanche, ils se rendaient à la messe en famille. Pour la villa de Kislovodsk où elle adorait séjourner lorsqu'ils y allaient à Pâques, c'était un vert éclatant de fraîcheur. De la maison où elle vécut avec son époux après son mariage, c'était l'orangé du soleil d'hiver qui lui restait en mémoire. Elle pensait que les lieux, mais aussi les gens, les animaux, et même les instants, avaient chacun une couleur qui leur était propre, et qu'en se concentrant jusqu'à rendre ses yeux aussi lisses et transparents qu'une vitre elle pourrait la percevoir. Elle fit de même cette fois-ci. Sans cligner une seule fois les paupières, sans remuer les pupilles, elle scruta pendant de longues minutes la silhouette de la ville en face d'elle, jusqu'à ce que l'image se brouille de larmes. N'obtenant aucun résultat, sa curiosité se mua peu à peu en fureur. Or, ce matin-là, Istanbul était noyée dans un épais brouillard. Et les jours de brouillard, comme le savaient très bien tous les Stambouliotes, la ville elle-même oubliait de quelle couleur elle était. Mais Agripina Fiodorovna Antipova, habituée depuis sa naissance à être portée aux nues et traitée avec tous les égards, croyait, chaque fois qu'un de ses désirs n'était pas exaucé, que c'était la faute des autres. Aussi interpréta-t-elle l'obstination d'Istanbul à se retirer derrière ses voiles de brouillard comme une hostilité et une offense délibérées à son encontre. Elle voulut malgré tout lui donner une chance, car elle croyait en l'éminence du pardon. Levant sa petite icône en argent de la Vierge vers la ville, elle sourit :

— Tu t'es mal comportée envers moi, et pourtant, je ne t'en veux pas, je peux même te pardonner. Car c'est la meilleure chose à faire.

— Je te l'échange contre du pain et de l'eau, entendit-elle soudain.

Elle se pencha au-dessus du bastingage et plus bas, dans une barque, elle aperçut un homme noiraud et sec, au nez crochu, en train de lui faire signe, du pain dans une main et une bouteille d'eau dans l'autre. Avant même qu'Agripina Fiodorovna Antipova comprenne de quoi il retournait, juste derrière elle, une imposante femme blonde, aux joues roses et aux cheveux courts hérissés sur la tête, la bouscula et passa d'un bond devant elle. Dénouant d'un seul geste la ceinture autour de la taille de sa fille, elle y attacha la bague en or qu'elle venait de retirer de son doigt et la fit descendre le long de la coque. Dans la barque, l'homme à la face noiraude s'empara de la bague et, après l'avoir examinée d'un œil critique, il renvoya la ceinture à laquelle il avait suspendu une miche de pain noir. Tandis que la grosse blonde, qui avait dû sacrifier ses cheveux suite à une épidémie de poux dans le bateau, et sa fille chétive se jetaient voracement sur le pain, Agripina Fiodorovna Antipova, les yeux écarquillés de stupeur, se détourna vers la mer. Elle vit alors que non seulement leur bateau mais tous les navires amarrés dans le port étaient cernés de barques semblables. Grecs, Arméniens ou Turcs, les débrouillards sachant tirer parti des circonstances tendaient la tête en exhibant des victuailles et des boissons, et marchandaient avec les Russes blancs, tenaillés depuis des jours par la soif et la faim. Avec anxiété, comme si à tout instant on pouvait la lui arracher des mains, elle ramena vers elle la petite icône en argent de la Vierge Marie et, portant son regard au-delà des barques-des-vendeurs-des-vagues, elle fixa de nouveau la ville comme pour bien comprendre dans quel genre d'endroit elle était arrivée.

Istanbul était alors en proie à ses propres tourments, en proie surtout à l'occupation. La ville regarda du coin de l'œil la jeune femme de dix-neuf ans qui, l'air mi-hagard mi-arrogant, la toisait du pont du navire qui venait de jeter l'ancre. Depuis bien longtemps, déjà, elle avait cessé de s'occuper de ce genre de novices présomptueux. Elle haussa les épaules, tourna le dos et s'en retourna à son tumulte. Agripina Fiodorovna Antipova resta pétrifiée, un sourire figé sur les lèvres. Elle n'ignorait pas que les gens pouvaient se comporter de manière cavalière ou grossière, mais c'était la première fois qu'elle était en butte à l'irrévérence d'une ville. La première stupéfaction passée, elle tira tous les rideaux, ferma toutes les fenêtres, tous les volets de son cœur, et, vexée, se claquemura. Elle descendit du bateau en boudant. Même deux mois plus tard, lorsque eut grandi la bosse dans son ventre et disparu celle dans son dos, elle boudait encore Istanbul. De son côté, Istanbul était toujours d'une couleur inconnue et tout aussi indifférente.

Contrairement à sa femme, ni ce jour, ni plus tard, le général Pavel Pavlovitch Antipov ne manifesta d'intérêt particulier pour Istanbul. Il était de ces gens qui, leur vie durant, se sentent responsables des autres et sont incapables de fonctionner autrement, un de ces hommes aimant les femmes faibles, ou réduisant à la faiblesse les femmes qu'ils aiment. C'est la raison pour laquelle, en descendant du navire, il enlaça étroitement et tendrement Agripina. Ce n'était pas seulement sa femme, mais aussi leur bébé à naître et la fortune qu'ils avaient pu sauver de Russie qu'il serrait contre lui.

Mais tous les bijoux dont Agripina avait pu bourrer son corset furent vendus un à un, et bien en deçà de leur valeur. Des milliers de Russes blancs fuyant la Russie après la révolution bolchevique avaient afflué à Istanbul, et d'après ce qu'on disait, des milliers d'autres étaient en route. Alors que les bijoux, même de valeur, partaient à un prix dérisoire, les médailles, les souvenirs de famille et les blasons ne trouvaient que difficilement preneur. Au bout de deux mois, il ne restait plus rien de la fortune sur laquelle ils espéraient pouvoir tranquillement tenir au moins deux ans. Un matin, dans le gîte que leur avait procuré la Croix-Rouge française – un ancien centre de détention provisoire transformé en centre d'hébergement et qu'ils partageaient avec cinquante-cinq personnes –, sur leur paillasse crevée et auréolée de taches jaunâtres, Agripina Fiodorovna Antipova attira contre elle la tête déjà chenue çà et là de son époux de trente ans son aîné, et la plaqua sur son ventre de plus en plus gros. Pavel Pavlovitch Antipov savait ce que cela signifiait. Il avait deux possibilités : trouver du travail au plus vite, ou écrire à son frère, considéré comme la brebis galeuse de la famille et installé en France, pour lui demander de l'aide. La seule pensée de la seconde solution suffisant à lui détraquer les nerfs, il n'eut d'autre choix que d'opter pour la première.

Cependant, le statut de militaire n'était pas un métier, ni le titre de général une dignité absolue. C'est au moment de chercher du travail que Pavel Pavlovitch Antipov comprit qu'il ne savait que faire et ne pourrait faire ce qu'il savait. Alors que depuis toujours, chaque chose dans sa vie évoluait comme il l'avait prévu ou comme il le fallait, la révolution était venue le surprendre juste au moment où il avait atteint le grade de général, anéantissant en un clin d'œil la réputation et la vie qu'il s'était construites année après année. Mais jamais, même au cours de cette période délétère, il ne s'était retrouvé comme aujourd'hui confronté à ce fléau qu'on appelle l'indétermination… Pour pouvoir la vaincre, il fallait d'abord la localiser. Mais l'indétermination ne se postait nulle part et ne décidait d'aucune tactique. Elle pouvait lancer l'assaut de n'importe où, n'importe quand, et changeait d'arme à son gré. S'il s'agissait d'une guerre à mener, elle n'avait ni champ de bataille, ni règles, ni morale. Mais si aucune guerre n'était en cours, c'était encore pire, car Pavel Pavlovitch Antipov ne connaissait pas d'autres manières de vivre. Sa richesse – sa dignité – ses privilèges – la considération – le respect – ses amis – sa famille – ses ordonnances – son corps d'armée – les villes où il s'était forgé un passé – le pays où il pensait vivre son avenir… Il venait de perdre beaucoup de choses coup sur coup. Mais il pensait toujours être celui qu'il était : un militaire convaincu.

Cependant, des milliers de militaires de l'armée du tsar, tous grades confondus, s'étaient depuis longtemps dirigés vers les emplois les plus insolites et les plus improbables : dans les hôtels, les salles de concerts, les cabarets, les salles de jeu, les restaurants, les bars, les *kafeşantan*, les cinémas, sur les plages, dans les *paviyon* et dans les rues. Ils faisaient la plonge et portaient des plateaux dans des restaurants de bas étage, travaillaient comme croupiers dans ces temples de la ruse et du mensonge que sont les salles de jeu, vendaient des poupées au coin des rues, accompagnaient au piano les chanteuses jouant de leurs charmes dans des cafés-concerts encanaillés. Ils s'étaient engouffrés partout et saisis de tous les postes vacants. Semblable à un poulain nouveau-né qui essaie de prendre appui sur ses pattes tremblantes, le comte général Pavel Pavlovitch Antipov, d'un pas mal assuré, essaya de se frayer un chemin dans cette débâcle. Après avoir couru la ville pendant des semaines, il finit par décrocher un travail d'employé de vestiaire dans un *kafeşantan* fréquenté par de fiers officiers français et britanniques promenant à leur bras d'élégantes jeunes femmes en fourrure de zibeline et aux lèvres rouges comme des cerises ; de sybarites peintres italiens dont les gravures orientalisantes représentaient toujours des femmes blanches aux formes généreuses, et des rues étroites et ombragées ; de pessimistes banquiers juifs qui accordaient toujours plus de crédits au palais pour recouvrer les anciens ; de jeunes Turcs noceurs et débauchés, pleins aux as, gavés d'héritage mais jamais rassasiés de cette vie d'héritier ; des espions qui, même ivres morts, savaient toujours tenir leur langue ; la bohème ; les dandys et les adeptes de l'aventure et du plaisir.

Le propriétaire du café chantant, un Levantin chauve aux joues tombantes affublé d'un double menton et parlant abondamment avec les mains, cherchait justement quelqu'un pour remplacer son employé de vestiaire – ce dernier, dont la tête, d'ailleurs, ne lui revenait pas depuis le début, s'était fait casser la figure en intervenant dans une bagarre. Avec sa stature imposante et son allure fière, Pavel Pavlovitch Antipov lui fit immédiatement bonne impression et, sans l'ombre d'une hésitation, il l'embaucha sur-le-champ. Mais dès que son nouvel employé eut enfilé la livrée rouge garnie d'épaulettes à franges scintillantes et de cordelettes dorées croisées sur la poitrine, le premier mouvement d'estime céda la place au mépris :

— La vie est vraiment étrange, n'est-ce pas, monsieur Antipov ? Nous voilà témoins du déclin de deux grands et vénérables empires. Vous avez commencé à vous occidentaliser au moins un siècle avant nous. Ce fou de Pierre le Grand ! On raconte qu'il faisait fouetter ceux qui ne savaient pas à quel moment se lever ou s'asseoir, exact ? Est-ce vrai qu'il faisait contrôler les sous-vêtements des femmes et la barbe des hommes ? La ville de Saint-Pétersbourg doit être une bien belle cité. Un palais sorti des marécages. Voyez donc cette ville d'Istanbul à côté. Ouverte aux quatre vents. Complètement déboussolée et désaxée. Il y a dix ans de cela, vous savez, les jeunes intellectuels intrépides ayant fui votre puissant empire et les jeunes intellectuels intrépides ayant fui le nôtre se retrouvaient assis côte à côte dans les mêmes cafés parisiens. Chacun dans leur coin, ils se livraient à des débats enflammés. Dieu sait à quelles décisions insensées cela les a menés. Les serveurs français prêtaient l'oreille aux discussions en passant d'une table à l'autre. Vos exilés se juraient de renverser coûte que coûte leur État. Quant à nos exilés, ils se juraient de sauver coûte que coûte le leur de la faillite. Ces dix dernières années, les vôtres ont réussi, mais les nôtres ont échoué. Je me demande bien à présent ce qui est le plus regrettable. La vie est vraiment bizarre, n'est-ce pas, monsieur Antipov ? Vous fuyez un empire en déroute pour vous réfugier dans un empire en train de sombrer. Fuir les Rouges en uniforme pour vous retrouver à votre tour dans un uniforme rouge... j'espère que ce n'est pas un de ces tours de Dame Fortune !

Ce soir-là, tandis que Pavel Pavlovitch Antipov débarrassait les clients et suspendait leurs manteaux, les paroles de son patron lui bourdonnaient encore dans les oreilles. Il ne tint que trois jours dans ce ridicule et effroyable uniforme, trois journées maudites. Puis il quitta son travail, il laissa tout tomber, et resta prostré. Il resta tout bonnement immobile et dans la même position, comme s'il n'y avait pas de travail à chercher, de vie à organiser, ni de but méritant qu'on se batte pour y arriver. Une semaine plus tard, Agripina Fiodorovna Antipova observa attentivement son mari, comme si elle cherchait à percevoir sa couleur. Et d'un seul coup, elle fut bien forcée de se rendre à l'évidence. Il était dans un tel état d'immobilisme qu'il ne pourrait jamais changer. Il était ainsi à cause de son âge (il était trop vieux ; il avait toujours été en avance sur son âge mais, à présent, il s'était arrêté dans un coin et attendait que son âge le rattrape) ; il était ainsi à cause de la dignité de sa position (il était trop élevé ; il s'était toujours focalisé sur une progression vers le haut, mais le constat qu'il ne restait nul endroit où il puisse s'élever l'avait cloué sur place) ; il était ainsi à cause de sa stature (il était trop imposant ; sa stature ne lui permettait pas de se courber, de ployer ni de se faufiler en souplesse pour passer les portes obligeant à plier l'échine). Pavel Pavlovitch était, au fond, un homme faible et, ne connaissant que trop le fond de son caractère, il s'était cramponné à son pouvoir, moins pour ressembler aux autres que pour se fuir lui-même. Sachant parfaitement ce qu'il voulait, il s'était battu toute sa vie, pied à pied, pour l'obtenir, il avait gravi un à un tous les échelons et, au final, avait plutôt réussi. En somme, la dernière espèce d'homme à pouvoir opérer le moindre changement !

Avec sa jeunesse et son côté oie blanche, plus le fait qu'elle n'ait jamais rien fait dans la vie ni même été effleurée par l'idée de faire quoi que ce soit, et compte tenu de sa grossesse avancée, Agripina Fiodorovna Antipova était quant à elle un zéro tout rond s'accommodant parfaitement de cet état. Elle pouvait tranquillement rester là où vous la laissiez, sans bouger d'un iota jusqu'à la fin des temps. Mais qu'il souffle une forte brise et elle pouvait aussi bien rouler de-ci de-là avec la même aisance. Comme elle n'avait rien acquis par elle-même et que tout ce qu'elle avait venait de son entourage, elle possédait ce courage intègre propre aux ignorants, et l'inaltérable espérance qu'un beau jour, d'une manière ou d'une autre, tout ce qu'elle avait perdu lui serait tout aussi facilement rendu. Elle passait encore le plus clair de son temps à préparer de longues listes, où elle notait tout ce qu'elle ferait lorsqu'elle rentrerait en Russie. En attendant ce jour, elle pouvait très bien travailler. Renonçant à espérer de l'aide de son mari, elle prit donc la décision de faire quelque chose qu'elle n'avait jamais fait auparavant et de se lancer elle-même à la recherche d'un travail.

La chance était de son côté, car la chance adore éprouver ceux qui se présentent devant elle avec une telle prétention. C'est ainsi qu'elle trouva un emploi de serveuse dans l'une des pâtisseries les plus sélectes d'Istanbul. Désormais, dans ce lieu élégant orné de vitraux et de miroirs, elle faisait toute la journée la navette entre des clients en grande toilette et une cuisine où flottait une odeur de crème et de cannelle. Elle avait appris quelques mots de différentes langues qui, toutes, lui semblaient plus dissonantes les unes que les autres ; mais elle n'alla jamais au-delà de ces quelques bribes, juste de quoi comprendre les desiderata et les commandes des clients qui, à peu de chose près, étaient toujours identiques… D'ailleurs, elle n'ouvrait la bouche que lorsque c'était nécessaire. Malgré la pénibilité du travail et la modicité de son salaire, pas une seule fois on ne la vit se plaindre ou faire grise mine. À vrai dire, le patron les avait sommées de toujours sourire en faisant le service, mais tandis que le visage des autres serveuses changeait radicalement d'expression dès qu'elles sortaient du champ de vision du patron ou des clients, Agripina gardait constamment un sourire rivé aux lèvres. De plus, alors que les autres filles guettaient la moindre occasion de grappiller sur leur temps de travail ou de se dégoter un bon parti qui les arracherait à ce calvaire, elle avait uniquement la tête au travail et trimait sans relâche. Sa façon de s'éreinter à la tâche relevait moins d'un effort pour s'arracher aux affres d'une période douloureuse que d'un désir de s'abandonner à la douleur ; il y avait un ascétisme religieux dans ce penchant sacrificiel. Mais cet état n'eut bientôt plus rien d'une simple et docile résignation, et s'apparenta de plus en plus à l'écriture d'un dithyrambe passionné à sa propre affliction. En son for intérieur, elle tirait une fierté secrète de ses nombreux tourments ; à mesure qu'elle s'intoxiquait, elle croyait se purifier, et se rapprocher de Dieu à mesure qu'elle courbait l'échine devant ses créatures. Plus rudes étaient les difficultés, plus intolérables les vicissitudes auxquelles elle était confrontée, et vulgaires les gens qu'elle servait, plus s'alourdissaient les dettes de Dieu à son égard. Tôt ou tard elle récupérerait son dû. « C'est une épreuve, se disait-elle en souriant. Et plus elle est amère, plus grande sera ma récompense. »

— Pourquoi souriez-vous bêtement ? Pour quelle raison restez-vous là à nous ricaner au nez ?

Agripina Fiodorovna Antipova regarda sans comprendre la musulmane qui l'apostrophait, mais son air ahuri n'eut d'autre effet que d'attiser la colère de cette dernière. La femme était membre d'une association qui militait pour bouter hors du pays, une bonne fois pour toutes, ces Russes qui faisaient perdre la tête et leur argent aux hommes musulmans : la Société des femmes du siècle. Les articles prioritaires inscrits à l'ordre du jour de cette société étaient les suivants : répertorier et enregistrer un à un les comportements contraires à la morale de ces rebuts de l'aristocratie qu'étaient les femmes russes aux cheveux blonds et soyeux, au cou blanc et aux regards indécents / faire le siège des ministères et les rallier à leur cause / obtenir la fermeture des *paviyon* et de tous les bouges risquant d'attirer sur Istanbul la malédiction qui avait frappé Sodome et Gomorrhe / chasser les prostituées qui avaient déferlé des maisons closes de Kiev et d'Odessa pour installer leurs pénates dans les rues de Galata / mettre inlassablement en garde les jeunes musulmans sentant encore le lait et inconscients des dangers qui les guettaient. Jusqu'à ce que les autorités prennent les décisions qui s'imposaient, elles entendaient mener elles-mêmes, par leurs propres moyens, une politique de harcèlement envers toutes les Russes qu'elles verraient.

Une fois remise de sa surprise, Agripina Fiodorovna Antipova porta la main à son cou et serra dans le creux de sa main la médaille de saint Serafim qu'elle portait en pendentif au bout d'une chaîne en argent. Elle y puisa la force de sourire à la femme qu'elle considérait comme un nouvel avatar de sa longue et difficile épreuve spirituelle :

— Tu t'es mal comportée envers moi, et pourtant, je ne t'en veux pas, je peux même te pardonner. Car c'est la meilleure chose à faire.

Le soir, en rentrant chez elle, elle parla, sans s'y attarder, de cet incident à son mari. Il ne lui posait d'ailleurs aucune question. Il ne voulait rien savoir de ce qui se passait à l'extérieur ; voir sa femme réussir à se maintenir à flot dans le courant tumultueux qui l'avait lui-même brutalement malmené et envoyé rouler sur les bas-côtés lui inspirait à la fois de l'envie et du dépit. Depuis qu'ils avaient dû quitter le dortoir mis à disposition par la Croix-Rouge française, il sortait rarement du gourbi qui leur servait de logement. Occupé à rédiger des lettres qu'il n'enverrait jamais à son frère de France, perdu dans ses pensées ou la contemplation des passants musulmans, il passait ses journées devant la fenêtre à observer la rue, comme si la personne qu'il attendait pouvait arriver d'un instant à l'autre. Et, comme s'il avait désiré mettre au plus vite un terme à cette morne attente, leur bébé naquit au septième mois.

Agripina Fiodorovna Antipova n'accueillit pas l'arrivée de sa fille avec autant de joie que son mari. Cet accouchement difficile et prématuré faisait peut-être gagner une âme supplémentaire à ce monde, mais cette âme lui avait dérobé une part d'elle-même. Enceinte, elle était très différente de celle qu'elle était à présent, elle était beaucoup « plus ».

Pendant sa grossesse, elle était intimement convaincue que Dieu l'avait élue entre toutes, elle avait considéré chaque épreuve comme une étape obligatoire de son calvaire. Sa foi en Dieu et en elle-même n'avait jamais vacillé ; elle avait cru du fond du cœur être l'héroïne d'une histoire aussi triste qu'édifiante, à jamais obscure et incompréhensible aux yeux du commun. Afin de se sauver elle-même et de sauver son mari des griffes de ce monde de vanités, en leur nom commun mais écopant seule de toute la peine, elle avait attendu le jour où, comme une perle tombée dans la fange, elle sortirait purifiée de l'épreuve et luirait à nouveau. Mais à cette heure, elle craignait de s'être depuis longtemps bercée d'illusions. Ce n'était pas elle, mais le bébé dans son ventre que Dieu protégeait depuis toujours, et c'est la raison pour laquelle Il l'avait laissée seule face à son destin dès la venue au monde de l'enfant. Elle avait beau faire, elle n'arrivait pas à se défaire de ce sentiment de diminution et d'abandon. Il ne restait plus une seule lueur de ce nimbe de fierté sur son visage ; tout son corps s'était rétréci et rabougri, comme si toute l'eau en avait été retirée à pleins seaux. Seuls ses seins, et seulement ses seins, étaient énormes et pleins. Du lait s'en écoulait à intervalles réguliers, tel un léger saignement sur une lèvre gercée. L'après-midi, elle rentrait en toute hâte pour faire téter son bébé et se retrouvait toujours confrontée à la même scène, d'une navrante cruauté. Sur le canapé devant la fenêtre, sous un rai de lumière irisé de paillettes d'or et semblant provenir non du soleil mais du septième ciel, dans un état de félicité infinie et de merveilleuse innocence, elle trouvait son mari et son bébé endormis dans les bras l'un de l'autre ou en train de jouer. Et chaque fois, son cœur se serrait de se voir tenue à l'écart de cette spiritualité qu'elle avait portée en elle à un moment, et de laquelle elle avait cru participer.

Istanbul était un fleuve tumultueux aux eaux troubles et grises. Et si, depuis tant de temps, elle se démenait furieusement au milieu de ce fleuve, c'est qu'elle avait pour mission de transporter sain et sauf son bébé de la rive où il se tenait jusqu'à son mari qui attendait sur l'autre. Sa grossesse, à l'image d'une barque reliant les deux rives, ne signifiait rien d'autre qu'emmener d'ici son bébé escorté par les anges pour le transporter en elle le long de ce fleuve. Et dès qu'elle avait accouché et déposé son enfant sur la rive opposée, elle avait perdu soudain toute valeur ; elle avait été repoussée dans les flots et abandonnée au courant. Elle avait beau se débattre, tous ses efforts étaient vains. Le courant l'emportait, les flots l'avalaient et la rejetaient loin de la rive. Même le bébé semblait conscient de cette situation. Dès qu'on l'enlevait aux bras de son père, il devenait écarlate, pris d'un accès de colère ; en tétant son lait, il crispait le visage et prenait un air renfrogné, comme pour bien signifier qu'il le faisait par obligation et non par envie. À peine rassasié, il détournait la bouche et se mettait à pleurer. À ce moment-là, le général prenait le bébé dans ses bras et le berçait tendrement, et pour ne plus avoir à subir ce spectacle qui chaque jour l'affligeait davantage, Agripina Fiodorovna Antipova quittait la maison, prenait la fuite. De retour au travail, elle constatait que le vide qu'elle éprouvait au fond d'elle-même ainsi que le sentiment d'être victime d'une effroyable injustice s'étaient encore accrus. Au fil des jours, elle haïssait de plus en plus son corps. Ce corps qui n'était orienté que vers un seul but ; chaque bouchée, chaque goutte avalée, chaque rayon de soleil, chaque molécule d'air aspirée se transformait en lait. Et ce lait ne profitait qu'à son bébé. À mesure qu'il se développait, Agripina Fiodorovna Antipova, elle, s'étiolait et s'effaçait de l'existence.

N'en déplaise à ceux qui soutiennent avec ardeur que la maternité est un besoin biologique pour toutes les femmes et qu'elle est aussi limpide et sacrée que les fleuves du paradis, Agripina Fiodorovna Antipova n'aimait pas la « chose » qu'elle avait enfantée. Lorsqu'elle se retrouva face à sa progéniture, qu'elle avait portée si longtemps, considérée comme une part d'elle-même, mais dont elle ignorait à quoi elle ressemblerait et ce qu'elle impliquerait, elle eut peur de ce minuscule monument de totale dépendance, peur de la fuite irrépressible du temps, peur de l'obligation de l'aimer, de ne pouvoir échapper à elle-même, de n'avoir en fait nulle part où s'échapper, et elle désira s'en libérer au plus vite et de manière définitive.

N'en déplaise à ceux qui soutiennent avec ardeur que la maternité est un besoin biologique pour toutes les femmes et qu'elle est aussi limpide et sacrée que les fleuves du paradis, Agripina Fiodorovna Antipova n'était pas une exception. Sinon, comme pour les nations, il n'existerait pas une histoire officielle de la maternité. Une chronique rédigée d'une main minutieuse, remontant le fil des jours, prenant soin d'arracher les mauvaises herbes et de paver la route de bonnes intentions. Car l'amour ne vient pas toujours de façon spontanée, et parfois ne s'épanouit que plus tard ; il est saupoudré à petites doses, graduellement, au fil du temps. L'attention de l'entourage, un moment touchant, un instant de chaleureuse affection forment un sédiment de dizaines de couches de tendresse qui, ajoutées les unes aux autres, chassent toutes les vilaines pensées, tous les mauvais sentiments comme la douce brise d'un éventail. À force d'agiter cet éventail, la mère peut alors commencer à aimer, avant même son bébé, l'aura maternelle qui grandit avec lui. Et elle fait si intimement sienne cette aura maternelle qu'elle finit par faire sien le bébé, et elle aime tellement ce bébé qu'elle désire croire qu'elle l'a toujours et autant aimé. Le non-amour qu'elle a pu éprouver à un moment lui paraît si abominable – tellement abominable qu'il en devient ineffable – que jamais, au grand jamais, elle ne pourrait en faire l'aveu à personne. Par exemple, elle ne peut avouer à son mari : « Les premiers temps, j'ai regretté d'avoir mis cet enfant au monde, mais après, c'est passé », ni dire à l'enfant : « Au début, je ne t'aimais pas vraiment, mais c'est venu par la suite. » Ni s'avouer à elle-même : « Je suis quelqu'un de mauvais ; je manque tellement de cœur que je suis incapable d'aimer mon propre enfant. » L'histoire officielle de la maternité aurait besoin d'un bon ménage dans les tréfonds de la mémoire. L'infortune d'Agripina Fiodorovna Antipova fut de perdre son bébé avant même de l'aimer, c'est-à-dire avant d'avoir appris à le chérir année après année, étape par étape, et à l'aimer de tout son cœur jusqu'à être persuadée qu'il en avait toujours été ainsi.

Cet après-midi-là, lorsqu'elle rentra chez elle pour le faire téter, son bébé et son mari dormaient étroitement enlacés sur le canapé devant la fenêtre, sous un rai de lumière irisé de paillettes d'or et semblant provenir non du soleil, mais du septième ciel. Tout était plongé dans un camaïeu de jaunes. L'ambre des rayons jouant dans les rideaux, le jaune citron du visage du général, l'abricoté du tissu du canapé, le jaune safran des langes du bébé, et le jaune tirant sur le mauve de la petite boule au sommet de son corps. Plissant ses yeux éblouis par le soleil, intriguée et inquiète, Agripina Fiodorovna Antipova s'approcha de cette étrange petite boule. Elle s'arrêta au bout de quelques pas, et comprit soudain ce qu'elle était en train de regarder. Elle avait raison au sujet des couleurs. Comme les gens, les moments et les situations avaient une couleur qui leur était propre. Les morts également. La mort de chaque être vivant avait une couleur particulière. Et chez un nouveau-né, c'était ce jaune virant au violet.

Peu après, Pavel Pavlovitch Antipov s'éveilla. Sans remarquer la présence de sa femme dans la pièce, il se redressa avec précaution pour ne pas secouer le bébé dans ses bras. Il s'étira légèrement et, bâillant avec indolence, regarda par la fenêtre. Dans la rue, près d'un cheval étique et chargé de garde-manger remplis de viande, un tripier ambulant mal fagoté marchandait bec et ongles avec deux vieilles musulmanes plus intraitables l'une que l'autre. Tout en ripostant aux attaques verbales des deux mégères, le tripier chassait les mouches collantes qui tournoyaient autour des garde-manger ; le cheval qui menaçait de rendre l'âme d'un instant à l'autre l'accompagnait en balançant lourdement la queue. L'accablement provoqué par la chaleur, que charriait le vent depuis les premières heures de la matinée, s'était si bien propagé que même le tapage du tripier aux prises avec ses clientes ne parvenait pas à rompre le silence assoupi qui régnait dans la rue. Pensif, Pavel Pavlovitch Antipov referma les fenêtres et regarda le bébé allongé sur le dos. Il le regarda mais ne se rendit compte de rien. Le bébé avait la bouche entrouverte, les yeux écarquillés et les sourcils froncés, comme sous l'empire d'un mauvais rêve. Tout son visage était couvert d'un maillage de fines veines mauves. On eût dit un vase de porcelaine strié d'innombrables fissures après avoir miraculeusement réchappé d'une chute. Pavel Pavlovitch Antipov prit cette tête ronde, froide et d'un jaune presque mauve entre ses paumes, comme une boule de cristal dans laquelle il aurait espéré voir l'avenir. Et pour la première fois depuis des années, il se mit à pleurer. Comme les hommes ayant complètement oublié comment on fait pour pleurer, il donna d'abord de la voix avant de laisser libre cours à ses larmes. Pour pouvoir pleurer, il devait d'abord hurler.

Le tripier, occupé à replacer dans les garde-manger la viande dont n'avaient pas voulu les deux vieilles acariâtres, pressentit que la clameur qui avait soudain retenti dans le quartier présageait un malheur. Tirant par la bride son cheval décomposé par la chaleur, traînant derrière lui des escadrons de mouches et des hordes de chats, il s'éloigna.

*

De retour de l'enterrement, Pavel Pavlovitch Antipov écrivit une nouvelle lettre à son frère pour lui demander de les accueillir en France, et contrairement aux précédentes, il l'envoya. Il ne l'avait plus revu depuis de longues années, car bien avant la révolution, ce frère, le cadet de la famille, était parti s'installer en Europe. Et comme il servait l'argent et non le tsar, parce qu'il avait fait le choix de se lancer dans le commerce plutôt que d'embrasser la carrière militaire dans les pas de son père, Pavel Pavlovitch Antipov lui avait toujours voué un profond mépris. Son orgueil lui interdisant de s'abaisser à se réfugier auprès de lui, il avait décliné toutes ses propositions d'aide jusqu'à présent.

Au cours des longues années que le général et son épouse passèrent en France, ils n'évoquèrent jamais cette funeste journée à Istanbul, et au fil du temps, ils s'éloignèrent un peu plus, à la fois l'un de l'autre et de leur commun état d'âme. En réalité, venir dans ce pays avait été plus rapide et plus simple qu'ils ne l'avaient espéré. D'ailleurs, ils auraient été prêts à affronter tous les obstacles, rien que pour échapper à la malédiction d'Istanbul. Tout de suite après la mort du bébé, Pavel Pavlovitch Antipov avait irrémédiablement compris qu'il leur fallait quitter au plus vite cette ville endeuillée. Leur présence ici n'avait été d'aucun profit, ni pour eux ni pour Istanbul. Forcer les choses n'avait pas de sens car, dans cette ville, les portes de la chance étaient closes depuis longtemps, si tant est qu'elles aient jamais été ouvertes. Pour ceux dont la route, à un moment de leur existence, passait par là bien que leur arbre généalogique n'y ait planté aucune racine ni engendré de branche ou de surgeon, il n'y avait, en tout et pour tout, que deux possibilités : soit ils arrivaient dans cette ville pour fuir quelque chose, soit venait le jour où c'étaient eux qui la fuyaient.

*

Lorsque Agripina Fiodorovna Antipova arriva à Paris au printemps 1922, son âme était grosse de chagrin. Tandis qu'elle regardait d'un œil morne la ville qui se relevait à peine de la guerre, elle n'essaya pas d'en découvrir la couleur. Le dernier jour qu'elle avait passé à Istanbul, elle avait contracté une étrange maladie des yeux et perdu d'un seul coup son univers de couleurs. Les rues, les bâtiments, les gens et les miroirs, tout s'était réduit à des clichés noir et blanc. On eût dit que le monde entier avait tiré ses rideaux, fermé fenêtres et volets, et lui battait froid. Elle s'en fichait. Non seulement elle s'en fichait, mais elle trouvait ce comportement ridicule et enfantin. Elle n'avait d'ailleurs aucune envie de se préoccuper du monde ni de ses infinis tracas. Son seul désir était de voir Dieu. En attendant que ce Dieu – qui après l'avoir choisie, éprouvée et abandonnée, lui avait repris son bébé parce qu'elle n'avait su l'aimer – lui dévoile sans détour sa couleur, et avec elle ses desseins, peu lui importaient les couleurs de ce monde, qui n'est d'ailleurs qu'un monde de reflets et d'illusions. Elle accueillait avec dégoût les incessants, les inlassables appels du pied de son mari pour faire un deuxième enfant et recommencer une nouvelle vie, et faisait la sourde oreille à ses discours consolateurs sur le temps qui verse un baume sur les blessures et les plaies. Agripina Fiodorovna Antipova avait remarqué que les bébés morts avant d'avoir grandi et les villes quittées avant qu'on ait pu s'y implanter se ressemblaient. Aucun bébé ne pouvait effacer la tache de l'absence d'un frère ou d'une sœur disparus avant lui, ni aucune ville accueillir en son sein une personne qu'une précédente cité avait envoyée en exil.

Ni ce jour ni plus tard, Pavel Pavlovitch Antipov ne manifesta d'intérêt pour Paris. Il saisit la main secourable que son réprouvé de frère lui tendit – si ce dernier n'éprouva pas le besoin de l'écraser de sa bienveillance, Pavel Pavlovitch Antipov, au contraire, n'hésita pas à lui manifester son déplaisir – et il ne la lâcha plus jusqu'à ce qu'il fût certain qu'il n'y ait plus rien qu'il puisse apprendre et prendre de lui. Avec le temps, il commença à penser que le commerce ressemblait à la carrière militaire et se consacra totalement à ce travail. Arrivé à ce stade de sa vie, il était mû par la même ambition dépourvue de principes que ceux qui, après avoir longtemps tergiversé, s'engagent à vitesse grand V sur la route qu'ils rechignaient à prendre. Comme s'il cherchait à rattraper le temps perdu, il était entreprenant et impatient. Mais ce n'est que plus tard, lorsque éclata une nouvelle guerre mondiale, que la chance lui sourit pleinement. Pendant les années de guerre, il se bâtit sur le marché noir une fortune considérable et une réputation d'opprobre. Traitant aussi de temps à autre en sous-main avec les Allemands, il réussit à se faufiler à travers les décombres en rebondissant comme une balle en caoutchouc. De toute façon, cela n'avait aucune importance. Cette guerre n'était pas la sienne. Désormais, il ne croyait plus ni aux États ni à leurs causes, mais seulement aux victoires individuelles. Et, de quelque façon qu'elles aient été obtenues, ses victoires ne regardaient pas vers l'avenir mais vers le passé. Prendre sa revanche sur la vie ne signifiait pas progresser pas à pas vers un avenir vierge, ni même caressé en rêve, c'était récupérer, dans le coin où il avait été jeté, un passé mis au rebut avant d'avoir été étrenné, et le restaurer pour lui redonner sa fraîcheur et son lustre d'antan.

C'est exactement ce que fit Pavel Pavlovitch Antipov. Une nouvelle femme remplaça la première qui, désormais, ne remplissait plus son rôle d'épouse, au bébé perdu succéda un nouvel enfant, et toutes les pertes qu'il avait essuyées firent place à une nouvelle vigueur. Tout était neuf mais rien n'était nouveau. Lorsqu'il prit dans ses bras le nouveau-né que la jeune Française avec qui il vivait venait de lui donner, il avait exactement cinquante-neuf ans. Comme le premier, cet enfant aussi était une fille aux yeux gris. Il le cacha pendant des années à Agripina. De toute façon, même s'il le lui avait révélé, ce n'était pas sa jalousie, mais son absence de réaction qui était à craindre. D'après les lettres du médecin-chef de la clinique où elle séjournait, elle était parfaitement indifférente à tout ce qui se passait autour d'elle. Elle ne manifestait aucun signe d'amélioration et passait son temps à regarder les paysans qui travaillaient dans les vignes à perte de vue sur le flanc nord de la clinique, et à peindre des aquarelles en noir et blanc. Pavel Pavlovitch Antipov lisait ces lettres avec beaucoup d'attention, d'angoisse et de désespoir, puis les enfermait dans un tiroir et les oubliait. Il était extrêmement heureux de sa seconde union et déterminé à donner à son deuxième enfant tout l'amour qu'il n'avait pu donner au premier. Pourtant, il n'avait jamais entrepris de divorcer de sa première épouse. Bien qu'il eût depuis longtemps renoncé à lui rendre visite, il avait veillé à ce qu'Agripina se trouve toujours à distance raisonnable. Son épouse avait d'abord été son petit amour, sa plus fervente admiratrice, puis la victime de ses défauts et de ses faiblesses, et, au fil du temps, l'unique miroir du chemin qu'il avait parcouru, de tout ce qu'il avait perdu en route, et le témoin le plus intime de son histoire personnelle. Ni épouse ni amie, un carnet de voyage peut-être... Et de même qu'un carnet de voyage ignore tout des notes qu'il contient, peu importait qu'Agripina ait conscience ou pas de ce dont elle avait été témoin. Pavel Pavlovitch Antipov tenait ce précieux carnet en lieu sûr, pour le récupérer le moment venu.

Lorsque arriva ce moment, Pavel Pavlovitch Antipov avait vécu si longtemps, il était tellement chargé d'ans, qu'il avait commencé à porter son âge comme un de ces vieux vêtements tout élimés, usés jusqu'à la corde et qu'on met toujours avec bonheur lorsqu'on est seul, mais dont on rougit et voudrait se débarrasser dès qu'on est surpris par les autres. Il avait réalisé un à un tous ses objectifs, récupéré tout ce qu'il avait perdu, vécu autant qu'il devait vivre, mais bien qu'il eût depuis longtemps pris à l'existence tout ce qu'elle avait à lui donner, sa vie ne prenait toujours pas fin. Dans son entourage, nul ne résistait autant que lui. À mesure que disparaissaient l'un après l'autre les gens qu'il avait aimés, épaulés, avec qui il s'était querellé ou contre lesquels il avait une dent, la peine qu'il éprouvait au décès de chacune de ces personnes, bien plus jeunes que lui, s'accumulait comme de la lie dans sa poitrine, et la nuit se transformait en une vive douleur, aiguë et lancinante, qui rongeait son cœur. Il soupçonnait les proches des défunts, voire sa femme et sa fille, de le tenir secrètement coupable de cet état de fait ; et il s'imaginait que tout le monde le détestait de vivre aussi longtemps à une époque si sordide qu'elle avait perdu le charme et la magie non seulement de la vie, mais de la mort aussi. Il avait quatre-vingt-quatorze ans, mais sans parler de décrépitude ni de sénilité, il n'était même pas devenu vieillard. Il n'y pouvait rien. Ce n'est qu'en mourant qu'il pourrait expier sa faute. Mais il ne suffit pas de désirer la mort pour la voir venir, en outre, il n'avait nullement le désir de mourir.

De temps en temps, il s'accusait par la voix du Levantin au double menton pour lequel il n'avait pas travaillé plus de trois jours, mais dont il n'avait jamais oublié la voix de fausset, même après tant d'années :

— Quel âge avez-vous, monsieur Antipov ? Vous avez maintenant près d'un siècle ! Et au cours de ce siècle, les États se sont effondrés comme des châteaux de cartes, les gens sont tombés comme des mouches, et la trompette d'Israfil[1] est venue plus d'une fois nous écorcher les oreilles. Mais vous, seriez-vous passé par hasard à travers les mailles du temps ? À moins que vous n'ayez délibérément et en toute connaissance de cause signé un pacte avec le diable ? Combien de temps pensez-vous vivre encore,

---

1. Israfil : nom de l'un des archanges qui sonneront de la trompette à l'heure du Jugement dernier.

monsieur Antipov ? Dites-moi, vous vous retrouvez réduit à attendre que la mort vienne vous faucher sur les terres des autres, alors que vous avez fui votre pays pour lui échapper… j'espère que ce n'est pas un de ces bons tours de Dame Fortune !

★

Un de ces jours où, sous le poids de son irrémédiable faute, Pavel Pavlovitch Antipov commença à profiter de la moindre occasion pour fuir la ville et s'éloigner des gens, il eut la surprise de recevoir une lettre du médecin-chef. L'état d'Agripina s'était subitement aggravé. Un beau matin, sous le regard ébahi des malades, des médecins et des infirmières, elle avait sans crier gare bondi à l'extérieur en poussant des hurlements ; elle s'était mise à interpeller tous les paysans qui travaillaient dans les vignes, mais voyant que personne ne comprenait rien à ce qu'elle disait, elle avait piqué une effroyable crise de nerfs. On l'avait ramenée, et lorsqu'elle avait retrouvé un tant soit peu son calme grâce aux piqûres de sédatif, c'est aux gens de la clinique qu'elle avait alors tenté d'adresser ses propos incompréhensibles. À la vue de la terreur qu'elle avait provoquée chez les autres malades, elle-même avait pris peur et s'était à nouveau complètement retranchée dans son mutisme. Le médecin-chef demandait à Pavel Pavlovitch de venir voir sa femme au plus tôt, car, d'après ce qu'il avait compris, la langue étrangère que la malade la plus paisible, la plus facile de la clinique s'était subitement mise à parler après tant d'années, et sans que rien ait apparemment déclenché une telle métamorphose, était le russe.

Quand Agripina Fiodorovna Antipova découvrit Pavel Pavlovitch Antipov devant elle, elle le serra avec joie dans ses bras, non comme l'ancien mari qu'elle n'avait plus vu depuis des lustres, mais comme la personne de qui elle pourrait enfin se faire comprendre, et elle commença à parler. Ses propos n'avaient ni queue ni tête. Elle parla des chansons que les ouvriers agricoles chantaient dans les vignes à la tombée du soir. Ensuite, elle se plaignit des jalousies puériles des patients âgés de la clinique et de l'indifférence de Dieu. Elle ne s'arrêtait plus. Ce jour-là, jusqu'à la fin de l'heure des visites, passant du coq à l'âne et revenant sans cesse à une cuisine sentant la crème et la cannelle, sans manifester le plus petit signe de joie ou de douleur, n'accordant pas la moindre parcelle d'attention aux réactions de son interlocuteur, elle parla sans arrêt. Jamais sa voix ne s'élevait ou ne s'abaissait d'un ton, caverneuse à force d'être monocorde. En fin d'après-midi, avant que son auditeur, d'une patience angélique, ne prenne congé, elle lui demanda avec un sourire abattu quand il reviendrait, et sans attendre la réponse sombra lentement dans le sommeil impérieux et gluant des médicaments.

Le visiteur silencieux revint le lendemain ; cette fois, une rose à la main et un gros paquet sous le bras. Agripina n'accorda aucune attention à la rose, mais lorsqu'elle ouvrit le luxueux papier d'emballage, elle manifesta une joie débordante à la vue des bonbons et du plateau rond, vernis et orné d'images qui se trouvaient dans le paquet. Cet élégant plateau, que Pavel Pavlovitch Antipov avait acheté chez un roué antiquaire de Paris, était une œuvre de Vishniakov. La scène représentait un boyard en train d'enlever la femme qu'il aimait. Le mouvement était saisi à l'instant où, avec une force surhumaine, le boyard emportait d'un seul bras sa belle en la serrant contre lui, et de l'autre tenait l'échelle en bois dont il descendait les derniers échelons. Il regardait en direction de la forêt, vert printemps et vert fané, dans laquelle ils s'enfonceraient peu après. Un peu à l'écart, Pavel Pavlovitch Antipov attendait avec curiosité de voir l'effet que produirait le plateau sur sa femme. Un médecin, avec qui il s'était entretenu en arrivant, lui avait expliqué que beaucoup de malades dont la mémoire leur jouait de méchants tours pouvaient revenir au début à mesure que leur corps s'approchait de la fin, et, à un certain stade de leur vie, la plupart du temps près du terme, revenaient à leur enfance et à leur langue maternelle. Un simple objet, ou un rêve, pouvait suffire à déclencher de manière inconsciente un tel changement. Pendant qu'il l'observait, Pavel Pavlovitch Antipov comprit à cet instant que sa femme était la seule personne dont il ne supporterait pas qu'elle meure avant lui.

Agripina Fiodorovna Antipova semblait davantage s'intéresser aux bonbons qu'au plateau de Vishniakov. Ignorant tout des inquiétudes de son mari, elle tendit avec un sourire plein de gratitude le bonbon qu'elle avait choisi au hasard et demanda à quel parfum il était.

— Vu qu'il est rose, il doit être à la fraise, lui répondit-il.

Rose ! Cela faisait si longtemps qu'elle n'avait plus vu la couleur rose ! Elle ouvrit le papier et glissa le bonbon dans sa bouche. Il était rose, d'une saveur agréable et très sucrée.

Tandis que le bonbon fondait dans sa bouche, il se passa quelque chose d'étrange, de très étrange. Tout d'abord, les lèvres crispées d'inquiétude de la belle enlevée par le boyard, puis tout ce qu'il pouvait y avoir de rose alentour commença à émerger. Agripina se jeta immédiatement sur les autres bonbons. Chaque fois, elle demandait inévitablement à son mari à quel parfum ils étaient. Les jaunes étaient au citron, les rouges à la cannelle ; les verts à la menthe, les orange à la mandarine ; les bruns au caramel ; quant aux beiges, ils étaient à la vanille. Ensuite, elle les goûtait. Le jaune était une couleur acide, le rouge, lui, était mordant ; le vert était piquant, l'orange aigre-doux ; le marron était crémeux, le beige était âcre. Ainsi, bonbon après bonbon, les couleurs qu'Agripina Fiodorovna Antipova avait laissées à Istanbul lui revinrent une à une. Elle vit s'animer le lit appuyé contre le mur, la table et la chaise devant la fenêtre, la commode en cerisier encombrée de tas de médicaments, l'icône de la Vierge Marie et le visage sévère de saint Serafim qu'elle portait en médaille autour du cou. Saisie de stupéfaction, elle se précipita vers les fenêtres et resta figée devant la scène qu'elle découvrit. Les couleurs étaient partout. Dans les vignes qui s'étalaient du flanc de la petite colline jusqu'à l'horizon, les robes des femmes occupées à remplir les hottes de grosses grappes de raisin à peau épaisse et chantant à mi-voix étaient aigrelettes, les branches de genévriers abritant des grives à la voix perçante étaient vives et tranchantes, quant au soleil, il était acide. Les couleurs étaient partout, mais à l'intérieur, il n'y en avait pas autant qu'à l'extérieur. Il lui vint alors une idée. Elle revint sur ses pas et rassembla les papiers transparents des bonbons qu'elle venait de manger. Puis, à travers ces lunettes de papier, elle regarda la clinique où elle avait passé toutes ces années. Elle effaça en un clin d'œil le blanc uniforme qui régnait dans les froids corridors de cette bâtisse de pierre, sur les murs, la blouse des docteurs, le visage flétri des infirmières auréolé d'un sourire patient, dans les médicaments qu'elle devait avaler par deux matin et soir, sur les draps changés tous les deux jours par les femmes de service, dans la bouillie insipide qu'on lui servait à chaque repas. À mesure qu'elle posait puis reprenait un papier de bonbon transparent qui teintait tout de sa propre couleur, non seulement l'environnement mais le vieil homme qui se tenait devant elle sans la quitter des yeux passaient d'une couleur à l'autre. Seule l'expression soucieuse de l'homme demeurait immuable.

Agripina ne s'interrompit pas. Elle continua et se mit à superposer les papiers, par deux et par trois, pour essayer de trouver de nouvelles couleurs. Après diverses tentatives, elle superposa le rouge et le bleu, les mit devant ses yeux et constata que le monde entier était entièrement devenu violet. Elle laissa échapper un cri semblable à un râle :

— Is-tan-bul !

Elle avait trouvé. Elle avait trouvé la couleur qu'elle n'avait pu percevoir derrière le brouillard, lorsque, à dix-neuf ans, une petite bosse dans le ventre et une grosse bosse dans le dos, elle découvrait la ville du pont de ce cargo à l'odeur infecte. Dans sa galerie personnelle de couleurs et de lieux, Istanbul avait une couleur violette. Un violet moiré, éclaboussé et calciné par le soleil aveuglant reflété par les toits couverts de plomb des coupoles. Elle se rappelait cette couleur funeste. Puis, dans un flot continu et chaotique de propos sans suite, elle commença à délirer. *Istanbul !* Plus que le même nom répété des centaines de fois, on eût dit qu'elle épelait patiemment d'un bout à l'autre un seul nom, formé de la chaîne de mêmes syllabes répétées des centaines de fois. Pavel Pavlovitch Antipov n'y tint plus et, prenant les mains de sa femme entre ses paumes, il demanda :

— Agripina, c'est Istanbul dont tu te souviens ?

Les jours suivants, Agripina Fiodorovna Antipova commença à croire qu'elle était jeune et se trouvait à Istanbul. De temps à autre, des mots en turc lui échappaient. Ses paumes étaient moites ; elle perdait et retrouvait alternativement la raison. Lorsque sa raison s'en allait, c'était pour retourner à Istanbul, et lorsqu'elle revenait, c'était lestée d'une part d'elle-même restée là-bas. On n'enregistrait aucune amélioration de son état ; tout en ressassant exactement les mêmes choses que le jour précédent, elle murmurait chaque matin que cela ne se reproduirait plus et que cette répétition toucherait bientôt à sa fin.

Il ne fallait pas qu'elle meure ainsi ; il ne fallait pas qu'elle quitte ce monde si tôt, en laissant derrière elle de si lourds fardeaux. Un matin, après une nuit d'insomnie, Pavel Pavlovitch Antipov, que plus aucune tâche ne retenait et qui avait désormais vécu bien plus que nécessaire, se rendit à l'aube à la clinique.

— Agripina, dit-il, retournons à Istanbul, veux-tu ?

Lorsqu'il la vit sourire en rougissant comme s'il venait de lui faire une proposition grivoise, il considéra cela comme un oui implicite. Il devait faire quelque chose, pour que la mort de sa femme, même si elle devait survenir avant l'heure et avant la sienne, soit au moins plus belle que la vie qu'elle avait menée jusqu'à présent. C'est la raison pour laquelle, après toutes ces années, il se devait de lui offrir la possibilité de retourner dans la ville où elle avait souffert mille tourments et qui l'avait broyée alors qu'elle était si jeune, et, en dépit de tant de retards, la libérer de cette période de souffrance. Voyant défiler un à un les plaisirs dont elle avait été privée, les luxes et les bonheurs auxquels elle n'avait pu goûter, il sut qu'il lui incombait d'achever, dans la paix et la sérénité, cette histoire incomplète et bancale. Sa décision était prise. Ce n'était pas dans cette clinique, mais à Istanbul qu'Agripina devait finir sa vie. De plus, elle ne le ferait pas au titre d'immigrante ni d'exilée, ni de rebut ni d'étrangère, ni même au titre d'hôte ou de locataire. Ce ne devait pas se produire dans l'Istanbul des autres, mais dans un Istanbul à elle. Il en ferait une propriétaire.

★

Ils étaient arrivés. Mais au premier regard, la ville et eux ne purent se reconnaître. Pavel Pavlovitch Antipov, qui ne voulait pas séjourner un seul jour de trop dans les hôtels, se mit sans tarder en quête d'un logement à leur convenance. Il ne savait pas encore si les lois du pays permettaient ou non aux étrangers d'acheter de l'immobilier. Mais tant de gens ici-bas étaient prêts à louvoyer pour leur intérêt personnel ou obtenir un profit qu'il ne doutait pas un seul instant pouvoir trouver, d'une manière ou d'une autre, un moyen de mener à bien son entreprise. Dix jours plus tard, l'occasion qui se présenta à lui surpassa toutes ses espérances. Ce fut lors d'un dîner auquel ils avaient été conviés par le propriétaire de leur hôtel. Quand l'usurier, près duquel il était attablé, se mit à parler d'un immeuble en construction dans l'un des quartiers les plus chics de la ville, dont les travaux avaient été suspendus à cause de la faillite impromptue de son propriétaire, il comprit d'emblée qu'il ne pouvait pas laisser passer cette opportunité servie sur un plateau. Le lendemain, il se rendit sur place séance tenante. Les travaux n'étaient pas aussi avancés que l'avait dit l'usurier ; hormis les fosses creusées pour les fondations, il n'y avait rien. Mais c'était mieux ainsi, beaucoup mieux. Ensuite, il se mit en quête des Russes blancs qui avaient partagé leur sort au début des années 1920, mais qui étaient restés et avaient pris la nationalité turque. Afin de faciliter les procédures légales, il lui semblait judicieux de faire figurer le nom d'un citoyen turc sur les documents, mais il ne se fiait à personne n'étant pas de la même origine que lui. Finalement, il réussit à s'entendre avec un vieux couple, discret et paisible, qui gagnait sa vie en vendant d'élégants abat-jour de leur fabrication dans une petite boutique d'Asmalımescit[1], et qui était devenu turc près de vingt ans auparavant. L'immeuble fut enregistré au nom d'une société paravent dans laquelle le couple n'avait aucune action. Pavel Pavlovitch Antipov n'avait nullement l'intention de marcher sur une planche pourrie ; il réfléchit longuement et paya abondamment. En dénouant les cordons de la bourse, il accéléra des démarches qui auraient demandé un temps et une peine infinis autrement. Il avait également laissé une coquette somme à sa compagne, restée en France, pour l'amadouer et la convaincre plus facilement de croire les mensonges qu'il lui avait racontés. Il ne se plaignait pas. Pour la première fois depuis des années, il distribuait de l'argent autour de lui sans compter. Il avait pris comme architecte un Arménien d'Istanbul avec la famille duquel il avait travaillé lorsqu'il était en France. Il ne lésina pas sur la dépense. Il voulait contrôler tous les matériaux qui seraient utilisés et être informé de chaque étape de la construction. Même s'il demanda parfois conseil à son épouse à propos du porche de l'immeuble, des murs du jardin, des garde-corps des balcons, des décorations de la façade, des courbes de l'escalier ou des marbres de l'entrée, il fit toujours comme bon lui semblait.

D'ailleurs, Agripina ne semblait pas très empressée de s'occuper de tels détails. Depuis son arrivée à Istanbul, elle passait le plus clair de son temps à écouter les querelles de sa garde-malade alsacienne et de sa dame de compagnie maghrébine qui ne la quittaient

1. Asmalımescit : rue dans le quartier européen de Beyoğlu.

pas d'une semelle, ou à contempler la mer de la fenêtre de sa chambre d'hôtel. L'expression de son visage lorsqu'elle regardait les eaux du Bosphore ne différait en rien de celle qu'elle avait lorsqu'elle regardait les vignes de la fenêtre de la clinique. De même qu'elle ne paraissait pas se réjouir d'être revenue sur les terres où ils avaient enterré leur bébé, il lui arrivait aussi parfois de ne plus savoir dans quelle ville elle se trouvait. Mais elle n'avait pas l'air malheureuse. Elle flottait au-dessus d'Istanbul comme un timide nuage de pluie frissonnant, au bord des larmes, n'ayant aucune influence sur rien et ne se laissant influencer par rien.

Aux yeux de Pavel Pavlovitch Antipov pourtant, cela n'était pas le signe de la maladie de son épouse ni de sa perte de contact avec le monde, mais la preuve de son innocence. Dans les guerres dont il avait été acteur et témoin, il avait vu nombre de soldats, de toutes nations, envoyés au front nourrir la croyance que s'il se trouvait un seul innocent parmi eux, rien de fâcheux ne pourrait leur arriver et que, grâce à lui, ils auraient la vie sauve. À présent, dans cet étrange voyage entrepris pour apaiser sa conscience, à l'heure du bilan d'une vie étonnamment longue, une croyance similaire le faisait s'abriter derrière sa femme.

Lorsque les murs extérieurs furent entièrement peints en gris, les cadres des fenêtres et les garde-corps des balcons peints en deux tons de gris différents, l'un plus sombre, l'autre plus clair que les murs, et que les fines décorations semblables à du liseron qui ornaient la porte d'entrée à double battant furent terminées, l'éblouissante beauté de l'immeuble apparut au grand jour. La particularité la plus frappante de cet immeuble, que Pavel Pavlovitch Antipov avait insisté pour construire dans un style Art nouveau, pourtant depuis longtemps passé de mode, provenait de ce qu'aucun des étages n'était similaire à l'autre. Les appartements du rez-de-chaussée avaient des fenêtres bien plus grandes que les autres, comme pour compenser l'absence de balcon. Quant aux balcons, ils différaient d'un niveau à l'autre. Ceux du premier offraient une avancée en forme d'hémicycle ; comme ceux du deuxième étage étaient fermés, on pouvait s'y asseoir en toute tranquillité sans être vu de l'extérieur. Les balcons du troisième étage, au lieu de la rambarde en fer dont étaient pourvus ceux du premier, étaient en pierre ornée de bas-reliefs à motifs végétaux, et fermés par une paroi flanquée de deux grandes jardinières en marbre scellées de chaque côté, de sorte à pouvoir y disposer de vraies plantes. La différence entre chaque étage était si frappante qu'en regardant la façade de l'immeuble on ne pouvait s'empêcher de penser que ses occupants, s'ils partageaient le même édifice, ne vivaient pas au même endroit.

Sur la façade, le bas-relief sculpté entre les fenêtres du rez-de-chaussée et du premier étage attirait particulièrement l'attention. Dans un cercle, un paon, à la tête minuscule et au corps énorme, pointait cinq plumes dans cinq directions différentes : deux orientées à gauche, deux à droite et la cinquième juste au-dessus de sa tête. D'énormes yeux avaient été dessinés à l'extrémité de ses plumes, ourlés de fines lignes fragiles faisant penser à des cils. Contrairement à ses plumes dont l'une pointait vers le ciel et les autres vers les quatre points cardinaux, la tête du paon était penchée en avant, vers le bas. À ses pieds, dans un cercle ovale que les passants ne pouvaient facilement distinguer d'en bas, il regardait les initiales du couple sculptées.

— Comment vas-tu le baptiser ? demanda-t-il à sa femme en lui montrant avec fierté l'immeuble.

Une douce brise fleurant le jasmin passa tendrement entre eux, et elle souffla à Pavel Pavlovitch Antipov les mots qu'il n'avait jamais pu exprimer :

— Agripina, voici ton bébé aux yeux gris. Il t'aimera toujours mais sans attendre en retour plus d'amour que tu ne peux en donner. Il sera tout à toi, et à toi seule, mais sans exiger que tu te sacrifies pour lui. Jamais il ne fera de caprice, ne pleurera, ne tombera malade ni ne mourra. Il ne grandira pas. Tant que tu ne l'abandonneras pas, lui non plus ne t'abandonnera pas. Il s'appellera comme tu voudras. Quel nom vas-tu lui donner ?

Agripina Fiodorovna Antipova écouta avec émotion ce que lui disait la brise. Elle resta silencieuse quelques minutes et après avoir bien réfléchi, les yeux étincelants, elle donna sa réponse :

— Bonbon !

Pavel Pavlovitch Antipov resta un long moment à dévisager sa femme, stupéfait. Puis, croyant qu'elle n'avait pas compris de quoi il s'agissait, il réitéra sa question, sans négliger cette fois de proposer quelques noms. Ils pouvaient choisir un nom faisant référence à leur patrie ; ou un nom rappelant l'Istanbul des années 1920, en souvenir de cette période. Ou, mieux encore, choisir des noms témoignant combien leur seconde arrivée ici était différente de la première. « Victoire » par exemple aurait été particulièrement bien choisi, ou bien « Honneur », « Bonheur », « Cime », « Souvenir », ou encore « Aventure », « Périple », « Sacrifice héroïque ». Ce pouvait être aussi « Ne m'oublie pas ». Ou bien « Les Retrouvailles », « La Concorde », « La Réjouissance ». Ils avaient à disposition des centaines de noms recelant un sens profond pour couronner leur réussite ; après tous les efforts, les sacrifices et l'argent qu'elle leur avait coûtés, elle méritait bien un couronnement.

Agripina Fiodorovna Antipova écouta avec un sourire docile les propos que lui tenait son mari. Mais sa réponse ne changea pas.

*

Lorsque Pavel Pavlovitch Antipov et Agripina Fiodorovna Antipova emménagèrent dans l'appartement numéro 10 de Bonbon Palace, le ciel était chargé de lourds nuages de plomb. Le monde entier était drapé de la même couleur fade, comme si Dieu n'avait plus de papiers de bonbon transparents. Après avoir rapidement fait le tour de la maison, Agripina, suivie de sa servante arabe et de sa garde-malade alsacienne à la mine renfrognée, se dirigea tout droit vers le balcon. Elle ouvrit les deux battants des fenêtres et sortit, découvrant la ville en face d'elle. Elle avait beaucoup changé, considérablement même. Elle regarda Istanbul, avec le perfide contentement d'une femme rencontrant des années plus tard une congénère dont elle avait toujours secrètement jalousé la beauté, pour la trouver fanée, flétrie et délabrée. Puis un fort vent du nord se leva. Elle eut soudain devant les yeux l'image de son propre visage ; son esprit se troubla ; ses yeux s'embuèrent. Elle constata qu'elle continuait à sourire, malgré tout, avec le même air de bonheur et de contentement. Entre-temps, Pavel Pavlovitch Antipov était venu la rejoindre sur le balcon. Il contemplait avec orgueil le sourire accroché au visage de sa femme. Comme elle semblait heureuse ! Cela valait donc la peine de revenir dans cette ville, tant d'années après. Les hommes, notamment ceux, qui, comme Pavel Pavlovitch Antipov, attendent que les bizarreries de la vie viennent les conforter dans leurs propres vérités, se plaisent à voir dans le bonheur satisfait de la femme qui est près d'eux la preuve irréfutable de leur réussite. Observant sa femme, en ce soir stambouliote où un fort vent du nord s'était substitué à la brise aux effluves de jasmin des jours précédents, Pavel Pavlovitch Antipov était fier de lui.

*

Le temps vint confirmer les craintes de Pavel Pavlovitch Antipov. Sa femme mourut avant lui. La garde-malade alsacienne et la servante arabe rentrèrent immédiatement en France. Mais Pavel Pavlovitch Antipov, lui, ne partit nulle part. Après la perte d'Agripina, il habita seul pendant deux ans l'appartement numéro 10 de Bonbon Palace. Lorsqu'il mourut, il avait exactement cent ans.

C'est ainsi qu'en 1972 la fille illégitime de Pavel Pavlovitch Antipov hérita de Bonbon Palace. Valérie Germain, qui habitait une grande maison de campagne aux environs de Paris avec ses quatre enfants dont le dernier était né l'année de ses quarante ans, n'assista pas à l'enterrement de son père. L'existence de ce père n'était qu'un grand vide sans écho, et de même qu'elle n'avait pas mis le pied dans le cimetière où il avait été enterré aux côtés d'Agripina, elle resta de marbre face à cet héritage inattendu. Ni à ce moment ni plus tard, elle n'eut la curiosité de venir voir l'immeuble. Avec l'aide d'un agent immobilier turc, aussi avide que parfaitement compétent dans son domaine, elle mit tous les appartements en location, et tant que l'argent était régulièrement versé chaque mois sur son compte en banque, elle préféra ne se mêler de rien et suivre les affaires de loin. Mais à peine trois semaines après avoir loué l'appartement numéro 10, elle reçut une brève missive, à l'écriture soignée et rédigée dans un français impeccable. La femme qui avait loué l'appartement l'informait que les affaires personnelles de Pavel Pavlovitch Antipov et de sa femme étaient encore là. Elle précisait que, les meubles étant très nombreux et de grande valeur, il serait utile que la propriétaire se déplace et vienne en personne évaluer la situation, mais que si cela n'était pas possible, elle pouvait faire appel à une société de déménagement qui expédierait le tout en France. La locataire ajoutait qu'elle était prête à apporter son aide pour cette transaction.

Dans la lettre qu'elle lui écrivit en réponse, Valérie Germain la remercia de l'intérêt qu'elle avait manifesté et, après avoir précisé qu'elle était désolée du dérangement bien involontaire que cela occasionnait, elle déclara sans ambages qu'elle ne pensait absolument rien récupérer. La locataire pouvait donner ou utiliser à son gré ce qu'elle désirait garder, et jeter à la poubelle ce dont elle ne voulait pas. Elle lui en laissait l'entière décision. Naturellement, si débarrasser la maison venait à occasionner des frais quelconques, elle était prête à les déduire du loyer.

Une autre lettre lui parvint sans tarder. La locataire de l'appartement numéro 10 écrivait qu'elle ne pouvait se résoudre à jeter tous ces meubles à la décharge, qu'il fallait absolument les conserver, et croyait que la propriétaire lui donnerait également raison quand elle les verrait. En attendant, elle était prête à en prendre soin. À la fin de sa lettre, elle avait ajouté une liste de cent quatre-vingt-un articles décrivant avec force détails les meubles en question ; elle y avait joint une photo noir et blanc. C'était une photo de Bonbon Palace. Elle avait été prise immédiatement après sa construction, probablement par Pavel Pavlovitch Antipov, alors que personne n'y avait encore emménagé.

Sur la photo, l'immeuble paraissait terne et peu avenant. Il n'y avait pas âme qui vive à l'intérieur, ni aux fenêtres ni aux balcons, et personne sur les trottoirs ni sur la chaussée. On aurait dit un orphelin de guerre, ayant perdu tous ses proches et privé des regards qui auraient pu le voir grandir. Et il était passablement coupé de toute implantation géographique. Aucun indice sur ce qui l'entourait ni sur l'apparence de la ville dans laquelle il était situé. Cela aurait pu être n'importe quel coin de la planète. N'importe quelle époque autre que le présent…

Cette photographie plut à Valérie Germain. Pendant une longue période, elle resta aimantée sur la porte du réfrigérateur avec les listes de courses, les factures à régler, les mesures de calories, les recettes de cuisine, les cartes postales de vacances et les dessins des enfants. Puis ses enfants grandirent, elle vieillit, et elle finit par égarer la photo de Bonbon Palace, à un moment, quelque part.

Maintenant…

NUMÉRO 3 :
LES COIFFEURS DJEMAL & DJELAL

— Mon Dieu, quel péché avons-nous donc commis pour que tu nous infliges une telle puanteur ! Nous vivons au milieu des poubelles. Nous n'allons pas tarder à nous transformer en coqs et à gratter de la patte.

Celui qui tenait ces propos était Djemal. Et chaque fois que Djemal racontait quelque chose, soit de lui-même, soit qu'on l'en priât, les rires des femmes l'accompagnaient. Mais cette fois, il en alla tout autrement. Sa phrase à peine achevée, un silence de plomb s'abattit dans le salon de coiffure.

De tels silences étaient plutôt rares par ici. Il fallait pour cela qu'un grand nombre d'événements, en eux-mêmes déjà totalement improbables, coïncident miraculeusement. Il fallait par exemple que cessent les klaxons assourdissants des voitures qui s'engageaient à la queue leu leu dans la rue Jurnal pour éviter la circulation de l'axe principal, et provoquaient un chaos indescriptible ; que s'arrêtent les cris du marchand de pastèques qui avait installé son étal au coin de la rue et les haut-parleurs de son concurrent qui, à bord de son antique camionnette, sillonnait sans répit le quartier, repassant au même endroit toutes les vingt minutes ; et il y avait bien sûr les enfants, qui emplissaient à dix mètres de là le parc de jeux coincé entre les immeubles, équipé de deux balançoires, d'une planche à bascule et d'un pauvre toboggan dont le métal chauffait si vite sous le soleil qu'on s'y brûlait le derrière ; il fallait que tous ces bruits, comme s'ils se passaient le mot, cessent d'un seul coup et en même temps. Mais comme l'abondance des sources sonores dans le salon de coiffure n'avait rien à envier à celle du dehors, c'est à l'intérieur que l'essentiel du miracle devait se produire pour que puisse régner un silence digne de ce nom, ne serait-ce que l'espace d'un instant. Il fallait, par exemple, que la télévision trônant dans un coin, constamment allumée et branchée sur la même chaîne musicale, se taise rien qu'un moment – et il ne pouvait en être question que durant les quelques minutes précédant la mise en marche du générateur pendant les coupures d'électricité, ou lorsqu'une cliente s'asseyait par mégarde sur la télécommande. Il fallait que s'arrêtent simultanément le souffle rugissant des sèche-cheveux, le ronflement monotone des casques placés au-dessus de la tête des clientes telles des coiffes transparentes de grand vizir, le frémissement de l'eau du samovar qui bouillait continuellement dans la cuisine du fond, le vrombissement mécanique des ventilateurs au plafond, le crissement des feuilles d'aluminium serrées une par une sur les mèches enduites de teinture, le bruissement des robinets ouverts au moment du shampoing, les jérémiades d'une cliente qui trouvait cette eau lui coulant d'un seul coup sur la tête soit trop chaude soit trop froide, la friction agaçante de la lime sur les ongles, les petits glapissements s'élevant du fond de la salle d'épilation, le frottement des pelles et des balais en action toutes les cinq minutes pour ramasser les cheveux épars sur le sol, et les conversations que l'arrivée de nouvelles clientes réanimait constamment, ou qui languissaient et s'étiolaient sans jamais trouver de conclusion ni de point final. Il fallait donc que tout, au même moment, marque une pause pour faire place à un silence pur et absolu. Évidemment, si cela advenait, quand bien même cela aurait été de l'ordre du possible, il fallait surtout, et avant tout, que Djemal se taise.

Mais le monde est un endroit plein de miracles. C'est du moins le cas de Bonbon Palace. Voilà que surgissant d'on ne sait où, de rondes nuées de silence s'engouffrèrent par les fenêtres ouvertes jusqu'au fond du salon, et recouvrirent toutes les sources de nuisance sonore sous un rempart d'ouate. Dans ce silence limpide, Djelal poussa un long et profond soupir d'aise. Il n'aimait pas le brouhaha, ni entendre jacasser du matin au soir. Mais il n'y pouvait rien. Pour la bonne raison que c'était son frère de sang, son vrai jumeau qui déclenchait le vacarme usant auquel il était exposé toute la journée. Djemal parlait beaucoup. Il avait tout le temps quelque chose à dire et envie de le raconter. Toute la journée – sans se préoccuper de son accent à couper au couteau qu'il n'avait jamais réussi à corriger et ne semblait plus capable à cette heure de jamais rectifier – il babillait avec les clientes, l'œil constamment rivé sur la télévision, critiquait les clips, morigénait sans répit les apprentis, et l'oreille tendue vers les conversations des autres, il répondait à l'un, lançait un mot à l'autre, tout cela dans un flot continu.

Cependant, Djelal ne lui en tenait pas trop rigueur. Comme beaucoup de gens qui pensent que leur cadet a eu une enfance plus difficile que la leur, Djelal nourrissait une tendre affection pour son jumeau, né trois minutes après lui. Ils avaient été séparés lorsqu'ils étaient petits. Djelal était resté avec sa mère à la campagne – il avait vécu dans un cocon étouffant mais plein d'amour, limité mais protecteur, là où il avait toujours eu ses racines. Djemal, lui, était parti en Australie avec son père – pour vivre dans un univers où il était libre mais sans protection, sans limites mais complètement isolé, dans une langue qui faisait de lui un étranger, moitié sédentaire et moitié nomade. Après cette brusque séparation et une jeunesse passée sans nouvelles l'un de l'autre, leurs routes s'étaient à nouveau croisées avec le retour impromptu de Djemal. Toute la famille avait mis ce retour sur le compte du mal du pays et lui avait ainsi pardonné l'infidélité dont il avait fait preuve des années plus tôt en ne venant pas à l'enterrement de sa mère. Parce que la situation d'un pays influence toujours la perception de ses citoyens. Les gens des pays en voie de développement se plaisent à chérir ceux qui rejoignent leurs rangs après avoir vécu dans des pays développés, a fortiori s'ils en sont originaires. Djemal aussi, qui s'était converti à l'islam dès son retour à Istanbul, eut largement sa part de cette affection particulière vouée aux chrétiens, aux étrangers installés en Turquie, aux touristes qui chaque année viennent systématiquement y passer leurs vacances, et surtout aux Occidentales mariées à des Turcs et ayant consenti à donner un prénom turc à leurs enfants.

En réalité, il considérait l'Australie comme son pays et n'appréciait guère la Turquie ni les Turcs. Encore moins les Turques ! Avec leurs épaules étroites, leurs hanches larges, leurs proportions s'élargissant de manière inconsidérée du haut vers le bas, elles étaient autant de petites poires sans attrait et négligées. De plus, elles étaient passablement conservatrices question cheveux. Toujours les mêmes coupes, les mêmes couleurs. Il n'en avait encore jamais rencontré avec des cheveux ras, coupés aussi court que ceux des hommes. Il était vraiment étrange qu'il ne leur soit jamais venu à l'idée de se faire couper les cheveux alors qu'elles ne toléraient pas le moindre poil sur le corps. Non, vraiment, Djemal n'était pas enchanté d'être là. La seule raison qui le retenait de partir était son jumeau, resté cloué en Turquie. Cette moitié de lui-même laissée derrière lui, ce nom qui ne différait du sien que par une seule lettre étaient devenus le rappel de la brèche ouverte à jamais dans son moi profond. S'il avait pu l'arracher à ces terres, il n'aurait pas hésité à l'emmener en Australie. Mais conscient que Djelal ne viendrait jamais avec lui et qu'il ne pourrait jamais vivre ailleurs que dans son pays, la seule solution qu'il avait trouvée avait été de prendre ses cliques et ses claques et toutes ses économies pour venir s'installer à Istanbul.

Quant à Djelal, même s'il ne pourrait jamais le lui avouer, il avait été la proie d'une profonde inquiétude au moment de rencontrer son jumeau. Alors qu'il l'attendait dans le hall des arrivées du terminal des lignes internationales, il était resté saisi d'étonnement d'abord, puis de honte, devant l'homme ventripotent, aux cheveux crépus et au nez énorme qui courait vers lui les bras ouverts en poussant des exclamations de joie. Et accoutré d'une manière, avec ça ! Un tee-shirt loufoque avec des kangourous de toutes les tailles, un short d'un vert criard, et pire que tout, des sandalettes de cuir attirant le regard sur ses pieds affreux, roses et poilus. En plus, il ne tenait pas en place ! Pour expliquer une petite chose, il fallait qu'il remue dix fois les bras et parle avec les mains, paf pouf, il heurtait quelqu'un ou renversait quelque chose. Et un vrai moulin à paroles ! Tout éploré, il jurait ses grands dieux que plus jamais ils ne seraient séparés ; il parlait de mirobolants projets sans queue ni tête, et le diable l'emporte, jamais il ne se taisait. À en croire tous les propos qu'il débitait sans répit, il avait l'intention d'investir l'argent qu'il avait apporté pour monter une affaire en commun. Serrant contre lui son frère qui portait ses valises, il l'embrassa sur les joues de ses lèvres collantes comme des ventouses, agitant les bras de chaque côté comme un apprenti funambule tâchant de garder l'équilibre sur son fil. Au beau milieu de l'aéroport il s'écria :

— Voici les jumeaux magnifiques ! Peu importe ce que l'on fera, l'essentiel maintenant est de ne plus nous séparer. Si l'on doit s'en sortir, c'est ensemble, et si l'on doit faire faillite, c'est ensemble que nous sombrerons !

Djelal, qui ne savait plus où se mettre, semblait d'ores et déjà au fond du gouffre. Pétri d'angoisse, il considérait son reflet, en lequel il ne se reconnaissait absolument pas, et qui lui était plus étranger que ne l'eût été un parfait étranger.

Djelal n'était pas du genre à s'engager à l'aveuglette, mais comme c'était un cœur d'artichaut, il fut incapable de résister à l'enthousiasme de son jumeau. Et lorsque se posa la question de savoir ce que chacun était capable de faire, une incroyable coïncidence les laissa tous deux comme deux ronds de flan : au cours de la période qu'ils avaient passée loin et sans nouvelles l'un de l'autre, même si les motivations et les modalités avaient été différentes, ils avaient pratiqué le même métier. Djelal était coiffeur pour dames ; Djemal, lui, avait passé toutes ces années dans un salon de coiffure mixte. Cette découverte ne fit que décupler l'enthousiasme débordant de Djemal.

— Les coiffeurs jumeaux ! hurla-t-il avec superbe – puis, comme s'il allait dire autre chose, il se fit l'écho de lui-même avec un plus grand enthousiasme encore : Les jumeaux coiffeurs !

Voyant le contentement infini qui s'était peint sur son visage, n'importe qui aurait pensé que Dieu venait d'exaucer la totalité des souhaits de la longue liste qu'il lui avait écrite. Tandis que son frère, impavide, en était encore à peser le pour et le contre, il s'était hardiment retroussé les manches et déjà mis à la recherche d'un lieu. Dès qu'une idée lui plaisait, Djemal démarrait au quart de tour et brûlait de réaliser sur-le-champ tout ce qui devait l'être. Alors que même aujourd'hui l'éventualité de le voir avancer à pas mesurés était fort peu probable, elle était plus qu'impossible à l'époque où il ignorait, et préférait sans doute ignorer, combien Istanbul était une ville intraitable. Avant qu'une semaine ne se soit écoulée, il avait déjà loué le lieu dont ils avaient besoin pour le salon de coiffure ; qui plus est en avançant un an de loyer. C'était un appartement avec vue sur le Bosphore, au premier étage vu de l'avant, mais au rez-de-chaussée vu de l'arrière, dans un immeuble construit de façon illégale sur un terrain en hauteur. Dès que Djelal vit l'appartement, il s'escrima en vain à expliquer à son frère que cette vue, dont il avait bien compris qu'elle était la principale raison du choix de son jumeau, n'aurait aucune espèce d'importance pour les clientes. Ils emménagèrent, et passèrent des mois à regarder voler les mouches. Sur ces entrefaites, de fortes pluies commencèrent à s'abattre. Le salon fut envahi à quatre reprises par les eaux, et une autre fois par toute une meute de créatures, dont ils supposèrent d'après les traces laissées par leur passage qu'il s'agissait de chats des rues. Finalement, au bout du cinquième mois, ils rassemblèrent tout ce qu'ils avaient pu sauver des eaux et des félins, ainsi que l'argent restant après l'investissement hâtif de Djemal, et décidèrent de refaire une nouvelle tentative. Cette fois-ci, c'est Djelal qui choisirait leur local. Après avoir longuement cherché, examiné et pesé toutes les possibilités qui s'offraient à eux étant donné les circonstances, il décida que le lieu le plus approprié était l'appartement à louer au rez-de-jardin d'un immeuble gris, assez ancien et en mal d'entretien mais qui visiblement avait dû avoir du cachet en son temps, de plain-pied sur une rue débouchant sur une grande avenue très passante dans un quartier assez animé.

— C'est bizarre, non ? dit Djemal lorsqu'ils investirent leurs nouveaux locaux. Moi qui suis un bavard invétéré, je me suis débrouillé pour dénicher un salon dans un endroit désert. Et toi qui es muet comme une carpe, tu es allé choisir un endroit bruyant. Ce qui veut dire que nous sommes à l'opposé, non seulement l'un de l'autre, mais aussi de nous-mêmes !

Cependant l'antagonisme de leur caractère ne se reflétait absolument pas dans les photographies de 50 x 60 cm prises à l'occasion du 19e concours des Coiffeurs traditionnels de la région de Marmara auquel ils avaient participé trois ans plus tôt, et qui, sur l'insistance de Djemal, avaient été agrandies, encadrées et suspendues juste en face de l'entrée. Djemal portait ce jour-là un tee-shirt avec des perroquets orange et Djelal une chemise kaki, mais finalement, ils avaient concouru en réalisant la même coiffure et été tous deux éliminés avant d'atteindre la finale. C'était pourtant le modèle qu'ils préféraient : un chignon lâche, bas sur la nuque, fait de larges boucles souples d'un roux cuivré. Sur ces photos, où tous deux avaient été immortalisés en train de réaliser ce même chignon, à des moments différents et sur des modèles différents, la ressemblance était frappante. Les clientes ne se lassaient pas de les regarder et de chercher les détails qui les différenciaient. D'ailleurs, dans les salons de coiffure pour dames, le principe de répétition est à l'œuvre. Le temps qui, à l'extérieur, se court toujours après comme pour se mordre la queue, freinait son rythme et ralentissait dès qu'il passait la porte, et comme un méchant chewing-gum qui se colle à la semelle sur l'asphalte fondu par la chaleur d'été, il s'allongeait à mesure qu'on tirait pour l'enlever ; plus on tirait plus il s'étirait, plus on l'étirait… Le meilleur aspect dans les choses qui se répètent, c'est qu'elles nous sont familières ; on se sent en confiance parmi elles, comme si l'on était en territoire connu, en compagnie de vieux amis. Les coiffeurs des salons pour dames doivent leur tranquillité d'esprit, une tranquillité qu'aucun autre lieu de travail ne pourrait leur offrir, au mouvement perpétuel du cycle des répétitions qui y règne. Comme chaque chose que font les clientes a de fortes chances d'avoir été déjà faite de nombreuses fois auparavant, cela peut très bien se répéter indéfiniment. Tous les catalogues de coiffeur sont identiques, qu'importe, on les regarde tous un par un. On ne lit jamais du début à la fin les revues féminines qui circulent de main en main, on les feuillette au hasard. Revenir encore et encore aux mêmes chapitres ne présente aucun inconvénient. Les femmes assises devant les miroirs s'observent mutuellement. Entre deux coups d'œil, il ne s'opère pas de grand changement chez celles qui sont examinées, mais qu'à cela ne tienne, elles se retournent et regardent encore. On ne lit pas les journaux page après page, on les survole, du début à la fin et de la fin au début. Les verres de thé sont toujours bus à moitié, ils refroidissent, ils sont à nouveau remplis, pour à nouveau être bus à moitié et refroidir ; les conversations en cours s'interrompent, on passe du coq à l'âne, on reprend du début les mêmes propos, les mêmes clips passent à la télévision, on les regarde de manière décousue, on fait et rabâche toujours les mêmes commentaires sur les mêmes chansons et les mêmes chanteurs... Il n'y a aucun impératif à mener une chose d'un bout à l'autre, d'une seule traite ou intégralement. De toute façon, la vie est une chaîne de répétitions ; sans début ni fin. Et elle continuera ainsi, comme elle l'a toujours fait. Si le monde avait une fin, et l'apocalypse un lendemain, l'archange Israfil ne sonnerait pas de la trompette chez le coiffeur pour dames. À Istanbul, un séisme menace à tout moment, à chaque seconde. Mais pas là-bas, jamais chez le coiffeur pour dames.

Les différences que présentaient entre elles les photographies sur le mur étaient sans cesse pointées du doigt par les clientes. Il est vrai que le regard des femmes a plutôt tendance à s'attacher aux différences qu'aux ressemblances. Montrez pendant trois secondes à un homme la photo de cinq belles jeunes femmes à la taille de mannequin, en maillot de bain bleu, les cheveux tirés en queue-de-cheval, alignées au bord d'une piscine. L'image qu'il aura vue sera probablement celle-ci : (au bord d'une piscine, une belle jeune femme à la taille de mannequin, avec une queue-de-cheval et un maillot de bain bleu) x (5). Montrez alors la même photo, toujours pendant trois secondes, à une femme : l'image qu'elle aura vue sera probablement celle-ci : cinq mannequins au bord d'une piscine, certaines jolies, mais d'autres encore plus belles, certaines se tenant droites et d'autres plus voûtées, certaines la queue-de-cheval encore en place, d'autres de travers, et vêtues d'un maillot de bain bleu faisant paraître certaines plus minces et d'autres plus rondes.

Cependant, lorsqu'il était question des photographies de Djemal et de Djelal prises lors du 19e concours de Coiffure traditionnelle de la région de Marmara, le regard exercé des femmes avait du mal à déceler les différences. Mis à part leurs vêtements et les bijoux en argent de Djemal, ils étaient en tous points semblables, jusqu'à l'expression de leur visage. De leur façon similaire de pencher la tête sur le côté jusqu'au degré d'inclinaison de leur corps au-dessus du modèle, de leur façon de plisser le front et de froncer les sourcils, comme pour montrer combien ils prenaient leur travail au sérieux, jusqu'à celle de plier leurs doigts... Malgré tout, une petite divergence ne pouvait échapper au regard : Djemal se mordait légèrement la lèvre inférieure – peut-être parce qu'il savait qu'il n'était pas aussi bon coiffeur que son frère, peut-être parce qu'il n'aimait pas autant que lui les chignons d'un roux cuivré, avec de grosses boucles souples enroulées sur la nuque, peut-être aussi parce qu'à cet instant, il ne pensait qu'à terminer au plus vite pour manger quelque chose. Djemal, qui depuis son retour en Turquie s'empiffrait de toutes sortes de pâtisseries et adorait manger, et Djelal qui avait un appétit d'oiseau, et pour qui la notion de repas se limitait à avaler une soupe, étaient exactement de la même corpulence, et cela restait une énigme, que même les habituées du salon de coiffure croyaient ne jamais pouvoir résoudre.

Mais lorsqu'on en venait à la manière dont ils exerçaient leur métier, les ressemblances entre les jumeaux trouvaient leurs limites et leurs différences ressortaient. C'est pour cela que les clientes de Djemal et de Djelal étaient différentes. Naturellement, il arrivait qu'une même cliente choisisse l'un ou l'autre selon l'humeur du jour. Même celles qui adoraient rivaliser de volubilité avec Djemal pouvaient, à certains moments, vouloir être coiffées par Djelal. Surtout pour des occasions particulières comme des fiançailles, un mariage ou une autre cérémonie, et les jours de mirifiques rendez-vous, la préférence de toutes allait sans conteste à Djelal. C'était l'adresse attitrée des cas d'urgence et des situations désespérées. Celles qui décidaient de rafraîchir elles-mêmes leur coupe et se taillaient des escaliers, celles qui semblaient avoir été frappées par la foudre à force de permanentes bon marché, celles qui à force d'entortiller leurs mèches faisaient des nœuds gros comme des nids d'oiseau, celles dont les cheveux s'étaient desséchés comme de la paille à force d'user de recettes de grands-mères, celles qui se retrouvaient avec des barbes de maïs à cause de l'abus d'eau oxygénée, celles qui, le soir venu, n'aimaient plus la couleur qu'elles avaient faite le matin, celles qui se retrouvaient victimes des essais malhabiles de coiffeurs débutants, et celles qui regrettaient mille fois la coupe impossible qu'elles avaient tentée la veille, toutes venaient en se lamentant confier leur tête aux mains de Djelal. Son caractère, qui ne ressemblait en rien à celui de son frère, faisait des miracles dans ce genre de situations difficiles, et il réconfortait toutes les clientes à court de solutions. Grâce à son silence austère, au respect qu'il portait à son travail et à son talent de consolateur, tout le monde s'accordait à penser que, quel que soit le degré de gravité de la catastrophe, il n'y avait de cheveux qu'il ne puisse sauver, de coupe qu'il ne puisse rattraper, ni rien qui lui soit impossible.

Par qui et quand se ferait coiffer telle ou telle cliente ? La question n'avait jamais posé aucun problème entre les deux frères. En cela, comme pour nombre de sujets, il régnait entre eux une entente tacite ; tant que la distribution naturelle des rôles était respectée, personne n'empiétait sur les plates-bandes de l'autre. En général, au cours des deux minutes suivant l'entrée d'une femme dans le salon, ils comprenaient en un clin d'œil quel était son problème et adaptaient leur accueil. Si, après avoir brutalement ouvert la porte au point d'en briser la sonnette, la cliente déboulait, l'air désespéré, Djelal abandonnait ce qu'il était en train de faire et s'avançait à pas lents ; en même temps, les yeux sur les cheveux de la personne qui se tenait en face de lui, il essayait d'évaluer l'ampleur du problème. Dans les cas ordinaires, où il n'y avait pas lieu de se précipiter, il revenait à Djemal de faire les honneurs de l'accueil. Interrompant alors la conversation qu'à cet instant il ne manquait certainement pas de tenir, il accueillait la cliente avec force courbettes et une politesse empressée qu'il était incapable de doser, et s'il connaissait la personne qui était devant lui, il ne manquait pas de lui glisser quelques paroles douces amères pour lui reprocher d'avoir tant tardé à revenir depuis la dernière fois. D'après Djemal, chaque femme devait passer au moins une heure par jour chez le coiffeur.

Bien que seules les habituées du salon de coiffure puissent en tenir la comptabilité, il y avait une personne qui, depuis le début, sans exception aucune, se faisait toujours, et uniquement, coiffer par Djelal. Une personne qui appréciait au moins autant que lui le rare et précieux silence, qui s'était subitement abattu peu de temps avant : Mme Teyze. Cette frêle vieille dame, qui vivait seule dans l'appartement numéro 10 au dernier étage de Bonbon Palace, venait sans faute une fois tous les quinze jours pour rafraîchir les pointes de ses fragiles cheveux clairsemés et se faire coiffer correctement, et une fois par mois renouveler sa teinture platine. Ce sujet donnait du grain à moudre aux assidues du salon. Cette femme était beaucoup trop âgée pour un blond platine ou bien ce blond était beaucoup trop platine pour son âge. Elle avait soixante-dix-huit ans. Elle n'avait plus l'âge d'être blonde. D'accord, elle l'était, mais si au

moins elle n'avait pas été si sérieuse ni si austère !
C'était un concentré de gravité. Au lieu de ça, si seulement elle avait eu un peu d'humour, si au moins elle avait eu un peu l'esprit tourné à la plaisanterie ! Si seulement elle avait été une de ces petites vieilles, pas encore arrivées à l'heure du bilan avec Dieu parce qu'elles n'ont toujours pas fini de régler leurs comptes avec le destin, dont on peut lire dans les yeux les traces de la vie de bohème qu'elles ont menée, une heureuse petite vieille sans tabou ni complexe, ne se souciant de personne, aimant les bons mots, et bavarde comme une pie ! Dans ce cas, sa couleur de cheveux aurait pu lui aller. Mais elle, elle était aussi loin de tout laxisme qu'une bigote, aussi rigide que si elle avait été dessinée à la règle, et pesante comme un lingot, et blonde platine pardessus le marché. Pour les habituées du salon de coiffure, c'en était trop.

C'en était trop, car dans le monde codifié des couleurs et des teintures, les règles sont strictes. Tout le monde le sait. Des cheveux teints en blond ne vont pas de pair avec le respect. Une femme blonde ne peut transgresser cette règle qu'à une seule condition : qu'elle soit une vraie blonde ! L'originalité est un problème tout à fait spécifique aux blondes. Les rousses, les brunes, les châtaines et les albinos peuvent se teindre les cheveux aussi souvent qu'elles le souhaitent et dans toutes les variations de tons imaginables, jamais elles ne se retrouvent, cinquante fois par jour, confrontées à la question de l'authenticité de leur couleur. Le désir de blondeur pousse les femmes au mensonge et les incite à la supercherie. Mais leur imposture apparaît rapidement au grand jour. Elles peuvent toujours essayer de convaincre les autres, la vérité ricane sournoisement à la racine de leurs cheveux. La blondeur fait de son adepte une falsificatrice, et de sa représentante authentique une asociale.

Mais voilà, la couleur de ses cheveux ou le fait qu'elle se maquille encore à son âge n'entamait en rien le respect qu'éveillait Mme Teyze dans son entourage. Dès le premier jour, il fut évident que, avec son austère gravité et son mutisme majestueux, elle serait la cliente de Djelal et le resterait. Lorsqu'ils se voyaient, même si l'on comprenait à l'éclat de leurs yeux qu'ils s'entendaient plutôt bien, même s'il leur arrivait parfois d'ouvrir la bouche pour échanger quelques mots, il était difficile de comprendre de quelle manière ils communiquaient. D'ailleurs, si cela n'avait tenu qu'à eux, les mots auraient été distribués chaque mois avec des tickets de rationnement. Les gens devaient avoir conscience que les paroles sortant de leur bouche faisaient partie des ressources pouvant venir à manquer, comme l'eau qu'ils buvaient ou la terre qu'ils cultivaient, et qu'à force de parler ils entamaient leur quota.

Malheureusement, cet après-midi-là, la sérénité de ce duo adepte du silence ne dura pas plus de quatre minutes. Soudain, la porte s'ouvrit et la sonnette tinta. Rapidement mais sans affolement, une jeune femme entra dans le salon, et avec elle s'engouffrèrent les sons métalliques des haut-parleurs du vendeur de pastèques, qui circulait dans la rue comme s'il distribuait des ordres à la ronde. Une blouse plastifiée à motifs léopard autour du cou, installées côte à côte sur les fauteuils pivotants devant le miroir qui recouvrait tout le mur de haut en bas, trois femmes, toutes clientes de Djemal, tournèrent la tête, avec les bigoudis, les pinces, les bonnets et les papillotes de papier aluminium, pour examiner la nouvelle venue de la tête aux pieds. Dès qu'elles comprirent qui elle était, elles l'observèrent de manière encore plus appuyée, des pieds à la tête cette fois-ci. C'était un moment à marquer d'une pierre blanche. Car jamais jusqu'à présent la Maîtresse Bleue n'avait mis le pied dans ce salon de coiffure.

Djelal lança un rapide coup d'œil vers la porte et reprit son travail. Pour l'heure, il n'avait nullement l'intention de s'occuper d'autres cheveux que des mèches blond platine de sa vieille amie ; qui qu'elle soit, cette nouvelle cliente n'avait d'ailleurs pas une attitude à être sa cliente. Quant à Djemal, il n'était pas aussi indifférent ni aussi peu informé que son jumeau. Au contraire, grâce aux commérages qui du matin au soir, hiver comme été, coulaient comme l'eau d'une fontaine dans le salon de coiffure, il avait glané pas mal d'informations au sujet de la Maîtresse Bleue. Il savait par exemple qu'elle avait tout juste vingt-deux ans. Il avait aussi entendu dire que, quelques semaines plus tôt, au coin de la rue, elle s'en était prise à un jeune homme qui l'avait abordée et lui avait fait des avances, et quand ce dernier avait tenté de minimiser l'affaire, elle avait ouvert le sac d'ordures qu'elle était venue jeter et en avait renversé tout le contenu sur le malotru. Il savait aussi qu'elle s'était disputée avec le gardien, un homme pieux qui avait fait le pèlerinage à La Mecque, parce que le reçu qu'il lui avait préparé pour la facture d'eau de l'immeuble, établie et divisée selon le nombre de personnes vivant dans chaque foyer, n'était pas calculée sur la base d'une personne mais de deux ; et bien qu'elle dise louer et habiter seule l'appartement numéro 8, il savait naturellement qu'elle était la maîtresse d'un négociant en huile d'olive qui aurait pu être son père, et que l'homme venait s'enfermer chez elle au moins quatre jours par semaine et était on ne peut plus mal aimable. Il savait tout cela, et à la vérité brûlait d'en apprendre davantage.

Il passa le pinceau à reflets qu'il tenait à la main à son apprenti, celui qui avait de l'acné, et tout en se dirigeant vers la porte avec un sourire engageant, il tira en un clin d'œil un portrait en pied de cette cliente inattendue. Physiquement, elle n'avait rien d'extraordinaire. Même si ce n'était pas une poire, son corps avait tout de même quelque chose de la forme d'une poire. Elle portait une robe longue à bretelles, fluide et sans forme ; elle était bien trop couverte pour une maîtresse. Mais comme elle ne portait pas de jupon en dessous, le soleil qui passait par la porte vitrée laissait parfaitement voir ses jambes. Elle donnait l'impression de vouloir à la fois cacher et montrer son corps ; mais peut-être avait-elle simplement l'esprit troublé. Et son visage... c'était son visage qui était bizarre. Le visage de certaines personnes est un aimant couvert de peau. Tous les mouvements de leur personnalité, les flux et les reflux, les hauts et les bas, la quintessence et le résumé s'y trouvent concentrés. Ils pensent avec leur visage, ils parlent, marchent, se disputent, ont faim, se réjouissent, aiment ou font l'amour avec leur visage. Leur corps n'est là que pour porter leur visage, il relève d'une règle nécessaire mais néanmoins superflue. En fait, chacun d'entre eux est un visage sur pied. Aussi ne peuvent-ils jamais masquer leurs émotions. Tout ce qu'ils ressentent se manifeste immédiatement tel quel sur leur visage. Le visage pâle de la Maîtresse Bleue, dont le nez était orné d'un minuscule brillant bleu, ruinait tous les efforts qu'elle faisait pour dissimuler sa contrariété. Djemal fit un pas dans sa direction, et bien que ce ne fût pas dans ses habitudes, il lui serra la main, rompant avec l'accueil traditionnellement réservé aux clientes chez les coiffeurs pour dames. De même que beaucoup d'homosexuels qui s'ignorent n'éprouvent aucune difficulté à discuter avec le sexe faible, tout en les rabaissant en leur for intérieur à un sous-genre, il éprouvait de son côté un intérêt particulier pour les femmes que leurs congénères, par haine et par jalousie, mettaient au ban.

Tâchant d'échapper aux regards curieux, vifs et pervers qui convergeaient sur elle tous azimuts, la Maîtresse Bleue avança d'un pas à la fois vif, timide et irrité en direction du fauteuil pivotant que lui indiquait Djemal. Lorsqu'elle s'installa en face du haut et large miroir, avec les autres femmes, les regards et les croisements de regards s'amplifièrent de leurs reflets. La blonde avec une coquetterie dans l'œil, qui venait se faire décolorer les racines une fois par semaine sans que personne puisse la convaincre qu'il n'était pas nécessaire de le faire aussi fréquemment, la châtaine nerveuse qui fumait cigarette sur cigarette en attendant que prenne sa permanente et qui ne cessait de remuer ses pieds préparés pour la pédicure avec des morceaux de coton coincés entre les orteils, la rousse enrobée avec deux épais traits orange au-dessus des yeux parce qu'elle se faisait teindre les sourcils en même temps que les cheveux, et la petite dame âgée au fond, toutes avaient les yeux rivés sur elle comme si chacune attendait qu'on lui cède la priorité.

L'un des apprentis, celui qui avait de l'acné, noua une blouse aux motifs léopard tachetée de teinture autour du cou de la Maîtresse Bleue en faisant son possible pour ne pas la toucher, puis s'éloigna rapidement. L'apprenti était habitué aux plaisanteries salaces à propos de ses boutons. Il éprouvait une épouvantable angoisse à l'idée que son visage le trahisse en rougissant devant chaque personne qu'il verrait le lendemain, comme pour confesser les péchés qu'il commettait la nuit d'une seule main. Pour le jeune homme, être obligé de travailler dans un salon de coiffure pour dames à cette période délicate de sa vie constituait un sacré manque de veine. Tandis qu'il s'éloignait d'un pas dégingandé, il ne remarqua pas le chat qui s'était silencieusement introduit par la fenêtre ouverte. Au cri déchirant que poussa l'animal lorsqu'il lui marcha sur la queue, toutes les femmes braquèrent les yeux dans cette direction.

C'était un énorme matou à poils longs, à la mine patibulaire et d'un noir de suie. Un de ces chats qui vous regardent comme si, depuis la nuit des temps, existait une vendetta entre les chats et les humains, et vous toisent de leurs yeux en fente comme si vous étiez de la merde. Mais comme une poignée de longs poils blancs, rayonnant des coins de la truffe jusque sous le museau, donnaient l'impression qu'il venait de tremper sa moustache dans un bol de yaourt, il avait malgré tout un côté sympathique.

Lorsque Djemal comprit qu'il plaisait à la Maîtresse Bleue, il l'appela :

— Viens, Sac à ordures ! Viens donc, espèce de fléau !

— Pourquoi appelez-vous ce chat Sac à ordures ? demanda la Maîtresse Bleue. (Puis, des deux mains, elle souleva le chat – qui, ayant immédiatement compris auprès de qui il trouverait bon accueil, était venu se frotter à ses jambes – et le prit sur ses genoux. Et avec ce ton que prennent les femmes pour cajoler les bébés, elle répéta la même question à l'adresse du chat :) Pourquoi t'appellent-ils Sac à ordures ? Hein, ma beauté ? Est-ce qu'on dit Sac à ordures à un beau minou comme ça ?

— C'est qu'il ne sort jamais le nez des poubelles, ce bon monsieur, répliqua Djemal d'un ton enjoué. (Comme il avait contribué à le rapprocher de la Maîtresse Bleue, Sac à ordures lui semblait plus sympathique que jamais.) C'est sûrement le chat le plus chanceux de tout Istanbul. Et une beauté pareille, vous n'en trouverez pas non plus. Regardez-moi cette tête, pour l'amour du ciel. Avez-vous déjà vu un chat avec des yeux aussi mauvais ? Ç'aurait dû être un serpent, mais comme il n'a pas trouvé de peau à sa taille, il est né chat. Malgré tout, quoi qu'il fasse, quoi qu'il trafique, il trouve toujours un moyen de se faire apprécier. Je ne sais pas ce que c'est, mais il a sûrement un truc. Il peut aller rôder n'importe où dans le quartier, on lui donnera toujours quelque chose à manger. Mais il n'est jamais repu, jamais. Il a beau s'empiffrer, il faut toujours qu'il coure fouiller les poubelles. D'ailleurs, c'est le roi du tas d'immondices qui est contre le mur. Je le jure, si je ne l'avais pas vu de mes propres yeux, je ne l'aurais pas cru. Nous venions juste de prendre ce salon. Nous avions terminé l'enduit et la peinture, nous faisions alors les derniers préparatifs, nous avions bossé comme des brutes toute la journée, nous avions une faim de loup, et en réfléchissant à ce que nous allions manger, nous avons décidé que le mieux était de commander quelque chose chez le marchand de poulets d'en face. Vous connaissez la taille de ses portions, hein, elles sont énormes ! Et il y a une montagne de riz-salade-frites en garniture. Enfin, pas la peine de s'étendre. Bon, allez savoir pourquoi, il y a eu une erreur, ils ont livré une portion de poulet en trop. Nous ne l'avons pas renvoyée, ben oui, on avait faim, on tournait de l'œil et on pensait qu'on le mangerait. Évidemment, on était calés avant d'avoir terminé. Surtout Djelal qui a encore picoré comme un oiseau. Nous étions en train de manger quand celui-là a reniflé l'odeur et s'est pointé. À cette époque, je ne savais pas qu'on l'appelait Sac à ordures. Il a rappliqué et a commencé à se lécher les babines devant nous. On aurait dit que le pauvre chéri n'avait rien mangé depuis des jours. Il nous a fait pitié et on lui a tendu du poulet. Je le jure, qu'il m'arrive n'importe quoi si je mens, il a plongé la tête dedans et tout avalé à s'en étouffer de précipitation, à croire qu'il avait des dobermans au train. Il n'a même pas laissé un os. Il a liquidé et nettoyé sous nos yeux une pleine assiette de poulet. À ce moment-là, le Prophète des Chats habitait au numéro 2. Encore un autre fêlé ! À mon avis, ce n'est pas vingt, mais trente chats qu'il avait. Ça puait la pisse à plein nez. Et bien, même cette puanteur était préférable à l'odeur des poubelles qu'on se farcit maintenant. Nous en parlions justement avant que vous arriviez. Je disais à Djelal qu'à force de vivre comme ça, au milieu des poubelles, nous n'allions pas tarder à nous mettre à gratter le fumier comme des coqs. N'est-ce pas, Djelal ?

Djelal se contenta d'approuver de la tête.

— Après tout ce qu'il venait d'avaler, ce Sac à ordures est allé rafler la nourriture des chats du numéro 2. Mais il s'est pris une dégelée par la tribu du Prophète des Chats, et il est revenu auprès de nous la queue entre les jambes. Il est revenu, et il a liquidé tous les restes ! Il a aussi nettoyé ce qu'avait laissé Djelal, il n'en a fait qu'une bouchée. On lui a mis les frites sous le nez, il n'avait pas l'air d'en raffoler mais ça ne l'a pas empêché de toutes les terminer. Nous étions sciés et nous regardions l'animal avec effroi en nous demandant quand il allait éclater.

Les femmes alignées devant le miroir, mais aussi les manucures et les apprentis, qui avaient déjà entendu cette histoire au moins quarante fois, écoutaient de toutes leurs oreilles. Djemal n'était peut-être pas aussi bon coiffeur que son frère, mais pour ce qui était de la conversation, personne ne lui arrivait à la cheville. Il avait un talent étonnant pour le langage. Si on l'avait enlevé d'ici et posé dans n'importe quel pays qu'il n'aurait même pas su situer sur la carte, il aurait été aussitôt capable d'apprendre la langue du cru et de la parler couramment, rien que pour comprendre ce que les autochtones racontaient et pouvoir converser avec eux. Et puis, en cinq ans, il avait retapé de fond en comble son turc délabré par de longues années en Australie, réussi à le polir et à le faire reluire. La seule chose qui le trahissait, c'était son accent, soit qu'il n'ait jamais réussi à le corriger, soit qu'il imaginait que cela plaisait aux clientes. Mais Djelal n'était pas sûr que son petit frère né trois minutes après lui parle encore avec un accent.

— Il s'est empiffré, et finalement il s'est levé en s'étirant. Il ne pouvait même plus marcher. La bestiole n'était plus qu'un ventre ! Il ne pouvait plus faire un pas à cause de son estomac, et il est parti la panse pendante. Nous nous sommes précipités derrière lui. Il est sorti et a sauté sur le mur du jardin d'à côté. Mais alors, il faut voir comment. Il était devenu tellement lourd que son ventre restait à la traîne, il a failli tomber. Nous pensions qu'il allait se rouler en boule et s'endormir et qu'il ne s'en remettrait pas de la journée. Mais vous n'imaginerez jamais ce qu'il a fait ! Il a sauté de l'autre côté du mur du jardin. Vous savez, là où tout le monde jette ses sacs-poubelle. Que voulez-vous, nous vivons dans les ordures. Eh bien, il a plongé la tête dedans et s'est mis à fouiller les détritus. Il avait découvert tout un tas de têtes de poissons. Il les a bouffées avec une voracité ! Après, je ne sais plus ce qu'il a mangé d'autre... Nous commencions à nous sentir mal. Nous nous sentions de plus en plus lourds à mesure qu'il mangeait. Nous n'en pouvions plus, nous sommes rentrés. Je vous jure, depuis ce jour, ce chat me fait peur. On a tous entendu des histoires de chats affamés qui dévorent leurs maîtres, mais ce Sac à ordures, même le ventre plein, serait capable de tous nous dévorer tout crus. Et en plus, il ira se lustrer le poil en se frottant dans les poubelles !

— C'est qu'il a compris qu'on parle de lui, on dirait, dit la rousse enrobée. (Comme elle avait peur de plisser le front en riant, mais ne pouvait pas non plus s'empêcher de rire, elle essayait de maintenir ses sourcils teints avec les mains.)

— Qu'il comprenne ! Est-ce que je raconte des mensonges peut-être ? Il a un sac-poubelle à la place de l'estomac ! Son nom est Sac à ordures, et son estomac aussi est un sac à ordures ! grommela Djemal.

Et, se tournant vers le chat qui le regardait attentivement depuis tout à l'heure en plissant les yeux, il agita le sèche-cheveux qu'il avait à la main.

Le sèche-cheveux ! Le chat, qui savait d'expérience que se retrouver sous le souffle de ce monstre hurlant était pire encore que la chute d'un plein seau d'eau, glissa en un clin d'œil des bras de la Maîtresse Bleue pour sauter par la fenêtre ouverte. Après être resté un instant sur le rebord à toiser une dernière fois d'un regard mauvais les gens dans le salon de coiffure, telle une peluche rembourrée de morgue et non de mousse, il sauta d'un seul coup dans le vide. Avant même que ses coussinets ne touchent le sol du jardin, il lui arriva une drôle de chose. Depuis cinq secondes environ, un vêtement d'enfant en velours bleu marine, orné de dizaines de minuscules sirènes, de volants sur les bords, et d'un col amidonné, descendait tout doucement du dernier étage de Bonbon Palace, comme une feuille d'arbre ou de papier, avec une lenteur quasi irréelle. Avant de toucher terre, il tomba pile sur le chat qui avait surgi sur sa route. Ils se posèrent tous deux en même temps sur le sol.

— Aïe, regardez, regardez ! Il pleut des vêtements, s'exclama vivement la manucure, qui, juste à ce moment-là, recherchait dans l'étagère devant la fenêtre le vernis à ongles bordeaux n° 113.

Djemal, la rousse enrobée, la blonde avec une coquetterie dans l'œil et les apprentis se précipitèrent ensemble vers la fenêtre. Peu après, cédant devant leur insistance, la Maîtresse Bleue se leva à contrecœur et s'approcha en traînant les pieds, suivie de la brune nerveuse, qui arriva en claudiquant pour ne pas prendre appui sur son pied pomponné. Effectivement, il tombait de là-haut une pluie de vêtements. Des vêtements d'enfant de toutes sortes et de toutes les couleurs. Au vu des huit ou dix personnes qui s'étaient rassemblées sur le trottoir, ils n'étaient pas les seuls à contempler ce spectacle inattendu. La tête tournée vers le haut, les yeux fixés sur un point immobile, ils essayaient de distinguer celui ou celle qui jetait les vêtements. Or, la personne à l'origine de l'événement restait absolument invisible. Seul un bras de femme, nu, blanc et sans bijou, apparaissait et disparaissait à intervalles réguliers à la fenêtre côté jardin de l'appartement du dernier étage, et à chacune de ses apparitions, il laissait échapper dans le vide une autre pièce.

Tandis que les vêtements pleuvaient un à un, la manucure se pencha à la fenêtre, et, avec la joie de quelqu'un essayant de toucher la première neige de l'année, elle tenta d'en attraper un. Parmi les tabliers, les robes, les chaussettes, les pulls, les chemises et les survêtements, elle réussit à attraper une cordelette d'un jaune résineux.

— Ne faites pas cela, c'est honteux, dit Mme Teyze, qui n'avait rien perdu de sa contenance depuis tout à l'heure.

Sa voix chevrotante s'éleva et s'abaissa comme un mur crépi ou un papier dentelé.

La manucure grommela, profondément vexée d'être poussée à la vertu juste au moment où elle prenait plaisir à la folie d'une autre. Avec une tête de cinq pieds de long, elle lança la cordelette sur le tas de vêtements qui s'amoncelaient dans le jardin. Cela ne dura pas longtemps. Une ou deux minutes plus tard, la pluie de vêtements s'arrêta. Un tablier bleu d'écolier vint clôturer le spectacle. Comme un timide parachute, il s'ouvrit et descendit sans bruit au-dessus de ses prédécesseurs. Les fenêtres du dernier étage se refermèrent bruyamment, le bras blanc disparut à l'intérieur. Les spectateurs sur le trottoir se dispersèrent les uns après les autres et ceux qui étaient à l'intérieur regagnèrent leur place.

— Mon garçon, fais donc un bon café pour tout le monde, lança Djemal à l'apprenti sans boutons. On a vraiment les nerfs en pelote.

Il s'affala sur la banquette de trois places qui était dans le coin. Il se sentait las tout à coup.

— Je vous jure, on en a plus que marre. Depuis qu'on a emménagé ici, on a vu de tout nous pleuvoir sur la tête. Cette folle de bonne femme n'a rien épargné chez elle, quand ça lui prend, elle ouvre les fenêtres, et hooop, elle jette tout ce qu'elle trouve par-dessus bord. Un de ces jours, elle serait bien capable de balancer la télévision, et si ça tombe sur la tête de quelqu'un, on sera dans de beaux draps.

Il resta pensif un instant. À rester comme ça, immobile, l'ennui le gagna. Mais il se ressaisit immédiatement ; il s'était toujours méfié des angoisses infondées.

— Et elle est créative en plus de ça ! Elle ne jette jamais la même chose. Tu te rappelles, Djelal, une fois, elle avait jeté les cravates de son mari sur l'arbre à soie. Elles y sont restées pendues pendant des jours.

Comme il n'espérait pas de réponse de son frère, il se tourna vers les clientes :

— Djelal est sorti pour enlever les cravates. On avait interdit aux enfants de sortir, de peur qu'ils ne cassent les branches de l'arbre. C'est Djelal qui s'y est collé. S'il ne l'avait pas fait, les cravates de cet imbécile seraient restées pendues là pendant des jours.

Djelal sourit d'un air gêné.

— Ce serait bien que quelqu'un sorte et ramasse les vêtements. Il commence à faire nuit : c'est que le temps file, murmura-t-il pour détourner de sa personne le sujet de la conversation.

— Elle ramasse, elle ramasse. La nouvelle femme de ménage est descendue, elle est en train de tout ramasser. Aïe, la pauvre, elle est devenue rouge comme un coquelicot tellement elle a honte, comme si c'était elle qui avait tout balancé, dit la manucure.

— Ça ne va pas durer. Elle va rendre son tablier elle aussi, murmura la brune nerveuse en soufflant la fumée de sa cigarette.

D'un autre côté, penchée vers le miroir, elle observait les mèches permanentées en train d'apparaître sous les fins bigoudis que l'apprenti affligé d'acné avait commencé à défaire un à un.

— Oooh, je ne vois pas quelle femme de ménage pourrait supporter Tijen. Elles se sauvent toutes, dit Djemal.

— Hygiène Tijen ! Hygiène Tijen ! gloussa la blonde à la coquetterie dans l'œil. Ça fait quatre mois qu'elle n'a pas mis le nez dehors. Vous imaginez ? Elle ne sort plus par peur de choper un microbe ! Et entre-temps, elle a complètement perdu la boule.

— Mais non, pourquoi entre-temps, pour l'amour du ciel ? Les gens qui la connaissent le savent bien, elle a toujours été cinglée. Mme Teyze les a vus arriver dans cet appartement. Pas vrai, madame Teyze ? dit en criant la manucure – qui, comme beaucoup de gens de sa génération, éprouvait le besoin d'élever la voix, que cela soit nécessaire ou pas, lorsqu'elle parlait à une personne âgée.

Toutes les têtes se tournèrent vers la vieille dame. En fait, personne ne savait pourquoi on l'appelait Mme Teyze. Personne, jusqu'à présent, ne s'était jamais préoccupé de savoir si elle était musulmane ou pas. Mais ils auraient probablement répondu qu'elle était turque et musulmane si on le leur avait demandé. Cependant, s'ils ne pouvaient s'empêcher de s'adresser à elle en l'appelant « madame », cela ne venait pas d'un doute quelconque sur la religion et la nationalité de la vieille dame, mais du sentiment profond qu'il y avait une autre en elle, un sentiment qu'ils étaient absolument incapables de s'expliquer. Ce n'était pas seulement son âge ou ses manières qui la distinguaient des autres. Ce qui faisait d'elle une étrangère, son étrangeté, semblait être beaucoup plus profond, enfoui au tréfonds d'elle-même. Elle n'était pas faite de la même pâte, et c'est pour cela qu'on l'appelait « Madame ». D'un autre côté, elle était là depuis des années ; plus que quiconque elle avait planté ses racines à l'endroit où elle vivait. Elle était la seule d'entre eux à être née et à avoir grandi à Istanbul. Alors que tous ses voisins étaient partis de quelque part pour venir s'installer ici, elle avait passé sa vie dans ce quartier. Elle n'avait pas, comme les autres, tout lâché d'un seul coup, elle n'avait pas détourné la tête d'un avenir tardant à poindre ni tourné le dos à un passé n'en finissant pas. De même qu'elle ne se laissait pas entraîner dans le sillage des autres, elle n'entraînait personne dans le sien, et peu à peu, sans rien perdre, sans rien enlever, elle avait pris corps à force de s'éterniser. Son existence était le vestige d'un passé que personne n'avait vécu, c'est pour cela qu'on l'appelait Teyze[1].

Mme Teyze pencha la tête en esquissant un sourire. Elle regarda ses mains, aux veines bleu-violet-bordeaux et tavelées de taches brunes. Des taches similaires, mais plus claires et plus petites, étaient parsemées sur ses tempes et ses joues. Si les couleurs qui frappaient le plus sur son visage s'étaient arrêtées là, elle aurait paru, comme beaucoup de femmes de son âge, vieille au point de ne pouvoir vieillir plus. Seulement, d'autres avaient creusé de libertins sillons et des brèches licencieuses dans le glacis de son apparence : l'orangé, qui ressemblait moins à une couche de rouge à lèvres qu'à une fine décalcomanie, le jaune clinquant de ses boucles d'oreilles en or en forme de feuille, le fard à joues soulignant le réseau de ses rides, le fard lilas agglutiné en petits dépôts sur ses paupières, l'éclat bleu-gris de ses yeux, et naturellement, le blond platine de ses cheveux. Se maquiller autant sans se soucier de son âge ni de son visage lui conférait un côté précieuse ridicule. Et comme toutes les précieuses ridicules, elle avait un aspect un peu effrayant.

Elle se dressait comme une digue face au flot des discussions. En sa présence, les ragots devenaient malaisés et l'art de l'outrance et de la calomnie perdait tout son sel. Mais l'inverse aussi était vrai. L'austérité pesante de Mme Teyze rappelait aux femmes du salon de coiffure un plaisir qu'elles avaient savouré pour la dernière fois sur les bancs du lycée, le plaisir contradictoire de faire front commun contre un enseignant roide de probité, tout en essayant de s'en faire bien voir. Avoir à contourner, à se faufiler par-dessus et par-dessous les principes

---

1. Teyze : tante. Mot employé pour s'adresser aux femmes âgées.

qu'elle énonçait et les valeurs qu'elle défendait, redonnait consistance à leurs plats bavardages. Et quand, de temps à autre, elles parvenaient à l'entortiller dans leurs histoires, leur plaisir en était d'autant plus grand. Parce que réussir à amener des gens sans tache à mettre les mains dans le cambouis, et découvrir qu'ils sont comme tout le monde, ni plus ni moins irréprochables, est un plaisir absolument prodigieux. La rousse enrobée n'y tint plus ; prenant le relais de la manucure, elle essaya de convaincre la vieille dame :

— Elle était déjà comme ça lorsqu'elle était jeune fille, et une fois mariée, elle n'a fait qu'empirer. C'est une maniaque de la propreté.

— Quel mal y a-t-il à cela ? C'est une femme méticuleuse, voilà tout, essaya d'opposer Mme Teyze.

— Ma petite tante, ce n'est pas de la méticulosité, c'est une maladie, brailla la manucure, enhardie par le renfort. C'est peut-être encore pire qu'une maladie. Quand tu tombes malade, tu sais que tu es malade. Tu vas chez le médecin et tu te fais soigner, c'est vrai ou pas ? Mais il n'y a pas de remède contre la maniaquerie ! Même s'il en existait, Mme Tijen ne le porterait jamais à sa bouche, de peur d'avaler une saleté.

— C'est triste ! Surtout pour la petite ! dit la blonde avec une coquetterie dans l'œil.

— Ne dites pas cela, contredit Mme Teyze. Tijen adore sa fille. Et puis, a-t-on jamais vu une mère souhaiter du mal à son enfant ?

— Ce que vous dites est bien joli, madame ma petite tante, mais nous, ce qu'on en voit de cette affection... Il n'y a qu'à regarder, elle a jeté tous les habits de sa fille par la fenêtre, cria la manucure.

— Ah bon ? demanda Mme Teyze avec étonnement.

La manucure se mit à crier de plus belle, avec l'enthousiasme de pouvoir enfin dire quelque chose que la vieille dame ne pourrait contester :

— Évidemment ! Tout ce qui nous pleut sur la tête depuis tout à l'heure, ce sont les vêtements de la gamine. Est-ce qu'elle ne jette jamais les siens, me direz-vous ? Elle a beau être fêlée, elle n'est pas folle, la guêpe. Lorsqu'il s'agit de sa petite personne, alors là bravo, elle a toute sa tête.

La vieille dame pinça ses fines lèvres d'un air suspicieux :

— Donc, vous voulez dire qu'elle a jeté les vêtements de l'enfant. Mais pour quelle raison ?

— Mais pour la simple raison qu'elle est complètement fêlée…

Mme Teyze se rembrunit. Se rendant compte qu'elle était allée trop loin, la manucure se tut, heureuse malgré tout d'avoir pu placer ce qu'elle avait à dire.

— Oh, qu'est-ce que ça peut bien nous faire, après tout ? Si elle est fêlée, elle est fêlée ! tonna Djemal.

Même s'il prenait plaisir aux ragots, il craignait que le manque de retenue de la manucure n'indispose la vieille dame, et que Djelal ne se fâche.

— Si on devait s'occuper de tous les fêlés !… D'ailleurs, les fêlés, ce n'est pas ce qui manque à Istanbul. On en trouve à la pelle, tiens, en veux-tu en voilà, des troupeaux de fêlés, des troupeaux de boulgours. Si on se mettait à discuter de chaque cas particulier, on n'aurait pas assez d'une seule vie, c'est moi qui vous le dis. Bon, alors, mon petit, ils arrivent ces cafés ? On a la langue et le gosier tout desséchés.

Djelal prit à nouveau la parole pour changer de sujet :

— Voilà que les poubelles se remettent à cocotter. Le nombre de fois où l'on s'est plaints auprès de la mairie ! Ça n'a servi à rien.

— En fait, il paraît qu'ils ont chargé une entreprise privée du ramassage des poubelles, lança Djemal, qui adorait mener à leur terme les propos que son jumeau abandonnait en cours de route. Nous avons trouvé le numéro de la société, nous avons téléphoné, de vrais ballots, eux aussi. Le soir, ils sortent leur camion juste à l'heure où tous les gens rentrent du boulot. À croire qu'ils le font exprès.

— L'heure est plutôt mal choisie, mais ils ramassent quand même les ordures de façon régulière. N'empêche qu'on n'est toujours pas débarrassés de cette odeur, compléta Djelal.

— Naturellement qu'on ne peut pas s'en débarrasser. Avec tous les boulgours qu'il y a dans les parages, impossible d'échapper aux poubelles, ni au sous-développement, s'emporta Djemal. Rendez-vous compte, vous, ma petite madame Teyze, on passe notre journée à asticoter ceux qui balancent leurs détritus au pied du mur. Toutes les bonnes femmes ignares du coin viennent ici pour jeter leurs poubelles. Toujours le même genre, et tu peux y aller pour leur faire entendre raison… Je m'y suis usé la langue ! Il y en a une, notamment, je ne vous en parle même pas ! Elle habite à l'autre bout de la rue. Mais ça ne la décourage pas, elle fait trois cents mètres chaque jour pour venir jusque-là vider ses poubelles. Je me suis creusé la cervelle pour essayer de comprendre ce qui pouvait bien motiver quelqu'un à se donner toute cette peine. Franchement, je ne voyais pas. Et puis, j'ai fini par trouver une explication. Il devait y avoir un terrain vague ou quelque chose comme ça à la place de cet immeuble, avant sa construction. À cette époque, la grand-mère de cette femme devait avoir l'habitude de venir ici pour vider ses poubelles. Et puis, le temps a passé, cette femme a eu une fille, cette fille a grandi et a continué à vider ses poubelles au même endroit. Sur ce, elle aussi a eu une fille. Tiens, le fameux boulgour avec qui je me dispute chaque jour que le Bon Dieu fait... Ce truc des poubelles est passé de mère en fille, c'est quasiment génétique. Une sorte de tradition familiale ! Et celle avec qui je me prends de bec continue de la même manière. La seule différence, c'est qu'au lieu de les vider avec un seau comme ses aïeules, elle les jette dans un sac plastique. C'est un boulgour moderne !

Les autres riaient, Djelal bougonnait et Mme Teyze hocha la tête d'un air pensif.

— Mais, Djemal, dit-elle, dans le temps, ici ce n'était pas un terrain vague. Tout le quartier était couvert de tombes...

Djemal, qui ne s'attendait pas le moins du monde à cette objection, ravala tous les mots qu'il avait sur le bout de la langue, prêts à fuser. Alors qu'il lançait des regards déconcertés à la ronde, comme s'il attendait qu'on vienne à sa rescousse, une minuscule et sombre silhouette en train de gigoter à l'autre bout du plan de travail attira son regard. C'était un cafard. Il avait gravi la corbeille à épingles et les écoutait en remuant ses antennes. Personne encore ne l'avait remarqué. Mais si jamais il sortait de la corbeille et se mettait à déambuler le long du miroir, c'était parti pour la parade devant la haie d'honneur des clientes. Djemal s'empara discrètement d'une grande brosse et s'approcha à pas de côté. Pour ne rien laisser paraître, il se remit à parler d'un ton encore plus enjoué.

— Dis donc, femme, je lui dis, est-ce que je viens chez toi pour vider ma poubelle sur ton tapis ? De quel droit viens-tu déposer tes poubelles devant le mur des autres ? Tu ne peux pas attendre que le camion poubelle passe dans la soirée ? À ce moment-là, tu sortiras tes poubelles devant ta porte pour que les éboueurs les enlèvent. Mais non, elle ne comprend définitivement rien. C'est à cause du boulgour.

— Quel boulgour ? demanda la Maîtresse Bleue, levant la tête des nouvelles de la troisième page du journal derrière lequel elle se cachait depuis tout à l'heure, gênée par les regards que lui lançait l'apprenti acnéique.

— Ah, vous ne connaissez pas ma théorie du boulgour ? Je vais tout de suite vous l'expliquer, dit Djemal, sans quitter le cafard des yeux. C'est très simple en réalité. Bon, est-ce qu'il y a un planning familial en Turquie ? Non ! Oh, Dieu te l'a accordé, vas-y, accouche, accouche et expédie tout ça dans la rue. Bon, une fois que tu les as faits, tu les nourris comment tous ces gamins ? Une personne, tu la nourris avec de la viande, cinq, tu les nourris avec du boulgour et un peu de viande, et dix personnes, rien qu'avec du boulgour. Bon, et ce boulgour, qu'est-ce qu'il apporte au développement mental des gens ? Rien ! Après ça, tu peux toujours dire à la bonne femme d'arrêter. J'ai beau hurler et lui répéter de ne pas vider ses poubelles dans mon jardin, elle me regarde d'un air niais. Le lendemain, à la même heure, réglée comme une pendule, elle revient déverser ses ordures. Elle ne comprend pas, comment voulez-vous qu'elle comprenne, avec son intelligence de boulgour !

Djelal toussota maladroitement. Qu'il ait compris le message ou pas, Djemal préférait l'intérêt de la Maîtresse Bleue à l'équanimité de son frère jumeau, et il continua sur sa lancée :

— Pas plus tard que le mois dernier, je suis allé la trouver. C'était en fin d'après-midi, nous faisions des coiffures de mariées. La mariée d'un côté, la famille de l'autre, on terminait le chignon de l'une et on attaquait celui d'une autre. On ne s'était pas assis de la journée, on en avait plein les pattes. Et voilà que je vois arriver notre bonne femme, en train de se dandiner, ses poubelles à la main. J'ouvre les fenêtres, je passe la tête dehors et j'attends. Je me disais qu'elle aurait honte en me voyant et qu'elle repartirait. Tu parles ! Elle est arrivée en me regardant droit dans les yeux, et elle a balancé ses poubelles. C'est à n'y rien comprendre ! Qui a décrété que notre mur de jardin était une décharge ? Qui a dit à ces gens de venir jeter leurs poubelles devant chez leurs voisins ? Les apprentis ont eu du mal à me retenir. J'étais prêt à la mettre en pièces. J'ai explosé, je me suis mis à hurler à plein poumons et à épancher ma bile. D'habitude les gens ont un peu de pudeur, que diable ! Tout au moins un minimum de retenue devant les autres, non ? Mais au lieu de ça, elle me regarde d'un air ahuri. Je vous fiche mon billet qu'elle n'a même pas compris pourquoi je m'énervais. Elle a certainement pensé que je m'étais évadé d'un asile de fous. Je me disais, même si elle n'a pas compris, elle aura peur de revenir. Mais le lendemain soir, à la même heure, la voilà qui se pointe à nouveau avec ses poubelles. Et elle me dévisage comme une bêtasse, les yeux ronds comme des billes, pour voir comment je vais réagir. Elle veut vraiment me pousser au meurtre ! Ah, mon Dieu, ce n'est pas que je veuille me mêler de tes affaires, mais à quoi bon créer des gens pareils ? Je ne sais plus quoi faire avec ces boulgours. À cause d'eux, on n'arrive plus à se débarrasser de cette odeur d'ordures dans l'immeuble. Au train où vont les choses, plus personne ne mettra les pieds ici. Nous en serons pour notre travail et notre gagne-pain. Tiens, mets donc un coup de pschitt, mon garçon !

Le parfum sirupeux et suffocant de la bombe aérosol, sur laquelle figurait l'image d'une plage déserte ombragée de palmiers et bordée d'une mer bleu turquoise, se propagea jusqu'aux moindres recoins du salon et se mélangea aux autres odeurs, déjà nombreuses. Avec l'espoir de le voir intoxiqué par le parfum d'ambiance, Djemal lança un regard furtif en direction du cafard. Mais ce dernier, nullement incommodé par la pluie de particules qui se répandaient sur lui, avait réussi à atteindre le sommet de la corbeille à pinces et se préparait à passer sur la boîte de brillantine.

— Tu as raison, ma foi, beaucoup de vos clientes prennent la fuite à cause de ça, confirma la brune nerveuse, en suivant l'application sur les ongles de sa main du vernis bordeaux n° 113, depuis longtemps en train de sécher au bout de ses orteils. Vous ne vous en rendez plus compte, parce que vous êtes ici toute la journée, mais parfois, quand j'entre dans l'immeuble, ça me prend à la gorge.

— Les fenêtres sont constamment ouvertes en grand, on crée des courants d'air, mais l'odeur ne s'en va pas. Elle augmente à mesure que l'on monte les étages. Pas vrai, madame Teyze ? brailla la manucure en faisant déborder le vernis.

— Les boulgours d'en face aussi, tiens, se sont fourré dans la tête que je leur volais leurs poubelles... Non mais, vous êtes malades ou quoi ? Qu'est-ce que vous voulez que j'en fasse de vos satanées ordures ? reprit Djemal en lançant toutes les deux secondes un regard noir à la manucure pour lui faire comprendre qu'elle importunait la vieille dame avec ses questions.

— Comment ça ? Qu'est-ce que ça veut dire ? demanda la Maîtresse Bleue, qui cessa un instant de s'affliger devant sa nouvelle tête qui se dessinait dans le miroir. (Comme nombre de ses congénères, habituées à se laisser pousser les cheveux et terrifiées à l'idée de ne couper ne serait-ce que les pointes, elle était déjà torturée par le remords avant même de s'être levée du fauteuil.)

— Vous ne saviez pas que nous étions en bisbille avec les fêlés du numéro 4 ? Je croyais que tout le monde était au courant, dit Djemal. Un beau jour, je les vois débarquer, je vais les accueillir, je pensais qu'ils venaient pour qu'on s'occupe de leurs cheveux, en général c'est ce qui se passe quand on entre chez le coiffeur. Sauf que leur intention était tout autre. Il y avait d'abord cette folle de bonne femme, derrière elle, son cinglé de mari, et à leurs côtés, leur fille cadette qui n'est pas encore mariée, et derrière eux, leur aînée qui est toujours vieille fille. Ils ont surgi devant moi tous les quatre en même temps. Ils étaient partis au front en famille. Tout d'abord, je n'ai rien capté de ce qu'ils disaient. En gros, ils racontaient qu'ils avaient fermé leurs sacs-poubelle et les avaient mis devant leur porte, et que cinq minutes plus tard, ils se sont aperçus qu'ils n'y étaient plus ! Et les voilà à me demander où étaient passées leurs poubelles. J'ai répondu que Meryem avait dû les prendre. Non, monsieur, parce que ce jour-là, les gardiens étaient partis au village. J'ai dit que c'étaient peut-être les éboueurs. Mais aucun éboueur ne pénétrait dans l'immeuble. « Qu'est-ce que j'en sais, moi, où sont vos poubelles ? » Ils n'en démordaient pas : « C'est vous qui les avez prises, rendez-nous nos poubelles. C'est bien notre veine, tiens. Comme s'il n'y avait pas d'autre endroit dans tout Istanbul, il a fallu qu'on vienne ouvrir un salon de coiffure dans un immeuble de dingues. »

Emporté par son récit, il s'était éloigné sans s'en rendre compte de l'endroit où était le cafard et l'avait perdu de vue. Il eut beau chercher, il ne le trouvait plus.

— Quelqu'un les a prises, grand bien lui fasse. Qu'est-ce qu'elles ont de si précieux, ces poubelles ? demanda à voix basse la brune nerveuse en allumant une autre cigarette.

— Ah, si c'était aussi simple que cela ! dit Djemal en regardant en dessous, à l'intérieur et autour de la corbeille à pinces. L'homme est paranoïaque. Et sa femme, elle est encore plus grave. Va savoir ce qu'ils sont allés imaginer... Ils croient sans doute que c'est la CIA ou des terroristes qui sont venus chiper leurs sacs-poubelle ! J'ai failli leur dire mais je me suis mordu la langue. Non mais t'es qui, toi, mon gars, pour qu'on vienne te voler tes poubelles ? Quelle calamité ! Non seulement t'es qu'un misérable boulgour, mais en plus tu penses avoir la valeur d'un haricot lingot.

L'apprenti boutonneux entreprit de débarrasser les verres de thé tachés de différentes teintes de rouge à lèvres qui s'étaient accumulés sur la tablette. Tandis que Djemal regardait fixement chaque sous-tasse en train d'être enlevée de peur de voir surgir le cafard, l'apprenti regardait tout aussi fixement le bout des seins de la Maîtresse Bleue.

Enfin libérée de la blouse en plastique, la Maîtresse Bleue était alors absorbée par la contemplation de sa nouvelle coupe, et elle ne remarqua ni les regards de l'apprenti ni l'immobilisme de Djemal. En fait, le jour où elle en aurait le courage, elle devrait tout couper. Mais le négociant en huile d'olive n'apprécierait certainement pas. Combien de fois lui avait-il seriné qu'il aimait les femmes à cheveux longs. Et même pour le peu qu'elle avait fait couper, il ne manquerait pas de déverser des tombereaux de reproches. Elle regarda sa montre. Elle était en retard, très en retard même. Elle avait encore des tas de choses à faire. Djemal, brosse à la main, se tenait derrière elle, le visage tendu. Il devait deviner qu'elle n'aimait pas la coupe qu'il lui avait faite. Comme elle voulait le rassurer et pensait qu'il lui fallait prendre congé de la manière dont elle avait été accueillie, elle serra chaleureusement la main de son coiffeur, piétinant toutes les règles en vigueur chez les coiffeurs pour dames.

Avant que la Maîtresse Bleue ne retire sa main de celle de Djemal, la porte d'entrée s'ouvrit une fois de plus avec fracas. Tandis que la sonnette de la porte faisait tinter ses clochettes, les hurlements du marchand de pastèques, qui s'était apparemment mis en tête de supplanter son concurrent à haut-parleur, et une femme aux cent coups s'engouffrèrent de concert. De nouveau, toutes les têtes à l'intérieur du salon de coiffure se tournèrent en même temps vers la porte pour voir la nouvelle venue. Comme stoppées net par un coup de semonce, elles restèrent figées. La porte se referma. Le dernier écho de la sonnette resté à la traîne rejoignit les autres d'une voix ténue et s'éteignit de lui-même. La nouvelle cliente n'était autre que Hygiène Tijen.

NUMÉRO 1 :
MUSA, MERYEM, MUHAMMET[1]

— J'irai pas, voilà ! vociféra Muhammet de là où il était coincé.

Et de toutes ses forces, comme si c'était lui le responsable, il fourra un coup de poing dans le plus proche des canapés en velours qui avaient d'abord été jaune d'œuf, puis cerise écrasée, et ensuite vert bouteille, même si, désormais, ils ne laissaient plus rien deviner de leur couleur sous leur housse de tissu à fleurs. En fait, Muhammet préférait se servir de ses pieds. Ces derniers temps, d'ailleurs, il avait pris l'habitude de balancer des coups de pied dans tout ce qu'il voyait. Mais pour l'heure, son frêle petit corps de six ans était si salement coincé entre le mur et le canapé qu'il ne pouvait même pas jouer correctement des jambes. Il se mit à tempêter en enchaînant les deux plus longues insultes de son répertoire. En l'entendant jurer, Meryem, protégeant son gros ventre des deux mains, réussit à repousser de sa jambe les trois canapés alignés côte à côte et colla son fils contre le mur. Littéralement acculé dans l'angle, cramoisi de fureur, Muhammet ouvrit la bouche mais

---

1. Musa, Meryem, Muhammet : prénoms des trois membres de la famille. Moïse, Marie, Mahomet, en français, en référence aux trois religions monothéistes.

n'osa proférer de nouvelles insultes. Il resta quelques secondes bouche bée, mais comme son orgueil lui interdisait de capituler sans résistance face à sa mère, il planta rageusement les dents dans le coin du canapé qui commençait à lui peser sur les reins. Certes, la housse à fleurs protégeait le fauteuil en velours de ce genre d'agressions extérieures, mais s'il mordait suffisamment fort, il pourrait peut-être y laisser la trace de ses dents...

L'histoire de cet affrontement qui, désormais, se répétait chaque matin de la semaine, remontait à cinq mois et une semaine, depuis l'inscription de Muhammet à l'unique école primaire du quartier en classe 1-G. La seule chose qu'il avait retenue de cette première journée d'école, c'étaient les visages de mères anxieuses, d'enfants timides et de professeurs ronchons. Avec le temps, l'anxiété des mères, la timidité des enfants et même le côté bougon des professeurs s'étaient atténués à petites doses. Mais au lieu de se dissoudre et de disparaître, toutes ces petites doses s'étaient concentrées chez Muhammet. C'est ainsi que depuis cinq mois et une semaine, Muhammet était devenu un enfant anxieux, timide et ronchon qui refusait d'aller à l'école.

Sa rentrée avait coïncidé avec l'obsession de sa mère pour les canapés. À cette période, Meryem avait entendu dire que le fils de son oncle paternel, qui habitait dans une bourgade côtière de la mer Égée et gagnait sa vie en réparant des bateaux comme son père, était venu, sur un coup de tête, s'installer à Istanbul où il s'était lancé dans la vente de mobilier. À peine trente-six heures après avoir eu vent de cette nouvelle, elle s'était précipitée dans la fabrique de son cousin et avait commandé un nouvel ensemble de fauteuils sans consulter personne sur la couleur et la forme. L'accord était le suivant : son cousin, qui n'avait pas encore effectué sa première vente, lui ferait une remise familiale, en échange de quoi Meryem lui céderait ses anciens fauteuils pour une somme modique. Ce qu'ignoraient les parties à cet instant, c'était que Meryem était enceinte de trois semaines. Cet embryon d'information n'était pas aussi éloigné du sujet qu'il y paraît. Car il était apparu, quand Meryem était enceinte de Muhammet, que la grossesse la rendait passablement obstinée, paranoïaque, et pour tout dire un brin « bizarre ». Lorsque le fils de son oncle paternel eut terminé le salon, Meryem en était à son deuxième mois de grossesse et sur le point de passer à la vitesse supérieure.

Afin de voir le travail achevé, elle se rendit à la fabrique, regarda la couleur des fauteuils et vomit sur place. Jaune d'œuf ! La seule idée des œufs suffisant à lui mettre l'estomac au bord des lèvres, il n'était même pas envisageable qu'elle se retrouve avec des fauteuils couleur jaune d'œuf dans son salon. Quand son cousin tenta de minimiser l'affaire et lui rappela qu'elle avait elle-même choisi cette couleur, Meryem, au désespoir, se remit à vomir de plus belle. Cet après-midi-là, elle vomit tant et tant qu'elle obtint finalement gain de cause. Le nouvel accord était le suivant : son cousin, qui n'avait pas encore effectué sa première vente, changerait le revêtement des fauteuils, en échange de quoi Meryem lui céderait non seulement ses anciens fauteuils mais lui remettrait aussi une somme plus importante que celle initialement convenue.

Lorsque son cousin l'avertit que l'ensemble de fauteuils couleur cerise écrasée était prêt, Meryem en était presque à la fin de son troisième mois de grossesse. Entre-temps, ses nausées avaient fortement diminué. Elle se rendit à la fabrique pour voir le travail achevé, regarda la couleur des fauteuils et éclata en sanglots. Cerise écrasée ! Alors que la seule vue d'une cerise tombée d'une branche suffisait à lui évoquer une mort prématurée, il était hors de question qu'elle se retrouve avec des fauteuils couleur cerise écrasée dans son salon.

Quand son cousin essaya de se défendre et lui rappela qu'elle avait elle-même choisi cette couleur, Meryem, au désespoir, se mit à pleurer de plus belle. Cet après-midi-là, elle pleura tant et tant qu'elle obtint finalement gain de cause. Le nouvel accord était le suivant : son cousin, qui n'avait pas encore effectué sa première vente, changerait le revêtement des fauteuils, en échange de quoi Meryem lui céderait non seulement ses anciens fauteuils mais également le double de la somme initialement convenue. Seulement, par mesure de précaution, on choisirait cette fois la couleur la plus inoffensive, la plus accommodante qui soit : vert bouteille !

Cela eut quelque effet. Lorsque deux semaines plus tard Meryem vit les fauteuils vert bouteille, elle ne vomit ni ne pleura. Cette nuit-là, pour la première fois depuis des jours, son cousin put dormir sur ses deux oreilles. Le lendemain, les fauteuils vert bouteille furent chargés dans une camionnette et expédiés jusqu'à l'appartement numéro 1 de Bonbon Palace avec deux portefaix efflanqués, que le cousin avait été obligé d'embaucher au pied levé parce que son apprenti taillé comme une armoire à glace était subitement tombé malade. L'oreille tendue vers la porte depuis le matin, les mains posées sur son ventre qui n'avait pas encore excessivement grossi, Meryem les attendait avec fébrilité.

Dans le salon, déjà petit (et où faire un pas était devenu quasiment impossible après l'arrivée des nouveaux fauteuils), les portefaix et le cousin, enjambant les petites tables, se glissèrent tant bien que mal dans l'espace restant, et burent un café sur le pouce pour se remettre. Ensuite, l'heure du départ sonna ; le cousin glissa dans sa poche la somme convenue, chargea les grosses pièces de la série de fauteuils couleur melon sur le dos des portefaix et un fauteuil plus petit sur le sien, puis ils se dirigèrent vers la porte. Mais avant même d'avoir pu faire un pas, ils durent soudain stopper net. De pareilles scènes se produisent aussi sur les autoroutes. Les véhicules pilent devant vous, un bouchon se forme, mais comme vous ne savez pas ce qui se passe plus loin en amont, vous restez planté là, sans savoir d'où vient le problème, et incapable de prévoir quand cela sera réglé. Courbés en deux sous le poids de leur charge, les portefaix et le cousin avaient un peu plus de chance. Même s'ils en ignoraient la raison, au moins ils voyaient ce qui leur bloquait la route. Les yeux brillant d'un éclat inquiétant, dressée sur le seuil de la porte, avec sa taille imposante et son ventre qui semblait avoir augmenté de volume en quelques minutes, Meryem leur barrait le passage.

Le premier à comprendre quel était le problème de Meryem fut son mari, Musa. Avec un silence résigné, il s'était retiré dans un coin et observait ce qui allait se passer. Musa souffrait d'un ulcère. Dès que quelque chose lui portait sur les nerfs, il était assailli de terribles brûlures d'estomac. Il avait trouvé la solution en acceptant sa femme telle qu'elle était. Il ne tenait nullement à se disputer avec elle, surtout lorsqu'elle était enceinte. Mais comme il compatissait avec les trois hommes, il se disait qu'il devait au moins leur fournir une explication :

— Elle ne peut pas se résoudre à voir partir ses fauteuils. Elle ne peut pas, je le sais.

En fait, ce « je le sais » était une claire mise en garde pour quiconque avait des oreilles. Cela revenait à dire quelque chose du genre : « Renoncez pendant qu'il en est encore temps ! » Seulement, ni le cousin ni les portefaix ne le comprirent. Comme ils n'avaient pas compris, ils reposèrent les fauteuils et se lancèrent dans un échange verbal musclé. Toutefois, Meryem restait campée sur ses positions, et leur colère, qui enflait au fil de la discussion, ne servit à rien d'autre qu'à la faire s'accrocher davantage. Les fauteuils couleur melon avaient beau être tout usés, ils avaient un passé familial. L'ensemble avait été acheté lorsque, après avoir vécu cinq tristes années chez ses beaux-parents, Meryem et son mari avaient enfin pu s'installer dans leur propre appartement. C'est sur ces fauteuils que Muhammet avait passé sa prime enfance. Le petit trou noir sur le bord du canapé à deux places était un souvenir laissé par la cendre de cigarette d'un parent venu voir le bébé. Ce parent n'était plus de ce monde à présent. De temps à autre, sa voix éraillée sortait comme un filet de fumée de la brûlure de cigarette qu'il avait laissée. Le passé est d'ailleurs quelque chose de cet ordre-là. Ce n'était pas comme des miettes tombées sur le tapis. On ne pouvait pas le prendre et le secouer par la fenêtre quand cela nous chantait.

— Dans ce cas, nous remportons ceux-là, dit le cousin en chargeant l'un des nouveaux fauteuils sur son dos.

Prenant exemple sur lui, les portefaix s'emparèrent des autres canapés couleur vert bouteille. Meryem les regarda faire, avec des yeux emplis de tristesse, comme un enfant voyant l'agneau qu'il a nourri avec amour pendant des jours partir au sacrifice. Pendant l'heure qui suivit, le cousin et les portefaix essayèrent en vain de lui faire entendre raison, le premier au bord de la crise de nerfs et les seconds du désespoir, maintenant qu'ils réalisaient qu'ils ne seraient pas payés. Comme on ne pouvait décider lesquels des fauteuils resteraient et lesquels partiraient, pendant tout le temps que durèrent ces inépuisables querelles, tout le monde (sauf Musa) resta debout, ce qui ne fit que leur échauffer un peu plus la bile (sauf à Musa). Les yeux de Meryem se remplirent maintes fois de larmes et maintes fois elle eut la nausée. Elle interprétait ses vomissements, si ce n'est ses pleurs, comme un message envoyé par le petit qu'elle portait.

— Vous voyez ? disait-elle en croisant les mains sur son ventre, même le cœur de cet innocent bébé qui n'est pas encore né refuse que ces fauteuils s'en aillent.

En début de soirée, elle avait tellement pleuré, elle avait tellement vomi, qu'à la fin de la journée la victoire lui revint définitivement. Son cousin fabricant de meubles, fulminant d'avoir violé la règle en vigueur depuis toujours dans l'histoire du commerce, « ne fais jamais affaire avec ta famille », et les portefaix également furieux parce qu'ils en étaient de leur salaire, sortirent en faisant un raffut de tous les diables de l'appartement numéro 1 de Bonbon Palace.

Meryem avait, certes, remporté la victoire, mais il restait un problème de taille. Faire tenir deux séries de fauteuils et les tables basses qui allaient avec dans une étroite loge de gardien était un véritable casse-tête. Cependant Meryem ne se laissa pas abattre. Tirant parti de chaque centimètre, elle réussit à placer, en les alignant comme des wagons de train, les deux canapés de trois places, les deux canapés de deux places, les six fauteuils individuels et les tables basses dans les vingt mètres carrés du salon. Et ce matin, la plus grosse faute commise par Muhammet, tandis qu'il clamait son refus d'aller à l'école, était de s'être posté derrière l'un de ces fameux wagons.

— Tu vas y aller, et au pas de course, dit Meryem.

Et tout en continuant à repousser les fauteuils d'une jambe, elle préparait d'une main le panier de son fils.

Elle lui avait encore fait un toast au fromage ; une tranche de fromage frais, une tranche de tomate et trois brins de persil placés entre deux tranches de pain. Avec un fruit variant selon les jours et un peu d'argent, pile le prix d'un *ayran*[1] que Muhammet achetait à la cantine scolaire. À la cantine aussi, ils préparaient des toasts, bien meilleurs en plus, et tout chauds, mais il avait eu beau répéter des milliers de fois à sa mère de ne pas lui faire de sandwich au fromage, jamais elle ne l'avait écouté. Si seulement elle n'avait pas mis de tomate à l'intérieur ; bon, la tomate, passe encore, mais que venait faire ce brin de persil ! Cependant, quand Meryem s'était mis une idée en tête, plus rien ne pouvait l'en détourner ; si d'aventure quelque chose venait contrecarrer ses desseins, se sentant attaquée, elle se recroquevillait dans sa coquille comme un crustacé dans le silence abyssal de sa tanière et n'en ressortait plus jusqu'à ce que la partie adverse ait lâché prise. Dieu sait à quel moment de sa vie elle avait appris à faire les toasts ainsi, mais désormais, il lui était tout simplement impossible d'en démordre. Et chaque matin, depuis cinq mois et une semaine exactement, c'est de cette façon qu'elle les préparait et aujourd'hui ne ferait pas exception à la règle. Pour Muhammet, ces toasts que, cinq jours par semaine, il était obligé d'emporter à l'école et de manger jusqu'à la dernière miette ne contenaient pas seulement de la tomate et du persil, mais aussi l'œil et l'oreille de sa mère. S'il ne mangeait pas son sandwich, ou, plus grave encore, s'il

1. *Ayran* : boisson préparée avec du yaourt, de l'eau et très légèrement salée.

commettait le crime de vandaliser l'école, il était quasiment certain que cet œil rouge et cette oreille verte iraient sur-le-champ le rapporter à sa mère.

Avant de commencer l'école, pourtant, ce n'était pas avec crainte mais avec amour qu'il prenait les tranches de pain. En ce temps-là, les deux quignons de la miche de pain déposée sur la table lui étaient dévolus. En les tendant à son fils, Meryem ne négligeait pas d'enlever la petite étiquette en papier collée sur l'un des deux. Ce petit morceau de papier au pourtour dentelé était, selon ses dires, une lettre venant de la fille du boulanger. La lettre attendait dans un coin jusqu'à la fin du petit-déjeuner. Ce n'est qu'après avoir tout terminé que Muhammet gagnait le droit d'apprendre ce qui était écrit. Alors il mangeait, sans faire de caprice. Même s'il était obligé d'avaler un œuf dur chaque matin, juste pour la lettre de la fille du boulanger, il terminait son déjeuner sans piper mot. Et le moment venu, après avoir pris un malin plaisir à débarrasser la table le plus lentement possible pour faire croître la curiosité de son fils, Meryem se servait un verre de thé, puis se mettait à lire la lettre en faisant fondre tout doucement les mots dans sa bouche comme des morceaux de sucre.

La fille du boulanger était une enfant solitaire ; elle n'avait ni amis, ni frères ni sœurs. La nuit, pendant que son père faisait cuire le pain, assise toute seule au milieu des sacs de farine, elle écrivait en cachette à Muhammet. Sa mère était morte quand elle était bébé et son père s'était remarié. Comme sa belle-mère avait une pierre à la place du cœur, elle accablait la petite orpheline de tourments. Chaque fois qu'elle le pouvait, la pauvre fillette se sauvait de la maison, mais elle passait le plus clair de son temps auprès de son père, dans la boulangerie. On y préparait du pain à la mie moelleuse et à l'odeur merveilleuse, ainsi que de croustillants *simit* au sésame. Pendant que Meryem lui faisait la lecture, Muhammet ne s'était jamais posé la question de savoir comment tant d'informations pouvaient tenir sur ce minuscule papier d'un centimètre sur trois. Dans son univers, de zéro à cinq ans, le pain était sacré, et chaque bout de papier où était écrit quelque chose un parfait mystère ; quand le secret insondable des deux éléments se retrouvait dans la lettre collée sur le quignon de pain, la fille du boulanger, ceinte d'une auréole enchantée, se mettait à resplendir.

Muhammet aurait voulu tout savoir à son sujet : à quoi ressemblait la boulangerie, ce qu'elle y faisait, si elle aimait ou non rester debout la nuit entière et dormir la journée, alors que tous les enfants de son âge devaient se coucher tôt, et surtout, si elle était jolie ou pas...

— Elle est blonde et gracieuse comme une fleur de nénuphar, disait Meryem.

Elle avait de très longs cheveux. Deux grandes nattes blondes lui descendaient jusqu'aux reins. Muhammet avait aussi les cheveux longs à cette époque. Les gens qui le voyaient dans la rue le prenaient pour une fille.

Dans ses lettres, la fille du boulanger parlait souvent des gens qui passaient à la boulangerie. Les personnes âgées venaient en s'appuyant sur leur canne ; elles mouillaient les biscottes, qu'elles achetaient en sachet, dans leur thé, et les faisaient fondre à grand bruit dans leur bouche édentée. Et puis, il y avait les petits marchands de *simit* qui arrivaient de bonne heure chaque matin avec leur grand plateau sur la tête. La fille du boulanger aurait bien aimé devenir leur amie, mais certains d'entre eux se comportaient grossièrement avec elle et lui disaient des choses malpolies. D'autres, pourtant, avaient un cœur d'or. Il y avait ce garçon tavelé de taches de rousseur, par exemple, qui était capable de sauter sur un pied en faisant tourner les *simit* sur deux tiges en bois. Muhammet était furieux que la fille du boulanger parle aussi souvent de l'habileté de ce garçon, mais il n'en disait rien. Ensuite venaient les marchands de *poğaça*[1] avec leurs carrioles à bras. Et puis, il y avait les femmes qui venaient faire confectionner des pâtes à *pide*[2] en apportant la garniture qu'elles avaient préparée. Elles étaient très gentilles avec la fille du boulanger. Avant de repartir avec leurs plateaux chargés de *pide* sorti du four, elles n'oubliaient jamais de lui en donner. La fille du boulanger décrivait longuement tout cela, Meryem le lisait syllabe par syllabe, et le temps s'écoulait doucement. Mais à l'automne, avec l'inscription de Muhammet à l'unique école primaire du quartier en classe 1-G, cette limpide innocence vola brutalement en éclats. D'abord, on lui coupa les cheveux. Désormais plus personne ne le prit pour une fille. Ensuite, les petits-déjeuners furent écourtés et il ne tarda pas à savoir lire et écrire. Il découvrit alors que ces petits papiers collés sur chaque pain étaient en réalité le label de la boulangerie et qu'il ne recevrait plus de lettres de l'enchanteresse et blonde fille du boulanger. Apprendre à lire signifiait perdre à jamais la magie de l'écriture.

— J'irai pas, voilà ! cria Muhammet à tue-tête sans détourner les yeux de son panier.

Il répétait la même phrase pour la troisième fois, mais d'une voix à présent beaucoup plus faible. Cependant, moins de deux minutes plus tard, lorsqu'elle entendit un gémissement rappelant celui d'un chiot, Meryem comprit que son fils avait baissé pavillon et

1. *Poğaça* : sortes de brioches, nature, fourrées au fromage ou à la pomme de terre.
2. *Pide* : sorte de pizza à pâte épaisse.

arrêta de pousser les canapés. Tandis qu'il s'extrayait tout penaud de son coin, Muhammet regarda sa mère d'un œil noir.

À côté du corps imposant de sa mère, il se retrouvait minuscule, tel un unique point du tréma au-dessus de la lettre Ö. L'autre point, ce serait son frère ou sa sœur lorsqu'il ou elle naîtrait. Muhammet n'avait que six ans et savait que tous les enfants étaient plus petits que leur mère à cet âge, mais il avait depuis longtemps compris et accepté que, à la différence des autres, il serait toujours plus petit que sa mère, quels que soient la taille ou l'âge qu'il atteigne, et quel que soit le mirobolant avenir auquel il accède. Avec son large front qui se plissait dès qu'elle se mettait en colère, son visage rond aux joues congestionnées, ses yeux noisette qui s'ouvraient tout grand quand elle s'obstinait, ses seins gonflés comme des ballons, ses gros bras creusés de fossettes, la chair flasque de ses mollets, ses pieds de la grandeur d'une tombe d'enfant, avec ses croyances superstitieuses et son incroyable énergie, sa mère était tellement énorme qu'elle pouvait écraser et réduire en poussière tout ce qui s'opposait à elle… et elle serait toujours ainsi.

Il fourra le toast au persil dans son sac ; il marcha sur le cadavre aplati du cafard qu'il venait d'écraser le matin même au bord du canapé vert bouteille de deux places, et, d'un pas traînant, il prit le chemin de l'école.

NUMÉRO 4 :
LES ATEŞMIZACOĞLU

L'appartement tout de suite à droite quand on entrait dans Bonbon Palace, comme tous les logements situés au rez-de-chaussée, avait l'inconvénient d'être exposé aux regards. Du matin au soir, les habitants de l'immeuble, les visiteurs de tout poil et les vendeurs au porte-à-porte, se souciant comme d'une guigne des écriteaux qui leur interdisaient strictement l'accès, jetaient un œil aux fenêtres de l'appartement numéro 4 dès qu'ils approchaient. Ajoutez à cela les clientes du coiffeur d'en face, et les regards qui tentaient de s'infiltrer par les fenêtres du salon comme la tension de ses occupants ne faisait que décupler. Pourtant, nombre de familles logées au rez-de-chaussée parviennent à s'habituer, à la longue, à cette intense circulation de regards. Il s'en trouve même parmi elles pour mettre à profit cette situation ; être sans cesse observées de l'extérieur les autorise à espionner à leur tour – une sorte de loi du talion : œil pour œil, si ce n'est dent pour dent ! Que les voyeurs les mieux informés dans les immeubles soient généralement issus du rez-de-chaussée n'est peut-être pas une simple coïncidence. Mais les Ateşmizacoğlu n'étaient pas de ce genre. Ils ne supportaient pas d'être zyeutés par les gens qui allaient et venaient, n'ayant nullement l'intention de leur rendre la pareille. Le monde extérieur était à leurs yeux une source intarissable d'alarmes. Quand la loi sur les noms de famille avait été promulguée dans le pays, si l'on avait considéré les caractéristiques des familles plutôt que leurs souhaits, aujourd'hui, sur la sonnette de l'appartement numéro 4 de Bonbon Palace, au lieu de Ateşmizacoğlu, il serait écrit Bitmeztükenmezevhamlaroglu[1].

Tout au long de la journée, les grandes fenêtres de l'appartement étaient soigneusement calfeutrées : le matin par des voilages en tulle, ensuite par des rideaux blancs en batiste pour empêcher le soleil de pénétrer, et dès la tombée du soir par de lourds rideaux en velours du même gris que la façade du bâtiment. Les fenêtres du salon de l'appartement numéro 4 se soustrayaient alors aux regards, comme un prudent animal qui se camoufle en prenant la couleur de son environnement pour ne pas être repéré par ses prédateurs. Pourtant, même quand le voilage en tulle, le rideau de batiste et les lourds rideaux de velours étaient tirés à fond, il restait toujours un étroit interstice dans le coin droit des fenêtres. C'est justement ici que s'asseyait Ziya Ateşmizacoğlu (56 ans), renvoyé de la Compagnie des eaux après s'être fait épingler en train d'accepter des pots-de-vin. Quand il lisait son journal ou regardait la télévision, buvait son café ou mangeait son gâteau de courge, de temps à autre, il tendait discrètement la tête par cet interstice, et, sans savoir ce qu'il regardait ni pourquoi, surveillait les alentours d'un œil inquiet et soupçonneux. Les rares fois où Ziya Ateşmizacoğlu quittait son fauteuil, Zeren Ateşmizacoğlu (55 ans), professeur de

---

[1]. Ateşmizacoğlu : littéralement « Fils au caractère enflammé », pouvant être traduit par « Fils pète-le-feu ». Bitmeztükenmezevhamlaroglu : « Fils de perpétuels et infinis soupçons ».

chimie organique à la retraite, venait le remplacer. Elle aussi regardait de temps en temps par cet interstice, mais elle le faisait moins dans l'intention d'observer l'extérieur que de surveiller son canari, qu'à certains moments de la journée elle déposait avec sa cage près de la fenêtre pour qu'il s'égaie un peu. Ce canari, contrairement au précédent, n'avait pas chanté une seule fois et Zeren Ateşmizacoğlu en concevait un profond souci. Elle n'arrêtait pas de répéter qu'il fallait ouvrir la fenêtre pour que l'oiseau puisse chanter, mais ne trouvait jamais le courage de le faire. Le souvenir de ce matin de triste mémoire où elle avait retrouvé son premier canari en sang dans sa cage était encore très vivace. À vrai dire, les auteurs du crime avaient pris le large depuis que ce misérable qu'on appelait le Prophète des Chats avait ramassé ses hardes et sa horde de félins puis quitté Bonbon Palace. Mais avec tous ceux qui erraient dans les parages, elle redoutait de voir son nouveau canari subir le sort de son prédécesseur. Elle se méfiait surtout de cet énorme chat à la mine patibulaire, d'un noir de suie et gonflé de poils comme s'il avait écorché quatre de ses congénères et revêtu leur pelage, et qui, du matin au soir, rôdait autour de l'immeuble d'un air sournois.

En fait, Zeren Ateşmizacoğlu n'avait pas le moindre intérêt pour les canaris ni pour aucune autre espèce d'oiseau jusqu'à ce que Zekerya Ateşmizacoğlu (33 ans) se casse le nez pour la quatrième fois. Il y a bien longtemps, à l'époque où ce n'était encore qu'une plaisante protubérance sur un cartilage mou n'ayant pas définitivement trouvé sa forme, le nez de son fils était charmant et ne posait pas de problème. Mais plus tard, quand, au seuil de l'adolescence, toutes les courbes enfantines de son visage s'estompèrent, son nez, opérant une transformation aussi subite qu'inattendue, s'allongea d'abord avec insolence, puis s'infléchit en un disgracieux crochet. Zeren Ateşmizacoğlu suivit avec inquiétude cette étrange métamorphose, comme si elle surveillait l'approche d'un étranger menaçant. Pour sa part, elle était très contente de son nez parfaitement proportionné ; quant au nez de son mari, même s'il n'était pas beau à proprement parler, il avait au moins le mérite d'être régulier. Vu la situation, Zeren Ateşmizacoğlu avait éprouvé le besoin de remonter l'arbre généalogique de la famille, attendu sa conviction que toutes les sortes de malformations qu'on pouvait observer dans la nature provenaient de gènes défaillants. Lorsqu'elle réalisa avec amertume que le nez de son fils avait achevé sa métamorphose et ne serait plus jamais comme avant, armée d'une carte génétique, elle avait entamé des recherches afin de retrouver la trace de l'individu responsable de ce douloureux état de fait. Remontant pas à pas dans le passé, et se concentrant davantage sur l'ascendance de son mari que la sienne, elle avait d'abord examiné un à un les parents de sa connaissance, et, n'obtenant rien de ce côté, s'était mise à passer au peigne fin les vieux albums de photos. Mais de ses innombrables battues dans les confins de la carte génétique, elle revint toujours bredouille. Et avec le temps, elle renonça.

Zekerya avait atteint l'âge de quatorze ans quand, alors qu'il prenait son essor sur les ailes de la puberté en dévalant la pente à fond de train sur sa bicyclette, il s'était fracassé le nez. En apprenant la nouvelle, Zeren Ateşmizacoğlu avait ressenti un profond et inavouable soulagement. Mais en dépit de son espoir de voir ce déplorable accident offrir l'occasion d'un nouveau départ – il tombait à point nommé pour rectifier la mauvaise pente sur laquelle son fils et son nez semblaient s'engager –, la situation ne fit qu'empirer. Avec cette opération, qui se révéla très vite un fiasco, ce nez, déjà naturellement laid, s'était busqué de façon irrémédiable. Curieusement, la déviation de Zekerya vers des sentiers tortueux commença vers la même période. Au cours des années suivantes, Zekerya Ateşmizacoğlu allait s'échapper à la moindre occasion du droit chemin où sa mère tâchait de le maintenir de force, pour s'engouffrer et s'égarer dans toutes les bifurcations qu'il trouverait, jusqu'à ce que chacune d'elles représente au final autant de motifs de honte et de souffrance. L'année où il s'était cassé le nez, il s'était mis à voler de l'argent dans le porte-monnaie de ses parents ; à quinze ans, à consacrer tout son temps libre à se masturber ; à seize, à faire de l'école une arène pour écraser les plus faibles ; à dix-sept, à fumer deux paquets de cigarettes par jour ; et à dix-huit ans, bien décidé à « y arriver » par les raccourcis les plus directs possible, il avait fourré son nez, ce nez qui exaspérait de plus en plus sa mère, dans tous les bourbiers qu'il était allé renifler. La deuxième opération qu'il subit entre-temps aurait presque fait passer la première pour une rare réussite, et les craintes de Zeren Ateşmizacoğlu au sujet de son fils avaient atteint des sommets ; quant à ses attentes, elles étaient au trente-sixième dessous.

Avec la force qu'il recouvra pendant sa convalescence, Zekerya Ateşmizacoğlu, alors âgé de vingt-deux ans, s'aboucha à diverses mafias des parkings de la rive asiatique ; à vingt-trois, s'amouracha d'une employée de banque divorcée et mère de deux enfants ; à vingt-quatre, fut arrêté après avoir porté des coups de couteau à l'épaule de l'agent de sécurité de la banque, qui s'était jeté sur lui sur l'instance de son ancienne maîtresse ; à vingt-six, se vengea sauvagement de la vie en cassant le nez du président de l'association d'embellissement de Kuzguncuk[1] (qui avait entrepris de rassembler les habitants du quartier pour protester contre la construction d'un parking dans le jardin à l'arrière d'une ancienne demeure ottomane) ; à vingt-sept, se débrouilla pour que sa famille perde sa trace ; lorsqu'il eut vingt-huit ans, après l'avoir de nouveau localisé, on lui fit épouser en toute hâte la fille d'un parent que les anciens jugeaient lui convenir, et la même année, il fit un enfant. Mais d'après ce que racontait son épouse maigre comme un clou, qui venait régulièrement épancher ses pleurs et ses malheurs chez les Ateşmizacoğlu, le mariage n'avait en rien arrangé le caractère de son mari. Certes, il ne traînait plus jour et nuit dehors comme avant, mais il était devenu un vrai paquet de nerfs. À la suite d'une de ses crises, il avait rudoyé une conductrice novice parce qu'elle avait embouti l'arrière de sa voiture au feu orange, et le lendemain, après s'être fait rosser par le mari de la conductrice, taillé comme un hercule, son nez fut bon pour une troisième opération.

Pendant ce temps, Zeren Ateşmizacoğlu avait attendu l'arrivée du bébé de sa belle-fille avec grande impatience. Parce que les bébés conçus au moment où la relation entre leurs parents bat de l'aile – et qui naissent au moment où tout ce sur quoi achoppe le couple ne trouve plus de solution – ressemblent à des sacs de ciment. De tout petits sacs de ciment qui rebouchent les fissures apparentes, colmatent les piliers du foyer, ressoudent et consolident les mariages au bord de l'effondrement à force d'être secoués à chaque grande crise ! Lorsqu'il vint au monde, le bébé de Zekerya Ateşmizacoğlu était, lui aussi, comme tous les sacs de ciment, chargé d'une mission, voire d'une double mission : éviter que ne

1. Kuzguncuk : quartier de la rive asiatique.

volent en éclats d'abord le nez de son père, puis le mariage de ses parents.

Cela marcha, du moins quelque temps : plus exactement, un an et cinq mois et demi s'écoulèrent sans incident. Puis, arriva une nouvelle à laquelle, au fond, tout le monde s'attendait. Alors qu'il promenait la poussette de bébé dans la maison, Zekerya Ateşmizacoğlu était tombé dans l'escalier. Zeren Ateşmizacoğlu, se préparant à se confronter à la même scène pour la quatrième fois, tout aussi ennuyée mais moins bouleversée, se rendit à l'hôpital que sa belle-fille, dans un flot de sanglots et de propos incompréhensibles, lui avait indiqué au téléphone. Elle pénétra en trombe dans la chambre, et, stupéfaite, trouva devant elle son fils en parfaite santé. S'il y avait bien un nez cassé dans cet accident domestique, ce n'était pas celui de Zekerya, mais celui du bébé, qui dormait tranquillement dans sa poussette au moment où celle-ci avait dévalé l'escalier. En découvrant sur le nez de son petit-fils les pansements que depuis tant d'années elle avait eu l'habitude de voir au milieu de la figure de son fils, et qui chaque fois lui faisaient l'effet d'un drapeau hissé contre l'ordre qu'elle voulait imposer, Zeren Ateşmizacoğlu eut la conviction qu'un grave transfert de gène s'était opéré quelque part, et que cette erreur ne pourrait jamais être rectifiée. Tous les espoirs qu'elle avait placés en son fils et en sa descendance s'étaient définitivement envolés.

De retour à Bonbon Palace, complètement désespérée, elle s'enferma dans sa chambre à coucher et se mit à ranger l'armoire en noyer où étaient conservées les affaires de bébé de son fils. Car dès qu'on décide de retirer notre affection à quelqu'un, c'est d'abord à ses effets personnels qu'on s'en prend. Cependant, Zeren Ateşmizacoğlu n'avait jamais jeté et ne jetterait jamais quoi que ce soit touchant à sa famille, et la façon la plus draconienne qu'elle trouva pour régler ses comptes fut de sortir toutes les affaires de son fils, et, après les avoir retournées et examinées une à une, de les remettre en place. Comme elle avait mis l'armoire en noyer sens dessus dessous, le gène suspect qu'elle cherchait depuis des années surgit soudain devant elle d'un vieux livre de savoir-vivre. Une photographie avait été glissée, on ne sait quand ni par qui, entre les pages illustrées, au chapitre : « Comment s'adresser à une inconnue dans un compartiment de train ? » La réponse que Zeren Ateşmizacoğlu brûlait d'apprendre se trouvait dans cette photo jaunie. Effectivement, le quatrième frère du grand-père de son mari, cet homme efféminé et coquet, ce bon à rien qui ne cessait de jouer les intermédiaires en transmettant les messages des uns aux autres – ce qui lui valait d'être considéré comme le principal responsable de nombre des querelles qui éclataient dans la famille, et le surnom de « la Huppe » –, était affublé d'un nez rappelant celui de Zekerya. Sur la photo prise lorsqu'il était âgé, Hamdi la Huppe, de profil comme pour rendre plus évidente encore la laideur de son nez, un chapeau de feutre sur la tête, un fume-cigarette à la main, son regard pensif porté par-dessus l'épaule des membres de la famille, savourait la fumée de sa cigarette. Zeren Ateşmizacoğlu ne s'attarda pas sur l'erreur lexicale fondamentale commise par la famille – en effet, l'oiseau qui portait le nom de huppe ne se chargeait jamais des commissions de personne, en dehors des messages envoyés par le prophète Salomon à Belkis. La seule chose qui l'intéressait était l'homme qui portait ce sobriquet. Que son seul fils, la prunelle de ses yeux et sa plus grande douleur, ait hérité son nez non pas de ses parents, mais de cette pièce rapportée, de ce vieillard sénile porteur des gènes les plus vils de toute la lignée et qu'il n'avait jamais vu de sa vie, était une effroyable injustice. Le plus effroyable était que son petit-fils d'un an et demi s'inscrive dans la même chaîne génétique.

Mue par une impulsion subite, elle s'empara de ce document déplaisant et du livre de savoir-vivre, et les jeta à la poubelle. Bien que le gérant Hadji Hadji l'ait sermonnée à maintes reprises parce qu'elle sortait ses ordures à des heures indues et enlaidissait l'entrée de l'immeuble, elle s'empara de son sac jaune et le déposa devant la porte.

Cinq, dix, quinze... exactement dix-sept minutes plus tard, elle fut saisie d'un terrible remords. Alors qu'elle avait toujours soigneusement conservé tout ce qui avait trait à sa famille, elle se devait de conserver cette photo, si déplaisante soit-elle. Mais lorsqu'elle rouvrit la porte, elle constata que le sac-poubelle avait disparu. C'est alors qu'elle se remémora une histoire qu'elle avait entendue de la bouche de sa mère. Ses parents avaient enfermé dans un sac le chat qu'ils avaient nourri pendant des années mais dont ils ne voulaient plus s'occuper, et l'avaient mis dans la voiture ; ensuite, s'éloignant aussi loin qu'ils l'avaient pu, ils avaient abandonné le sac dans un terrain vague en dehors de la ville. Le soir, de retour à la maison, ils découvrirent le chat en train de les attendre l'air malheureux. À la vue du vide qui s'était substitué au sac-poubelle, Zeren Ateşmizacoğlu fut saisie du même frisson glacé que celui qu'avait dû éprouver sa propre mère en retrouvant devant elle son chat tigré. En effet, la déception que l'on ressent en se voyant rattraper par la chose dont on croyait s'être débarrassé est du même ordre que celle qu'on éprouve face à la disparition de ce qu'on pensait récupérer.

Des faits similaires s'étaient déjà produits dans l'immeuble ; des sacs-poubelle avaient été subtilisés devant les portes avant que Meryem ne puisse les ramasser. Mais comme Zeren Ateşmizacoğlu voulait de toute façon s'en défaire, découvrir qui avait pu les prendre et dans quelle intention était le cadet de ses soucis. Cette fois, cependant, la situation était différente. Elle voulait retrouver sa poubelle. Soudain, ce sac-poubelle perdu lui parut aussi précieux qu'un écrin ou une lettre cachetée à la cire – un objet on ne peut plus personnel qui ne doit à aucun prix être vu par des étrangers. Tant qu'elles sont devant notre porte, nos poubelles restent privées : elles nous concernent personnellement et nous appartiennent en propre. Une fois plongées dans les bacs à ordures, elles n'ont plus aucun rapport avec nous ; elles deviennent anonymes. Les gens qui tirent leur subsistance des poubelles peuvent plonger autant qu'ils le veulent leurs doigts sales dans les bacs qui sont au milieu des rues, dans les monceaux de détritus qui s'élèvent un peu partout ou dans les décharges publiques à la périphérie des villes. Mais dès qu'ils se mettent à ouvrir, ou pis, à dérober les sacs-poubelle posés devant notre porte, cela est considéré comme une violation de notre intimité.

Pendant l'heure qui suivit, courant de la cave au grenier, elle fouilla tous les recoins et soupçonna tout le monde. À un moment, pensant que les poubelles entreposées devant chaque porte pouvaient se jeter au même endroit comme des cours d'eau dans un fleuve, elle sortit fouiller le tas d'ordures amoncelées près du muret de jardin. Mais le sac-poubelle jaune fermé par un nœud avait bel et bien disparu, à croire que la terre s'était ouverte et l'avait aspiré dans ses entrailles. Vu que les concierges étaient à la campagne, il ne restait qu'une seule possibilité : l'appartement d'en face ! Mais de retour du salon de coiffure, où elle s'était précipitée en emmenant avec elle son mari et ses filles, elle avait les mains vides et les nerfs en charpie. Comme s'il ne suffisait pas que le sac-poubelle et la photographie de Hamdi la Huppe se soient volatilisés de façon mystérieuse, elle avait dû essuyer les récriminations de ce hâbleur de coiffeur, Djemal.

C'est quelque temps après cet incident que Zeren Ateşmizacoğlu avait acheté un canari. Mais avant le canari, il y avait eu des poissons. Des poissons de toutes les couleurs et de toutes les sortes...

En fait, Zeren Ateşmizacoğlu n'avait pas le moindre intérêt pour les poissons jusqu'au jour où, après maintes dénégations, elle avait fini par accepter que sa fille aînée fût malade des nerfs. Elle aimait beaucoup sa fille aînée, à un moment, elle l'avait sans doute aimée par-dessus tout. Quand la saillie sur le nez de son fils s'était mise à gauchir en forme de crochet, Zeren Ateşmizacoğlu avait reporté toute son affection et son attention sur sa fille aînée. Déjà, à cette époque, Zeynep Ateşmizacoğlu (31 ans) était beaucoup plus dynamique et entreprenante que son frère et sa sœur. À l'âge de dix ans, elle voulait devenir à la fois directrice de l'école où travaillait sa mère, pompier pour répandre toute l'eau de la Compagnie des eaux sur les toits de la ville, faire le voyou comme son grand frère, de la dentelle comme sa sœur, et aussi du théâtre, comme le père de sa meilleure amie. À vingt et un ans, rien n'avait changé. Elle voulait toujours en faire plus que l'ensemble des gens de son entourage. Elle avait découpé ses journées en tranches horaires, et pour faire tenir dans chacune d'elles ses nombreuses occupations, elle s'était elle-même divisée en morceaux, vaquant d'abord à ceci, puis à cela, et le plus étonnant, c'est qu'elle réussissait dans presque tout ce qu'elle entreprenait. Son intelligence était d'une acuité de nature à flatter l'orgueil génétique de sa mère, mais Zeynep en était d'autant plus malheureuse. Rien de ce qu'elle avait ne lui suffisait, en fait, jamais rien n'était suffisant. Pas une seule chose n'était complète dans la vie. Ce qu'on appelle « complétude » n'était qu'un mot creux dans les dictionnaires. Il n'y avait pas de mer, par exemple ; même à l'intérieur d'une seule mer, il y avait un nombre infini de mers, qui essayaient toutes de couler dans des directions différentes. La hauteur et la fréquence des vagues que l'on voyait atteindre le rivage étaient ce qu'il restait des batailles intermaritimes. Et lorsqu'elles s'abattaient sur le rivage, c'était pour se briser en écume jusqu'à la dernière particule. De même, il n'y avait pas non plus d'Istanbul. Il y avait des dizaines, des centaines, des milliers, des millions de groupes, de communautés et de sociétés. Les « plus » balayaient les « moins », des vents contraires évitaient la collision entre leurs courants, et comme aucun groupe n'était de taille à dominer un autre, au bout du compte, la ville réussissait à se préserver, même si, dans ce processus, elle diminuait constamment. Tout comme les vagues, Istanbul était en fait ce qu'il restait de sa totalité : de ce qui était rongé par les rats, piqué par le bec des mouettes, connu par les habitants, érodé par les voitures, transporté par les bateaux, ce qu'il restait du premier air inhalé par tous et Dieu sait combien de nouveau-nés par heure... le résidu de ce qui se désagrégeait et se parcellisait continuellement, diminuait et n'était jamais complet. Lorsque Zeynep Ateşmizacoğlu eut sa première crise, elle avait vingt-deux ans.

Zeren Ateşmizacoğlu ne fut nullement affectée par ce que lui dit le médecin, car elle ne prit au sérieux ni celui-ci ni ses propos. Sur aucune branche ni aucune feuille de l'arbre généalogique elle n'avait constaté de telles maladies. Même cette tache noire d'Hamdi la Huppe était parfaitement saine d'esprit. Du reste, sa fille aînée était la plus intelligente et la plus brillante de ses trois enfants. La crise qu'elle venait de traverser n'était rien d'autre qu'une crise d'adolescence un peu tardive.

Le rapide rétablissement de Zeynep Ateşmizacoğlu vint conforter sa mère dans ses convictions. Or, comme on ne tarderait pas à le comprendre, il ne s'agissait là que d'un rétablissement temporaire et non pas durable. À partir de là, la vie de la fille aînée des Ateşmizacoğlu allait se diviser en deux saisons : durant les périodes où elle tombait malade, elle était si atteinte qu'elle semblait ne jamais pouvoir s'en remettre ; et quand elle allait mieux, elle allait tellement bien qu'on aurait juré qu'elle ne ferait plus jamais de rechute. Il n'y avait pas de juste milieu. Personne ne pouvait savoir quand elle passerait d'une phase à l'autre. La différence la plus flagrante entre ces deux états était sa façon de réagir aux mauvaises nouvelles. Lorsqu'elle était malade, comme un daltonien qui ne perçoit que certaines couleurs, elle s'intéressait uniquement aux catastrophes et lisait les journaux en se focalisant sur ce type de nouvelles. Les vols, les crimes d'honneur, les suicides, les femmes forcées à se prostituer, les gamins des rues shootés au white-spirit, les kamikazes, les bébés kidnappés dans les hôpitaux, les jeunes victimes d'overdoses… En plus des journaux, elle parcourait attentivement les brochures municipales : les fosses de canalisations non rebouchées, les conduites d'eau éclatées, les poubelles non ramassées, les routes fermées à la circulation, les pickpockets enragés, les pâtisseries fermées par mesure d'hygiène, les bouchers écoulant en douce de la viande de cheval, les épiciers mettant sur le marché des détergents de contrebande, les mafias contrôlant les parkings, les anciennes maisons en bois partant mystérieusement en fumée, les explosions de bonbonnes de gaz, les fuites de gaz, les affaires de spoliation... Non contente de se repaître de ces déplorables nouvelles, Zeynep Ateşmizacoğlu les relatait avec force détails à tous les gens qu'elle croisait, et surtout à sa mère avec qui elle passait ses journées. Lorsqu'elle allait bien, elle sautait les pages des catastrophes abondamment illustrées de photos. Quoi qu'il en soit, elle était la seule chez les Ateşmizacoğlu à lire assidûment les journaux.

Chaque fois que la voix enthousiaste de sa fille, mise en train par les horreurs du monde, venait lui écorcher les oreilles, Zeren Ateşmizacoğlu écoutait le calme clapotement de l'aquarium qu'elle avait rempli de poissons de toutes les couleurs, de gravier multicolore et d'accessoires phosphorescents. Avant les poissons, cependant, elle avait des plantes décoratives de toutes sortes...

Zeliş Ateşmizacoğlu (23 ans) n'était ni aussi racaille que son grand frère, ni aussi intelligente que sa grande sœur. En fait, depuis toute petite, elle ne ressemblait à aucun membre de la famille, ni par le physique ni par le caractère. Mais cette différence devenait encore plus frappante quand on la comparait à sa sœur aînée. Tel un gros champignon, rond et charnu, qui aurait poussé on ne sait par quel miracle près d'une plante sauvage et vénéneuse aux fleurs admirables, et si serré contre elle que cette plante lui aurait pompé toute son eau et son soleil, Zeliş s'était collée à sa sœur aînée, qu'elle avait accrochée au pinacle dans un coin de sa vie. Elle était médiocre et hésitante, indolente et empotée. C'était comme si, à force de voir sa sœur faire la navette entre deux pôles, soit intelligente et pleine d'attraits, soit délirante et navrante, elle avait sombré dans une confusion telle qu'elle avait décidé de s'arrêter quelque part entre les deux, sur un seuil de sécurité intermédiaire. Tandis que son grand frère voulait « être quelque chose », que sa grande sœur voulait « être tout », des années durant, elle ne désira qu'une chose : « ne pas être ».

Dans la famille Ateşmizacoğlu, elle était la moins résistante à l'anxiété. Pour les autres membres, l'anxiété consistait en une menace venant de l'extérieur. Bien que ses causes pussent varier, cette menace provenait toujours du même endroit : le monde de l'autre côté des épais rideaux de velours gris. Ziya Ateşmizacoğlu appréhendait surtout d'être à nouveau traîné devant les tribunaux, condamné pour corruption, jeté en prison, livré en pâture aux journaux et aux ragots. L'angoisse principale de Zeren Ateşmizacoğlu était ses enfants, et après, dans l'ordre suivant : la crainte de la montée des musulmans intégristes, d'être agressée par des pickpockets dans la rue ou victime d'un tremblement de terre. En général, Zekerya Ateşmizacoğlu avait peur d'être impuissant au lit, faible dans la vie, liquidé par ceux envers qui il avait des dettes de jeu, et peur d'avoir peur. Quant à Zeynep Ateşmizacoğlu, elle oscillait entre des puits emplis de peur-angoisse-illusion et des océans vides de peur-angoisse-illusion.

Pour Zeliş Ateşmizacoğlu, cependant, l'anxiété était quelque chose d'abstrait. Comme l'air, elle était partout, et tout aussi intangible. Bien plus difficile à identifier que l'éventualité d'un nouveau procès pour corruption, de coups de couteau pour dettes de jeu, ou l'arrivée au pouvoir des intégristes. L'anxiété n'est pas un phénomène extérieur, elle est au cœur des gens et ils en font leur demeure. Car la peur, l'appréhension et la crainte se nourrissent de « l'effroyable possibilité que chaque chose puisse être autrement ». (Par exemple, ta maison, tes amis, ton corps, ta famille… Tout cela est à toi. Malheureusement, un beau jour, ils peuvent t'être retirés !) Quant à l'anxiété, elle se nourrit de « l'effroyable possibilité que rien ne puisse être autrement ». (Par exemple, ta maison, tes amis, ton corps, ta famille… Tout cela est à toi et peut malheureusement le rester !) Lorsqu'elle était à l'école primaire, Zeliş Ateşmizacoğlu était allée plusieurs fois chez ses amies. Ces visites, qui lui avaient donné l'occasion de voir de près des mères, des pères et des familles qui ne ressemblaient en rien aux siens, furent un véritable tournant, pour elle qui avait toujours pensé que « mère », « père » et « famille » étaient de simples copies au carbone de ceux qu'elle avait. La honte qu'elle éprouvait envers sa famille, comme les pénalités d'une amende impayée, augmenta sournoisement au fil des années.

La règle édictée par son professeur de physique bègue était pour Zeliş Ateşmizacoğlu comme un nœud à son mouchoir : « Rrre-li-ons enss-ssem-ble deux rrré-cipients contenant le même vvvo-lume de liqqqui-de de même dddensité. Att-tten-dons qqque le liquide se transfère d'un rrré-ci-pppient dddans l'autre. » Après avoir dit cela, exactement en ces termes, il ajoutait : « Mais autant ne pas att-tten-dre en vain. N'oubliez pas, les enfffants, toujours du haut vers le bas et du plus vers le moins… Sinon, il ne s'opppère aucun transfert entre des choses de même nnniveau. » Si tel était le cas, pensait Zeliş Ateşmizacoğlu, le niveau et la densité d'anxiété entre chez elle et l'extérieur de Bonbon Palace étaient parfaitement identiques. Et cela l'empêchait de trouver le courage de quitter l'appartement numéro 4 pour ne plus y revenir. Elle en avait conçu le projet des dizaines de fois. Mais comme il s'agissait davantage de plans de sortie que de plans de fuite, une fois dehors, elle se retrouvait prise au dépourvu, sans savoir où aller ni que faire.

De toute façon, Zeren Ateşmizacoğlu n'attendait pas grand-chose de sa fille cadette – chez qui elle n'avait rien repéré de particulier, hormis sa propension à tourner de l'œil dès qu'elle voyait du sang ou quoi que ce soit qui le lui rappelait. Elle s'était rabattue sur les plantes décoratives et en avait orné les quatre coins du salon. Le seul problème était qu'elles avaient besoin de beaucoup plus de soleil.

Comme les rideaux de l'appartement numéro 4 laissaient aussi difficilement filtrer les rayons du soleil que les regards des étrangers, toutes ces plantes d'ornementation fanèrent les unes après les autres. Les poissons de l'aquarium subirent eux aussi de lourdes pertes avec le temps. Et le canari fut mis en pièces par la tribu du Prophète des Chats. En réalité, il y avait maintenant un nouveau canari dans la même cage, mais pour une raison incompréhensible, il n'avait pas encore chanté une seule fois.

NUMÉRO 3 :
LES COIFFEURS DJEMAL & DJELAL

En voyant entrer l'objet favori de leurs ragots, toutes les personnes présentes dans le salon de coiffure se drapèrent dans un silence équivoque, typique des gens surpris en flagrant délit. Tout à coup, au moment où l'on s'y attend le moins, trouver devant soi la personne qu'on critiquait à l'envi une ou deux minutes avant, et être obligé de la regarder dans les yeux ou de lui sourire, éveille le sentiment étrange que quelque conspiration surnaturelle se trame dans les parages. Hygiène Tijen leur donna l'impression d'avoir été informée par voie d'oracle qu'on mentionnait son nom. Mais le malaise qu'ils éprouvaient en face d'elle ne tenait pas seulement à leur difficulté à se recomposer une mine présentable après s'être hardiment abandonnés à l'ivresse des ragots. Ils étaient également sidérés de recevoir la visite d'une personne qui n'était pas sortie de chez elle depuis des mois, maintenant, et en ce lieu, qui était probablement tout en bas sur la « liste des endroits où elle pourrait se rendre le jour où elle mettrait le pied dehors ».

Djemal fut le premier à se ressaisir. Il se dirigea vers la porte en lançant un :

— Bienvenue, entrez donc, madame Tijen ! d'un ton presque joyeux, sans se rendre compte du froid qu'allait jeter sa façon de s'adresser à elle en l'appelant par son nom, comme s'il la connaissait, alors qu'il ne l'avait jamais rencontrée.

L'addiction à la médisance a de tels effets secondaires : plus vous faites de commérages sur quelqu'un, plus vous pensez le connaître personnellement, et au fur à mesure, vous commencez à croire que vous le fréquentez depuis des lustres. Si Hygiène Tijen avait, ne serait-ce qu'un tant soit peu, répondu à sa familiarité, Djemal aurait pu se prendre au jeu et même aller jusqu'à gentiment lui reprocher, comme il le faisait à ses clientes habituelles, de ne pas venir plus souvent. Mais cela ne se passa pas ainsi. Après l'avoir considéré de la tête aux pieds, avec une froideur montrant combien elle goûtait peu cet accueil, Tijen détourna la tête sans un mot et se mit à inspecter les lieux. Son regard se posa sur les chutes de cheveux qui jonchaient le sol en attendant d'être balayées, le rebord effiloché des serviettes délavées par les nombreuses lessives, les taches sur les blouses plastifiées à motif léopard nouées au cou des clientes, les petites ébréchures sur le pourtour du miroir qui couvrait le mur de part en part, les cadavres de moustiques sur les bords et dans les recoins du comptoir qui s'étirait sous le miroir, la poussière sur les présentoirs où s'alignaient des boîtes et des boîtes de gel, de mousse capillaire et de brillantine de la même marque, les amas de cheveux accrochés aux poils des brosses, les petits bouts de mousse qui sortaient des déchirures des fauteuils, l'état général de délabrement, l'eau moussante et trouble qui clapotait sur la petite desserte à roulettes de la manucure... L'écœurement qu'elle éprouvait à ce spectacle était si profond et son désir de prendre la fuite si évident que Djemal, se sentant méprisé, lui et son lieu de travail, ravala toutes les formules d'accueil qui s'étaient pressées sur sa langue et se trouva réduit au silence.

Mais contrairement à ce qu'il craignait, Hygiène Tijen ne tourna pas les talons et ne claqua pas la porte en furie. Après quelques secondes où, incapable de reculer ni d'avancer d'un pas, elle sembla clouée sur place, elle interrompit sa tournée d'inspection, et, pour ne pas avoir à explorer plus avant le hideux et sordide univers qui l'environnait, tourna les yeux vers la fenêtre ouverte. C'est alors qu'elle aperçut la femme de ménage, qui était descendue récupérer les vêtements dans le jardin. Cette dernière, dont les yeux gonflés et irrités disaient assez son mécontentement d'être obligée de ramasser toutes ces affaires après avoir passé la journée à astiquer, la vit aussi au même moment. La pauvre femme était si éreintée qu'elle n'avait même plus l'énergie de se demander ce qu'Hygiène Tijen pouvait bien faire là. Elle reposa la corbeille débordante de vêtements qu'elle serrait contre elle ; son corps fluet dans le jardin, sa tête coiffée d'un fichu jaune safran dans l'encadrement de la fenêtre, elle murmura d'une voix éteinte :

— J'y vais, madame Tijen, j'ai une famille.

Sans doute avait-elle du mal à faire le lien entre ce qu'elle venait de dire et la situation car elle ressentit le besoin d'ajouter :

— C'est la dernière corbeille, j'ai tout ramassé. Je vais remonter la déposer à la maison. J'ai d'ailleurs fait l'aller-retour au moins cinq fois. Pour jeudi, ne m'attendez pas. J'habite à l'opposé.

Tijen fronça légèrement les sourcils mais se contenta d'approuver de la tête sans rien dire. Même si l'expression de son visage ne trahissait pas ce qu'elle pensait, son désagrément à être ici, parmi des gens qu'elle ne connaissait pas, était criant. Désireux de la libérer de cette torture et de réparer le pont que son frère jumeau avait pulvérisé en pensant justement le construire, Djelal s'approcha, et, d'une voix rassurante, lui demanda ce qu'elle voulait qu'on fasse pour ses cheveux. Ramenant lentement vers lui son regard, jusque-là rivé sur le vide laissé par la femme de ménage dans le jardin, elle put enfin prononcer :

— Ce n'est pas pour moi, c'est pour ma fille.

Et comme pour mieux se faire comprendre, elle s'écarta légèrement sur le côté.

C'est seulement à cet instant que les gens présents dans le salon de coiffure remarquèrent l'adorable et maigre fillette, aux cheveux bouclés et noirs comme l'ébène, au teint si blanc qu'il en était presque le négatif de sa chevelure, aux grands yeux qui ne tiraient ni sur le brun, ni sur le gris, mais d'un noir absolu, et qui se plantaient dans les vôtres sans passer par quatre chemins. Avec l'eau qui s'égouttait le long des zigzags de ses cheveux et dessinait de larges auréoles sur ses épaules, elle avait l'air d'avoir été surprise en chemin par une de ces grosses averses d'été.

Tandis que Djelal installait sa petite cliente devant le miroir, Djemal, stoïque après la rebuffade qu'il venait d'essuyer, invita la mère de l'enfant à s'asseoir sur les banquettes un peu plus loin. Hygiène Tijen ne s'y dirigea pas d'emblée. Pendant quelques secondes, elle resta debout, mal à l'aise et contrariée. Puis elle finit par céder et s'assit à contrecœur tout au bord du plus proche des fauteuils qu'on lui avait indiqués. Les yeux baissés et l'esprit ailleurs, elle était perdue dans la contemplation d'une tache s'étirant sur le sol lorsque la manucure, qui avait pris l'habitude de proposer ses services aux clientes dans les trente secondes qui suivaient leur entrée, surgit soudain à son côté. En entendant la question qui lui était adressée, elle retira ses mains avec dégoût, comme si elle avait frôlé une souris, et les cacha derrière elle. Ne s'attendant pas à une réaction aussi brusque, la manucure, toute penaude, regagna sa place mais, à peine assise, un doute l'assaillit. Pourvu que sa langue n'ait pas fourché ! Est-ce que par hasard elle l'aurait appelée « Madame Hygiène » au lieu de « Madame Tijen » ? Était-ce à cause de cela que le visage de la femme avait viré à l'aigre ? Plus elle y réfléchissait, plus elle était persuadée d'avoir fait une gaffe. Car le cerveau, par nature, est un organe enclin au pessimisme. Chaque fois qu'on hésite entre deux options contradictoires, il penche toujours pour la négative. Et à force de se creuser les méninges, la manucure fut définitivement convaincue qu'elle avait commis une énorme bourde. À un moment, elle pensa aller s'excuser. Mais finalement, la seule chose qu'elle entreprit fut de se recroqueviller derrière la petite desserte à roulettes pour essayer de deviner, de ce poste d'observation incommode, si quelqu'un d'autre avait remarqué l'impair qu'elle venait de commettre.

Pendant ce temps, la petite Su, que Djelal avait installée devant le grand miroir juste à droite de la vieille dame, examinait les lieux en pivotant sur son fauteuil, avec la curiosité ingénue qu'éveillait en elle sa première visite dans un salon de coiffure pour dames. Malheureusement, elle fut obligée d'abréger son exploration car, où qu'elle dirige son regard, elle croisait des yeux de femmes en train de l'observer et des lèvres maquillées lui souriant poliment. Dans cet endroit qui lui était étranger, la seule personne dont elle ne sentait pas peser sur elle le regard inquisiteur était la vieille dame assise à son côté. Elle la connaissait. C'était leur voisine d'en face qu'elle croisait de temps en temps sur le palier et qui était toujours gentille avec elle. Le petit visage de la vieille dame, abondamment fardé et dépassant de la blouse plastifiée qui lui couvrait le haut du corps jusqu'au cou, faisait penser à un buste posé sur un socle provisoire et badigeonné de toutes les couleurs par un plaisantin.

Quand Mme Teyze se rendit compte que la fillette l'observait, elle se tourna et lui sourit. Elle sembla sur le point de dire quelque chose, mais au même moment, Djelal arriva avec une large planche rectangulaire à la main. Chaque fois qu'un enfant venait dans le salon, les jumeaux, qui détestaient travailler courbés en deux, installaient cette planche entre les bras du fauteuil pour surélever leur jeune cliente. Dès que Su comprit l'intention de Djelal, elle secoua vivement la tête de chaque côté, et, sans quitter la vieille dame des yeux, se mit à protester d'une voix perçante :

— Mais je suis plus grande qu'elle. Pourquoi est-ce qu'elle n'est pas assise sur la planche, elle ?

Djelal, qui n'avait jamais eu le sens de la repartie et encore moins su river le clou de personne, fut totalement désarçonné face à un tel refus. Voyant que Mme Teyze n'avait pas été froissée par la remarque, et que, loin d'être vexée, elle approuvait même en riant, il rendit la planche à l'apprenti sans boutons. Mais tout de suite après, comme s'il avait pressenti qu'une vérité se cachait dans les propos de l'enfant, il se retourna et regarda attentivement le reflet de ses deux clientes si particulières. Assises côte à côte devant le large et long miroir, la même blouse aux motifs léopard autour du cou, elles étaient parfaitement identiques, comme si la même tête minuscule s'était retrouvée on ne sait comment dédoublée. En réalité, elles étaient aux deux pôles opposés du temps – l'une avait onze ans, l'autre en avait soixante-dix-huit – mais toutes deux se tenaient à un seuil charnière de l'existence humaine. L'enfant s'était trompée :

elle n'était pas plus grande que la vieille dame. Elles avaient exactement la même taille, et sans doute le même poids. Quelle chose étrange que la taille à laquelle s'était réduite une vieille personne à force de se tasser et celle atteinte par un enfant à force de grandir soient équivalentes. On aurait dit deux ascenseurs qui se retrouvent un instant au même niveau, alors que l'un va vers le bas et l'autre vers le haut. Mais pour un instant seulement, car une seconde, une heure, un mois plus tard, l'une aurait continué à grandir et l'autre à diminuer ; un seul soubresaut de temps, et elles s'éloigneraient définitivement l'une de l'autre. L'extraordinaire pour Djelal était qu'elles se soient rencontrées ici, à ce moment d'éphémère égalité.

Dès qu'il perçut la ressemblance qu'il y avait entre la vieille dame et la petite fille, Djelal ne fut pas long à dupliquer le tendre sentiment qu'il avait pour la première, et à porter une affection similaire à la seconde. C'est précisément pour cette raison qu'il s'occupa personnellement non seulement de la coupe de cheveux de sa petite cliente, mais aussi de l'étape préparatoire. Il dénoua le ruban jaune résiné qui retenait au petit bonheur les boucles de son épaisse chevelure noire encore ruisselante et les coiffa avec soin. Pendant ce temps, il ne négligea pas de lui demander comment elle s'appelait, parce que dès que les adultes s'embarquent à communiquer avec un enfant, ils commencent par lui demander son nom, pour immédiatement en faire l'éloge.

— Quel joli nom tu as ! dit donc Djelal.

Ce à quoi Su ne prêta aucune attention, car elle était alors plongée dans un magazine féminin tape-à-l'œil présentant à chaque page des modèles de coupes excentriques. Et elle n'aurait pas levé la tête de sa revue si sa mère n'avait poussé un cri strident.

De même que les chiens se précipitent sur ceux qui en ont peur, ou qu'un cheveu se retrouve dans le bol de soupe de la personne à qui cela répugne le plus, le cafard dont Djemal avait perdu la trace avait décidé de réapparaître dans le champ de vision d'Hygiène Tijen, et de personne d'autre. L'apprenti sans boutons, et qui faisait tout pour être bien vu de ses patrons, intervint sur-le-champ. L'insecte se transforma en un résidu dégoûtant tout aplati sous sa chaussure.

— On est envahi d'insectes, bégaya Djelal.

Mais soudain, il ne sut comment continuer. Ces derniers temps, il avait remarqué la présence de toutes sortes de drôles d'insectes dont il ne connaissait même pas le nom. Comme si, en augmentant en nombre, ils augmentaient aussi en genre. Certains dégageaient une odeur infecte quand on les écrasait. L'apprenti sans boutons se précipita pour prendre la bombe de spray.

— Ne restez pas là à attendre, madame Tijen, dit Mme Teyze en remarquant l'effroi apparu sur le visage de sa voisine. Ne vous inquiétez pas pour votre fille. Nous remonterons ensemble.

Hygiène Tijen était si désemparée qu'elle ne discuta pas cette proposition. Enjambant le cadavre du cafard, ni une ni deux, elle régla la coupe à la caisse et se précipita vers la porte. Mais avant de sortir, elle s'arrêta un instant sur le seuil et fit un signe de la main pour exprimer sa gratitude à la vieille dame et son affection à sa fille.

Dès qu'elle fut partie, la manucure, qui depuis tout à l'heure se contraignait à rester assise sur son siège, se leva d'un bond :

— Elle a pris la mouche ! lança-t-elle avec une mimique acerbe. Elle était tellement dégoûtée qu'elle n'a même pas bu son café. Vous avez vu comment elle l'a approché de son nez pour le renifler ? Il ne sentait pas l'eau de Javel, c'est pour ça qu'elle ne l'a pas aimé !

La rousse enrobée et la blonde avec une coquetterie dans l'œil, encore là bien qu'elle fût depuis longtemps coiffée, y allèrent de leurs commentaires. À la vue du clip qu'il attendait depuis des jours, Djemal monta le son de la télé, les verres de thé furent à nouveau remplis, les cigarettes allumées, et avec une rapidité stupéfiante, le salon de coiffure replongea dans sa langueur coutumière. Maintenant qu'ils étaient libérés du trouble sentiment de culpabilité que leur instillait la présence de l'objet favori de leurs ragots, qui avait surgi comme un diable de sa boîte au moment où ils déblatéraient sur son compte, et qu'ils étaient certains que les conspirations surnaturelles s'étaient éloignées avec elle, ils n'eurent aucune difficulté à reprendre la conversation là où ils l'avaient laissée. On pourrait qualifier cela de « Retour à plein gaz et à fond les ballons du refoulé ». De même que la nature a horreur du vide, la machine infernale du commérage œuvre à mener à leur terme tous les fragments inachevés. Et le fait que parmi eux se trouve à présent une enfant, qui, de surcroît, n'était autre que la fille de la femme qu'ils conspuaient, ne constitua nullement un obstacle. Parce que lorsque les femmes se lancent dans la médisance, non par simple plaisir de bavarder, mais pour de bon, de tout leur cœur et de façon préméditée, soit elles baissent la voix, soit elles font comme si les enfants qui se trouvent près d'elles étaient sourds.

Quant à Su, totalement absorbée dans sa revue, il était difficile de dire si elle remarquait ou non les allusions qui visaient sa mère. La page qu'elle avait devant les yeux montrait la photo d'une métisse, nue jusqu'à la taille, avec des cheveux courts, hérissés sur la tête et teints de différentes couleurs fluorescentes sur les pointes.

— Ça te plaît ? demanda Djelal, lassé de tous ces ragots et craignant que l'enfant ne s'ennuie. On peut te faire la même coupe si tu veux, ça ferait de l'effet à l'école.

— Impossible ! rétorqua Su d'un air renfrogné. Il faut que mes cheveux soient encore plus courts.

— Tu ne vas tout de même pas les couper plus court qu'elle, objecta Djelal.

Su leva le nez de sa revue et scruta Djelal dans le miroir. Une petite lueur, pas plus grosse qu'une tête d'épingle, brilla furtivement dans le puits noir de ses yeux.

— Ben si ! Sinon je ne pourrai pas me débarrasser de mes poux, dit-elle presque en criant.

La brune nerveuse, occupée à examiner dans la glace ses cheveux frisés et humides débarrassés de tous leurs bigoudis, fit un signe à la blonde avec une coquetterie dans l'œil. Mais comprenant qu'elle avait des auditeurs, Su éleva encore la voix.

— À l'école, j'ai été convoquée par le professeur. Il a écrit une note. Il a dit : « Fais lire ça à ta mère. » Ils m'ont renvoyée à la maison. Lorsque ma mère a lu le papier, elle s'est mise très en colère. Il paraît que j'ai des poux. On est allées dans la salle de bains pour me laver les cheveux avec un produit antipoux. On a fait deux shampoings. Ma mère m'a dit de rester là, j'ai attendu, assise dans la baignoire. Après, elle a sorti tous mes habits de l'armoire. Elle disait qu'ils étaient pleins de poux, alors elle les a tous jetés par la fenêtre. Elle a jeté les draps aussi. Et elle a jeté mon cartable.

— Nous n'avons pas vu de cartable, s'étonna la manucure, avec la stupéfaction de celle qui découvre, seulement à la sortie du cinéma, qu'elle a raté la scène la plus importante du film.

— Tu les as peut-être attrapés à l'école, ça arrive tout le temps, dit Djelal en essayant de dédramatiser.

— Ce n'est pas à l'école que je les ai attrapés, répondit Su en haussant les épaules. D'ailleurs, je suis la seule de l'école à avoir des poux.

Les femmes s'entre-regardèrent avec un sourire entendu. Tout le monde savait qu'Hygiène Tijen avait fait des pieds et des mains pour inscrire sa fille dans une école hors de prix que personne dans le quartier n'aurait pu payer à ses enfants, et qu'en dépensant tout l'argent du ménage pour cette lubie elle n'avait pas hésité à mettre à mal non seulement les nerfs de son mari, mais les fondations de son mariage.

— Dans la classe, personne n'a de poux. Maintenant, ils vont sauter de ma tête et contaminer toute l'école, dit l'enfant en pouffant de rire.

Il y avait dans son rire une ténébreuse impertinence. Impertinent ; parce que c'était un rire qui se fichait éperdument des réactions de l'entourage, spontané et centré sur lui-même, uniquement assoiffé d'amusement et semblant ne jamais devoir s'arrêter.

Ténébreux ; car il s'éperonnait lui-même et prenait le mors aux dents, échappait à tout contrôle à mesure qu'il s'emballait, et pouvait à tout moment trébucher et virer à la douleur. Son rire était incohérent et discordant, complètement déconnecté du contenu de ce qu'elle disait. C'était un rire disproportionné, trop lourd, excessif pour un enfant de son âge.

— Ma mère, elle dit que c'est mon père qui m'a passé des poux. Il les a d'abord chopés avec ses traînées, et ensuite, il me les a refilés en me serrant dans ses bras.

Comme si toutes les portes et les fenêtres avaient été grandes ouvertes et qu'une énorme bourrasque de vent se fût engouffrée dans le salon, les femmes alignées devant le grand miroir frissonnèrent de la tête aux pieds. Quel prodige que d'entendre de la bouche d'un enfant les secrets les mieux gardés d'une famille ; c'est comme chaparder des fruits dans le jardin du voisin, sans pour autant commettre de vol. Il y a bien délit, mais pas de coupable. Depuis quand s'écarter sur le côté pour laisser passer un torrent de boue qui, de toute façon, s'écoule quoi qu'on fasse, constitue-t-il un crime ? Et pour que l'enfant puisse tranquillement et abondamment parler, le petit peuple du salon de coiffure s'était lui aussi rencogné en gardant le silence. Frémissant d'impatience, il attendait la suite, afin de prendre note du maximum d'informations, et, dans la mesure du possible, sans avoir à intervenir, sans être entraîné par le courant ni éclaboussé de saletés. Même Djemal, pourtant incapable, au risque d'exploser d'ennui, de tenir en place plus de deux minutes et de s'empêcher de mettre son grain de sel dans n'importe quelle conversation, était muet comme une carpe. Mme Teyze fut la seule à éprouver le besoin d'agir pour clore ce désagréable sujet. Mais comme elle n'avait aucune idée de ce qu'elle pourrait bien dire, la seule chose qu'elle fit fut de demander à Djelal de terminer au plus vite son travail puis de se renfoncer dans son fauteuil. Perdue dans ses pensées, elle sortit de son chemisier sa chaîne en argent et serra dans sa paume le visage sévère de saint Serafim.

Su fit pivoter son fauteuil de manière à décrire un cercle complet, et, comme pour juger de l'impact de ses paroles, elle jeta un regard circulaire sur l'assistance. Lorsque, son tour achevé, elle revint à sa position initiale, ses yeux d'un noir absolu croisèrent dans le miroir les yeux gris-bleu et brillants comme des perles de la vieille dame. Tandis que Mme Teyze rejetait délicatement par son petit nez pointu l'air chargé de soucis qu'elle venait d'aspirer, elle sourit avec une gêne recelant quelque part une excuse. Cependant, il était difficile de dire si elle s'excusait auprès des autres à cause des propos tenus par l'enfant, ou si, au contraire, elle s'excusait auprès de la fillette de la présence de tant d'auditeurs curieux autour d'elle. Bien qu'elle ne comprenne pas le sens de ce sourire équivoque, Su lui sourit en retour.

Comprenant qu'il devait désormais agir au plus vite, Djelal appela les deux apprentis à la rescousse. S'attelant tous les trois à la tâche, ils séchèrent en quelques minutes les cheveux de la fillette et de la vieille dame. Ensuite, les apprentis leur présentèrent un miroir ovale derrière la nuque pour qu'elles voient à quoi ressemblait leur coupe vue de dos. Lorsqu'elles furent cernées de miroirs, à l'avant comme à l'arrière, leur image se démultiplia, et les infinis reflets de leurs visages se mêlèrent et firent se confondre leurs ressemblances.

*

Lorsque, après avoir pris congé de Djelal qui les avait raccompagnées jusqu'à la porte, elles commencèrent à gravir les escaliers de Bonbon Palace, leur différence d'âge apparut de manière indéniable. La fillette s'arrêtait souvent pour attendre la vieille dame, et, descendant parfois les marches qu'elle venait de grimper, elle les remontait avec elle. Quand elles arrivèrent au troisième étage, Mme Teyze marqua une pause pour reprendre haleine. Su s'adossa contre le mur, et, repliant un pied sous elle comme si elle était au piquet, profita de cette pause pour raconter encore quelque chose à celle qui, désormais, était devenue sa vieille amie.

— Trois filles de la classe m'ont donné un surnom. Sur mon cahier, tu sais, il y a une étiquette avec mon nom et mon prénom, et bien elles ont écrit VERMINESU en majuscules. En fait, mon vrai nom c'est Bengisu[1], mais je l'abrège.

— Tu sais, moi aussi quand j'étais petite j'ai eu des poux, dit Mme Teyze, en dépit du malaise que suscitait chez elle le rire de la fillette.

— C'est vrai ? Est-ce qu'on vous a aussi donné un surnom ? demanda Su, tout en essayant de comprendre qui était le grand-père, à la barbe rousse et aux sourcils froncés, qui se balançait au bout de la chaîne en argent au cou de la vieille dame.

— Non, on ne m'a pas donné de surnom. On avait une blanchisseuse, elle faisait agenouiller les enfants en rang et écrasait les poux un à un. C'est elle qui m'a débarrassée de mes poux. Ma mère s'est sentie mal. C'était une femme sensible, elle ne supportait pas ce genre de choses. Elle avait été éduquée comme ça, que veux-tu ! Il lui suffisait de voir jaunir ou faner une rose du jardin pour tomber malade de chagrin, si elle voyait un cadavre de souris, il lui fallait des jours pour s'en remettre. À l'évidence, elle n'était pas née à la bonne époque…

Les yeux gris-bleu de la vieille dame perdirent de leur éclat. Mais juste l'espace d'un instant. Avec un instinct propre aux gens s'étant depuis longtemps interdit de se remémorer certains faits et de prononcer certains noms, elle avait senti qu'elle était sur le point de franchir le seuil du jardin défendu de sa mémoire et avait rapidement fait demi-tour. Comme si elles partageaient un secret commun, la vieille dame

1. *Su* : eau. *Bengisu* : eau de jouvence.

fit un clin d'œil facétieux à la fillette, dont la tête paraissait plus petite avec cette coupe.

— Ne fais pas attention à ceux qui t'appellent Verminesu, ou je ne sais quoi. Ça arrive à tout le monde d'attraper des poux quand on est petit. Et pas seulement quand on est petit. On peut même en avoir quand on est grand. Comment peux-tu savoir qui a des poux ou pas ? Est-ce que ça se voit à l'œil nu, les poux ? Tout le monde veut se faire passer pour blanc comme neige, mais crois-moi, ils ont sûrement un pou quelque part, eux aussi.

Appréciant davantage la bonne intention qui était derrière ces paroles que les mots eux-mêmes, Su pressa longuement la sonnette de chez elle dès qu'elles arrivèrent au quatrième étage. « C'est moiii ! » cria-t-elle en entrant quand la porte s'ouvrit. Bien qu'inquiète de leur retard, Hygiène Tijen semblait s'être remise des mésaventures de l'après-midi lorsqu'elle remercia sa voisine.

— Regardez comme elle est mignonne, c'est à la fois très court et très chic, répondit Mme Teyze.

Puis elles se regardèrent, gênées de ne savoir que dire, tout en sentant qu'il fallait pourtant se dire quelque chose.

— Je vous aurais bien proposé d'entrer, mais je n'ai pas encore fini de ranger. La femme de ménage est partie en laissant tout en plan, dit Hygiène Tijen.

La femme tendue et nerveuse du salon de coiffure avait cédé la place à une autre, réservée et timide.

— Bien sûr, bien sûr. Terminez tranquillement. Mais ne vous fatiguez pas trop. Allongez-vous un peu, et reposez-vous, vous vous êtes surmenée aujourd'hui. De toute façon, j'ai à faire moi aussi.

Elles ne s'étaient jamais invitées l'une chez l'autre jusqu'à présent. Elles échangeaient seulement quelques mots lorsqu'elles se croisaient parfois sur le palier.

— C'est que je n'arrive pas à dormir ! s'exclama Hygiène Tijen. J'ai d'affreuses migraines à cause de cette puanteur. Mon mari me dit que j'exagère. Est-ce que j'exagère, d'après vous ? Vous aussi, vous la sentez, cette odeur, n'est-ce pas ? Hein, madame Teyze, vous la sentez, cette odeur de poubelles ?

Une ombre imperceptible passa sur le visage de Mme Teyze. Lorsqu'elle reprit la parole, sa voix était frêle et tremblotante, tout comme ses mains pâles veinées de bleu.

— Mon frère était allé au Caire, il y a des années. Il disait que dès la descente de l'avion, on entendait une sorte de clameur bourdonnante. C'était le bourdonnement du Caire. L'aéroport est pourtant à bonne distance de la ville, mais sa clameur s'étend à des lieues à la ronde. Vous imaginez le genre de ville que ça peut être, et la foule qui doit vivre là-bas. C'est un peu comme notre ville d'Istanbul, n'est-ce pas, madame Tijen ? Au Caire, c'est le bruit, et à Istanbul, c'est l'odeur. Avant même de s'approcher de la ville, même de loin, les étrangers peuvent déjà la percevoir. Nous, on ne la sent pas, bien sûr. Il paraît que les serpents raffolent du lait, et qu'ils le retrouvent en suivant l'odeur. Mais est-ce qu'ils le sentiraient encore s'ils nageaient dans la marmite de lait ? Les Cairotes ne perçoivent probablement plus leur propre bruit, comme les Stambouliotes ne sentent plus leur propre odeur. Et puis, ce sont des villes si anciennes. Quand j'étais jeune, je ne savais pas qu'Istanbul était si vieille. Plus elle prend de l'âge, plus le volume des poubelles augmente. À présent, je ne me fâche plus. Vous non plus, ne vous fâchez pas, madame Tijen.

Hygiène Tijen cligna sans comprendre ses grands yeux d'ébène aux longs cils noirs qu'elle avait transmis à sa fille et ne sut que répondre. Les deux femmes se turent à nouveau. Ces silences incivils qui s'égrenaient à intervalles réguliers étaient le refrain des conversations entre personnes ne parlant pas la même langue. Sur ce, après avoir échangé encore quelques mots sur la pluie et le beau temps et l'odeur des ordures, elles prirent poliment congé l'une de l'autre. Les portes se refermèrent doucement, on prit bien garde à ne pas les claquer. Mais une fois les portes closes, les deux femmes ne retournèrent pas immédiatement vaquer à leurs occupations. Toutes deux restèrent une dizaine de secondes l'oreille tendue vers l'extérieur pour essayer de deviner ce que faisait l'autre. Cependant, aucune ne put entendre quoi que ce soit.

NUMÉRO 5 :
HADJI HADJI, SON FILS, SA BELLE-FILLE ET SES PETITS-ENFANTS

— Jadis, il y a bien, bien longtemps, vivait un saint très vénéré…

— Tu avais dit que ce serait une histoire vraie cette fois, dit Celui-de-sept-ans-et-demi, pourquoi tu commences comme un conte ?

Hadji Hadji regarda le garçon avec angoisse. Parmi ses trois petits-enfants, c'était celui qui le mettait le plus en colère et le seul qu'il lui était impossible de gronder. Ce garçon n'était pas un humain, c'était un djinn ayant pris figure humaine, ou pis, le rejeton d'une lignée de djinns. C'est pour cela qu'il était si bizarre, avec sa tête aussi grosse qu'une dame-jeanne… Mais aussitôt, le vieil homme eut honte de penser des choses pareilles. Il s'en repentit sur-le-champ et chassa ces mauvaises pensées de son esprit. La repentance était devenue une sorte de réflexe chez lui. Au moindre tressaillement de honte, le repentir s'enclenchait, comme une subite contraction musculaire, en un mouvement presque indépendant de sa volonté. Il fit de même cette fois-ci, et qui plus est, à trois reprises. La première fois, il se repentit d'avoir osé, avec son esprit limité, juger des œuvres et des créatures de Dieu. Ensuite, il se repentit d'avoir douté de la vertu de sa belle-fille, même de façon indirecte et involontaire, en faisant de son petit-fils un descendant de djinns. Et en dernier, il se repentit d'avoir de si mauvaises pensées au sujet d'un enfant malade. Seulement, au lieu de formuler intérieurement sa dernière repentance, il l'avait par inadvertance exprimée à voix haute. Celui-de-sept-ans-et-demi étira encore un peu plus la ligne horizontale de ses yeux d'un vert d'algue et regarda attentivement le vieil homme, comme s'il avait compris que ses propos le concernaient. Hadji Hadji détourna précipitamment les yeux. Même si ce n'était pas un djinn, cet enfant avait quelque chose de démoniaque. Dieu avait accordé à ses cadets la beauté dont Il l'avait dispensé, mais par souci de justice, Il l'avait pourvu de plus d'intelligence qu'eux, et même que toute la lignée familiale. Que deviendrait-il en grandissant ? Ce n'était pas seulement son corps, mais aussi la disproportion entre son corps et sa tête qui grandissait jour après jour. Jusqu'où grossirait encore sa tête, qui avait déjà atteint une fois et demie son volume normal ? Ses mains ne pouvaient pas se plier vers l'arrière, elles étaient rentrées en dedans comme celles d'un singe. Combien de temps pourrait-il encore vivre avec ces espèces d'appendices et le *syn-dro-me-de-Ma-ro-te-aux-La-my* que personne dans la famille n'arrivait à prononcer correctement. Il frissonna soudain d'appréhension et se força à sourire.

— Ce n'est pas un conte, c'est la vérité, dit-il d'un ton placide. Le saint vivait il y a très longtemps, c'est pour cela que j'ai commencé comme un conte. Tout cela s'est réellement passé. Il y a même un tombeau. Tu n'as qu'à aller le voir si tu ne me crois pas.

Au moment où il prononçait ces paroles, il se rendit compte de la gaffe qu'il venait de commettre. L'aîné de ses petits-enfants ne sortait plus de la maison. C'était pour son bien. Contrairement aux enfants de son âge, à son frère et sa sœur, son univers se réduisait à cet appartement de cent cinq mètres carrées. Hadji Hadji tapota la nuque de l'enfant avec une affection qui dérivait tout droit de la pitié.

— Ce grand saint, avant de devenir saint, était un derviche. Lorsque Sa Majesté le sultan Mehmet le Conquérant assiégea la ville d'Istanbul, le derviche accourut à son aide. Ils attaquèrent les remparts à grands coups de canon. Ils combattirent pendant des jours, mais ils ne parvenaient toujours pas à faire capituler les infidèles de Byzance. C'est alors que notre derviche comparut devant le sultan. Voici ce qu'il lui dit : « Avec votre permission, Votre Majesté, je vais ouvrir une brèche dans ces remparts, ensuite nos soldats s'y engouffreront et briseront le cou à ces chiens d'infidèles comme on arrache des cuisses de poulet. »

Le sultan considéra ce petit père de derviche tout en guenilles qui se tenait devant lui. Que pouvait bien faire quelqu'un comme lui ? Il ne le crut pas et le chassa. Les semaines s'écoulèrent et ils n'arrivaient toujours pas à s'emparer d'Istanbul. La puissante armée ottomane était rongée par la soif et l'épuisement. C'est alors que le sultan se rappela ce derviche et manda qu'on le lui amène. « Tu as ma permission, va et nous verrons », dit-il. Le derviche se réjouit et baisa la main et la robe de Sa Majesté le sultan Mehmet le Conquérant. Il s'en alla trouver les autres derviches pour leur faire ses adieux. Ensuite, il fit le tour des remparts en réfléchissant à l'emplacement idéal et décida finalement d'un endroit. Ici, les remparts étaient encore plus épais, et il y avait encore plus de soldats. Car juste là, derrière le mur, se trouvait le palais du roi de Byzance. Le derviche dit alors : « Maintenant, projetez-moi au-dessus de ces remparts. »

Naturellement, ils étaient étonnés mais ils firent ce que le derviche demandait. Ils le mirent dans un canon et le propulsèrent dans les airs.

— N'importe quoi ! Ils l'ont tué, le bonhomme ! s'exclama Celui-de-sept-ans-et-demi.

— Mais non, ils ne l'ont pas tué ! Ce n'est pas quelqu'un comme toi ou moi, il n'est sûrement pas saint pour rien ! (Hadji Hadji baissa le ton, en mémoire des repentirs auxquels il s'était livré un peu avant.) Ils ont propulsé le derviche dans les airs. À cette vitesse, il atteignit rapidement le haut des remparts et s'y agrippa. C'est-à-dire qu'il n'était pas tombé. Il écarta bien les mains et les pieds et se cramponna comme une araignée aux épaisses murailles. Au-dessus des remparts, les soldats byzantins étaient aussi nombreux que des grains de sable. Dès qu'ils aperçurent le derviche, ils lui décochèrent des flèches empoisonnées. Pas une seule de ces flèches ne toucha sa cible. Ils tirèrent alors une pluie de flèches incandescentes. Partout où elles tombaient, elles mettaient le feu. L'herbe brûla, les arbres se calcinèrent et les alentours se consumèrent dans un brasier d'apocalypse, mais le derviche n'eut pas le moindre bobo. Le feu n'avait pas effleuré un seul de ses cheveux. Le derviche demeura au milieu des flammes comme une salamandre. Il sourit aux soldats du sultan en les regardant de loin. Il pria jusqu'à la tombée de la nuit. Et au coucher du soleil, il fit même sa prière du soir.

— Mais s'il était collé contre la muraille, comment pouvait-il faire sa prière ? s'écria Celui-de-sept-ans-et-demi.

— Il fit sa prière avec les yeux, dit Hadji Hadji en le regardant d'un air inflexible. Ta défunte grand-mère aussi faisait sa prière avec les yeux. C'est ainsi que font les gens qui ne peuvent pas se baisser ni se lever. Après, une fois sa prière terminée, il dit :

« Mon Dieu, reprends cette âme que tu m'as donnée, et transforme-moi en vide ! » Dieu consentit à exaucer sa prière et aussitôt, un éclair déchira le ciel. Malgré la pluie de flèches que les Byzantins avaient tirées sur lui, pas une seule, même de si près, n'était parvenue à l'atteindre. Mais voici qu'un éclair, venu du tréfonds des cieux, fit mouche du premier coup. Le derviche fut aussitôt transformé en cendre. Et à cet instant, juste à l'endroit où il était, une énorme cavité apparut dans le mur. Les combattants du Conquérant n'en crurent pas leurs yeux. Grâce au derviche, la brèche que, depuis des jours, ils n'arrivaient pas à percer s'était ouverte d'un seul coup. Ils s'engouffrèrent par cette ouverture, passèrent le commandant des infidèles par le fil de l'épée et s'emparèrent de la ville. Ils ne touchèrent pas aux femmes, aux enfants, aux vieillards ni aux prêtres. Par la suite, après s'être installé à Istanbul, Sa Majesté le Sultan Mehmet le Conquérant n'oublia pas le sacrifice du derviche. Il voulut lui élever un tombeau. Mais le derviche n'avait pas de cadavre. « Comment peut-il avoir un tombeau alors qu'il n'a pas de cadavre, que pouvons-nous bien enterrer ? » grommelèrent les soldats.

Celle-de-cinq-ans-et-demi, qui avait coutume de profiter jusqu'au bout des privilèges que lui octroyait son statut de seule fille et de benjamine de la maison, regardait son grand-père avec des yeux écarquillés d'effroi. Dans son « sac à grammaire » décoré de fanfreluches, où elle mettait tous les nouveaux mots qu'elle apprenait chaque jour, il y avait aussi un porte-monnaie à pression où elle en rangeait à part certains autres. Par exemple, « esprit », « apocalypse » ou bien « fantôme ». Mais aussi « Léviathan », « diable », « défunt », « ogre » ou encore « cerbère ». Elle serra dans ses tout petits doigts le mot « salamandre » qu'elle venait d'entendre et le rangea au même endroit. Pour elle, tous ces mots n'avaient qu'une seule signification : djinn ! Quant à ce qu'était un djinn, elle ne le savait pas exactement, et dès qu'elle ressentait le besoin de s'en faire une idée, elle plongeait la main dans le petit porte-monnaie à pression à l'intérieur de son sac décoré de fanfreluches et en ressortait un mot au hasard. Ainsi, dans un recoin de son cerveau, une figure de djinn, indéfinie et vague, aussi diaphane qu'une aile de mouche, ne prenant jamais corps malgré tant de noms différents, se nourrissait de tout ce qui passait à sa portée, et à force de grossir s'étendait chaque jour sur un territoire un peu plus vaste, comme un brouillard irrépressible.

— Ils firent les prières funèbres en l'absence de l'intéressé, puis emportèrent le cercueil sur leurs épaules, poursuivit Hadji Hadji après avoir marqué une pause pour boire une gorgée de thé. Ils se mirent en route, mais de quel côté allaient-ils se diriger ? Ils ne parvenaient pas à déterminer l'endroit où l'enterrer. Mais voilà que soudain, le cercueil prit son envol comme un oiseau ! Il se mit en mouvement de lui-même et passa devant eux. Suivant le cercueil, le cortège traversa des rivières, dévala et gravit six des sept collines d'Istanbul. Lorsqu'ils parvinrent à la septième colline, ils virent une tombe vide un peu plus loin. Elle était très profonde. Le cercueil se précipita aussitôt dans cette direction, et une fois au-dessus de la fosse descendit tout doucement, puis resta suspendu à un empan de hauteur. Alors, une clameur s'éleva des profondeurs de la fosse.

Celle-de-cinq-ans-et-demi avala sa salive avec un claquement de glotte mais Hadji Hadji ne le remarqua pas. Une grande partie de son attention était concentrée sur ce qu'il racontait, et le reste sur les réactions du plus grand de ses petits-enfants.

— Ils firent alors descendre le cercueil à l'intérieur de la fosse. Au-dessus, ils dressèrent une sépulture. Ils donnèrent au saint le nom de Boşluk[1] Dede. Quiconque passait par là ne manquait pas de faire une prière sur sa tombe.

— Mais il n'y a personne dedans ! Ils ne savent pas que le tombeau est vide ? À qui s'adressent leurs prières ?

— Les femmes qui ne peuvent avoir d'enfant se rendent sur la tombe de Boşluk Dede, poursuivit Hadji Hadji comme s'il n'avait pas entendu. Si ces jeunes mariées à l'utérus vide vont prier sur la sépulture de Boşluk Dede et restent assises, seules et sans dormir, pendant toute une nuit près de sa tombe, leurs prières sont exaucées au lever du jour. Elles accouchent d'un charmant chérubin dans l'année.

À ces paroles, les trois enfants réagirent chacun à leur manière. Celle-de-cinq-ans-et-demi ouvrit son porte-monnaie à pression et plaça discrètement le mot « vide » parmi les mots équivalents à « djinn ». Vu que Celui-de-six-ans-et-demi nourrissait un intérêt particulier pour tout ce qui avait trait, de près ou de loin, à la sexualité, il semblait davantage absorbé par la partie où il était question des jeunes mariées que par celle qui concernait le saint. Celui-de-sept-ans-et-demi avait quant à lui des questions à poser et des objections à faire. Mais il s'abstint. C'était l'heure de la sieste. Et pour lui, cela avait beaucoup plus d'importance que de pointer les incohérences des contes de son grand-père.

À cette heure de l'après-midi, le temps ralentissait peu à peu dans l'appartement numéro 5. Chaque jour, invariablement, les mêmes choses se répétaient, toujours dans le même ordre. Comme leurs parents sortaient de bonne heure, leur mère pour aller au travail

---

1. *Boşluk* : vide, vacuité.

et leur père pour aller en chercher, c'est leur grand-père qui s'occupait d'eux pendant la journée. Lorsqu'ils se retrouvaient seuls avec leur grand-père, sans faute tous les matins de la semaine à la même heure, les disputes éclataient à cause de la télévision. Hadji Hadji n'était pas vraiment d'avis que les enfants restent devant la télévision, mais quitte à ce qu'ils la regardent, il préférait qu'ils suivent une de ces insipides émissions jeunesse, ou mieux encore, un de ces dessins animés diffusés simultanément sur plusieurs chaînes. Mais les enfants insistaient pour regarder un programme matinal animé par une présentatrice aguichante et volubile, avec des vêtements qui laissaient apparaître soit le bouton de rose rouge tatoué sur son ventre, soit la naissance de ses seins. Si jamais ils n'obtenaient pas ce qu'ils voulaient, ils devenaient infernaux et se bagarraient, ou bien ils se renfrognaient dans leur coin, boudeurs. Hadji Hadji réagissait différemment selon les jours. Parfois, il en prenait son parti et, pendant que les petits regardaient la télé, il lisait l'un de ses livres, restés au nombre de quatre depuis des années ; d'autres fois, il confisquait la télécommande, et, malgré les objections qui fusaient de toutes parts, s'arrêtait sur le premier dessin animé qu'il trouvait ; d'autres fois encore, il tâchait de détourner leur attention de l'écran en se creusant la cervelle pour inventer des jeux, tous plus ennuyeux les uns que les autres. Mais quoi qu'il fasse, il ne pouvait de toute la matinée avoir le dessus sur ses petits-enfants, notamment sur l'aîné. Vers midi, les événements prenaient une plus mauvaise tournure encore. Parce qu'à ce moment-là, et cela chaque jour de la semaine depuis deux mois, ils commençaient à faire Osman[1] en étalant tous les draps,

1. Osman : fondateur de l'Empire ottoman dont découle le nom.

les coussins et les couvre-lits de la maison au milieu du salon.

Deux mois auparavant, Hadji Hadji avait lu aux enfants les trois premiers chapitres d'un de ses livres restés au nombre de quatre depuis des années, et intitulé *Comment naquit un éminent empire et les raisons de son déclin*. Lorsqu'il marqua une pause, il obtint, comme à l'accoutumée, trois réactions différentes de la part de ses trois petits-enfants. Celui-de-sept-ans-et-demi, qui depuis le début, balançant sa grosse tête d'avant en arrière, écoutait avec une grande attention ce que lisait son grand-père, avait plusieurs questions à poser sur des points essentiels qui l'intriguaient :

— Les Turcs avaient combien de tentes lorsqu'ils sont arrivés en Anatolie ?

— Mille ! rétorqua Hadji Hadji au hasard.

Mais cette esquive n'eut d'autre effet que de piquer davantage la curiosité de l'enfant.

— Combien de gens y avait-il en tout dans ces mille tentes ?

— Dix mille ! tonna Hadji Hadji.

Mais la colère qui pointait dans sa voix ne fit qu'éperonner encore plus le plus âgé de ses petits-enfants.

— Quand les Turcs sont arrivés avec leurs tentes, il n'y avait personne d'autre en Anatolie ?

— Il n'y avait personne, c'était vide, tous ceux qui étaient là avant s'étaient enfuis, grommela Hadji Hadji.

— Dans ce cas, est-ce que les Turcs se sont installés dans les maisons des gens qui s'étaient enfuis ? Ou est-ce qu'ils ont continué à vivre comme des nomades encore quelque temps ? Est-ce qu'ils ont construit leurs premières villes avec des tentes ?

Comment peut-on dessiner sur une carte une ville qui change sans arrêt d'endroit ? Est-ce que… ?

— Tais-toi ! s'écria Hadji Hadji.

L'enfant se tut. Cependant, toutes les questions qui se pressaient sur sa langue tournèrent en rond dans sa bouche, remontèrent le long de son nez et de là, grimpant encore plus haut, s'écoulèrent en ruisseaux de larmes. Et dans ses pupilles d'un vert d'algue, les éclats de questions emplis d'insistance et de récrimination continuèrent à scintiller puis s'éteignirent comme un vol de lucioles les soirs d'été.

Pour ne pas le regarder plus longtemps, le vieil homme se tourna, avec une faible lueur d'espoir, vers Celui-de-six-ans-et-demi. Mais à en juger par son expression indifférente, la seule chose qu'il avait retenue de cette histoire était que le harem regorgeait de quantité d'esclaves et que naître frère du sultan n'était pas un sort enviable. Avec une dernière miette d'espoir, Hadji Hadji posa les yeux sur la plus jeune. À cet instant, Celle-de-cinq-ans-et-demi dont le visage brillait d'enthousiasme sauta sur les genoux de son grand-père et, l'enserrant de ses bras rose et blanc, de l'air doucereux et cajoleur dont elle usait quand elle voulait obtenir quelque chose des grands, elle lui dit :

— Allez, mon petit grand-père, construisons une tente nous aussi !

S'il n'avait pas été aussi accablé par l'attitude des deux garçons, Hadji Hadji aurait certainement réfléchi à deux fois avant de saisir la perche. Mais comme, par un tour de passe-passe, il avait reporté toute son affection sur la plus petite pour punir les deux autres, il se retrouva en quelques minutes plongé dans une montagne de draps et de coussins en train de faire une tente au milieu du salon. Eux aussi auraient leur tente, exactement comme les Ottomans.

Comparée à celles qu'ils construisirent par la suite, cette première tente était extrêmement primitive. En tendant quelques draps entre quatre chaises placées en carré, le grand-père et sa petite-fille avaient aménagé un petit espace clos et l'avaient ensuite rempli de coussins. Cette tente, même dans son état le plus rudimentaire, réussit à attirer l'intérêt des deux autres qui n'avaient pas participé au jeu, et qui, jusque-là, étaient restés dans leur coin pour observer avec suspicion ce qui se passait. Quelques instants plus tard, n'y tenant plus, ils entrouvrirent le drap qui faisait office de porte pour voir à quoi ressemblait ce monde caché et exigu construit au milieu du salon, et vinrent s'asseoir en tailleur sur les coussins avec leur grand-père. C'est alors que Hadji Hadji sentit croître en lui ce sentiment de fierté sans mélange dont il éprouvait depuis si longtemps la nostalgie. La fierté d'être écouté par ses petits-enfants. Mais l'autorité que le vieil homme avait réussi à instaurer à la maison ne tarda pas à révéler combien ses fondations étaient fragiles, et ce pas plus tard que le lendemain.

Le lendemain, vers la même heure, Celle-de-cinq-ans-et-demi vint se blottir de la même manière contre son grand-père :

— Allez, mon petit grand-père, on joue à Osman !

En entendant le nom d'Osman, le vieil homme, qui ne s'était pas encore remis de ses courbatures ni de son mal de reins depuis la gymnastique occasionnée par la construction de la tente de la veille, sentit ses cheveux se dresser sur la tête. Mais ni ses tendres récusations, ni ses accès de colère n'eurent un quelconque effet. Celle-de-cinq-ans-et-demi était ainsi faite. Une fois qu'elle avait apparenté un mot à un autre, aucune force ne pouvait venir à bout de ce lien langagier. De même que fantômes, esprits, vides, cerbères, défunts et salamandres étaient des DJINNS, OSMAN était une tente.

Dès lors, Osman devint une part indissociable de leur vie. Désormais, chaque jour à la même heure, les enfants commençaient à s'agiter et à ne plus tenir en place, comme des alcooliques à l'approche de l'heure du petit verre. En moins d'une demi-heure, tous les draps, les couvre-lits piqués, les édredons et les coussins se retrouvaient entassés au milieu du salon. Hadji Hadji attendit en vain de voir ses petits-enfants se lasser d'Osman, comme ils l'avaient fait jusqu'à présent de tous les jeux auxquels ils avaient joué plus de trois ou quatre fois, mais, loin de s'en lasser, les enfants faisaient preuve d'une incroyable constance et d'une extrême créativité. Au fur et à mesure, ils élargirent la tente et y ajoutèrent des pièces, des compartiments et des recoins, et dans cet espace, qui désormais allait de cinq à dix mètres carrés, ils menaient une vraie vie de nomades. Osman était remontée chaque après-midi, trônait au milieu du salon jusqu'au soir, et à la tombée de la nuit, elle était démontée à toute vitesse une demi-heure avant que les parents ne rentrent du travail.

En dehors d'Osman, nombre d'autres incidents se répétaient chaque jour sans exception. Le téléphone, par exemple, sonnait toujours à la même heure. Vers 11 h 45, dès que les spectateurs arrivés à la dernière minute à la première séance avaient pris leur place. C'était toujours l'aîné des enfants qui décrochait. Répondant toujours la même chose aux mêmes questions, il rapportait à sa mère ce qu'ils avaient fait depuis le matin : *Oui, ils avaient fini de déjeuner. Non, ils ne faisaient pas de bêtises. Oui, ils regardaient la télévision. Non, leur grand-père ne leur racontait pas de contes. Non, ils n'allumaient pas le gaz. Non, ils ne mettaient pas la maison en désordre.*

Non, ils ne se penchaient pas au balcon. Non, ils ne jouaient pas avec le feu. Non, ils n'entraient pas dans la chambre à coucher. Non, juré, il ne leur racontait pas d'histoires. Leur mère doutait, au fond, de la sincérité du plus grand de ses fils, mais comme elle n'avait nullement l'intention de parler avec son beau-père au téléphone, elle devait se satisfaire de ce qu'elle entendait. Tandis que, le combiné à la main, il débitait les réponses habituelles avec une vague fourberie dans la voix, Celui-de-sept-ans-et-demi ne quittait pas des yeux son grand-père. Parfaitement conscient des rapports tendus qui existaient entre les deux adultes, il avait depuis longtemps découvert comment renforcer son propre pouvoir en soutenant, quand il le fallait, l'un contre l'autre.

De même qu'ils prenaient leurs repas à l'intérieur d'Osman, c'est là qu'ils écoutaient leurs contes. Chaque jour, après le repas de midi et avant la sieste, de tout nouveaux personnages venaient rejoindre leurs rangs. Des marâtres sans cœur, d'infortunés orphelins, des cerbères échappés de l'enfer, des bandits de grand chemin, des succubes usant de leur beauté pour tendre des pièges aux hommes, des combattants aux mains sanguinolentes, des fous munis de firmans impériaux, des vipères empoisonnées, des vieillards aux chairs flasques, des démons décharnés, des ogres aux yeux exorbités… affluaient en masse sous la tente. Et une fois qu'ils y étaient, ils n'en repartaient plus. Alors que les dernières phrases de l'histoire flottaient encore dans l'atmosphère, la lassitude s'abattait sur eux. Tout le monde s'enroulait où il était. Hadji Hadji était toujours le premier et le plus rapide à s'endormir. Ensuite, c'était Celle-de-cinq-ans-et-demi, puis Celui-de-six-ans-et-demi. Dès que les ronflements de son grand-père et la respiration de ses cadets emplissaient la tente, Celui-de-sept-ans-et-demi se levait sans faire de bruit. Tout d'abord, il s'approchait de son grand-père et le regardait. Il l'examinait comme il l'eût fait pour une créature inconnue, un fruit tropical qu'il n'aurait jamais goûté ou une huître pleine de surprises ; il regardait le collier de barbe poivre et sel, qui montait et descendait à chacune de ses respirations, le chapelet d'ambre en train de lui glisser des doigts, les poils blancs qui remontaient de sa poitrine vers son cou, les lèvres gercées, les profondes rides qui sillonnaient son front... Il y avait deux ans et demi qu'il avait commencé à examiner son grand-père, et il était sur le point d'achever son exploration.

La journée tiède et embaumée où il l'avait rencontré était d'une importance capitale pour l'enfant : c'était la dernière journée où il avait pu se promener dehors. Par la suite, sa maladie avait progressé de manière si rapide, elle était devenue si visible qu'il n'était plus ressorti.

Vers les derniers temps de ce lointain passé où il pouvait encore être considéré comme un enfant normal, ou du moins en donner l'apparence, son père et sa mère l'avaient emmené avec eux pour aller chercher son grand-père à l'aéroport. Jusqu'à ce moment, il n'avait pas entendu grand-chose au sujet du vieil homme. Il savait seulement qu'il s'appelait Hadji, qu'il vivait avec sa femme dans une ville éloignée, qu'ils avaient eu un accident de la route en venant à Istanbul voir leurs petits-enfants qu'ils ne connaissaient qu'en photo, et que sa grand-mère était morte dans l'accident. Après le décès de sa femme, son grand-père Hadji avait beaucoup pleuré ; il était resté un moment à l'hôpital et dès qu'il fut rétabli, il était parti faire le pèlerinage à La Mecque. À présent qu'il avait achevé son pèlerinage, il était de retour. C'était tout ce que Celui-de-sept-ans-et-demi, alors âgé de cinq ans, savait à son sujet. Seulement, sur le chemin de l'aéroport il avait appris une autre chose d'une importance notable : à partir de maintenant, grand-père Hadji vivrait à Istanbul avec eux.

Le hall d'accueil de l'aéroport était bondé. Après s'être acquittés des procédures de débarquement, les voyageurs descendus de l'avion ramenant les pèlerins franchissaient les portes automatiques à double battant et retrouvaient leurs proches qui patientaient de l'autre côté. Tandis qu'il attendait au milieu de cette foule en serrant fermement la main de ses parents, l'enfant observait avec attention chacune des personnes qui passaient par cette porte. Tous ces hommes âgés de retour de La Mecque étaient, de manière stupéfiante, la copie conforme l'un de l'autre. La raison de cette ressemblance ne tenait pas seulement à leur taille, à leur âge, aux couleurs qu'ils portaient ou à leur collier de barbe grisonnante. Dès qu'ils passaient la porte, ils faisaient tous invariablement les mêmes gestes et dans le même ordre. Dès que la porte automatique s'ouvrait, ils regardaient la foule en plissant les yeux, comme aveuglés par un faisceau de lumière, faisaient quelques pas, apercevaient quelqu'un ou un groupe, puis, accélérant le pas dans cette direction, ils posaient les bagages qu'ils avaient à la main, et enlaçaient avec joie les gens de leur connaissance qui venaient à leur rencontre. À mesure qu'ils surgissaient en s'imitant les uns les autres, c'était comme si, au lieu d'un avion plein de gens différents, c'était toujours le même homme qui passait et repassait par les portes automatiques.

Ensuite, la porte s'ouvrit à nouveau et celui que, d'après les réactions de ses parents, il supposa être son grand-père sortit dans le hall. Bien qu'il soit vêtu exactement comme les autres pèlerins, il avait l'air d'un étranger égaré parmi eux. Il ne paraissait même pas vieux. Il donnait l'impression d'un bon imitateur qui s'était précipité au vestiaire à la dernière minute pour enfiler un costume. Il leur ressemblait presque, mais il manquait un petit quelque chose. Plissant ses yeux d'un vert d'algue, l'enfant regarda encore une fois et finit par comprendre d'où provenait ce défaut : le vieil homme n'avait pas de barbe. Là où il aurait dû avoir de la barbe, un croissant de lune d'un blanc cru remontait vers le haut. Comme la zone s'inscrivant au centre du croissant de lune avait amplement eu sa part de soleil, le nord de son visage était une nuit noire, et le sud une journée sans nuages.

L'homme au visage « incomplet » serra fort contre lui son petit-fils qu'il voyait pour la première fois. Ensuite, il serra son fils, à nouveau son petit-fils, ensuite sa belle-fille, ensuite son petit-fils, à nouveau son fils, et encore et encore son petit-fils. Comme au même moment toutes les personnes alentour embrassaient quelqu'un, le hall d'arrivée de l'aéroport fut empli de groupes de gens en train de pleurer, de se humer, de s'embrasser et de se bousculer. Lorsque les hommes âgés de retour de pèlerinage et leurs proches s'étaient un tant soit peu remis de leurs émotions, ils se mettaient alors à se présenter à leurs familles respectives, et cette fois, c'était entre les groupes que commençaient à s'échanger des poignées de mains, des embrassades et des enlacements. Dans ce tumulte, l'enfant, promené de bras en bras, fit une observation supplémentaire qu'il nota dans sa mémoire : aux Mehmed de retour de pèlerinage, on disait « Hadji Mehmed », aux Ahmet « Hadji Ahmet ». Sur le chemin du retour, il posa à son père la question qui lui trottait dans la tête :

— S'il faut aller en pèlerinage pour prendre le nom de Hadji, comment se fait-il qu'avant même d'aller en pèlerinage grand-père s'appelle déjà Hadji ? Et puisqu'il s'appelle Hadji, qu'est-ce qu'il est allé faire en pèlerinage ?

Autant son visage présentait un déficit, autant son nom était redondant.

— Ouh, toi ! le rabroua son père.

L'enfant s'était peut-être fait rembarrer par un « Ouh, toi ! », mais ne pas obtenir de réponse n'eut finalement d'autre effet que de renforcer sa conviction : son grand-père ne ressemblait pas aux autres. C'est à partir de ce moment qu'il pensa que celui-ci était un peu « bizarre ». Que le vieil homme se laisse rapidement repousser la barbe – qu'il avait été obligé de raser à cause de terribles démangeaisons la veille de son retour de La Mecque – et ressemble ainsi, au moins physiquement, aux autres grands-pères de l'aéroport, ne changea guère la première impression de l'enfant.

Aujourd'hui encore, il continuait à observer son aïeul. Comme il ne le trouvait pas aussi intéressant qu'avant, il raccourcissait chaque jour son examen. Dès qu'il en avait assez de le regarder, il sortait d'Osman et commençait à se promener dans tout l'appartement sur la pointe des pieds. Être debout alors que tout le monde dort est un formidable privilège. Le logis devenait alors comme le château de la Belle au bois dormant. Contrairement à sa sœur et à son frère, Celui-de-sept-ans-et-demi se rappelait les contes que leur racontait leur mère avant qu'elle ne travaille au guichet du cinéma d'un énorme centre commercial, et était capable de faire la différence entre eux et ceux de son grand-père.

Pendant que les autres dormaient, il allait dans la cuisine et allumait la cuisinière, jouait avec les allumettes, feuilletait les livres de son grand-père restés au nombre de quatre depuis des années, mangeait tout ce qu'il trouvait, pénétrait dans la chambre à coucher de ses parents et fouillait les armoires, vidait les bijoux de sa mère sur le lit, comptait l'argent que son père cachait dans un coin de l'armoire... et savourait le plaisir de se livrer à tout ce qui était interdit. Ensuite, quand approchait l'heure où les autres se réveillaient, il se glissait à nouveau sur la pointe des pieds à l'intérieur de la tente, et s'enroulant dans un coin commençait à attendre. Il n'avait pas à attendre trop longtemps. Chaque jour, vers 17 h 30, le camion poubelles s'engageait dans la rue. Les voix des éboueurs, le tintamarre des poubelles vidées et le grondement du moteur s'élevaient du bas de la rue. Comme les voitures se garaient de chaque côté de la chaussée, le camion poubelles avait du mal à manœuvrer et bloquait inévitablement la circulation. Dès que les bruits de klaxons pénétraient dans l'appartement numéro 5 de Bonbon Palace, Hadji Hadji s'éveillait en poussant des cris. Bonbon Palace était certainement le dernier endroit où ce vieil homme, qui portait dans son cœur comme dans les rides qui sillonnaient son front les traces de son accident, pouvait espérer dormir tranquillement.

Les cris de Hadji Hadji réveillaient les enfants. Celle-de-cinq-ans-et-demi était la première à se lever en geignant et en pleurnichant. Puis, c'était Celui-de-six-ans-et-demi qui se levait en bâillant d'un air indolent. Quant à Celui-de-sept-ans-et-demi, il ne se levait pas immédiatement de l'endroit où il s'était blotti à peine quelques minutes avant. Il comptait intérieurement jusqu'à vingt afin de permettre aux autres de se réveiller pour de bon. Ensuite, comme s'il émergeait d'un profond sommeil, il se redressait et se frottait longuement les yeux. Une étincelle s'allumait dans le vert d'algue de ses pupilles, il approchait de la fenêtre ouverte, tendait le cou pour essayer de deviner les secrets cachés derrière les portes closes du monde extérieur, en pressentant que ces secrets pouvaient être bien plus effroyables que tous les contes jamais écoutés.

NUMÉRO 7 :
MOI

Il m'est arrivé une chose étrange ce matin. Je me suis réveillé sans l'aide de l'alarme, mais le plus étrange, c'est qu'au moment où je me suis réveillé, j'avais déjà les yeux grands ouverts, et, non contents de s'être éveillés avant moi, ils semblaient partis se promener au plafond. J'ai eu l'impression de me regarder d'en haut à un moment... Je n'ai guère apprécié ce que j'ai vu.

Mes jambes dépassent tout le temps du canapé où je dors, mais cette fois, j'avais encore mes chaussures aux pieds. Ma tête avait glissé de l'oreiller et j'avais la nuque douloureuse. Sur le canapé, dans le creux allant du coin de ma bouche à mon oreille gauche, je remarquai une petite mare de liquide écumeux et blanchâtre – que seuls un chien atteint de la rage, un bébé qui régurgite ce qu'il vient d'avaler ou quelqu'un en proie à une crise d'épilepsie pourrait produire en aussi grande quantité. Ma chemise était toute froissée, j'avais les reins endoloris d'avoir dormi de travers, la bouche pâteuse et desséchée. J'avais aussi vomi sur le bord du tapis. J'avais tout de même eu la présence d'esprit d'enlever mon pantalon. Mais comme aimait à le dire cette catin d'Ethel dans un de ses aphorismes : « Un homme sans pantalon, mais encore en chemise et en chaussettes, est à peu près aussi attrayant qu'une pomme d'amour à moitié entamée », ou quelque chose d'approchant. Vu sous cet angle, j'avais plutôt de la chance de me réveiller seul ce matin, comme je l'avais fait les soixante-six derniers jours.

Tout ça, c'est la faute de cette baraque. Cela fait deux mois et cinq jours que j'ai déménagé. C'est ici que j'ai réalisé à quel point le temps était concret et pouvait s'évaluer au poids. Je compte chaque jour qui passe. Je devrais déjà être installé depuis, ou au moins avoir instauré un semblant d'ordre. Non seulement je n'ai pas réussi à me poser, mais je vis comme si je pouvais lever le camp à tout moment. L'appartement n'est pas très différent de ce à quoi il ressemblait le jour où j'y ai emménagé… une vie suspendue, transitoire et a minima au milieu de cartons empilés, de paquets encore emballés… aussi éparpillés, volatils et éphémères que les particules d'un spray d'ambiance, dans une maison Lego pouvant à tout instant être démontée et remontée ailleurs… Lorsqu'on est célibataire, on vit dans-les-choses-contenues-dans-une-maison ; des choses qui ont un passé, une histoire, une importance personnelle, une valeur symbolique. Lorsqu'on se marie, on commence à vivre dans une-maison-contenant-des-choses. Une maison davantage fondée sur l'avenir que sur le passé, sur les espérances que sur les souvenirs, et où aucune ligne de partage n'établit clairement quoi, et à quelle hauteur, appartient à qui. Quant au divorce, cela signifie tout reprendre de zéro, et, selon que vous êtes celui qui part ou celui qui reste, s'installer à nouveau dans une maison-sans-choses ou dans des choses-sans-maison.

C'est la faute de cet appartement, et la faute de cette catin d'Ethel. Le jour du déménagement, j'ai eu beau user de tous les arguments, je n'ai pas réussi à la dissuader de m'aider. Lorsque je suis monté à l'avant du camion de la société de déménagement avec laquelle je m'étais livré à un marchandage acharné pour transporter les livres, les vêtements et les menues bricoles que je comptais emporter (ainsi que les nouveaux meubles bas de gamme et bon marché que j'avais achetés pour le modeste appartement que j'allais habiter après l'ancien domicile conjugal, raffiné et agencé avec goût), Ethel était déjà perchée à mon côté. Comme si sa présence n'était pas suffisamment contrariante, elle trouva le moyen d'être cul et chemise avec le chauffeur, un crétin qu'elle ne fit qu'abrutir un peu plus avec les cigares de première qualité et les questions saugrenues dont elle l'abreuva sans répit pendant tout le trajet, et avec qui elle entretint une conversation stupide sur les difficultés à déménager de tel quartier d'Istanbul à tel autre. Lorsque enfin nous arrivâmes à Bonbon Palace, elle se mêla aux déménageurs à l'arrière du camion et ne cessa de courir d'un endroit à l'autre, tout excitée, avec son bout de jupe de la taille d'un kleenex, qui servait moins à vêtir qu'à exhiber son affreux gros cul. Distribuant ses ordres à la ronde, c'est elle qui décida de l'endroit où devaient être entreposés les paquets, placés les cartons de livres, et entassés les colis contenant les grossières et banales étagères qu'elle m'avait forcé à acheter – au rayon « J'aime ma bibliothèque, car c'est moi qui l'ai faite ! », dans une de ces grandes surfaces où les gens vont faire leur tour rituel en famille le week-end. Sachant d'expérience que les femmes ont toujours le dernier mot dans ce genre de situation, les déménageurs firent mine d'ignorer que j'étais le véritable propriétaire des affaires dans lesquelles Ethel ne faisait que fourrer son nez et n'accordèrent pas la moindre attention à ce que je disais, sauf en fin de journée, pour se plaindre de la modicité de leur salaire et exiger davantage que le forfait initialement prévu. Même lorsqu'ils percutèrent le carton rempli de toutes sortes de verres, de récipients et de coupes, ils s'adressèrent non pas à votre serviteur, qui s'employait à minimiser le problème, mais à Ethel, qui les vouait tous aux gémonies pour les dégâts qu'ils avaient sûrement occasionnés, et c'est encore à elle qu'ils firent des excuses.

Ce jour-là, je me contentai de suivre de loin ce qu'on décidait être le mieux pour moi. Mon exclusion atteignit le summum au moment de monter le lit à deux places de 180 x 2, à ressorts en or et à système orthopédique – l'un des deux gros trophées que j'avais arrachés à mon ancien domicile. Après cinq ou six essais infructueux, quand il devint évident que l'énorme lit aurait du mal à tenir dans la petite pièce du fond qu'Ethel avait décrété devoir être la chambre à coucher, une discussion animée éclata. Ethel voulait qu'on mette le lit en largeur et pour cela, elle était d'avis de sacrifier au besoin la tête du lit, beaucoup trop imposante à son goût. Les déménageurs quant à eux étaient partisans de disposer le lit dans la longueur, quitte à ce qu'on ne puisse plus bouger dans la chambre. Personne ne pensa à me demander mon avis, et si on me l'avait demandé, je n'en avais pas. Finalement, le lit fut placé dans la largeur, et même s'il ne restait plus l'espace de faire un pas, je n'émis aucune objection. D'ailleurs, ce lit était *trop grand* pour moi. Depuis mon déménagement, je n'ai pas dormi une seule fois dans cette chambre. Je m'entête à me coucher sur cet étroit canapé qui me rompt le cou et me brise les reins. Des années plus tôt, quand elle était dans sa période *Mesnevi*, Ethel m'avait raconté les pénitences corporelles que s'infligeait

Mevlânâ. Même si ce n'était pas de façon aussi mystique, je n'avais pas, moi non plus, épargné mon enveloppe charnelle ces deux derniers mois. Mais, comme un amant au désespoir toujours plus épris de la source de son supplice ou un valet accoutumé aux mauvais traitements, il m'est impossible de renoncer à ce cruel et inconfortable canapé. Je devrais faire étudier le *Discours de la servitude volontaire* au groupe du jeudi avant la fin de l'année.

Naturellement, ma principale motivation à dormir ici est la présence de la télévision, juste en face du canapé. Comme en ce moment mon sommeil est complètement déréglé, je ne peux m'endormir que lorsqu'elle est allumée. Même cette nuit, alors que je suis rentré à une heure impossible et soûl comme une barrique, la première chose que j'ai faite a été d'appuyer sur le bouton de la télé. À présent, une jeune fille un peu déjantée – les cheveux poil de carotte avec des tas de rubans vert fluo, un court chemisier bariolé, plein d'oiseaux et de perroquets, laissant voir le bouton de rose, rouge sang et quasiment de la grosseur du poing, tatoué sur son ventre rebondi – emplit l'écran de ses gazouillis, avec une gaieté à laquelle tout le monde ne saurait prétendre à une heure si matinale. Bien que la truculente animatrice ne bouge pas de sa place et ne parle qu'avec de simples mouvements de mains, ses seins tressautent autant que ceux des femmes qui courent pour attraper un bus. Ce n'est pas vraiment mon truc. Ma préférence est toujours allée aux contrastes : j'aime que les seins des filles bien charpentées tiennent dans le creux de la main, et qu'ils soient énormes chez les filles de plus petit gabarit.

Dix jours plus tard, quand Ethel vint inspecter les lieux pour constater que tout était resté en l'état, elle ne fit aucun commentaire. Au bout de la troisième semaine, rien n'avait changé. Je n'avais pas ouvert le moindre carton ni monté une seule étagère. Lorsqu'elle repassa un mois et cinq jours plus tard, j'aurais souhaité qu'elle continue de se taire. Au lieu de cela, avec un sourire déplaisant, et en faisant craquer ses doigts aux ongles longs et vernis, comme elle le faisait chaque fois qu'elle pensait dire quelque chose d'essentiel, elle lança :

— Écoute, trésor ! Personnellement, ça ne me pose aucun problème, mais tu ferais mieux de ne pas traiter ta nouvelle maison comme tu as traité ton ex-femme. Tu la négliges en te disant que, de toute façon, elle est à toi et n'ira nulle part, mais après, que Dieu nous en préserve, tu finis par te la faire souffler.

Je n'ai pas répondu. Je déteste ses ongles longs et vernis.

Ethel adore se servir de sa langue comme une grenouille qui attrape des mouches. Elle balance tout de go ce qui lui passe par la tête, et avant que la personne en face ait eu le temps de réaliser, avec sa grande langue rose, elle s'est déjà emparée de la stupeur momentanée apparue sur le visage de sa victime, pour la gober avec délectation. Après mon divorce, je n'ai pas hésité à couper les ponts avec nombre de gens de mon entourage, mais j'ignore pourquoi je maintiens encore le contact avec elle – et j'imagine que je ne veux pas le savoir. Je ne fais aucun effort particulier pour qu'on se voie, mais je ne fais pas non plus le moindre pas dans le sens de la rupture. Le problème n'est pas que je ne l'aime plus, car je n'ai jamais eu pour elle plus d'affection que je n'en ai aujourd'hui. Si, depuis tout ce temps, un lien quelconque devait exister entre nous, je ne pense pas que ce soit de l'amour, ni de l'amitié ou de la confiance. Ethel et moi allons aussi bien ensemble que deux papillons d'espèces différentes amputés d'une aile et placés côte à côte sous la loupe d'un collectionneur. Presque identiques par leur forme et leur incomplétude, mais totalement différents par leurs motifs et leurs couleurs. Quand les vents sont favorables, nous nous retrouvons, mais être ensemble ne suffit pas à faire de nous un ensemble complet et cohérent. Si je ne la vois pas pendant un mois, elle ne me manque pas – je ne ressens probablement même pas son absence. Mais quand nous nous revoyons un mois plus tard, je n'éprouve pas le moindre ennui en sa présence, et l'idée d'abréger les moments passés en sa compagnie ne m'effleure pas l'esprit. De même que certaines choses ne sont que ce qu'elles sont, Ethel est simplement Ethel. Malgré cela, ou justement en raison de cela, c'est la personne que je vois le plus souvent et avec laquelle je partage le plus de choses. C'est ainsi depuis des années. Cette vieille relation, tel un ongle noir sur un doigt blessé, peut encore s'éterniser ainsi des années ou s'effondrer du jour au lendemain. Je me demande parfois, si cela devait se produire, lequel de nous deux s'en rendrait compte le premier, et au bout de combien de temps.

En me levant, je me pris les pieds dans le fil du téléphone. Le combiné apparut en dessous du coussin qui m'avait servi d'oreiller, comme si, cette nuit, j'avais cherché à l'étouffer. J'en conçus un profond désagrément. Tout indiquait que je n'avais pas pu m'empêcher de l'appeler avant de sombrer.

En état d'ivresse, prendre le volant est dangereux, chacun en convient, mais prendre le téléphone peut avoir des conséquences bien plus fatales encore, et il n'existe aucune disposition légale à ce sujet. Quand des conducteurs éméchés percutent des obstacles, c'est par hasard : un arbre ayant l'infortune de surgir devant eux, un véhicule croisant leur route à ce moment-là… Il n'y a aucun dessein, aucune intention dans ces accidents. En revanche, lorsque des gens ivres morts utilisent le téléphone, ils vont inévitablement percuter de plein fouet ceux qu'ils aiment.

Réaliser que je l'avais appelée dans cet état me mettait suffisamment à la torture, mais le pire était de ne me souvenir de rien au réveil, et d'essayer de me convaincre, à mesure que je m'efforçais de me remémorer les faits, que non, je n'avais pas téléphoné. Depuis mon divorce, cette scène se répétait à intervalles réguliers, mais je n'avais encore jamais appelé Ayşin sur son nouveau numéro. Elle ne devait même pas savoir que j'avais réussi à mettre la main dessus. Sauf si nous avions parlé cette nuit, évidemment... Il fallait que j'en aie le cœur net. J'appuyai à nouveau sur la touche d'appel. Un, deux, trois... on décrocha à la sixième sonnerie. C'était bien elle ! Le matin, sa voix était aussi rauque que si elle sortait du fin fond d'un puits. Elle aimait dormir. Lorsqu'elle se levait, elle était d'une humeur massacrante et incapable d'émerger avant d'avoir bu son café. Noir, sans sucre. Le ton de son second « allôôô » résonna encore plus courroucé que le premier. Je raccrochai.

J'essayai de rassembler mes idées et de réfléchir calmement. Malgré tout, il restait encore un espoir. Lui avoir téléphoné ne signifiait pas que nous avions parlé. Peut-être n'avait-elle même pas décroché. Si Ayşin avait répondu au téléphone et dit quelque chose, en bien ou en mal, je me serais au moins souvenu de quelques bribes au réveil. Vu que je ne me rappelais rien, c'est qu'apparemment aucune parole digne d'être retenue n'avait été prononcée. Piètre consolation. C'était comme rendre grâce au ciel que la pluie qui s'abat sur nous ne soit pas de la grêle. Si Ayşin n'avait pas répondu cette nuit, l'explication la plus plausible à cette éventualité était qu'à ce

sions au goudron et faisions défiler à poil à notre table ceux qui voyaient leur hétérosexualité comme une obligation à assumer et se débattaient à grands cris pour pouvoir, ne serait-ce que du bout des dents, croquer la pomme du péché dans un monde de jouissance ouvert à tous, et ceux qui revendiquaient leur homosexualité comme un choix personnel et se cloîtraient dans leurs oasis où les autres étaient interdits de séjour. Nous n'aimions pas les gens que nous ne connaissions pas personnellement, mais étripions ceux que nous connaissions de près. Nous n'éprouvions pas le besoin d'épiloguer, nous nous contentions de codes. Avec une méticulosité d'archiviste, nous classions et cataloguions tout et tout le monde, et de cette façon, nous étions injustes envers tout et envers tous. D'ailleurs, si vous feuilletez le dictionnaire fondamental illustré du RSL, vous n'y verrez ni le mot *justice* ni le mot *droit*. De même qu'à la lettre S, vous ne trouverez pas le mot *sacré* ou *sacralité*, ni *sublime* ou *sublimité*. Dans ce même dictionnaire, voilà ce qui est écrit en face du mot *Injustice* :

1. Se conduire de façon déplacée envers ce qui est déplacé (exemple : prendre sa fourrure à quelqu'un vivant dans le désert ou son verre de vin à une personne pieuse).

2. Envoi indirect (exemple : cracher à la figure de quelqu'un par photo interposée).

Lorsque nous parlions en RSL avec Ethel, c'est dans le second sens du terme que nous nous adonnions à l'injustice. Il nous arrivait, bien sûr, de partager avec diverses personnes certaines, voire nombre, des opinions que nous proférions en tête-à-tête, mais jamais sur ce mode inique, exclusivement réservé à notre usage privé. Mais hier soir, pendant le dîner, alors qu'elle pérorait au sujet de ses fastueux projets moment-là elle n'était pas chez elle. À cette heure-là, dehors... Dehors, à cette heure-là...

Deux cadavres de cafards, à cinquante centimètres l'un de l'autre, gisaient sur le sol de la salle de bains. Sans doute victimes, eux aussi, de mes exploits de la veille. Mais, dans les méandres de ma mémoire, j'ai été incapable de trouver une explication à leur sujet. J'ai enlevé ma chemise. Elle était imprégnée d'une odeur infecte : une insoutenable odeur, où se mêlaient les effluves des nombreux mezzés et du turbot que j'avais mangés, de tous les *rakı* que j'avais bus et des cigares de première qualité que j'avais fumés, tous confondus, dégradés et rendus méconnaissables par les sucs gastriques... La machine à laver est un cadeau de divorce d'Ethel. Ethel a toujours été une femme pratique, pratique et généreuse. J'ai également mis à laver mon pantalon en lin bleu marine. J'ai appris, je sais maintenant qu'une température de quarante degrés et le second programme court suffisent pour le lin. Même si j'arrive à me purifier des déplaisants reliquats de la veille, il est évident que je ne pourrai me débarrasser de cette horrible odeur de poubelles qui enserre tout l'immeuble. Je m'en veux terriblement de m'être précipité dans ma recherche d'appartement alors que la procédure de divorce était encore en cours. Si, dans l'intention de partir le plus vite possible, je ne m'étais pas jeté sans réfléchir sur le premier appartement suffisamment éloigné et bon marché que j'aie trouvé, j'aurais pu, à loyer égal, vivre dans un endroit plus décent. Je regrette le confort de mon ancien appartement. La question ne se pose pas seulement en termes de nostalgie du confort ou du paradis perdu dans lequel j'ai œuvré à ma propre chute. En fait, cet appartement appartenait à Ayşin, à la famille d'Ayşin plus exactement. Mais après avoir habité ici pendant trois ans et demi, jusqu'au sale moment où, après avoir rassemblé mes caleçons, mes livres, mes notes de cours et mes rasoirs, j'y étais retourné pour vérifier que je n'avais rien oublié, je croyais que la maison était *aussi à moi*. Un si petit mot : « aussi » ! Comme la joie d'un enfant qui espère recevoir, lui *aussi*, la même chose que celle donnée à son frère : « *Moi aussi, moi aussi !* » Cependant, il semblerait que, dans les relations conjugales comme dans les relations entre frères et sœurs, une partie reçoit toujours plus que l'autre. Et l'on efface les traces des gens, qui se croient parfois aussi propriétaires des lieux où ils ont vécu, avec la même facilité qu'on retire le fil des haricots. Ce que j'ai du mal à digérer, ce qui me fait mal au ventre, c'est justement cette façon de retirer le fil. Imaginer Ayşin profiter seule de cette maison qui, à une période, était *aussi la mienne,* m'était intolérable. Naturellement, il faut toujours s'estimer heureux. Parce qu'il y a toujours pire : ce n'est peut-être pas seule qu'elle en profitait…

Sous le jet de la douche – glacé quand on voulait le réchauffer ou bouillant quand on le refroidissait, mais définitivement incapable de rester tiède –, j'examinai la situation, en grelottant ou m'ébouillantant. Alors que je ne savais même pas comment j'avais fait pour retrouver le chemin de la maison dans l'état où j'étais, j'acquis la certitude d'avoir téléphoné à Ayşin. D'accord, mais après ? Si nous nous étions parlé, il aurait dû m'en rester quelque chose, un souvenir fugace, au moins une phrase… Au moment où je me passais du savon sur le visage, le QG de mon cerveau m'avertit qu'un propos correspondant au signalement du suspect avait été repéré dans le secteur et placé en état d'arrestation. « *Tu ne vois pas que si tu continues à téléphoner comme ça, je vais vraiment prendre mes distances avec toi ? Tant qu'il y a encore du respect entre nous...* » Je n'y voyais rien. J'avais les yeux pleins de mousse. J'eus beau essayer de les ouvrir, le savon piquait tellement que j'étais obligé de les refermer. Non, la dénonciation s'était révélée sans fondement. Ce n'était pas la phrase que je recherchais. Cette phrase-là, je m'en souvenais maintenant, ce n'était pas cette nuit-là que je l'avais entendue, mais avant. Avant qu'Ayşin ne décide de changer de numéro de téléphone.

Lorsque les crises maniaco-dépressives de la douche eurent excédé mon seuil de tolérance, je sortis de la salle de bains. J'avais une faim de loup. La cuisine n'est pas vraiment petite, mais depuis que le colossal réfrigérateur, presque aussi volumineux que ces baraques plantées tout le long de la côte par les modestes familles de vacanciers, se dressait de toute sa superbe en plein milieu, elle avait pas mal rétréci. Au lieu de m'entêter à extirper de mon ancien logement ce mastodonte américain, conçu pour les familles nucléaires à l'appétit féroce et leur foyer de la taille d'un hangar, typiques de la société de consommation, j'aurais mieux fait d'acheter un de ces minifrigos à hauteur du genou, comme ceux qu'on voit dans les chambres d'hôtel ou les appartements miniatures de Tokyo. C'est probablement ce que j'aurais fait si Ayşin n'avait pas objecté que c'était « trop grand pour moi ». Cette phrase, elle me l'avait servie deux fois coup sur coup : uuunn, pour le lit à deux places, deeuux, pour le réfrigérateur. C'est seulement à cet instant que j'ai senti qu'il y avait quelqu'un d'autre dans sa vie et que ma place ne tarderait pas à être occupée ; quand j'ai réalisé que ce qui était trop grand pour moi ne l'était pas pour Ayşin. Personne ne comprit, à commencer par Ethel, l'intransigeante obstination dont je fis preuve pour récupérer le lit et le réfrigérateur, alors que je n'avais fait de problème pour rien et m'étais montré on ne peut plus accommodant pour accélérer la procédure de divorce.

Mon butin était substantiel mais totalement vide. Et dans cet état, il était pitoyable. Les gros réfrigérateurs ont une lointaine parenté avec ces vieilles locomotives qui dévoraient de pleines pelletées de charbon tout au long du trajet. Comme elles, ils sont insatiables et réclament toujours plus à mesure qu'on les remplit. Quant au mien, ce n'est pas de pleins sacs dont il est frustré, mais d'une simple pelletée de poussière de charbon. Sur l'étagère du haut il y avait une boîte de crème de gruyère entamée et piquée de moisissures, sur la porte cinq canettes de bière et une grande bouteille de *rak* à moitié vide, et dans le bac à légumes, trois tomates et un reste de laitue flétrie. Rien de plus. Et sur l'étagère du bas la part de pizza aux champignons que cette vieille voisine avait apportée la dernière fois. J'ai souvent vu des gens distribuer de l'*aşure* ou des choses de ce genre, mais cuire une pizza et en faire profiter le voisinage, c'était la première fois. J'allais la jeter, mais j'avais oublié. Et maintenant que les petits atomes d'alcool résiduels de cette nuit me titillaient gentiment la paroi de l'estomac, je lorgnai avec reconnaissance vers la part de pizza. Trois minutes pour la mettre au four et la réchauffer, trente secondes pour l'avaler. Elle était un peu rassie, mais tant pis. Vu les conditions, c'était Byzance. Maintenant que je m'étais un tant soit peu concilié mon estomac, je pouvais préparer mon médicament. Je remplis la petite casserole de lait demi écrémé, j'y ajoutai deux bonnes cuillers de café turc, une cuiller de miel de pin, beaucoup de cannelle et un peu de cognac. C'était ma potion miracle pour les lendemains de cuite, l'expérience avait prouvé son efficacité, mais il se peut qu'elle ne convienne pas à toutes les complexions. Chacun doit d'ailleurs trouver le remède adapté à la sienne, en procédant par essais et erreurs. C'est comme ça que j'ai trouvé le mien. J'ai un peu forcé la dose par rapport à l'habitude. Mais je dois me remettre le plus vite possible. Aujourd'hui, nous sommes jeudi, et chaque jeudi après-midi depuis la rentrée, je donne mon cours préféré à ma classe favorite.

En attendant que le lait chauffe, je feuilletai les brochures qu'Ethel m'avait remises la veille dans la soirée. Une nouvelle université privée était en projet à Istanbul. J'étais déjà au courant de certains détails, notamment du long processus de préparation. Ce que je ne savais pas, c'est que cette catin d'Ethel était partie prenante, et même carrément au cœur de l'entreprise ; et pendant le dîner, j'en appris bien plus encore que je ne l'aurais souhaité. Dès les deux premières minutes, elle attaqua le sujet bille en tête et ne s'arrêta plus jusqu'à la fin de la soirée. Lorsque, sous le regard épuisé du serveur kurde qui luttait pour soutenir ses paupières lourdes de sommeil, nous quittâmes en titubant le restaurant où, à part nous, il ne restait plus un seul client, elle n'avait parlé de presque rien d'autre. Elle me raconta par le menu combien cette université était un investissement moral et non matériel ; pour la première fois, elle croyait de tout son cœur et de toute son âme à un projet ; elle connaissait personnellement les fondateurs et était d'ailleurs l'un des huit investisseurs qui œuvraient en coulisse ; elle avait repris goût à la vie depuis qu'elle s'était engagée dans cette entreprise, et surtout, lorsqu'elle serait vieille et regarderait en arrière, c'est assurément de cette réalisation qu'elle serait le plus fière : dans les cinq ans à venir, ils auraient formé un groupe de jeunes incomparablement plus conscients et mieux armés que ceux de leur génération, leur nombre irait croissant d'année en année, et en travaillant main dans la main, ils influeraient sur le destin du pays et redresseraient le cap. À mesure qu'elle parlait, je buvais sans relâche. Si j'avais moins bu, et moins vite, la soirée se serait certainement résumée à cela : Ethel parlait, moi, je riais ; Ethel se fâchait, j'explosais ; Ethel criait, nous nous volions dans les plumes. Et justement pour ne pas faire de scène, ne pas remuer inutilement la vase et ne pas gâcher la soirée, Ethel a parlé, moi, j'ai bu.

Ce qui me tapait sur les nerfs, c'étaient moins les propos en eux-mêmes que la personne qui les tenait. Cette traîtresse peut naturellement aller débiter à sa guise et où bon lui semble toutes ses balivernes, mais hier, elle n'aurait pas dû se comporter ainsi avec moi. Cela dit, le problème était moins d'ordre personnel que « linguistique ». Car pendant le dîner d'hier, pour une obscure raison, Ethel avait décidé de changer de langue, ou subitement oublié la langue que nous utilisions habituellement.

« Langue » est l'un des mots les plus aberrants du langage. Même si ce terme englobe la somme des mots nécessitant une définition, il n'en reste pas moins un mot. S'il devait s'apparenter à un autre vocable, le mot « langue » pourrait se rapprocher du mot « repas ». Regrouper sous l'appellation de « repas » la combinaison de divers comestibles – avec leurs différences de goût, de valeur calorique ou nutritionnelle – est aussi caduc et loin de la réalité que donner le nom de « langue » aux multiples combinaisons d'une expression émanant de tant d'instruments différents et constituée d'une infinie variété de styles. Je me dois d'ajouter qu'en faisant ce constat, je n'ai pas poussé l'analyse jusqu'à des distinctions « linguistiques » telles que la cuisine chinoise, la cuisine turque, la cuisine espagnole... et me suis uniquement fondé sur les différences existant dans la seule « cuisine nationale ». Sinon, il faudrait multiplier l'ensemble de l'énoncé par un coefficient global. Pour résumer, une seule « langue » contient des centaines de langues. Tout comme nous ne mangeons pas le même « repas » dans chaque restaurant, nous ne parlons et ne pouvons parler constamment la même « langue » avec tout le monde ; et si les repas ont des restes, les langues aussi ont leurs déchets. La langue est un sac-poubelle rempli des mots que nous n'avons pas utilisés ou osé prononcer au cours de la journée, des futilités et des bêtises que nous avons pensées mais préféré garder pour nous parce qu'elles n'auraient pas été convenables, des critiques qui nous sont venues à l'esprit mais que nous n'avons pas eu le courage de formuler, des allusions venues sur le bout de la langue et aussitôt ravalées, des injures retenues avant qu'elles ne fusent, des remarques trop acerbes ou des plaisanteries trop lestes pour notre milieu. La langue est le résidu de l'attention, du tact et de la délicatesse dont nous avons fait preuve, oralement ou par écrit, envers les autres. On pourrait qualifier cela de recyclage des *Résidus Solides de Langue* (RSL). Une fois qu'ils se sont accumulés en grande quantité, non dans la cave, le grenier ou sous le tapis, mais dans les fosses nasales, sur la langue ou sous la voûte du palais, on les met dans un sac, on le ficelle bien et on le jette pour qu'il ne sente pas.

Je précise d'emblée que jamais je ne fais état de cette langue ou ne l'utilise devant mes étudiants ; je n'aime pas non plus l'entendre dans leur bouche. Mais à l'occasion, comme un adolescent qui fume en cachette de ses parents, moi aussi, je me retire dans un coin isolé, j'ouvre mon coffre, et, à l'insu de mes principes et de mes valeurs morales, je me défoule et passe mes nerfs dans cette langue. Et c'est justement là que l'existence d'Ethel prend toute son importance. Parce que se défouler et passer ses nerfs, comme faire l'amour ou se disputer, nécessite la présence de quelqu'un d'autre à ses côtés. Vous pouvez savourer votre cigarette en solitaire, mais pour pratiquer la langue-détritus, un partenaire est indispensable.

Depuis des années, chaque fois qu'Ethel et moi nous retrouvons en tête-à-tête, nous parlons en RSL... enfin, jusqu'à hier soir. Dès que nous étions ensemble, faisant fi du proverbe de la poutre et de la paille, et nous fichant éperdument de toute espèce d'équité ou de droit, nous adorions user d'un mépris outrancier et lâcher tous azimuts des bordées de sarcasmes. Comme un caïd qui sort son couteau et taillade au petit bonheur le nez ou les oreilles de ses ennemis, nous foncions dans le tas pour tailler, avec nos langues acérées, les faux-semblants et les tares de la société. Qui a dit qu'il ne fallait pas se moquer des défauts des autres ? Un harpon à la main et un masque étanche sur les yeux, nous plongions tête la première jusqu'au fond de la mer des fautes-erreurs-gaffes et ramenions sur le rivage chaque perle que nous avions pêchée, pour l'examiner et la disséquer à loisir. Parfois, non contents de cela, avec l'avidité de chasseurs de calmars venant d'attraper une pieuvre, nous élevions notre proie dans les airs et la cognions pendant des heures entre deux rochers. Même si, au final, personne n'échappait à notre langue, certains recevaient plus que leur lot de la pluie de généralisations que nous faisions s'abattre sur leur tête. Pour des raisons totalement différentes, paysans et prolétaires, publicitaires et académiciens, femmes au foyer et juristes... tous étaient dans notre ligne de mire. Il est vrai que le diamètre de la cible était plutôt vaste ; assez vaste pour contenir autant de gens différents. Il y avait de la place pour tout le monde. Nous étions sans pitié envers celui dont nous connaissions la balourdise, et d'une goujaterie finie à l'encontre de ceux qui se piquaient d'être intelligents. Nous étions irrités au possible par ceux qui prenaient soin de leur mise et faisions la peau à ceux qui n'avaient aucun goût vestimentaire. Nous ne supportions pas les héros virils des opprimés mais abhorrions les prima donna des « oppresseurs ». Nous tordions le nez devant ceux qui avaient peur de la mort mais foulions aux pieds ceux qui n'en avaient cure. Nous ne supportions pas de lire un article, une nouvelle ou un roman à l'écriture d'une pauvreté navrante mais traînions dans la boue ceux qui étaient bien écrits. Nous tenions pour menu fretin ceux qui, à la suite d'un traumatisme ou de leur première opération sérieuse, versaient dans la bigoterie, mais balayions d'un revers de manche ceux qui, leur vie durant, gardaient le même niveau de foi ou d'incroyance. Nous ne pardonnions pas leur normalité aux gens normaux mais tombions à bras raccourcis sur les gens tordus et leurs travers. Nous faisions mordre la poussière aux laïcs bon teint persuadés que le christianisme est moins interventionniste que l'islam et moins patriarcal que le judaïsme, nous déchiquetions à pleines dents ceux qui ignoraient la diversité régnant à l'intérieur de l'islam, mais tirions à boulets rouges sur ceux qui s'imaginaient être privilégiés parce qu'ils adhéraient à des courants mystiques qui franchissaient sans visa les frontières des religions ; surtout, nous hachions menu ceux qui se cherchaient un messie alternatif hindou, chinois ou tibétain au nom de la Trinité croître & être & transcender. Nous attaquions à coups de bélier ceux qui se mettaient en tête de se marier et de fonder une famille, mais nous nous tapions le cul par terre devant ceux qui comptaient entrer en résistance contre le mariage. Sans faire dans le détail, nous pas-de nouvelle université, cette catin d'Ethel semblait avoir laissé notre langue commune au vestiaire à l'entrée.

— Est-ce que tu te rends compte ? Ton rêve de toujours est en train de se réaliser ! s'exclama-t-elle en serrant entre ses dents son fume-cigarette en bois de jasmin.

Fini la nomination politique des cadres, la stérilité, l'inertie et les restrictions de budget qui plombent les universités publiques. Ils allaient rassembler les plus éminents enseignants du pays, recruter les plus brillants esprits séduits par les sirènes des universités étrangères et faire venir à Istanbul des tas de spécialistes de divers coins du monde.

— Tu imagines, nous allons porter un coup d'arrêt à la fuite des cerveaux, et même inverser la tendance au cours des cinq premières années ! Ensuite, les cerveaux occidentaux seront à notre service et nous soignerons le complexe d'infériorité de la nation, ajouta-t-elle en gloussant, comme si elle venait de faire une remarque égrillarde.

Je savais pourquoi elle riait ainsi. J'étais accoutumé à ce qu'Ethel attribue des connotations érotiques au mot « cerveau ». Elle était déjà comme ça pendant nos années de fac. Elle nourrissait une haine exorbitante envers ses congénères et une passion démesurée pour les hommes intelligents... Maintenant que j'y pense, la large supériorité numérique d'étudiants masculins et la présence de nombreux « cerveaux » autour d'elle ont certainement joué un rôle considérable dans sa décision de s'orienter dans une section aussi difficile que le génie civil, quand bien même elle n'avait nullement l'intention de pratiquer ce métier par la suite. À cette époque, la maison d'Ethel était une sorte de havre pour des dizaines – et si l'on fait le compte sur des années, peut-être plus d'une centaine – d'étudiants d'une intelligence exceptionnelle et issus de divers départements. Si l'on considère que cet endroit fonctionnait comme une sorte de réfectoire, ou une sorte de club dont les membres pouvaient profiter à leur gré de la bibliothèque, on peut même dire que la catin a largement contribué à la vie éducative en Turquie. Bien qu'au premier regard, en tant qu'habitués de ce havre d'abondance, nous paraissions tous très différents les uns des autres, nous nous ressemblions terriblement sur un point : notre façon d'investir notre intelligence. À cette époque, quels que soient le département ou la classe de l'université du Bosphore où ils étaient inscrits, tous les étudiants qui, pour échapper aux complexes générés par les distributions injustes de la vie, réussissaient à repousser les limites de leur cerveau, avaient forcément entendu le nom d'Ethel ou touché son corps. Une écrasante majorité d'entre eux s'était consacrée à l'étude, au travail et à la recherche, en conservant au frais tout ce qu'ils espéraient de l'existence dans le profond congélateur de leurs attentes jusqu'à l'arrivée du « grand soir ». Un des aphorismes d'Ethel touchait à ce sujet : « De même que l'aveugle aiguise ses sens au fil du temps, l'homme laid développe son cerveau. »

Parmi les favoris d'Ethel figuraient tous les étudiants qui, incapables de nouer une relation avec les femmes ou rejetés par toutes celles qui les intéressaient, en étaient venus à renoncer à l'amour et au sexe. Après les visages ingrats, venaient les timides maladifs dont le rapport au sexe faible, pour une raison ou une autre, avait viré au vinaigre. Et puis les autres : des asexuels composant des panégyriques et des odes à une vie sans contact, de précoces marginaux, des homosexuels refoulés ou déclarés, des contestataires pétris d'arrogance, des asociaux détestant aller passer des examens mais dont le plus grand émoi, durant cette période de leur existence, consistait à aller passer des examens, des provinciaux déboussolés à Istanbul, des Stambouliotes jamais sortis, non pas de cette ville, mais de leur coquille, des premiers de la classe qui faisaient des études bien qu'ils ne soient pas nés dans la bonne famille, des talents cachés étudiant dans la mauvaise filière à cause de leur famille, de rares génies en sciences physiques et naturelles, des discoureurs passionnés des sciences sociales... tous les jeunes hommes malheureux, désespérés, disgracieux, et terriblement intelligents qui, pour toutes sortes de raisons (physiques, financières, psychologiques ou d'autres motifs incompréhensibles), éprouvaient des difficultés à s'adapter à la société, entraient dans le domaine d'intérêt d'Ethel. Si cela n'avait tenu qu'à elle, elle n'aurait pas accepté de *cerveau féminin* dans sa maison. Mais parfois, comprenant qu'un garçon à qui elle accordait de la valeur avait une petite amie, elle prenait son mal en patience et les invitait tous les deux. Deux ou trois de ses camarades de collège étaient malgré tout exemptées de la haine tenace qu'elle vouait à ses congénères. L'une d'entre elles venait souvent dans la maison-temple. Elle était incomparablement plus séduisante qu'Ethel. De longues et jolies jambes, un teint lisse et clair, des dents comme des perles, des seins pétris selon les règles de la dialectique : sur un grand corps, de petits seins fermes pouvant tenir dans la paume... Elle n'avait qu'un seul défaut. Comme toutes les femmes qui perdent leur naturel en voyant qu'elles suscitent l'admiration, elle affichait une dureté forcée et commettait l'erreur de croire qu'en maintenant ses admirateurs dans une sorte de purgatoire, à distance, mais pas trop éloignés, elle entretiendrait éternellement leur intérêt. Même quand elle répondait aux gens qui lui demandaient son nom, elle semblait accorder une faveur : « Ay-şin ! »

Curieusement, les autres hommes de la maison étaient amoureux non pas de cette fée hautaine mais de ce laideron d'Ethel. En fait, nombre d'entre eux aimaient visiblement Ayşin, mais « aimer » est un verbe tellement passe-partout...

« J'aime lire, écouter de la musique, me promener à la campagne, j'aime les longues jambes et les hanches étroites d'Ayşin... », comme dirait un concurrent dans un de ces jeux ineptes en énumérant ses hobbies.

Cependant, lorsqu'il était question de cette suprême laideur d'Ethel, ils dépassaient à fond de train la phase « aimer », s'enflammaient avec la rage de toutes les occasions manquées par le passé, et tombaient éperdument amoureux... d'elle, ou de sa maison, ou des deux à la fois.

La maison-temple n'était la propriété ni des parents d'Ethel ni d'un quelconque membre de sa famille, mais la sienne. Alors que la plupart des étudiants vivaient dans le foyer insipide de leurs parents, dans leur gourbi de célibataire ou dans des dortoirs surpeuplés où ne restaient plus que les armoires pour espérer s'isoler, cette catin était la seule propriétaire d'une villa. Cela suffisait en soi à rendre la situation surréaliste, mais l'intérieur de la maison était de surcroît un vrai univers de rêve. Et si tous les rêves flirtent de manière éhontée avec l'art de l'exagération, Ethel était elle aussi rompue à la démesure. Avec son jardin donnant sur la mer, dont les parterres foisonnant de jonquilles et de jasmins exhalaient, sous la caresse des brises vespérales, des senteurs enivrantes et dont chaque recoin était un pur enchantement, avec son charmant petit bassin où l'on faisait flotter des flambeaux multicolores à la tombée du soir, avec ses alcools de luxe, ses mets savoureux, ses objets tous plus originaux les uns que les autres, sa vaste collection de disques, sa riche bibliothèque et ses cigares de première qualité qui tournaient en permanence, cet endroit était comme une version miniature du monde de l'ère des Tulipes – dont les excès ont été attaqués à coups de masse par les historiens contemporains et défigurés à force d'être exagérés. Mais si vous voulez mon avis, ce n'était pas à proprement parler la richesse qui faisait perdre la raison aux habitués ; ni l'ostentation, ni le luxe. C'était plutôt quelque chose de l'ordre de « l'illimité ». Les paquets de cigarettes terminés étaient immédiatement renouvelés, la collection de disques était si vaste que vous ne pouviez les dénombrer, la bibliothèque ne perdait rien de sa splendeur bien que jamais les livres empruntés ne soient rendus ; alors que nous mangions autant qu'une armée, les placards de la cuisine étaient toujours pleins et la réserve de charcuterie ne diminuait pas. Comme on aimait à le raconter, le prophète Hızır, que la paix soit avec lui, avait dû se glisser parmi les ouvriers au moment où ils gâchaient le mortier et bénir cette villa : « Que prospère l'abondance, que tout déborde sans jamais diminuer. » Même la caverne magique des quarante voleurs, avec ses sacs remplis d'or, ses coffres regorgeant de joyaux, ses rouleaux de satin, ses jarres d'huile et de miel, ne pouvait rivaliser avec la maison-temple d'Ethel.

La maison était aussi prospère que notre hôtesse était généreuse. Ethel surveillait de près les goûts de ses précieux invités. Ses présents augmentaient avec la valeur qu'elle accordait à quelqu'un. Si l'un de nous avait une prédilection pour le whisky, par exemple, ni une ni deux, Ethel remplissait le bar avec les meilleurs whiskies. Un deuxième aimait-il les puzzles, Ethel demandait à un ami partant à l'étranger de rapporter les plus originaux. Mais à la vérité, ce n'est pas à ce genre de jeux que nous consacrions la majorité de notre temps, mais à discuter, et ce faisant, à nous écharper. Enfoncés dans les confortables fauteuils du salon, mangeant, buvant et fumant, nous brocardions ceci, cela et nous critiquions surtout les uns les autres. Et dans ces débats incessants, nous n'étions pas longs à nous dégager de la gangue de notre passé, de notre personnalité, et à laisser rugir les fauves qui sommeillaient en nous. Notre hôtesse ne se souciait pas le moins du monde de ce dont nous parlions. D'ailleurs, je ne pense pas qu'elle se souciait beaucoup de nous individuellement. Elle aimait le cadre qu'elle mettait à notre disposition ; et elle aimait les feux d'artifice. Car chaque invité qui déboulait dans cette maison était comme une fusée s'élevant rapidement dans l'obscurité de la nuit. Il s'introduisait d'abord d'un pas chancelant et mal assuré, et, une fois certain de s'être bien adapté à son environnement et d'avoir pris suffisamment de hauteur, il éclatait avec un bang retentissant et illuminait l'espace d'incandescentes parcelles d'une couleur qu'il avait cachée jusqu'à présent. À mesure que nous nous exprimions, que nous nous enhardissions et nous dilations avec fracas, Ethel, de son côté, veillait à notre confort et ne cessait d'assurer le service. Le génie de la lampe, les houris du paradis ou la fée de Peter Pan... aucune de ces créatures ne servit son maître avec autant d'abnégation. Et, à force d'aller et venir à la villa, tous ces hôtes-seigneurs finissaient, tôt ou tard, par tomber amoureux de leur hôtesse. Mais cela signait leur fin. Ceux qui poussaient vers le large, avec la liberté de pouvoir nager à leur guise dans une mer aussi vaste, constataient avec stupéfaction, lorsqu'ils s'arrêtaient et regardaient en arrière, qu'ils avaient perdu des yeux le rivage. Désormais, Ethel n'était plus à leurs côtés ; juste au moment où ils étaient raides dingues, elle ne voulait plus d'eux. Être hôte de cette maison-temple n'avait qu'un seul inconvénient : on oubliait facilement que le statut d'invité était éphémère. De même que les denrées périssables de la maison-temple étaient sans cesse renouvelées, un nouvel invité venait rapidement remplacer celui qui partait. La prière de Hızır pour l'abondance de cette maison valait aussi pour les « cerveaux » d'Ethel : leur nombre augmentait continuellement et jamais ne diminuait.

Quant à moi, j'étais une exception. J'ai été le seul hôte permanent de la maison-temple, du début à la fin ; une sorte de membre d'honneur. J'étais ambitieux, beaucoup trop, selon certains. Pour plusieurs raisons concrètes, mon carnet était rempli de « très bien ». D'abord j'étais grand (trois étoiles), ensuite j'avais les épaules larges (trois étoiles), je ne dirai pas que j'étais pas mal, mais disons que dans tous les cercles que j'ai fréquentés, j'ai toujours été le plus beau (quatre étoiles), de plus j'étais extrêmement impatient et querelleur (cinq étoiles). Contrairement aux autres, j'avais des *alternatives*. Si jamais je n'avais plus envie d'être là, je pouvais m'en aller à n'importe quel moment. Je pouvais partir et ne plus revenir. Ethel aussi en était consciente. C'est pour cela que j'étais aussi précieux. J'étais le germe de la discorde au milieu du paradis. Ma présence ravissait Ethel et dérangeait ses invités. Je n'y attachais pas d'importance. J'étais plutôt verni concernant la menace que je pouvais représenter pour la gent masculine. Si j'avais dû accorder de l'importance à ce genre de considérations, il y a longtemps que je l'aurais fait : quand j'avançais dans le corridor étroit de mes onze ans, une assiette de gâteau de mariage à la main, un caleçon de flanelle sur mon corps efflanqué, je m'étais retrouvé nez à nez devant la porte de la cuisine avec mon beau-père, qui, profitant du calme de la nuit, avait comme moi un petit creux. Jusqu'à cet instant le brave homme m'avait toujours considéré comme le fils aîné de la femme qu'il allait épouser, un garçon avec des problèmes, certes, mais assoiffé d'amour et de tendresse. Je ne dois pas être injuste avec lui, il désirait ardemment jouer un rôle de père vis-à-vis de moi : le fiston talentueux accordé par Dieu à un quinquagénaire sans enfant. Cependant, lorsque nous nous croisâmes de manière inattendue dans le couloir, au petit matin de la nuit de noces, avec les traits de mon visage hérités de mon père, ma demi-nudité trahissant que j'étais sur le point de sortir de l'enfance, et, à voir mon assiette remplie à ras bord, mon solide appétit annonçant que j'allais rapidement m'étoffer, j'ai dû lui paraître fort éloigné du fiston qu'il espérait. Un éclair d'appréhension se mit à luire dans ses pupilles. Le pire est que ma mère s'en aperçut, et sans perdre de temps. Le lendemain, en passant l'aspirateur, elle semblait avoir retrouvé les miettes éparses de ce regard sur le sol. Cela n'était bon signe pour personne. Car ma mère était de ces femmes qui parvenaient toujours à retourner à leur avantage, en instaurant des alliances épineuses et mouvantes, les tensions qui fluctuaient entre les hommes de la famille. De celles qui, sans jamais avoir entendu son nom, comblaient d'aise l'âme de Bismarck... Elle montait son fils aîné contre le plus jeune, son plus jeune fils contre son mari défunt, son mari défunt contre son nouveau mari, son nouveau mari contre ses deux fils...

En définitive, j'étais plutôt rodé à la malice rampante. Je ne me souciais pas du regard des autres. Aux yeux d'Ethel, j'étais l'amoureux d'Ayşin. J'aimais aller et venir à la maison-temple, mais sans plus. J'avais d'autres choix et des choses plus importantes à faire. Comme je l'ai déjà dit, j'étais ambitieux, très ambitieux. Après avoir obtenu mon diplôme, dans la foulée, j'ai commencé mon doctorat en Angleterre et l'ai terminé ici, à Istanbul, dans un domaine qui ne signifiait rien pour ma famille (qui elle-même n'avait aucun sens pour moi) : la philosophie politique. Ayşin, quant à elle, réussit son examen d'assistante en sociologie, qu'elle tentait pour la seconde fois. Nous allions bien ensemble. Ethel arrivait derrière nous, tant bien que mal. Lorsqu'elle finit par obtenir son diplôme, elle le brûla en grandes pompes lors d'une fête qu'elle organisa dans sa maison-temple, en jurant ses grands dieux qu'elle ne remettrait plus les pieds à l'université. Et juste au moment où Ayşin et moi commencions peu à peu à nous installer dans la vie, Ethel détruisit la sienne avec une rapidité effarante. D'abord, elle cessa de vivre en clan. Ensuite, elle quitta sa villa pour s'installer dans un appartement avec terrasse, extrêmement spacieux et coquet, mais assez terne par rapport à son logement précédent. Elle ne réunissait plus tout le monde chez elle comme avant. Au lieu d'être le centre d'intérêt d'une foultitude de gens, elle s'étourdissait dans une foule de tête-à-tête, se pliait aux caprices de ses amants, et bien qu'elle leur consacre tout son argent, son énergie et son amour, elle n'était pas aimée comme elle le désirait. Nous avions entendu dire que sa confrérie n'était guère satisfaite de son comportement, mais Ethel non plus n'était pas contente d'eux. Elle leur cassait du sucre sur le dos à la moindre occasion, même si elle savait pertinemment que cela leur reviendrait aux oreilles.

— Puisque vous avez lu plus que moi et que vous voilà sociologues, pourriez-vous résoudre une petite énigme pour moi ? Si l'on observe les soixante-douze pays du globe, des plus démocratiques aux plus répressifs, dans presque tous vous trouvez pléthore d'écrivains, de peintres ou d'artistes juifs. C'est comme si, quelles que soient les circonstances, ils avaient trouvé un moyen de développer leur cerveau. À l'exception d'un seul pays ! En Afrique, au Moyen-Orient, en Amérique, en Europe, en Russie... vas-y, tu peux compter... dans tous les pays, sur tous les continents... Il n'y a qu'en Turquie où il se soit passé un truc bizarre avec les Juifs ; pour quelque obscure raison, ceux d'ici n'ont pas éprouvé le besoin de développer leur cerveau.

— Tu te trompes, répondit Ayşin en fronçant les sourcils. Beaucoup de mes amis sont juifs.

Ethel émit un rire sarcastique. Elle ne pardonnait jamais de telles erreurs. Quant à moi, j'étais divisé. Une part de moi trouvait Ayşin bien naïve d'avoir recours à ce genre d'argument pour défendre les Juifs contre son amie juive – ça, ce devait être mon côté amoureux d'elle. L'autre regardait Ayşin avec la fureur que j'éprouvais envers ceux qui tentaient de faire passer pour des mérites personnels les qualités transmises par leur généalogie, la structure familiale exceptionnelle dans laquelle ils étaient nés, les écoles d'élite qu'ils avaient fréquentées et que la vie leur avait octroyées sans discuter – ça, ce devait être l'aspect qui l'avait fait tomber amoureuse de moi.

Mais Ayşin n'avait pas dû se rendre compte de la réaction monolithique d'Ethel ni de l'ambivalence de la mienne, car elle plongea à corps perdu dans ses assertions :

— Ils ont tous intégré les meilleures sections. Une majorité d'entre eux a obtenu des bourses confortables. Et aujourd'hui, ils ont accédé à de très hautes positions.

— C'est bien ce que je dis, rétorqua Ethel en faisant craquer ses doigts. Toi, tu me parles profession, moi je te parle talent. Toi, tu parles carrière, moi, je parle génie. Les économistes, les académiciens, les avocats, les chirurgiens... Épargne-moi tout ça, je t'en prie. Ce n'est pas le sujet. Pourquoi n'émerge-t-il pas de poètes bohèmes et alcooliques, de réalisateurs hédonistes, pervers même, voire complètement gore ? Pourquoi les gens de mon peuple ne font-ils pas de la musique ? Et lorsqu'ils en font, c'est pour reprendre les sirupeux chants traditionnels de nos grands-mères, au lieu de sortir un truc furieux, une bonne chanson de protestation !

« Les gens de mon peuple » avaient donné l'estocade : l'attaque en règle d'Ethel contre la défense impuissante d'Ayşin. Chaque fois que deux personnes débattaient d'un groupe dont l'une était issue et l'autre pas, le droit de patente se retrouvait subitement à l'ordre du jour : c'était la fin de la route, le nœud gordien des débats, la dernière scène avant la tombée du rideau. Après quoi, chacun retournait d'où il venait, la personne mariée dans ses foyers, le paysan dans son village... J'allumai une cigarette, et, les gardant toutes les deux dans mon champ de vision, m'adossai à mon siège. Cela ne faisait aucune différence pour moi. Toutes deux, en même temps, étaient *mes femmes*.

Les hommes adultères accordent de l'importance à la qualité : ils aiment retrouver l'amour qu'ils reçoivent de leur épouse sous une forme différente chez une autre femme. Les femmes adultères accordent, pour leur part, de l'importance à la quantité : elles aiment retrouver l'amour qu'elles reçoivent de leur mari en plus grande quantité chez un autre homme. Tromper Ayşin avec Ethel flattait mon orgueil. Et à cette époque, contempler leurs différences m'emplissait de satisfaction. Quant à savoir si Ayşin me trompait ou pas, je ne m'étais jamais penché sur la question.

— D'accord, mais il y a bien une raison à tout cela, rétorqua Ayşin, qui ne semblait pas avoir l'intention de déclarer forfait.

Puis elle retroussa ses manches et se lança dans une série d'explications détaillées. Tâchant d'utiliser les expressions les plus objectives possible, elle avait parlé de la psychologie fragilisée des minorités, de l'insécurité permanente générée par cette crise d'identité ainsi que des dominations, davantage nourries par des croyances abstraites que des menaces concrètes. Cela ne tenait pas à sa pédanterie, ni à une quelconque envie de le prendre de haut. Elle parlait ainsi parce que c'était l'unique langue de débat qu'elle connaissait. Mais débattre dans une langue académique, c'est un peu comme aller s'encanailler avec une femme qui ne toucherait pas à une goutte d'alcool. Vous pouvez être sûr qu'elle tiendra debout jusqu'à la fin de la nuit, qu'elle n'excédera jamais la mesure et ne sera pas défaite au point de vous faire honte. Cependant, dès le départ, vous devez accepter que ce n'est pas avec elle que vous pourrez déboutonner votre col de chemise, pousser de grands cris, ruer dans les brancards, vous lâcher et vous rouler dans les bras l'un de l'autre, bref, ce n'est pas avec elle que vous vous amuserez.

— Tout ce que tu viens de dire est bien joli, mais c'est complètement creux, dit Ethel en ceignant les sabres qu'elle venait d'aiguiser. Si les Juifs de Turquie avaient donné des écrivains torturés, des réalisateurs allumés et débraillés, des peintres posant problème à la société, tu sais quelles explications les générations futures, dans cinquante ou disons cent ans, apporteraient à cette situation ? Exactement celles que tu viens d'utiliser. On dirait : « Effectivement, machin était un très grand artiste, ou un très grand penseur juif. Mais qu'est-ce qui le rendait si grand et le différenciait des autres ? » Alors on se mettrait à énumérer les raisons que tu viens d'énoncer : la psychologie du minoritaire, le fossé de la langue, le sentiment d'insécurité et tout le tralala. Et ce qui t'est apparu comme un obstacle deviendrait alors un motif de distinction, voire de privilège. C'est toujours comme ça. Si un éclopé ne peut pas danser, on dit c'est bien normal, puisqu'il boite. Mais si le même homme se révèle un danseur émérite, on s'écrie que c'est parce qu'il boite qu'il est meilleur danseur que les autres.

Comme si elle était face à un vendeur insistant pour lui fourguer sa marchandise, Ayşin recula en secouant simultanément la tête et les mains. Je ne connaissais que trop bien ce geste. Il signifiait : « Non merci, je ne prendrai pas votre camelote. » Pendant les trois ans et demi que dura notre mariage, c'est avec ce même geste qu'elle mettrait un terme à toutes nos disputes.

NUMÉRO 8 :
LA MAÎTRESSE BLEUE

Après avoir grimpé les escaliers, tout essoufflée, la Maîtresse Bleue ouvrit précipitamment la porte de l'appartement numéro 8. Elle était en retard. Non seulement sa visite chez le coiffeur avait duré plus longtemps que prévu, mais en plus, elle avait encore perdu du temps à faire les courses. Elle vida ses emplettes sur le comptoir de la cuisine et se précipita dans la salle de bains. Le repas pouvait attendre, il fallait d'abord qu'elle se prépare. Tout en se brossant les dents, elle examina les ondulations de son brushing. Sa nouvelle coiffure lui avait paru très bien chez le coiffeur, mais à présent elle n'en était plus aussi sûre. Comme elle était de ces femmes dont la préférence allait parfois aux cheveux bouclés et parfois aux cheveux raides, mais qui, dans les deux cas, trouvaient toujours que c'était mieux sur les autres, ses cheveux oscillaient constamment en grosses vagues indécises. Mais ce bavard de coiffeur avait rompu ce fragile équilibre en les bouclant et les coupant bien plus qu'il ne fallait. Elle les mouilla avec la main pour tenter de leur redonner forme. Mais voyant qu'elle ne faisait qu'aggraver les choses, elle bondit hors de la salle de bains. Pendant qu'elle se déshabillait dans la chambre à coucher, elle coula un regard vers le miroir en pied. C'est vrai qu'elle avait pris pas mal des hanches ces derniers temps, mais elle était plutôt satisfaite de son apparence. Si seulement ces cicatrices n'avaient pas été aussi visibles... Elle se passa une épaisse couche de fond de teint sur les deux jambes, et les marques rouges se voilèrent aussitôt d'un beige discret.

Elle ouvrit l'armoire, hésita un instant sur le choix de ses sous-vêtements, mais ne fut pas longue à se décider ; de toute façon, le négociant en huile d'olive n'avait pas l'air de remarquer les dessous qu'elle portait. Ce n'était pourtant pas le cas au début. À cette époque, il voulait qu'elle mette les sous-vêtements les plus affriolants, les plus dévergondés possible, et la plupart du temps, c'est lui-même qui les choisissait et les lui offrait. Ils étaient tous de la même couleur : un bleu ciel infini, brillant et limpide. La Maîtresse Bleue aimait cette couleur. Elle l'aimait beaucoup, mais lorsqu'elle sortait la lingerie de son paquet cadeau, le contraste incongru entre le dessein impudique des culottes et des soutiens-gorge et le caractère conciliant de leur couleur la mettait mal à l'aise. Une jarretière pouvait être aussi excitante que le rouge, aussi blasphématoire que le noir ou aussi gracieuse que le blanc ; voire violette comme la coquetterie ou rose comme l'hypocrisie... Mais elle ne pouvait être d'un bleu ciel infini, brillant et limpide. Cela revenait un peu à couper du lait avec de l'eau ; ou pis, à mettre du lait dans du *rak*. Il était tout à fait possible qu'un homme aime à la fois le lait et le *rak*, mais pas qu'il les boive ensemble, en même temps. Que les agneaux se transforment en loups et les loups en agneaux n'avait rien d'étonnant, mais essayer d'être simultanément les deux à la fois produisait des monstres, ni agneaux ni loups, qui attaquaient en douceur et croyaient leurs attaques inoffensives.

Même les hommes qui se plaisent à tracer une frontière entre les femmes qu'on ne peut épouser et les bonnes à marier n'auraient pu lui faire autant de mal que ces créatures mi-agneaux mi-loups pleines de concupiscence pour ce qu'elles vilipendaient, et vilipendant l'objet de leur concupiscence. Une fois, dans la rue, la Maîtresse Bleue avait observé un joueur de bonneteau. Une seule des trois timbales en cuivre retournées sur une boîte en carton contenait une perle, les autres étaient vides. L'homme déplaçait avec adresse les timbales, et la perle, perpétuellement en mouvement, ressortait là où l'on ne s'y attendait pas. La perle était d'abord à l'intérieur de la première timbale : « Tu auras honte de tes désirs ! » En un clin d'œil, elle était passée dans la seconde : « Tu auras honte de la femme que tu désires ! » Et en un seul mouvement, elle se retrouvait sous la troisième : « Tu désireras la femme qui te fera éprouver de la honte ! » Ce qui signifiait que ces hommes, tôt ou tard, finiraient par mépriser la femme avec laquelle ils couchaient. Et pour sortir de ce cercle vicieux, le négociant en huile d'olive ne cessait de saupoudrer leur relation d'épices, pour noyer à la fois le piquant du désir et l'amertume de la honte. Lorsqu'elle l'avait rencontré, la Maîtresse Bleue avait noté la phrase suivante dans son journal : « Si quelqu'un éveille en nous des désirs que l'on réprouve, nous nous refusons à l'aimer. Mais si l'on continue, malgré tout, à éprouver du désir pour cette personne, on tente alors de trouver en elle une chose que l'on puisse aimer. » Croire à une innocence perdue, par exemple, ou, pour ne pas se souiller en fourrageant les immondices les plus viles, enfiler des gants d'un velours céleste... d'un bleu ciel infini, brillant et limpide.

Dans la corbeille à épices du négociant en huile d'olive, il n'y avait pas la moindre trace de volupté. En fait, il s'y trouvait toutes sortes de choses, mais, on ne sait par quel hasard étrange, c'était toujours la même qui lui tombait sous la main : la pitié. Il ressentait de la pitié envers la Maîtresse Bleue : *ce n'était pas le genre de fille à mener une vie pareille.* Il ressentait aussi de la pitié envers lui-même : *ce n'était pas le genre d'homme à mener une vie pareille.* Il faisait souvent mention du destin, comme s'il parlait d'une donzelle dépravée. La Maîtresse Bleue quant à elle regardait ce plaisir entaché de pitié comme une tartine de confiture tombée par terre. Elle en perdait l'appétit. À ces moments-là, elle comparait sa situation à ses cheveux. D'un côté, il y avait la femme du négociant en huile d'olive, lisse et sans aléas comme des cheveux raides. De l'autre, une donzelle dépravée, répondant au nom de Destin, avec des hauts et des bas, irrégulière comme des cheveux permanentés. Elle se trouvait à mi-chemin, et oscillait constamment entre deux états qui, à tout moment, pouvaient basculer. Mi-épouse, mi-dépravée. À la fois bleue et maîtresse.

Lorsqu'elle avait abandonné le foyer familial, elle savait qu'elle avait causé beaucoup de peine à sa mère et à son beau-père, mais elle ne pouvait s'empêcher de penser que, au fond, ils en avaient ressenti du soulagement. Tous deux étaient de bonnes gens. Cependant, leur affection n'était guère payée de retour ; chaque matin, ils avaient beau lancer patiemment leurs filets dans les eaux profondes de la relation avec leur fille, ils n'en ramenaient rien de consistant. Elle n'aimait pas leur amour, elle ne supportait pas leur sollicitude, mais elle tolérait encore moins sa propre ingratitude. Elle aurait pu faire des études si elle avait voulu, au moins terminer le lycée. Mais après cet « événement », elle s'était sentie incapable d'y retourner. La légère cicatrice sur son visage avait tracé une frontière entre elle et ses pairs d'abord, puis entre elle et son âge. Il fallait qu'elle quitte cette maison. Et elle partit. Le seul endroit où elle désirait retourner était, sans conteste, l'univers de son grand-père. Elle essaya de marcher dans son sillage en suivant les innombrables traces de pas entrelacées et disséminées sur les deux rives opposées de la ville. Comme des papillons attirés par la lumière, les traces qu'elle cherchait s'étaient toutes rassemblées autour des *dede*[1] de diverses communautés. Elle se joignit à eux.

Pendant deux ans, sans faute, chaque semaine, elle assista aux prêches de trois ordres religieux différents. Elle chercha consolation dans ce qui reliait les paroles prononcées par les *dede* à celles entendues de la bouche de son grand-père dans son enfance. Mais cela ne donna rien. Même si les mots se ressemblaient, ils ne disaient pas la même chose. Au fil du temps, elle réalisa qu'elle n'assistait aux réunions que pour les *zikir*[2] qui suivaient les prêches. Pendant que le *dede* parlait, elle était assise à côté des autres disciples, mais, au lieu d'écouter comme eux de toutes ses oreilles, elle opposait à ces propos une totale surdité. Ce n'est que lorsque commençaient les chants qu'elle ouvrait à nouveau ses écoutilles. Elle aimait profondément ce moment, se fondre totalement dans cette répétition infinie. Elle se laissait emporter, non par le sens des mots, mais

1. *Dede* : « grand-père », et titre donné aux derviches ayant terminé leur initiation.
2. *Zikir* : mention chantée à voix haute des attributs de Dieu.

par les notes des mélodies et les rythmes des percussions. Elle n'avait nullement la tête aux préceptes énoncés, ni à la sacralité des chants religieux... mais uniquement aux fragments dispersés de son moi, et à ce démoralisant sentiment d'incomplétude dont elle ne parvenait pas à se défaire. Au bout d'un certain temps, elle commença à se trouver hypocrite. Pour quelle raison persistait-elle à rester en compagnie de gens avec qui elle était incapable de ne faire qu'un ? Chaque cérémonie l'éloignait toujours un peu plus des autres disciples. De même qu'elle n'avait pu répondre à l'affection de sa mère et de son beau-père, elle n'avait pas réussi à trouver la paix auprès de ceux dont c'était pourtant le credo.

« Je ne sais pas me contenter de ce que j'ai, parce que je suis ingrate », s'avoua-t-elle un jour, quand, à la fin d'une nouvelle invocation, elle rouvrit les yeux sur un vide colossal. Bizarrement, loin de s'offusquer de ce constat, elle s'en trouva rassérénée. Elle souffrait de la maladie incurable de ceux qui, dès leur plus jeune âge, réalisent combien leur enfance est merveilleuse et commencent leur vie en plaçant la barre très haut... À présent, tout ce que la vie pouvait lui offrir d'agréable et toutes les personnes qu'elle pourrait rencontrer étaient voués à rester en dessous de ce seuil et dans l'ombre de son grand-père. Or, ces gens n'avaient même pas conscience de cette incomplétude, et c'est bien là que résidait le problème : *la perfection du bien*. Ceux qui croyaient sans réserve à leur propre bonté étaient dans une situation bien plus critique que les gens mauvais, parce qu'ils se considéraient comme parfaitement achevés. L'édifice de leur personnalité ne présentait pas de fuites dans le toit, pas de plâtre à refaire, pas de trou à reboucher, ni de brèche à colmater. La Maîtresse Bleue les trouvait incomplets dans leur perfection, mais, incapable de s'expliquer d'où provenait le manque qu'elle leur trouvait, elle prenait de plus en plus ses distances vis-à-vis des bons, de leurs bienfaits et de tout ce qu'ils prônaient. C'est à partir de là qu'elle commença à penser qu'elle avait, quelque part en elle, un penchant pour l'immoralité et la dépravation. Elle mit rapidement un terme à sa relation avec les trois ordres soufis. Elle décida de chercher loin des bons ce qu'elle n'avait pu trouver dans leur complétude bien rangée. Mais son éloignement des croyants n'avait en rien ébranlé ses croyances. Pour elle, la foi ne consistait pas à vivre selon les préceptes infrangibles d'un Dieu qui ordonne ou à se joindre à une consciencieuse communauté, mais plutôt dans un lumineux souvenir d'enfance. Et puisque ces souvenirs étaient les plus beaux moments de toute son existence, elle demeura toujours, avec une constance imperturbable, une fervente croyante. Même quand sa foi n'était pas aussi ferme que pendant son enfance, il y avait toujours quelque chose d'enfantin dans sa foi.

Seulement, elle n'avait ni foyer où elle ait envie de revenir, ni assez d'argent pour continuer sa route. C'est à cette époque qu'elle commença à s'habituer à être un objet d'intérêt pour les hommes de l'âge de son père, et à ne pas rester insensible à cet intérêt auquel elle s'accoutuma. Ces hommes, qui donnaient l'impression d'avoir tout ce qu'il leur fallait, s'attachaient encore plus à elle dès qu'ils commençaient à entrevoir ce qui manquait dans leur vie. En tout cas, le statut de maîtresse était un bon début pour prendre ses distances avec la morne complétude des bons. D'abord elle fut bleue, ensuite elle fut maîtresse. Il y eut des périodes où elle navigua entre les deux. Mais quand le négociant en huile d'olive loua l'appartement numéro 8 de Bonbon

Palace, elle cessa de fluctuer entre ces deux états pour devenir bleue et maîtresse à la fois. Dès l'instant où l'homme mit un logement à sa disposition, il changea radicalement d'attitude et devint beaucoup moins courtois. Parce qu'il était de cette espèce. C'était un ILDLM, et dans le groupe des IMTM, il était de la sous-catégorie des DCLIT. Et il agissait naturellement en fonction de cela.

Il existe sur terre une espèce vivante aussi nombreuse et tout aussi complexe que les humains : les insectes. Ils ont réussi à se propager et à perdurer contre vents et marées. Ils offrent une fantastique diversité. Un même insecte peut présenter une dizaine de variétés, parfois même plus d'un millier. On suppose, selon les données actuelles, que la somme des espèces d'insectes répertoriées dépasse le million. En dépit de cette effarante complexité, la communauté scientifique continue à classifier les insectes. Elle les divise en ordres répartis en superfamilles, en familles, en sous-familles, en genres, en espèces et en sous-espèces. Un termite, par exemple, fait partie de la famille des insectes, de l'ordre de ceux n'ayant pas opéré de mutation totale, de l'espèce des insectes à élytres, de l'embranchement des arthropodes, et de la sous-espèce des herbivores. Une écrasante majorité des déceptions vécues par les femmes dans leurs relations avec les hommes provient de leur refus d'accepter que, tout comme les insectes, les humains aussi se divisent en catégories, et que l'homme avec qui elles sont appartient, lui aussi, à une espèce – avec une seule différence : un insecte ne peut opérer de mutation. Un taon, par exemple, ne peut à aucun stade de sa vie se transformer en mante religieuse. Il reste ce qu'il est. En revanche, les fils d'Adam et les filles d'Ève peuvent le faire. La marque de fabrique de l'humain est sa faculté de dévier de sa nature initiale. De la sorte, le tableau des espèces de l'humanité moderne est moins foisonnant mais beaucoup plus confus que celui des insectes primitifs. Reste que la mutation d'une espèce à une autre n'est pas chose aisée. Car chacune d'elles, sans exception, vise à se conserver, dans la forme et la durée, et dans ce but non seulement elle œuvre à rendre tous ses membres semblables les uns aux autres, mais elle les fixe dans les caractéristiques de l'espèce. Le négociant en huile d'olive faisait partie, chez les hommes, du genre des Insatisfaits de Longue Date de Leur Mariage, de l'espèce des Incapables de Mettre un Terme à leur Mariage, et de la sous-espèce des Désireux de Changer sans Lâcher ce qu'Ils Tiennent. Quel que soit l'angle sous lequel on la considère, c'était une espèce nuisible.

— Tu es ma légitime, avait-il dit le premier soir qu'ils avaient passé ensemble dans cet appartement, en savourant lentement leur plaisir autour d'une table garnie de mezzés et de *rakı*.

Il aimait l'alcool et passer de longues soirées à boire. Il n'était pas du genre à se contenter de quelques bouchées de mezzés, d'un morceau de fromage ou de deux tranches de melon. Il exigeait des tables débordantes d'opulence. Pas question non plus de mezzés achetés chez le traiteur, tout devait être fait maison. Il aimait particulièrement le poulet à la tcherkesse. Ce soir-là, alors qu'il nettoyait son assiette avec du pain, il avait déclaré :

— C'est permis par la religion. À la condition d'être équitable, on peut en avoir jusqu'à quatre.

La Maîtresse Bleue avait ri. L'homme s'était fâché. La Maîtresse Bleue s'était levée de table. Contrairement au négociant en huile d'olive, elle connaissait dans sa totalité le verset en question.

Elle choisit une robe légère d'un vert printemps et s'habilla rapidement. Elle revint en courant à la cuisine et commença à déballer ce qu'elle avait acheté à la supérette. D'abord, elle mit l'houmous dans un récipient et l'agrémenta de feuilles de menthe. Ensuite, elle disposa les autres mezzés dans des assiettes creuses : *pilaki*, caviar d'aubergines, haricots à l'huile d'olive, foies à l'albanaise... et posa les *börek* en forme de cigare dans un coin, prévoyant de les mettre à frire quant il arriverait. Il y avait aussi de la salade russe que Mme Teyze lui avait fait monter par le fils du gardien. La Maîtresse Bleue avait été surprise. Elle n'avait jamais vu personne distribuer de la salade russe aux voisins, mais elle supposait que ça plairait au négociant en huile d'olive pour accompagner le *rakı*. Elle pouvait l'ajouter aux hors-d'œuvre, comme si elle l'avait préparée elle-même. Après avoir une dernière fois vérifié les assiettes, elle roula en boule les papiers d'emballage et les jeta. Elle ferma promptement le sac-poubelle et le mit sur le palier. C'est alors qu'elle se rappela la conversation entendue chez le coiffeur. Elle n'en avait jamais rien dit à personne, mais à plusieurs reprises, ses poubelles avaient été chipées devant sa porte. Elle considéra pendant quelques secondes le sac d'un œil indécis, puis, hésitante, elle le remit à l'intérieur. Elle le sortirait plus tard, à l'heure où Meryem passerait ramasser les poubelles.

Elle transporta ce qu'elle avait préparé sur la table ronde du salon, couverte d'une nappe bleue. Elle y disposa les serviettes, le service d'assiettes et de verres assortis à la nappe. Elle sortit du frigidaire la bouteille de *rakı*, qu'elle avait aromatisé avec une pâte de résine de lentisque, et versa le liquide dans la carafe en cristal à anse bleu nuit. Ensuite, elle fit couler dans un bol un filet de l'huile d'olive très parfumée apportée par le négociant et la saupoudra d'origan, de paillettes de piment rouge et de basilic. Bien qu'il soit encore tôt, elle ne put résister à l'envie d'allumer la bougie en forme de nénuphar qui flottait dans une boule de verre à moitié remplie d'eau. Un sourire de satisfaction sur les lèvres, elle contempla la table, puis la pièce dans son ensemble. Elle aimait son appartement. Si seulement il n'y avait pas eu cette effroyable odeur…

Elle alluma un bâtonnet d'encens à la pomme verte et le mit au milieu du salon. Tandis que la fumée se répandait en fines volutes dans les airs, elle s'aspergea abondamment de parfum puis en vaporisa aux quatre coins du logis. Ces derniers temps, plus de la moitié de son argent passait en parfum. Ses dépenses dans ce domaine avaient augmenté en même temps que l'odeur de poubelles qui régnait dans l'immeuble. Elle s'arrêtait fréquemment au magasin clinquant au bout de l'avenue, et bien qu'elle sache parfaitement qu'elle n'avait pas le même niveau de vie que les femmes qui venaient y faire leur shopping, c'est toujours ici qu'elle achetait ses parfums. Elle avait une prédilection pour les fragrances fruitées : les mélanges de pêches, de pastèques et de papaye. Elle ne savait pas à quoi cela ressemblait mais elle trouvait charmant ce nom de « papaye ».

Ses flacons de parfum ne duraient pas plus de dix jours. Elle les vaporisait généreusement partout : sur les vêtements, les draps et les oreillers, les fauteuils et les rideaux, les peluches, les poupées de toutes les tailles, et les grigris contre le mauvais œil suspendus un peu partout dans l'appartement. Elle aurait pu mettre cet argent de côté ou s'acheter quelque chose de durable. Le négociant en huile d'olive avait dû se rendre compte, lui aussi, de la prodigalité de sa petite maîtresse car il avait passablement réduit l'argent de poche qu'il lui donnait. La Maîtresse Bleue continuait cependant à faire comme elle l'entendait. Elle ignorait pourquoi elle agissait ainsi, et n'essayait pas non plus de le comprendre. La seule chose dont elle était certaine, c'est que si elle avait reçu cinq fois plus d'argent, elle aurait acheté cinq fois plus de parfum.

La table était prête : elle lui parut dressée avec goût, agréable et raffinée. Elle envoya un message sur le portable de son amant pour savoir quand il arriverait. En attendant la réponse, elle activa la télécommande et s'arrêta sur une chaîne au hasard. À l'écran apparurent deux jeunes femmes qui se lançaient des regards de haine. L'une d'elles, celle qui portait un tailleur lilas très chic et un collier à quatre rangs de perles, croisa les mains sur sa poitrine et déclara :

— Il faut te faire une raison, Loretta. Il n'aime que moi.

L'autre femme, vêtue d'une robe rappelant un champ de marguerites et arborant une fleur similaire dans ses longs cheveux bruns, ouvrit tout grands ses yeux verts, soulignés par une épaisse couche de fard, et répondit en martelant chaque syllabe :

— Mais toi, tu ne l'aimes pas.

— Cela ne te regarde pas, Loretta, dit l'autre en tirant sur son collier de perles comme si elle allait le briser, cela ne te regarde absolument pas.

« Pff, que des pierres de la taille de Loretta s'abattent sur vos têtes », grommela la Maîtresse Bleue. Même si « Loretta » était un nom du même genre que « papaye », il ne sonnait pas aussi joliment à son oreille.

Au moment où elle tendait la main vers la télécommande, son portable se mit à biper. La réponse était plutôt lapidaire : « dans la soirée ». C'était tellement long, tellement imprécis comme laps de temps. Elle soupira d'ennui et changea de chaîne. Une femme dans la cinquantaine, avec un front large, une figure joufflue, et, au-dessus de la lèvre, une moustache qu'elle n'avait pas pensé retirer – ou jugé utile de le faire –, dressait la liste des ingrédients nécessaires à la préparation d'un gratin d'épinards.

NUMÉRO 7 :
MOI

Je suis sorti sur le balcon et j'ai allumé une cigarette. C'est le seul endroit que j'aime dans cet appartement. Il n'a rien à voir avec l'intérieur ; on dirait un appendice greffé là par erreur, un corps étranger. L'insecte rouge brique qui se promenait sur la rambarde métallique sembla gêné par ma présence ; c'était réciproque. L'immeuble est infesté d'insectes. Ils sortent des placards de cuisine, d'en dessous du frigidaire, des carreaux de faïence ébréchés et grouillent de partout. Je ne comprends pas pourquoi ils pullulent autant. La seule chose que je sais, c'est que je vis avec eux, dans la même maison.

À un moment, l'idée d'appeler Ethel, pour qu'elle vérifie auprès d'Ayşin si je lui avais téléphoné quand je suis rentré hier soir, me traversa l'esprit, mais j'y renonçai aussitôt. Alors que je m'étais plié à tous les caprices de cette catin, que j'avais supporté tant de ses extravagances pour qu'elle me donne le nouveau numéro d'Ayşin, devoir à nouveau quémander son aide ne ferait que flatter son ego, déjà bien assez boursouflé comme ça. Je ne tenais pas à l'entendre m'assener encore une fois : « Je vais perdre ma meilleure amie à cause de toi. » À mon avis, briser l'amitié depuis longtemps gangrenée d'Ayşin et Ethel était le meilleur service que j'aurais pu leur rendre à toutes deux, mais passons.

Depuis des années, sans jamais rater un seul rendez-vous, ce duo inséparable depuis le collège se retrouvait tous les quinze jours pour manger ensemble, toujours dans le même genre de restaurants. Après nos fiançailles, Ayşin se persuada elle-même, et me persuada ensuite, que je devais absolument me joindre à cette routine rébarbative et réglée comme du papier à musique. Dès lors, pour conserver l'équilibre de la répartition par deux, Ethel se mit, elle aussi, à venir avec ses amants. Les amants en question, qui ne présentaient pas la moindre cohérence ni la plus infime ressemblance, tombaient l'un après l'autre à notre table, comme des numéros sortant à intervalles réguliers d'une roue de loterie. Généralement, nous avions à peine le temps de connaître un numéro que, déjà, il était remplacé par un nouveau. À cette époque, les relations d'Ethel étaient si décousues et si éphémères que, lorsqu'un de ces numéros réalisait l'exploit de venir trois fois de suite, nous exprimions ouvertement notre stupéfaction, et pendant tout le repas, avec une admiration mâtinée d'étonnement, nous examinions à l'envi ce spécimen. Pendant les trois ans et demi que dura ce défilé d'amants, Ethel nous présenta des hommes de toutes sortes et de tous les gabarits. Si un seul dénominateur commun pouvait exister entre tous ces individus, ce devait être leur propension à « ne pas finir ce qu'ils commençaient ». Dans l'ensemble, ils avaient une sainte horreur de tout ce qui touchait à la tradition, l'obsession de tenter ce qui n'avait jamais été expérimenté et d'être original, ainsi que d'ambitieux projets, que, pour une raison ou une autre, ils abandonnaient en cours de route. Ce type d'hommes, accrochés au commencement comme des moules à leur coquille, avait terriblement besoin que quelqu'un les prenne par la main pour continuer. Floc ! Ethel plongeait ses grosses mains aux ongles vernis qui vous écorchaient les tympans, et en ressortait un au hasard. Celui qui ne lui plaisait pas, elle le rejetait à l'eau. De toute façon, Istanbul était un énorme parc à moules, et elle une pêcheuse hors pair.

Il y avait, par exemple, un jeune scénariste nerveux et qui devait avoir dans les dix ans de moins qu'Ethel. Comme il était convaincu qu'il n'existait pas un seul réalisateur valable avec lequel travailler en Turquie, il planchait sur un scénario qu'il disait vouloir envoyer aux réalisateurs européens, et notamment espagnols. Bien que son scénario soit presque achevé, il n'arrivait pas à décider de la fin. Nous avions mangé une fois avec lui. Des hors-d'œuvre à l'entrée chaude, de l'entrée chaude au plat de résistance, en passant par tous les *rakı* glacés que nous avions descendus jusqu'au dessert et au café, nous avions trouvé quatre fins différentes pour son film ; Ayşin en grommelant, Ethel en ricanant, et nous deux en nous affrontant. Les quatre propositions nous avaient toutes paru aussi fortes.

Et puis, les autres… Un photographe vomissant sa haine contre les dirigeants, les employés, et même les lecteurs de toutes les revues auxquelles il avait collaboré en free lance ; un publicitaire suant l'arrogance, ne voyant aucun inconvénient à soutenir que tous ceux qui avaient la télévision étaient des crétins finis ; un comédien amateur trouvant absolument nulles l'ensemble des pièces jouées dans le pays et qui frappait à toutes les portes en quête d'un sponsor pour fonder son propre théâtre ; un humoriste au langage ordurier, connu pour laisser en plan tout ce qu'il entamait et précipiter la faillite de la totalité des revues auxquelles, de près ou de loin, il s'était frotté ;

un psychiatre alcoolique que toute la clique des écrivains et des dessinateurs de la ville venait consulter, bien qu'il fût de notoriété publique que, une fois pris de boisson, il ne tenait pas sa langue et déversait sur la table les secrets de ses célèbres patients... Parfois, je n'ai pas été sans penser qu'Ethel amenait ces types au restaurant dans le seul but de faire bisquer Ayşin. Si tel était le cas, il est certain qu'elle atteignait son but. Bien qu'Ayşin n'ait jamais envisagé de mettre un terme à leur amitié à cause de cela, elle regarda toujours d'un œil réprobateur la vie que menait Ethel. Elle savait que, moi aussi, dans le fond, j'y trouvais à redire. Ce qu'elle ignorait, c'est que l'agacement que j'éprouvais envers une femme ne m'empêchait pas de coucher avec elle.

En réalité, Ethel était une véritable menace pour ces gens-là. Elle les aidait, dépensait sans compter, et accourait le soufflet à la main dès que la supplique « Est-ce que j'en serais là, si j'avais connu d'autres conditions ? » flambait dans leur cerveau comme un incendie ravageur dans les combles d'une fragile maison de bois. Au moment où ces hommes – qui, jusque-là, pour un motif ou un autre, n'avaient pu réaliser ce qu'ils voulaient mais s'étaient seulement résignés à leur sort – commençaient à être un peu argentés et adulés, après être tombés sur Ethel à un moment inespéré de leur existence, ils abandonnaient sur-le-champ leurs anciens projets pour en concevoir de nouveaux, encore plus ambitieux. Et c'est à cet instant précis qu'Ethel les quittait, sans rime ni raison, exactement comme elle l'avait fait avec les hôtes de sa villa des années auparavant. Transformant pas à pas ses amants, elle n'aimait pas l'homme qu'elle avait créé de ses propres mains ; tout comme elle ne s'aimait pas elle-même. Mais parmi eux, il y en eut un à qui elle réserva une place de choix, totalement à part.

C'était un joueur de *ney*. À l'époque où le débat sur « l'aspect licite ou non de la pratique mixte de la danse rituelle des derviches tourneurs » divisa les adeptes de la plus célèbre confrérie *mevlevi* d'Istanbul, il avait adopté la même attitude face aux deux camps : il s'était replié dans sa coquille. Dès lors, il consacra la moitié de ses journées à se réfugier dans le sommeil, et l'autre à se dégager de l'impression de ses rêves. Je ne saurais dire comment, ni à quelle moitié de la journée Ethel l'avait rencontré. La seule chose que je sais, c'est que, une fois de plus, elle avait plongé la main dans l'eau et retiré une huître ; dès qu'elle put entrouvrir cette coquille opiniâtre et regarder à l'intérieur, elle y découvrit une surprise inespérée : une timide petite perle ! Elle lui réserva un temps le même traitement qu'elle avait accordé aux autres : aide matérielle, extrême attention, amour étouffant... Mais contrairement à ses prédécesseurs, rien ne changea dans le caractère ou la nature du *mevlevi* au regard absent, au grand nez, et adepte du sommeil. La plus grande unité de mesure du temps chez cet homme était un « jour ». À chaque fois qu'Ethel prévoyait quelque chose, partir en balade la semaine suivante ou se marier au printemps, par exemple, la seule réponse qu'elle obtenait de son amant était la suivante : « Laissons d'abord ce jour arriver, nous verrons bien alors de quoi il est fait. » On ne se porte pas au-devant des jours, il n'y a rien à atteindre ; ce sont les jours qui arrivent, et ce faisant, ils apportent assurément quelque chose avec eux. C'était la personne la plus dépourvue de lendemain, de calcul et d'ambition que je connaisse, et le seul membre de confrérie anticonfrérie. S'il ne nous avait pas quittés subitement, il ne fait pas le moindre doute qu'il m'aurait soufflé mon trône dans le harem masculin d'Ethel.

— Imagine que nous sommes sur le rivage. Nous avons les pieds dans l'eau, Ethel. Toi, tu dis : « Nageons ensemble jusqu'à la cinquante-cinquième vague là-bas, plus loin. Regarde comme cette vague est belle ! » Et à peine le temps que je te demande « Laquelle ? », la vague que tu me montres a déjà changé de place. Regarde, elle n'est plus là où tu as dit. Ce n'est plus la cinquante-cinquième, mais la trente-cinquième à présent. Elle s'approche de plus en plus. En fait, c'est elle qui vient de notre côté. Et elle apporte certainement quelque chose avec elle. Maintenant, deux choix s'offrent à toi. Soit tu plonges dans la mer, et, oubliant les vagues, tu te fonds comme une goutte en elle. Soit tu restes sur le bord, patiente, à contempler les vagues déferler sur le rivage et s'y briser. C'est alors qu'elles se décomposeront en une multitude de gouttelettes sous tes yeux. Il y a deux manières de vivre, si tant est que la vie ait une forme. Soit tu t'annihiles dans la vie, soit tu annihiles la vie en toi.

Comme cette pauvre Ethel, cette risée d'Ethel, depuis si longtemps l'opprobre de tant de ses malheureux amants, écoutait ces paroles l'air hébété, elle me balançait des coups de pied sous la table en lançant des regards pitoyables. Alors qu'elle était capable de capter la moindre subtilité des langues d'ici-bas, face à ces abstractions célestes, elle était aussi désemparée qu'une enfant. Un peu plus tard, elle commença à s'accuser. *Elle se devait de connaître cette langue.* Elle se mordait les doigts d'avoir fait la grimace devant ce que racontait sa grand-mère à une époque et de ne pas s'être intéressée à la mystique juive. Pour que son amant ne s'aperçoive pas de cette lacune, elle se mit à lire de manière effrénée :

d'abord les livres qu'on lui avait mis entre les mains quand elle était petite, puis les autres. L'intérêt qu'elle commença à nourrir pour la Cabale était de nature à jeter le pont dont elle avait besoin pour passer dans l'univers de son amant joueur de *ney*. Elle se promenait avec plusieurs livres dans son sac dont un indispensable volume du *Mesnevi* ; elle se rendait régulièrement chez un vieux bouquiniste de Beyazıt, et, comme si elle eût été à la recherche d'un mystérieux manuscrit, elle discutait avec lui à demi-voix au fond de la boutique, et chaque fois en ressortait avec de pleins sacs de livres. Elle était si éprise qu'elle était prête à radicalement changer son cœur, sa vie, et à suivre son amant n'importe où. Alors que ce vilain corbeau d'Ethel planait tranquillement dans les airs, elle avait soudain aperçu quelque chose scintiller sur terre, et après avoir fondu sur sa proie, elle voulait maintenant l'emporter au loin et la posséder à jamais. *Pourquoi ne partiraient-ils pas quelques années visiter ensemble les villes les plus mystiques du monde, se promener à Jérusalem, au Tibet, à Delhi, ou se lancer à la recherche du tombeau perdu de Chems ?* J'ai vu beaucoup de gens perdre la raison lorsqu'ils sont amoureux, mais Ethel avait complètement aliéné sa personnalité. Elle battait la campagne. Seulement, elle eut beau user sa salive, elle ne réussit pas à convaincre son unique aimé de partir pour ces destinations exotiques. Ce délicat *mevlevi* était aussi enclin à « partir » qu'un chat à « être jeté à l'eau ».

Cependant, ce jeune homme si peu désireux d'aller de-ci de-là se révéla très pressé de passer dans l'autre monde. Une semaine avant le Jour de l'An, cette année-là, il fut l'une des quatre victimes d'une bombe placée dans une poubelle de l'avenue Istiklal[1],

---

1. *Istiklal* : indépendance. Rue piétonne centrale du quartier européen de Beyoğlu reliant le Tünel à la place de Taksim.

qu'aucune organisation ne revendiqua. Je ne crois pas qu'Ethel ait jamais autant pleuré quelqu'un, pas même ses parents. Peut-être son frère aîné, qui s'était suicidé quand elle avait quatorze ans… C'est le seul qu'elle ait aussi profondément aimé.

Deux mois et deux semaines plus tard, je me mariai avec Ayşin. Ethel vint seule.

La veille du mariage, elle était allongée, totalement nue, m'imposant la vue de son corps, gras et agressif, lourd et colossal. Sa chair ainsi exposée, telle une pièce de viande d'un blanc cru, faisait ressortir la tache rougeâtre, large et couverte de poils, qui commençait trois doigts en dessous de son cou et s'étendait quasiment jusqu'à sa poitrine. Elle pouvait la faire enlever si elle l'avait voulu. Tout comme elle pouvait se libérer de sa graisse, se refaire le nez, se faire rectifier ici ou là comme tout le monde. Les femmes aussi laides et riches que l'était Ethel dépensaient sans compter en chirurgie esthétique, en cosmétiques et en cliniques pour embellir. Ethel quant à elle avait mis toute sa fortune au service de sa laideur. De même qu'elle ne cherchait pas à l'abolir, elle ne faisait rien pour l'atténuer, la cacher ou la farder. Les portes des placards muraux de la chambre étaient couvertes de miroirs. Après avoir fait l'amour, elle s'étalait sur le lit et se contemplait. Parfois, elle regardait avec une telle avidité son reflet que j'étais curieux de savoir ce qu'elle y voyait. Lorsqu'elle faisait ainsi étalage de son corps, elle se comportait davantage comme un homme convoitant ce qu'il regardait qu'une femme cherchant à voir si elle était désirée : être aimée ou pas semblait le cadet de ses soucis ; son intention était d'exhiber, avec le dessein d'effrayer. Mais alors que les victimes de l'exhibitionniste s'enfuient à grands cris, les proies d'Ethel revenaient toujours de leur propre gré dans sa chambre à coucher.

— Ah, trésor, tu fais une grosse bêtise ! Tu vas le regretter. Moi, j'ai parfaitement conscience que la vie ne m'offrira pas mieux que toi. C'est justement là que réside ton problème. Toi, tu ne sais pas encore que tu ne trouveras pas mieux que moi. Que veux-tu, j'attendrai. Vas-y, cours, étreins encore quelques derrières, prends-toi encore dix ou quinze gamelles. De toute façon, tu finiras bien par te résoudre à ce que je dis, avait-elle déclaré d'un ton persuasif. Ensuite, tu te cogneras la tête contre les murs en te demandant pourquoi tu n'as pas épousé Ethel à une époque. Oh, zut ! Regarde, j'ai fait une rayure, dit-elle avec un rictus, en faisant crisser sur la console ses longs ongles bleu nuit scintillant de paillettes dorées.

Elle plaça une cigarette sur son embout en bois de jasmin, qu'elle ne cessait d'égarer et de remplacer, et attendit que je lui donne du feu.

— Pourquoi ? Parce que tu es la femme la plus riche que je connaisse et connaîtrai jamais ?

Même si j'avais su le montant de sa fortune, j'aurais été incapable de l'évaluer. Car, bien que les riches soient incapables de le comprendre, dans l'imaginaire de ceux qui ne le sont pas, il existe un seuil où l'argent se fige et se paralyse. N'importe quelle somme au-delà de ce seuil reste toujours du même montant : *beaucoup !* Tout comme un marchand à la tête d'une caravane de 800 chameaux et un marchand possédant une caravane de 1 400 chameaux relèvent tous deux de la multitude irréelle du nombre « mille » dans les histoires fabuleuses des miséreux, pour moi aussi, les biens et les richesses d'Ethel étaient de l'ordre de « mille ».

— Non, trésor ! Ce n'est pas parce que je suis riche, mais parce que je suis mauvaise. Naturellement, je ne suis pas plus mauvaise que toi, mais il n'y a pas vraiment de mesure dans le mal, n'est-ce pas ? Ce n'est pas de la farine, ça ne se dose pas. Je vais te l'expliquer autrement, si tu veux : toi et moi, nous sommes faits de la même pâte. Mais cette pauvre petite Ayşin n'est pas de notre espèce. Ce n'est pas, à proprement parler, quelqu'un de bon, mais elle n'est pas mauvaise non plus. Au pire, une jeune femme capricieuse, une fille unique de bonne famille, par trop chevalier redresseur de torts – et j'avoue que parfois, elle est franchement barbante –, mais elle n'est sûrement pas mauvaise. Toi, tu la tourmentes. Tu sais, ce qu'il y a de plus douloureux dans cette histoire, c'est que, plus tu vas la tourmenter, plus elle essaiera de se défendre. D'abord, elle rivalisera d'intelligence avec toi, ensuite, elle se défendra en se débattant comme un oiseau pris dans les mailles d'un filet, elle se noiera dans ses larmes et pensera que tu es injuste envers elle. Au moment où tu l'affligeras et la mettras à la torture, elle ne verra pas que le problème n'est pas le sujet dont vous débattez, que ce n'est pas là le vrai problème. Tu sais parfaitement, toi aussi, qu'Ayşin fait partie de la fameuse catégorie de ceux qui croient en Dieu sans avoir vu le diable...

Ethel adorait cette formule. Je pensais qu'elle la tenait d'un de ses brillants amants. Du joueur de *ney* peut-être. À vrai dire, elle lui allait comme un gant. Ceux qui croyaient en Dieu sans avoir vu le diable pensaient vivre dans l'endroit le plus enviable sur cette terre, bien que jamais ils n'aient eu la curiosité de mettre le nez dehors pour voir d'où soufflaient les vents déchaînés qui dévastaient les branches chargées de fruits et les parterres de fleurs du jardin où le hasard les avait fait naître. C'étaient des gens qui ne se souciaient pas de savoir combien de pièces ni combien d'issues comptait leur demeure, et ne voyaient pas la nécessité de descendre à la cave pour en ouvrir les portes verrouillées, malgré les craquements qu'ils entendaient jour et nuit. Des gens qui, forts des vérités apprises, se croyaient eux-mêmes véridiques... Ethel avait raison. Ayşin était de ceux-là.

Le plus déplaisant dans cette histoire est que ces paroles me revinrent souvent en mémoire au cours de mon mariage. Mais, pour ne pas caresser davantage son ego, qui culminait déjà au sommet, je ne l'ai jamais avoué à Ethel. Hier soir, alors que nous buvions attablés l'un en face de l'autre, j'ai commis la bévue de laisser échapper cet aveu, depuis longtemps rassis. Elle l'a accueilli avec contentement. Puis elle s'est levée en vacillant. Pendant qu'elle se dirigeait vers les toilettes, j'ai regardé son énorme postérieur. Je me suis dit qu'elle savait pertinemment que lorsqu'elle se lèverait, je regarderais son gros cul. C'était le plus laid que j'aie jamais vu. Il débordait et ballottait de partout. Pour un peu, il aurait coulé comme de la gelée. Des culs, j'en ai vu, de plus gros et de plus difformes encore. Cellulite, boutons, blessures, poils trop longs ou mal placés... malgré tout, ils avaient tous quelque chose d'excitant. Mais pas celui d'Ethel. Définitivement, non.

Lorsqu'elle revint s'asseoir, elle reprit la conversation où elle l'avait laissée, à propos de son projet d'université. Finalement, elle finit par cracher le morceau. Ils avaient fait une proposition à Ayşin. Et cette dernière avait accepté. Bien qu'Ethel sache parfaitement que, malgré mon urgent besoin d'argent, je ne travaillerais jamais au même endroit qu'Ayşin, elle insista en me regardant droit dans les yeux :

— Allez, trésor, au moins une fois dans ta vie, écoute ce que je dis. Viens rejoindre cette université. Tu auras une paix royale, tu pourras philosopher à ta guise. Nous sommes tout dévoués à vos cerveaux.

Le mot « cerveau », avec la connotation érotique qu'il prenait dans la bouche de cette catin, m'irrita profondément. Curieusement, alors que nous nous retrouvions régulièrement au cours de mon mariage avec Ayşin, je n'avais pas couché une seule fois avec Ethel depuis mon divorce. Je suis incapable de me rappeler pourquoi nous sommes rentrés chacun de notre côté hier soir. Je ne sais même pas comment je suis revenu chez moi. Peut-être avait-elle joué le jeu pour, au dernier moment, changer son fusil d'épaule. Mais je ne crois pas. Ce n'est pas trop son style. Le plus probable est que, voyant que j'étais ivre mort et ne pourrais guère lui être profitable, elle m'avait déposé à la maison. C'était plus son genre.

J'allongeai les jambes sur la rambarde du balcon et allumai une autre cigarette. L'insecte rouge brique était resté sous mon pied droit. Il avait pourtant la possibilité de fuir. Mais il ne le fit pas. Dans la rue, une femme maigre et noiraude vint balancer ses sacs-poubelle devant le muret du jardin. Au même moment, une voix fulminante de colère s'éleva des niveaux inférieurs. La femme resta figée quelques secondes, puis, l'air indifférent et absent, elle tourna les talons et disparut. Je n'aime pas cet endroit. D'une façon ou d'une autre, il faut que je parte de là. Peut-être que je trouve une certaine ressemblance entre Bonbon Palace et moi – un immeuble déplaisant qui regrette avec amertume la prospérité à laquelle il était habitué à une certaine époque. Je dois déménager, mais je n'ai pas un sou vaillant. Du temps de notre mariage, entre Ayşin et moi, il y avait une répartition des dépenses dont je ne comprends que maintenant l'absurdité. L'appartement où nous vivions était à ses parents, et comme, de ce fait, il lui appartenait, les autres frais étaient à ma charge. Quelle idiotie ! Je n'ai pas un rond de côté. Dès que j'ai dû assumer des dépenses imprévues et un loyer, mon salaire est devenu ridicule. Je pourrais très bien demander à Ethel de me dépanner, mais je m'y refuse. Un tel mouvement ferait basculer tout l'équilibre de notre relation. Il faut que je trouve d'autres ressources. Il est urgent que je gagne de l'argent.

NUMÉRO 6 :
METIN ÇETIN ET SON ÉPOUSE NADYA

— Cela ne te regarde pas, Loretta. Cela ne te regarde absolument pas.

— Si ! s'insurgea la femme aux marguerites, les yeux rétrécis par la colère. Tout ce qui le concerne me regarde aussi.

— Tout ce qui le concerne me regarde aussi, répéta Son Épouse Nadya, en s'efforçant de moduler les mots exactement comme elle les avait entendus.

Cette série à l'eau de rose, qui avait pour titre *Les Fruits amers de la passion,* était diffusée, depuis près de deux mois et demi, chaque après-midi de la semaine. Au tout début, elle avait été programmée avant les informations du soir, mais, voyant que ça ne marchait pas et qu'il aurait été vain d'espérer un quelconque succès, on avait modifié son horaire. Elle avait été remplacée par une autre série du même genre, encore plus alambiquée. Cette seconde production, qui, dès la première semaine, avait réussi à échapper au sort de la précédente, suscita un véritable engouement et fit pas mal de bruit. Les acteurs principaux étaient même venus à Istanbul où, après une conférence de presse bondée, ils avaient signé des autographes à leurs admirateurs. Mais Son Épouse Nadya ne s'intéressait pas plus à cette série qu'à celles diffusées sur les autres chaînes. Elle s'intéressait uniquement aux *Fruits amers de la passion*. Chaque après-midi, à la même heure, elle s'asseyait sur le canapé lilas aux motifs bordeaux dont elle reportait toujours le changement de tissu, et tout en regardant sa série, elle vaquait à ses occupations. Selon les jours, elle posait un plateau sur ses genoux et triait du riz ou des haricots, ressortait ses vieux albums photos, s'essayait, avec son turc limité, à remplir des grilles de mots croisés, relisait les lettres de sa grand-tante ou y répondait. Mais parfois le plateau lui tombait des mains, les mots croisés restaient sans solution, la fixité immuable des photos et la platitude des lettres l'accablaient d'ennui. Son Épouse Nadya courait alors à la cuisine chercher quelques pommes de terre, et tout en gardant les yeux rivés sur la télé, elle se lançait dans la confection d'une nouvelle lampe. La maison avait beau en être remplie, c'était plus fort qu'elle, il fallait qu'elle en fabrique de nouvelles. De toute façon, les coupures d'électricité étaient fréquentes à Bonbon Palace.

Son incapacité à s'empêcher de faire autre chose pendant qu'elle suivait *Les Fruits amers de la passion* avait plusieurs explications. La première, c'était qu'elle trouvait cette série si ennuyeuse qu'elle ne supportait pas de la regarder sans s'occuper. La seconde était qu'en procédant ainsi elle atténuait sa gêne inavouable d'être devenue l'aficionada d'une série qu'elle méprisait ouvertement. Mais la plus importante de toutes, c'était qu'en vaquant à autre chose, elle pouvait se prouver à elle-même qu'elle se fichait éperdument non seulement de la série, mais du personnage principal : Loretta.

Comme les autres séries à l'eau de rose, *Les Fruits amers de la passion* était diffusée uniquement pendant la semaine. Mais tandis que les suppléments télé des journaux du week-end foisonnaient d'articles, abondamment illustrés de photos, sur ce qui allait se passer dans les prochains épisodes des autres séries et sur la vie réelle des comédiens incarnant leurs personnages à l'écran, jusqu'à présent, pas une seule ligne, que ce soit en bien ou en mal, n'était sortie sur *Les Fruits amers de la passion* ou Loretta. L'affaire ne s'arrêtait pas aux journaux. Personne dans l'entourage de Son Épouse Nadya n'était, sans même parler d'en être adepte, au courant de l'existence des *Fruits amers de la passion*. On eût dit que tout le pays s'était donné le mot pour l'ignorer. Son Épouse Nadya n'appréciait guère que personne ne prenne Loretta au sérieux. La condition préalable pour que le mépris qu'on éprouve pour quelque chose ait un sens est que l'objet méprisé signifie lui-même quelque chose. Et cela n'est possible que si les autres lui accordent de l'importance. En l'occurrence, mépriser Loretta n'avait ni saveur ni sens. Son Épouse Nadya gardait ses opinions pour elle. Personne n'avait connaissance de sa fixation sur cette série. Même pas son mari. D'ailleurs, mieux valait qu'il l'ignore.

Le silence des suppléments télé sur les développements dans les prochains épisodes des *Fruits amers de la passion* ne lui paraissait pas, cependant, si dramatique. Comme les éléments clefs de l'intrigue avaient été dévoilés dès les premiers épisodes, il ne restait plus grand-chose qui puisse entretenir le suspense. Peut-être que l'enjeu essentiel, pour ceux qui suivaient cette série, n'était pas de découvrir comment ça finirait, mais de voir comment on s'acheminerait vers une fin connue depuis le début. En fait, la seule personne à encore en ignorer les tenants et les aboutissants n'était pas le téléspectateur, mais Loretta en personne. Dans l'incendie survenu au cinquième épisode, elle avait perdu non seulement la grande demeure où elle habitait et son statut de grande dame, mais surtout la mémoire. Elle avait totalement oublié qui elle était ; jusqu'au onzième épisode, elle avait pris une parfaite inconnue pour sa mère et ne savait pas qu'elle avait été mariée à une époque – et l'était encore, d'ailleurs – au célèbre médecin dont elle avait vu les photos dans le journal. Comme sa situation allait de mal en pis, elle serait bientôt placée dans une clinique. Et cela ne ferait que compliquer les choses parce que le médecin, qui n'était autre que son mari, travaillait justement dans cette clinique.

D'un autre côté, savoir ce qu'ignorait Loretta n'était pas pour déplaire à Son Épouse Nadya. Chaque fois que, par mille et un revers de fortune, Loretta se retrouvait rejetée vers le large alors qu'elle s'approchait des rives recelant des vérités qui la concernaient, Son Épouse Nadya éprouvait une joie aussi caustique que de l'acide nitrique. À ces moments-là, sa propre vie se confondait subrepticement avec celle qui était représentée à l'écran. Loretta était la charnière entre deux univers totalement différents, la porte qui permettait de passer de l'un à l'autre. Avec son corps, elle appartenait à la vie de la série ; avec sa voix, à celle de Son Épouse Nadya. Au final, il y avait deux femmes distinctes. D'un côté, la comédienne latino-américaine qui incarnait Loretta, et de l'autre, la femme qui lui prêtait sa voix en turc. Aucune de ces deux actrices ne s'appelait réellement Loretta, mais dans son esprit, Son Épouse Nadya les avait toutes deux associées à ce nom. Elle n'avait aucun contentieux particulier avec la comédienne sud-américaine qui apparaissait à l'écran. Ce n'était pas avec la Loretta qu'elle voyait, mais avec celle qu'elle entendait qu'elle avait maille à partir. Elle était depuis si longtemps à la recherche d'une voix, d'une voix sans visage…

d'une voix couleur abricot, suave et persuasive, ayant pris corps dans un genou à la rotule proéminente... Mais, en regardant *Les Fruits amers de la passion*, comme elle pouvait facilement superposer la voix qu'elle entendait et le visage qu'elle voyait, plus exactement, comme il fallait bien que chaque voix ait un visage, et que chaque ennemi ait un corps, elle pouvait, sans même s'en rendre compte, se tromper de cible ; elle pouvait diriger contre la comédienne latino-américaine la haine sans bornes qu'elle éprouvait à l'égard de la femme qui faisait le doublage en turc. En de tels instants, elle ne pouvait s'empêcher de suivre la série du coin de l'œil, et se surprenait à se réjouir pendant les scènes où Loretta s'empêtrait dans les difficultés, ou à fulminer quand tout allait bien pour elle.

La Loretta visible à l'écran était mince, avec de longues jambes, les cheveux châtains et les yeux verts. Lorsqu'elle pleurait, de grosses larmes rondes comme des pois roulaient sur ses joues. Quant à la femme qui doublait Loretta, Son Épouse Nadya ne savait pas vraiment à quoi elle ressemblait, étant donné qu'elle n'avait pas vu son visage lorsqu'elles s'étaient rencontrées, et n'avait qu'un vague souvenir du peu qu'elle avait aperçu de son corps. Cependant, elle supposait que c'était une de ces beautés éphémères dont les attraits ne brilleraient pas plus qu'un feu de paille. Maintenant, peut-être qu'elle resplendissait de la fraîcheur de la jeunesse, mais dans cinq ans tout au plus, elle aurait totalement perdu son éclat. Ce jour-là, elle serait obligée de mettre de l'ordre dans sa vie et saisirait les hommes mariés au collet. Mais cinq ans étaient une période assez longue, et en réfléchissant à tout ce qui pouvait advenir dans ce laps de temps, Son Épouse Nadya se retrouvait la proie d'une profonde inquiétude.

Elle avait découvert l'existence de la voix de Loretta trois mois plus tôt ; par le plus grand des hasards. Le matin de ce triste jour, elle était dans la cuisine pour faire une nouvelle tentative d'*aşure*. Depuis son arrivée en Turquie, bien qu'elle ait progressé dans l'art culinaire et rapidement appris les plats incontournables de la cuisine turque, elle ne réussissait pas encore à faire l'*aşure* comme elle le voulait, comme Metin Çetin le voulait, plus exactement. Ses innombrables essais avaient tous abouti au même résultat. Soit elle dosait mal le sucre, soit elle mettait trop d'un ingrédient, et même si elle respectait toutes les proportions, elle se trompait au moment de la cuisson et n'obtenait pas la bonne consistance. Lorsqu'elle pensait qu'il était assez cuit, elle le retirait du feu et le répartissait dans des coupelles roses en verre dépoli ; une fois l'*aşure* refroidi, et forte de l'espoir d'avoir enfin réussi, elle agrémentait longuement et soigneusement chacune des coupelles avec des grains de grenade. Les premiers temps, elle chargeait exagérément l'étape de l'ornementation ; ne s'en tenant pas aux ingrédients habituels, tels que noix de coco râpée, noisettes grillées ou sucre glace, elle ajoutait quelques gouttes de cognac ou des griottes macérées dans le rhum. C'est qu'à cette époque elle s'intéressait davantage à la légende de l'*aşure* qu'à la manière dont les Turcs le consommaient.

L'*aşure* du mythe était la réussite de l'impossible. Son invention remontait au Déluge, lorsque tous les êtres vivants de la Création, qui avaient embarqué par couples dans l'arche de Noé pour échapper au désastre, se retrouvèrent à bout de forces, cernés par les eaux et à la fin de leurs provisions. Chaque espèce rassembla les miettes de ce qui lui restait, et cette mise en commun de toutes sortes d'aliments, si variés, si disparates que l'on n'imaginait pas qu'ils puissent aller ensemble, donna naissance à ce prodigieux mélange. Bien que la façon de le préparer parût d'une évidente simplicité, il ne semblait pas exister de recette précise. À tout moment, on pouvait ajouter quelque chose. C'est pour cela que ce mets était si particulier ; contrairement à d'autres desserts, la liste des ingrédients n'était pas limitée, et leurs proportions n'étaient pas rigoureuses. L'*aşure* était semblable à une cité cosmopolite qui ne refoule pas les étrangers de ses rues, et où les nouveaux venus se fondent rapidement dans la masse des autochtones. C'était l'illimité créé par des moyens limités, l'opulence engendrée par la pénurie, la diversité infinie surgissant là où finissaient les espèces.

Dans la lettre qu'elle écrivit à sa grand-tante, Son Épouse Nadya raconta d'abord avec force détails combien elle avait changé depuis qu'elle était en Turquie, où elle consacrait désormais le plus clair de son temps à cuisiner, puis elle déclara à sa parente que peu à peu, elle commençait à lui donner raison sur le lien qu'elle établissait entre la cuisine et les versets des livres saints. Sa grand-tante, une femme aux jambes couvertes de varices mauves et de poils roux, était aussi croyante qu'elle était bonne cuisinière. D'ailleurs, se rappelant que « *Le royaume des cieux est comparable à du levain qu'une femme prend et enfouit dans trois mesures de farine si bien que toute la masse lève* » (Mat 13, 33), elle croyait fermement que ces deux qualités dont elle s'était toujours enorgueillie menaient à la même porte. Elle déposait sur la table, comme sur l'autel du Bon Dieu, les plats qu'elle préparait pour sa famille, et tandis que ses enfants nettoyaient leur assiette, elle ressentait le même bonheur que si c'était Lui qu'elle avait nourri.

— Dans chacun de nos repas se cache un commandement divin, disait-elle. Je ne parle pas, bien sûr, de ces repas à la va-vite inventés par ces femmes primesautières et toujours débordées, qui préfèrent l'estime de leurs supérieurs à la gratitude de leurs enfants, et croient se libérer en négligeant leur foyer !

Dans sa lettre, Son Épouse Nadya racontait que si un seul mets sur Terre pouvait ressembler à la Tour de Babel du livre de la Genèse, c'était bien l'*aşure*. Dans la marmite d'*aşure* se retrouvaient toutes sortes d'éléments qui, incompatibles en d'autres circonstances, réussissaient à s'allier sans fusionner. Tout comme les ouvriers de la Tour ne comprenaient pas la langue de l'autre, chaque ingrédient dans la marmite parvenait à constituer avec les autres une saveur commune tout en préservant sa différence. Malgré les nombreuses opérations et la longue cuisson par lesquelles elle était passée, une figue sortant de l'*aşure* conservait encore son propre goût. Tous les ingrédients sur le feu bruissaient d'une seule voix mais chacun dans sa propre langue.

De cette façon, la recette pouvait sans cesse s'enrichir de nouveaux ingrédients. Puisqu'on mettait des pois chiches, il était tout à fait concevable d'ajouter du maïs ; aux figues, on pouvait substituer des pruneaux, agrémenter de pêches les abricots ou mettre des pâtes avec du riz... Les premiers mois de sa vie à Bonbon Palace, Son Épouse Nadya n'eut de cesse de se livrer à ce genre d'essais, avec un zèle qu'elle avait du mal à s'expliquer. Mais à force de se heurter aux virulentes objections de Metin Çetin, elle ne tarda pas à brider l'audace de ses élans. Si séduisante que soit sa légende, quand venait le moment de la mettre en pratique, l'*aşure* se révélait un mets on ne peut plus conservateur. Il n'acceptait pas facilement les innovations. Sa grand-tante, qui pourtant n'avait jamais fait d'*aşure* de sa vie, devait être du même avis car, dans la lettre qu'elle lui écrivit en réponse, elle éprouva le besoin de la rappeler à l'ordre : de même qu'on ne peut transformer à sa guise les versets des livres saints, on ne peut non plus jouer au gré de ses envies avec les recettes culinaires qui en découlent. Son Épouse Nadya finit donc par abdiquer et faire de l'*aşure* en se conformant à la recette ; mais, sans doute parce qu'elle avait encore à l'esprit cette diversité infinie, elle n'obtenait jamais le résultat qu'elle voulait.

Il n'y eut que ce jour, ce seul jour funeste où elle fut satisfaite de l'*aşure* qu'elle venait de préparer. Elle avait retiré la casserole du feu pour le laisser refroidir, préparé les coupelles roses en verre dépoli, et commencé à attendre son mari avec impatience. Elle espérait enfin avoir touché au but et gagner l'approbation de Metin Çetin. Mais pendant qu'elle l'attendait, elle s'aperçut que sa sacoche couleur ambre qui empestait le cuir n'était pas à sa place habituelle. Cela ne pouvait signifier qu'une seule chose : ce soir, après sa journée, Metin Çetin se rendrait à son second travail. Et dans le meilleur des cas, il ne reviendrait pas avant minuit. Son Épouse Nadya était tellement enthousiaste à l'idée de son succès qu'elle se sentit incapable d'attendre aussi longtemps pour connaître l'opinion de son mari. Elle décida de faire ce qu'elle n'avait encore jamais fait : se rendre sur son lieu de travail pour lui apporter de l'*aşure*.

Cela faisait quatre ans maintenant qu'elle vivait ici, mais Istanbul restait encore pour elle une énorme énigme. Elle avait vu si peu de choses de cette ville qu'elle était incapable de se repérer ou de se déplacer. Son ignorance lui tint lieu de courage. Même si elle mit près de deux heures à traverser le pont et parvenir au studio situé sur la rive asiatique, elle trouva plus facilement l'adresse qu'elle ne l'aurait espéré.

Elle laissa sa carte d'identité à l'entrée, se renseigna auprès d'un agent de l'accueil, prit l'ascenseur jusqu'au cinquième étage, s'arrêta devant le bureau numéro 505 et jeta un œil à l'intérieur. Metin Çetin était assis à côté d'une jeune femme, si près que leurs jambes se touchaient ; il avait une main posée sur son genou – à la peau rugueuse et vermeille comme une vieille égratignure racornie – et de l'autre, il faisait tourner une petite tasse pour lire le marc de café. Ce devait être de bon augure, à en croire les sourires et les fossettes qui s'épanouissaient sur les joues de la femme. Mais Son Épouse Nadya, incapable de détacher de son mari ses yeux agrandis de stupeur, n'eut pas le loisir d'examiner la femme. Ce qui la bouleversait le plus, ce n'était pas tant cette tendre promiscuité ou la trahison dont elle était victime que l'expression d'ineffable douceur qu'elle avait surprise sur le visage de Metin Çetin. Cette expression de tendresse fut plus terrible encore que la présence de l'autre femme et la caresse de son mari sur son genou.

Jusqu'à présent, elle avait toujours pardonné les injustices de son mari ; en endurant ses crises de jalousie, ses grossièretés, voire ses gifles, elle avait cru qu'il faisait tout cela sans réfléchir, et donc sans le vouloir. Certes, de temps à autre, souvent en fait, à vrai dire en permanence, son mari la maltraitait, mais s'il se comportait ainsi, c'est parce qu'il ne savait pas comment agir autrement. *S'il avait pu, il ne l'aurait pas fait ! Il le faisait parce qu'il n'y pouvait rien !* Faire durer un mariage qui bat de l'aile, tout comme continuer à solliciter un Dieu sourd à nos appels, relève davantage, dans le fond, d'une fervente obstination que d'une croyance obstinée. Nous ne supportons d'être maltraité par la personne aimée, et chaque fois de la même manière, que dans la mesure où nous

nous entêtons à croire qu'elle ne peut pas faire autrement.

« L'amour est un processus neurochimique, disait le professeur Kandinsky, et les plus fidèles amants ont une cervelle d'oiseau. Si tu vois une femme encore transie d'amour pour son mari après des années, sache que son cerveau fonctionne exactement comme celui d'une mésange. »

D'après le professeur Kandinsky, la condition pour que l'amour soit éternel est que la mémoire soit mortelle ; plus exactement, il faut que la mémoire meure et ressuscite, comme le jour et la nuit, le printemps et l'automne, ou comme les neurones des hippocampes et de ces adorables petites mésanges. Ces oiseaux, dotés d'un cerveau rudimentaire et d'un corps extrêmement frêle, ont dû mémoriser des données indispensables à leur survie : les cavités où ils cachent leurs œufs, les modalités de survie au froid de l'hiver, les endroits où trouver de la nourriture, etc. Mais leur mémoire n'étant pas de taille à stocker autant de miettes de savoir, au lieu d'engranger tous ces éléments en les classant par catégories, chaque automne, ils nettoient de fond en comble tout le contenu de leur cerveau. De cette manière, plutôt que de s'accrocher obstinément à une seule mémoire, ils réduisent à néant celle dont ils disposent, et c'est à leur capacité d'en recréer une nouvelle qu'ils doivent d'être encore en vie dans des conditions si complexes. Quant au mariage, il requérait le même processus que celui observé dans la nature. La capacité de répéter les mêmes choses pendant des années passait justement par l'aptitude à oublier cette perpétuelle réitération. Tandis que les gens amnésiques et incapables de tenir les archives des contentieux passés pansaient plus facilement les blessures du présent, les nostalgiques du bonheur passé et des êtres aimés jadis avaient plus de peine à accepter qu'aujourd'hui ne ressemble pas à hier. La formule magique de l'amour était de posséder une mémoire mouvante et mortelle.

Mais, debout devant la porte avec ses deux coupelles d'*aşure* à la main, Son Épouse Nadya fut impuissante à endiguer le flot des souvenirs qui ne s'étaient pas effacés de sa mémoire. Ils remontèrent un à un à la surface. En voyant son mari faire le joli cœur devant une autre, elle se rappela combien, à une époque, il avait fait preuve d'attention et d'affection avec elle, c'est-à-dire combien son caractère avait changé depuis. Mais le pire était de constater que cela n'appartenait pas à un passé révolu, qu'en ce moment même il se comportait aimablement envers les autres, qu'il pouvait, qu'*il était en son pouvoir* d'être un homme totalement différent. Le professeur Kandinsky en aurait probablement ri. Mais se débarrasser de ses anciens neurones pour régénérer la mémoire était une aptitude propre aux petites mésanges, pas aux femmes mariées.

Son Épouse Nadya fit un pas dans la pièce. Pendant quelques minutes, elle promena un regard indécis sur les deux tourtereaux, toujours occupés à lire leur destin dans le marc de café, et à glousser sans se rendre compte de rien. Puis elle fixa son regard uniquement sur la femme. Au même moment, elle se retrouva au cœur d'un grand principe auquel elle s'était intéressée à une époque et dont la scientificité était sujette à caution. *Si vous fixez votre attention sur un individu qui ne vous voit pas et n'a même aucune conscience de votre présence, vous le verrez rapidement ressentir une gêne et tourner d'un seul coup le regard vers vous.*

À l'instant où l'autre femme levait les yeux du fond de sa tasse pour les tourner vers la porte, Metin Çetin réalisa ce qui se passait et se leva d'un bond.

Éprouvant quelques difficultés à commander à son corps après ces instants de mol abandon, il fit quelques pas chancelants et s'arrêta soudain au beau milieu de la pièce. Alors qu'il essayait de faire paravent entre les deux femmes pour empêcher qu'elles ne se voient, il ne savait plus où donner de la tête ni de quel côté manœuvrer. Dans ce marasme, l'expression de son visage se divisa en deux, à l'image de son esprit. À sa maîtresse, qu'il traitait toujours avec les plus grands égards, il offrit la partie souriante en tâchant de faire bonne figure ; à sa femme, qu'il était habitué à malmener depuis des années, il opposa l'autre moitié écumante de rage. Comprenant qu'il ne tiendrait pas cette position plus longtemps, il prit sa femme et sa serviette couleur ambre empestant le cuir, et se précipita à l'extérieur. Leur dispute ce soir-là ne fut pas pire que d'habitude mais dura plus longtemps. Son Épouse Nadya avait déjà eu peur, à divers moments, que son mari ne la tue, mais maintenant, pour la première fois, elle sentit qu'elle aussi pouvait le tuer, et contrairement à ce qu'elle croyait, ce sentiment ne lui parut pas si effroyable.

Le plus effroyable était de ne rien savoir de cette femme. Comme elle ne savait pas comment elle s'appelait ni à quoi elle ressemblait, et qu'elle ne connaissait presque personne dans le studio où travaillait Metin Çetin, il lui fut plus difficile qu'elle ne le pensait d'obtenir cette précieuse information. De manière étrange, malgré tous ses efforts, Son Épouse Nadya était incapable de se remémorer le visage de cette femme ou de la décrire. Elle ne s'avoua pas vaincue pour autant, et, fomentant des dizaines de plans, tous plus abracadabrants les uns que les autres, elle ne cessa de téléphoner sous des noms différents au studio, en inventant chaque fois de nouveaux prétextes. Comme cette méthode ne donnait rien, elle commença à rôder autour du studio, en perdant quatre heures par jour dans les trajets. Même la perspective peu engageante de savoir que son mari lui briserait le cou s'il la trouvait dans les parages n'entama en rien sa détermination.

« Le plus grand mal que la psychopharmacologie ait causé à l'humanité est de lui avoir fait croire qu'on pouvait épurer le cerveau de ses obsessions. »

D'après le professeur Kandinsky, le cerveau humain fonctionnait comme une femme au foyer, fière de sa maniaquerie et attachée à ses possessions. Elle s'appropriait d'emblée tout ce qui rentrait chez elle, et se dépensait sans compter pour conserver tel quel l'ordre qu'elle avait établi. Mais cela n'était pas chose aisée, car, comme beaucoup de femmes fières de leur maniaquerie et attachées à leurs possessions, le cerveau avait, lui aussi, plusieurs enfants turbulents n'en faisant qu'à leur tête, et qui portaient tous le nom d'une pathologie différente. Dès que l'un de ces enfants arrivait en âge de marcher à quatre pattes et commençait à gigoter d'un endroit à l'autre, en semant un peu partout les miettes du gâteau qu'il tenait dans la main, le cerveau en éprouvait un incroyable malaise, et s'inquiétait de voir peu à peu le chaos s'installer dans son territoire et le désordre régner en maître. Et c'est précisément à ce moment qu'intervenait la psychopharmacologie, parfaitement certaine que son heure était arrivée d'entrer en scène. Elle tâchait d'arrêter l'enfant qui rampait et marchait à quatre pattes ; avec succès parfois, et lorsqu'elle n'y arrivait pas, elle le tirait par l'oreille et le mettait à la porte. *Pour maîtriser une bougeotte incontrôlable, annihile complètement le mouvement ! Pour prévenir les dégâts que ses pensées pourraient lui causer, mets ton patient hors d'état de penser.* Cela avait été l'objectif constant de centaines de médicaments et de dizaines de méthodes. Le monde médical, qui a jugé l'inventeur de la lobotomie digne du prix Nobel, avait toujours essayé de maintenir un silence absolu en faisant taire les cris qui écorchaient les oreilles ; en enlevant ses enfants au cerveau, qui est une mère nerveuse mais finalement aimante, il avait sanctifié la mort contre la vie. D'après le professeur Kandinsky, il était infiniment plus utile d'accepter d'entrée de jeu que les gens ne pourraient jamais se libérer totalement de leurs obsessions, et que les dommages occasionnés en essayant de les éradiquer dépasseraient de loin le bénéfice recherché. Entrer dans la demeure du cerveau, jouer avec ses règles sur son propre territoire était, certes, nécessaire et justifié, mais pas chercher à annihiler son mouvement ni à lui arracher ce qui lui appartenait.

Le cerveau ne tolérait pas que l'on vienne perturber son ordre et ses règles. Pourtant, comme il se trouvait plus d'une pièce et une multitude de mémoires dans sa demeure, il pouvait lui arriver de ne plus savoir à quel endroit il avait mis telle ou telle chose. Dans une commode à cinq tiroirs, les sous-vêtements étaient rangés dans le tiroir du haut par exemple, les serviettes dans celui du dessous, et dans le tiroir du bas, on trouvait les draps propres. Chaque obsession avait une place déterminée d'avance. On ne devait pas, pour un oui ou pour un non, chercher à anéantir n'importe quelle obsession, qu'on avait acquise d'une certaine façon, simplement parce qu'on n'en avait plus l'usage ; mais, comme par mégarde, et avec l'aide de la science, on pouvait la sortir de son tiroir et la mettre dans celui du dessus. Reste que le cerveau était une ménagère fière de sa maniaquerie et attachée à ses possessions, qui ne manquerait pas de venir chercher sa serviette dans le deuxième tiroir, et ne penserait sûrement pas à regarder dans le premier, parce qu'elle savait qu'elle y rangeait uniquement ses sous-vêtements. *Plie soigneusement les serviettes que tu as sorties du lobe frontal et dépose-les dans les zones corticales. N'essaie pas de te débarrasser de tes obsessions. Parce que cela n'est pas possible. Il suffit que tu les ranges à un endroit où tu ne les trouveras pas. Mets-les dans le mauvais tiroir. Laisse-les là et tu les oublieras. Jusqu'à ce qu'un beau jour tu retombes dessus par hasard en cherchant autre chose...*

Mais Son Épouse Nadya, au risque de faire se retourner son cher professeur dans sa tombe, n'entreprit nullement de sortir ses obsessions du tiroir qui leur était dévolu pour les mettre ailleurs. Pendant les jours suivants, elle appela des centaines de fois et surveilla pendant des heures le studio où travaillait son mari. Et finalement, un beau jour, elle trouva subitement au bout du fil la femme qu'elle recherchait. Alors qu'elle était incapable de se souvenir de ce visage bien qu'elle l'ait vu, Son Épouse Nadya reconnut immédiatement sa voix, qu'elle n'avait pourtant jamais entendue.

— En quoi puis-je vous être utile ? demanda aimablement cette dernière.

— Qui êtes-vous ? cria Son Épouse Nadya, d'une voix où n'affleurait aucune colère mais néanmoins extrêmement vindicative.

La question était si brutale et si inattendue que celle d'en face, interloquée, déclina son identité. Parce que l'identité est, elle aussi, une sorte de réflexe. Quatre-vingts pour cent des personnes auxquelles on demande comment elles s'appellent se retrouvent prises au dépourvu et se présentent, sans penser à répondre : « Mais c'est à vous de vous présenter ! »

Dès que la femme eut répondu, Son Épouse Nadya lui raccrocha brutalement au nez. Maintenant qu'elle connaissait le nom de sa rivale en plus de la société où elle travaillait, en apprendre davantage lui fut extrêmement aisé. Comme elle avançait dans ses recherches, elle se retrouva en possession de deux informations clefs sur « cette femme ». Un : elle faisait du doublage, comme Metin Çetin. Deux : c'est elle qui doublait la comédienne principale des *Fruits amers de la passion*, une série dont la diffusion venait juste de commencer sur une chaîne privée.

Le lendemain, avant les informations du soir, Son Épouse Nadya s'assit sur le canapé lilas aux motifs bordeaux dont elle reportait toujours le changement du tissu et regarda un épisode sans bouger du début à la fin. L'épisode terminé, elle détestait la série. Le sujet était si absurde et les dialogues tellement débilitants que même les acteurs semblaient souffrir en jouant. Le lendemain pourtant, à la même heure, elle était de nouveau postée devant son écran. Et depuis, sa dépendance, si ce n'est son intérêt, augmenta au fil des jours et des épisodes. Bien que les recherches académiques sur la dépendance des femmes au foyer aux séries à l'eau de rose en fassent rarement état, les raisons de suivre ce genre de programmes sont pléthoriques et tout à fait inattendues. Son Épouse Nadya était donc elle aussi devenue une adepte des *Fruits amers de la passion*. Cette série calamiteuse prenait une telle place dans sa vie que la pause de deux jours où elle n'était pas diffusée, entre le vendredi et le lundi, lui devint difficilement supportable. Elle ne portait aucun jugement sur cette fixation, elle ne cherchait pas à en tirer de conclusion. Elle la regardait, un point c'est tout. Et des mois plus tard, alors qu'elle en était au soixante-dix-septième épisode, elle ne pouvait plus s'empêcher de confondre la voix de Loretta et son visage.

Dans la vie, on ne parle jamais d'échecs satisfaisants, quand bien même les succès insatisfaisants sont légion. Le professeur Kandinsky disait être un homme à la fois insatisfait et couronné de succès. Et d'ajouter qu'il était certainement en meilleure posture que ceux qui possédaient à la fois la réussite et la satisfaction. Parce que cette situation n'était propre qu'aux imbéciles ou aux personnes extrêmement gâtées par le sort. Vu que l'excès de chance rendait les gens parfaitement idiots, cela menait d'ailleurs au même résultat. Mais à la fin de sa vie, le professeur eut lui aussi l'heur de goûter à l'échec. Son insatisfaction et son échec découlaient d'une seule et même cause : son projet sur « Le franchissement de la barrière de l'espèce » auquel il travaillait depuis quatre ans. Confrontés à une catastrophe qui les faisait périr en masse et les menaçait de totale extinction, les insectes disposaient d'une aptitude étonnante à développer leur système immunitaire pour faire face à ces dangers. Alors qu'en 1946 ils n'étaient capables de résister qu'à deux types d'insecticides, à la fin du siècle ils avaient acquis la capacité de résister à plus d'une centaine de ces produits. Certaines espèces, à même de reconnaître la formule des produits chimiques testés sur eux, et, au fil des mutations opérées, de devenir invulnérables aux substances toxiques qui avaient exterminé les générations précédentes, engendraient à long terme de nouvelles variétés. D'après le professeur Kandinsky, le problème essentiel consistait moins à découvrir comment les insectes avaient intégré l'information qu'à la possibilité de concevoir le savoir comme un tout. Le siècle qui verrait se réaliser un à un les principes directeurs pressentis à l'époque des Lumières, où les sciences sociales ainsi que les sciences physiques et naturelles étaient envisagées comme un tout indissociable, ne faisait que se profiler, en apportant avec lui son lot de catastrophes. Les êtres humains également opéreraient une mutation. Non parce que c'étaient les créatures préférées de Dieu, comme le pensaient les croyants, ou bien des créatures douées de raison comme le croyaient les rationalistes, mais parce qu'ils étaient soumis à la même loi de l'information que Dieu et les insectes. La socialisation de la vie des insectes et la grégarisation des civilisations humaines avaient été rattachées l'une à l'autre par une même sangle : la sociobiologie. Voilà pourquoi les artistes n'étaient jamais aussi créatifs qu'ils l'imaginaient, ni la nature aussi éloignée de l'artifice qu'on le croyait. C'est en puisant dans le même bain d'informations et d'intuitions que cafards et écrivains restaient en vie, lorsqu'ils parvenaient à le rester.

— Je doute même qu'ils en aient lu la première page, avait déclaré le professeur Kandinsky en apprenant que son rapport avait été refusé.

C'était une semaine avant sa mort. Ils étaient assis côte à côte, sur les marches de la sortie que généralement personne n'utilisait, devant le laboratoire où ils travaillaient. C'était un immense bâtiment où des biologistes de tous âges, des personnalités de premier plan ou incarnant l'avenir du pays travaillaient treize heures par jour. Mais comme trois des étages avaient été construits en sous-sol, il était impossible, vu de loin, d'en saisir l'ampleur. Comme l'élitisme ambiant contribuait à rapprocher les gens, tout le monde à l'intérieur faisait montre de la plus grande amabilité. Le professeur Kandinsky était le seul à rester parfaitement indifférent aux particules de gentillesse en suspension dans l'atmosphère et, de même qu'il ne présentait jamais un visage affable, il n'ouvrait la bouche que lorsqu'il y était obligé. Hormis Nadya Onissimovna, qui était son assistante depuis neuf ans et avait gagné sa confiance grâce au sérieux de son travail, personne ne trouvait grâce à ses yeux. Il était discret et bourru ; pessimiste et impatient. Nadya Onissimovna croyait fermement qu'il n'était pas aussi colérique qu'il le paraissait, mais qu'à force de faire des expériences avec des électrodes depuis tant d'années, il était devenu un vrai paquet de nerfs. Dès cette époque, elle avait commencé à trouver des excuses aux comportements brutaux des gens qu'elle aimait.

— Ils ne se rendent même pas compte de ce qu'ils me font ! Je ne suis pas immunisé contre le virus de l'échec, je n'ai aucune résistance contre lui.

Plus loin, au pied des murs gris qui entouraient le terrain du laboratoire, deux vigiles fumaient une cigarette. Le vent soufflait si fort que la fumée était immédiatement dispersée.

— Certaines nuits, j'entends les insectes se moquer de moi. Mais je ne les vois pas. Je rêve que je me promène dans les caves vides des maisons. Avant que la foudre ne s'abatte, que ne retentisse la déflagration des armes ou ne survienne un tremblement de terre, ils parviennent à s'enfuir, juste avant que ne surviennent les catastrophes. Ils émigrent en hordes. Pendant que nous sommes en train de parler, ils sont quelque part, par là. Rien ne peut les arrêter.

Une semaine plus tard, on le retrouva mort à son domicile. Une simple inattention, un banal court-circuit... Nadya Onissimovna avait toujours pensé qu'il était décédé au bon moment. Heureusement, il n'avait pas vu ceux qui étaient passés à la tête du laboratoire. Ils avaient commencé par mettre un terme aux expérimentations par manque de moyens financiers, puis ils avaient licencié un grand nombre de personnes dans la foulée. Nadya Onissimovna n'avait pas été épargnée par ce chamboulement. Lorsqu'elle rencontra Metin Çetin, elle était au chômage depuis huit mois.

Metin Çetin était une vraie calamité, le dernier type dont une femme eût souhaité tomber amoureuse. Mais Nadya Onissimovna avait si peu d'expérience avec les hommes que, même après avoir passé des heures à discuter avec lui, elle ne se rendit pas compte qu'elle se trouvait en face du *dernier type dont une femme eût souhaité tomber amoureuse*. D'ailleurs, ce soir-là, complètement assommée par le gigantisme de la discothèque où elle venait pour la première fois, la foule extravertie et le vacarme incessant, l'estomac au bord des lèvres à cause de tout l'alcool qu'elle avait bu, elle n'était pas vraiment en état de se rendre compte de grand-chose. C'est par hasard qu'elle se trouvait là. Elle s'était laissé entraîner par une amie à laquelle elle espérait pouvoir emprunter un peu d'argent à la fin de la soirée. Metin Çetin était en compagnie d'un groupe d'hommes d'affaires d'Istanbul. À peine dix minutes après leur rencontre, sans que Nadya Onissimovna comprenne ce qui se passait, les tables avaient été resserrées, des femmes inconnues s'étaient jointes à ces hommes qu'elle ne connaissait pas, et l'alcool avait commencé à couler à flots. Alors que tout le monde s'amusait et riait sans raison, elle s'était recroquevillée dans un coin, l'air soucieux, et elle but comme jamais elle n'avait bu de sa vie. Un peu plus tard, quand les gens autour de la table bondirent deux par deux sur la piste, elle s'aperçut qu'un homme brun, aussi soucieux qu'elle, était resté assis. Elle lui sourit. Il lui sourit à son tour. Encouragés par cet échange, ils se dirent quelques mots. Ils s'exprimaient, l'un comme l'autre, dans un anglais déplorable. Reste que cette langue est la seule au monde capable d'éveiller la conviction qu'il est possible, avec un minimum d'efforts, de la parler, et ce, même quand on ne la possède pas. Pendant quatre heures, Nadya Onissimovna et Metin Çetin tinrent une très longue discussion. Ils roulaient les yeux sur les côtés, comme si les mots qu'ils cherchaient pouvaient surgir quelque part autour d'eux, claquaient des doigts toutes les deux secondes, traçaient dans les airs des dessins imaginaires, noircissaient les serviettes en papier d'incompréhensibles gribouillis, se dessinaient des symboles dans les paumes et sur les bras, riaient aux éclats lorsqu'ils se retrouvaient bloqués, sortaient de leur coquille à mesure qu'ils riaient et hochaient perpétuellement la tête en ouvrant grand leurs pupilles.

*

— Plutôt avaler un cendrier plein de mégots chaque matin à jeun que de se marier à un Turc.

— Rien ne t'en empêche, dit Nadya Onissimovna en fulminant de colère. *Ce n'est pas ce qui entre dans sa bouche mais ce qui en sort qui rend l'homme impur.*

— Ne répands pas à tort et à travers dans ma cuisine les enseignements du Christ comme s'il s'agissait des maximes de ce malheureux professeur, répondit sa grand-tante en soufflant sur la louche, que depuis tout à l'heure elle tournait lentement dans la soupe verdâtre, avant de la porter à ses lèvres.

— Tu ne connais rien des Turcs, murmura Nadya Onissimovna en haussant les épaules. Ce ne sont que des préjugés...

— J'en sais suffisamment, va, dit sa tante. (Elle prit une pincée de sel et le saupoudra en cercles concentriques au-dessus de la casserole.) Et tu en saurais autant que moi si tu n'avais pas passé les plus belles années de ta vie à faire la chasse aux fourmis avec des dingues qui ne sont d'aucune utilité pour personne.

Elle approcha un tabouret de la cuisinière et continua à remuer la soupe en faisant tinter ses bracelets. Elle ne pouvait pas rester debout plus de dix minutes à cause de ses varices.

— J'espère au moins que tu sais que les Turcs ne boivent pas de vin, dit-elle, l'air bougon.

Mais il était difficile de savoir si c'était à cause de leur sujet de discussion ou de la soupe qui ne bouillait toujours pas.

Nadya Onissimovna prit la défense de son futur mari en s'étendant à loisir sur tous les whiskies, les bières et les vodkas qu'il avait consommés dans la discothèque. Mais elle ne parla pas de la bévue qu'il avait commise en les mélangeant tous.

— Le whisky, c'est autre chose. Je te demande s'ils boivent du vin. Non, ils n'en boivent pas ! Sinon, ils ne seraient pas allés détruire la fontaine de Léon le Sage aussitôt après avoir pris Zvenigorod. Depuis trois siècles, du vin coulait à volonté de cette fontaine, et elle a été anéantie dès que les Turcs s'en sont emparés. Et tu sais pourquoi ils ont détruit cette fontaine ? Parce que c'est du vin qui en coulait et non de l'eau. Ils ont démoli le mur à coups de hache. Les idiots ! Ils croyaient que derrière le mur il y avait une cave remplie de tonneaux. Mais cherche toujours, tu sais ce qu'ils y ont trouvé ? Une grappe de raisin. Tu entends, Nadya, j'ai bien dit une grappe de raisin ! Et à l'intérieur, seuls trois grains étaient écrasés. Un seul grain de raisin pouvait alimenter la fontaine en vin pendant tout un siècle. Et eux, qu'est-ce qu'ils ont fait ? Ils ont abattu les murs, détruit la fontaine, et ont même réduit en charpie la grappe de raisin. Ils n'ont aucun respect pour le vin, aucun respect pour les choses sacrées, aucun respect pour les sages et les savants. (Elle remua la louche en direction de sa nièce.) D'ailleurs, ils n'ont aucun respect pour les femmes.

★

Nadya Onissimovna n'avait pas d'idée précise sur le monde qui l'attendait à Istanbul. Mais elle éprouva tout de même une légère déception en arrivant à Bonbon Palace. L'immeuble où elle vivrait désormais n'était ni plus vieux ni plus délabré que ceux où elle avait habité jusqu'à présent. Au contraire, c'était *à peu près la même chose*. C'était bien ça, le problème, cette *répétition du même*. Partir dans le but de s'installer dans un endroit totalement nouveau, et là-bas, croiser le visage flétri de son ancienne vie, provoque à coup sûr une déception. De plus, il n'y avait pas, comme elle l'avait imaginé, de plage à proximité ni de travail attendant à bras ouverts une entomologiste étrangère. Mais les problèmes ne s'arrêtaient pas là. Sa principale source de souci, c'était Metin Çetin. Il lui avait menti de manière éhontée. Il n'avait même pas de travail correct. Il gagnait sa vie en effectuant, de façon intermittente, quelques doublages pour les chaînes de télévision. De temps en temps, il faisait des spectacles de Karagöz pour les fêtes de fiançailles ou de mariages, pour les cérémonies de circoncision et les anniversaires des riches, pour divertir famille et enfants. Il rangeait ses figurines de Karagöz empestant le cuir dans sa sacoche couleur ambre. De toute façon, Bonbon Palace s'était mis à sentir si mauvais ces derniers temps que les relents de cuir qui émanaient de cette sacoche étaient dérisoires à côté de l'odeur de poubelles qui envahissait l'immeuble.

En plus de ça, Son Épouse Nadya ne devait pas tarder à constater que sa grand-tante s'était lourdement trompée. Metin Çetin consommait de telles quantités de vin bon marché que même les grains de raisin magiques de Léon le Sage n'auraient pu suffire à combler ses besoins. Lorsqu'il avait bu, il s'emportait et sabotait son travail. Lorsqu'il doublait, il oubliait son texte ou se trompait de personnage ; lorsqu'il jouait Karagöz, il mettait des propos absurdes, argotiques et grossiers dans la bouche de ses marionnettes, et leur faisait faire n'importe quoi. Dans les mariages auxquels il se rendait pour présenter son spectacle de Karagöz, il sifflait tous les alcools qu'il trouvait, caché derrière son rideau de scène, et il finissait immanquablement par provoquer un esclandre. Une fois, il fut chassé avec pertes et fracas devant tous les invités pour avoir lancé, par le biais d'Hacivat, des allusions obscènes au marié, d'un naturel on ne peut plus timide. Comme les gens informés de ces scandales ne se risquaient pas à le refaire travailler, il était perpétuellement obligé de trouver d'autres pistes et de nouveaux contacts.

Malgré tout, Son Épouse Nadya ne repartit pas. Elle resta là, à Bonbon Palace. Elle ne savait pas elle-même comment elle avait si vite réussi à endosser le rôle de femme au foyer, un rôle qu'elle pensait d'abord exercer de manière temporaire en attendant de trouver un travail qui lui convienne. Un jour, elle resta en arrêt devant un faire-part de mariage qu'on leur avait envoyé. *Nous souhaitons vivement parmi nous la présence de Metin Çetin et de Son Épouse Nadya pour partager notre joie en ce jour.* Elle regarda le faire-part d'un regard vide. Ni Nadya Onissimovna, ni Nadya Çetin, pour la première fois, elle s'apercevait qu'elle était Son Épouse Nadya. Elle fut troublée par ce petit constat, mais n'entreprit pas le moindre changement dans sa vie. Les jours défilaient, aussi semblables les uns aux autres que s'ils avaient été dupliqués par une photocopieuse. Elle préparait les repas, faisait le ménage, regardait la télévision et de vieilles photographies, et lorsqu'elle s'ennuyait, elle se lançait dans la fabrication de ce que peu de ménagères savent faire : des lampes en pomme de terre qui fonctionnaient sans prise électrique. Le professeur Kandinsky et son projet sur « Les espèces en mutation » appartenaient désormais à une autre vie.

— Pourquoi suis-je incapable de me souvenir de mon passé ? Si seulement je pouvais savoir qui je suis. Pourquoi suis-je incapable de m'en souvenir, pourquoi ? gémit Loretta, en faisant tourner entre ses doigts la marguerite qu'elle avait retirée de ses cheveux.

— Tu regardes dans le mauvais tiroir, ma jolie. Regarde dans celui d'en dessous, celui d'en dessous ! cria Son Épouse Nadya, sans se rendre compte que, par mimétisme, elle faisait elle aussi tourner dans sa main la pomme de terre dont elle s'apprêtait à faire une nouvelle lampe.

Soudain, elle entendit un cliquetis du côté de la porte d'entrée. Il arrivait. Il revenait tôt aujourd'hui. Il venait probablement manger quelque chose et se reposer un moment avant de prendre sa sacoche qui empestait le cuir et de repartir en début de soirée. On ne savait jamais à quelle heure il rentrait ou sortait. Mais quelle que soit l'heure à laquelle il arrivait, jamais il ne sonnait ; il ouvrait d'un seul coup la porte et pénétrait sans prévenir à l'intérieur. Pendant que la clef tournait dans la serrure, Son Épouse Nadya s'empara vivement de la télécommande et attendit le dernier moment pour changer de chaîne. Lorsque Metin Çetin parut sur le seuil de l'entrée, un programme culinaire avait remplacé Loretta. Une femme au front large, joufflue et moustachue goûtait le gratin d'épinards qu'elle venait de sortir du four.

NUMÉRO 1 :
MUSA, MERYEM, MUHAMMET

En attendant le retour de Muhammet, l'oreille tendue vers la porte, Meryem enserra son gros ventre de ses bras potelés et poussa un profond soupir. Aujourd'hui encore, elle avait réussi à envoyer son fils à l'école. Mais qui savait dans quel état il reviendrait ? Au tout début, à peine rentré à la maison, Muhammet racontait par le menu tout ce qui s'était passé à l'école dans la journée, le bon comme le mauvais. Mais avec le temps, il s'était enfermé dans un mutisme obstiné. Tout ce que son fils taisait, Meryem en lisait le récit dans ses regards apeurés, dans sa blouse aux coutures déchirées et aux boutons arrachés, ainsi que dans l'auréole violacée des hématomes qui apparaissaient de-ci, de-là, sur ses bras, sa mâchoire, ses tempes ou autour de ses yeux. Et plus elle en apprenait, plus elle était au supplice. Elle ne supportait pas que quelqu'un, enfant ou adulte, lève la main sur son fils ; son propre père ne lui avait jamais donné la moindre claque. Meryem, et Meryem seule, lui flanquait parfois quelques gifles en prenant Dieu à témoin, ou le pinçait jusqu'au sang de temps à autre. Mais c'était complètement différent. D'ailleurs, depuis qu'elle avait compris que les autres maltraitaient son fils, elle n'avait plus la main aussi leste.

L'idée que son enfant serve de bouc émissaire aux rejetons des autres la rendait folle. Au début, elle avait cru à de simples chamailleries entre gamins, mais bien que des semaines, voire des mois se soient écoulés depuis la rentrée, ce calvaire n'avait toujours pas pris fin. Ce qui faisait sortir Meryem de ses gonds était moins le fait que son fils se fasse rudoyer par les enfants de son âge que le constat qu'il commençait à s'y résigner.

Elle avait du mal à comprendre pourquoi Muhammet se faisait continuellement malmener par ses camarades. Ce n'était pas parce qu'il était fils de concierge : après avoir sondé un parent qui habitait dans les environs et exerçait le même métier, elle avait compris que ses enfants n'étaient nullement confrontés à de tels déboires et se rendaient en toute quiétude à l'école. Quoi d'autre, alors ? Muhammet n'était ni plus gros, ni plus laid, ni plus bête que les autres. Pourquoi n'arrivait-il pas à tenir tête à ceux qui lui cherchaient noise ? Elle regarda d'un œil désespéré son gros ventre. Elle savait pertinemment que la réponse qu'elle cherchait était sous ses yeux : c'était à cause de Musa. Les chats ne font pas des chiens, comme on dit. Muhammet était bien le fils de son père ; du genre à se laisser manger la laine sur le dos. Muhammet n'avait pas hérité d'une once de l'imposante carrure de sa mère : c'était un marmot fluet et gringalet. Depuis des années, elle le forçait à ingurgiter près de cinq repas par jour, et, en dépit de ses protestations, à manger un œuf à la coque chaque matin, mais cela n'avait pas changé grand-chose : de même qu'il n'avait pas vraiment grossi, il avait si peu grandi qu'il faisait bien deux ans de moins que son âge. Muhammet avait, certes, toujours été d'un petit gabarit, mais alors qu'il paraissait plus grand qu'il ne l'était dans les limites du foyer, depuis qu'il avait commencé l'école, à force de se heurter au mur que dressaient les regards moqueurs de ses camarades, il avait terriblement rapetissé. Quand il endossait sa blouse d'écolier – qu'on avait fait couper deux tailles au-dessus en prévision d'une croissance, qui, en fait, tardait à être au rendez-vous – et son cartable plus large que ses épaules, il paraissait tellement rase-mottes que tous ceux qui le voyaient s'en prenaient à Meryem et lui demandaient pourquoi elle et son mari étaient si pressés de l'envoyer à l'école. Lorsqu'il se retrouvait à côté de ses camarades, la situation ne faisait qu'empirer, et son côté moucheron devenait aussi criant que s'il avait été placé sous une loupe. Il était le plus petit de la classe, et naturellement, le plus petit de toute l'école. Si le problème s'était arrêté là, Meryem n'en aurait probablement pas fait une montagne ; elle aurait ravalé en silence son regret de n'avoir pas eu un fils taillé comme une armoire, fort comme un gorille, majestueux comme un caïque de sultan ; un brise-fer capable de faire jaillir l'eau des pierres et de susciter d'un seul regard crainte et tremblement, mais néanmoins pourvu d'un cœur si doux que, plus tard, il emmènerait sa vieille mère se promener en lui tenant le bras. Mais non content de prouver, de par son physique, qu'il était davantage le fils de son père que de sa mère, ces derniers temps, Muhammet avait également acquis de tout nouveaux traits de caractère semblables à ceux de Musa. De sa naissance à son entrée à l'école, bien qu'il n'ait jamais quitté sa mère un seul instant et que, en guise de père, il n'ait rien connu d'autre qu'un homme qui dormait tout le temps et de plus en plus au fil des jours, dès qu'il sortit du giron maternel, Muhammet trouva le moyen de tirer du côté de son père, comme s'il n'y avait eu personne d'autre à qui s'identifier dans la communauté. Et si Meryem se rongeait autant les sangs, c'était principalement à cause de cela. En effet, elle était fermement convaincue que si Musa avait pu trouver un toit et un gagne-pain dans cette ville gigantesque, c'était grâce à elle. Et c'est précisément parce que Musa avait été incapable de faire autrement que de s'en remettre à sa femme qu'il avait pu se maintenir à flot. Mais si Muhammet n'avait pas autant de chance ? Si la vie ne plaçait pas d'autre Meryem sur sa route ? Il lui serait impossible de tenir dans cette ville. Istanbul lui infligerait une claque bien plus cinglante que celles qu'il se prenait aujourd'hui par ses petits camarades.

Perdue dans ses pensées, Meryem se mit à grincer des dents. Elle le faisait rarement à présent, uniquement quand elle était angoissée ou ne savait plus où elle en était. Mais lorsqu'elle n'était qu'une petite fille, la nuit, elle grinçait si fort des dents qu'elle empêchait toute la maisonnée de dormir. À cette époque, son arrière-grand-mère maternelle était encore en vie. Elle était si vieille que son corps décharné s'était complètement épuré de cette maladie qu'on nomme l'inquiétude et du fléau de l'empressement. Un jour, la brave femme avait pris Meryem à part et lui avait expliqué qu'elle ne cesserait de grincer des dents que lorsqu'elle aurait appris la patience ; sinon, elle ne serait d'aucune utilité pour personne, et de même qu'aujourd'hui elle troublait le sommeil de tout le monde, demain, tout le monde troublerait son repos. La première étape dans l'apprentissage de cette vertu était de parvenir à remplir un *sac de patience*. Pour cela, il fallait d'abord se procurer un sac vide, puis l'attacher comme un drapeau à un poteau ou un bâton, et le placer quelque part en hauteur. Meryem, qui devait alors avoir l'âge de Muhammet, avait écouté ce qu'on lui disait avec une grande attention, et, grimpant sans perdre un instant sur le toit du dépôt de charbon de leur jardin, avait pendu un sac vide au manche à balai qu'elle eut toutes les peines du monde à faire tenir droit. Le vent finirait certainement par déposer quelque chose à l'intérieur du sac ; et ainsi, tout doucement, le sac se remplirait. La seule chose que Meryem avait à faire était justement d'attendre sans rien faire, et en attendant, de ne pas perdre de vue ce qu'elle attendait. On appelait cela « patienter ».

Mais dans son enfance, tout comme aujourd'hui, Meryem était d'un tempérament vif et emporté. Dès qu'elle s'était fourré quelque chose en tête, elle mettait tout en œuvre pour parvenir au plus vite à un résultat. Peu importe ce qu'elle devait s'imposer pour y arriver, mais il fallait absolument qu'elle fasse *quelque chose*. Et dans l'affaire du sac à remplir de patience, elle n'avait pas agi autrement. Chaque matin, sa première tâche était d'aller vérifier où en était le sac de patience, et chaque fois, elle redescendait en fureur de l'échelle. Cette inaction forcée lui était tellement insupportable que la nuit entière, dans son sommeil, elle remplissait des sacs et des sacs de terre. Dès lors, comme elle grinçait encore plus des dents qu'auparavant, elle fut la seule à jouir du temps qui porte le doux nom de nuit, mais qui se transforma en cauchemar pour toute la maisonnée. Son arrière-grand-mère était contrite de remords, sa grand-mère totalement abasourdie, et sa mère en furie. Toutes trois parlaient constamment d'un prophète du nom d'Eyüp[1].

Un jour, n'y tenant plus, Meryem s'était mise à hurler :

— C'est bien gentil d'attendre, mais jusqu'à quand ?

— Jusqu'à ce que le sac soit plein, avait répondu son arrière-grand-mère.

---

1. Eyüp : Job.

— Jusqu'à ce que ce soit prêt, avait dit sa grand-mère.

— Il faut savoir attendre jusqu'à ce que les sacs soient pleins et que les gens soient prêts, avait conclu sa mère...

Attendre sans savoir jusqu'à quand... Meryem ne comprit pas grand-chose à ce conseil, et le peu qu'elle en saisit n'était pas à son goût. En son for intérieur, elle décida de ne croire qu'à ce qu'elle pouvait voir. Entre-temps, à bout de nerfs à cause de cette histoire de sac qui ne menait à rien et harassé par les quatre générations de femmes de la maison, son père fut pris d'un accès de colère et brisa l'échelle ; ce qui n'encouragea guère Meryem à faire preuve de plus de docilité envers les grands, ni de résignation envers les circonstances. Elle ne résista pas plus de deux semaines à l'envie de monter vérifier si le sac était plein. Deux semaines plus tard, profitant du fait qu'elle était seule à la maison, elle transporta la table de cuisine dans le jardin, y installa une chaise, puis, réussissant par miracle à ne rien se casser, elle sauta sur le toit du dépôt de charbon et passa la tête à l'intérieur du sac. C'est alors qu'elle découvrit le résultat de sa patience : des feuilles mortes, des ronces, des débris de branches et deux cadavres de papillons... C'était cela la récompense des gens patients. Une poignée de brindilles, ou les plaies suppurantes d'Eyüp.

C'en était trop. À partir de ce jour-là, elle avait renoncé à inspecter le sac et fini par ne plus y penser. Attendre gentiment sans savoir jusqu'à quand était aux antipodes de son caractère. Très peu pour elle. D'ailleurs, si elle n'avait pas été ainsi faite, elle n'aurait pas épousé Musa mais attendu qu'Isa, le préféré de ses prétendants, revienne d'Istanbul. Pourtant, au lieu d'attendre son retour, elle avait décidé d'aller voir elle-même Istanbul, et pour cela, elle s'était mariée avec Musa et l'avait persuadé de partir avec elle. Mais une fois sur place, les choses furent loin de se dérouler comme elle l'avait espéré. Quand elle comprit que Musa serait incapable de s'en sortir dans cette ville, Meryem s'était souvenue du sac de patience de son arrière-grand-mère, après toutes ces années. Cependant, elle n'allait pas attendre que le vent se lève, que le sac se remplisse, que Musa mûrisse, que la chance lui sourie et que la vie lui dépose dans les mains un ou deux cadavres de papillons et quelques brindilles... Non, elle ne compterait sur l'aide de personne et conduirait elle-même son destin. C'est ainsi que Musa et Meryem s'étaient transformés en deux courants contraires, comme les eaux du Bosphore. Le caractère industrieux, entreprenant et résolu de sa femme eut un effet réfrigérant sur Musa, qui devint de plus en plus timoré, paresseux et pessimiste. De plus, l'antinomie de leurs états d'esprit s'était reflétée dans leur apparence. Tandis que Meryem, déjà grande et fortement charpentée, grossissait chaque jour un peu plus, Musa s'était mis à rétrécir comme un pull tricoté à la main, lavé en machine et au mauvais programme.

Meryem n'espérait rien de son mari. Elle s'occupait elle-même de ses affaires, et ce qui incombait à Musa, elle s'était depuis longtemps déjà habituée à en assumer la charge. Tous les soirs, une demi-heure avant le passage des éboueurs, elle ramassait les sacs-poubelle devant la porte des appartements, et le matin faisait la distribution des journaux et du pain. Elle liquidait les obligations matinales de bonne heure afin d'avoir suffisamment de temps pour batailler avec Muhammet et lire le marc de café. Elle ne commençait jamais à travailler avant d'avoir bu son café, mais une fois qu'elle s'y mettait, on ne pouvait plus l'arrêter. Elle faisait le ménage dans cinq appartements de Bonbon Palace. Bien qu'elle entamât son cinquième mois de grossesse, elle n'avait nullement réduit le volume de ses activités. Elle circulait juste un peu plus lentement dans les escaliers. Son énergie était à l'image de ses kilos. Elle avait beau se démener, jamais elle ne diminuait. Et son endurance était égale à son énergie. Tel un moteur perpétuel, elle entraînait toute seule le mouvement de la roue, sans besoin de coup de main extérieur.

Parfois, il lui arrivait de penser qu'elle s'en sortirait beaucoup mieux sans Musa. Naturellement, si elle apprenait à l'instant qu'il était mort renversé par une voiture, elle s'effondrerait de chagrin, mais sa vie ne partirait pas en fumée ; à vrai dire, cela ne provoquerait pas de grand chamboulement. En revanche, si c'était elle qui était fauchée dans un accident, Musa volerait en éclats et ne pourrait s'en remettre, comme si c'était non pas le corps de sa femme, mais sa propre existence et l'axe qui le maintenait en vie qui auraient été frappés de plein fouet. Meryem savait bien qu'il était néfaste de penser à des choses pareilles dans son état, mais elle ne pouvait s'en empêcher. Plus sa grossesse avançait, moins elle parvenait à contrôler les idées noires qui se bousculaient et défilaient dans sa tête. Elle était assaillie par une foule de craintes plus ou moins justifiées ; la nuit, elle faisait cauchemar sur cauchemar, elle se réveillait avec des palpitations et redoutait qu'un malheur ne s'abatte à tout instant. Alors qu'elle n'avait pu attendre que le sac de patience se remplisse, elle n'allait sûrement pas guetter passivement l'arrivée des coups du sort. Elle prenait donc ses précautions avant son accouchement. Si les chercheurs qui mènent des études ethnologiques sur les coutumes et les croyances liées à la naissance en Turquie avaient croisé Meryem au lieu de passer de région en région, de département en département et de village en village, ils auraient abouti aux mêmes conclusions et rédigé les mêmes ouvrages, mais de façon nettement plus économique.

L'ensemble des mesures préventives de Meryem concernant la naissance se divisaient en trois catégories. Un : ne jamais faire les choses à ne pas faire. Deux : être vigilante pour les choses qui réclamaient de l'attention. Trois : faire les choses qu'il était judicieux de faire.

Les « choses à ne pas faire » ne se discutaient pas et n'avaient nullement besoin de justification. La nuit, de même qu'il ne fallait jamais se couper les ongles, il ne fallait pas non plus interpréter les rêves, par exemple. La raison humaine, déjà incapable de percer les mystères des rêves et de voir au-delà des apparences en pleine journée, se retrouvait totalement aveugle la nuit tombée. Meryem ramassait systématiquement les ongles qu'elle se coupait dans la journée, et afin d'être certaine que personne ne mettrait la main dessus, elle les jetait dans les toilettes et tirait plusieurs fois la chasse d'eau. Elle récupérait soigneusement les cheveux accrochés à sa brosse, et après les avoir emballés dans un papier, elle les brûlait dans la baignoire. Si jamais, en dehors de chez elle, elle apercevait un de ses cheveux tombé quelque part, elle le récupérait immédiatement. Elle était particulièrement pointilleuse sur cette question, parce qu'elle croyait que les ongles et les cheveux étaient les deux seuls éléments du corps humain à continuer à vivre après la mort de la personne à laquelle ils appartenaient. La liste des choses à ne pas faire était longue : ne jamais prendre un couteau de la main de quelqu'un, laisser une paire de ciseaux ouverte, prononcer le nom d'une personne en vie quand on passait près d'un cimetière, mentionner des noms d'animaux dans la pièce où se trouvait le Coran, tuer les araignées, et la nuit, quand on se levait pour aller aux toilettes, ne pas chantonner, et, si possible, ne pas du tout ouvrir la bouche... Et dans cette liste, les naissances avaient une importance particulière. Il fallait protéger les femmes pendant leur grossesse et leur accouchement ; il fallait impérativement enterrer le placenta. Si Meryem n'avait pu convaincre le jeune médecin à lunettes, aussi impavide qu'un poisson froid, d'aller enterrer le placenta dans le jardin de l'hôpital où elle avait accouché de Muhammet, c'est grâce à une infirmière distraite qu'elle avait réussi à envoyer son mari s'acquitter de cette tâche. La circonspection dont elle faisait preuve envers les naissances valait aussi pour les décès. Lorsqu'elle se rendait au chevet d'une personne à l'agonie, elle s'adressait au malade en l'appelant par des tas de noms différents, pour semer la confusion dans l'esprit d'Azraël. Si, malgré cette précaution, l'ange de la mort ne se laissait pas mystifier et emportait le malade, elle insistait pour qu'on donne tous ses vêtements à un brocanteur qui ne le connaissait pas ; si jamais celui qui se présentait prononçait deux ou trois mots laissant entendre qu'il avait pu connaître le défunt, elle reprenait tous les vêtements pour les céder à un autre brocanteur.

L'« anonymat » était un principe essentiel de la profession. Les gens devaient parfaitement ignorer d'où provenaient les vêtements sur la carriole d'un brocanteur, et ne même pas être effleurés par la pensée qu'ils avaient pu appartenir à quelqu'un. Le devoir du camelot était de transporter des vêtements qu'il connaissait pour les acheminer vers des gens qu'il ne connaissait pas. Finalement, ceux qui se débarrassaient de ces vêtements avaient besoin d'oublier le passé qui s'y rattachait, et ceux qui les achetaient de ne jamais l'apprendre. C'est pour cela que les brocanteurs jetaient un pont entre eux ; ils permettaient à un objet de se purifier de tous les souvenirs et de toutes les tristes fins dont il était imprégné, et, après avoir retrouvé sa banalité, de connaître une nouvelle vie. Il fallait qu'il en soit ainsi. Il le fallait pour que le neuf puisse naître du passé, et la vie de la mort. Si l'on avait demandé à Meryem quels étaient les métiers les plus sacrés au monde, elle aurait certainement répondu brocanteur, avant médecin ou professeur. Naturellement, elle ne souhaitait nullement voir Muhammet embrasser cette profession. Mais elle nourrissait une sympathie mâtinée de reconnaissance pour ces gens, qui chargeaient sur leur charrette à bras et emportaient au loin les vestiges d'un foyer désagrégé, d'un vieux *konak*[1] abandonné aux quatre vents, d'un ami parti en exil, ou qui rapportaient de loin les affaires des autres, et peu à peu, sans s'en rendre compte, mêlaient ce qu'il restait des soixante-douze nations des sept collines d'Istanbul.

Les « choses qui réclamaient de l'attention » étaient, dans la mesure du possible, à éviter, mais au cas où l'on ne pouvait faire autrement que de s'y confronter, il était impératif de prendre des précautions. Par exemple, il ne fallait pas coudre un vêtement sur quelqu'un, mais si l'on était obligé de le faire, on devait immédiatement se prémunir en recourant à tout ce qui pouvait contrecarrer l'aspect néfaste de la pointe de l'aiguille. Chaque fois que Meryem devait faufiler un vêtement sur quelqu'un, elle mettait une cuiller en bois dans sa bouche, ou à défaut de cuiller, un morceau de tissu. Si, par accident, elle faisait tomber un miroir, elle courait en acheter un neuf et le brisait aussitôt, histoire de soigner le mal par le mal. De

1. *Konak* : ancienne demeure ottomane, souvent en bois.

toute façon, comme elle croyait que se mirer trop fréquemment portait malheur, et que l'unique miroir de la maison était tourné face contre le mur, elle n'avait que peu de contact avec ces portes mystérieuses qui ouvraient sur l'inconnu. Au sujet des portes, justement, elle faisait montre de beaucoup de précaution. Elle avait encore plus peur des seuils qu'elle n'était effrayée par les cimetières. Lorsqu'elle passait une porte, elle ne posait jamais le pied sur le seuil et veillait à ne surtout pas l'effleurer ; elle lançait le plus loin qu'elle pouvait la jambe en avant, et entrait toujours du pied droit. D'ailleurs, pour ce qui était de respecter la distinction entre le côté droit et le côté gauche, elle était extrêmement pointilleuse. Lorsqu'elle s'asseyait à table, elle coupait un morceau du pain et le posait à sa droite. Cette bouchée de pain était destinée à rassasier les yeux de ceux qui lorgnaient leur table. Les tâches les plus sales, elle les faisait de la main gauche, se retournait toujours du côté droit quand on l'interpellait dans la rue, étendait son linge de la droite vers la gauche comme si elle écrivait avec l'ancien alphabet arabe, et à son réveil, elle sortait systématiquement du lit par le côté droit. D'après cette division, c'était bien sûr à Musa de se lever à gauche mais il n'avait cure de ce genre de choses, l'essentiel pour lui étant de ne pas être dérangé dans son sommeil.

Toute la journée, Meryem était à l'affût des signes et déchiffrait les indices. Si son œil droit clignait, c'était bon signe, mais si c'était l'œil gauche, elle en concevait immédiatement des soupçons. Quand son oreille droite se mettait à siffler, elle en déduisait qu'elle recevrait une bonne nouvelle, mais quand c'était l'oreille gauche, elle était tout de suite en proie à l'inquiétude. Une démangeaison sous la plante des pieds voulait dire qu'on allait prendre la route, une démangeaison dans le creux de la main signifiait une rentrée d'argent, une démangeaison dans le cou annonçait un passage difficile, et quand on avait subitement la chair de poule, cela indiquait qu'on avait été frôlé par le souffle des djinns.

Il y avait aussi les feuilles de thé… Si une feuille de thé se retrouvait dans son verre alors qu'elle aurait dû être retenue par le filtre, Meryem pensait qu'elle recevrait une visite inattendue dans la journée. D'après la forme de la feuille, elle essayait de deviner qui pourrait être ce visiteur, et d'après la couleur, dans quelle intention il viendrait. Le hurlement d'un chien après minuit était pour elle annonciateur d'un décès dans une maison voisine. Mais depuis que cet étudiant en médecine, à l'air ahuri et sec comme un hareng saur, s'était installé avec son cerbère dans l'appartement d'en dessous, elle n'avait plus d'avis aussi tranché sur la question.

Même si elle n'avait pas la tête à cela, elle lisait dans le marc de café pour s'informer des malheurs qui pourraient arriver. Le café du matin, c'était pour la divination, et celui du soir, pour la griserie. C'était devenu une habitude. Le soir, avec son café, dans un verre pas plus grand qu'un dé à coudre, elle sifflait coup sur coup trois petits verres de liqueur de banane. C'était la maîtresse du numéro 8 qui lui avait fait prendre goût à la liqueur quelques mois plus tôt. Chez elle, à côté des bouteilles d'huile d'olive de toutes les tailles, s'alignaient plusieurs variétés de liqueurs. Elle les avait toutes fait déguster à Meryem. La liqueur de framboise n'était pas mal, celle de menthe laissait une agréable fraîcheur dans la bouche, mais pour Meryem, aucune n'égalait la liqueur de banane. Cependant, c'était la première fois de sa vie qu'elle buvait de l'alcool et cela pouvait être nocif pour son bébé. La maîtresse, pensant que

Meryem s'était rembrunie parce qu'elle craignait de commettre un péché, avait dit en riant :

— Qui a dit que la liqueur était de l'alcool ?

Meryem avait été rassérénée par cette explication : la liqueur n'était pas de l'alcool.

— Emporte les bouteilles de liqueur de banane, puisque tu l'aimes tant, avait dit la maîtresse.

De toute façon, son type lui en apportait toujours de nouvelles. Meryem l'avait vu à plusieurs reprises. Il aurait pu être son père, et en plus, il était marié. Elle n'avait pas fait de commentaire. Elle ne se mêlait pas de ce genre d'affaires.

Il y avait pourtant certaines choses auxquelles elle ne pouvait échapper, malgré ses efforts pour s'en tenir loin. Le mauvais œil, par exemple. Le mauvais œil était une sorte d'écho. De même qu'on ne comprend pas d'où ni de qui émane la voix qui produit un écho dans une grande vallée, on ne pouvait remonter jusqu'à la source du mauvais œil. Et l'idée que l'assaut pouvait venir de n'importe quel côté et d'une multitude d'assaillants l'avait amenée à placer aux quatre coins de sa maison tout un arsenal de mesures de rétorsion. Sur les murs, elle avait suspendu des verroteries ornées d'un œil bleu contre les maléfices, des prières de protection, des fers à cheval, des gris-gris végétaux ; sous les oreillers, derrière les portes et surtout dans les poches de Muhammet, elle avait aspergé de l'eau sacrée de La Mecque, disséminé de petits morceaux de sel, parsemé des grains de cumin noir consacrés ; un peu partout, elle avait mis des carapaces de tortue, des pinces de crabe, des marrons d'Inde ; sur elle et en divers recoins de la maison se trouvaient toujours des amulettes pleines d'inscriptions magiques, gravées sur des amandes, des dattes, sur toutes sortes de papiers, des plaques de cuivre ou des morceaux de cuir. Musa comme Muhammet s'étaient accoutumés à vivre au milieu de cette profusion d'objets, qui s'enrichissaient toujours de nouveaux apports et changeaient régulièrement de place. Pourtant, aucune de ces mesures préventives ne parvint à apaiser la peur du mauvais œil chez Meryem. Parfois, à différents moments de la journée, quand elle sentait soudain une angoisse lui peser sur la poitrine, elle allait immédiatement briser une assiette dans le lavabo. Si le verre dans lequel elle versait du thé se fendait, elle criait au maléfice et courait faire chauffer du sel dans une poêle. Lorsqu'elle croisait quelqu'un dont le regard ne lui revenait pas ou provoquait en elle de l'anxiété, elle couvrait discrètement le visage de Muhammet de ses mains pendant une ou deux secondes ; si, à cet instant, il n'était pas près d'elle, elle fermait les yeux en pensant à lui. Elle était terrifiée à l'idée que son fils puisse être frappé par le mauvais œil. Dès son plus jeune âge, Muhammet s'était promené avec des amulettes dans ses langes et des graines de nigelle dans les poches ; sa vie était rythmée par les petits papiers noircis de pattes de mouche qu'il trouvait chaque matin au réveil sous son oreiller, et tous les dix jours, les rituels d'incantations où il devait se glisser sous une nappe tendue par quatre femmes, qui y faisaient couler du plomb fondu. Il consentait à tout, pourvu qu'on ne le force pas à manger des œufs.

Entre six mois et six ans, Muhammet avait dû ingurgiter un œuf à la coque chaque matin, et le pire était que ces coquilles, qu'il devait vider jusqu'au bout à la petite cuiller, étaient autant de cahiers de doléances. Après avoir soigneusement raclé tout l'intérieur, il tendait son œuf à sa mère, qui se dressait au-dessus de sa tête. Elle prenait alors un crayon à papier et écrivait sur la coquille tous ses motifs de plainte de la veille : « *Hier, Muhammet a menti à sa mère, mais il ne le fera plus* », « *Hier, Muhammet n'a pas voulu manger son œuf, mais il ne le fera plus* », « *Hier, Muhammet a insulté sa tante, mais il ne le fera jamais plus* ». Ces coquilles d'œuf – où s'inscrivaient toutes sortes de phrases, qui commençaient toujours de la même manière et s'achevaient toujours par les mêmes formules de contrition – étaient jetées aux oiseaux, pour qu'ils les emportent auprès des deux anges qui tenaient les registres célestes des bonnes actions et des péchés commis sur terre. Jusqu'à son entrée à l'école primaire, chaque matin avant le petit-déjeuner, Muhammet s'approchait doucement des fenêtres pour tenter de repérer ses délateurs ailés. Mais chaque fois, les seules espèces d'oiseaux qu'il découvrait dans les parages étaient ces babillards de moineaux perchés sur les branches du mûrier, ou ces vilains corbeaux qui sautillaient sur les trottoirs et ne craignaient personne. Il y avait aussi le canari jaune enfermé dans sa cage, à la fenêtre de l'appartement numéro 4, mais celui-là ne volait pas, il ne savait même pas battre des ailes.

Les soupçons de Muhammet se portaient sur les mouettes. Il les observait pendant qu'elles déchiquetaient les sacs d'ordures amoncelés près du muret du jardin. Traçant des cercles dans le souffle humide du *lodos*, elles descendaient vers les immondices qui faisaient leurs délices, et dès qu'elles s'en étaient emparées, elles s'élevaient dans le ciel en poussant des cris de satisfaction. La nuit, elles se rassemblaient sur les toits et observaient les péchés commis dans les immeubles. Et, contrairement à son père, jamais les mouettes ne dormaient.

NUMÉRO 2 :
SIDAR ET GABA

Quand il ouvrit la porte, il avait la mine totalement défaite. L'examen d'anatomie s'était mal passé, mais, pour l'heure, ce qui le mettait à la torture, c'était d'y être allé en sachant pertinemment qu'il allait le rater. Ce matin, en voyant que l'alarme du réveil n'avait, une fois de plus, pas fonctionné, il aurait mieux fait de replonger la tête dans l'oreiller et de continuer à dormir au lieu de partir en quatrième vitesse, et, surtout, de claquer autant d'argent en taxi. Il regrettait encore plus, après l'examen, d'avoir rejoint ses camarades, qui s'étaient regroupés comme des pigeons autour de grains de blé pour savoir ce que les uns et les autres avaient répondu aux questions, et qui se répandaient en critiques contre le professeur d'anatomie et le système universitaire en général. De surcroît, une fois parmi eux, il n'avait plus réussi à s'échapper ; il avait passé toute la journée à traîner dans les cafés et à s'égosiller. Maintenant, il s'en voulait terriblement d'avoir gaspillé son énergie à cela. Car l'énergie, pour Sidar, était quelque chose d'aussi limité qu'une dose de collyre. Il n'en dépensait que deux gouttes par jour. L'une pour ouvrir les yeux le matin, et l'autre pour s'endormir.

Plongé dans ses pensées, il referma la porte derrière lui et se retrouva dans le noir. En partant précipitamment ce matin, il avait dû oublier d'ouvrir les rideaux. De toute façon, même s'il les avait tirés, cela n'aurait pas fait grande différence. Les très petites fenêtres qui affleuraient au niveau du jardin ne laissaient passer que peu de lumière dans ce logement en sous-sol, étriqué et bas de plafond. Sidar se dirigea à tâtons vers l'interrupteur, en maugréant contre l'illustre imbécile qui avait eu l'idée de le placer à deux mètres de la porte d'entrée. À cet instant, une énorme silhouette apparut derrière lui. L'ombre s'approcha, se dressa en émettant un son proche d'un ronflement et s'abattit sur lui de tout son poids. Déséquilibré, Sidar chancela vers l'avant et se cogna bruyamment la tête contre le gros tuyau qui passait au beau milieu du salon. Lorsque, légèrement sonné et tremblant d'énervement, il trouva enfin l'interrupteur, Sidar se retourna vers Gaba et lui lança un regard furibond. Mais ce dernier avait obtenu ce qu'il voulait ; il s'était emparé de la moitié de *simit* dans la poche de son maître et le mâchait, l'air satisfait.

Sidar s'allongea sur le canapé en se frottant la tête. Le tuyau d'un jaune sale, couvert de toiles d'araignées tremblotantes, qui traversait le salon – servant à la fois de chambre, de cuisine et de bureau – était pile à hauteur de ses oreilles. Sidar s'y cognait sans arrêt la tête, et presque toujours au même endroit. Ce matin encore, alors qu'il se dépêchait de sortir, le même incident s'était produit. À ce rythme-là, il finirait par avoir une jolie bosse. Mais dès qu'il fut allongé sur le canapé, sa colère se dissipa. Il adorait être chez lui. Ici, il pouvait se tenir loin du chaos qui déchiquetait chaque recoin d'Istanbul, demeurer parfaitement serein au milieu de l'agitation effrénée, et, comme Gaba lorsqu'il était repu, impassible, d'une suprême indifférence face au monde extérieur.

C'est surtout en fin d'après-midi que la quiétude insulaire de l'appartement numéro 2 atteignait la force de l'évidence. À cette heure de la journée, un tumulte insupportable ne faisait qu'une seule bouchée de Bonbon Palace. Les klaxons déchaînés des voitures coincées dans les bouchons se mêlaient au brouhaha des piétons, les criailleries des gamins jouant dans le square aux cris des marchands ambulants... Tandis que tout le quartier se transformait en un champ de foire, le bruit, comme un gaz toxique, s'infiltrait par les fenêtres, les interstices des portes et les lézardes des murs à l'intérieur des appartements qu'il investissait un à un – sauf l'appartement numéro 2. Ce n'étaient pas seulement les clameurs, mais également les vagues de chaleur qui ne pouvaient y pénétrer. Comme cet appartement ne voyait pratiquement jamais le soleil, il y faisait aussi frais que dans une cave, alors que, tout l'été, Bonbon Palace grillait à petit feu. Et c'était encore là qu'on sentait le moins cette odeur de poubelles qui provoquait les foudres des locataires.

En réalité, lors de la construction de Bonbon Palace, l'appartement numéro 2 n'avait pas été conçu pour être un logement mais un dépôt, et on s'en était servi comme tel pendant des années. Seulement, après le décès du vieil homme qui occupait le numéro 10, quand la gestion de l'immeuble passa aux mains de sa fille, qui prétendait tout régler de loin, le débarras du sous-sol ne fut pas épargné par les problèmes de tous ordres qui surgissaient les uns à la suite des autres. Dans la pagaille régnante, tous les voisins se mirent à entasser dans ce recoin exigu les effets personnels dont ils n'avaient plus l'usage ; il en résulta de si monstrueuses bagarres que, une longue période durant, plus personne ne put utiliser ce débarras. Finalement, sur une instruction venue de France, ce réduit en sous-sol, bas de plafond et pourvu d'une seule ouverture, fut mis en location comme habitation, à un prix deux fois moindre que les autres appartements. Depuis, il avait abrité une pléthore de gens, tous très différents, mais qui avaient pour point commun d'être fauchés et célibataires. Parmi eux s'étaient succédé, dans l'ordre suivant : un présentateur de journal sur une radio locale qui se nourrissait exclusivement de *döner* au poulet ; un comptable traînant son dépit de s'être fait souffler par son meilleur ami l'argent de son compte en banque et la femme avec laquelle il était marié depuis huit ans ; un déserteur qui écoutait des sermons et de la musique religieuse en mettant la télé à fond pendant le ramadan ; un type nébuleux dont personne n'avait compris ce qu'il faisait dans la vie, ni osé s'en enquérir ; et un artiste un peu loufoque, qui utilisait ce lieu comme atelier et dessinait les genoux, les jambes et les chaussures qu'il voyait par la fenêtre. De tous les locataires que l'appartement numéro 2 avait vus défiler jusque-là, le Prophète des Chats, qui emménagea à la suite du peintre, fut sans conteste celui qui laissa le plus de traces et d'odeurs.

Après le Prophète des Chats, Sidar était arrivé avec son saint-bernard. Mais contrairement aux locataires précédents, il n'avait presque rien, si bien que l'appartement numéro 2, habitué à être rempli à ras bord depuis l'époque où il servait de remise jusqu'à son dernier occupant, connaissait à présent la phase la plus vide de son existence.

Gaba était un chien un peu étrange, très différent de ses congénères capables de parcourir des kilomètres en bravant la faim et la soif pour retrouver le chemin de leur maison, d'avertir leur maître des dangers qu'ils avaient pressentis, de découvrir des caches de drogue, de sauver les gens restés sous les décombres, d'être le plus fidèle ami des enfants, des aveugles et de ceux qui avaient besoin d'aide. S'il existait bien une chose au monde que Gaba ne pouvait endurer, c'était la faim. Sa voracité, comme son estomac, ne connaissait aucune limite, et s'il devait rester à jeun non pas une journée, mais ne serait-ce qu'une heure, il se mettait à ravager tout ce qui tombait sous ses crocs : le livre d'anatomie, la chaise en bois, le seau en plastique... Pour un peu de nourriture, il était prêt à toutes les cabrioles et à tous les numéros. Une fois qu'il avait obtenu ce qu'il voulait et réussi à remplir un tant soit peu le puits sans fond de son estomac, il ne restait plus une trace du zèle démonstratif qu'il venait de déployer l'instant d'avant ; il allait s'enrouler dans un coin, et s'y tenait immobile comme un ours en peluche. Impossible alors de le déloger de sa place. Sans doute parce qu'il économisait jusqu'au dernier dixième l'enthousiasme et les efforts qu'il dépensait pour la nourriture sur les autres domaines de la vie, il n'aimait ni se promener, ni s'amuser. Même si on lui fourrait sous le nez un de ces jouets colorés et couinants pour chiens, dès l'instant où il comprenait qu'il n'y avait pas de nourriture à la clef, rien ni aucun jeu ne suscitait son intérêt. À un moment, Sidar s'était même demandé si son chien ne devenait pas sourd en vieillissant, mais voyant qu'il n'avait aucune difficulté à percevoir des sons aussi fondamentaux que le crépitement des croquettes vidées dans sa gamelle, le crissement métallique du couvercle d'une boîte de conserve, ou le pas de Meryem qui apportait le pain le matin, il comprit qu'il s'était inquiété pour rien.

Sidar se sentait coupable, au fond, de cette situation. Alors qu'il tenait enfermé ce gros chien des montagnes du Jura dans la cave d'un vieil immeuble miteux, au cœur d'un des quartiers les plus populeux d'Istanbul, il n'était pas en droit d'attendre que Gaba se comporte normalement. De plus, les brioches au pavot, les gâteaux au haschich – qu'il lui avait fait goûter, d'abord pour rigoler, et qu'il lui fournissait maintenant parce qu'il était dépendant – ainsi que l'épaisse fumée qu'il lui faisait involontairement respirer avaient sans doute une part de responsabilité dans l'état de son chien, et il était intérieurement pétri de remords.

Aux yeux de Sidar, Gaba était irremplaçable, unique. D'ailleurs, tout dans cette maison n'existait qu'en un seul exemplaire. Un Gaba, un Sidar, un ordinateur, un canapé, une chaise, un fauteuil, une table, une lampe, une casserole, un verre, une assiette, une fourchette, un livre, un CD, un briquet, une théière, un drap, un stylo... Quand l'un de ces objets était usé ou avait fait son temps, quand le livre était lu et le CD devenu plus que barbant... bref, quand il fallait remplacer un objet par un second de même nature, Sidar se débarrassait immédiatement de l'ancien, à moins qu'il ne soit déjà passé entre les crocs de Gaba.

Mais la simplicité qui régnait dans cet appartement humide s'achevait brutalement au plafond, comme lacérée à coups de couteau. Sidar y avait collé, punaisé ou épinglé des photos noir et blanc découpées dans diverses revues / des lettres de ses parents / *Mon cortège funèbre* de Nazım Hikmet / des fanzines grappillés de droite et de gauche / les fanzines de sa propre fabrication / des planches du *Maus* d'Art Spiegelman / un poster géant des Dead Kennedys / l'image d'un *vapur* avançant dans la brume, reproduit d'après une ancienne photographie sur la carte d'un restaurant où il avait mangé plusieurs fois les premiers temps de son arrivée à Istanbul, mais où il n'était plus retourné quand il avait compris combien il était cher après s'être familiarisé avec l'écart des prix entre la Suisse et la Turquie / des pages arrachées à la série « Batman-Dark Night » / un tee-shirt noir annonçant la tournée « Receipt for Hate » de Bad Religion / l'affiche d'une campagne contre la drogue dont les lettres du slogan « Ma vie peut être différente[1] » étaient formées de pilules et de cachets / des photos de Gaba quand il était chiot / une photocopie agrandie d'une gravure de Goya, *Gare au croquemitaine* / le corps desséché d'un scarabée doré / un collage de phrases tirées de l'essai de Cioran sur Maître Eckart / une esquisse de Hugieia, la déesse de la Santé, avec ses seins ronds, son doux ventre et l'énorme serpent enroulé autour de son cou / des vers du *Kaddish* d'Allen Ginsberg / Un panneau qu'il avait eu toutes les peines du monde à démonter, une nuit où il avait fumé, et sur lequel on pouvait lire : « Les gens civilisés ne crachent pas par terre. Toi non plus ne crache pas » / une photo de Wittgenstein prise peu avant sa mort / et juste en face, une image jaunie d'Otto Weininger / une affiche de Spiderman accroupi sur l'une des tours du World Trade Center et contemplant la ville / tout près, une photo prise au moment de l'explosion du deuxième avion venu s'encastrer dans les tours en septembre 2001 / Les paroles d'une chanson de This Mortal Coil / un portrait du poète Neyzen Tevfik photographié avec, autour du cou, un écriteau arborant le mot RIEN / des coupures de journaux sur Robby Fowler / sa copie de partiel, où son professeur d'anatomie avait écrit au stylo bille rouge PASSE TOUT DE SUITE ME VOIR / une pâle capture d'écran du tableau *Le mage Zarathoustra rencontre sa propre image dans le jardin*, de Leo-

---

1. En français dans le texte. *(NdT)*

nora Carrington / des collages faits avec toutes les ordonnances et boîtes de Xanax qu'il avait achetées à différentes dates / une affiche – qu'il avait trouvée en se baladant dans les rues de Fatih, mais qu'il avait dû se procurer à l'adresse indiquée sur l'annonce parce qu'il n'avait pas réussi à la décoller du mur sans la déchirer – sur laquelle on voyait l'inscription suivante : « Ne jouez pas avec l'avenir de votre fils. La circoncision demande du doigté. Le doigté est notre métier. Confiez-nous toutes vos opérations de circoncision », accompagnée de la photo d'identité d'un professionnel de l'art au visage massif, sourcils froncés et grosse moustache / des jaquettes des cassettes de Kino dont il avait fait des enregistrements à un moment / la photo du train de cendres-os-goudron devenu le charnier de quatre cents personnes en Égypte en février 2002 / des notes issues du *Journal de Moscou* de Walter Benjamin / des reproductions de gravures des *Chants de l'innocence* de William Blake / les caricatures de Selçuk découpées dans *Manière de voir* / une des photographies de Freud âgé où il ne regarde pas l'objectif / des cartes postales de Lisbonne / des cartes postales d'Istanbul / une photo de famille prise treize ans plus tôt à la gare de Haydarpaşa / des bouts de papier griffonnés de pensées ou d'importants numéros de téléphone / et la pierre transparente veinée de noir suspendue en sautoir à une chaîne en argent, un cadeau de Nathalie qu'il en avait marre d'aimer, à défaut d'être las de l'amour qu'elle lui portait.

À vrai dire, lorsqu'il avait emménagé ici, Sidar, comme la plupart des citadins, avait affiché sur les murs les images et les posters qu'il aimait. Mais à cause de Gaba, il avait rapidement dû renoncer à cette pratique. Gaba avait très mal supporté le voyage de Suisse en Turquie ; dans le compartiment de train où il était tenu en laisse, il s'était mis à hurler de façon si effroyable qu'on aurait dit qu'on le dépeçait, et pendant tout le trajet, malgré la nourriture qu'on lui poussait sous le nez presque toutes les dix minutes, il lui fut impossible de se calmer. Depuis l'instant où il avait posé les pattes parmi la foule d'Istanbul, il était tellement désorienté qu'il ne savait plus où donner de la tête ni sur qui aboyer, et dès qu'il se retrouva enfermé dans ce minuscule appartement – que sa nervosité soit due à la faim ou au mal du pays –, il avait pris l'habitude de sauter sur les murs et de déchirer n'importe quel papier à sa portée. En désespoir de cause, Sidar n'eut d'autre solution que de déplacer ses photos et ses affiches un peu plus haut. Seulement, ce « un peu plus haut » ne l'était pas encore assez pour Gaba, qui, debout sur ses pattes, dépassait la taille moyenne des Turcs. Peu à peu, toutes les images et les photos, qui grimpaient sans cesse vers le nord pour échapper aux crocs acérés de Gaba – comme des réfugiés prenant leurs cliques et leurs claques pour fuir la guerre ou les armes chimiques utilisées par les dictateurs de leur pays –, finirent par dépasser la frontière du mur et déferler sur les terres du plafond. Sidar était tellement enchanté de cette trouvaille inattendue qu'il avait développé l'idée, et, au fil du temps, complètement recouvert la surface au-dessus de sa tête des supports visuels et écrits qui lui plaisaient. Ces derniers temps, cet enchevêtrement qui croissait aussi vite qu'un lierre vigoureux avait commencé à déborder sur le plafond de la cuisine et à donner naissance à une nouvelle branche dans la salle de bains.

Quand, un joint à la main, Sidar s'allongeait sur l'unique canapé du salon, il restait ainsi pendant des heures, les yeux fixés au plafond. Tandis que les volutes de fumée se répandaient dans son sang et progressaient à toute vitesse, en bousculant les globules rouges et harcelant les globules blancs, pour finalement parvenir jusqu'aux veines du cerveau avec des airs de général victorieux, le plafond commençait à s'animer d'une façon extraordinaire. Alors, la photo noir et blanc de Wittgenstein reprenait des couleurs et son visage s'empourprait ; les petits personnages des caricatures de Selçuk se mettaient à gambader au plafond ; suspendu à son fil de soie, Spiderman grimpait et descendait le long des gratte-ciel ; les nimbes des gravures de Blake clignotaient comme pour délivrer de mystérieux messages ; le magicien chauve de Carrington se fondait dans sa propre image et disparaissait ; le croque-mitaine de Goya s'extrayait soudain de son drap blanc et découvrait son visage ; les seins de Hugieia s'agitaient frénétiquement de haut en bas ; les visages sur la photo prise devant la gare de Haydarpaşa s'effaçaient l'un après l'autre. Sidar ne tardait pas à se sentir vidé de son sang et des deux gouttes d'énergie qu'il avait dans les veines ; il s'abandonnait alors à un mol océan d'apathique ivresse. Et quand Gaba venait se rouler en boule à ses pieds, l'appartement numéro 2, ne formant plus qu'un avec ses occupants, s'abîmait dans une parfaite inertie.

En de tels instants, Sidar ne pensait et n'aimait penser qu'à une seule chose : la mort. Il ne le faisait pas sciemment, les pensées affluaient d'elles-mêmes dans sa tête. Son obsession de la mort n'était ni un choix, ni une pose ; il avait toujours été ainsi, depuis qu'il était petit. Pour lui, la mort n'était pas affligeante au point de s'en effrayer, ni effrayante au point de s'en affliger. Il essayait simplement de comprendre ; moins ce qu'elle était, d'ailleurs, que ce qu'elle n'était pas. La première des choses qu'il cherchait à découvrir quand il faisait la connaissance de quelqu'un était son attitude face à la mort : en avait-il peur ou pas, avait-il perdu un proche de façon subite, avait-il été témoin de la mort d'un parfait inconnu, avait-il déjà éprouvé l'envie de tuer, croyait-il à l'au-delà… Il nourrissait des tas de questions. Mais il ne les posait pas. Il avait depuis longtemps compris que mieux valait tenir sa langue sur ce genre de sujet. Pourtant, l'amour qu'il pouvait ressentir ou pas pour une femme, l'aisance qu'il pouvait éprouver ou non chez quelqu'un, l'importance accordée aux auteurs qu'il lisait, l'influence qu'exerçaient sur lui certains personnages de films, ses opinions sur les chansons qu'il écoutait… tout cela était étroitement lié à ce qu'il savait de la mort de ces gens, ou à ce qu'il pressentait de leur fin. De même qu'il pouvait avoir de la considération pour quelqu'un de moralement condamnable parce qu'il était mort d'une façon remarquable, il pouvait froncer le nez devant quelqu'un de remarquable pour la simple raison qu'il trouvait sa fin banale. L'aiguillon de la curiosité le poussant sans cesse à élargir ses connaissances, et son érudition attisant toujours plus son intérêt, il possédait un bagage considérable sur le sujet. Il classait soigneusement toutes les données qu'il avait collectées au contact des livres, des événements ou des gens, et les rangeait dans un coin de son cerveau réservé aux archives de la mort. Il se souvenait parfaitement des circonstances du décès des personnages de roman, des stars de cinéma, des héros locaux et nationaux, des philosophes, des scientifiques, des poètes, et surtout des assassins. Au lycée, cette curiosité lui avait attiré la haine de ses professeurs d'histoire : « Alexandre le Grand ? Ah oui, il a fini de manière minable : il est mort d'indigestion et de diarrhées après un festin de deux jours donné en son honneur. » Idem dans les cours de philosophie : « Mais dans sa correspondance avec Voltaire, le même Rousseau avait parlé comme d'un bienfait du tremblement de terre de Lisbonne, qui avait tué des centaines de gens. Il soutenait que ce genre de nettoyage était nécessaire de temps à autre, en termes de quantité et de qualité de la population. »

Les petits grains de savoir que Sidar balançait de son banc sapaient totalement le déroulement du cours. Apprendre qu'Alexandre le Grand était mort de diarrhée portait un sacré coup à sa grandeur et faisait considérablement pâlir sa renommée. Dans l'esprit des élèves, Rousseau se transformait en terroriste des temps modernes et sa philosophie volait en éclats. Confrontés à la mort, un religieux qui prône à tous ses disciples le jeûne et l'abstinence et ressort les pieds devant d'un festin cérémoniel où il a mangé à s'en faire éclater la panse perd sa crédibilité ; un honorable homme politique qui, la soixantaine passée, épouse une jeunette et meurt d'une crise cardiaque la nuit de ses noces perd sa respectabilité ; un padichah ottoman, emporté par une cirrhose alors qu'il fait investir les tavernes et arrêter tous ceux qui consomment de l'alcool, perd son pouvoir ; un scientifique, écrasé comme un vulgaire insecte alors qu'il tente de traverser sans regarder devant lui, perd son aura de démiurge. Les morts de l'Orient rivalisaient en ridicule avec celles de l'Occident. La mort, d'ailleurs, était ridicule.

— Vu que vous n'avez pas tenu compte de mon troisième avertissement, je vous demande de sortir.

Ses professeurs n'étaient pas du même avis que lui. La mort ne leur semblait nullement risible. Sidar était mis à la porte, mais contrairement aux autres élèves subissant le même sort, il ne jouissait pas du statut de héros aux yeux des filles de la classe. Parce que, pour elles non plus, la mort n'avait rien de drôle.

Il avait espéré que les choses seraient différentes en Turquie. Ici, au moins, on mourait plus facilement. Les décès survenaient en plus grand nombre et la vie était plus courte. Quelle déception ! Ses railleries sur la mort passèrent inaperçues à chacune de ses tentatives. Il pensa d'abord que c'était à cause de son turc, peut-être n'arrivait-il pas à s'exprimer clairement. Mais grâce aux inlassables efforts de sa mère – qui avait été professeur de turc jusqu'au jour où la famille avait dû fuir à l'étranger, et qui avait constamment veillé à ce que son fils ne délaisse pas sa langue maternelle sous prétexte qu'il était plongé non seulement dans le français, mais aussi le kurde dont son père essayait maladroitement de lui inculquer quelques rudiments –, pendant les longues années que Sidar avait passées hors de Turquie, son turc n'avait régressé que de quelques pas. Le problème de ce qu'il exprimait ne résidait pas dans la forme, mais dans le fond. Concernant la mort, il avait constaté certaines différences entre la Suisse et la Turquie. Il avait noté ses observations sur des bouts de papier qu'il avait ensuite collés au plafond, pour les soustraire à la fureur de Gaba :

1. En Turquie, les gens n'aiment pas qu'on parle de la mort. (Comme en Suisse.)
2. En Turquie, quand les gens abordent ce sujet, ils parlent moins d'une idée abstraite de la mort que de morts concrets. (Un peu différent de la Suisse.)
3. En Turquie, les gens n'envisagent pas la mort comme quelque chose d'abstrait. (Très différent de la Suisse.)

Contrairement à ses habitants, Istanbul n'était pas le moins du monde troublé par ce sujet. La ville était toujours prête à en parler. En réalité, elle n'avait nul besoin de parler ; la ville et la mort étaient totalement imbriquées. Dans l'un des cours où il ne s'était pas fait mettre à la porte, Sidar avait entendu dire qu'à une lointaine époque, en Occident, les fous étaient embarqués sur des bateaux et bannis de la ville. Ces nefs des fous lui firent penser aux cimetières suisses : sauf que ces derniers avaient jeté l'ancre et n'allaient nulle part. Mais comme les nefs des fous, ils s'étaient retrouvés bannis de la vie de la cité. Les gens pouvaient se rendre à leur guise dans les cimetières, mais jamais les tombes ne quittaient leur navire ni ne se mêlaient à la ville. Cependant, à Istanbul – que la ville ait omis d'assigner un navire à ses sépultures ou que celles-ci se soient échappées de leur navire –, avec leur turban sur la tête et leurs blocs de marbre sous le bras, les tombes s'étaient égaillées dans les rues. Elles étaient partout. Elles s'étaient disséminées aux quatre coins de la ville comme du pollen emporté par le vent. Sur les places où se tenait le marché certains jours de la semaine, au milieu des centres commerciaux, à l'entrée des secteurs les plus animés, dans les rues secondaires, sur les terrains vagues où les enfants jouaient au ballon, sur les flancs de collines donnant sur la mer, dans les ruelles en pente si pénibles à gravir, dans les cours de *tekke*, aux angles des murs, à la sortie des escaliers… elles surgissaient d'un seul coup devant vous, à des endroits improbables, sous forme de sépultures, de cimetières, ou d'une poignée de caveaux coincés entre des immeubles. Les gens, encombrés de sacs, de filets à provision, de serviettes, de cartables ou de poussettes, passaient près d'elles à la hâte ou en flânant, à grands cris et en trébuchant. Les morts et les vivants se partageaient la même ville.

Après ces treize ans d'absence, Sidar passa toute sa première année à Istanbul à visiter les tombes et les cimetières. De même qu'il pouvait arpenter pendant des heures maints quartiers uniquement dans ce but, il lui arrivait également d'entrer dans un cimetière apparu par hasard sur sa route ou de reprendre haleine devant un sépulcre alors qu'il courait à tout autre chose. Comme les cimetières des non-musulmans étaient presque tous entourés de hauts murs et le plus souvent portes closes, ils étaient plus difficiles à visiter. Un jour, dans le jardin d'une église grecque, alors qu'il demandait ce que signifiaient les inscriptions et les grains de grenades sculptés en bas-relief sur une tombe, le vieux gardien secoua désespérément la tête des deux côtés. Il était incapable de déchiffrer un seul mot de grec. D'ailleurs, ce n'était pas un Grec, mais un Arménien grégorien. Depuis des années, il travaillait ici pendant la semaine et se rendait dans sa propre église pour les offices religieux du week-end. Dès lors, Sidar avait cessé de présumer que tous ceux qu'il voyait dans les cimetières grecs étaient grecs, que tous ceux qu'il voyait dans les cimetières juifs étaient juifs, ou que seuls les syriaques fréquentaient les cimetières syriaques.

Avec leurs petits murets et leurs portes toujours ouvertes, les cimetières musulmans étaient beaucoup plus faciles d'accès. La plupart d'entre eux étaient assez mal entretenus. Contrairement à l'idée répandue chez les musulmans, ce n'était pas leur vie mais leurs tombes qui semblaient éphémères. Les plus récentes, notamment, donnaient l'impression de pouvoir lever le camp et émigrer ailleurs à tout moment. Depuis qu'il se promenait dans ces endroits, Sidar y avait rencontré toutes sortes de gens. Des gardiens bourrus, des *hodja* qui lisaient le Coran devant les tombes en échange d'argent ; des enfants crasseux et armés d'arrosoirs, qui suivaient les visiteurs pour leur soutirer quelques sous en versant de l'eau sur les tombes ; ceux qui venaient en famille, avec des paniers remplis de provisions comme pour un piquenique ; ceux qui, solitaires, s'abîmaient pendant des heures dans la résignation ; des pochards qui s'enivraient la nuit dans les parages ; des pickpockets qui rôdaient ici comme partout où il y a foule ; des voyants suivis par un cortège de femmes, jeunes, vieilles, citadines ou paysannes… Avec le temps, il avait appris à les distinguer. Les visiteurs habituels des cimetières musulmans se divisaient en deux groupes : ceux qui venaient laisser des traces et ceux qui étaient sur les traces de quelque chose. Les individus de la première catégorie venaient à intervalles réguliers sur les tombes de leurs proches, et en repartaient après avoir laissé là leurs prières, leurs larmes, des fleurs et de pleins seaux d'eau. C'étaient des gens tranquilles et inoffensifs comparés aux autres. Ceux qui étaient sur la trace de quelque chose étaient, en revanche, peu recommandables. Ils venaient ici pour les objets à voler, les pigeons à plumer, les sortilèges à nouer, les signes à collecter, bref, pour prendre quelque chose aux cimetières, et ils ne repartaient jamais les mains vides. Ceux qui tenaient leur profession, leur argent, leur renommée ou leur passé des cimetières appartenaient à ce groupe. Tous les exorcistes, les illuminés, les voleurs… et les gynécologues canadiens.

Sidar avait fait la connaissance d'un gynécologue canadien et de sa charmante épouse, qui ne semblait pas avoir la moindre connaissance sur les Turcs ni sur la Turquie, dans un de ces cimetières musulmans où l'homme recherchait la tombe de sa grand-mère maternelle turque. Le jeune couple avait sillonné pendant des heures ce vaste champ de tombes en compagnie du gardien encore plus zélé qu'eux, et au moment où ils s'apprêtaient à partir afin de tenter leur chance dans un autre cimetière des environs, Sidar n'avait su résister à l'envie de leur demander pourquoi ils s'étaient lancés dans cette entreprise. « Pour offrir un arbre généalogique à mon enfant », avait répondu le jeune homme, les yeux brillants. Alors, comme si elle tenait l'arbre généalogique en question entre ses mains, sa femme avait doucement croisé les doigts sur la poitrine, et, tout sourires, les avait élevés comme une branche dans les airs.

Sidar s'était rappelé le cadre photo en laiton et en forme d'arbre, l'un des rares objets qu'ils avaient emportés en fuyant à l'étranger, et qui, de longues années durant, était resté dans la vitrine de l'armoire du salon.

Au total, il pouvait contenir dix photos, placées deux par deux sur chacune des cinq branches, dans de petits cadres ronds et de la taille d'une prune. Un beau jour, sa mère avait eu l'idée d'y placer les portraits de tous les membres de la famille, en commençant par celle de ses propres parents. Mais comme de cette manière elle n'atteignait pas les dix, et qu'en ajoutant la famille de ses frères et sœurs elle dépassait allègrement le compte, trouver pile le nombre de clichés pour remplir chacun des cadres devint un véritable casse-tête ; finalement, elle trouva la solution en ajoutant dans les deux emplacements restés vides la photographie de deux cousins qu'elle aimait beaucoup. Comme les cadres étaient extrêmement petits, il avait fallu découper avec soin chacune des photographies où ne restait plus désormais qu'une petite tête. Les têtes des membres de la famille s'étaient balancées pendant des années dans ces structures de laiton, comme les fruits de l'arbre Vakvak de la mythologie, dont les fruits, semblables à des hommes, poussaient des cris dès qu'ils tombaient de leur branche.

Je ne suis pas du même sang que vous. Ma naissance parmi vous n'est qu'un pur hasard. Je suis l'un des enfants que vous avez engendrés pour chasser la peur de la mort qui vous habite. Je suis l'un de ces enfants, que vous avez abandonné à son sort pour en faire un autre quand vous avez réalisé que vous ne pourrez échapper à la mort. Je sème mes graines dans la terre. Je ne veux féconder personne. Et mes bénédictions ne vont pas à vous, mais au suicide, car c'est la seule voie pour ne pas achever par hasard des vies qui ont commencé par hasard...

À Istanbul, son intérêt pour la mort lui attira de nouveaux blâmes. Au lieu de répondre à ses questions, les gens auprès de qui il cherchait à obtenir des informations sur les cimetières qu'il avait visités ou sur la manière de pénétrer des sépultures inaccessibles de l'extérieur lui enjoignaient de réciter la Fatiha. Ce qu'il ne faisait pas. D'ailleurs, il ne savait pas comment la réciter. Non seulement il ne savait pas grand-chose de l'islam, mais il n'avait pas l'intention d'en apprendre davantage. Sidar pensait que tant que les religions continuaient à condamner le suicide, aucune d'elles n'était en droit d'attendre de lui obéissance.

Cependant, pour ce qui est de l'islam, il n'était pas aussi ignorant qu'il l'imaginait. Parfois, il se rendait compte qu'il savait certaines choses qu'il ne pensait pas connaître. Parce que la mémoire est comme un cycliste qui dévale une pente contre le vent : toutes sortes de connaissances transportées par le vent se plaquent contre lui, entrent dans sa bouche, se prennent dans ses cheveux et lui collent à la peau. Des bribes de prières, les piliers de l'islam, des fragments de la vie du Prophète... tout cela il le savait, même de façon parcellaire et approximative. On dit qu'une langue apprise dans l'enfance ne se perd jamais. Sidar n'en était pas certain, mais il pouvait facilement soutenir que jamais une religion enseignée dans l'enfance ne s'oublie.

Lorsqu'il se promenait dans les cimetières, il était obligé de laisser Gaba à l'entrée. Lorsqu'il revenait, il le trouvait en train de dormir ou de manger les *simit* que lui donnaient les gardiens. Par manque d'argent, mais aussi parce qu'il doutait de trouver des chauffeurs d'autobus, de minibus ou de taxi qui accepteraient son chien, ils rentraient à pied. Ils n'allaient jamais chez les autres et personne ne venait chez eux. Une seule fois, ils avaient reçu une visite à la maison, celle d'une femme, qui plus est...

Sidar avait fait sa connaissance dans l'un des nombreux bars situés autour de l'avenue Istiklal. C'était l'amie d'un ami d'un ami tout récent. Outre ses cheveux couleur cuivre, la fille avait deux particularités dignes d'être remarquées : ses yeux et sa descente de bière. À la fermeture du bar, alors que tout le monde prenait congé, elle avait d'elle-même suivi Sidar jusqu'à Bonbon Palace. Une fois à l'intérieur, elle avait jeté un regard circulaire sur l'appartement avec l'espoir, aussitôt déçu, de trouver un meuble ou quelque chose sur quoi arrimer la conversation et qui serve d'objet transitionnel pour établir une proximité entre l'hôte et l'invité. Heureusement, il y avait Gaba.

Quand la fille lui tendit les gaufrettes pralinées qu'elle avait sorties de son sac, Gaba fondit sur elles comme une bourrasque de poils tournoyante. Après s'être léché une dernière fois les babines de sa langue rose et râpeuse, il sauta joyeusement sur l'invitée pour lui manifester sa reconnaissance. Comme tous les êtres tenant de Goliath, il ne connaissait pas de méthodes plus délicates pour exprimer son affection. Ils passèrent une heure à se vautrer par terre en roulant l'un sur l'autre. Pendant ce temps, Sidar les observait dans son coin, en fulminant contre cet accès de vigueur inattendue de la part de Gaba, et en jubilant d'apercevoir dans ce chahut le ventre de la fille sous son tee-shirt. Soudain, comme les hommes des *Contes des Mille et Une Nuits* fous de colère en voyant que la femme sur laquelle ils ont jeté leur dévolu manifeste de l'intérêt non pas à leur personne, mais à un animal, Sidar fit irruption dans leurs jeux et attira la fille contre lui. Comme son ventre, ses seins étaient d'une blancheur de lait. Ils frissonnaient sous les baisers.

Gaba, qui sautait de joie et nageait dans le bonheur quelques instants auparavant, s'était roulé en boule une fois enfermé dans la salle de bains. Mais comme le verrou et la serrure de la porte étaient cassés, il avait trouvé le moyen de sortir en sautant sur la poignée. Sidar, excédé d'avoir sans cesse à le repousser à l'intérieur, avait alors eu l'idée de bloquer celle-ci avec une ficelle, qu'il noua au large tuyau qui passait au milieu du salon. Un moment plus tard, les jappements incrédules de Gaba s'étaient transformés en furieux aboiements pour finir en un interminable hurlement. Même dans le train venant de Suisse, il n'avait pas hurlé autant. Comme dans le salon la fille compatissait à sa douleur, Sidar n'avait rien compris à leurs ébats et s'était relevé avec un désir inassouvi.

Quand ils ouvrirent la porte, Gaba était couché près des toilettes, immobile et indifférent, comme si ce n'était pas lui qui, depuis tout à l'heure, grattait à la porte et faisait tout ce boucan. Il boudait. Ce jour-là, le lendemain et le surlendemain, il n'avait plus bougé. Sidar, faisant tout son possible pour regagner son cœur, lui avait acheté tous ses aliments préférés, en n'hésitant pas à sacrifier l'argent qu'il avait mis de côté pour la facture d'électricité. Gaba n'avait rien touché. Après avoir reniflé sans enthousiasme la viande, le fromage et les saucisses déposés devant lui, il avait roulé des yeux abattus et regagné sa place près des toilettes. Ce n'est que trois jours plus tard, en sentant l'odeur d'un lapin rôti qui avait englouti la moitié de la facture d'eau, qu'il commença peu à peu à retrouver son état normal. Sidar accueillit avec joie les lapements de son chien, comme s'il avait reçu des brassées de compliments. Pendant ces trois jours, Sidar avait eu tellement peur de le perdre qu'il avait pris la décision de ne plus jamais ramener de fille à la maison.

Et il tint parole. D'ailleurs, s'embarquer dans des flirts et des histoires d'amour n'était absolument pas compatible avec la vie qu'il menait. Cela nécessitait trois ingrédients fondamentaux : du temps, de l'énergie et de l'argent. Il n'avait pas d'argent. Son énergie était limitée. Quant au temps, il diminuait de plus en plus. Pour se libérer de son obsession de la mort, l'année 2002 – qui achevait un cercle complet de la pluralité du deux jusqu'au néant du zéro – était un moment particulièrement adapté, et la ville sismique d'Istanbul, qui, comme la Lisbonne du XVIIIe siècle, sentait la mort à plein nez, était l'endroit le plus approprié. À l'intérieur de sa tête, à l'image du tuyau jaune sale contre lequel il n'arrêtait pas de se cogner, sa rage grossissait de jour en jour comme une tumeur maligne, et Sidar se préparait à mourir bientôt.

NUMÉRO 9 :
HYGIÈNE TIJEN ET SU

Il y a deux façons de faire le ménage : celle qui découle d'hier pour se perpétuer demain et celle qui n'a ni hier ni lendemain. Ces deux approches sont si différentes l'une de l'autre, tant par leurs causes que par leurs effets, qu'elles s'excluent mutuellement. Par conséquent, les ménagères relèvent aussi de deux types : les traditionalistes, avec une conscience aiguë d'hier et de demain, et les radicales, qui n'en ont aucune notion.

Lorsque les traditionalistes nettoient leur maison, elles savent pertinemment que ce n'est ni la première ni la dernière fois. L'opération en cours n'est qu'un des innombrables maillons – important certes, mais néanmoins ordinaire – d'une longue chaîne qui progresse régulièrement. Le ménage fait une semaine (ou quinze jours) auparavant devra être recommencé une semaine (ou quinze jours) plus tard. Ainsi, chaque jour de ménage ressemble à peu de chose près au précédent et s'inscrit dans une indéfectible routine. Il commence et se termine toujours de la même façon : d'abord, on lave les vitres et on secoue les tapis / ensuite, on nettoie le sol, toujours en partant de la même pièce et dans le même ordre / on dépoussière les meubles sans varier dans leur priorité / on accorde un soin tout particulier à la cuisine / on marque des pauses, presque toujours aux mêmes heures, pour se restaurer et boire un thé / et on termine par la salle de bains où, pour divers motifs, tels que changer l'eau du seau, remettre du détergent, étendre le linge propre et relancer une machine, on ne cesse d'aller et venir depuis le matin. On sait d'avance quelle étape succédera à l'autre, pour la bonne raison qu'il en va généralement toujours ainsi. La confiance en l'avenir des traditionalistes étant aussi puissante que leur attachement au passé, il n'y a aucun inconvénient à remettre à une prochaine séance de ménage ce qui n'aura pu être fait cette fois-là.

Le ménage des traditionalistes n'est pas une activité vouée à préserver l'ordre de la maison, c'est l'ordre incarné.

Quant aux radicales, bien moins importantes en nombre et à l'esprit beaucoup plus brouillon, chaque séance de ménage est à leurs yeux unique et absolue. Qu'elles l'aient fait une semaine, quinze jours avant ou même la veille n'a pas la moindre importance. Comme la carte de leur géographie personnelle ne comporte aucune passerelle reliant deux jours de ménage distincts, le ménage passé appartient irrémédiablement au passé. C'est pour cette raison qu'elles récurent leur maison comme si elles ne l'avaient jamais fait auparavant. Elles s'attellent à la tâche comme si, pour la première fois depuis un demi-siècle, elles étaient chargées de nettoyer et de rendre habitable une masure livrée aux fantômes, aussi sale et sinistre qu'un trou à rats. Il est difficile de dire quand et par où elles vont s'attaquer au ménage, car à tout moment, n'importe quoi peut déclencher le passage à l'acte : un pépin de melon collé au bord d'un interrupteur, la teinte fuligineuse des rideaux, les traînées de calcaire sur le pourtour du lavabo, une tache de gras sur la nappe, un liquide oublié, en passe de moisir au fond d'un verre, un morceau de boue séchée sur le sol... n'importe quel détail de cet acabit peut, de but en blanc, inciter les radicales à faire le ménage à fond. Comme leur démarche relève de l'aléatoire, et qu'elles-mêmes ne savent pas comment elles vont commencer ni continuer, l'enchaînement des opérations n'est jamais reproductible d'une fois sur l'autre. En fait, elles n'ont pas forcément en tête le projet de se lancer dans un grand nettoyage. Elles peuvent se retrouver à briquer toute la cuisine alors qu'elles lavaient simplement un verre, à récurer toute la salle de bains alors qu'elles frottaient le lavabo, et à nettoyer la maison de fond en comble alors qu'elles essuyaient juste un interrupteur. Leurs ménages n'ont jamais d'« avant » ni d'« après ». Pour les traditionalistes, chaque ménage n'en est qu'un parmi d'autres, mais pour les radicales, c'est le seul et l'unique.

Loin de mettre de l'ordre, le ménage fait par les radicales est au contraire la principale raison du perpétuel chaos qui règne chez elles.

Hygiène Tijen appartenait à la catégorie des radicales. Elle avait peut-être toujours été ainsi, mais au cours des trois dernières années, son radicalisme avait atteint des proportions inquiétantes pour son entourage. Que ce soit le bon moment ou pas, seule ou avec l'aide d'une femme de ménage, elle pouvait aussi bien retourner toute la maison que consacrer sa journée entière à récurer les résidus de graisse incrustés sur le manche d'une seule poêle. Tache ou rouille, poussière ou suie, détritus ou rebut, moisissure ou saleté... la vue de quoi que ce soit de semblable lui était insupportable. Ces derniers temps, elle avait pris l'habitude de jeter par la fenêtre tout ce qui ne lui paraissait pas nickel ou qu'elle pensait impossible à rattraper. Comme elle était profondément convaincue que la saleté était une invasion de microbes, c'était moins les objets qu'elle jetait que les microbes dont ils pullulaient qu'elle cherchait à occire dans ces moments de crises pulsionnelles. La plus infime trace de saleté ne restait pas en l'état mais générait des microbes qui se multipliaient trois à cinq fois par minute. Et elle envoyait aussitôt valser ce nid de microbes hors de chez elle. Non seulement les habitants de Bonbon Palace, mais aussi nombre de piétons de passage dans la rue à ce moment-là avaient été témoins de ces accès de maniaquerie où Hygiène Tijen balançait tout par la fenêtre. La première des choses qu'elle avait envoyées promener était une casserole dont le fond avait attaché, lorsque, après s'être escrimée toute la journée à la racler à la paille de fer, elle avait compris qu'elle ne viendrait jamais à bout de la perfide noirceur qui avait trahi la blancheur du riz. Ensuite, elle avait largué par-dessus bord un vieux kilim, lorsque, après l'avoir battu pendant des heures, elle avait été saisie par l'anxiété de ne pouvoir se débarrasser de la poussière qui restait dans ses franges. On ne comptait plus les vêtements passés par la fenêtre parce qu'elle ne les trouvait pas suffisamment propres en les sortant de la machine, et dont elle doutait encore après les avoir lavés plusieurs fois. Reste que, de même que ses crises de ménage, ce genre de sorties manquait de cohérence. Après avoir lancé un objet par la fenêtre, elle pouvait aussi bien complètement l'oublier et l'abandonner dans le jardin qu'être saisie de remords et vouloir le récupérer. Et comme cela faisait près de quatre mois qu'elle n'était pas sortie de l'appartement numéro 9, c'est à sa fille, à son mari ou à la femme de ménage du moment qu'il incombait de descendre le chercher.

Une seule personne était capable de s'entendre avec elle et de soutenir le rythme : Meryem. Leur relation était un perpétuel mouvement de flux et de reflux. Avec ses remarques déplaisantes et ses caprices, Hygiène Tijen finissait toujours par la vexer ; Meryem avait beau ne jamais renâcler à la tâche, elle était extrêmement sensible à la façon dont on la traitait. Et quand elle s'en allait, Hygiène Tijen engageait d'autres femmes de ménage qui se succédaient rapidement, mais comme chaque nouvelle venue lui faisait regretter la précédente, au bout d'un moment, éplorée, elle revenait à la charge. À force de supplications et de promesses d'augmenter ses gages, elle parvenait à convaincre Meryem et tout reprenait comme avant. Meryem venait à nouveau de signer un armistice. Elles étaient certes en période de paix, mais la grossesse de sa recrue la plus fiable dans le combat pour la propreté ne laissait pas d'inquiéter Hygiène Tijen. D'ici peu de temps, quelques semaines tout au plus, elle devrait, de toute évidence, arrêter le travail.

Mais l'odeur aigre de poubelles qui enserrait Bonbon Palace causait bien plus de soucis à Hygiène Tijen que la perspective de se retrouver sans Meryem. Elle ne supportait plus cette odeur. Jamais elle n'avait éprouvé autant de remords de ne pas avoir écouté ses parents et de s'être mariée avec cet homme, se privant à la fois d'un considérable héritage et de l'aisance dans laquelle elle avait eu l'habitude de vivre. De jour en jour sa détresse augmentait, avec les effluves nauséabonds. Chaque matin, lorsqu'elle ouvrait les yeux et sentait cette puanteur, elle était au bord de la nausée et courait ouvrir toutes les fenêtres, sans réaliser que ce brutal tintamarre éveillait chez tous les passants la crainte que ne s'abatte sur eux une nouvelle flopée d'objets. Mais, incapable de savoir si l'air qui entrait par les fenêtres ouvertes atténuait l'odeur ou pas, elle les refermait toutes à grand fracas et répétait cette opération au moins quinze fois par jour.

Les nerfs d'Hygiène Tijen, déjà tendus à l'extrême à cause des relents d'ordures, avaient craqué sans crier gare lorsqu'elle avait lu la lettre envoyée par l'administration de l'école. Le professeur qui avait rédigé cette lettre demandait, pour le bien des autres enfants, que Su ne soit plus envoyée à l'école jusqu'à ce qu'elle soit définitivement débarrassée de ses poux. Depuis ce jour, la machine à laver tournait non-stop, les habits de la petite étaient tous mis à tremper dans l'eau de Javel, et une fièvre de ménage régnait dans la maison. Les soldats de l'hygiène menaient un combat sur des dizaines de fronts, contre un ennemi incroyablement prolifique et invisible à l'œil nu. Leurs bataillons aussi s'étaient déployés partout. Chacun d'eux avait pris position à un endroit bien précis : il y avait les cohortes des produits nettoyants, les uns à vaporiser, les autres à diluer dans de l'eau et d'autres encore à laisser sécher (et répartis selon leur spécialité : les vitres, les métaux, les bois, les marbres, les faïences) ; les brosses, une pour les toilettes, une pour le lavabo, une pour la baignoire ; les décapants antitartre, les décapants antirouille, les décapants antitache ; la cire pour les parquets, la solution pour polir l'argenterie, le déboucheur liquide pour le lavabo, la ventouse pour les toilettes ; l'aspirateur électrique (avec des embouts différents pour les liquides, pour la poussière, pour les rideaux, les fauteuils, les tapis et les coins), les filtres à air, le balai mécanique, les serpillières, les pelles, les seaux, les pailles de fer et les éponges (différentes pour les surfaces résistantes et les surfaces délicates) ; les détergents à l'odeur de pin, de citron, de lilas et des îles océanes ; les désinfectants qui irritent les narines ; les chiffons pour le sol, les chiffons pour les murs, les chiffons pour la poussière ; les boules de naphtaline, les sachets de lavande, les housses pour vêtements, les morceaux de savon... et les shampoings spéciaux achetés en pharmacie serraient les rangs pour défendre l'appartement numéro 9 de Bonbon Palace contre l'assaut des poux.

NUMÉRO 5 :
HADJI HADJI, SON FILS,
SA BELLE-FILLE ET SES PETITS-ENFANTS

— Allez, pépé, alleeez, s'il te plaît ! répéta Celui-de-sept-ans-et-demi en regardant ses frères du coin de l'œil.

Les deux autres étaient totalement absorbés par la télévision ; bien que leur émission favorite soit terminée depuis dix bonnes minutes, ils restaient captivés par le vide que la sémillante présentatrice au bouton de rose tatoué sur le ventre avait laissé dans son sillage en disparaissant de l'écran. Mais Hadji Hadji, considérant la requête de l'aîné comme le désir de ses trois petits-enfants, s'était déjà emparé de *L'Interprétation des songes*, le deuxième des livres restés au nombre de quatre depuis des années, et déclara :

— Bon, dans ce cas, je vais vous raconter l'histoire du pêcheur Süleyman.

« Il y a très longtemps, à l'époque ottomane, dans une cabane de Zeytinburnu, vivait un pêcheur du nom de Süleyman. Il était si pauvre qu'il n'avait jamais vu d'argent, pas même en rêve. Mais il avait un cœur d'or. Il menait une vie paisible et modeste, sans jamais se mêler des affaires des autres ni faire de mal à une mouche. À cette époque, l'Empire ottoman connaissait ses jours les plus sombres. Cette période, que l'on appelle le sultanat des femmes, était à ce point funeste que le pays entier, désaxé, s'en allait à vau-l'eau. Chaque jour, les esclaves du harem ourdissaient mille et un complots et conspiraient la mort de tous. C'est ainsi que des gens parfaitement innocents périrent par leurs intrigues. Elles jetaient par les fenêtres du palais les corps des malheureux qu'elles avaient fait étrangler. Pendant des jours, les cadavres gonflaient dans l'eau, venant parfois se prendre aux filets des pêcheurs.

Celui-de-six-ans-et-demi avala sa salive, hébété, après le pétulant programme télévisé matinal qu'il venait de regarder, de devoir s'adapter à l'atmosphère du conte que racontait son grand-père. La petite fille à côté de lui avait penché la tête en avant ; la lippe pendante, ses doigts aux ongles vernis de rose croisés sur la poitrine, elle était comme pétrifiée.

— Une nuit, notre brave pêcheur Süleyman était sorti en mer. Beaucoup de poissons se prirent dans les mailles de ses filets. Mais il avait le cœur si tendre qu'il les rejeta tous à l'eau.

— Tu parles d'un pêcheur à la manque ! dit Celui-de-sept-ans-et-demi.

— Les mains vides, Süleyman reprit le chemin de sa cabane, poursuivit Hadji Hadji, qui, ce matin, n'avait nullement l'intention de se chamailler. Soudain, il remarqua quelque chose de blanc affleurant à la surface. Il faisait nuit, mais l'obscurité était baignée du clair de lune. Il s'approcha... Il s'approcha et vit qu'un cadavre flottait. Un autre pêcheur se serait détourné et l'aurait abandonné pour nourrir les poissons, pourtant Süleyman ne put s'y résoudre. Jouant des rames, il hissa le corps sur sa barque. Il souleva le tissu qui le recouvrait. Et que découvrit-il ? Une toute jeune femme d'une extraordinaire beauté, un poignard planté entre ses deux seins. Cependant, à voir son visage, on avait l'impression qu'elle était vivante. Elle souriait d'un air si tendre qu'elle semblait n'avoir éprouvé nulle colère, nul courroux envers ses assassins. Ses lèvres étaient semblables à une cerise, ses cils s'étiraient comme des flèches, son nez avait les courbes délicates d'un flacon de parfum. Quant à ses cheveux, ils s'enroulaient en grandes boucles serpentines jusqu'à ses talons. Notre brave pêcheur Süleyman ne se lassait pas de contempler une telle beauté.

Le récit fut interrompu par la sonnerie du téléphone. De ses mains qui au fil de la journée se recroquevillaient vers l'intérieur, Celui-de-sept-ans-et-demi saisit le combiné. *Oui, ils avaient terminé leur petit-déjeuner. Non, ils ne faisaient pas de bêtises. Oui, ils regardaient la télévision. Non, pépé ne leur racontait pas d'histoires. Non, ils n'allumaient pas le gaz. Non, ils ne mettaient pas la maison en désordre. Non, ils ne se penchaient pas au-dessus du balcon. Non, ils ne jouaient pas avec le feu. Non, ils n'entraient pas dans la chambre à coucher. Mais non, il ne leur racontait pas d'histoires.* Il se tut soudain. Sa mère devait avoir eu la puce à l'oreille aujourd'hui pour insister autant :

— Si ton grand-père vous raconte des histoires, tu n'as qu'à me dire « Il fait chaud », je comprendrai.

Celui-de-sept-ans-et-demi se retourna et regarda attentivement le vieil homme, qui l'observait lui-même avec attention. Et sans le quitter des yeux, il répondit en détachant chaque syllabe :

— Non, maman, il ne fait pas chaud.

Il reposa le combiné. Après avoir marqué une pause de quelques secondes pendant lesquelles il savoura le jeu auquel il se livrait, un vague sourire sur les lèvres, il rejeta en arrière son énorme tête dont rien n'empêchait la croissance irrépressible et lança :

— Allez, pépé, continue.

Mais cette fois, sa voix était montée d'un cran, avec le ton, non de celui qui sollicite, mais de celui qui accorde une permission.

— Le pêcheur Süleyman ne se résolut pas à rejeter le corps de cette envoûtante beauté à la mer, continua Hadji Hadji aux prises avec le désagréable sentiment d'être à la merci du plus âgé de ses petits-enfants. Il s'en saisit et l'emporta dans sa cabane. Là, il la contempla jusqu'au matin. Il était abîmé de chagrin. Aux premières lueurs de l'aube, il creusa une fosse profonde dans son jardin. Il ne voulait pas s'en séparer, mais que faire ? C'était inéluctable. Sur cette terre, le séjour des morts était en dessous, celui des vivants au-dessus. Et il en irait ainsi jusqu'au jour du Jugement dernier.

— Et s'il ne l'avait pas enterrée ? murmura Celle-de-cinq-ans-et-demi.

— Impossible, rétorqua Celui-de-sept-ans-et-demi. Si tu n'enterres pas les morts, ça pue. C'est insupportable comme odeur.

— Mais ici aussi, ça pue, rétorqua la première, la lippe de plus en plus pendante.

— Peut-être qu'ici aussi il y a un cadavre. Est-ce que tu as regardé dans le placard ?

— Il n'y a ni cadavre ni quoi que ce soit, gronda Hadji Hadji en dardant un regard furibond sur l'aîné de ses petits-enfants. Ça sent tout simplement les poubelles. Que veux-tu que ça sente d'autre, si tout le monde dans le quartier vient vider ses ordures dans notre jardin ! Mais en tant que gérant, je vais bien trouver une solution, ne t'inquiète pas.

Il prit sa petite-fille sur ses genoux et lui caressa les cheveux.

— Écoute plutôt la suite. Tu vois, la femme du conte n'était pas morte en réalité. Avant de la mettre en terre, le pêcheur Süleyman eut l'idée d'enlever le poignard planté dans sa poitrine. Et au moment où il le retira, la belle enfant poussa un soupir. Elle était donc toujours en vie. Le poignard n'était entré que jusqu'à l'os, sans atteindre le cœur.

Essayant de trouver une consolation dans cette explication inattendue, Celle-de-cinq-ans-et-demi sourit d'un air stupéfait. Elle s'enroula et se blottit dans les bras de son grand-père. Elle y aurait été bien mieux si elle n'avait senti sur elle le regard de son grand frère.

— Le moment de notre fin à tous est fixé par le destin. Tant que ton heure n'a pas sonné, même un poignard planté dans ta poitrine ne peut te tuer. Lorsque la jeune femme revint à elle, elle demanda un peu d'eau, puis commença à raconter son histoire au pêcheur Süleyman. Il apparut que cette femme était une des esclaves du palais. Elle était la favorite du padichah et les autres concubines étaient rongées par la jalousie. Comme leur cœur était empli de noirceur, elles s'étaient mis en tête de la tuer. Avec la complicité des eunuques du harem, elles plantèrent un poignard dans sa blanche poitrine. La malheureuse jeune femme s'était confiée les yeux inondés de larmes. Après cela, elle lui dit : « Si tu m'aides à retourner au palais, notre seigneur le sultan te couvrira d'or pour te récompenser. »

En entendant ces propos, notre pêcheur Süleyman fut tout marri. Il ne désirait ni or ni récompense. Car voilà, il s'était épris de la jeune fille. Cette nuit-là, la belle concubine dormit dans sa cabane, dans son lit. Le pêcheur Süleyman, lui, coucha dehors, dans sa barque. Le diable vint le tenter dans son sommeil. « Ne la ramène pas, lui dit-il, a-t-on idée de rendre une femme aussi belle ? Qu'elle soit tienne. Elle restera ici, elle lavera ton linge, elle te fera à manger, elle sera ta femme. » Voilà ce que lui dit le diable.

Hadji Hadji observa silencieusement ses petits-enfants, comme s'il attendait qu'ils se mettent dans la peau du héros et fassent parler la voix de leur conscience. Cependant, à en juger par son sourire inopportun, Celui-de-six-ans-et-demi avait moins la tête à la dimension morale du conte qu'aux passages suggestifs. Quant à Celle-de-cinq-ans-et-demi, elle était alors occupée à ajouter un nouveau mot à ceux ayant le sens de djinn qu'elle rangeait dans son petit porte-monnaie à fermoir sonore, à un autre endroit, dans son sac à fanfreluches où elle mettait les mots qu'elle apprenait chaque jour : concubine. Restait Celui-de-sept-ans-et-demi. Lorsque son grand-père tourna les yeux dans sa direction, il susurra d'un air goguenard :

— Il ne l'a pas ramenée, évidemment.

— Évidemment qu'il l'a ramenée, dit Hadji Hadji. Il l'a déposée en mains propres au palais. La joie du padichah était à son comble. « Demande-moi ce que tu voudras », lui dit-il. Mais le pêcheur Süleyman ne souhaita absolument rien. Et il sortit du palais aussi pauvre qu'il y était entré.

Il se fit un bref silence. Comprenant que le conte était terminé, Celui-de-six-ans-et-demi se leva d'un bond en criant : « J'ai faim ! » Celle-de-cinq-ans-et-demi referma son petit porte-monnaie et sauta des genoux de son grand-père :

— D'abord Osman, d'abord Osman !

Tandis que le repas réchauffait à petit feu, ils rassemblèrent au milieu du salon tous les draps, les coussins et les piquets à disposition et entreprirent de monter leur tente. Seul Celui-de-sept-ans-et-demi resta assis à sa place, à l'écart de l'agitation. Il s'était saisi d'une bande dessinée et faisait mine de s'y intéresser. Mais ses yeux d'un vert d'algue, qui rétrécissaient à mesure que grossissait sa tête, glissèrent des pages et se fixèrent sur son grand-père, son frère et sa sœur. Chaque jour, ils les détestaient un peu plus.

NUMÉRO 7 :
MOI

Aujourd'hui, les fourmis ont envahi mon balcon. Ou du moins, c'est aujourd'hui que je l'ai remarqué. Elles n'arrêtent pas. Semblant se conformer à des ordres que personne d'autre n'entend, en colonnes brunes bien ordonnées, elles vont et viennent entre l'obscure cavité en bas du mur et les miettes du toast au *sucuk* que j'avais oublié sur la petite table. Je ne comprends pas d'où elles sortent ni comment elles font pour arriver jusqu'au troisième étage. Cet immeuble grouille d'insectes de toutes sortes. Le soir, ils me tiennent compagnie lorsque je bois sur le balcon.

La malédiction de mon père, je suppose – sa malédiction, ou ses gènes. À l'époque où je pensais que mon penchant pour la bouteille m'était propre et n'avait rien à voir avec lui, je croyais que le plus grand problème de mon père dans la vie était de ne pas savoir boire. Depuis que j'ai réalisé combien ma façon de boire était proche de la sienne, je me dis que le problème essentiel n'est pas de boire, mais de ne savoir s'arrêter. Il ne pouvait plus arrêter, c'est aussi simple que cela. Tout d'abord, il ne voyait pas où il fallait stopper ; et quand il le voyait, il était déjà bien trop loin pour s'y appliquer. Dès qu'il portait la main à son verre, il appuyait sur l'accélérateur et démarrait à fond de train. Ses yeux injectés de sang ne tardaient pas à chercher la présence d'un panneau sur le bord de la route, un signe clair, un avertissement concret : « Gravillons dans dix mètres, ralentir ! » ou « Chaussée glissante ! », « Virage dangereux ! », « Pente raide ! ». Il avait besoin que quelqu'un le rappelle à l'ordre et lui dise à quoi il ressemblait. Et nous étions les seuls à pouvoir le faire. Nous étions ses seuls proches. Mais nous n'avons jamais essayé. Chaque soir, ma mère et moi nous installions à table avec lui ; nous remplissions nos assiettes de mezzés, pelions des pommes, séparions des quartiers d'orange, faisions des lanternes avec les épluchures, et attendions la suite des événements. Ma mère était persuadée, et m'avait également convaincu, que lorsque mon père buvait, il ne fallait surtout pas s'en mêler. Elle avait peur de lui et n'avait sans doute pas tort, mais j'avais déjà conscience, à l'époque, que ce n'était pas la seule raison. Être témoin de la déchéance de mon père lui causait autant de souffrance que de secret plaisir. Le soir, lorsqu'il était attablé devant la bouteille de *rakı*, elle éprouvait une joie subreptice à le voir se dépouiller jusqu'au dernier carat de cette grandeur que rien ne parvenait à entamer dans la journée… C'est pour cela qu'elle garnissait la table de mets appétissants et de mezzés plus savoureux les uns que les autres. Chaque soir, qui plus est… Chaque soir pendant douze ans…

Il faut dire que mon père, en tout, était excessif. Trop beau, trop doué, trop érudit, trop alambiqué, trop infatué, trop distrait, trop frivole… trop pour ma mère et moi ; trop pour les logements de fonction où nous vivions, pour l'armée dans laquelle il servait, pour les bourgades où il était muté, pour les animaux qu'il n'arrivait pas à soigner… trop pour la vie qu'il menait. Je ne saurais dire avec certitude s'il y eut des moments où je l'aimai, mais je me rappelle avoir été fier de lui. J'étais fier de lui parce qu'il était grand. Parce qu'il était beau, très beau même. En ce temps-là circulaient des tas d'histoires sur des enfants kidnappés et élevés par des Gitans, et j'ai longtemps pensé que mon père avait été enlevé quand il était petit, puis ramené plus tard parmi nous. Parce qu'il ne ressemblait à personne. Au milieu de cette communauté d'hommes et de femmes tous châtains, de taille moyenne, qui riaient de la même manière, détournaient les yeux lorsqu'ils étaient en colère, toujours perclus de limites même à leurs heures les plus débridées, patients et résignés, médiocres et timorés, mon père, avec sa taille qui ne passait pas les portes, ses cheveux virant au blond roussi sous le soleil, ses perçants yeux bruns, encore plus sombres quand il était en proie à quelque tourment, et qui se plantaient toujours droit dans les vôtres comme s'ils vous demandaient des comptes, avec son caractère oscillant d'un extrême à l'autre, ses innombrables folies, ses failles, et ses fautes qui venaient de jour en jour accroître le capital de ses péchés, il n'était pas comme nous, il n'avait rien à voir avec nous.

Si mon père n'avait pas été aussi beau, aussi robuste ni aussi sûr de lui, ma mère aurait probablement été mieux dans sa peau. Son angoisse insidieuse – qui, déjà sur leurs photos de mariage, alors qu'elle lui tenait le bras en souriant dans sa robe d'un bleu céruléen avec une énorme fleur de magnolia artificielle épinglée à son décolleté, voilait son regard et jetait une ombre sur son bonheur – ne serait pas devenue aussi palpable au fil des années. Elle avait dû prendre en horreur la félonie du temps. D'abord moi, ensuite mon frère, puis deux fausses couches coup sur coup, et après, cette petite fille qu'elle avait tant désirée, élevée comme une enfant gâtée, et finalement modelée à son image... J'ai toujours trouvé un peu pitoyable cette façon qu'ont les femmes ayant été très belles en leur temps de parler, mi-timides, mi-orgueilleuses, de leur beauté d'antan et de montrer chaque fois les mêmes photos de jeunesse pour prouver leurs dires. Le plus pitoyable est de voir chacun de leurs enfants, spécialement leurs fils, conserver une de ces photos et la montrer à leur tour, timides et très fiers, à tous les gens de leur connaissance, et surtout aux femmes dont ils tombent amoureux. Quant à nous, à cause de mon père, ou devrais-je dire grâce à lui, ma mère ne put jamais se livrer à ce jeu-là, et mon frère pas plus que moi.

Si mon père avait été différent, s'il avait pu l'être, ma mère aurait sans doute accepté plus facilement le caractère éphémère de la jeunesse – comme toutes les femmes au foyer de son entourage, mères de deux-trois enfants, à l'existence moyenne, et distillant dans leurs regards ou leurs propos le venin de leur lot chronique d'insatisfactions. Elles et leurs maris étaient normaux. Ce qui n'était pas normal, c'était la situation de mon père. Ils étaient mariés ; leurs vies, leurs enfants, leur argent, leur foyer, leurs soucis, leurs passés ne faisaient qu'un, mais les années avaient réservé un traitement différent à ma mère et à mon père. Tandis que ma mère s'était rapidement étiolée, mon père, même après toutes ces années, paraissait toujours aussi jeune et vigoureux que sur les photos de mariage. Je ne pouvais blâmer ma mère d'avoir du mal à accepter que sa beauté s'évanouisse alors que, près d'elle, demeurait un parangon de jeunesse. Elle subissait, impuissante, cet état de fait ; toutes les loupes avec lesquelles elle s'examinait avaient fini par s'embuer. Comme les photographies qu'elle aurait pu exhiber pour montrer combien elle avait été belle en son temps auraient davantage eu pour effet de souligner, non seulement le changement qui s'était opéré en elle, mais le fait que mon père n'avait pas changé, ma mère – contrairement aux femmes au foyer de son entourage, mères de deux-trois enfants, à l'existence moyenne, et distillant dans leurs regards ou leurs propos le venin de leur lot chronique d'insatisfactions – n'avait pas laissé un seul album photos en évidence dans notre salon.

Quant à moi, trop occupé à aduler mon père et à l'imiter, pendant longtemps je n'ai pu me rendre compte des chagrins qui rongeaient ma mère. De chaque nouvelle branche où l'âge me hissait, j'observais mon père avec fierté. Lorsqu'il revêtait son uniforme, son visage prenait une expression roide et volontaire, comme tous les militaires. Cependant, contrairement aux autres, sa rigidité pouvait fléchir, son volontarisme se déliter à tout instant. On pouvait en déceler des signes dès la journée. Son regard impénétrable – qui semblait vouloir prouver que c'était par devoir, et non par goût, qu'il s'occupait d'animaux – s'adoucissait, même un bref instant, d'une limpide et touchante tendresse lorsqu'il parvenait à soigner un poulain, à calmer la mâchoire douloureuse d'un chat qui s'était roulé dans un trou plein d'acide, ou à tranquilliser une belette ayant été attaquée par des chiens. On pouvait alors percevoir combien il était las d'avoir sans cesse à enlever et revêtir ces deux aspects contradictoires de sa personnalité, l'un comme l'autre depuis longtemps défraîchis et effilochés. Cette antinomie se retrouvait aussi dans les deux professions qu'il exerçait en même temps : vétérinaire et militaire.

Toute la journée, tandis qu'il courait d'un endroit à l'autre et distribuait ses ordres à la ronde – avec cette imposante prestance qui éveillait chez les femmes un désir mêlé d'admiration, et chez les hommes une admiration teintée de jalousie –, comme s'il eût porté dans son uniforme un bébé hérisson qu'il n'arrivait pas à soigner, il cachait quelqu'un d'autre : quelqu'un d'aussi extrême dans la joie ou la tristesse, terrorisé par la mort, ne supportant pas de souffrir ni de faire souffrir, ayant un mal fou à se remettre d'une injustice ; pressentant qu'un jour, quelque part, il se retrouverait méchamment acculé à l'échec ; quelqu'un d'instable et affectueux, anxieux et peu fiable, pessimiste et colérique, agressif et alcoolique... Tant que le soleil était dans le ciel, et lui à son travail, mon père parvenait tant bien que mal à cacher le bébé hérisson incurable. Il était alors si digne d'éloges et d'envie que même ma mère, se saisissant de n'importe quel prétexte, embarquait l'un de nous trois avec elle et aimait aller le retrouver. Cela nous plaisait, à mon frère, ma sœur et moi, d'être près de lui durant la journée. Ces heures étaient, malheureusement, celles où nous nous voyions le moins. Et puis, le soir venait, et tandis que son aura perdait de son éclat et son visage de sa séduction, mon père commençait à devenir autre.

Ma mère avait établi dans sa tête une répartition des tâches dont je n'ai jamais compris la raison. Quand mon père buvait, mon frère et ma sœur devaient tranquillement regarder la télévision dans le salon et se coucher de bonne heure, tandis que ma mère et moi étions chargés de rester à table avec lui, pour faire office de témoins. Comme la chose que mon père abhorrait le plus au monde était de se retrouver tout seul à une table pour boire du *rakı*, un système de permanence s'était instauré entre nous. Le premier tour de garde était pour moi. Dès que mon père s'attablait, je m'installais aussitôt en face de lui. Pendant ce temps, ma mère s'affairait à faire frire les *börek*, à mélanger la sauce des *köfte*, et à apporter dans des assiettes effilées comme des caïques les plats et les mezzés, tous plus longs et difficiles à préparer les uns que les autres. Moi, je ne bougeais pas de ma chaise et répondais aux questions de mon père. Il me demandait toujours les mêmes choses, à propos de l'école, et m'interrompait chaque fois dans mes réponses pour apporter les siennes, à propos de la vie. Je ne me fâchais pas. Je ne me fâchais pas parce que ce moment était le plus agréable. Lorsqu'il avait vidé la moitié de son verre, en buvant à ma santé, la conversation était si badine et si plaisante que, à cet instant – bien que je connaisse par cœur ce qui allait se passer ensuite –, j'éprouvais de l'orgueil d'être ici avec lui. Puis, ma mère venait nous rejoindre et, avec une expression qui ne trahissait rien de ce qu'elle pensait, elle s'asseyait à côté de mon père ; tandis que tous deux, sur un ton monocorde et proche du murmure, commençaient à discuter des tracas de la journée, je quittais la table pour aller faire mes devoirs. De ma chambre, j'écoutais ce qu'ils disaient. Lorsque je venais les rejoindre, deux heures, deux heures et demie plus tard, la situation avait progressé : ma mère tombait de sommeil et la conversation s'était depuis longtemps tarie. C'était la troisième et ultime étape. Une étape où tout ce qui était beau se détériorait très rapidement... une étape où je tâtais et me méfiais des piquants du hérisson qui se promenait en gigotant sur la table.

À mon retour, ma mère, selon l'humeur du jour, soit commençait à tourner et virer en récriminant dans la maison, soit allait rejoindre en pleurant ma petite sœur et dormait avec elle, ou bien, comme si tout allait pour le mieux dans le meilleur des mondes, se mettait à laver la vaisselle en fredonnant un air enjoué. Mais quelle que soit l'attitude qu'elle adoptait, elle ne revenait plus à table et me confiait le soin de tenir compagnie à mon père jusqu'au bout de cette troisième étape. Or, c'était la plus longue de toutes. La plus longue et, sans conteste, la plus difficile. Dans le seau à glace, les glaçons s'étaient transformés en une eau tiède et trouble où flottaient des cendres de cigarette et des miettes de pain, les *köfte* restés dans l'assiette s'étaient desséchés en refroidissant, les oignons finement effilés dans la salade s'étaient mis à sentir, le cendrier était rempli de mégots ; à ce stade, les restes de mezzés avaient depuis longtemps perdu de leur saveur, les tranches de melon de leur fraîcheur et mon père de sa superbe.

Bien que je sois le seul des trois enfants à avoir vu notre père dans des états lamentables, être pourtant le seul à avoir hérité de ses mauvaises habitudes ne laisse pas de me troubler, quand j'y pense après toutes ces années. Mon frère aussi boit et fume à l'occasion, quand l'ambiance s'y prête. Ma sœur, quant à elle, s'est révélée être une de ces femmes qui ne mettent jamais les pieds dans des endroits enfumés, qui exprime ouvertement leur désapprobation si quelqu'un fume près d'elles, qui n'éprouvent que répulsion envers les gens ivres, répugnance envers les pochards, qui changent de trottoir quand elles voient des clochards, et supposent que chaque personne un peu éméchée est un pochard et chaque pochard un clochard. De surcroît, elle a transmis telles quelles toutes ces aversions à sa fille. Si jamais j'ai le malheur d'allumer une cigarette en leur présence, aussitôt, comme un petit robot dont on aurait actionné la mise en marche, ma nièce fronce le nez, avec la même mimique de dégoût que si elle avait vu un rat crevé, et commence à me faire un laïus sur les méfaits de la cigarette. Quant à moi, mon sang ne fait qu'un tour dès que je vois des gens, surtout des enfants, embrasser avec une telle vigueur des discours qui ne leur appartiennent pas. Chez ma sœur, il n'y a pas un seul cendrier que je puisse utiliser. Dans l'ostentatoire buffet en noyer de leur salon, à côté d'un large choix d'alcools forts et de verres de toutes sortes destinés à chacun d'eux, il se trouve pourtant des dizaines de cendriers en porcelaine, en marbre, en cristal, en argent, en plaqué or, en fer, en étain, en bois, en perles, ornés de miniatures, de motifs marbrés, en forme de sculpture ou de jouet, du plus kitsch au plus original, et portant tous les emblèmes des lieux de vacances et des villes étrangères où ils ont séjourné en famille ; mais dès qu'il s'agit de déposer ma cendre de cigarette, il n'y en a pas un dont je puisse disposer. Je me demande si c'est parce que j'étais le seul des trois enfants à ressembler à mon père que, le soir, ma mère me faisait me tenir près de lui et loin de mon frère et de ma sœur ; ou si, au contraire, c'est parce que ma mère m'a tenu éloigné de mon frère et de ma sœur mais près de mon père que je suis le seul des trois à lui ressembler. On pourrait également poser la question autrement : est-ce la malédiction de mon père – parce qu'à la « troisième phase » d'une soirée de beuverie interminable, ne supportant plus ses propos sans queue ni tête, je l'avais laissé seul et affalé sur la table, et que, par la suite, j'ai provoqué des querelles chaque fois que nous nous sommes installés à la même table ? ou bien, est-ce que mon père et moi ne sommes finalement que des maillons d'une même chaîne génétique – où les gènes, se conformant à des codes déterminés d'avance, se déploient comme les colonnes régulières de minuscules et laborieuses petites fourmis ?

Je devais avoir dans les douze ou treize ans. Mon frère avait eu les oreillons, et nous étions tous deux restés cloîtrés pendant des jours à la maison, à regarder la télé en nous gavant de jujubes, vautrés sur nos divans que nous quittions seulement pour aller aux toilettes. Dans l'un des films turcs que nous regardions, l'actrice principale, qui aimait en secret l'homme que sa sœur allait épouser, était atteinte de la tuberculose et crachait du sang dans ses mouchoirs blancs comme neige ornés de broderies. Quand le médecin venu l'ausculter lui annonça qu'elle mourrait bientôt, nous éclatâmes de rire en projetant des postillons jaunâtres de jujube. Le film était aussi pathétiquement drôle que peu réaliste ; complètement désuet, et à mille lieues de toute vraisemblance. Pour nous, il était aussi difficile de croire que l'actrice au teint de papier mâché, aux cheveux blanchis à la farine et aux cernes noircis par le fard qui apparaissait à l'écran allait mourir de la tuberculose, que de réaliser que notre père, à peine six mois plus tôt, était mort d'une cirrhose. Vers la fin du film, ma mère, accompagnée de ma petite sœur, rentra du marché. Comme aucune des deux n'avait eu les oreillons, elles devaient se tenir loin de mon frère. Cependant, ma mère n'y tint pas. Elle s'approcha, et s'assit entre nous avec un sourire affectueux. Elle prit d'abord ma main puis celle de mon frère entre ses paumes, et, d'une voix un peu compassée, déclara qu'elle allait bientôt se remarier. À l'écran, la jeune femme tuberculeuse essayait tant bien que mal de descendre un escalier en s'agrippant à la rampe, et, après avoir enfin réussi à rejoindre la foule élégante des invités venus célébrer le mariage de sa sœur avec l'homme qu'elle aimait en secret, elle s'écroulait, vaincue par une affreuse quinte de toux. Mon frère et moi éclatâmes de rire en nous envoyant une pluie de postillons de jujube à la figure ; ma mère rit avec nous. Restée sur le pas de la porte, ma sœur lança un regard incrédule à ma mère, puis, la stupéfaction cédant aux larmes, elle disparut. Nous nous esclaffâmes à nouveau, mais, cette fois, ma mère ne rit pas. Elle inclina son visage accablé et se moucha longuement dans son mouchoir blanc comme neige orné de broderies. Peut-être n'y avait-il pas de mouchoir ; cela m'est sans doute resté en mémoire parce qu'il me plaisait de m'en souvenir ainsi. D'un coup, les poussières de jujube que nous propulsions depuis tout à l'heure autour de nous furent soulevées dans les airs par une soudaine bourrasque de vent, et, tournoyant dans la pièce comme une tempête de neige déchaînée, elles se répandirent en pluie jaune au-dessus de nos têtes, jusqu'à ce que nous ne puissions plus rien distinguer. Tout semblait irréel.

Lorsque quelqu'un décède de façon inattendue dans une famille, les affaires qu'il laisse derrière lui rendent irréels à la fois la mort et ce Dieu qui l'autorise, mais aussi la maison où il a vécu. Comme mon frère et ma sœur avaient passé moins de temps avec mon père, et qu'ils l'avaient relativement peu vu dans le cadre de son foyer et entouré de ses objets personnels, ils n'ont pas dû éprouver cette situation aussi vivement que ma mère et moi. Mais le soir venu, quand nous mettions la table, ma mère se lançait machinalement dans la préparation des mezzés, et je m'installais consciencieusement à la même place, toujours à la même heure, pour accomplir un devoir désormais obsolète. Les affaires ayant appartenu à mon père nous empêchaient alors d'admettre que le vide sur la chaise en face de nous était la mort, et que la mort était réelle. Ce n'étaient pas seulement la carafe à *rakı* en cristal torsadé vert émeraude ; son portefeuille en cuir avec un dessin de tête de cheval ; son briquet gravé, qui posait toujours problème bien qu'il change régulièrement la pierre et remette du gaz ; sa boîte de tabac à priser, où il rangeait ses analgésiques et dont le couvercle était orné d'une chouette en relief – une chouette au corps violet et aux ailes pourpres, mais qui avait davantage l'air hébété que néfaste ou sage, parce qu'on lui avait fait les yeux trop rapprochés. Mais aussi longtemps que cette table et ces chaises, ce salon et cette maison resteraient à leur place, ou que nous ne partirions pas d'ici, il y aurait toujours un aspect irréel dans la mort de mon père. Finalement, lorsqu'il devint évident que nous ne pouvions quitter cette maison ni échapper à cet état de confusion, ma mère et moi, sans rien en laisser paraître à personne, d'un accord tacite, nous taillâmes chacun de notre côté un costume pour en revêtir le fantôme de mon père, assis le soir à table avec nous. Cependant, cette secrète collaboration qui, en d'autres circonstances, aurait dû nous rapprocher, allait définitivement faire bifurquer nos routes.

Parce qu'elle a complètement saboté le jeu. Tandis qu'elle servait à table le fantôme de mon père, elle se le figurait non tel qu'il était mais tel qu'elle désirait qu'il fût. En bonne ménagère, elle balaya très vite de sa mémoire tous les traits de caractère qu'elle n'avait jamais aimés ou acceptés chez son défunt mari. Lorsqu'elle eut achevé son ménage et revêtu le vide laissé par mon père du vêtement qu'elle lui avait cousu, l'homme assis à table avec nous n'était plus un être de chair et de sang, mais un ectoplasme sans couleurs ni caractère, aussi terne et ennuyeux qu'une oraison funèbre : un homme qui ne pensait qu'au bien-être de sa famille et ne travaillait que pour cela, dont le seul luxe était de boire un petit verre ou deux, le soir, en face de sa femme, qui gardait pour lui le venin de sa colère, qui jamais ne se plaignait, ne s'emportait ni ne jurait. Ma mère aima tellement cette image factice, elle mit tellement de cœur à y croire que, six mois plus tard, lorsqu'elle décida de se remarier, l'homme qu'elle choisit comme époux était en tous points identique au fantôme de notre table.

Pendant cette période, j'ai ramassé tout ce qu'elle avait balayé de sa mémoire, moins par dévotion pour mon père que par colère envers ma mère. Mais au final, le fantôme que j'avais confectionné de mes propres mains – à partir de tous les rebuts de mauvais souvenirs rescapés des sacs-poubelle soigneusement ficelés et déposés devant la porte – n'était pas plus proche de la vérité que le premier. En réalité, mon père n'était pas aussi distingué que ma mère avait cherché à s'en convaincre par la suite, ni aussi ignoble que je le prétendais, par esprit de contradiction. Toujours est-il que chacun de nous tenait mordicus à son propre marché de dupes. Ce n'était pas tout à fait de la mauvaise foi ; simplement, nous recouvrions nos torts partiels de nos demi-raisons. C'est comme si ma mère et moi nous efforcions en vain de faire tourner deux demi-cercles qui se fuyaient l'un l'autre et, ce faisant, jamais ne parviendraient à se compléter. Il y avait désormais deux tombes pour un même cadavre : dans l'une étaient ensevelies les journées de mon père, et dans l'autre ses nuits. Quand nous désirions honorer sa mémoire, ma mère allait se recueillir sur une tombe, moi sur l'autre.

Des années plus tard, quand Ayşin effectua avec une collègue britannique des recherches de terrain, dans trois secteurs d'Istanbul, sur la façon dont l'islam populaire orientait la vie quotidienne, elle rapporta avoir vu, dans le même quartier, deux tombeaux appartenant à un même saint, et s'être étonnée que personne ne trouve cela bizarre. Moi non plus je n'avais rien vu là de bizarre.

C'est vers cette même période que j'ai commis l'erreur de céder aux demandes insistantes d'Ayşin et de ma mère de se rencontrer. Le soir, en rentrant de chez ma mère, Ayşin, apparemment incapable de faire le lien entre « le père » que je lui avais décrit jusque-là et « le premier mari » dont ma mère lui avait parlé toute la journée, en vint même à conclure (comme toujours dans ce genre de situation) que l'un de nous deux mentait, et que ce mensonge était spécialement dirigé contre elle. Après un bref débat intérieur où elle tenta de reconstituer la *vraie* personnalité du défunt – elle pensait que ma mère embellissait le tableau par excès de bonne volonté, et que je le noircissais à cause de mes arrière-pensées –, elle décida que c'était moi qui mentais, et ce dans le seul but de justifier ma « situation ».

Ce qu'elle voulait dire par ma « situation », c'était ma consommation d'alcool en hausse constante. Ce qu'Ayşin ignorait et sûrement n'aurait pas apprécié d'apprendre, c'est que je n'avais pas de problème de cet ordre jusqu'à notre mariage. Je ne l'accuse pas – ni elle ni notre mariage. D'ailleurs, je suis incapable de déterminer un point de départ. La seule chose que je sais, c'est qu'après un certain temps ma vie a esquissé un cercle et est revenue au début, et que je me suis retrouvé sur la chaise où mon père s'asseyait à une époque, et dans le même état que lui. Il y avait malgré tout de notables différences. Ayşin n'était pas comme ma mère. Elle ne m'a pas préparé de tables somptueuses et n'est pas restée passive en face de moi. Elle a essayé de prendre les choses à la légère, et elle a fait la gueule ; elle a tenté la douceur, et elle a fait la gueule ; elle s'est montrée compréhensive, et elle a fait la gueule ; elle s'est énervée, et elle a fait la gueule ; elle a brandi la menace, et elle a fait la gueule ; elle m'a méprisé, et elle a fait la gueule ; elle est restée à mes côtés, et elle a fait la gueule ; elle est partie, et elle a fait la gueule ; elle est revenue, et elle a fait la gueule... Elle a tout essayé, le plus souvent en faisant la gueule. Moi aussi, j'ai tout essayé pour gagner son cœur. J'étais plein de gratitude envers elle, surtout au début. Je m'évertuais à penser de la façon la plus basique qui soit. Ses efforts étaient la preuve criante qu'elle ne prenait pas, comme ma mère, secrètement plaisir à voir trébucher son mari et que notre mariage n'était pas comme celui de mes parents. Grâce à cette disposition d'esprit, tout s'est bien passé pendant quatre ou cinq mois. J'avais passablement diminué ma consommation d'alcool. Mais ce progrès digne d'éloges m'a rapidement conduit à être mon principal rival. D'abord, quand je dépassais légèrement la dose, ensuite, quand je buvais sans plus de limites, et enfin, chaque fois que je buvais, je me faisais incendier et devenais un objet d'aversion parce que j'avais été incapable de répéter mon succès précédent.

— Nous savons très bien que tu peux mieux faire, disait Ayşin, nous le savons, n'est-ce pas ?

Ce NOUS ressemble au suc gélatineux et incroyablement acide que libère le bonbon que vous laissez doucement fondre sur votre langue quand il se désagrège tout à coup... ou à une coulée de lave... un magma brûlant, incandescent, avide de conquête... qui jaillit d'une seule source pour lancer de tous côtés ses langues de feu, anéantir toute vie sur son passage, jusqu'à ce qu'il ne reste plus rien d'autre que lui. C'est ainsi que Dieu s'exprime dans les livres saints. Il emploie le NOUS lorsqu'il parle de toutes les actions de création, de destruction, de punition ou de rétribution. Les mères aussi parlent de cette manière à leurs enfants. « Est-ce que nous avons faim ? » demandent-elles, ou encore : « Que son tonton n'aille pas croire que nous faisons toujours autant de bêtises, en réalité nous sommes très sages. » Bien que les décisions prises ou les choix opérés n'appartiennent qu'à elles seules, elles annexent dans les frontières de leur propre existence celles de l'autre, comme s'il n'existait pas deux personnalités différentes, mais un seul tout global et sans limites. L'équation du NOUS, utilisé par Dieu dans le Coran, par les mères à l'adresse de leurs enfants et par Ayşin quand elle me parle de mon problème d'alcool, n'est pas (Nous = Moi + Toi) mais (Nous = Moi + Tout ce qui n'est pas moi). Rester en dehors d'un tel NOUS est impossible.

Je n'ai pas pu rester en dehors, moi non plus. À maintes reprises, coup sur coup, j'ai arrêté l'alcool ; au début, avec enthousiasme et peut-être une part de succès ; par la suite, avec une motivation quelque peu défraîchie ; puis avec un zèle en berne et, vers la fin, en sachant pertinemment que je n'y arriverais jamais. Chaque fois, nous avons préparé ensemble de nouveaux calendriers : des calendriers où les jours comptaient plus que les années, où le temps était mesuré à l'aune des promesses non tenues, des calendriers chargés de symboles de délais, de signes et de serments. Nous préparions des quadrillages à la règle pour y tracer les calendriers mensuels qui avaient l'air de petites boîtes. Lorsque je déviais du plan, je bataillais avec Ayşin pour la persuader de ne pas faire apparaître cet écart comme une tache sur le papier, mais de tout reprendre de zéro et d'en faire un nouveau. La moindre peccadille, une occasion appropriée ou chaque jour particulier offrirent un nouvel avènement à mes calendriers. Ainsi, à l'obtention de mon doctorat, les Jours de l'An, à mon trente-troisième anniversaire, aux premières neiges de l'année, quand je suis sorti indemne d'un accident de la route qui avait démoli le devant de la voiture, à notre anniversaire de mariage, au trente et unième anniversaire d'Ayşin, quand j'ai appris que mon directeur de thèse avait le cancer du poumon, le soir où nous nous sommes brouillés avec ma sœur après une violente dispute, le jour où j'ai appris la mort de mon beau-père, dans les divers milieux où l'on discutait de la nécessité de connaître la valeur de la vie, à l'occasion de nos escapades en dehors d'Istanbul avec Ayşin, sur les routes, dans les maisons, dans les fêtes, dans les hôtels, sur les plages... en regardant ma femme droit dans les yeux, je martelais : j'ai ar-rê-té, j'ai ar-rê-té, j'ai ar-rê-té de boire.

Mais mes succès n'étaient pas suffisants. À un moment, comme je n'avais pas touché une goutte d'alcool pendant des semaines, chaque verre que je bus par la suite était synonyme de régression. La personne qu'on érigeait en exemple n'était autre que moi-même ; l'idéal qui me glissait entre les doigts comme une savonnette, que je ne parvenais jamais à rattraper malgré ma poursuite acharnée, qui toujours m'échappait même si je lui mettais la main au collet et dont j'étais incapable de répéter le succès, c'était moi. Après un certain temps, Ayşin se mit, elle aussi, à confondre ce qui relevait de « l'insuffisant » ou de « l'excès ». Dès lors, la raison de ses ingérences commença à devenir floue. La raison qui la poussait à me mettre en compétition avec moi-même ne provenait plus de son inquiétude pour ma santé. Les paroles et les actes perdirent leur sens premier ; de manière indirecte, tout se transforma en l'indication de quelque chose d'autre. Mes calendriers étaient maintenant autant de baromètres. Ayşin mesurait l'amour que j'avais pour elle au nombre de jours que j'avais passés sans boire. Or, dès que l'amour entre en ligne de compte, les nombres et les proportions ne servent à rien d'autre qu'à générer le trouble. BEAUCOUP reste un mot faible quand on pense qu'il peut être encore « plus ». J'aimais beaucoup Ayşin. Mais *nous savions tous les deux* que je pouvais faire encore mieux. Une erreur de compréhension s'était glissée quelque part et avait amené Ayşin à croire que je devais non seulement diminuer, mais radicalement arrêter l'alcool, et que je ne pourrais atteindre ce difficile objectif qu'à l'aide de notre amour, et que si j'y parvenais, c'était « pour elle ». J'étais coincé. Au début, elle voulait que je diminue pour préserver ma santé, puis que j'arrête complètement pour préserver notre relation, et l'alcool, sans que je comprenne comment, devint non plus mon problème mais le sien.

À cette époque, j'ai tracé une énorme croix, d'un rouge écarlate, sur mon calendrier. Cette renaissance, qui tombait par hasard le 22 du deuxième mois, différait de deux façons des précédentes : la première, c'est qu'avant j'arrêtais toujours ouvertement de boire, alors qu'à présent j'arrêtais de boire ouvertement. La seconde, c'est que, contrairement à mes autres promesses, j'y suis resté fidèle jusqu'à la fin. Du 22.2.2001 jusqu'au 28.2.2002, date à laquelle le tribunal a prononcé notre divorce, en une seule audience et sans nous causer de tracas, je n'ai pas bu une seule goutte d'alcool en présence d'Ayşin.

Pendant un moment, elle suivit ce progrès subit et radical avec une joie teintée d'incrédulité. Mais le doute ne tarda pas à se substituer à la joie. Elle n'essaya pourtant jamais d'aller plus loin ou de jouer les détectives. Bien qu'elle surveillât chacun de mes faits et gestes quand j'étais dans son champ de vision, pas une seule fois elle ne se douta de ce que je faisais, la journée, dans les zones en dehors de sa surveillance. Je ne sais pas si, durant cette période, cette histoire de saint à deux tombes lui est revenue à l'esprit ou pas, mais mon cercle s'est remis à tourner et, comme l'avait fait mon père, j'ai endossé deux personnalités distinctes pendant les deux moitiés de la journée. Seulement, il y avait une différence notoire entre nous. Mon père prenait son mal en patience la journée et buvait la nuit. Chez moi, comme le nécessitaient les circonstances, l'ordre s'était inversé : la nuit, je prenais mon mal en patience, et le jour je buvais.

Le corps humain contient une horloge qui fonctionne non seulement de droite à gauche mais aussi dans l'autre sens. Tout dépend de la façon dont vous la remontez. En deux semaines tout au plus, je m'étais habitué à mon nouveau système. Mes horaires irréguliers à l'université étaient une véritable bénédiction. La journée, je ne ratais pas une seule des occasions qui se présentaient et me promenais imbibé d'alcool ; le soir, je dessoûlais dès que je rentrais à la maison, comme si je m'étais plongé la tête dans un plein seau d'eau glacée. La nuit, je m'armais de patience, et le matin, dès qu'Ayşin partait au travail, je commençais à boire au petit-déjeuner. En fin de compte, la journée ou le soir ne faisait pas grande différence : afin de pouvoir convenablement gérer l'un, j'avais besoin de désorganiser, ou du moins, de la garantie que je pourrais désorganiser l'autre. Contrairement à mes craintes, cet arrangement ne pesa ni sur ma tête, ni sur mon estomac. Peut-être est-on capable de s'habituer à tout, aussi longtemps qu'on pense qu'il n'y a pas mieux.

Mais alors que j'instaurais ce nouvel ordre, je n'ai pas tenu compte du fait que chaque chose possède une nature propre. Mon père, pourtant, l'avait appris des années plus tôt. La période diurne n'était pas la plus adaptée pour se cacher ou dissimuler des secrets. Faire assumer au jour les secrets de la nuit relevait quasiment de l'impossible : autant demander à un agneau de se transformer en loup, au soleil d'été d'apporter de la fraîcheur, ou à un enfant d'oublier les gros mots qu'il a appris. Pas seulement parce que, tout au long du jour, nous sommes en contact avec une foule de gens, tenus à tout un tas d'obligations, ou sans cesse exposés aux regards... En fait, la journée présentait un autre désagrément. Ce n'est pas la nuit, mais bien le jour que la ville se transforme en une sombre forêt pleine de rumeurs. Dès que je mettais quelques bribes de secrets dans le creux d'un tronc d'arbre, à peine avais-je tourné les talons que de sournoises et silencieuses créatures de la forêt venaient me les chaparder. Où que je tourne la tête, entre les branches qui m'entouraient, j'apercevais des centaines d'yeux luisants sous les rayons du soleil – un faisceau de lumière crue, qui m'empêchait de comprendre qui me regardait, d'où et dans quelle intention. Dans cette clarté étouffante, comme un myope ayant perdu ses lunettes, j'avançais d'un pas mal assuré, incapable de distinguer les visages de ceux dont j'entendais les chuchotements. Je sentais que l'odeur d'alcool sur moi, mon élocution souvent trébuchante, ou ma déconcentration étaient perçues par les autres, mais je ne parvenais pas à déterminer qui se rendait compte de quoi ni à quel degré.

C'est précisément à ce moment qu'Ethel tomba au milieu de mes journées pour y peser de tout son poids. Nous ne nous étions pas vus depuis deux ans. Après avoir perdu son joueur de *ney mevlevi*, et répandu suffisamment de poison sur mon projet de mariage avec Ayşin, elle était partie en Amérique, pour s'y installer avec un brillant et versatile chirurgien du cerveau pakistanais. Lorsqu'elle revint, aussi subitement et impétueusement qu'elle était partie, le hasard voulut qu'elle débarquât au moment où j'avais le plus besoin, si ce n'était d'elle, de quelqu'un comme elle. J'avais oublié que le plus grand plaisir d'Ethel dans la vie était de fouler de ses pieds crottés de boue les tapis hors de prix ornant les coquets salons des femmes comme Ayşin. Mais elle se chargea de me le rappeler. Elle ne fut pas longue à remarquer mon addiction. Et lorsqu'elle s'en fut aperçue, elle ne me méprisa pas, ni ne me jugea, ni ne m'assaillit de questions dont elle connaissait déjà la réponse. Elle me remit dans les mains une carte savamment préparée – dont, même aujourd'hui, j'ignore le nombre d'années et quelle expérience de la vie il lui avait fallu pour l'établir – afin que je puisse me promener avec un minimum de dommages dans cette forêt grouillante d'yeux sans corps et de voix sans visages. C'était une carte on ne peut plus technique : de brèves pauses-alcool planifiées en fonction de mes horaires de travail, des boissons fortes à avaler en une seule prise et élégamment camouflées dans des thermos, de petites astuces sur ce qui pouvait atténuer l'odeur de tel ou tel alcool, des compléments pharmaceutiques pour retrouver mes esprits, des antioxydants, des vitamines, des minéraux, des gélules d'artichaut pour soutenir mon foie... Avec le sérieux et la persévérance d'un entraîneur expérimenté préparant aux compétitions internationales un jeune athlète aux capacités limitées mais aux rêves sans limites, elle me concocta le meilleur programme possible au regard de ma situation. Et elle fit plus encore. Pendant tout ce temps, à chaque occasion, elle me tint compagnie et but avec moi.

Le plus grand revers de fortune que puisse connaître une femme mariée est de voir, au moment où son mari cherche le moyen d'échapper aux règles et aux interdits qu'elle a édictés, la vie mettre sur sa route une autre femme qui se rendra complice de ses mauvais penchants. Une fois ce hasard devenu réalité, je me suis soudain retrouvé dans une sorte de palais des glaces, empli de miroirs déformants et mensongers, dans lesquels Ethel m'apparaissait plus proche et Ayşin plus loin qu'elles ne l'étaient en réalité. Mais les conséquences n'étaient peut-être pas aussi drastiques que je le pensais. Quoi qu'il en soit, lorsque, des mois plus tard, Ayşin demanda le divorce, le motif n'en fut ni Ethel ni mon infâme addiction.

NUMÉRO 8 :
LA MAÎTRESSE BLEUE

Depuis vingt minutes, la Maîtresse Bleue était assise, le regard fixé sur les traînées d'huile rougeâtres qui exsudaient des restes défraîchis du poulet à la tcherkesse. Elle était incapable de la moindre réaction. Loin d'elle l'idée de s'insurger ou d'en découdre, elle n'avait même pas envie de parler ; de toute façon, elle n'avait rien à dire. Elle avait été touchée au talon d'Achille du statut de la maîtresse : les enfants !

Comme toute maîtresse d'un homme marié, elle en savait beaucoup trop sur ce qui aurait dû rester ignoré et ne savait que faire de ces informations superflues. Les maîtresses ont connaissance des secrets les mieux gardés et les plus honteux de certaines de leurs congénères, alors qu'elles n'ont jamais eu l'heur de les rencontrer – et qu'elles seront probablement encore moins à même de les rencontrer à l'avenir. Tandis que les épouses ne savent rien d'elles, et, la plupart du temps, ignorent jusqu'à leur existence, les maîtresses ont déjà les bras chargés de renseignements de toutes sortes à leur sujet... Des détails épineux, futiles, morbides... Si, par exemple, les épouses ont l'habitude de s'appliquer une crème sur le visage avant de se coucher, les maîtresses savent à quoi ressemble l'odeur de ces crèmes. Elles connaissent leurs goûts vestimentaires, le degré d'importance qu'elles accordent au maquillage, le type de mères qu'elles sont, le genre de bijoux qu'elles portent, la manière dont elles se meuvent dans la maison, les heures auxquelles elles se couchent et se lèvent, leurs habitudes alimentaires, leurs perpétuels sujets de curiosité, leurs pesantes manies, leurs frigidités, les personnes avec qui elles se montrent affables mais qu'elles critiquent dès qu'elles ont le dos tourné, leur kyrielle d'hypocrisies, leur ribambelle de complexes, leurs mensurations et la façon probable qu'elles auraient de réagir *au cas où elles apprendraient la vérité* ; et ce sans même avoir à poser une seule question. Les maîtresses ne se mettent pas en peine d'aller déloger les détails car ce sont les secrets qui viennent jusqu'à elles. Et ils affluent d'eux-mêmes parce que, pour convaincre leur maîtresse de la situation intenable dans laquelle ils vivent, les hommes Insatisfaits de Longue Date mais Incapables de Mettre un Terme à leur Mariage, et Désireux de Changer sans Lâcher ce qu'Ils Tiennent, déboulent avec de gros titres plus provocants les uns que les autres, comme un quotidien tombant dans le journalisme à sensation pour émouvoir ses lecteurs.

Contrairement à ce que croient les épouses, ce ne sont pas les maîtresses, mais leurs maris qui ne savent pas tenir leur langue et se répandent en propos infâmants sur leur compte. Les maîtresses prêtent simplement une oreille attentive. Non seulement elles ne font pas le moindre effort pour en apprendre davantage, mais, tant qu'elles ont confiance en leur pouvoir et sont satisfaites de leurs privilèges, elles ne touchent même pas à cette mine d'informations déplaisantes venues s'amonceler dans leur giron. Les maîtresses des hommes mariés manifestent une remarquable grandeur d'âme. Elles connaissent, pardonnent et épargnent leurs ennemies qui, de leur côté, n'hésiteraient pas à les noyer et à leur faire rendre gorge sans sourciller.

Mais Achille a son talon ; les pièces de satin sont rongées par les mites et il suffit d'un trou d'air pour saper tout le pouvoir des maîtresses... Dès que les hommes Insatisfaits de Longue Date mais Incapables de Mettre un Terme à leur Mariage, et Désireux de Changer sans Lâcher ce qu'Ils Tiennent ont une maîtresse, ils se mettent à aimer leurs enfants comme jamais ils ne les ont aimés auparavant. C'est un amour sincère ; mais il est tout autant pathologique. De même qu'Adam a caché sa nudité avec une feuille de vigne, les hommes de la superfamille des ILDLM, de la famille des IMTM, et de la sous-famille des DCLIT recouvrent leurs dévoiements avec l'amour qu'ils portent à leurs enfants. Alors que les années passent et que le nombre de leurs maîtresses augmente, leur attachement à leurs enfants grandit et se ramifie. Exactement comme Ève a dû se procurer la même feuille de vigne qu'Adam, les maîtresses sont obligées d'apprécier l'amour de leur amant pour leurs enfants, un attachement qui grandit à mesure qu'on s'y plie, qui devient de plus en plus sensible à chaque consentement et, au bout du compte, finit par obtenir l'immunité.

Avec une lassitude inclinant à la colère, la Maîtresse Bleue releva lentement les yeux des traînées d'huile rougeâtres qui exsudaient des restes défraîchis du poulet à la tcherkesse qu'elle fixait depuis vingt minutes et regarda le négociant en huile d'olive. Sa fille de douze ans s'était retrouvée alitée à cause d'une forte fièvre. Alors qu'il tentait de lui reprocher de mal s'occuper de l'enfant, il s'était fait rabrouer par sa femme :

— Puisque tu aimes autant ta fille, reste avec elle ce soir, au lieu d'aller chez ta maîtresse !

Le négociant en huile d'olive, qui pensait jusque-là avoir réussi à cacher à sa femme sa relation illicite, s'était mis dans tous ses états. Une violente dispute avait éclaté dans la maison et l'enfant malade avait *tout entendu.*

La Maîtresse Bleue se leva de sa chaise et serra étroitement le négociant en huile d'olive dans ses bras. D'une voix cruellement douce, elle lui dit qu'il n'y avait pas de quoi s'inquiéter, que tout finirait par s'arranger, que sa fille serait bientôt guérie et qu'elle panserait facilement son cœur blessé parce qu'elle aimait beaucoup son papa. Elle lui tint exactement le discours attendu ; sans un mot de moins ni de trop. Le négociant en huile d'olive regarda sa maîtresse avec une âcre gratitude. Il paraissait apaisé à présent. Il avait entendu exactement ce qu'il désirait entendre.

Tandis que la Maîtresse Bleue le raccompagnait jusqu'à la porte, le négociant sourit pour la première fois depuis des heures. Sur le seuil, il serra affectueusement la jeune femme contre lui.

— Ce que tu as fait était délicieux, dit-il en lançant un coup d'œil à la table qu'il venait de quitter.

— Ce n'est pas moi qui l'ai fait, dit la Maîtresse Bleue. J'ai tout acheté au supermarché.

Difficile de dire, au ton de sa voix, si elle était en colère ou pas.

Le négociant en huile d'olive resta figé un moment. Difficile de comprendre, d'après son regard, s'il était surpris ou pas.

NUMÉRO 2 :
SIDAR ET GABA

Dans le silence impressionnant, qui, en début de soirée, avait doucement investi et entièrement coupé du monde extérieur l'appartement numéro 2, Gaba, les quatre pattes pointées dans une direction différente, était plongé dans un profond sommeil. Comme il était non seulement lové dans le silence mais aussi sur son maître, Sidar n'avait aucune possibilité de bouger tant que Gaba dormirait. Mais Sidar n'en avait cure. Il était même très heureux comme ça. Il aimait rester ainsi, sans rien faire, sans même tenter de faire quoi que ce soit, avachi, négligé et la tête vide, blotti contre l'être qu'il aimait le plus au monde, abandonné à une mollesse extrême et libre de tout dessein... Il ferma les yeux et se laissa glisser dans un rêve décousu.

Dans un vaste et luxuriant jardin entouré de grilles en fer forgé, Sidar vit une jeune fille aux cheveux d'ambre, drapée dans des voiles argentés, allongée, languide, sur une chaise longue. Elle ressemblait à s'y méprendre à l'une de ses sœurs mais était incomparablement plus belle. De la main, elle lui faisait signe d'approcher. Gaba somnolait devant l'entrée et Sidar l'attacha à la grille. Il savait pertinemment que Gaba détestait les laisses, qu'il ferait un tapage infernal en se réveillant, et qu'il valait mieux ne pas le laisser seul ici. Mais il poussa la gigantesque porte d'entrée, se faufila par l'entrebâillement et entra dans le jardin sans quitter la fille des yeux. Le jardin était encore plus verdoyant qu'il ne le paraissait vu de l'extérieur, mais pour une étrange raison, le bassin qui se trouvait en son centre était complètement à sec. D'énormes insectes se promenaient à l'intérieur. La fille se leva en souriant et Sidar remarqua soudain qu'elle était bien, bien plus grande que lui. En plus, elle n'arrêtait pas de grandir, elle s'élevait constamment vers le ciel. Inquiet, Sidar regarda ses pieds et vit qu'elle portait des chaussures à épais talons d'une hauteur vertigineuse. La fille se mit subitement à vaciller, et tandis qu'elle essayait de retrouver son équilibre, elle frappa violemment le sol du pied. Tac ! « Arrête ! » s'exclama Sidar. Mais son cri avait dû provoquer l'effet inverse sur la fille car elle se mit à taper des pieds comme une folle : « Tac, tac, tac ! »

— Arrête, t'es dingue ou quoi, arrête de faire ça ! s'écria Sidar, angoissé à l'idée que Gaba se réveille.

Il se tourna et regarda dans sa direction, mais à présent, la gigantesque grille de fer, encore entrouverte quelques secondes auparavant, était à la fois fermée et très, très éloignée. Tandis que la fille continuait à taper du pied, « Tac, tac, tac », ce que Sidar craignait se produisit. Gaba se mit à aboyer à s'en arracher le gosier. Après avoir lancé un regard furibond à la fille, Sidar courut précipitamment vers le portail. Et au même moment, il se retrouva en train de courir, tout vaseux, vers la porte de l'appartement numéro 2 de Bonbon Palace. Le vacarme lui brisait les tympans. Plus Gaba aboyait, plus la porte sautait sur ses gonds ; plus la porte sautait sur ses gonds, plus Gaba aboyait.

Quand, finalement, Sidar ouvrit la porte, il trouva devant lui Muhammet, en train de s'exprimer à coups de pied. L'enfant regarda Sidar de la tête aux pieds et lui tendit une assiette recouverte d'une serviette : « De la part de Mme Teyze. »

Sidar émergea rapidement des vapeurs du sommeil, souriant d'un air entendu. Ce dont il plaisantait toujours avec ses amis s'était réalisé. Le traditionnel halva que les vieilles voisines avaient l'habitude de préparer et de distribuer de porte en porte arrivait jusqu'à lui, pile au moment où il avait une irrépressible envie de sucre après un trip d'acide. Sidar et ses amis appelaient cela « l'infiltration de la tradition dans le domaine du non-conventionnel ». Il remercia l'enfant en trébuchant sur les mots tant il était réjoui et, après s'être emparé de l'assiette, il lui referma la porte au nez. Gaba avait cessé d'aboyer et attendait patiemment, sa truffe humide en l'air. Sidar lui lança un coup d'œil goguenard, souleva la serviette et resta interdit. Ce qu'il avait devant lui n'était pas du halva, mais deux gâteaux de farine. Deux gâteaux de farine légèrement aplatis aux extrémités et saupoudrés de sucre glace. Le visage de Sidar pâlit.

Il se souvint.

NUMÉRO 7 :
MOI

Nous étions installés sur le balcon en train de siroter notre verre.

— Pourquoi ne tentes-tu pas quelque chose pour arrêter ce manège ? me dit Ethel, en passant par-dessus la rambarde métallique ses ongles vernis, qu'aujourd'hui elle avait peints d'une couleur rouge-orangé.

À l'endroit qu'elle m'indiquait, j'aperçus une femme en train de jeter ses poubelles contre le mur du jardin.

Je haussai les épaules.

Désormais, que j'ouvre ou ferme les fenêtres, cela ne change rien. Avec la chaleur qui augmente de jour en jour, l'odeur d'ordures se fait de plus en plus pestilentielle. Dans la rue, on peut toujours presser le pas ou remonter les vitres de sa voiture. Mais chez soi, si, quand vous vous levez le matin, quand vous vous couchez le soir, les murs, la porte, la fenêtre empestent de la sorte tous azimuts, eh bien, vous êtes piégés. Vous n'avez aucun moyen d'échapper à cette odeur nauséabonde. Chaque soir, quand je rentre chez moi, je découvre un amoncellement informe de détritus au coin de l'immeuble. Chaque soir m'attend un tout nouveau monticule d'ordures constitué de sacs-poubelle arborant le sigle des supermarchés et des épiceries du coin – des sacs de toutes les tailles, remplis à ras bord, soigneusement ficelés mais, allez savoir pourquoi, toujours percés par le fond –, de boîtes en carton balancées n'importe comment, d'objets disparates, brisés pour la plupart, et ayant appartenu on ne sait à qui, de nuées de mouches noires, bourdonnantes, répugnantes, virevoltant au-dessus des écoulements de jus de pastèque et des déchets dispersés… Et puis, les chats… assoupis toute la journée au-dessus, à l'intérieur, au-dessous et à côté des sacs-poubelle, des dizaines de chats, de plus en plus nombreux au fil des jours, efflanqués ou très gras, indifférents aux passants, vautrés à longueur de temps dans leur royaume aux exhalaisons méphitiques…

À différents moments de la journée, j'observe avec anxiété, depuis mon balcon, la progression de la montagne d'ordures. Avant midi, le monceau est déjà substantiel ; et jusqu'au soir, les poubelles viennent s'ajouter aux poubelles. Un peu avant la tombée de la nuit, deux Gitans, un jeune et un vieux, arrivent avec leur voiture à bras et fouillent longuement les déchets. Ils mettent à part dans de grands sacs les boîtes métalliques, les journaux et les bouteilles en verre qu'ils ont trouvés et les emportent. En bas, la vie semble fondée sur une perpétuelle et corrosive répétition : les chats lacèrent les sacs sur lesquels les mouches ont jeté leur dévolu, les Gitans déchiquettent ce que les chats ont lacéré, le camion poubelles qui s'engouffre chaque soir dans la rue juste à l'heure de pointe récupère ce que les Gitans ont laissé, et à nouveau, les mouches, les chats et les mouettes dépècent ce que le camion poubelles a éparpillé. Malgré cette incessante circulation, jamais le monticule d'ordures au pied du mur du jardin ne disparaît. Même si, la nuit, il diminue quelque peu, très vite, de nouveaux détritus viennent le reconstituer, en apportant avec eux cette odeur caractéristique de poubelles, aigre et irritante.

— Que veux-tu que je fasse ? Que je monte la garde devant le mur ?

— Invente un truc suffisamment radical pour qu'ils n'aient plus jamais envie de venir vider leurs poubelles ici. Allez, trésor. Creuse-toi les méninges. Tu finiras bien par trouver quelque chose, asséna-t-elle en terminant une fois de plus son *raki* avant moi.

Je m'adossai contre mon siège et allumai une cigarette. Tiens, ce soir il n'y avait pas de fourmis. J'exhalais ma fumée dans les airs quand, soudain, une idée, une petite idée pas plus grosse qu'un pou, germa dans mon esprit.

NUMÉRO 2 :
SIDAR ET GABA

En regardant Gaba lécher les miettes de gâteau de sa langue rose et râpeuse, Sidar se remémora un jour de son enfance, du temps d'Istanbul. Il était dans la rue, il neigeait. Comme chaque samedi matin, ils étaient allés en famille voir sa grand-mère maternelle, mais cette fois, leur visite avait été plus courte que d'habitude. Depuis leur départ de chez la vieille femme, sa mère et son père se tenaient par le bras et avançaient avec réticence, comme si chaque pas eût été une corvée ; ils discutaient de quelque chose à voix basse. Sidar, dont personne à cette époque n'aurait imaginé qu'il deviendrait aussi filiforme en grandissant, était emmitouflé sous plusieurs couches de vêtements et ressemblait à un gros chou rond. Il marchait devant, son bonnet en laine à motifs de cerfs enfoncé jusqu'aux oreilles et une écharpe assortie lui couvrant le nez. On ne voyait plus que ses yeux. Alors qu'augmentait la distance qui le séparait de ses parents, il prenait un malin plaisir à sauter dans toutes les flaques de boue qu'il trouvait sur son chemin. Comme cela ne lui avait pas valu une seule réprimande, il pouvait mesurer toute la gravité du débat qui se déroulait à mi-voix derrière lui. D'ailleurs, quand les adultes veulent signifier à leurs enfants, sans l'exprimer ouvertement, qu'un malheur est arrivé, il leur suffit de ne pas se fâcher contre ce pour quoi ils s'emportent d'habitude. Sidar sentait bien que quelque chose allait de travers, il était tenaillé par un mauvais pressentiment. Pour se convaincre qu'aujourd'hui était un jour comme un autre, il lui fallait trouver une grosse flaque pleine de boue et de saleté, sauter dedans, puis se prendre un bon savon par sa mère, et même une bonne claque par son père.

La rue d'après, il tomba sur ce qu'il cherchait. Un peu plus loin, devant une bâtisse en ruine, un lac de fange s'était formé dans un trou circulaire sur la chaussée. D'un pas décidé, il se dirigea droit dessus et enfonça sa botte dans le trou, dont il était incapable d'évaluer la profondeur. Au même moment, il entendit une sorte de râle. Il recula d'un bond, et, l'air faussement désinvolte, regarda autour de lui. Personne... Ses parents étaient loin derrière, toujours occupés à leurs messes basses. Il se retourna vers la flaque et y plongea le pied de toutes ses forces. Un gémissement étouffé s'éleva... Comme si une voix émanait de sous son pied... comme si la boue gémissait de douleur... Peut-être était-ce une mise en garde ? Quelqu'un l'avertissait de rester en retrait. Peut-être se trouvait-il devant un de ces trous que la municipalité creusait et oubliait ensuite de refermer. Une fosse mortelle, sombre et trouble... Il fut saisi d'effroi. Pourtant, la peur de la mort n'était pas si terrible que cela. Sans hésiter, il plongea l'autre pied et avança dans la vase.

Son cœur battait à tout rompre. Quelle était la profondeur de ce trou, où était le fond ? Il se prit à imaginer que, après un ou deux pas, il serait aspiré vers le bas et entraîné le long d'un étroit et obscur boyau jusqu'à la mer. Et après sa mort... après avoir disparu dans ce lac de boue, comme s'il avait été avalé par une énorme bouche aux dents pointues, il ne resterait de lui que son bonnet rouge à motifs de cerfs ; son père et sa mère, tout à leurs conciliabules, passeraient près de la fosse qui, à peine une minute avant, aurait pris la vie de leur fils. Quand ils finiraient par s'apercevoir de sa disparition, ils referaient le trajet par toutes les rues qu'ils avaient empruntées ; fous d'inquiétude, ils fouilleraient chaque recoin, soulèveraient chaque pierre, et lorsque, finalement, ils apprendraient la vérité des yeux du cerf rouge plongé dans la gadoue, ils se consumeraient de douleur. Sidar passa en revue toutes les offenses, petites ou grandes, qui s'étaient accumulées dans sa mémoire comme du gravier : les paroles qui l'avaient blessé, les réprimandes qui l'avaient mortifié, les injustices dont il avait fait les frais… Et avec délectation, il se représenta les affres et les remords qui viendraient torturer les membres de sa famille et ses amis, tous responsables de chacun des affronts qu'il avait subis.

En pleine rêverie, il avait déjà atteint l'extrémité de l'ornière. Il s'extirpa à contrecœur de la flaque qui lui arrivait jusqu'aux genoux, frappa fortement des pieds en projetant de grosses gouttes de boue, tourna le coin de la rue et s'arrêta net. En face de lui, un chiot était couché sur le bord du trottoir. La voix qui l'avait glacé d'effroi n'émanait donc pas de ce trou mortel creusé par la mairie, mais de ce chiot étique aux yeux noirs. Il n'avait pas de sang sur son pelage ; ni plaie ni blessure apparente. Pas la moindre trace des roues du minibus qui lui était passé dessus un peu auparavant. Le visage de Sidar s'assombrit. En voyant que la mort qu'il se complaisait à imaginer il y avait quelques secondes encore était à la fois si proche et si extérieure, il se sentit stupide et cruel, insignifiant et sans cœur. Tous les songes auxquels il s'était abandonné étaient absurdes, et toutes les rêveries qu'il avait échafaudées étaient vaines. La seule chose réelle, c'étaient les résidus de boue qui commençaient déjà à sécher sur ses jambes de pantalon et la souffrance de ce chiot. Tout le reste n'avait aucun sens. Il avait une famille mais il était seul ; il n'aimait personne et personne ne l'aimait ; il était constamment méprisé et méprisait tout le monde ; il ne savait pas être heureux et ne pensait pas être capable de l'apprendre ; il avait onze ans, mais, aux yeux de tous, il était encore un enfant ; personne ne lui demandait son avis, et même si on le lui avait demandé, il n'avait probablement d'avis sur rien.

Il pouvait très bien revenir sur ses pas, appeler ses parents et leur demander de l'aide ; ou faire un pas en avant, s'approcher du chien et tenter de lui porter secours. Mais il n'en fit rien. Il se pressa seulement d'enfouir les mains dans ses poches, comme s'il craignait d'être contaminé s'il touchait quoi que ce soit. Il sentit alors quelque chose de mou dans sa poche gauche. Derrière lui, la sourde acrimonie de son père et de sa mère approchait pas à pas ; ça, c'était la vie. Devant lui, un chiot paralysé de douleur glissait vers le trépas ; ça, c'était la mort. Quant à Sidar, il refusait de participer à l'une ou à l'autre ; il désirait seulement rester le plus loin possible de la mort qui le rejetait et de la vie qu'il honnissait. Si seulement il avait pu disparaître derrière ses paupières comme il se cachait sous son manteau, ses gants, son bonnet et son écharpe ! Soudain, il réalisa ce qu'était la chose molle et écrasée dans sa poche. C'était le gâteau que lui avait donné sa grand-mère.

— Les filles restent avec moi, avait-elle déclaré ce matin-là, mais le garçon doit être auprès de son père.

Lorsqu'il était entré dans la cuisine, sa mère et sa grand-mère avaient le dos tourné. Elles étaient occupées à répartir les gâteaux sablés qu'elles venaient de sortir du four dans des assiettes en porcelaine alignées sur le plan de travail.

— Ne me laissez pas sans nouvelles, avait dit sa grand-mère. Mais dès que vous aurez installé le téléphone, appelez immédiatement un confiseur.

Sa mère semblait vouloir dire quelque chose, mais, apercevant Sidar derrière elles, elle en avertit la vieille femme d'un léger coup de coude.

— Dès qu'on installe une ligne téléphonique dans une nouvelle maison, le premier appel détermine tout le reste, expliqua gravement la grand-mère de Sidar en se tournant vers lui.

C'est la raison pour laquelle, quand on étrenne un nouveau téléphone, avant même ses proches ou ses amis, il faut d'abord appeler une confiserie – confiseur, pâtissier, glacier, fabrique de loukoums... peu importe – pour que tous les appels passés par la suite se concluent sur une note de douceur. Après, libre à nous d'appeler une banque, un bureau de change ou une bijouterie si l'on veut que les communications suivantes rapportent de l'argent ; une agence immobilière si l'on rêve d'une maison, ou un concessionnaire automobile si l'on désire une voiture. Mais l'argent, les biens matériels... tout cela était secondaire... Le plus important était de s'épargner le goût de l'amertume. C'est pourquoi, alors qu'appeler tous les autres dépendait de notre bon plaisir, téléphoner à un marchand de douceurs était, à ses yeux, un devoir.

Ensuite, ils étaient tous passés au salon, ils avaient mangé des gâteaux et, comme chaque samedi matin, Sidar s'était ennuyé. Mais heureusement, cette fois-ci, ils n'étaient pas restés trop longtemps. Dans le flot des adieux interminables où l'on ne savait plus qui embrassait qui ni pourquoi, alors que les adultes étaient décomposés par l'émotion et que les enfants n'avaient toujours pas compris en quoi ce samedi matin était différent des autres, tout le monde s'était retrouvé entraîné vers la porte d'entrée. Et c'est seulement à cet instant qu'il devint clair que les filles resteraient avec leur grand-mère maternelle. Sidar n'y voyait aucun inconvénient. Il était si content d'apprendre qu'il passerait le week-end loin des bavardages de ses sœurs qu'il n'avait même pas protesté contre sa grand-mère qui lui intimait de mettre ce bonnet de fille. Mais au moment où, couvert et accoutré de la sorte, il s'apprêtait à sortir, sa grand-mère maternelle l'attira vers elle et le plaqua contre ses seins qui touchaient son ventre ; tandis qu'elle le serrait à l'étouffer, elle lui fourra quelque chose dans la poche. « Tu le mangeras en route », dit-elle en reniflant de son nez rouge comme une tomate, en pointant un bras en l'air, comme si la route en question se trouvait quelque part dans le ciel. Puis, assaillie par une nouvelle crise de larmes qui la laissa hors d'haleine, elle resta figée, le bras levé, comme si elle avait été transformée en statue alors qu'elle cueillait une pêche dans un verger puis transportée telle quelle sur le seuil. Tandis que le corps pétrifié de sa grand-mère maternelle se dressait devant la porte et leur barrait le passage, tous les membres de la famille étaient alignés dans l'étroit couloir séparant le salon et la porte d'entrée, serrés les uns contre les autres, comme du linge oublié sur une corde et raidi par la gelée nocturne.

Sidar, que les épanchements d'affection avaient toujours plongé dans la plus grande confusion, réussit à se libérer de l'étreinte de son aïeule dont la poitrine sentait légèrement la sueur, fortement l'eau de Cologne et vaguement la levure, et se précipita à l'extérieur. Ce fut là le départ. Depuis, ils marchaient dans la rue, lui devant, sa mère et son père derrière.

★

En voyant le gâteau que Sidar avait sorti de sa poche, le chiot cessa aussitôt de gémir. Pendant un instant, qui sembla une éternité, ils restèrent les yeux dans les yeux. Sidar éprouva de la haine envers lui. Le chien était au seuil de la mort, mais dans ses yeux noirs, qui avaient depuis longtemps perdu leur éclat, le désir de manger ce fichu gâteau tremblait comme une flamme chancelante.

Quelques minutes plus tard, ses parents apparurent au coin de la rue. Ils approchèrent et découvrirent leur fils la bouche pleine, l'air impassible devant un petit chien à l'agonie. Face à une telle insensibilité, les deux adultes, déjà à cran à cause du sujet dont ils débattaient depuis tout à l'heure, craquèrent d'un seul coup. Tandis que sa mère lui criait dessus, son père lui flanqua une bonne gifle.

Il avait enfin obtenu ce qu'il désirait. Sa mère et son père étaient tous deux revenus à leur état coutumier. Pourtant, loin de s'atténuer, cet insidieux et funeste sentiment qui le rongeait de l'intérieur se fit encore plus vif. Et quand Sidar se mit à pleurer, ce n'était ni la gifle, ni les réprimandes qui lui faisaient si mal. En réalité, ce dernier samedi matin à Istanbul, sa conviction que la vie à laquelle il était habitué continuerait toujours ainsi s'était délitée et évanouie comme le sucre glace sur un gâteau maison.

Le soir même, il prit l'avion, ce qui ne lui était jamais arrivé. Ce n'est qu'avec le temps qu'il comprendrait pourquoi sa mère et son père étaient si fébriles avant le contrôle des passeports et quittaient la Turquie avec une telle précipitation. Au terme d'un voyage passé à observer les mouvements d'une charmante hôtesse qui souriait continuellement à tout le monde, lorsque l'avion amorça sa descente il découvrit en dessous de lui une ville étoilée de lumières, brillantes mais sans ombre, dans une paisible obscurité – un pays étoilé de lumières brillantes mais sans ombre, dans une paisible obscurité : la Suisse !

Deux mois plus tard, quand ils quittèrent le dortoir scolaire réservé aux réfugiés politiques et s'installèrent dans le logement qu'ils allaient partager avec une famille syriaque, la première des choses que fit sa mère fut de courir jusqu'au téléphone. Elle parla avec ses filles, en pleurant et répétant sans cesse les mêmes phrases sous le coup de l'émotion. Ni un pâtissier, ni une boutique de marmelades, ni une fabrique de chocolat… peut-être parce que leur premier appel avait été à destination d'Istanbul, au cours des longues années suivantes, c'est toujours de là qu'ils espéraient une bonne nouvelle chaque fois que le téléphone sonnait et cinq ans après, quand les filles vinrent les rejoindre en Suisse à la suite du décès de leur grand-mère maternelle, rien n'avait changé. La façon dont ils avaient étrenné leur nouveau téléphone détermina la suite. Chacune de leurs communications tournait autour d'Istanbul ; s'il ne s'agissait pas toujours de nouvelles, il en était inéluctablement question et c'était un perpétuel sujet d'affliction.

Cependant, Sidar serait le seul d'entre eux à revenir à Istanbul, par ses propres moyens, onze ans et demi plus tard.

NUMÉRO 4 :
LES ATEŞMIZACOĞLU

Enfermée depuis une demi-heure dans sa chambre, assise en tailleur à côté du cafard qu'elle avait écrasé au bord du tapis, Zeliş Ateşmizacoğlu était plongée dans un grave face à face avec son petit miroir de poche, comme si le visage qu'elle y voyait lui avait infligé une sévère injustice. Son visage avait toujours été aussi pâle que si elle avait croisé un fantôme en pleine nuit, et aussi rond qu'un petit plateau de *börek*. Mais depuis cinq mois environ, il était couvert de petites boursouflures et de cloques semblables à des boutons de chaleur. Après avoir déclaré qu'il ne s'agissait ni d'acné ni d'allergie, le dermatologue au rire cassant et aux yeux gonflés qu'elle était allée consulter avec sa mère avait asséné son diagnostic : c'était *psychosomatique*. Dans des états extrêmes d'angoisse et d'anxiété, la peau pouvait se transformer en une nappe à pois rouges. Riant de son propre trait d'esprit, le médecin avait gratifié Zeliş d'une bonne claque dans le dos et rugi de sa voix de stentor :

— Pour l'amour du ciel, si tu t'inquiètes autant à ton âge, plus tard, tu feras regretter à ton mari de t'avoir épousée. Détends-toi, mon enfant, détends-toi !

S'il est une chose dans la vie qui se met à croître et à proliférer de manière incontrôlée au moment précis où elle devrait diminuer, c'est bien l'anxiété. La peur, elle, connaît une phase ultime, un point de saturation. Une fois parvenu à ce stade, même plongé dans la terreur jusqu'au cou, on ne saurait avoir encore plus peur. L'effroi extrême s'anesthésie lui-même. Quant à l'anxiété, elle est comme l'eau empoisonnée d'un puits sans fond. Elle ne connaît ni overdose ni antidote. Autant la source de la peur est concrète et évidente, autant celle de l'anxiété reste abstraite et vague. Ce qui explique que l'on puisse sans difficulté exprimer la cause de sa peur, alors qu'on aura le plus grand mal à déterminer précisément les raisons de son perpétuel état d'angoisse. De ce fait, expliquer à un grand angoissé les risques qu'il encourt s'il continue à se torturer de la sorte, alors qu'il est déjà épuisé par la guerre chronique qu'il mène contre un ennemi non pas physique mais chimique, provoque exactement l'effet inverse du résultat recherché.

Zeliş Ateşmizacoğlu ne savait pas se détendre et pensait ne jamais pouvoir l'apprendre. En s'entendant dire que la cause de tous ses boutons n'était pas une quelconque allergie mais une sourde angoisse, elle avait redoublé d'inquiétude. Aucun savon, aucune crème, aucune lotion au monde ne pourrait la soulager. L'anxiété n'avait pas de solution cosmétique. Après sa visite chez le médecin, ses boutons, qui jusque-là ne lui couvraient que le front et le menton, s'étaient mis à proliférer et à se propager sur toute la figure.

Tout à coup, les échos assourdis d'une musique lui parvinrent de l'étage du dessous. Elle posa son miroir, s'agenouilla et, le visage tourné vers le cadavre du cafard, elle colla l'oreille sur le sol. Depuis quelque temps, elle avait pris l'habitude d'écouter les bruits provenant de cet appartement à divers moments de la journée. Sa chambre était située juste au-dessus du salon de l'espèce d'échalas qui habitait au sous-sol. Par moments, elle l'entendait émettre un étrange « tac, tac », comme s'il marchait au plafond... ou était retenu en otage dans la cave et cherchait à s'évader par le haut. Elle tendait alors l'oreille, dans l'hypothèse qu'il s'agissait de messages codés à déchiffrer... Une fois, elle avait entendu des gémissements se mêler aux aboiements du chien. Ce jour-là, elle s'était patiemment postée à la fenêtre du salon pour voir à quoi la fille ressemblait... et elle l'avait vue. C'était une fille petite et menue, aux cheveux roux, courts et hérissés sur la tête ; elle portait un pantalon large qui semblait à tout moment sur le point de tomber. Après être sortie à vive allure de Bonbon Palace, elle avait allumé une cigarette au milieu de la rue. Elle n'avait pas de boutons, et apparemment, pas d'anxiétés.

« Chaque être humain recherche son miroir sur terre, disent des gens savants, pour se fondre et se trouver en lui. » Mais comme l'arbre Tuba du paradis, qui fait pousser ses racines dans le ciel et ses branches dans la terre, certains miroirs reflètent une image inversée. Et Zeliş Ateşmizacoğlu avait vu son reflet opposé dans la fille venue chez Sidar. Si elle l'avait pu, elle aurait aimé, non pas se fondre et se trouver en elle, mais annihiler totalement sa propre existence pour *être* l'autre fille.

— Qu'est-ce que tu fous par terre ?

Zeliş Ateşmizacoğlu se releva d'un bond, et, l'air penaud, regarda son frère qui était entré dans sa chambre sans prévenir. Ce soir, Zekerya était venu dîner avec sa femme et son fils. Elle sortit sans lui répondre et regagna lentement le salon. Tout le monde était attablé et mangeait sa soupe en regardant les informations. À un bout de la table, il y avait trois tranches de gâteau de vermicelles envoyé par la vieille veuve du numéro 10.

Tandis que Zeliş trouvait place à un angle et s'asseyait au bord de sa chaise, son regard fut attiré par l'écran de télévision. Une mère de seize ans, qui avait enfermé son bébé de trois jours dans un sac plastique et l'avait abandonné dans les poubelles d'un supermarché, essayait de cacher son visage devant les caméras. L'infortuné nouveau-né était resté toute la journée dans une benne à ordures, et c'est seulement à la tombée du soir, quand il s'était mis à hurler, qu'il avait été remarqué et sauvé par les passants. Les policiers qui l'avaient emmené au poste et l'avaient nourri avaient donné le nom de Kader au bébé rescapé des déchets.

Soudain, Kader apparut à l'écran. Son petit visage était écarlate. Il n'arrêtait pas de pleurer et, à force de pleurer, il était cramoisi. Zeliş Ateşmizacoğlu se retrouva en sueur. Elle promena un regard désespéré sur la nappe pour échapper à l'emprise de la couleur rouge qui avait tout envahi. Trop tard. Alors que Kader passait des bras d'un policier à ceux d'un autre, toutes les images s'obscurcirent. Mais l'obscurité était d'un rouge vif.

Zeliş Ateşmizacoğlu s'évanouit.

NUMÉRO 7 :
MOI

Quand le réveil sonna, à 5 h 45 du matin, l'idée qui m'avait tant plu la veille m'apparut comme une formidable ineptie. Je replongeai la tête dans l'oreiller et tentai de me rendormir, mais en vain. Je me levai et regardai par la fenêtre. Il faisait encore nuit. Soudain, j'eus envie d'essayer. Au pis, j'aurais quelque chose de drôle à raconter à cette catin d'Ethel. Je pris le sac que j'avais préparé la veille et descendis les étages avec précaution pour ne pas faire de bruit. Dès que j'ouvris la porte de l'immeuble, je sentis la brise fraîche du matin me fouetter le visage, et aussitôt après, les relents de poubelles. Ça commençait déjà. Mon plan serait peut-être efficace, qui sait ? Si jamais je réussissais à dissuader ne serait-ce qu'un seul des quidams qui venaient jeter ici leurs poubelles, je considérerais avoir rendu service, non seulement aux habitants de Bonbon Palace, mais à toute la ville.

Une fois déserte, la rue où j'habitais, pour la première fois depuis que j'avais emménagé ici, me parut avoir du charme. Deux gros chiens errants surgirent au coin. Se passant devant tour à tour et zigzaguant d'un trottoir à l'autre, ils s'approchèrent, ralentirent près du mur du jardin et, après avoir reniflé les immondices sans plus d'enthousiasme, ils repartirent en courant comme ils étaient venus. Alors que je les regardais s'éloigner, un bref instant, j'eus l'impression que quelqu'un m'observait. Je tournai la tête vers Bonbon Palace. Tout l'immeuble était plongé dans l'obscurité, à l'exception de l'appartement numéro 9. Une ombre passa rapidement devant les fenêtres du salon, au dernier étage. Les lumières de toutes les pièces s'allumèrent dans le sillage de cette ombre, puis, dans le même ordre, s'éteignirent l'une après l'autre. Cela me mit mal à l'aise. Tout en surveillant les parages, je pestai de m'être lancé dans une entreprise aussi absurde. Mais je ne voulus pas renoncer pour autant. Mon plan était totalement saugrenu, mais pourquoi pas ? Parfois, ce n'est pas avec des règles logiques, des vérités éprouvées ou des lois draconiennes que vous pouvez mettre fin à une aberration instituée depuis des lustres et qui vous fait sortir de vos gonds, mais uniquement par le biais d'une nouvelle aberration, tout aussi extravagante.

Au moment où j'arrivais sur le trottoir et tournais la tête vers le mur du jardin, je me retrouvai face à une paire d'yeux impassibles et arrogants. J'avais déjà vu ce chat auparavant. Son regard était un concentré de haine ! Dérangé par ma présence, il se leva en s'étirant, se dirigea d'un pas pesant vers l'extrémité du mur, et de là continua à m'observer. Je sortis le pot de peinture du sac et en ouvris le couvercle avec difficulté. Hier soir, en achetant la peinture, j'avais demandé au vendeur un « vert musulman » afin que ce soit dans le ton de ce que je faisais, mais sous le couvercle, la couleur était carrément vert pistache. Une couleur qui n'avait pas grand-chose en commun avec l'au-delà. Mais le principal problème s'est posé une fois que je me suis retrouvé face au mur, le pinceau à la main. Même si je savais ce que je voulais écrire, je n'avais pas réfléchi à la façon la plus efficace de le formuler. Une camionnette de boulanger passa en cahotant derrière moi et repartit après avoir déposé une caisse de pain devant l'épicerie d'en face. Je devais me hâter ! Je traçai l'inscription la plus simple qui me venait à l'esprit, en repassant sur chaque lettre. Tandis que je m'activais, ce satané matou suivait attentivement chacun de mes gestes, en remuant lentement sa queue d'un noir de bitume qui retombait devant le mur.

Lorsque j'eus terminé, je reculai de deux pas et plissai les yeux pour admirer mon œuvre. Ce n'était pas mal. À vrai dire, le vert pistache était beaucoup trop criard, et comme je n'avais pas très bien centré l'inscription, les dernières lettres étaient un peu tassées, mais bon, ce n'était quand même pas mal. Assez grand pour être lisible même du milieu de la chaussée. Je fis un clin d'œil au chat, ramassai la brosse et le pot de peinture et rentrai dans Bonbon Palace.

Juste au moment où je franchissais le seuil, quelqu'un s'apprêtait à sortir.

La vieille dame de l'appartement numéro 10 était la dernière personne que je m'attendais à croiser à cette heure matinale. Mais on eût dit qu'elle concevait autant de désagrément que moi de cette rencontre. Tandis que je tentais de refermer le haut du sac plastique que j'avais à la main, mon regard fut attiré par ceux qui étaient dans la sienne. Elle transportait quatre cabas apparemment vides. Ses sacs, comme elle, étaient aussi légers qu'une plume… Je lui tins la porte. Elle gratifia mon sourire falot d'un « merci » policé, puis sa minuscule et frêle silhouette s'évanouit dans la nuit.

De retour chez moi, je sortis sur le balcon. J'avais l'intention de passer la journée perché ici, à observer l'effet de mon inscription. Mais le sommeil que j'avais abandonné en cours me rattrapa et, comme un créancier collant, vint réclamer sa dette.

NUMÉRO 9 :
HYGIÈNE TIJEN ET LE CAFARD

Après avoir inspecté la cuisine, le salon, le vestibule et la pièce du fond, Hygiène Tijen éteignit les lumières et regagna son lit, anxieuse et exténuée. Dans la pénombre striée par la lumière du jour naissant, elle pivota et regarda avec curiosité le corps qui était à son côté, comme si elle le voyait pour la première fois. Elle eut beau regarder, ce qu'elle voyait était moins un corps que des dizaines de petits, de tout petits morceaux. Telle une sournoise maladie, sa manie du ménage, devenue chronique depuis pas mal de temps, avait fini, au-delà d'un certain stade, par affecter ses yeux. Désormais, tout ce qu'ils voyaient était passé à la moulinette ; le tout était divisé en morceaux, les morceaux en fragments et les fragments en particules… Quand elle regardait le tapis du salon, par exemple, ce n'était pas le tapis mais ses motifs, les taches incrustées dans ces motifs, et les molécules de saleté accrochées à ces taches qu'elle distinguait. Depuis qu'ils faisaient la chasse aux parasites invisibles à l'œil nu, ses yeux aiguisés aux détails ne parvenaient plus à saisir dans leur totalité aucun des objets sur lesquels ils se posaient. C'est pourquoi, lorsqu'elle se tourna et regarda le corps qui était près d'elle, ce n'est pas son mari qu'elle vit, mais les deux gouttes de salive séchée au coin de sa bouche, la chassie de ses yeux, le tartre de ses dents, les traces jaunes de nicotine au bout de ses doigts et les pellicules de ses cheveux qu'il n'avait pas lavés depuis trois jours. Elle détourna la tête pour ne pas en voir davantage, mais trop tard. Elle était déjà saisie de dégoût.

Éprouver du dégoût n'est pas donné à tous. C'est une spécificité propre aux humains, non aux animaux. Plus que les hommes, les femmes sont sujettes au dégoût, et certaines beaucoup plus que d'autres. Chaque fois que Hygiène Tijen était en proie au dégoût, les commissures de ses lèvres s'abaissaient, ses jambes se crispaient, et tout son corps était pris d'un léger picotement, puis de démangeaisons de plus en plus violentes. Cette fois aussi, il en fut de même. Tout en essayant de se rouler en boule et de s'envelopper d'une main, elle commença, de sa main restée libre, à se gratter rageusement tandis que les frissons qui partaient du bout de ses pieds se propageaient par vagues vers le haut de son corps.

Elle avait déjà subi des crises de dégoût jusqu'à présent, à maintes reprises, pour moult raisons. Mais cette fois-ci, elle sentit un fourmillement non seulement au bout de ses pieds mais aussi sur ses tempes. Redoublant d'intensité en quelques secondes, les fourmillements envahirent toute sa tête ; ils fondirent sur son cou, en resserrant les rangs à droite et à gauche comme s'ils traversaient un pont, puis déferlèrent en colonnes régulières vers le bas. Cette armée imprévue n'était mobilisée par personne d'autre que le cerveau d'Hygiène Tijen. Ayant pressenti avant elle ce qui allait se produire et l'imminence du danger, il s'était de lui-même mis sur le pied de guerre.

Il arrive, en effet, que notre cerveau comprenne avant nous les conséquences éventuelles des actions que nous sommes sur le point d'accomplir, et dans les cas où il le juge nécessaire, il prend des mesures sans même nous consulter. Le cerveau de Hygiène Tijen avait lui aussi compris que cet assaut actuel de dégoût ne ressemblait pas aux autres ; comme il voyait d'avance que la répulsion que commençait à lui inspirer l'homme qu'elle avait choisi d'épouser, en prenant à l'époque le risque de s'opposer à ses propres parents, menaçait de se transformer en la remise en cause de toute une vie, il avait lui-même décidé de prendre les choses en main. Pendant les quelques minutes qui suivirent, Hygiène Tijen fut prise d'effroyables crampes à l'estomac. Car c'est précisément dans cette zone que se confrontèrent les insurgés qui remontaient de ses pieds en brandissant la bannière « désintérêt /dégoût pour le mari » et les forces loyalistes regroupées sous le drapeau « attachement /fidélité au mari » qui descendaient de sa tête. La victoire revint aux troupes déferlant du nord. Le cerveau avait réussi à mater la révolte qui prenait naissance à la pointe des pieds. Soulagée de ses maux d'estomac, qui avaient cessé aussi vite qu'ils avaient récidivé, Hygiène Tijen prit une longue et profonde inspiration puis se dirigea vers la salle de bains en traînant les pieds. Elle alluma la lumière. Tout était d'un blanc immaculé. Elle versa quatre ou cinq gouttes d'eau de Javel sur une serviette en papier et essuya avec soin la lunette des toilettes. Tout en urinant, elle continua son inspection. Rien ne semblait pouvoir entamer le règne de la blancheur.

« Chaque personne est entourée d'un halo coloré », avait-elle lu dans une brochure – la brochure d'une association fondée en Californie, dont les membres s'appelaient non par leur nom mais par leur couleur et se tenaient par la main pour former une palette vive semblable à celle de somptueuses boîtes d'aquarelle, mais qui avait été amenée à se dissoudre lorsque ses membres avaient commencé à se diviser en clans en fonction de leurs teintes. L'inverse aussi peut être vrai. Peut-être que « chaque couleur est entourée d'un halo de gens ». Et si tel est le cas, il n'y a aucun doute que le halo autour du blanc sera constitué des ménagères. Le blanc est pour elles une source d'orgueil et de dignité. À Hygiène Tijen, il procurait seulement de la sérénité.

Après avoir tiré la chasse, elle versa quelques gouttes d'eau de Javel sur une serviette en papier et frotta le siège. Maintenant qu'elle était lancée, elle se mit à nettoyer le couvercle, l'intérieur et le pourtour des toilettes, puis le dérouleur et le porte-serviettes ; n'ayant toujours pas son comptant, elle continua avec le lavabo et la baignoire, et déplaça la machine à laver pour passer un coup d'éponge dessous. Avant de sortir, elle se retourna une dernière fois et, mi-lasse, mi-satisfaite, jeta un coup d'œil à la salle de bains. Elle referma la porte derrière elle. Mais au lieu d'avancer, elle se figea sur place. Parce que le cerveau ne prend pas toujours les devants ; parfois, il réagit seulement après. Et le cerveau de Hygiène Tijen, avec quelques secondes de retard, s'était rendu compte qu'il avait vu osciller quelque chose de noir dans la blancheur souveraine qui régnait dans la salle de bains. Elle rouvrit la porte ; elle ne s'était pas trompée. Sur les carreaux de faïence blanche, une dégoûtante patte noire taillait rapidement sa route. Et à en juger par ses mouvements précipités et affolés, elle avait dû comprendre qu'elle était repérée. Elle glissait sur le sol en zigzaguant. Hygiène Tijen, l'estomac au bord des lèvres, s'approcha à pas de loup, et c'est seulement après s'être suffisamment approchée qu'elle comprit que la chose, qu'elle observait sans parvenir à la saisir dans sa totalité du fait qu'elle n'en voyait que les détails, n'était pas une horrible patte noire mais un horrible et noir cafard.

Le temps qu'elle pousse un cri, le noir et horrible propriétaire de l'horrible patte noire avait déjà réussi à se carapater et à disparaître dans une cavité.

NUMÉRO 1 :
MUSA, MERYEM, MUHAMMET

Musa se réveilla plus tôt que d'habitude ce matin-là, à cause du raffut. Lorsqu'il entra dans le salon, il trouva Muhammet les jambes coincées entre le mur et les fauteuils. Ignorant les regards implorants de son fils, il s'attabla pour prendre son petit-déjeuner. Avec des gestes las, fourbus, il coupa un gros morceau de fromage, le porta à sa bouche et, tout en le mastiquant et le remastiquant, il étira ses bras vers la théière. Au moment où il se saisit du verre qu'il venait de remplir, son visage se crispa. Le thé était froid. Il se tourna pour tendre la théière à sa femme, mais, occupée d'un côté à repousser du pied les fauteuils et de l'autre à fourrer des feuilles de persil dans un quignon de pain, Meryem n'y était absolument pas. Comprenant qu'il devait se débrouiller tout seul, Musa se mit à promener autour de lui un regard aussi lent et harassé que l'étaient ses gestes. Glissant rapidement sur l'expression désespérée de son fils, il détailla un à un les fauteuils, les tables et les chaises tout serrés, et après avoir décrit un cercle complet, il s'arrêta de nouveau sur sa femme. Le ventre de Meryem lui sembla encore avoir grossi ce matin.

Musa avala la moitié du fromage qui était dans l'assiette, trois tranches de pain et toutes les olives qui restaient dans le bol, puis il sortit sans dire un mot. Il se dirigea vers l'épicerie d'en face en traînant les savates. L'épicier n'était visiblement pas là. Il passait le plus clair de son temps assis sur un tabouret de paille devant sa boutique, à observer les passants et les allées et venues dans Bonbon Palace, et avait fini par devenir bossu à force de rester dans la même position. Comme nombre d'épiceries d'Istanbul, celle-ci portait l'estampille moins de son nom ou de la qualité des produits qu'on y vendait que de l'épicier en personne. L'épicier bossu s'identifiait tellement à son épicerie qu'il avait longtemps eu du mal à accepter de la laisser ouverte en son absence. Mais comme il ne voulait ni rater les heures de la prière, ni perdre des clients – découragés à force de trouver la boutique fermée à différentes heures de la journée –, il avait été amené à la confier à son apprenti couvert de taches de son ; d'abord uniquement lorsqu'il se rendait à la mosquée, puis sous maints autres prétextes au fil du temps.

L'apprenti était le fils de son frère, mais l'épicier bossu étant d'avis qu'il fallait séparer le commerce et les histoires de famille exactement comme l'eau et l'huile d'olive, il le traitait non pas comme son neveu, mais comme un apprenti devait l'être, du moins à son sens. Quant à l'adolescent, il n'avait jamais réussi à s'habituer à ce que cet homme, qui l'assaillait d'une sempiternelle pluie d'ordres et de reproches pendant les six jours de la semaine, lui offre, le week-end ou pendant les fêtes, les chocolats auxquels il ne l'aurait jamais autorisé à goûter dans la boutique, lui caresse affectueusement la tête et fasse preuve d'autant de gentillesse. Au cours de ces réunions familiales, quand son oncle lui demandait – comme s'ils se voyaient pour la première fois depuis des semaines, comme si ce n'était pas lui qui l'avait grondé devant tout le monde le matin même dans l'épicerie – « Alors, mon neveu, raconte-moi un peu ce que tu fais de beau en dehors de l'école ? », il avait envie de disparaître sous terre. Lors d'une fête du sacrifice, la famille, rassemblée au grand complet, avait tué un énorme mouton et s'était livrée à une débauche de thé / pâte d'amande / viande rôtie / *cacık*[1] / cake au fromage / *ayran* / *mumbar*[2] / compote d'abricots / pilaf à la viande / thé / baklava à la pistache / halva à la semoule en mémoire des morts / raisin / pastèque / et à nouveau baklava aux pistaches / café… Il avait passé la nuit en proie à une indigestion et, le lendemain, pâle comme un linge, il était arrivé légèrement en retard à la boutique. La colère qu'il avait éprouvée face aux réprimandes et au sermon qu'il avait essuyés – selon lequel tous les apprentis devaient se coucher et se lever tôt alors même que, la veille, ils avaient passé toute la journée ensemble, à manger sans arrêt – était toujours aussi cuisante dans sa mémoire. Incapable de faire coïncider dans sa tête l'irascible épicier qu'il voyait chaque jour dans la boutique et l'oncle affable et bienveillant des assemblées familiales, l'apprenti couvert de taches de son finit par résoudre ce dilemme en les considérant comme deux personnes totalement distinctes. Cette solution n'avait qu'un seul inconvénient. Quand l'un de ses parents lui demandait de transmettre quelque chose à son oncle à l'épicerie le lendemain, il avait beau acquiescer, son cerveau faisait de la résistance et chaque fois, sans exception, il oubliait de faire la commission.

Tandis que Musa approchait de l'épicerie d'un pas traînant, l'apprenti couvert de taches de son avait son livre de versets posé sur le comptoir et, un œil sur la porte et une main dans les bacs de fruits secs, il gri-

1. *Cacık* : salade au yogourt et aux concombres hachés.
2. *Mumbar* : boyau de mouton farci.

gnotait des cacahuètes tout en apprenant par cœur des passages du Coran.

Nullement habitué à se lever si tôt et déçu de ne trouver personne à qui parler, Musa décida, pour une fois, de se charger lui-même de la distribution de pain. Il fit quelques pas en direction de la vitrine où les pains étaient alignés et s'arrêta net. L'angle où il se trouvait donnait sur le mur du jardin de Bonbon Palace ; il appela l'apprenti pour lui montrer ce qu'il voyait. Tous deux, debout côte à côte, lurent l'inscription.

— Pourvu que Meryem ne voie pas ça ! s'exclama Musa, et, découvrant ses dents abîmées, il se mit à rire tout seul.

— Pourquoi donc ? demanda l'apprenti couvert de taches de son en faisant une moue de dépit parce qu'il n'avait pas réussi à rattraper la cacahuète qu'il avait lancée en l'air.

— Tu demandes pourquoi ? Mais parce qu'elle serait capable d'y croire !

NUMÉRO 10 :
MME TEYZE

Après avoir vidé les sacs qu'elle venait de rapporter, Mme Teyze ouvrit les deux battants de la porte-fenêtre et sortit sur le balcon. Les toits des immeubles d'en face étaient couverts de centaines de mouettes orientées dans le même sens, comme si leurs pensées convergeaient dans la même direction. Tout en les observant, Mme Teyze porta distraitement la main à son cou où pendaient deux colliers, dont un qu'elle n'enlevait jamais. Au bout du plus long se balançait une clef, et au bout du plus court la figure sévère de saint Serafim.

Istanbul ressemblait à une femme enceinte ayant pris plus de poids qu'elle ne pouvait en supporter les derniers mois de sa grossesse. À chacun de ses pas, son ventre, lourd de promesses et d'un volume ostentatoire, faisait entendre des clapotis. Elle dévorait sans cesse, mais elle n'aurait su dire quelle quantité de ce qu'elle avalait lui profitait en propre et ce qui était absorbé par cette foule d'âmes minuscules, fragiles et insatiables qui croissaient jour après jour en son sein. Son souhait le plus ardent, s'il n'avait tenu qu'à elle, était de se libérer au plus vite de cette pesante servitude, mais loin de s'alléger, elle n'avait fait qu'enfler au fil des siècles. Elle était ravitaillée par navires et par barques, par voitures et par camions, par des portefaix aux jambes flageolantes et des convois routiers qui s'acheminaient en ordre dispersé. Et elle engouffrait à s'en faire éclater la panse ces cargaisons de nourriture et de boisson. Avec ce féroce appétit, si son gros corps avide n'avait jamais rien rejeté de ce qu'il ingérait, elle aurait depuis longtemps explosé, en entraînant avec elle dans la mort la multitude qu'elle portait. Mais comme elle était vivante et tenait à le rester, de même qu'un humain rejette des gaz nauséabonds, de répugnantes humeurs, des excréments, des vomissures et des crachats, elle aussi purifiait son gros corps excédé. Elle laissait s'épancher dans les immondices la sanie de ses plaies purulentes. Et si la ville des villes était encore capable de se mouvoir, c'était grâce aux ordures qui s'amoncelaient toujours bien qu'on les enterre dans des fosses, qui renaissaient de leurs cendres bien qu'on les brûle à la pelle, et jamais ne perdaient une once de terrain bien qu'on les emporte au loin. C'est non seulement parce qu'elle était vivante que la ville d'Istanbul produisait autant de déchets, mais parce qu'elle rejetait des montagnes d'ordures qu'elle pouvait perdurer.

Les décharges n'étaient pas une fin. Ici, la vie ne touchait pas à son terme mais changeait seulement de forme et de nature. Dans les décharges où ils avaient été abandonnés, les détritus refoulés hors des murs invisibles de la ville étaient séparés par genres, triés par catégories, brûlés, comprimés, enterrés… mais jamais complètement anéantis. Tel un fugitif déçu par l'endroit où il a échoué, ils finissaient toujours par revenir à Istanbul – par voie terrestre, maritime ou aérienne, par le biais des éboueurs, du *lodos* ou des mouettes…

Les mouettes semblaient être du même avis que la vieille femme. Ces oiseaux, à l'origine carnivores et sans attaches, s'étaient si bien habitués à se nourrir des détritus d'Istanbul qu'ils avaient totalement intégré cet éternel cycle alimentaire où la vie générait des déchets et les déchets engendraient la vie. Chaque soir et chaque matin, Mme Teyze s'asseyait sur son balcon, surplombant légèrement la grisaille d'une colline saturée de bâtisses aux façades grossièrement passées au badigeon, entassées comme de petites boîtes toutes de guingois. Lorsque les mouettes voulaient bien se taire, elle écoutait la rumeur de la ville, rassemblée et dispersée par les vents. À ce stade ultime de son existence, si on lui avait fait la promesse qu'elle pourrait à nouveau venir au monde, où elle voulait et sous la forme qu'elle souhaitait, à condition, toutefois, que ce soit une autre espèce, elle aurait, sans l'ombre d'une hésitation, choisi de renaître à Istanbul, mais cette fois sous l'avatar d'une mouette...

NUMÉRO 7 :
MOI

Quand je me suis réveillé, il était presque midi. J'ai fourré dans ma serviette mes notes de cours ainsi qu'un Kierkegaard pour Ece – apparemment elle aimait mieux me les emprunter que les acheter – et je me suis précipité dehors. Au moment où je sortais, la voisine du numéro 8 rentrait chez elle. Pressée, comme toujours. Elle semblait avoir fait quelque chose à ses cheveux. Je préférais avant, mais elle n'était pas mal non plus comme ça, vraiment pas mal ! Après m'avoir silencieusement salué d'un signe de tête, elle détourna les yeux. Mais j'avais capté son regard. Pas aussi timide qu'il y paraissait. Ni aussi indifférent... Au rez-de-chaussée, la porte de l'appartement numéro 4 était ouverte. Cette bonne femme mal aimable se tenait sur le seuil et demandait à Meryem d'aller lui faire des courses. Dès qu'elle me vit, son visage se fendit d'un sourire inopportun.

— Professeur, vous avez entendu ce qui arrive à notre immeuble ? s'exclama-t-elle. Il paraît que nous avons un saint dans le jardin.

Cette histoire m'était complètement sortie de la tête.

— Cela ne me surprend pas, répondis-je sans perdre ma contenance. Nous savons bien qu'Istanbul est truffé de tombeaux datant de l'époque ottomane et byzantine, ajoutai-je sans quitter ma montre des yeux. Pouvons-nous affirmer que toutes ces sépultures se trouvent dans le périmètre de nos cimetières actuels ? Bien sûr que non ! Il doit rester des milliers de tombes qui n'ont toujours pas été mises au jour. Quoi de plus naturel que certains de ces tombeaux anonymes passent aux yeux du peuple pour des sépultures de saints ?

Elle m'examina de la tête aux pieds en se demandant si je plaisantais ou pas. Un faisceau de rides, trahissant moins son âge que son irascibilité, apparut entre ses deux sourcils.

— Merci pour cette explication, cher collègue ! dit-elle.

Et comme si, grâce à ces paroles, la conversation entière avait tourné à son avantage, elle croisa les bras sur la poitrine et se tut. Je gardai également le silence.

Zeren Ateşmizacoğlu cessa de darder son regard sur moi pour le poser sur Meryem. Je fis de même. Les lèvres serrées, comme si elle craignait de laisser échapper une parole malencontreuse, Meryem écoutait notre conversation avec une expression impénétrable. Un bref instant, j'eus l'impression de percevoir un éclat de rire au fond de ses yeux. Mais tout de suite après, elle prit congé en nous saluant d'un rude mouvement de tête et, s'emparant de la liste des courses, elle passa devant moi et sortit.

NUMÉRO 5 :
HADJI HADJI, SON FILS,
SA BELLE-FILLE ET SES PETITS-ENFANTS

— Et si je marche dessus sans faire exprès ? demanda Celle-de-cinq-ans-et-demi.
— Si tu marches dessus, tu seras envoûtée. Ta bouche, ton nez se tordront et tu deviendras toute difforme, répliqua Celui-de-sept-ans-et-demi.
— C'est toi qui as une tête énorme !
Hadji Hadji se hâta d'intervenir :
— Ne parle pas comme ça à ton grand frère. Ni les djinns ni Allah n'aiment ceux qui manquent de respect à leurs aînés.

Celle-de-cinq-ans-et-demi pencha la tête en avant en tirant sur sa jupe plissée rose pâle. Après être restée ainsi un moment, elle regarda son grand frère du coin de l'œil et vit que ce dernier était toujours en train de l'observer. Elle glissa tout doucement sur le côté et se rapprocha de son grand-père.

— Les djinns ont un souverain, il a pour nom Belzébuth. Jamais ils ne s'aviseraient de lui désobéir. Mais de temps en temps, il leur arrive de manigancer bien des sortes de tours à son insu. On trouve de tout dans la cohorte des djinns. Des bons et des mauvais. Chez les djinns, comme chez les humains, il y a des dévots et des mécréants. Il y a trois espèces de djinns :

ceux qui prennent l'apparence de serpents ou d'insectes. Ceux qui se manifestent sous la forme du vent ou de l'eau. Et ceux qui prennent forme humaine. Ce sont les plus dangereux. Va savoir si tu as affaire à un djinn ou un humain ! La nuit, ils font un charivari de tous les diables, mangent, boivent et dansent jusqu'au matin. La nuit, si jamais vous tombez sur des djinns en train de faire la noce, tournez immédiatement la tête. Attention, ne les regardez pas ! Si vous devez vous lever pour aller aux toilettes, ne faites pas un pas sans prononcer un *bismillah*. Il faut se méfier des seuils. C'est là, surtout, qu'ils se tiennent. La seule solution pour se préserver des djinns est d'accompagner chacune de ses actions d'un *bismillah*. Sans *bismillah*, vous pouvez être sûrs qu'ils viendront mettre leur grain de sel.

Hadji Hadji appuya son dos douloureux contre l'un des coussins qu'ils avaient entassés au milieu du salon pour construire Osman, et prit dans ses bras la petite fille, qui, subrepticement, avait fini par se coller contre lui.

— Le pire est Al Karısı. Dès qu'il s'est entiché d'une parturiente, que Dieu la protège, il ne la lâche plus. Toute la nuit, il s'enroule autour de sa gorge comme s'il se cramponnait à l'encolure d'un cheval. Il la malmène jusqu'au matin, et dès que le jour se lève, il abandonne la malheureuse, fourbue et en sueur. La nuit venue, il est à nouveau de retour. Il s'empare du bébé dans ses langes et l'envoie tourbillonner dans les airs comme un ballon de football.

— Je m'en souviens, dit Celui-de-sept-ans-et-demi en se tournant vers sa sœur et son petit frère. Il était venu à leur naissance.

— Pour venir, il vient. Si au lieu de n'en faire qu'à sa tête votre mère avait fait appel à votre grand-mère paternelle, ça ne se serait pas passé ainsi. La chère défunte savait comment chasser Al Karısı. La pauvre femme est décédée sans pouvoir profiter de ses petits-enfants.

Celle-de-cinq-ans-et-demi et Celui-de-six-ans-et-demi réprimèrent un frisson d'effroi en entendant la réponse de leur grand-père. La petite fille restait bouche bée, la lèvre légèrement pendante. Quant au garçonnet, il porta à la bouche son auriculaire, qui était devenu tout mince à force d'être sucé.

— Méfiez-vous aussi de la Noire Koncolos. C'est le djinn le plus cruel. Il circule déguisé en vieille femme, se poste au coin des rues et pose des questions aux passants : « Dis-moi, d'où viens-tu ? Où vas-tu ? De qui descends-tu ? » demande-t-elle. Dès que surgit la Noire Koncolos, il faut absolument que tes réponses contiennent le mot noir. Tu diras, par exemple : « Je suis de la famille Noir, je viens du quartier du Saule noir. » Dès lors, elle te laissera tranquille et tu pourras passer ton chemin. Parfois, elle demande des adresses. Si tu ne connais pas l'adresse en question, malheur à toi ! Elle sort son bâton, l'abat sur ta tête et te roue de coups jusqu'à ce que tu tombes évanoui.

Son récit fut interrompu par la sonnerie du téléphone. Celui-de-sept-ans-et-demi tendit nonchalamment le bras vers le combiné. *Oui, ils avaient fini de déjeuner. Non, ils ne faisaient pas de bêtises. Oui, ils regardaient la télévision. Non, grand-père ne leur racontait pas d'histoires. Non, ils n'ouvraient pas le gaz. Non, ils ne mettaient pas la maison en désordre. Non, ils ne se penchaient pas au balcon. Non, ils ne jouaient pas avec le feu. Non, ils n'entraient pas dans la chambre à coucher. Non, promis juré, il ne leur racontait pas d'histoires.*

Sa mère voulait en avoir le cœur net avant de raccrocher :

— Si grand-père vous raconte des histoires, tu n'as qu'à me dire « il fait froid », je comprendrai.

Celui-de-sept-ans-et-demi marqua un temps d'arrêt. Une lueur ténébreuse fusa soudain de ses yeux d'un vert d'algue. Un bref silence se fit. Au moment où la lueur disparut, il avait changé d'avis. Sans éprouver le besoin de baisser la voix ni de détacher les yeux de son grand-père, il répondit d'un air désinvolte :

— Non, ma petite maman, il ne fait pas froid. Mais grand-père nous raconte encore des tas de trucs bizarres.

NUMÉRO 7 :
MOI

— Vous avez l'air de bonne humeur aujourd'hui, dit Ece de son ton le plus enjôleur.

Elle était assise au premier rang et, comme d'habitude, tout de noir vêtue. Lèvres peintes en noir, ongles vernis de noir, yeux noirs soulignés au crayon noir... Je sortis *La Maladie mortelle ou le Traité du désespoir* de ma serviette et le posai devant elle.

— Je suis entré en cours de bonne humeur, et il ne tient qu'à vous que j'en ressorte aussi bien disposé. Bon, voyons si ces articles ont été lus, attaquai-je en usant de mon antienne coutumière pour introduire le cours du jeudi.

— Nous avons lu et analysé des extraits de l'*Éloge de la folie* d'Érasme, en comparant les passages où il parle de la Fortune avec la Fortune de Machiavel, dit Ece.

— Bien. De quoi s'agit-il exactement ? Quelqu'un peut-il me dire ce qu'est cette Fortune ? demandai-je en prenant soin de m'adresser non seulement à Ece mais à toute la classe.

— À l'évidence, c'est une femme, lança-t-elle en prenant un malin plaisir à saper ma prudence. Aussi bien chez Machiavel que chez Érasme, la Fortune est personnifiée sous des traits féminins, et comme c'est une femme, rien d'étonnant à ce qu'ils ne la trouvent pas fiable. Les Pères de l'Église partagent la même opinion, et les Turcs aussi, d'ailleurs. On dit que la destinée est aveugle ou perfide. Si elle est aveugle, on ne peut pas s'attendre à ce qu'elle soit juste, puisqu'elle ne voit pas ce qu'elle prodigue ni à qui. Si elle est perfide, elle n'a, de toute façon, rien à voir avec l'équité. Parfois, elle tient une roue dans la main. Parfois, elle figure elle-même une roue en faisant tourner le bas de sa robe. D'où l'expression « la roue de la Fortune ». On ne peut jamais prévoir quand ni où elle s'arrêtera, ni ce qu'elle apportera à qui. D'après Machiavel, la Fortune contrôle la moitié de notre vie et nous ne pouvons rien y faire. Il est pourtant possible, ne serait-ce que dans une certaine mesure, de lui imposer nos volontés. Vu que l'ensemble de nos maîtres à penser sont des hommes, ils cherchent tous, d'une manière ou d'une autre, à mettre les femmes à leurs genoux.

— Ah, mais cette Fortune dont vous parlez, en fait, c'est notre bon vieux *Kader* ! s'exclama Djem, qui apparemment n'éprouvait pas la moindre gêne à révéler qu'il n'avait pas lu les articles.

Et pendant les dix ou quinze minutes qui suivirent, ils parlèrent de *notre bon vieux Kader* en se coupant mutuellement la parole.

— Je trouve ça un peu simpliste comme approche, de critiquer Machiavel à coups d'arguments féministes, intervint la fille frisée et à lunettes dont le nom m'échappait constamment et qui s'asseyait toujours derrière Ece, quand bien même elle ne pouvait pas la sentir. Le problème est de savoir si tu penses que l'existence que tu mènes a été tracée pour toi à l'avance, si ta vie est déterminée a priori. C'est la question à se poser. Les hommes aux prises avec le Kader en viennent évidemment à questionner la religion. Sans se libérer de la Fortune, ou sans la mettre à genoux, si tu préfères, ni les Lumières ni le progrès n'auraient été possibles.

Agacée, Ece s'étira et croisa les jambes.

Elle le fait tout le temps. Elle sait bien qu'elle a de belles jambes. Jusqu'à présent, je n'ai pas vu un seul de mes collègues mêlé à des affaires de fesses avec ses étudiantes subir de sérieux préjudices professionnels. Lorsque l'on s'en prenait à quelqu'un en invoquant ce motif, c'est que, de toute façon, on devait lui tomber dessus. D'ailleurs, si je ne réponds pas à l'intérêt d'Ece à mon endroit, ce n'est pas par crainte que cela ne revienne aux oreilles de mes collègues. Dans ce genre de situations, le problème n'est pas tant ce que pensent les gens de l'académie que ce que disent les étudiants. Parce qu'ils ne peuvent s'empêcher de parler. Jamais au grand jamais ils ne tiennent leur langue. Chacun d'eux a forcément un ami proche auquel il se confie, chaque confident a lui aussi un confident, et ainsi de suite. Toute la magie est rompue ! De professeur respecté, auréolé de mystère et couvé de loin en loin du regard, tu deviens un simple mortel dont les faiblesses, les folies, les bagatelles, les bassesses, les complexes sont connus de tous. Pour les hommes d'âge mûr, il est sans doute flatteur d'être vu avec une jeune fille, mais l'estime qu'ils y gagnent est on ne peut plus caduque : à la moindre pichenette, ils peuvent s'en trouver dépouillés. Ensuite, les lettres que tu as écrites, les confidences que tu as faites, les secrets que tu as confiés se retournent tous contre toi. Tes performances sexuelles alimentent la gazette et tu deviens un objet de plaisanterie. Ce n'est pas la peine. Aucune de mes étudiantes ne m'a jamais semblé en valoir la peine. Pas même Ece.

— En fait, le mieux serait de nous avouer d'emblée que nous n'avons aucun contrôle sur nos vies. Je peux être tenue pour responsable de mes actes, mais sûrement pas des voies où j'ai été amenée, dit Ece en plantant ses yeux dans les miens, avec un petit haussement d'épaules. Je suis née de telle ou telle personne. Je ne peux choisir ni mon père, ni mon pays, ni ma langue, ni ma religion... Si on m'avait demandé mon avis, j'aurais préféré naître dans un autre environnement. Et si l'on m'avait dit que c'était comme ça et pas autrement, j'aurais alors préféré ne pas naître du tout. En fait, c'est aussi simple que cela. Et toi, si tu étais née ailleurs, ce n'est pas un foulard que tu aurais sur la tête, mais une croix autour du cou, dit-elle en se retournant, mais l'on ne comprenait pas à laquelle des trois filles voilées, toujours assises côte à côte, elle s'adressait.

— Moi aussi, je crois au destin, répondit celle du milieu, Seda.

— Mais ce n'est pas du tout ce dont je parle, l'interrompit cette pipelette d'Ece. Toi, tu crois en une justice divine. Tu te dis que, pour l'instant, les choses sont ce qu'elles sont, mais qu'un beau jour chacun devra rendre compte de ses actes, et que, je ne sais pas, moi, les mauvais seront punis en enfer et les bons rétribués au paradis... Tu as une conception bien arrêtée de la justice, et tu y es obligée, sinon ta foi vacillerait. Et bien, la Fortune, c'est exactement l'inverse. Elle n'a rien à voir avec l'au-delà ; elle est, au contraire, on ne peut plus terrestre.

— Je ne comprends vraiment pas pourquoi vous bloquez à ce point sur cette histoire de Fortune, objecta Djem en rapprochant sa chaise du mur comme si, à tout instant, il allait s'échapper par la fenêtre.

— Le problème fondamental n'est pas la Fortune ou je ne sais quelle représentation similaire, mais la différence entre le cercle et la ligne droite. Si tu crois que ton existence est une ligne droite, tu penses également que tu as laissé le passé derrière toi et que tu t'achemines vers le futur. Mais si tu conçois la vie comme un cercle, il ne saurait être question de progrès. La question essentielle consiste à savoir si tu es en paix avec les répétitions. Un homme comme Machiavel ne peut être en paix avec les répétitions, car les intégrer signifie accepter le fait que tu revivras ce que tu vis actuellement et que l'avenir ne sera pas tellement différent du présent. Cela nous mène à la question que Nietzsche posait à Rousseau. À l'heure la plus solitaire de ta misérable existence, si un tout petit diable sortait de l'enfer et venait te dire : « Ne crains rien, mon frère, je te promets que la mort n'existe pas. Il n'y a qu'un éternel recommencement. Tout ce que tu as vécu jusqu'à présent, tu le revivras. Exactement de la même manière. Encore et encore. Et cela se poursuivra éternellement. » Qu'éprouverais-tu alors ? Combien de fois pourrions-nous supporter de revivre notre existence ? Ceux qui supportent les caprices de la Fortune ne deviennent jamais fous. C'est aussi simple que cela. Pour supporter la vie, un homme comme Machiavel est tôt ou tard obligé de rompre le cercle et de le transformer en ligne droite. C'est seulement alors que peut naître l'idée de progrès, et, avec elle, la notion d'individualisme.

Je regardai ma montre, il restait cinq minutes avant la fin de la deuxième heure.

— Une fois de plus, vous avez réussi à m'épater par votre capacité à vous éloigner du sujet, dis-je en sortant mon paquet de cigarettes pour marquer une pause. Pour la semaine prochaine, vous terminerez vos lectures et nous ne parlerons que de ce que vous aurez lu. Je ne veux voir personne intervenir sans étayer ses arguments.

Pendant la troisième heure, ils se contentèrent d'écouter le cours sans faire de commentaires. Tandis que tout le monde prenait des notes, Djem regarda avec ennui par la fenêtre et Ece mangea sous mes yeux la moitié d'une tablette de chocolat aux amandes. Une paillette de chocolat tirant sur le noir resta collée comme un drôle de grain de beauté aux commissures de ses lèvres.

NUMÉRO 5 :
LA BELLE-FILLE ET SES ENFANTS

— Maman, pourquoi nous emmènes-tu avec toi ? dit en geignant Celle-de-cinq-ans-et-demi.
— Quoi ? Vous ne trouvez pas ça bien ? Vous n'avez pas envie de voir où travaille votre mère ? répondit la belle-fille en tirant fermement par la main les deux enfants pour les forcer à lui emboîter le pas.

À vrai dire, elle ne savait pas comment elle ferait pour tenir les petits toute la journée derrière un guichet de cinéma. Elle redoutait aussi la colère de son patron, mais après la dispute qu'elle avait eue ce matin avec son beau-père suite à ce qu'elle avait appris la veille, elle était dans un tel état d'énervement qu'il lui était impossible de réfléchir rationnellement. Alors qu'elle approchait du carrefour de la rue Jurnal, elle ralentit et regarda en arrière. Celui-de-sept-ans-et-demi était à la traîne, deux mètres plus loin. Il avait beau être en butte aux regards intrigués des passants, il paraissait extrêmement heureux d'avoir pu sortir de Bonbon Palace, pour la première fois depuis deux ans. L'intense chagrin qu'elle éprouvait toujours en regardant son fils aîné l'emporta sur le capharnaüm de son esprit. Même si elle savait pertinemment qu'au cours de son existence c'est avec lui qu'il lui serait donné de passer le moins de temps, c'était malgré tout celui de ses enfants auquel elle était le plus attachée. Contrairement à leurs frères et sœurs, ou aux gamins de leur âge, les enfants atteints de maladie de naissance appartiennent seulement, et pour toujours, à leur mère.

Arrivée au coin de la rue, elle fit signe à son fils aîné de se dépêcher. Au même moment, une main décharnée lui tapota doucement l'épaule.

— Ma fille, comment puis-je me rendre à cette adresse ? Une vieille femme bossue, pliée en deux dans un pardessus caca d'oie et usé jusqu'à la corde, lui tendit un morceau de papier tout froissé.

La belle-fille lâcha la main des deux enfants, sans remarquer l'effroi qui se peignait sur leur visage. Mais incapable de déchiffrer l'écriture parfaitement illisible, elle rendit l'adresse à la passante en secouant la tête.

— Maman, tu n'as pas suuu ! cria Celle-de-cinq-ans-et-demi d'une voix perçante.

De grosses larmes se mirent à couler sur ses joues.

Celui-de-six-ans-et-demi n'était pas en meilleur état. Les deux pouces dans la bouche, il répétait sans cesse :

— Tu as su, tu as su ?

— Non, elle n'a pas su, dit en les rejoignant Celui-de-sept-ans-et-demi, qui avait tout de suite compris la situation. Sur ce, les deux autres enfants se mirent à pleurer et à trépigner de plus belle.

— Qu'est-ce que je n'ai pas su ? demanda la belle-fille, bredouillant de stupéfaction et regardant tour à tour les enfants et la vieille. Mais la seule chose qu'elle obtint en guise de réponse fut quelques pleurnicheries et des suçotements.

NUMÉRO 7 :
MOI

Difficile de trouver une place dans le bar ! La foule des vendredis soir. Quand une table s'est enfin libérée au milieu de la salle, je m'y suis précipité et ai directement commandé un double *raki*. Le deuxième, je l'ai bu à petites gorgées. Au troisième, la catin est enfin apparue à la porte, un sourire jusqu'aux oreilles. Il y avait des bouchons, a-t-elle dit. Mais cette information semblait moins être une explication à son retard qu'un détail nécessaire pour me faire le résumé du match de foot qu'elle et le chauffeur – qui supportaient la même équipe – écoutaient pendant que le taxi avançait au pas. Malgré le score de 2-0 à la première mi-temps, ils avaient finalement gagné 3 à 2. Comme son retard de cinquante minutes n'avait nullement l'air de la chiffonner, je n'ai rien dit moi non plus. En réalité, je ne saurais nier être impressionné par les connaissances footballistiques d'Ethel (dont l'étendue a maintes fois été attestée par des experts), par ses intarissables conversations avec les chauffeurs de taxi et, dans chacun des restaurants où nous dînions, par sa faculté à connaître, dès les dix premières minutes, les noms, la généalogie et les soucis principaux de tous les serveurs qui s'occupaient de notre table, et à transformer chacune de nos commandes en prétexte à engager la discussion... ainsi que par le déni de sa féminité qu'elle vous balançait à la figure n'importe où et à la moindre occasion. Elle a toujours été comme ça. L'indéfectible amitié qui liait Ayşin et Ethel depuis le collège était, dans le fond, un rapport thèse-antithèse et cette nature vivace s'était révélée dans toute sa complexité depuis que je m'étais immiscé entre elles. Je doute que la passion d'Ethel pour le foot ait atteint de telles proportions si Ayşin avait elle aussi aimé le foot et soutenu une quelconque équipe.

— J'ai trouvé une solution radicale au problème des ordures de Bonbon Palace, dis-je alors qu'elle remplissait son verre.

Puis je lui racontai ce que j'avais écrit sur le mur du jardin. Elle ne s'attendait sûrement pas à une telle absurdité de ma part car elle fut d'abord interloquée, mais tout de suite après, éclatant de rire, elle me fit reprendre tout le récit depuis le début. Plus je parlais, plus je commençais moi aussi à trouver cette histoire comique. Alors qu'elle me pressait de lui décrire la scène où, au point du jour, une brosse et un pot de peinture à la main, je me tenais devant le mur du jardin, elle se plia littéralement de rire. Ce soir-là, l'alcool lui était rapidement monté à la tête, ou bien elle était déjà imbibée avant d'arriver. Nous sommes partis vers une heure du matin. Ethel a dit au revoir à tous les serveurs en leur serrant la main un à un. Sans manquer, d'après les informations qu'elle avait réussi à glaner sur chacun d'eux, de transmettre ses salutations à leur famille et de conclure avec de brèves paroles de réconfort concernant leurs soucis respectifs. Quand nous atteignîmes enfin la rue et retrouvâmes un tant soit peu nos esprits avec la brise du soir, elle insista pour que je lui montre cette fameuse inscription.

Nous avons sauté dans un taxi. La crise de rire d'Ethel, qui avait commencé à petites doses au restaurant et rapidement gagné en intensité pendant que nous marchions dans la rue, tourna à l'hystérie une fois dans le taxi. Tout en gloussant sans relâche, repoussant ma main qui tâchait en vain de retenir la sienne, elle essayait de défaire les boutons de mon pantalon. Je n'ai pas résisté plus longtemps. Alors que ses doigts fourrageaient dans ma braguette, je surveillais du coin de l'œil le chauffeur, qui paraissait à peine en âge de passer le permis. Son visage imberbe ne manifestant rien de particulier, j'étais incapable de dire s'il voyait ou non ce qui se passait sur la banquette arrière. Entre-temps, Ethel était parvenue à ses fins ; elle avait défait le troisième bouton et ouvert un passage assez large pour y glisser la main. J'étais en train de poser ma veste sur moi pour faire paravent quand je laissai échapper un cri rauque. J'avais toujours eu une sainte horreur de ses grands ongles effilés. Au même instant, vu le sourire qui se dessinait sur le visage du chauffeur, je compris qu'il se rendait parfaitement compte de ce qui se passait. J'empoignai brutalement la main d'Ethel et me libérai de ses griffes. Elle se fâcha et alluma une cigarette en maugréant. Le chauffeur, qui observait de près tous les mouvements d'attraction et de répulsion entre nous, intervint à point nommé pour nous demander où nous allions. Soufflant des ronds de fumée de son fume-cigarette en bois de jasmin, Ethel répondit d'un ton enjoué :

— On va chez Bonbon *Dede*. Nous allons rendre visite au saint patron de tous les cœurs brisés et de tous les ratés !

Le chauffeur, dont l'apparence juvénile tenait moins à l'âge que je lui donnais qu'à son visage glabre, nous examina l'un après l'autre dans le rétroviseur, comme s'il cherchait à évaluer jusqu'où la situation pourrait dégénérer. Histoire de le rasséréner, je lui indiquai le chemin, mais Ethel ne lui laissait aucun répit. Elle lui offrit une autre cigarette et le bombarda de questions, en lui demandant d'où il était originaire, s'il croyait aux saints ou pas, s'il était marié ou non, si plus tard il avait une fille jusqu'à quel niveau il pensait la faire étudier, s'il renierait son fils au cas où il apprendrait qu'il était homosexuel et quelle équipe de foot il supportait. Comme par un fait exprès, ils étaient pour la même équipe.

— Une fois, j'ai pris un couple au moins aussi dingue que vous, dit le chauffeur au moment où le déluge de questions lui permit d'en placer une.

Ethel lâcha de nouveau une cascade de rires accompagnée d'une quinte de toux, comme si elle avait une arête coincée dans la gorge.

— Je commençais tout juste à travailler de nuit et je ne connaissais pas encore cette clientèle. Dès qu'ils sont montés dans le taxi, ils se sont engueulés. La femme n'arrêtait pas de hurler et, au lieu d'essayer de la calmer, l'homme lui donnait la réplique. Ils parlaient d'une manière, faut voir, ils se traitaient de tous les noms. Mais c'était évident qu'ils s'aimaient. Apparemment, l'homme devait partir travailler à l'étranger. La femme ne croyait pas qu'il reviendrait : « Si tu pars, tu ne reviendras pas, répétait-elle en pleurant comme une Madeleine. » Elle piquait des crises de nerfs et tapait sur le type. Ivre mort. Bref, on est allés jusqu'à l'adresse qu'ils m'avaient indiquée. On devait d'abord déposer la femme et ensuite l'homme. On est arrivés devant chez elle, mais elle refusait de descendre de voiture. Elle s'est écriée qu'elle voulait aller voir Telli Baba. Elle s'accrochait au siège de devant et répétait : « Je ne bougerai pas

d'ici tant qu'on ne sera pas allés voir Telli Baba ! »
L'homme a fini par céder. Le tombeau du fameux
Telli Baba était à des lieues d'ici, j'hésitais à y aller,
comme ça, en pleine nuit, en plus, je devais encore
rendre la voiture. À cette époque, je disais d'ailleurs
que je ne travaillerais jamais la nuit. Et puis, comme
vous le voyez, j'ai peu à peu changé d'avis, enfin,
peu importe. Ils refusaient de descendre et de prendre
un autre taxi, et en plus, ils me proposaient le double
du prix. À force de soupeser le pour et le contre, j'ai
fini par appuyer sur l'accélérateur et nous avons
foncé en pleine nuit en direction de Telli Baba. Une
fois là-bas, la femme est descendue de voiture, elle
a fouillé dans son sac et disparu dans l'obscurité.
L'homme et moi, nous avons attendu dans le taxi.
Une dizaine de minutes plus tard, elle est revenue en
pleurant et a dit au type : « Baisse la tête. » Il s'est
exécuté, et elle lui a arraché une touffe de cheveux en
pensant n'en prendre qu'un seul. Le type s'est mis à
tempêter de douleur, et ils se sont à nouveau pris de
bec à cause de ça. Puis la femme est repartie, elle a
trouvé un bout de tissu quelque part, elle a attaché le
cheveu du type à l'arbre sacré, elle a fait des prières,
elle s'est assise, elle a prié, elle s'est levée... Nous,
on attendait qu'elle finisse ce qu'elle avait à faire.
Lorsqu'elle revint, elle s'était un peu calmée. « La
prochaine fois que je reviendrai à Telli Baba ce sera
avec un voile de mariée », dit-elle. L'homme aussi
s'était radouci. Ils se sont enlacés. Ils m'ont demandé
mon nom et mon numéro de téléphone pour m'inviter
à leurs noces.

— À tous les coups, ils se sont mariés et ont fini
par s'étrangler, marmonna Ethel, le cou tendu vers le
siège du chauffeur, tout en tentant, de la main droite,
une nouvelle incursion vers les boutons de mon pantalon.

— Non, *abla*, c'est encore pire, dit le chauffeur en secouant la tête d'un air entendu. Deux ans plus tard, c'était en hiver, il y avait une de ces tempêtes de neige… on n'y voyait que dalle. Et voilà soudain que le même type monte dans mon taxi. Mais cette fois, il était avec une autre femme. De là à savoir si c'était sa femme ou sa petite amie… en tout cas, c'est clair qu'ils étaient ensemble. Moi, je l'ai tout de suite reconnu. Lui aussi s'est souvenu de moi. On s'est sentis très mal tous les deux. Il a détourné les yeux, moi aussi. La fille à son côté ne se rendait compte de rien, naturellement. Elle n'arrêtait pas de parler, mais l'homme n'avait pas la tête à cela. On n'avait pas fait dix mètres que le type, n'y tenant plus, a fait arrêter le taxi et est descendu. Stupéfaite, la femme est sortie derrière lui.

Ethel joignit les mains sur sa poitrine et soupira avec tristesse. Si seulement j'arrivais un tant soit peu à comprendre quand et pour quelle raison cette catin s'émeut. Un silence pesant nous étreignit. Personne ne prononça une parole jusqu'à ce que nous tournions à l'angle de la rue Jurnal. Mais dès que le taxi stoppa devant Bonbon Palace, Ethel, s'emparant à nouveau de sa joie arrêtée en plein vol, bondit comme une flèche de la voiture. Sur son insistance, le chauffeur descendit aussi. À une heure et demie du matin, tous trois alignés côte à côte, aussi recueillis que si nous rendions les derniers hommages, nous regardâmes en silence ce qui était écrit sur le mur du jardin.

SOUS CE MUR
REPOSE UN SAINT.
NE JETEZ PAS D'ORDURES !

— Alors, qu'est-ce que ça donne ? demandai-je au chauffeur.

— Je trouve ça bien, mais j'ai l'impression que tu as un peu dérapé, *abi*, dit-il avec une expression telle que j'eus du mal à comprendre s'il plaisantait ou pas. Je n'aime pas trop la couleur, non plus.

Ethel se plia en deux comme si elle allait vomir et fut prise d'une nouvelle crise de fou rire. Elle était totalement partie, et tapant du pied, elle se tordit de rire jusqu'à ce que des larmes jaillissent de ses yeux. Elle fit un tel raffut que la lumière s'alluma dans un ou deux appartements. La prenant chacun par un bras, le chauffeur et moi avons poussé la catin dans le taxi. Pendant tout le trajet, ses rires décroissants cédèrent la place à des hoquets de plus en plus fréquents. Cela faisait longtemps que je ne l'avais pas vue dans un tel état. Lorsque nous sommes arrivés chez elle, je n'avais pas envie de rester. Elle s'est d'ailleurs endormie dès que sa tête a touché l'oreiller. Le taxi m'attendait en bas. Au retour, je me suis assis à l'avant. Je constatai que la somme affichée au compteur avait pas mal gonflé. Depuis que j'ai divorcé, la moitié de mon salaire part en loyer, et l'autre en virées nocturnes. J'ai tendu une cigarette au chauffeur. Il a d'abord allumé la mienne, puis la sienne. Maintenant que cette ivrognesse était descendue de voiture, un silence amical s'était installé dans l'espace laissé vacant.

— Désolé pour tout ce vacarme.

— T'inquiète pas, *abi*. Si les problèmes du monde pouvaient s'arrêter à ça !

Tandis que nous stationnions à un feu rouge, je sentis soudain une sourde angoisse monter en moi. Une voiture de police nous dépassa à toute allure. Devant nous, un camion poubelle avançait comme un escargot et je gardai le regard fixé sur les deux éboueurs à l'arrière. Ils se retenaient d'une seule main tandis que leur main libre, revêtue d'un gant épais, était suspendue dans le vide. En passant sous un réverbère, leur visage pâle émergea de l'obscurité. On aurait dit qu'ils se souriaient, enfin, c'est l'impression que j'ai eue. Il n'y avait pas d'autre véhicule alentour. Lorsque le feu passa au vert, mon angoisse redoubla. Je demandai au chauffeur de repartir dans la direction opposée. Dix minutes plus tard, nous étions devant la maison d'Ayşin. J'ai fait arrêter la voiture. Je ne suis pas descendu. Les rideaux étaient tirés, les lumières éteintes. Pendant que je regardais mon ancienne maison, le chauffeur imberbe attendit patiemment, sans dire un mot.

Sur le chemin du retour, il alluma la radio. Par chance, j'aimais chacune des chansons diffusées. Finalement, alors qu'un nouveau zéro s'ajoutait au compteur, nous parvînmes à Bonbon Palace. Nous passâmes une tête à l'extérieur de la voiture, et à la lumière des phares, sans savoir pourquoi, nous éprouvâmes à nouveau le besoin de regarder l'inscription sur le mur.

— *Abi*, maintenant, c'est bien gentil d'avoir écrit ça, mais si jamais quelqu'un y croit ? dit le chauffeur en me rendant la monnaie.

— Il ne manquerait plus que ça ! répondis-je en riant. Mais après tout, ce serait mieux qu'ils y croient. Et qu'ils ne viennent plus jeter leurs poubelles ici.

— D'accord, je veux bien, dit-il en passant nerveusement ses doigts au-dessus de ses lèvres comme s'il tirait une moustache invisible. C'est que les gens de chez nous sont un peu bizarres. Surtout les femmes, elles sont complètement toquées, *abi*, tu l'as vu toi-même. Ce que je veux dire c'est que... Enfin, si jamais quelqu'un y croyait pour de bon ?

NUMÉRO 1 :
MERYEM

La foi, comme un horaire de train, est essentiellement une question de timing. La grosse horloge ronde couleur ivoire au mur de la gare scande certains moments précis de l'existence. Le train part toujours aux mêmes heures. Avant midi, il n'y a qu'un seul train. C'est celui que prennent les gens ayant intégré dès l'enfance un système de croyance. Après midi, un nouveau train embarque les voyageurs mal dans leur peau à la période de l'adolescence. Ensuite, aucun train ne circule jusqu'au soir. Au crépuscule, à l'heure où pointent les premiers remords et l'amer constat que les erreurs du passé ne se réparent pas, où périclitent les foyers les plus stables et surgissent les premiers problèmes de santé sérieux, le train démarre pour la troisième fois. Les voyageurs, on ne sait pourquoi, s'y précipitent toujours à la dernière minute. Enfin, vers minuit, après de graves opérations ou au seuil du trépas, il y a encore deux trains qui partent l'un après l'autre. Ce sont les plus bondés. Sans marquer aucun arrêt, à la vitesse express de l'intercession, ils vont tout droit vers Dieu. Contrairement aux passagers du soir, ceux qui prennent le train de nuit se postent toujours en avance à la gare, de peur de le rater. Et quand sonnent les douze coups de minuit,

411

quand la petite et la grande aiguille reviennent à leur point de départ après avoir achevé un cycle complet, de la foule compacte qui se pressait dans la gare ne reste plus qu'une poignée d'incroyants.

Meryem était des voyageurs de la première heure. Comparée à celle des autres, sa foi était non seulement exempte de calcul, mais beaucoup moins « livresque ». Si elle n'avait pas été enceinte au moment où l'inscription était apparue sur le mur, difficile de dire si elle aurait agi ainsi, mais comme la grossesse la rendait un peu « bizarre », ce matin-là, elle sortit très tôt dans le jardin, un bocal vide à la main, afin de prendre un peu de « terre du saint anonyme ». Il lui semblait peu probable qu'un corps soit réellement enterré ici, mais comme l'avait dit le professeur d'université, le sous-sol d'Istanbul regorgeait de tombes et l'on ne pouvait jamais prédire ce qui pouvait émerger de sous ses immeubles, ses trottoirs et ses pavés. Si jamais l'inscription se révélait infondée, elle aurait simplement prélevé un bocal de terre, et voila tout. Mais si un saint gisait vraiment sous l'arbre à soie du jardin de Bonbon Palace, elle ne lui demandait qu'une seule chose : qu'il instille ne serait-ce qu'une parcelle de courage à Muhammet.

NUMÉRO 2 :
SIDAR ET GABA

Quand la sonnette retentit, Sidar se précipita en espérant que Muhammet venait à nouveau lui apporter quelque chose à manger. Au moment où il ouvrit la porte, ce n'était pas le petit émissaire de Mme Teyze qui se tenait devant lui mais la cinglée aux cheveux cuivrés. Il resta interdit. Soit la fille avait changé depuis qu'il l'avait vue, soit elle était très différente du souvenir qu'il en avait gardé. Mais ses yeux étaient toujours aussi beaux. Sans attendre qu'il l'invite à entrer, elle s'engouffra dans l'appartement en souriant. Elle avança d'un pas fatigué vers le canapé, et, avant de s'y blottir, demanda quelque chose à boire à son hôte, qui demeurait planté là, abasourdi. Sidar se dirigea vers la cuisine en se grattant la tête. Il ouvrit la seule dosette de café instantané qui restait dans le placard, mit de l'eau à chauffer dans la seule bouilloire de la maison et versa le tout dans la seule tasse qui se trouvait sur l'étagère.

— Et toi, tu ne bois rien ? demanda la fille.
— Plus tard, répondit Sidar avec un haussement d'épaules. De toute façon, il n'y a qu'une tasse.

La fille sortit trois sachets individuels de gaufrettes à la noisette de son sac à dos. Gaba releva sa truffe humide et se mit à gigoter, sans pour autant quitter le coin où il s'était réfugié dès qu'il l'avait vue.

— Comment s'appelle ton chien ?

— Gaba, répondit Sidar, tout en essayant de se rappeler s'ils en avaient déjà parlé la dernière fois.

— Qu'est-ce que ça veut dire ?

— Gaba, c'est l'abréviation de l'acide gamma-aminobutyrique, qui est un neurotransmetteur inhibiteur. Quelque chose lié au centre de l'anxiété dans le cerveau. Les antispasmodiques, les calmants et bien sûr l'alcool mettent le consommateur de Gaba au ralenti. C'est-à-dire que tu ressens moins d'angoisse.

— Super, mais tu parles couramment l'allemand, dis donc ! Combien d'années as-tu vécu à l'étranger ? demanda la fille en s'allongeant sur le dos.

En découvrant le plafond, elle cligna des yeux, étonnée.

— Français, corrigea Sidar d'un ton courroucé.

Apparemment, la fille n'avait rien retenu de ce qu'il lui avait raconté la dernière fois. Dans ce cas, pourquoi avait-elle posé ces questions ? À quoi bon redemander les mêmes choses à présent ? De plus, elle tombait visiblement de sommeil. Au bout de la deuxième ou de la troisième réponse, elle fermerait les paupières. Pour quelle raison se montrait-elle sérieuse, alors qu'elle savait pertinemment qu'elle décrocherait en route et qu'elle aurait beau recueillir le plus de bribes possible dans ce court laps de temps, elle ne parviendrait pas à reconstituer le tout ? Le désir de connaître une personne est une promesse à la légère et un pesant fardeau ! Il faut écouter et observer, deviner et décortiquer, disséquer et grappiller pendant des jours, des nuits, des semaines, des années ; être capable de retirer les croûtes et de supporter la vue du sang qui perle en dessous. Si l'on n'est pas en mesure d'endurer cette peine, mieux vaut battre en retraite tant qu'il en est encore temps.

Je ne suis pas un trésor d'une valeur inestimable enfermé dans un coffre en attendant d'être exposé au grand jour. D'ailleurs, toutes les questions que tu te poseras à mon sujet ont plus ou moins leurs réponses cachées en toi. Je ne veux pas que tu essaies de me découvrir, ni même que tu t'imagines m'avoir découvert. Alors que nous savons encore si peu de chose l'un de l'autre, rien ne nous oblige à nous connaître. Les informations obtenues au sujet des autres ressemblent à des restes de nourriture glanés dans les immondices. À quoi cela sert-il de les laisser pourrir dans notre cerveau si l'on n'a pas su les savourer à temps ?

Un ronflement irrégulier interrompit le cours de ses pensées. La fille s'était endormie, la bouche ouverte. Sidar aspira une dernière bouffée de la cigarette qu'il avait roulée à midi et se pelotonna près de son invitée. Comprenant qu'apparemment personne n'avait l'intention de lui tomber sur le poil, Gaba abandonna l'insecte rouge brique qui sortait la tête par un trou au bas du mur et s'éloigna à pas feutrés du coin où il s'était terré. Il déchiqueta l'emballage des gaufrettes à la noisette et n'en fit qu'une bouchée. Puis, se léchant les babines, il vint lui aussi se blottir sur le canapé. Tandis que les phares des voitures qui passaient dans la rue filtraient par les petites fenêtres, animant un jeu d'ombres sur le mur, tous trois sombrèrent dans trois rêves différents.

NUMÉRO 8 :
LA MAÎTRESSE BLEUE ET MOI

Après n'avoir cessé de faire la navette entre la cuisine et le salon, la Maîtresse Bleue jeta un dernier coup d'œil à la table. Tout était prêt. Elle alluma la bougie-nénuphar qui flottait dans une coupelle en verre. Elle disposa des serviettes bleues à côté des assiettes bleues. Ils s'étaient donné rendez-vous à dix-neuf heures. À sept heures moins dix, on sonna à la porte.

— Bienvenue, dit-elle. (Elle portait des chaussures à talons, mais elle éprouva pourtant le besoin involontaire de se dresser sur la pointe des pieds.) Est-ce que tu es toujours aussi en avance ?

— J'ai tout fait pour être en retard. Mais il suffit d'à peine trois pas pour passer de mon appartement au tien, répondis-je en souriant.

— Naturellement, tu as de si grandes jambes ! Quand tu fais un pas, moi, je dois en faire quatre, dit-elle.

Mais avant même de terminer sa phrase, elle était devenue rouge comme une pivoine, comme si elle avait fait une allusion grivoise.

Nous sommes restés plantés devant la porte d'entrée, avec ce petit air décontenancé propre à ceux qui se tournent autour depuis longtemps et qui marquent soudain un arrêt en voyant leurs désirs se réaliser plus aisément et rapidement qu'ils ne l'espéraient. Même si nous n'avions échangé jusque-là que quelques mots à propos de la pluie et du beau temps en nous croisant sur le palier, je n'avais pas été long à remarquer combien je lui plaisais. On lit sur son visage à livre ouvert. Malgré tout, je ne m'attendais pas à ce que cela arrive si vite ; comme ça, sans rien faire…

J'ai pris son visage entre mes mains et effleuré son minuscule piercing bleu.

— J'ai fait du poulet à la tcherkesse, dit-elle lorsqu'elle se dégagea en essayant de reprendre là où nous en étions, non pas de nos baisers mais de la conversation. Tu aimes ça, j'espère.

Sourd à ses feintes réticences, je l'entraînai loin de la table vers la chambre à coucher. Elle était à l'aise. Moi aussi. Les couples sachant pertinemment dès le départ qu'ils n'ont aucun avenir en commun sont moins timorés. Toujours est-il que lorsque nous passâmes à table, tard dans la soirée, nous eûmes l'étrange impression que nous avions, à défaut d'avenir, un passé en commun, que nous vivions depuis longtemps ensemble sous le même toit… Et il me sembla que cette illusion nous plaisait profondément à tous deux. Car, quel que soit l'angle sous lequel on considère les faits, un homme abandonné par sa femme et la maîtresse malheureuse du mari d'une autre ont un terrible besoin en commun : celui de se rendre compte que leurs désillusions sur le mariage ne viennent pas de leurs propres erreurs et que, en réalité, cela aurait très bien pu marcher avec quelqu'un d'autre.

NUMÉRO 1 :
MUHAMMET

Il y avait dix-sept marches sur le perron de l'école. Et quand Muhammet, les comptant à voix haute, atteignit la seizième, il se retourna avec une faible lueur d'espoir. Mais le miracle tant espéré ne s'était pas produit. Sa mère était toujours là ; son gros ventre appuyé de tout son poids contre la porte verrouillée de la cour, elle le couvait des yeux, avec l'émouvante tristesse de quelqu'un faisant ses adieux sur le quai à l'être cher à bord d'un bateau en partance. Lorsqu'elle vit Muhammet la regarder, son visage s'illumina d'un sourire composé à un tiers de tendresse, à un tiers de compassion et à un tiers de fierté, puis, comme si elle exécutait un ridicule exercice de gymnastique, elle leva les deux bras en même temps et les agita avec ardeur. N'importe qui l'ayant vu se démener ainsi aurait pensé qu'elle essayait d'attirer l'attention de son fils perdu dans une immense foule. Cependant, dans cette école primaire de huit cent quarante-huit élèves, elle était la seule mère à persister, depuis les dernières semaines du second semestre, à accompagner son enfant à l'école le matin et à attendre devant le portail jusqu'à la sonnerie. En apprenant que Muhammet saccageait l'établissement, elle avait opté pour cette solution. Ce qui signifiait que, dorénavant, elle distribuerait le pain et les journaux avec vingt-cinq minutes de retard. Personne ne s'était encore plaint. De toute façon, Mme Teyze mangeait comme un oiseau, elle n'achetait ni pain ni quoi que ce soit. Hygiène Tijen, quant à elle, faisait descendre par la fenêtre son panier où l'épicier déposait un sachet de pain en tranches emballé que personne n'avait touché. La Maîtresse Bleue n'en mangeait pas par peur de grossir. Le professeur célibataire du numéro 7 ne semblait guère se soucier d'un service à heure fixe vu qu'on ne savait jamais quand il sortirait ou rentrerait. Sidar, parce qu'il était fauché, et les coiffeurs, parce qu'ils avaient instauré leur propre système, ne trouveraient rien à redire à ce retard. Restaient au final deux appartements. Et ce n'était sûrement pas pour eux qu'elle mettrait l'éducation de son fils en péril.

Chaque mouvement de la main de sa mère faisait à Muhammet l'effet d'un coup de marteau, et il diminuait... diminuait. Lorsqu'il parvint enfin à la dix-septième marche, c'est aussi minuscule qu'une tête de clou qu'il passa le porche ténébreux de l'école. Son sac repas lui pesait dans la main, et son cartable était encore plus lourd sur son dos. Il regarda alentour, en quête d'une cible où balancer des coups de pied, mais ne trouva rien. Au moment où la cloche retentissait une dernière fois dans le couloir, il entra dans la salle de classe et regagna sa place au milieu des trente-deux élèves.

Contrairement à ce qu'il craignait, la première leçon se passa sans incident. Son camarade de banc, celui-là même qui lui collait au moins deux baffes par jour depuis la rentrée, avait le dos tourné et se concentrait sur ce qui était écrit au tableau. Muhammet considéra presque avec gratitude ce dos deux fois plus grand que le sien. Quel dommage que ce ne soit pas toujours ainsi. Si seulement il pouvait partager le banc avec ce dos et non avec ce mastodonte de gamin. Baissant les épaules, il se tapit derrière ce dos immense et, sachant que personne ne le verrait de l'angle où il était, il observa autour de lui : le ciel qui lui faisait de l'œil à travers les écailles de la peinture grise qui occultait les fenêtres jusqu'à mi-hauteur, pour empêcher les élèves de regarder dehors pendant les cours ; les rubans bouffants dans les cheveux de la fille qui était au tableau, les ongles pointus et vernis de rose de l'institutrice dont les veines du cou se mettaient à gonfler quand elle criait. Il pensa que la fille appelée au tableau et l'institutrice allaient bien ensemble. Si l'élève ne savait pas répondre à la question posée et si l'institutrice lui perforait le lobe de l'oreille avec ses ongles pointus, ce ne serait pas un problème puisque, de toute façon, les filles avaient les oreilles percées. Malgré tout, les élèves qui se faisaient le plus tirer l'oreille étaient les garçons. Muhammet y avait souvent eu droit et, chaque fois, ce n'était pas la douleur mais la peur de se retrouver avec l'oreille percée qui l'avait le plus affligé. Ayant déjà vécu les six premières années de sa vie avec les cheveux longs, il ne tenait pas à passer le reste de son existence avec les oreilles percées comme les filles. Tout en se débattant avec ses peurs, il glissa contre son camarade... et ce qui devait arriver arriva. Le dos fit soudain volte-face et se transforma en un visage joufflu et renfrogné, rouge comme une betterave. Avec un rictus, l'écolier lui balança un coup de coude dans les côtes.

Depuis qu'il avait commencé l'école, chaque jour, sans exception, Muhammet rêvait de prendre la fuite. Mais à présent, alors qu'il serrait les dents de douleur, il ne souhaitait pas seulement s'évader mais disparaître sur-le-champ. Si seulement un désastre pouvait survenir à cet instant précis, un terrible séisme, par exemple, si la terre pouvait s'ouvrir en ne laissant plus une pierre sur l'autre, plus une tête sur les épaules, en avalant dans ses entrailles les chiffres dans le cahier de notes de l'institutrice, les bons points de la fille appelée au tableau, les coups de coude, les baffes et les vexations de son camarade de banc... s'ils pouvaient tous être dispersés et balayés à jamais... Muhammet, les yeux clos, rêvait de voir s'abattre le pire cataclysme qui soit quand une sirène retentit. On entendait des cavalcades dans les couloirs et des claquements de portes. S'interrogeant mutuellement du regard, l'institutrice et les élèves s'immobilisèrent quelques secondes sans comprendre ce qui se passait. Sur ces entrefaites, la porte s'ouvrit brutalement et une élégante petite bonne femme au regard perçant derrière ses lunettes à monture en aile de papillon déboula dans la salle. Elle adressa un sourire à l'institutrice, puis à toute la classe et, avec une exquise politesse, l'air d'annoncer une bonne nouvelle :

— Très cher professeur, chers élèves, dit-elle d'un ton empreint de contentement et d'affection, ceci est un exercice d'évacuation en cas de séisme.

Dès que l'élégante petite bonne femme eut achevé sa phrase, trois hommes baraqués aux moustaches tombantes, qui se ressemblaient de façon étonnante, entrèrent dans la salle de classe. Ils portaient un casque jaune poussin et un tee-shirt où l'on pouvait lire : « Ce n'est pas le séisme mais la négligence qui tue. » Avec des gestes d'une remarquable agilité, ils déballèrent un à un les outils et les instruments qu'ils avaient apportés dans leur mallette et suspendirent des affiches de divers formats au-dessus du tableau. On tira les rideaux et, l'une après l'autre, les diapos commencèrent à clignoter sur le mur. Retenant son souffle, tout excité, Muhammet contempla les images successives auxquelles donnait vie le faisceau de lumière poussiéreux fendant l'obscurité.

Lorsque après la dernière diapo on rouvrit les rideaux, l'élégante petite bonne femme claqua trois fois dans ses mains et se mit à expliquer le déroulement de l'exercice. Il se divisait en deux étapes. Dans un premier temps, les élèves devraient se glisser sous leurs bancs et patienter calmement, la tête entre les bras, comme si tout tremblait autour d'eux. Quant à la seconde étape, elle avait pour but de leur enseigner à évacuer le plus rapidement possible un bâtiment. La sirène retentit, et d'un seul coup, les trente-deux élèves disparurent en riant sous les bancs. Muhammet se recroquevilla dans l'étroit recoin que son camarade de banc voulut bien lui laisser. Cinq minutes plus tard, il ressortit en même temps que les autres de sous son banc et tenta de prendre place dans la file où les élèves, en rangs deux par deux, s'apprêtaient à sortir de la salle. Son camarade de banc ne manifestant pas la moindre velléité de lui tenir la main comme ils étaient supposés le faire, il ne put en aucune façon intégrer la chaîne. Les deux garçons restés à l'écart de la file ne tardèrent pas à attirer sur eux l'attention de l'élégante petite bonne femme : « Ah, venez par ici, vous deux. Nous avons besoin de deux enfants courageux », s'écria-t-elle d'une voix débordant d'enthousiasme.

Les yeux emplis d'angoisse, Muhammet regarda le cordon de leurs camarades s'étirer dans le couloir dans un ordonnancement parfait. Quand la salle de classe fut entièrement évacuée, il s'aperçut que l'élégante petite bonne femme et l'institutrice étaient parties elles aussi. Dépité de se retrouver sur la touche et furieux d'être logé à la même enseigne que son camarade de banc, il cherchait un endroit où donner des coups de pied quand les trois moustachus passèrent à l'action comme un seul homme. L'un apporta un brancard, un autre sortit une longue corde, et le dernier déplia une couverture. Ils demandèrent aux enfants de s'allonger côte à côte sur le brancard, les enveloppèrent dans la couverture et les attachèrent fermement. Ils prirent encore quatre cordes. Deux d'entre elles furent accrochées à des poulies et passées par la fenêtre, et les deux dernières furent nouées à la porte de la classe.

— N'ayez pas peur, dit l'un des moustachus – avant d'ajouter à voix basse, comme s'il leur murmurait un secret : Nous allons vous faire descendre par la fenêtre.

Cinq minutes plus tard, lorsque Muhammet eut assez de courage pour ouvrir les yeux, il se retrouva à seize mètres du sol sur un brancard, les bras et les jambes fermement attachés, dans une couverture à l'odeur infecte, et à côté du gamin qu'il exécrait le plus au monde. Tous les enfants étaient rassemblés dans la cour et les acclamaient d'une seule voix en les observant d'en bas. Le ciel était d'un bleu limpide. De petits nuages blancs moutonnaient paresseusement. À mesure que les hommes, en haut, donnaient du mou aux cordes, le brancard descendait en tressautant, mais il avait beau perdre de l'altitude, il ne s'approchait toujours pas de la terre ferme.

— Je parie que tu chies dans ton froc, dit son camarade en souriant de toutes ses dents.

Sa face de betterave était tellement proche que Muhammet pouvait sentir son haleine. Il ouvrit la bouche pour lui répondre qu'il n'avait pas peur, mais avant qu'il ait le temps de dire quoi que ce soit, schlak… Il sentit un crachat arriver d'un trait dans sa bouche. La face de betterave éclata de rire. Tournant la tête en tous sens pour se débarrasser du crachat, Muhammet confondit les directions et, au lieu de cracher le liquide qui s'était accumulé dans sa bouche dans le vide à sa droite, il l'envoya sur son ennemi à sa gauche.

L'autre ne s'y attendait pas. Une fois remis de sa surprise, il contre-attaqua en enclenchant non son pistolet, mais sa mitraillette à crachats. Bien qu'entre-temps ils se soient passablement rapprochés du sol, pas un seul des gamins attroupés en bas ne semblait se rendre compte de la bataille qui se déroulait au-dessus de leurs têtes. À trois mètres et demi de hauteur.

— Regarde ce qui s'amène, maintenant, piailla la face de betterave. Tu vas être obligé de descendre devant tout le monde avec un mollard vert sur ta gueule !

Muhammet tourna précipitamment la tête mais trop tard. Il sentit le liquide s'immobiliser deux ou trois secondes au milieu de son front, puis, tout doucement, commencer à glisser vers son nez. Muhammet eut un haut-le-cœur. Le brancard descendit encore de cinquante centimètres. Désormais on distinguait nettement les visages de ceux qui étaient en bas. Les enfants acclamaient avec joie leurs héros envoyés du ciel. Se débattant en vain pour libérer ses mains des courroies, Muhammet était au bord des larmes. Il eut beau se forcer à imaginer que le liquide gluant sur son front n'était pas un mollard et que ce type à face de betterave avait bluffé, il ne réussit pas à s'en convaincre. Le brancard glissa encore de cinquante centimètres vers le bas, le mouton nuageux bougea imperceptiblement, Muhammet souhaita que le monde s'effondre à l'instant et dévie de son axe s'il en avait un, que survienne l'apocalypse et que... Mais avant qu'il ait pu aller au bout de son souhait, le brancard se mit à tanguer, une fois vers l'avant, une fois vers l'arrière, et comme s'ils allaient être éjectés de leur place, les deux enfants basculèrent brutalement à nouveau vers l'avant. Des cris s'élevèrent, Muhammet ferma les yeux, la corde lâcha du côté gauche, le brancard se retourna, puis frappa le sol depuis une hauteur de deux mètres cinquante.

La face de betterave poussa un hurlement.

— Ils sont morts ? Ils sont morts ? vociféra l'institutrice aux ongles roses, les veines du cou gonflées à bloc.

Tandis que les experts en tremblements de terre essayaient de retenir les élèves qui s'attroupaient autour des victimes comme des poules se ruant sur la nourriture, l'un des moustachus retourna le brancard avec précaution et croisa deux paires d'yeux écarquillés, l'une de douleur, l'autre d'effroi.

— Monsieur, est-ce que j'ai un mollard sur la figure ? demanda Muhammet lorsqu'il parvint enfin à émettre un son.

L'homme, pâle comme un linge, dévisagea l'enfant sans comprendre, et secoua négativement la tête. Muhammet sentit alors quelque chose rayonner en lui. C'était donc du bluff. Lorsqu'on eut dénoué les cordes et retiré la couverture, il se leva fièrement du brancard. Tandis que le gamin à face de betterave, une jambe cassée, était transporté sur le même brancard à l'hôpital, Muhammet, pour la première fois de sa vie, savourait le plaisir de se sentir courageux.

NUMÉRO 3 :
LES COIFFEURS DJEMAL & DJELAL

— Ah, je me demande bien qui est le type qui a écrit cette phrase à propos du saint sur le mur... Soit il a perdu la tête, soit il se paie la nôtre. J'ai hâte de voir ce qui va se passer. Tiens, notre boulgour non plus ne s'est pas pointée hier soir. J'ai passé mon temps à la guetter. J'ai tellement pris l'habitude de voir cette bonne femme venir chaque soir vider ses poubelles sous notre nez que si elle devait s'absenter un jour de plus, elle finirait par me manquer. Est-ce que, par hasard, elle aurait pris cette inscription au sérieux ? Oh, elle en serait bien capable. Ici, c'est la Turquie. Les Occidentaux en ont depuis longtemps terminé avec la Lune, ils ont déjà commencé à diviser Mars en lots et pourront bientôt cloner les humains. Et nous, qu'est-ce qu'on fait pendant ce temps ? Nous découvrons un saint dans notre jardin. Ce n'est pas un saint, c'est une plante miraculeusement sortie de terre en l'arrosant. Ensuite, on se plaint que la Communauté européenne ne veuille pas de nous. Pourquoi voudrait-elle de nous ? Le jour où les Européens auront besoin de saints, alors là, ils se dépêcheront de nous intégrer.

Un ou deux rires atones accueillirent la fin de sa tirade. Mais Djemal ne se troubla pas du peu d'écho que semblaient susciter ses propos.

— Franchement, je ne serais pas étonné qu'on organise sous peu une réunion d'urgence à Bonbon Palace. On se rassemblera chez le gérant de l'immeuble, Hadji Bey, avec un « ordre du jour extraordinaire spécial saint ». Hé ! mon garçon, passe donc un coup de pschitt !

La suffocante odeur de l'insecticide qu'ils avaient abondamment pulvérisé un peu partout la veille ne s'était toujours pas dissipée. Ce matin, ils avaient trouvé des dizaines de cadavres d'insectes. Avant que n'arrivent les clients, ils les avaient ramassés à la pelle et jetés dans la poubelle où s'entassaient les chutes de cheveux.

— Imaginez que nous sommes tous assis autour de la table ronde chez notre gérant Hadji Bey, dit Djemal en vidant les bigoudis de la corbeille en osier puis en posant celle-ci à l'envers sur le comptoir. Les résidants de l'immeuble sont là au grand complet. Même Hygiène Tijen a réussi à sortir de chez elle. Ses fesses touchent à peine la chaise sur laquelle elle a pris place et elle tire une tête de trois pieds de long. (Il saisit un spray capillaire doré sur les côtés et le plaça à un bout de la corbeille à bigoudis.) L'étudiant fauché du sous-sol est venu lui aussi avec son molosse. Bien sûr, ils se fichent complètement du saint, ils sont juste venus manger gratis.

Il planta un long peigne fin aux dents serrées entre les brins d'osier de la corbeille et disposa un épais bigoudi orange et ébouriffé à côté pour représenter Gaba.

— Ah, et qu'est-ce qu'on servira à manger ? demanda la blonde avec une coquetterie dans l'œil qui venait se faire décolorer les racines une fois par semaine et que rien ni personne n'aurait pu convaincre qu'il n'était pas nécessaire de le faire aussi souvent. Elle scrutait la corbeille en osier, comme si, à tout instant, elle s'attendait à en voir surgir un lutin qui viendrait la faire rire.

— On n'est pas là pour faire ripaille, très chère ! rétorqua Djemal. Il s'agit d'une très sérieuse réunion de locataires.

— Mais puisque tu racontes une histoire, nous voulons connaître les détails, lança la Maîtresse Bleue du coin où elle était assise.

— D'accord, d'accord, répondit Djemal sans éprouver le besoin de cacher sa satisfaction d'avoir réussi à attirer l'attention de la Maîtresse Bleue. La belle-fille de Hadji Bey aura fait des *börek* aux épinards. Avec du thé. Ça vous va ?

— Très bien, très bien, acquiescèrent les femmes en riant.

Mais au même instant s'éleva une objection :

— Non, ça ne va pas !

C'était la greffière du tribunal correctionnel. Elle était, sans conteste, la femme la mieux informée du quartier et, sans doute en raison du métier qu'elle exerçait depuis des années, la plus habituée à coucher sur le papier les détails les plus délictueux de la vie privée des gens. Elle venait une fois par mois se faire teindre en châtain foncé. Voyant que chacun l'écoutait, elle s'adossa contre son siège et, l'air passablement sûre d'elle, elle égrena les données dont elle disposait :

— Tout d'abord, la bru travaille du matin au soir au guichet d'un cinéma. Elle n'a sûrement pas le temps de se lancer dans des plats aussi longs à préparer. Et même si elle avait le temps, elle ne le ferait pas. Cette femme a autant d'affection pour son beau-père que pour le péché. Elle ne lèverait pas le petit doigt pour lui.

Les sourcils froncés, Djemal considéra sa cliente surinformée.

— Dans ce cas, on oublie les *börek*. Il y aura du thé et basta. D'accord ? Est-ce que je peux continuer et passer à l'essentiel ?

— Pas si vite, intervint la Maîtresse Bleue avec son sourire le plus séduisant. (Elle semblait déterminée à forcer les limites de l'intérêt que Djemal éprouvait à son égard.) Il y a une incohérence dans l'histoire. Tu as dit que l'étudiant du sous-sol et son gros chien étaient venus pour se remplir l'estomac. Dans ce cas, tu vas devoir les évincer de la réunion.

La mine grave, comme s'il décidait de leur destin, Djemal observa le gros bigoudi orange et ébouriffé et le long peigne fin aux dents serrées.

— D'accord, j'abdique, dit-il en faisant un clin d'œil à la Maîtresse Bleue. (Il courut à la cuisine et revint placer sur la corbeille à bigoudis la moitié de *simit* qu'il avait achetée le matin.) Pour cette réunion, notre respecté gérant Hadji Bey est allé commander deux boîtes de petits fours, salés et sucrés, à la pâtisserie. Il a aussi mis des bâtonnets au sésame dans une assiette. Ça vous va ? Tout le monde est content, maintenant ?

— Parfait, parfait, gloussèrent les femmes en se regardant.

Puis tout le monde se tourna vers la greffière du tribunal correctionnel pour obtenir son aval définitif.

— À vrai dire, vous ne me ferez jamais croire qu'un type aussi pingre fasse autant de frais, mais bon, admettons, dit-elle en soulevant un de ses sourcils finement épilés.

Maintenant qu'il avait sa bénédiction, Djemal, qui se prenait complètement au jeu, entreprit d'aligner les autres voisins. La mousse coiffante extra-volume aux vitamines B nourrissantes et sans alcool représentait le professeur d'université du numéro 7 ; le sèche-cheveux, Mme Teyze du numéro 10 ; le fer à friser électrique, la femme au foyer russe du numéro 6 ; la brosse à teinture et les ciseaux, le mari et la femme de la famille Ateşmizacoğlu de l'appartement d'en face, et la lime à ongles, leur fille cadette. Après avoir marqué une petite pause, il choisit le peigne au manche en corne pour représenter le gérant. Pour finir, il s'empara d'une lumineuse boîte transparente qui contenait du gel bleu brillant.

— Et ça, c'est la gracieuse jeune femme qui habite au numéro 8, dit-il.

Tandis que la Maîtresse Bleue répondait au compliment par un sourire, les autres femmes se dandinèrent sur leur fauteuil.

— Ah, sans nous oublier, Djelal et moi. Naturellement, il faut que nous soyons identiques. (Il prit deux soins réparateurs multivitaminés à la kératine sur l'éventaire de soins capillaires et les posa l'un à côté de l'autre.) Voilà, c'est exactement comme ça que nous aurons pris place autour de la table, et Hadji Bey commencera alors à nous expliquer pourquoi nous nous sommes réunis. (Il dressa le peigne au manche en corne à la verticale et toussota pour réclamer le silence.) Au cas où certains d'entre vous ne l'auraient pas encore remarquée, je vous informe qu'une sépulture de saint a été découverte dans le jardin. Il nous faut donc procéder de toute urgence à certaines modifications du règlement intérieur de l'immeuble.

— Permettez, cher monsieur, mais le saint dont vous parlez peut-il surgir de terre comme une fleur ? lança l'un des flacons de soins réparateurs multivitaminés à la kératine.

Djemal se retourna vers ses clientes et leur murmura en aparté :

— Ça, c'est moi !

— Mais oui ! Nous avons compris ! répliquèrent les femmes en chœur.

— Libre à chacun d'y croire ou non. Nous ne sommes pas obligés de vous convaincre de l'existence des saints. Mais si vous voulez que vive la démocratie dans ce pays, vous devez respecter nos croyances, dit le peigne au manche en corne. Si vous me rejoignez sur ce principe, je vous propose d'aborder sans tarder les différents points à l'ordre du jour. Le premier est le suivant : à qui est dédié le saint qui gît dans le jardin ? On ne peut classer l'affaire en décrétant qu'il s'agit tout bonnement d'un saint, et voilà tout. Chaque saint a son utilité. L'un est le saint patron des marins, un autre protège les soldats sur la terre. Un autre recueille les prières des femmes stériles, un autre encore guérit les lépreux. Chacun s'adresse au saint qui remédiera à son problème. Si une vieille fille se rendait par erreur sur la tombe du saint des impotents, elle ne serait pas plus avancée ; le seul bienfait qu'elle en retirerait serait de repartir aussi alerte qu'une sauterelle.

— Il faut que quelqu'un se charge d'enregistrer le procès-verbal, dit la greffière du tribunal correctionnel en soulevant son autre sourcil.

— D'accord, approuva Djemal et il confia cette mission à la lime à ongles. Écris, ma fille. Premier point à l'ordre du jour : de qui cet honorable saint est-il le saint patron ?

— Rien ne nous dit que c'est un homme. C'est peut-être une femme, objecta la Maîtresse Bleue.

— Impossible ! gronda le peigne au manche en corne.

— Et pour quelle raison, je vous prie, une femme ne pourrait-elle pas être un saint ? renchérit la Maîtresse Bleue sans détacher les yeux de la boîte de gel bleu qui la représentait. (Et maintenant qu'elle avait pris la parole, elle ne la lâcha pas.) La gent féminine a donné de nombreuses grandes figures religieuses. À commencer par les révérées Aïcha et Fatima. Ensuite, il y a Rabia, par exemple. Kadıncık Ana également est très importante, de même que Karyağdı Hatun. Il y a aussi Hüma Hatun, la mère du sultan Mehmet le Conquérant. La mère de Mevlana, Mümine Hatun. Et il y a en outre les Sept Filles.

Les femmes alignées devant le miroir ainsi que le peigne au manche en corne devant la corbeille à bigoudis regardèrent la Maîtresse Bleue en écarquillant les yeux. Pour une maîtresse, elle en connaissait un sacré rayon sur la question. Djemal semblait le plus impressionné. Il la regarda avec admiration, comme si l'incomparable concubine Shéhérazade des contes des *Mille et Une Nuits*, qui, autant par sa beauté que par ses vastes connaissances, ensorcelait tout le monde à la cour du calife Haroun al-Rachid, s'était réincarnée dans l'Istanbul de 2002, à Bonbon Palace.

— Dans ce cas, écris, ma fille, intima le peigne au manche en corne à la lime à ongles. Premier point de notre ordre du jour : trouver de qui ce saint vénéré est le patron ou la patronne. Et pour mener à bien les recherches nécessaires, nous espérons que notre respecté professeur d'université ne nous privera pas de son précieux soutien.

Le flacon de mousse coiffante extra-volume aux vitamines B nourrissantes et sans alcool se tortilla d'aise, heureux de l'estime qu'on lui accordait.

— Venons-en au deuxième point de notre agenda. Mesdames et messieurs, puisque nous avons un saint dans notre jardin, dorénavant, nous devrons surveiller nos comportements. Au regard de cela, j'ai moi-même dressé une liste, *la liste des choses à ne jamais faire*. Avec votre aimable permission, je vais vous en donner lecture :

» *Article un* : la nuit, interdiction d'allonger les pieds en direction du saint. Les lits dont les pieds sont orientés vers le jardin devront immédiatement être tournés.

» *Article deux* : interdiction de marcher pieds nus à la maison.

» *Article trois* : dorénavant, interdiction de secouer les kilims par la fenêtre et de balancer quoi que ce soit.

— Comment cela ? s'exclama le spray capillaire doré sur les côtés.

— Je vous prie de ne pas m'interrompre, rétorqua le peigne au manche en corne.

— *Article quatre* : à partir de maintenant, interdiction d'étendre du linge aux fenêtres donnant sur le jardin.

» *Article cinq* : dorénavant, interdiction de couper les cheveux dans le périmètre de l'immeuble.

— Mais monsieur, de grâce, si nous ne pouvons couper les cheveux, nous crèverons de faim. C'est notre gagne-pain, dit l'un des soins réparateurs multivitaminés à la kératine.

Clignant de l'œil par-dessus son épaule en direction de ses clientes, Djemal fit un second aparté :

— Ça, c'est Djelal !

— On a compris, on a compris, dirent les femmes en riant.

— Hors de question ! N'oubliez pas que de tous les appartements de cet immeuble, celui que vous occupez est le plus proche de la sépulture de notre révéré saint. Il vous incombe d'être encore plus vigilants que les autres. Désormais, vous ne pourrez plus ouvrir les fenêtres et chanter à tue-tête en regardant la tombe du saint, secouer des cheveux, couper des ongles, épiler le corps et les sourcils. Si vous y tenez tant, allez donc ouvrir un autre salon de coiffure ailleurs.

» *Article six* : à partir de maintenant, la viande, le pelage, le crin d'animaux tels que les ânes ou les chevaux ne seront plus admis dans le périmètre de cet immeuble. Ce qui vaut également pour les chiens...

Le long peigne fin aux dents serrées se mit à crier par-dessus la corbeille à bigoudis :

— Et pour quelle raison ?

— Parce que les chiens sont jugés répugnants par notre religion, répondit le peigne au manche en corne.

Mais à cet instant, réalisant qu'il manquait de connaissances pour étayer son propos, Djemal implora du regard l'aide de la Maîtresse Bleue. Elle s'empara aussitôt de la perche qu'il lui tendait, comme si elle n'attendait que cette occasion :

— Prenez la sourate Araf. *Que tu le dresses ou que tu le laisses à son état naturel, il halète en laissant pendre la langue.* Par ailleurs, n'oublions pas que Mevlana compare les passions de l'âme à un chien.

— Tout cela ne s'applique pas à mon chien. Gaba n'est pas turc. Il est suisse ! s'insurgea le long peigne fin aux dents serrées.

Les femmes alignées devant le miroir regardèrent avec sympathie le gros bigoudi orange et ébouriffé.

— Hadji Bey, vous n'êtes pas sans savoir que les sept dormants avaient aussi un chien au paradis, dit la Maîtresse Bleue, se laissant gagner par la pitié.

— Bon, bon, coupa court le peigne au manche en corne. Mais à partir de maintenant, ce chien devra être lavé chaque jour. Je ne veux pas voir sur lui une seule puce. Ni de poux, cela va de soi. Nous devons nous débarrasser au plus tôt de tous ces insectes. L'ensemble des appartements devra être désinfecté de fond en comble.

» *Article sept* : à partir de maintenant, l'entrée de l'immeuble sera formellement interdite aux mendiants, aux marchands ambulants, aux merciers ou aux vendeurs de brioches.

— Sage mesure, approuva le couple formé par les ciseaux et la brosse à teinture.

— Et pour finir, *article huit* : à partir de maintenant, les ordures de Bonbon Palace seront régulièrement collectées. Un cercle d'environ quinze mètres de diamètre sera tracé autour du saint, et pas un seul détritus ne sera toléré à l'intérieur de ce périmètre. Un soin maximum sera apporté à la propreté de l'immeuble, tout devra être parfaitement nickel. Les mesures qui s'imposent pour éradiquer cette infecte odeur de poubelles qui règne dans Bonbon Palace seront prises. Nous en avons plein le nez depuis trop longtemps. Que cela ne vienne plus aux narines de notre saint !

Djemal réalisa soudain qu'il avait oublié Meryem. Il plaça rapidement une brosse à recourber les cils près de la corbeille à bigoudis. Seulement, juste au moment où il allait la faire parler, un bruit assourdissant retentit derrière lui. Le sèche-cheveux avait échappé des mains de Djelal qui, depuis tout à l'heure, n'avait pas l'air de goûter à ce petit jeu. En voyant tous les regards se tourner vers lui, il devint rouge de confusion.

— Je sors, je vais prendre un peu l'air, murmura-t-il en se précipitant vers la porte, sans même ramasser le sèche-cheveux tombé à terre.

— Ne le prends pas mal, Djemal, dit la blonde avec une coquetterie dans l'œil, lorsque la porte se fut refermée sur Djelal. Mais on n'a jamais vu de jumeaux aussi différents l'un de l'autre. Vous n'avez pas un zeste de point commun.

Une ondée de malaise se mit à bruiner sur tout le monde dans le salon. Les acteurs autour de la corbeille à bigoudis en osier redevinrent de banals objets inanimés.

NUMÉRO 7 :
MOI ET LA MAÎTRESSE BLEUE

Ce soir, je n'attendais pas la Maîtresse Bleue. Mais elle avait pulvérisé du produit insecticide dans toute la maison et me demandait si elle pouvait rester chez moi en attendant que l'odeur s'en aille. J'ai répondu que j'en serais extrêmement reconnaissant aux insectes. Elle a ri. En apercevant l'énorme fromage et l'assiette de saumon que j'avais posés sur la table, un ardent sourire éclaira son visage.

— Je m'enrichis, dis-je. Meryem est passée ce matin, dépêchée par la voisine du numéro 9. Elle veut que je donne des cours d'anglais à sa fille. D'abord, je n'étais pas très partant. La dernière fois que j'ai donné des cours, j'étais moi-même étudiant. J'ignore pourquoi, mais elle propose un tarif à l'heure plutôt intéressant.

— Sans doute parce qu'elle n'aime pas que sa fille sorte de l'immeuble, dit la Maîtresse Bleue.

— Je ne vois pas ce que ça change. Nous ferons le cours à leur domicile.

Elle haussa les épaules.

— Elle préférait peut-être que le professeur soit de l'immeuble, continua-t-elle en portant à sa bouche un gros morceau de fromage. À moins qu'elle aussi en pince pour toi. Comme moi !

437

Quand elle rit, la cicatrice sur sa joue gauche devient plus apparente. J'aime bien caresser cette cicatrice. Je la pris par la main et l'entraînai vers la chambre. J'aime le goût que sa langue laisse sur la mienne.

— Tu sais, j'ai été élevée par mon grand-père, dit-elle en empoignant fermement mes doigts occupés à lui caresser la joue et en les portant à ses lèvres.

J'allumai une cigarette et m'adossai au montant du lit. J'ai toujours aimé les confidences des femmes dans les alcôves. Grâce à la Maîtresse Bleue, j'avais enfin recommencé à dormir dans ce lit *trop grand* pour moi.

— C'était un homme d'une telle finesse, d'une telle courtoisie. Mes parents ne s'entendaient pas, ils n'arrêtaient pas de se quereller. Ils ont divorcé quand j'avais quatre ans. En l'espace d'un an, tous deux se sont remariés. Mon grand-père a alors proposé à ma mère de s'occuper de moi : « Laisse-moi cette pauvre gamine. Construis ton foyer, et viens voir ta fille quand tu veux. » Ma mère a accepté. Et c'est tant mieux. J'aimais beaucoup mon grand-père. S'il n'était pas parti si tôt, je serais sûrement ailleurs aujourd'hui. À la mort de mon grand-père, je suis restée seule avec ma grand-mère. C'était une brave femme, je l'aimais bien elle aussi, mais pas autant que mon grand-père. Je suis retournée chez ma mère. Tu vois, tout le monde se moque de Hygiène Tijen parce qu'elle ne sort pas de chez elle, mais moi, alors que j'étais toute jeune, je n'ai presque pas mis le nez dehors pendant deux ans, tu y crois ? Ce n'était pas par phobie des microbes ou je ne sais quoi. À vrai dire, je serais incapable d'expliquer pourquoi je ne sortais pas. Non seulement je refusais d'aller à l'école mais je ne voulais même pas mettre un pied dans la rue... Non que je ne sois pas curieuse du monde extérieur, mais ce n'étaient pas ces endroits-là que j'avais envie de découvrir, je rêvais d'autres contrées… Ma mère eut deux enfants de son second mariage. C'est moi qui m'en occupai. Ma mère et mon beau-père ont tout fait pour m'encourager à sortir et me promener. Normalement, ce sont les jeunes qui veulent sortir et les parents qui ne leur en donnent pas la permission. Chez nous, c'était le contraire. Bref… Un matin, nous étions tous à table pour le petit-déjeuner, ma mère et mon beau-père discutaient d'une facture de téléphone à régler, quand soudain, sans savoir pourquoi ni comment, je me suis entendue dire « Donnez-la-moi, j'irai la payer ». Je me suis habillée, ils m'ont regardée avec de gros yeux ronds, j'ai pris la facture, l'argent, et je suis sortie. Je n'avais pas mis le pied dehors depuis si longtemps que je titubais, j'étais comme ivre. Je suis entrée dans le bureau de poste. Il y avait la queue. J'ai attendu, attendu, et finalement, il ne restait plus qu'une ou deux personnes devant moi. C'est là que je l'ai vu pour la première fois. Assis derrière la vitre de son guichet, il tamponnait les factures et rendait la monnaie. Il n'était pas aussi beau que toi, mais il avait des yeux tout à fait singuliers. A-t-on jamais vu des iris tirer sur le mauve ? Et bien lui, c'était son cas. Finalement, mon tour est arrivé. Il m'a demandé la facture, je la lui ai tendue. Il m'a rendu la monnaie, tamponné la facture, conservé un des volets. Je l'ai remercié, il a relevé la tête et m'a attentivement regardée. Je me suis mise à trembler. « Bonne journée », a-t-il dit. J'ai été incapable de prononcer un mot. Je suis rentrée à la maison. Le lendemain matin, j'ai bondi dans la rue et foncé tout droit à la poste. Même à cette heure matinale, il y avait la queue. J'ai pris place dans la file. Lorsque mon tour est arrivé, le cœur battant à tout rompre, j'ai tendu la facture déjà réglée. Il m'a regardée, perplexe. Moi aussi je l'ai regardé, pour voir s'il avait réellement les yeux mauves. Ils étaient vraiment mauves. Les gens derrière moi ont commencé à râler. Il a ri en voyant l'état dans lequel j'étais.

Je n'ai pu m'empêcher de penser à Ayşin. Jamais elle ne s'amouracherait d'un homme uniquement pour ses beaux yeux. Le sentiment amoureux chez Ayşin tient davantage du rouage bureaucratique. Elle classe sa correspondance, fait des comptes, tient des registres, déduit les dépenses des revenus et conserve absolument tout. Elle possède de colossales archives. Elle n'oublie aucune querelle. Non seulement elle n'oublie pas, mais elle veille à ce qu'on s'en souvienne. À un moment, je me suis demandé si la Maîtresse Bleue deviendrait comme elle si nous étions mariés. Je ne crois pas. Il y a un aspect sauvage, presque animal dans le rapport de cette fille à la vie. Mais elle n'a que vingt-deux ans. Peut-être qu'elle changera ; peut-être que, une fois mariée, elle aussi deviendra comme Ayşin.

— Et après ?

— Après, ce n'est pas très reluisant. Nous sommes sortis ensemble. Ma mère a fait un scandale, mais autant prêcher dans le désert. Je ne sais pas si j'étais amoureuse, mais j'étais sacrément mordue. Il voulait qu'on se marie. Moi, je ne pensais ni au mariage ni à quoi que ce soit, mais je n'avais probablement pas le courage de le dire. D'ailleurs, avec tous les commérages qui circulaient dans ce petit quartier, le plus simple était encore de se marier. Nous nous sommes fiancés. Et il a commencé à changer du tout au tout. Il était malheureux. Je n'étais sans doute pas plus heureuse que lui mais je le gardais pour moi. Lui, il voulait que tout le monde souffre avec lui. Ce n'était pas par malice. D'ailleurs, c'est bien ça le problème. Il ne connaissait rien de la méchanceté mais mettait tout son cœur à l'apprendre. Il n'a jamais eu une parole agréable, un mot gentil à mon égard. Il se plaignait tout le temps de tout, de la poste, des factures, de son chef... Mais ce n'est pas à cause de cela que nous nous sommes séparés. (Elle rit nerveusement.) Tu sais, nous nous sommes séparés à cause d'un cheval. (Elle rit de plus belle en voyant mon étonnement.) Un jour, nous marchions ensemble dans la rue, quand j'ai vu un cheval attelé à une carriole. Maintenant, ça va te paraître stupide... Mon grand-père était un homme à part, il sortait complètement de l'ordinaire. « Tant que l'on ne meurt pas de notre vivant, la vie comme la mort ne sont que des obligations », avait-il coutume de dire. Il n'avait cure ni des houris du paradis ni des flammes de l'enfer. Et puis, chaque fois qu'il voyait un animal dans la rue, il fallait absolument qu'il le salue. « Ce pourrait être un de mes anciens compagnons, il serait extrêmement impoli de ne pas le saluer », expliquait-il. Quand on quitte cette vie, en fait, on ne meurt pas, on revient sur terre, parfois sous forme humaine, et parfois dans la peau d'un animal. Chaque fois, nous revenons sous un nouvel avatar ; un âne, un cygne, un papillon, une grenouille... cela dépend du hasard. Il ne faut surtout pas se formaliser. Et pour prévenir toute amertume, ce n'est pas notre âme mais notre mémoire qui meurt, afin que nous ne gardions aucun souvenir de notre incarnation précédente. Tu sais, la plus belle chose dont je me rappelle, c'est quand nous déambulions dans les rues, main dans la main, avec mon grand-père ; nous disions bonjour à tous les animaux que nous croisions en chemin. Nous parlions aux chats, aux chiens, aux moineaux, aux ânes, aux sauterelles. « Comment vas-tu, cher ami ? » s'écriait mon grand-père. Et moi, je l'imitais :

« Comment vas-tu, cher ami ? » J'adorais ça, j'étais pliée de rire.

Je caressai la douce courbe de son ventre, caché sous le drap dans lequel elle s'était étroitement enveloppée.

— Dès que j'ai vu ce cheval dans la rue, je l'ai salué. Lorsqu'il m'a vue parler avec le cheval, le Prince mauve a commencé à se moquer de moi. Il m'a traitée avec un tel mépris, il a eu des mots si blessants... J'étais mortifiée. Il ne s'arrêtait plus. Les jours suivants, dès qu'il voyait un âne dans la rue, il persiflait : « Vas-y, cours, embrasse la main de ton grand-père ! » C'est alors que j'ai eu un déclic : j'ai compris que je n'aimais pas le Prince mauve. Tout ce qui faisait vibrer mon âme n'avait aucun sens pour lui. Je me suis dit que jamais je ne pourrais passer le reste de ma vie avec lui. J'ai décidé de le quitter. D'abord il n'y a pas cru, il a tourné les choses à la plaisanterie. « Oh ! Mais elle est vexée on dirait ! » s'exclama-t-il, en pensant que ça allait passer, mais voyant que j'étais sérieuse, il a commencé à jouer les durs et à brandir des menaces ! Un soir, nous étions à table avec mes parents ; il est venu tambouriner à la porte, ivre mort. Mon beau-père est sorti. L'autre lui a hurlé des insultes. Je me suis approchée, il m'a attrapée par le bras et tirée à l'extérieur. Il empestait tellement l'alcool qu'on aurait dit qu'il était tombé dans la bouteille. « Écoute-moi bien, si tu me quittes, je te taillade le visage ! » C'est exactement ce qu'il a dit. « Ne te donne pas cette peine, je vais le faire moi-même », lui ai-je répondu. Je sais que tu ne vas pas me croire. Moi non plus je n'arrive pas à y croire. J'ignore pourquoi j'ai dit ça et comment j'ai pu faire ce que j'ai fait. J'avais dix-sept ans. Mais ça m'arrive encore de temps à autre. Quand je souffre, je fais des choses comme ça... sans réfléchir... je me fais du mal. Ce n'est pas volontaire. Après, je n'en reviens pas, je me demande ce qui m'a pris. Mais sur le coup, c'est le vide dans ma tête. Tu comprends ? Si je réfléchissais, je m'abstiendrais sûrement, n'est-ce pas ?

Je souris. Une ingénuité extrême mène d'un côté à l'égarement et de l'autre à l'innocence. Même si la partie égarement peut être sujette à caution, il est sûrement peu de choses au monde aussi voluptueuses que l'ingénuité.

— Ma mère et mon beau-père écoutaient derrière la porte, prêts à intervenir s'il se passait quoi que ce soit. Ils n'avaient aucune idée de ce que je m'apprêtais à faire. Naturellement je n'avais pas de couteau sur moi. J'avais juste une grande pince métallique – suffisamment longue et pointue – pour retenir mon chignon. J'avais les cheveux si épais à cette époque qu'aucune barrette ne tenait. Bref, j'ai tiré la pince et je me suis coupé la joue gauche, deux fois. Je ne voyais pas mon visage mais j'ai vu la tête du Prince mauve. Il était livide, presque jaune. Il s'est mis à crier pour que j'arrête. Ma mère a accouru au bruit et poussé un cri elle aussi. C'est seulement là que j'ai compris que je devais être dans un sale état. Je m'étais drôlement bien coupée. Mon beau-père a commencé à taper sur le Prince mauve en pensant que c'était lui le responsable. L'autre était encore sous le choc, il n'arrivait même pas à dire qu'il n'y était pour rien. Pendant que mon beau-père lui infligeait une bonne raclée, ma mère et moi avons sauté dans un taxi et filé aux urgences. J'étais étonnée de ne pas avoir mal. Apparemment, la douleur ne venait qu'après. Dans le service des urgences, il y avait un vieux médecin, très paternel, le même genre de caractère que mon grand-père. Il m'a parlé gentiment, d'un ton très doux, en essayant d'obtenir des informations pour savoir qui m'avait fait cela. En découvrant que ce n'était personne d'autre que moi, il est devenu fou de rage. Cependant, même ses virulentes réprimandes agissaient sur moi comme un baume. Ils m'ont anesthésiée et quand je me suis réveillée, ils avaient recousu les plaies. Juste au moment où l'on quittait l'hôpital, il a pris ma main. « Ah, ma folle de fille, maintenant que tu as franchi le seuil de la folie et taillardé ce joli visage, ne te mets surtout pas en tête de devenir plus raisonnable et de retrouver le sens commun. La pire des choses serait de vouloir à tout prix remettre tes idées en place et rapiécer ce que tu as tranché... Tu vois, c'est là que tu souffrirais pour de bon, et pour rien. Sois toujours fidèle à toi-même, reste aussi folle que tu l'étais avant les points de suture, promis ? Promis », répondis-je. Nous nous sommes serré la main. Heureusement pour moi, il avait fait du bon travail. Si j'étais tombée sur quelqu'un d'autre, tu peux être sûr qu'il m'aurait recousu comme un sac. Évidemment, j'ai encore une cicatrice, elle ne s'efface pas...

Je ne savais que dire. Ce que je venais d'entendre ne ressemblait en rien au genre d'histoire auquel je m'attendais. Aimer quelqu'un, c'est faire remonter une à une à la surface les histoires enfouies dans l'antre de ses douleurs, des histoires qui remuent encore le couteau dans la plaie. Tomber amoureux, c'est plonger, à la suite de ces récits, dans l'imaginaire de l'être aimé et ne plus vouloir en sortir, malgré toutes les ombres auxquelles on est confronté, bien plus terribles que celles exprimées. J'avais été un peu hâtif dans mes jugements concernant la Maîtresse Bleue. Elle n'était pas bleue. Ou bien, je m'étais trompé sur ce que j'associais à cette couleur. Le bleu, chez elle, était plus crépusculaire que je ne le croyais. Je l'ai attirée contre moi. Elle s'est blottie contre ma poitrine et s'est légèrement décalée jusqu'à ce qu'elle trouve une place confortable pour sa tête. Ensuite, elle a doucement abandonné son poids contre moi.

— J'ai aimé le Prince mauve parce qu'il était le Prince mauve, mais ensuite, il a prétendu être quelqu'un d'autre. Promets-moi de ne jamais me mentir, d'accord ? Chaque chose doit être ce qu'elle est.

Je hochai la tête. Celui qui clame abhorrer le mensonge et croit sincèrement à l'énormité qu'il est en train de proférer est gage de malheur pour son entourage, comme un miroir brisé. Celui qui cherche à se protéger du mensonge ne fait que l'attirer. Quand une arme apparaît dans un film, c'est que, tôt ou tard, elle sera utilisée. Malgré tout, je n'ai pas voulu la contredire. Elle ne tarda pas à glisser dans le sommeil, sous les rais de lumière qui filtraient par les fenêtres. Elle n'est pas une pure beauté, mais son visage est empreint d'une étrange magie. J'aime beaucoup la regarder. Je me suis levé. J'ai tâtonné à la recherche de quelque chose à me mettre sur le dos et, ne trouvant rien, j'ai allumé la lampe de chevet. Le drap avait glissé sur la Maîtresse Bleue, découvrant sa jambe droite. Je réalisai soudain que nous faisions toujours l'amour dans l'obscurité ou à moitié habillés et que je ne l'avais jamais vue complètement nue.

Le haut de sa jambe était strié de coupures et de marques rouges. Elles s'alignaient verticalement les unes à côté des autres, comme ces grilles de cinq traits que nous imaginons sur les murs des prisons, pour compter les jours qui passent ou ne passent pas. Je me suis approché pour regarder de plus près. Ses blessures semblaient pour la plupart peu profondes, comme si elles avaient été portées à la hâte. Mais l'une d'entre elles était plus sérieuse ; elle avait l'air plus récente et n'avait pas encore eu le temps de cicatriser.

J'ai jeté un œil au réveil : 2 h 22. Elle s'est retournée sur le ventre avec un petit gémissement. J'ai rabattu le drap sur elle et éteint la lumière. J'ai pensé qu'un petit *rakı* me ferait le plus grand bien. Dès que j'ai allumé la lampe de la cuisine, une dizaine de cafards ont détalé en tous sens puis disparu. Apparemment, moi aussi je vais devoir désinsectiser cette maison. Je me suis coupé un gros morceau de fromage et quelques tranches de melon. Sur le fromage blanc, j'ai versé un filet de l'huile d'olive apportée par la Maîtresse Bleue, et saupoudré d'origan… beaucoup d'origan. Le négociant en huile d'olive n'aimerait sûrement pas savoir que les bouteilles qu'il apportait à sa petite maîtresse étaient consommées par un autre homme.

Je sortis sur le balcon. Prenant garde à ne pas écraser un essaim de fourmis occupées à transporter le cadavre d'une grosse blatte jusque dans leur nid, j'ai rapproché ma chaise de la rambarde et allumé une cigarette. Combien d'autres coupures a-t-elle sur le corps ? Je me demandai avec quoi elle s'était fait ces blessures. Était-ce un rasoir ou un couteau ? Ou une épingle à cheveux… Mon regard se posa sur le monticule de sacs d'ordures entassés devant le mur du jardin. Rien n'avait changé. Les poubelles exhalaient toujours leur odeur aigrelette.

NUMÉRO 10 :
MME TEYZE

Mme Teyze attendait depuis des heures sur le rivage, avec tous les collecteurs de son acabit. À chaque bourrasque du *lodos*, les vagues poussées par les souffles enragés du sud rejetaient des voiles déchirées, des rames brisées, des boussoles à l'aiguille détraquée, des gouvernails désorientés, des lettres tombées de la coque des bateaux, des vestiges de traversées n'ayant jamais touché aux havres paradisiaques ou des objets ayant appartenu à des voyageurs depuis longtemps arrivés à bon port.

La mer, une fois repue de ses jeux avec les matelas gonflables, les ballons en plastique dérobés par les vagues pendant les vacances, les nattes ou les chapeaux emportés par le vent, les redépose un à un, çà et là sur le rivage…

Avec tous les collecteurs qui, comme elle, affluaient sur ses rives dès que se levait le *lodos*, Mme Teyze récupérait ce que la mer rejetait.

NUMÉRO 3 :
LE COIFFEUR DJELAL

Dès qu'il sortit du salon de coiffure, Djelal fila à travers le réseau de ruelles qui menait à l'avenue. Après avoir déambulé environ quinze minutes dans la foule sans se décider pour une direction, il s'engagea dans une rue où s'alignaient cinq bars, tous semblables. Bien que ce ne soit pas dans ses habitudes, il eut envie d'une bière. Il s'engouffra dans un bar au hasard. C'était bondé. Il choisit la table la plus proche de la porte. Lorsqu'il entrait dans un endroit qu'il ne connaissait pas, il se débrouillait toujours pour se tenir le plus près possible de la sortie. Il demanda une bière et une assiette de frites au serveur aux joues creuses et à la mine renfrognée, dont tout dans l'attitude exprimait assez clairement qu'il détestait son travail et avait la tête ailleurs. Pendant que Djelal attendait sa commande, son regard se posa sur un homme très brun affalé à la table d'en face avec sous les yeux trois poches présentant chacune un ton différent de violet. L'homme gardait les yeux fixés sur son *rakı*. Il n'en buvait pas une seule gorgée mais, à l'évidence, il était déjà suffisamment imbibé. Il n'avait pas touché à sa friture d'anchois non plus.

L'homme releva soudain la tête :

— Hé-mon-pote-tu-re-gar-des-quoi-com-me-ça ? lança-t-il d'une voix pâteuse aplatissant toutes les syllabes.

Ne sachant que répondre, Djelal se rencognait sur sa chaise quand le serveur surgit devant lui.

— Ne fais pas attention, *abi*, marmonna-t-il, en suivant des yeux les allées et venues de l'autre côté de la vitrine, incapable de fixer un seul instant le regard sur son client. Il n'est pas méchant. Aujourd'hui, il a le cafard.

La bière était assez fraîche. Quant aux frites, elles étaient immangeables. Elles disparaissaient sous des monticules de mayonnaise et de ketchup. Djelal n'avait rien contre la mayonnaise mais il détestait le ketchup. Il s'en voulut de ne pas avoir averti le garçon. Il changea de position et se tourna de côté, de façon à voir non la table d'en face mais celle qui était à sa droite.

L'un des quatre gaillards assis autour de la table avait le pouce de la main droite dressé en l'air, comme s'il faisait de l'auto-stop. C'était un type taillé comme une armoire, au nez aquilin et à la mine patibulaire. Il terminait systématiquement ses phrases sur un « pas vrai ? » provocateur. Il avala une grande rasade de bière, essuya d'un revers de main la mousse restée sur sa moustache, et se mit à récriminer :

— Qu'est-ce qu'il y a ? Vous ne dites plus rien. On ne va pas se dégonfler, ce n'est pas notre genre, pas vrai ? (Il saisit le canif taché de jus de saucisse qui était devant lui et le posa avec un claquement au milieu de la table.) Vous avez parlé de pari. Eh ben, allons-y. Chiche ! On n'est plus des gamins, on ne va pas s'amuser à parier des billes ou des capsules de soda. Si c'est moi qui perds, je laisse ce doigt sur cette table et je me casse. Mais si c'est vous qui perdez, il faudra bien entailler vos petits doigts, pas vrai ?

Le couteau sur la table ne devait pas lui convenir, car il en tira un autre de sa poche, l'ouvrit avec la rapidité de l'éclair et le posa à côté du premier. Ensuite, il leva de nouveau le pouce et resta figé comme une statue. Tandis que les autres considéraient avec anxiété ce doigt dressé sous leurs yeux, une ambiance glaciale s'abattit sur eux.

En d'autres circonstances, Djelal, redoutant la bagarre, aurait quitté les lieux, mais aujourd'hui il avait envie de boire. En dépit des invectives du pochard assis à la table d'en face, du ketchup sur les frites, de ce doigt semant la terreur à la table d'à côté, il ne bougea pas de sa chaise et continua à vider son verre.

N'étant pas habitué à l'alcool, il avait déjà les yeux injectés de sang avant d'entamer la moitié de sa deuxième bière. Le regard fixé sur la nappe trouée de brûlures de cigarette, il poussa un profond soupir. Pourquoi son jumeau était-il si différent ? Ils n'avaient rien en commun. Pourquoi n'y avait-il pas une once de ressemblance entre eux ? Et puisqu'ils étaient si dissemblables, pour quelle raison travaillaient-ils encore ensemble ? En finissant sa troisième bière, il prit la décision d'annoncer à Djemal que le moment était venu de se séparer.

NUMÉRO 9 :
SU ET MME TEYZE

Ce soir, Su allait prendre son premier cours d'anglais. Le rendez-vous était fixé à dix-neuf heures. Elle consulta la montre phosphorescente que son père lui avait offerte pour son anniversaire : 16 h 35. Elle avait largement le temps. Elle déambula sans but dans l'appartement reluisant de propreté. Ayant encore passé la nuit debout, sa mère avait fini par tomber de fatigue et dormait depuis une bonne heure.

Su ouvrit les fenêtres et regarda un instant les enfants qui jouaient dans la rue. Bien qu'elle les observât avec intérêt, l'idée de les rejoindre ne lui effleura même pas l'esprit. Et même si elle en avait eu l'autorisation, elle ne pensait pas en avoir envie. Comme tous les enfants uniques n'ayant pas de camarade en dehors de l'école ni d'alter ego à la maison, après avoir parfaitement intégré le rôle de l'enfant bien élevé et sage comme une image, elle cherchait à présent à subvertir ce code de bonne conduite. Su regardait les jeux auxquels se livraient les jeunes de son âge avec une secrète fureur. Agacée, elle referma les fenêtres. Elle traversa toute la maison sur la pointe des pieds, entrouvrit la porte et se faufila sur le palier. Elle n'avait pas oublié la complicité qui avait germé entre elle et la vieille dame le jour où elle s'était fait couper les cheveux. De même qu'elle n'avait pas oublié que, à l'exception des trajets entre la maison et l'école, elle n'avait pas le droit de sortir de Bonbon Palace. Mais l'appartement d'en face... ce n'était pas « dehors ».

C'est ainsi qu'elle fit quelque chose qu'elle n'avait jamais fait auparavant. Elle sonna à la porte voisine. Pas un bruit ne lui parvint de l'intérieur. Après avoir attendu quelques instants, elle pressa de nouveau la sonnette, mais cette fois, en gardant le doigt posé beaucoup plus longtemps. Elle fut aussitôt saisie de remords. Elle était sur le point de faire demi-tour quand s'ouvrit la porte de l'appartement numéro 10.

NUMÉRO 3 :
LE COIFFEUR DJEMAL

Dès qu'il en eut fini avec sa dernière cliente, Djemal, furieux que son jumeau ne soit pas revenu, confia la fermeture du salon de coiffure aux apprentis et se précipita dehors. La brise du soir lui fit du bien. Il fila à travers le réseau de ruelles qui menait à l'avenue. Après avoir déambulé environ quinze minutes dans la foule sans se décider pour une direction, il s'engagea dans une rue où s'alignaient cinq bars, tous semblables. Bien que ce ne soit pas dans ses habitudes, il eut envie d'une bière. Il s'engouffra dans un bar au hasard. C'était bondé. Il choisit la table la plus proche de la porte. Lorsqu'il entrait dans un endroit qu'il ne connaissait pas, il se débrouillait toujours pour se tenir le plus près possible de la sortie. Il demanda une bière et une assiette de frites au serveur aux joues creuses et à la mine renfrognée, dont tout dans l'attitude exprimait assez clairement qu'il détestait son travail et avait la tête ailleurs. Pendant que Djemal attendait sa commande, il remarqua un homme très brun, avec sous les yeux trois poches présentant chacune un ton différent de violet, qui l'observait de la table d'en face. Les yeux fixés sur Djemal, l'homme appela le serveur et lui souffla son haleine empestant l'alcool dans l'oreille :

— De-man-de-lui-donc-pour-quoi-il-est-re-ve-nu.

Voyant que le garçon ne comprenait pas, il explicita avec impatience ses propos :

— De-man-de-lui-pour-quoi-il-est-par-ti-puis-re-ve-nu-alors-qu'il-était-par-ti-et-s'il-de-vait-re-venir-pour-quoi-dia-ble-il-est-par-ti-puisque...

Djemal se rendait compte que l'homme parlait de lui, mais incapable de saisir ce qu'il racontait, mal à l'aise, il se recroquevilla sur sa chaise. Tout à coup le serveur surgit devant lui :

— Ne fais pas attention, *abi*, dit-il d'une voix lasse. C'est un habitué. Aujourd'hui, il a le cafard, il houspille tout le monde. Mais ça ne va pas plus loin.

La bière était assez fraîche. Quant aux frites, elles étaient immangeables. Elles disparaissaient sous des monticules de mayonnaise et de ketchup. Il n'avait rien contre la mayonnaise, mais il détestait le ketchup. Il s'en voulut de ne pas avoir averti le garçon. Il changea de position et se tourna de côté, de façon à voir non la table d'en face mais celle qui était à sa droite.

L'un des quatre gaillards qui y étaient attablés avait le pouce dressé et serré dans un pansement, avec du sang coagulé autour de l'ongle. Il était figé comme une statue. L'un des types murmura :

— *Abi*, tu ferais mieux de rentrer, qu'est-ce que tu fais encore là, avec tes points et ton bandage ?

L'homme assis à son côté abonda dans son sens :

— D'ailleurs, je ne vois vraiment pas pourquoi nous sommes revenus ici. Il n'y a sûrement que nous pour retourner au troquet en sortant des urgences.

— Non ! s'écria l'homme taillé comme une armoire et au nez aquilin en secouant la tête avec véhémence. On a parié, pas vrai ? J'ai perdu, j'assume, comme un homme. Si je devais me défiler pour trois points de suture, autant me balader en jupe et en socquettes, pas vrai ? On est venus pour boire, alors buvons ! Nous boirons à la santé de ma pogne. Parce que si je n'étais pas un gars honnête, si je n'étais pas un homme de parole, ce pouce serait encore entier, pas vrai ? Mais moi, qu'est-ce que j'ai fait ? J'ai tenu parole. Cette blessure au couteau est une preuve de mon honnêteté, pas vrai ? Alors, en buvant à la santé de mon doigt, on boira aussi à l'honnêteté, pas vrai ?

Tandis que les autres levaient leur verre sans enthousiasme, une ambiance glaciale s'abattit sur eux.

En d'autres circonstances, Djemal, redoutant la bagarre, aurait quitté les lieux, mais aujourd'hui, il avait envie de boire. En dépit des invectives du pochard assis à la table d'en face, du ketchup sur les frites, de ce doigt ensanglanté et bandé semant la terreur à la table d'à côté, il ne bougea pas de sa chaise et continua à vider son verre.

N'étant pas habitué à l'alcool, il avait déjà les yeux injectés de sang avant d'entamer la moitié de sa deuxième bière. Le regard fixé sur la nappe trouée de brûlures de cigarette, il poussa un profond soupir. Pourquoi son jumeau était-il si différent ? Ils n'avaient rien en commun. Pourquoi n'y avait-il pas une once de ressemblance entre eux ? Et puisqu'ils étaient si dissemblables, pour quelle raison travaillaient-ils encore ensemble ? En finissant sa troisième bière, il prit la décision d'annoncer à Djelal que le moment était venu de se séparer.

NUMÉRO 10 :
MME TEYZE ET SU

Lorsque la sonnette retentit, Mme Teyze était occupée à vider les sacs qu'elle avait rapportés de la rue. Elle tressaillit. Jamais personne ne sonnait à sa porte, en dehors de Meryem qui passait chaque matin pour la distribution du pain et une fois par mois pour la collecte des charges de l'immeuble. D'abord, elle pensa que quelqu'un s'était trompé de bouton d'interphone. Mais quand, quelques secondes plus tard, la sonnerie se fit plus insistante, elle fut gagnée par l'agitation. Elle remballa précipitamment ce qu'elle avait sorti dans les sacs et les transporta dans la petite pièce du fond. Lorsqu'elle revint, elle était tout essoufflée. Elle ferma la porte aux vitres dépolies qui séparait le salon du reste de l'appartement et, deux précautions valant mieux qu'une, la verrouilla à double tour. Elle retira la clef de la serrure et, sachant très bien qu'elle oublierait où elle l'avait rangée si elle la mettait ailleurs, elle passa le ruban de velours pourpre auquel la clef était suspendue autour de son cou. Elle balaya une dernière fois le salon du regard et, d'un pas réticent, se dirigea vers la porte d'entrée.

— Su, c'était donc toi ? dit-elle, soulagée. Alors, comment te sens-tu, avec tes cheveux courts ?

Su qui, avec ses chaussures de sport, dépassait Mme Teyze de trois centimètres et demi, hocha vivement la tête, le sourire jusqu'aux oreilles. Une fois de plus, la joie exubérante de la gamine généra un malaise chez la vieille femme. Mais voyant que l'enfant attendait qu'on la prie d'entrer, sa nervosité céda à l'affolement. Elle tourna la tête et jeta un regard au salon par-dessus son épaule. Pas un seul visiteur n'avait mis le pied dans cette maison depuis des années. Pas même son frère aîné qu'elle chérissait tant. Lorsqu'ils avaient envie de se voir, ils se retrouvaient dans une pâtisserie décorée de vitraux et réputée pour son ancienneté où, chaque fois, sans exception, ils prenaient une part de gâteau aux pommes et deux tasses de cappuccino dans une atmosphère fleurant la crème et la cannelle. Tandis que la vieille femme cherchait un prétexte pour renvoyer la fillette sans la froisser, elle fut soudain happée par la profondeur des grands yeux noirs que Su avait hérités de sa mère. Malgré l'opiniâtre sourire épinglé sur son visage, cette enfant avait l'air terriblement malheureuse. Mme Teyze n'eut pas le cœur de la chasser. Et puis, maintenant qu'elle avait pris toutes les mesures nécessaires, quel inconvénient cela pouvait-il bien présenter ?

— Entre, nous allons boire un café au lait, dit-elle en s'écartant pour céder le passage à l'enfant.

— Je n'aime pas le lait, répondit Su.

— Je n'ai jamais vu d'enfant aimer le lait, rétorqua Mme Teyze. Mais comme tu as l'âge de passer en CM2, je pensais que tu en buvais.

Ne trouvant rien à objecter à cette logique irréfutable, Su retira ses chaussures sans un mot et, ne voyant pas de corbeille à pantoufles dans l'entrée, elle comprit que dans cette maison, elle pourrait marcher en chaussettes.

— Ça sent encore plus mauvais que chez nous, ici, dit-elle à peine entrée dans le salon.

Et comme si elle était fière de sa remarque, un sourire radieux sur les lèvres, elle se mit à examiner les lieux en fredonnant une chanson qu'elle avait entendue le matin dans le car de ramassage scolaire.

NUMÉRO 2 :
SIDAR ET GABA

Contrarié, Sidar regarda les objets que la fille déballait un à un de son sac à dos : une brosse à dents turquoise (cela ferait ainsi deux brosses à dents dans la maison), une tasse ornée d'une multitude d'yeux rendant sa vue on ne peut plus désagréable (cela ferait ainsi deux tasses dans la maison), une bouteille de shampoing au jojoba pour lavages fréquents (cela ferait ainsi deux bouteilles de shampoing dans la maison), une boîte de tampons (ça, il n'y en avait pas), une serviette de toilette (cela ferait ainsi deux serviettes de toilette dans la maison), quantité de livres et de CD (cela ferait ainsi des quantités de livres et de CD dans la maison).

Pourtant, en répondant favorablement à la requête de la fille, il n'envisageait pas du tout les choses en ces termes. Il l'avait juste autorisée à rester ici de temps en temps, pas à s'installer. Si cette fille aux beaux yeux et aux cheveux cuivrés désirait gaver Gaba de gaufrettes à la noisette, coucher avec lui et rester allongée sur le canapé à contempler le plafond, il n'y voyait aucun inconvénient. Tant qu'il n'y aurait qu'un Sidar, qu'un Gaba et qu'une fille, sa présence ne le dérangeait pas. Le problème, c'était ce qu'elle avait apporté. Dès qu'ils entrent dans la vie de quelqu'un, les gens ont le chic pour débarquer avec leurs affaires.

Chaque fois que Sidar enfourchait les chevaux à la robe pommelée baptisés « acide » ou les chevaux alezans répondant au doux nom de « haschich » pour foncer ventre à terre dans les circonvolutions de son cerveau, il trébuchait toujours au seuil de cette satanée question : « Lequel ? » Il était alors brutalement coupé dans son élan et précipité à terre. Si, par exemple, il avait deux tasses devant lui, il lui était impossible de décider dans laquelle il boirait ; en face de deux serviettes, il ne savait pas avec laquelle il se sécherait le visage ; il était incapable de choisir entre deux livres, ballotté entre deux CD... bref, se retrouver face à deux choses de même nature était un calvaire. Dès qu'un objet, peu importe lequel, existait en plus d'un exemplaire, savoir quelle fourchette, quel verre, quelle assiette, quelle casserole ou quelle cassolette à café il utiliserait devenait un problème existentiel insoluble. Combien de fois lui était-il arrivé de se retrouver pétrifié, un biscuit au sésame dans une main et un biscuit fourré dans l'autre, pour réaliser qu'il était resté dans la même position depuis au moins quarante minutes. Plus il se débattait pour y échapper, plus il s'enfonçait dans ces dilemmes ; dès qu'il optait pour une chose, son esprit restait fixé sur l'autre. Comme des oisillons s'égosillant à qui mieux mieux en attendant le retour de leur mère, tous les objets se mettaient à crier à l'unisson : « Choisis-moi, Sidar ! De grâce, choisis-moi ! »

Mais il ne voulait surtout pas avoir à choisir. Tout le monde croyait qu'il avait fait un choix entre la Suisse et la Turquie en venant s'installer ici. Pas du tout. Il n'avait pas choisi, il était tout *simplement* venu. Un jour ou l'autre, il repartirait peut-être, tout aussi *simplement*. Même le suicide, auquel il pensait de plus en plus ces derniers temps, n'était pas, contrairement à ce que tout le monde croyait, un choix entre deux possibilités. Le suicide était, comme Gaba, le seul et l'unique. Il le commettrait, tout s*implement*.

Mais lorsque venait le moment de choisir la forme que prendrait ce suicide, la situation devenait très différente puisqu'une infinité de possibles s'offrait à lui. Et chaque fois que Sidar enfourchait les chevaux à la robe pommelée baptisés « acide » ou les chevaux alezans répondant au doux nom de « haschich » pour foncer au triple galop jusqu'au seuil du suicide, il freinait toujours des quatre fers devant cette inextricable question. La cuisinière à gaz dans la cuisine, la corde qu'il pourrait passer autour du tuyau dans le salon, les comprimés dans les flacons, les lames de rasoir dans la salle de bains ou le pont du Bosphore aux piliers éléphantesques se mettaient à vociférer tous en chœur : « Choisis-moi, Sidar ! Choisis-moi ! »

— Tu ne peux pas rester là, dit-il en fuyant le regard de la fille.

— Mais je t'avais demandé, tu étais d'accord.

— Je sais, répondit Sidar en déglutissant avec difficulté, les yeux rivés sur la toile d'araignée qui se balançait au plafond. Mais j'ai changé d'avis.

NUMÉRO 3 :
LES COIFFEURS DJEMAL & DJELAL

Malgré son intention de rentrer directement chez lui en sortant du bar, soit qu'il fût incapable de marcher droit, soit qu'il réalisât qu'une séparation d'avec son jumeau signifiait également dire adieu à leur salon de coiffure, Djemal se retrouva devant Bonbon Palace. Prenant garde à ne pas toucher les sacs-poubelle abandonnés à leur pestilence sur le trottoir, il tendit la tête par-dessus l'inscription vert pistache égayant le mur du jardin et, les yeux emplis de tristesse, regarda le salon de coiffure. Mais ce qu'il vit lui fit rapidement oublier son humeur chagrine pour le plonger dans une vive agitation. La flamme vacillante d'une bougie luisait à l'intérieur. Il était certain que les apprentis avaient fermé la porte en partant quelques heures auparavant. Les sourcils froncés, il s'immobilisa et considéra le balcon de l'appartement. C'est par là que le voleur avait dû s'infiltrer.

Djemal n'était pas un parangon de courage mais, après les trois grandes bières qu'il s'était envoyées, il était assez gris pour se sentir de force à mettre les yeux d'un autre au beurre noir. S'emparant d'un cintre brisé, jeté au milieu des poubelles par on ne sait qui, il s'immisça dans le jardin, passa à hauteur de l'arbre à soie et, d'un bond, sauta sur le balcon. Comme il l'avait présumé, la porte était entrebâillée. Il s'engouffra promptement à l'intérieur, fit deux pas en direction de l'homme qui se tenait près de la bougie... et, soudain, il retint son bras.

À la vue de cette ombre menaçante qui venait de faire intrusion, l'autre bondit sur ses pieds en saisissant à la volée l'appareil à cire électrique. Djelal n'était pas un parangon de courage. En d'autres circonstances, il aurait eu une sacrée trouille, mais lui aussi venait de vider trois grands verres de bière avant d'arriver. Bien qu'au tout dernier moment il ait reconnu la silhouette qui s'approchait, soit qu'il tienne moins bien l'alcool, soit qu'il ait de moins bons réflexes comparé à son frère, il ne réussit pas à retenir son geste à temps. Lorsque le bras de Djelal comprit l'ordre de repli intimé par son cerveau, il était déjà trop tard. En un éclair, l'appareil à cire électrique s'abattit sur l'épaule de Djemal, en y perdant son bouton de thermostat.

*

Les jumeaux avaient dix ans lorsque leur père revint d'Australie où il était parti de nombreuses années auparavant. Ils avaient écouté avec émerveillement les histoires que leur racontait l'homme qu'ils admiraient tant. Il avait travaillé dur, gagné beaucoup d'argent et, à présent, il revenait au village pour emmener sa famille. Là-bas les attendait une maison jaune comme du maïs avec une balançoire en pneu dans le jardin. Pendant que les jumeaux, agrippés à ses genoux, buvaient les paroles de leur père, leur mère préparait les bagages, distribuait les affaires qu'ils n'emporteraient pas et allait voir un à un les voisins pour leur faire ses adieux.

La veille du départ, alors que Djemal et Djelal, tout excités, ne cessaient de se retourner dans leur lit sans trouver le sommeil, leur père s'était glissé dans leur chambre ; il leur avait caressé la tête et avait sorti une photo de sa poche. On y voyait effectivement une immense maison de la couleur du maïs. Et un petit jardin semblable à celui qu'il avait décrit. Et dans le jardin, une balançoire. Et sur cette balançoire, une femme bien en chair, au visage rieur et épanoui. Ses cheveux roux étaient noués en gros chignon lâche sur la nuque.

— Comment la trouvez-vous ? Elle est belle, non ? demanda leur père.

Confus, les jumeaux approuvèrent d'un hochement de tête. Elle ne ressemblait pas aux femmes qu'ils connaissaient ; et encore moins à leur mère. Leur père rangea la photo et leur caressa de nouveau la tête.

— Demain, nous partirons ensemble, tous les trois, dit-il. Le mieux est que votre mère reste là pour le moment. Nous irons en Australie, nous nous installerons et ensuite, elle viendra nous rejoindre elle aussi.

Malgré leur jeune âge et l'immense admiration qu'ils vouaient à leur père, les deux enfants avaient immédiatement compris que c'était un mensonge. Une fois seuls dans la chambre, ils n'avaient pas échangé un seul mot à ce sujet. Les garçons avaient feint de ne rien avoir entendu ni compris de ce qui allait se passer. Lorsqu'ils avaient enfin réussi à s'endormir cette nuit-là, ils avaient convoqué la femme rousse dans leurs rêves. Le lendemain matin, ils n'auraient su dire avec certitude si elle était venue ou pas.

— À cette époque, j'étais tellement emballé par ce que papa nous avait raconté ! dit Djemal à son jumeau, qui s'était accroupi et mis en quête du thermostat.

« Ce vaste pays, cette belle femme… murmura Djemal, perdu dans ses pensées. J'ai bradé ma mère pour tout cela. Un sale type, voilà ce que je suis. Je n'ai pas hésité à troquer la mère qui m'a mis au monde, allaité et élevé contre tout cela. Qu'on devienne matérialiste en grandissant, passe encore, ça se comprend ! Tu te dis : "Bah, c'est la vie qui rend les gens comme ça." Mais bon sang, comment peut-on être aussi matérialiste tout petit déjà ?

Le lendemain, ils avaient inventé un prétexte pour éloigner leur mère de la maison. Une fois certains qu'elle fût suffisamment loin, ils avaient tous trois chargé leurs valises dans le coffre de la voiture.

— Mais toi, tu n'as pas échangé notre mère pour tout ça ! dit Djemal en observant son frère, qui s'était glissé sous un fauteuil pivotant pour récupérer le bouton de thermostat. Toi, tu n'as pas vendu ton âme, tu n'as pas perdu ton humanité ! « Ton fric, ta prospérité, je les emmerde ! » Voilà ce que tu as dit, et tu as sauté de la voiture. Tu as fait le choix de rester avec notre mère, et tu as essayé de me convaincre, moi aussi. Mon Dieu, comme tu courais derrière nous. Pendant des années, cette image ne m'a pas quitté. Et tu criais, tu criais… Tu nous as couru après jusqu'à la sortie du village…

Djemal sortit un mouchoir de sa poche, le plia en deux, en quatre, en huit puis en seize, et tandis qu'il se mouchait longuement dans chacun des plis, l'électricité revint. Djelal courut à la cuisine chercher un verre d'eau. Il y versa cinq gouttes d'eau de Cologne avant de le tendre à son frère.

— Merci, dit Djemal.

— J'avais perdu ma chaussure, répondit Djelal.

Considérant d'un œil morne la flamme de la bougie, l'air de déplorer qu'elle brûle pour rien maintenant que le courant était revenu, Djemal essayait de donner un sens aux mots qu'il venait d'entendre.

— J'avais perdu ma chaussure, répéta Djelal.

En réalité, il aurait préféré se taire mais sa bouche parlait d'elle-même, sans le consulter. Il n'aurait pas dû boire cette troisième bière.

— Juste au moment où je montais dans la voiture, une de mes chaussures est tombée. C'est pour récupérer ma chaussure que je suis descendu de voiture. Mais avant que j'aie eu le temps de la remettre, notre mère est apparue au bout de la rue. Dès qu'il l'a aperçue, notre père a démarré. J'ai couru vers vous avec une seule chaussure, mais la voiture s'en allait. J'ai crié à tue-tête derrière vous. J'ai couru jusqu'à la sortie du village.

Djelal qui, toute sa vie, avait souffert d'être l'enfant abandonné par son père et Djemal qui, toute sa vie, avait souffert d'être l'enfant ayant abandonné sa mère se considérèrent, mi-stupéfaits, mi-affligés. Ils contemplèrent l'image inversée d'eux-mêmes dans le miroir de l'autre. Et quoi qu'ils aient vu dans ce reflet, chacun en vint à la conclusion que sa situation était encore pire que celle de l'autre.

— Il y a encore une chose qu'il faut que tu saches, poursuivit Djelal. Maman était une femme simple et sans instruction. Après votre départ, elle s'est étiolée, rongée de chagrin. On lui a conseillé d'aller consulter un *hoca* réputé. Elle m'a emmené avec elle. C'était un homme jeune, au regard vitreux. En fait, il était aveugle. Il a dû avoir pitié de notre mère. « Je n'ai jamais jeté de mauvais sort jusqu'à maintenant, dit-il. Je refuse d'utiliser ces méthodes, mais c'est tout ce que cet homme mérite, je vais t'aider. Nous allons mettre des pierres sur leur route, faire culbuter leur voiture et sombrer leur bateau s'il le faut ; ils n'arriveront jamais à destination. Tu veux que je le fasse ?

Dis-moi, est-ce que c'est ça que tu veux ? » demanda-t-il. Ma mère est restée figée. Elle a fondu en larmes et finalement, n'y tenant plus, elle a dit oui.

Comme Djemal ne parvenait à comprendre qu'avec dix ou quinze secondes de retard ce que racontait son frère jumeau, il était toujours à la traîne ; son esprit était aussi lent qu'une stalactite au bord d'un toit prenant plaisir à s'attarder sous le soleil. En réalité, il aurait bien aimé intervenir et dire quelque chose lui aussi. Or, non seulement il ne savait pas que dire, mais l'idée même d'avoir à remuer les mâchoires l'épuisait. Il n'aurait pas dû boire cette troisième bière.

— Pauvre maman, elle était si désemparée qu'elle n'était même pas en état de comprendre ce qu'on disait. C'est à moi que le *hoca* a expliqué comment faire le travail. Il m'a donné des barbes de maïs, il a rempli une bouteille d'eau consacrée et écrit Dieu sait quoi sur un papier. « Sépare les barbes de maïs en deux tas et fais-en un nœud bien serré. Place-le dans le papier que tu rouleras en longueur, comme une cigarette. Ensuite, tu feras brûler tout ça, dit-il. À ce moment-là, tu entendras une voix sortir du feu. Cette voix sera le signe que tu procèdes de la bonne manière. Ne t'arrête pas. Ne touche surtout pas au feu. Laisse-le brûler à sa guise. Quand les flammes seront complètement éteintes, jette les cendres dans l'eau consacrée, ensuite, tu iras vider cette eau au pied d'un rosier rouge. Le reste suivra son cours », dit-il.

Il y eut une nouvelle coupure d'électricité. À la faveur de l'obscurité, la lueur vacillante de la bougie retrouva de la vigueur.

— De retour à la maison, ma mère me dit : « Allez, fais tout de suite ce qu'a dit le *hoca* ! » J'ai séparé les barbes de maïs en deux tas, l'un petit et l'autre plus grand. Je les ai noués et placés dans le papier que j'ai bien enroulé avant d'y mettre le feu. Si tu avais vu la tête de maman, elle me regardait avec de gros yeux écarquillés. Mon Dieu, ces yeux plaçaient un tel espoir en moi. Le papier s'est enflammé, je me disais qu'il ne se passerait rien du tout, je n'y croyais pas, mais soudain, j'ai entendu une voix, exactement comme l'avait dit le *hoca*. On aurait dit que quelqu'un poussait des hurlements. Ensuite, un autre cri a retenti. J'ai eu l'impression d'entendre ta voix. J'ai paniqué, j'ai saisi la bouteille d'eau et l'ai vidée sur le feu qui s'est éteint avec un grand pschitt. J'ai ressenti un de ces soulagements d'un seul coup... Je n'ai rien dit à ma mère. On est sortis vider l'eau consacrée et les cendres au pied du rosier. On est allés se coucher. Au petit matin, j'ai été réveillé par une voix. Je me suis levé et là, j'ai vu que ma mère était dans le jardin, effondrée et en pleurs : « Ah, qu'ai-je fait, Djelal ? Comment puis-je assassiner mon enfant ? Mon Dieu, pourvu qu'il ne leur soit rien arrivé », dit-elle. « Tu veux dire... à eux deux ? » demandai-je. « À eux deux », répondit-elle. J'ai vu qu'elle avait les mains tout égratignées. Pour que la magie ne prenne pas, elle avait déraciné le rosier. « Il n'arrivera rien, n'est-ce pas Djelal ? – Non, ça ne marchera pas. – Est-ce que, par hasard, tu n'aurais pas fait tout ce qu'a dit le *hoca* ? hasarda-t-elle. – Non, pas complètement. » Elle s'est réjouie à un point... « Bravo, mon fils, tu es très intelligent. » Ensuite, elle m'a serré contre elle avec une telle gratitude que c'est à cet instant que j'ai compris. J'ai compris qu'elle t'aimait plus que moi. Et que le fils qui était parti était son préféré...

Djemal sentit soudain un frisson le parcourir de la tête aux pieds. Il se redressa pour fermer la fenêtre du balcon, mais voyant que la tête lui tournait, il se laissa retomber à sa place.

— Depuis ce jour, Djemal, dès qu'on prononce le mot de saint, *hadji*, ou *hoca*, je prends peur. Non que j'y croie ou je ne sais quoi. Si tu me demandes mon opinion, je ne crois en aucun d'eux. À la vérité, je ne suis même pas certain à présent d'avoir entendu une voix s'élever des barbes de maïs. J'avais tellement peur que j'ai probablement cru l'entendre. Mais je suis toujours habité par un doute. D'ailleurs, si je n'avais pas été assailli par ce doute, maman n'aurait jamais trouvé le repos et se retournerait dans sa tombe. Enfin, c'est l'impression que j'ai.

Le silence se fit pendant deux minutes. L'électricité revint en plein milieu, laissant une minute dans l'obscurité et l'autre dans la clarté.

— C'est donc à cause de cela que tu as pris la mouche quand j'ai plaisanté à propos du saint dans le jardin ! Mais tu as ma parole. Que ma mâchoire se décroche si jamais j'ouvre une seule fois la bouche.

Djelal soupira. Il fallait toujours que son jumeau passe d'un extrême à l'autre.

— Nous n'avons qu'à fermer ce salon, si tu veux. Enfin, si ça te dérange de couper les cheveux en face du saint… Nous pouvons prendre un salon ailleurs, lança Djemal, plein d'enthousiasme et de bonne volonté.

— Et puis quoi encore ! répondit Djelal en riant. Tu dois sûrement me confondre avec un peigne au manche en corne.

NUMÉRO 9 :
SU

— Les grosses avec le foulard ! Les grosses avec le foulard ! cria Su, sortant et rentrant la tête par la fenêtre aussi vite que le coucou d'une horloge.

Calée contre la vitre au dernier rang du minibus de ramassage scolaire qui déposait les élèves un à un ou par petits groupes, elle désignait sans cesse de nouvelles cibles aux deux garçons assis devant elle. Sarbacane à la main, ils passaient à tour de rôle sur le siège près de la fenêtre pour viser la victime qu'elle leur indiquait.

Les femmes voilées que Su avait repérées étaient bloquées au milieu d'une route à deux voies et guettaient le moment propice pour traverser. Les yeux rivés sur le flot des voitures, elles ne prêtèrent aucune attention au car de ramassage scolaire qui passa en pétaradant dans leur dos, et ne remarquèrent même pas les pois chiches grillés qui fusaient autour d'elles. Tandis que le garçon qui avait raté son tir cédait sa place à son camarade en faisant une tête de trois pieds de long, Su avait déjà désigné une nouvelle cible :

— Le type avec le chien ! Le type avec le chien !

Un pois chiche atterrit dans la capuche de l'homme au visage bronzé et en tenue sport, mais son terrier fut moins chanceux. Il tourna plusieurs fois sur lui-même en aboyant en tous sens avant de comprendre d'où venait la pluie de projectiles qui s'abattait sur sa tête et sur sa queue. Il voulut courir derrière le minibus mais, immobilisé par sa laisse, il poussa un douloureux gémissement de défaite et attendit que son maître arrive à sa hauteur. Un des pois chiches avait dû faire mouche car il ne cessait de cligner de l'œil en les regardant s'éloigner.

— Oouuaah ! s'exclama le tireur en s'autocongratulant.

En ce moment, ce n'était plus « Oh, la vache ! » mais « Ouah ! » qui était en vogue.

Trois filles à queue-de-cheval, toujours assises à l'avant et qui faisaient passer leurs sempiternelles cassettes de musique pop au chauffeur qu'elles traitaient comme un vieux pote, se retournèrent toutes en même temps vers les fauteurs de troubles pour les fustiger du regard. Su les ignora superbement. Depuis le jour où elle s'était fait couper les cheveux, elle avait complètement délaissé le monde des filles, dont elle avait été bannie dès que s'était répandue la nouvelle qu'elle avait des poux, et dans lequel elle avait d'ailleurs toujours eu du mal à trouver sa place. Ce n'est que dans les vestiaires, avant et après les cours de gym, qu'elle côtoyait les autres filles. Su faisait comme si elles n'existaient pas. La seule chose qu'elle demandait en retour était que les autres fassent de même avec elle. Malheureusement, lorsqu'elles se retrouvaient côte à côte sur les bancs de l'étroit vestiaire empestant leurs déodorants aux affreuses senteurs florales, tout en enfilant leurs collants, elles échangeaient

471

entre elles des regards complices et lourds de sous-entendus pour bien faire sentir à Su qu'elles ne l'aimaient pas. Les garçons, eux, n'étaient pas comme ça. Dans le monde des garçons, parler de poux ou avoir des poux n'était pas un événement.

Su se pencha jusqu'à la taille par la fenêtre et fit un pied de nez au terrier. Au moment où elle allait se rasseoir, son regard s'arrêta sur un homme dont la barbe se confondait avec les cheveux, occupé à fouiller dans une poubelle quelques mètres plus loin. Il remplissait en hâte les sacoches suspendues à ses épaules avec les boîtes de conserve qu'il avait trouvées dans les sacs en plastique à l'intérieur de la benne à ordures ; de temps à autre, il s'arrêtait et se penchait au-dessus des bacs à ordures en se grattant pensivement la tête comme si, du fond du bac, une voix mystérieuse lui posait des questions auxquelles il ne savait que répondre. Il portait un béret bordeaux et une salopette d'un vert de naphte tout élimée. On pouvait voir ses rotules crasseuses à travers le tissu déchiré au niveau des genoux.

— Le clochard ! Le clochard ! cria Su.

Le garçon qui prenait la relève près de la vitre chargea les pois chiches dans le rouleau de papier et souffla de toutes ses forces. Mais au même moment, le vagabond dans la ligne de mire suspendit ses gestes et fit volte-face avec un instinct tout animal, et comme ces victimes riant au nez de leurs assassins avant d'être criblées de balles, il ouvrit tout grand la bouche pour attraper au vol les pois chiches grillés dont il était bombardé et les avala sans prendre la peine de les mâcher. Portant la main à son cœur, il pencha légèrement la tête comme pour remercier, et alors que le minibus passait devant lui, il ouvrit à nouveau la bouche, prêt à accueillir une seconde salve. Voyant que les pois chiches grillés tardaient à venir, il fit claquer avec impatience ses dents jaunies. Pendant que le gamin se rencognait avec effroi sur son siège, Su, collée contre la vitre, regarda avec des yeux écarquillés de stupeur cet homme étrange qui ne ressemblait en rien aux gens qu'elle avait vus et connus jusque-là.

NUMÉRO 2 :
SIDAR ET GABA

Quand la fille partit en claquant la porte, Sidar se sentit comme une merde. Il attendit jusqu'au soir en espérant qu'elle lui pardonnerait et qu'elle reviendrait. Finalement, se rendant à l'évidence qu'il attendait en vain, il mit sa laisse à Gaba et sortit dans les rues.

Le cimetière arménien catholique était à vingt-cinq minutes de marche. C'était celui qu'il préférait parmi tous les cimetières de la ville. Pour que Gaba puisse entrer sans encombre, il ouvrit à fond l'immense portail ornementé qui ne laissait rien deviner de l'espace incroyablement lumineux qui se cachait derrière. En le voyant arriver, le gardien au visage peu amène se mit à ronchonner comme à son habitude. Dès leur première visite, tout en Sidar avait éveillé sa méfiance, mais avec le temps, il s'était accoutumé à ce jeune homme maigre et dépenaillé, qu'il avait fini par considérer comme un doux dingue parfaitement inoffensif ; il ne chercha pas à s'enquérir des raisons de sa présence et n'objecta rien quand il lui laissa la garde de son molosse.

Quand Sidar s'engagea sur la large voie dallée qui coupait à angle droit chacune des allées du cimetière, un vieil homme assis seul sur un banc lui fit signe de la main. Ils s'étaient déjà croisés plusieurs fois auparavant ; ils s'étaient salués, mais ne s'étaient jamais parlé.

— Te voilà revenu, dit le vieil homme en tapotant le banc du plat de la main pour l'inviter à venir près de lui. Tu es encore très jeune. Pourquoi un tel empressement ?

Sidar s'assit en silence à l'autre extrémité du banc. Avant de répondre, il se tourna vers le vieil homme et l'observa attentivement. Il devait avoir au moins soixante-quinze ans. Quatre-vingts peut-être. Il avait de petits yeux ronds comme des billes, et d'un gris-bleu profond.

— J'ai pourtant vu de nombreuses tombes d'enfants, rétorqua sèchement Sidar.

— Je n'ai pas dit que tu étais trop jeune pour mourir, j'ai dit que tu étais trop jeune pour penser à la mort, répondit le vieil homme.

Les aboiements de Gaba retentirent au loin. Sidar dressa l'oreille. Il n'y avait probablement pas de quoi s'inquiéter. Un étranger devait lui donner quelque chose à manger. Il n'aboyait de cette manière que lorsqu'il s'apprêtait à avaler ce que lui offrait un inconnu. C'était sa manière à lui de dire : « Merci pour le *simit*, vous êtes bien aimable ! »

— Moi aussi, je pensais à la mort aujourd'hui, continua le vieil homme, qui semblait tout disposé à bavarder. Ma sœur aînée m'a téléphoné ce matin. Cette nuit, elle a fait un mauvais rêve. Nous étions enfants. Nous avions des bouteilles de lait dans les mains. Seulement, ce lait était un peu étrange ; au lieu de couler, il tombait par paquets. Il en sortait des souris blanches, de la taille de mon petit doigt. Ma mère nous a attrapés par la main et nous a forcés à nous éloigner. Mais ma sœur est revenue sur ses pas. Elle a bu du lait tout en sachant qu'il était infesté. Ma mère s'est fâchée tout rouge. « Pourquoi as-tu fait cela ? Tu as commis un grand péché ! » a-t-elle crié. Ma sœur s'est mise à pleurer, et ma mère, n'y tenant pas, l'a prise dans ses bras pour la consoler. « Ne t'inquiète pas, dit-elle, ne t'inquiète pas, je suis sûre que Dieu te pardonnera. » Et dans son rêve, je pleurais moi aussi.

Gaba recommença à aboyer. Un étranger devait être en train de le caresser. Instinctivement, Sidar comme le vieil homme se retournèrent dans un même élan vers la porte d'entrée, alors qu'ils savaient très bien qu'ils ne verraient rien de là où ils étaient. Il n'y avait probablement pas de quoi s'inquiéter. C'était un aboiement pour dire : « Je veux bien me laisser caresser, mais seulement si vous me donnez un autre *simit* ! »

— Je ne rêve plus depuis des années, ou alors, je ne me rappelle pas mes rêves. Mais ma sœur se souvient des siens, et ils se réalisent toujours. C'est une femme extrêmement cultivée. Et si tu l'avais connue jeune fille... elle ne trouvait personne à son goût. Elle ne pensait qu'à ses livres ! Ma pauvre mère se faisait du souci, elle avait interdit à ma sœur de trop lire parce que ça la faisait saigner du nez. Mais ma sœur lisait quand même en secret, surtout des romans... dans le texte, en français. Je la vois encore, la tête penchée sur son bouquin, absorbée dans un autre monde, et je devinais que bientôt, elle commencerait à saigner du nez. J'aurais pu l'avertir mais, j'ignore pourquoi, je n'arrivais pas à l'approcher quand elle lisait. Je me contentais de la regarder en silence, en attendant que les premières gouttes de sang se mettent à tomber. Les romans qu'elle lisait à cette époque avaient les pages toutes maculées de taches rouges. On avait beau essuyer, elles ne s'effaçaient pas, on avait beau frotter, elles ne partaient pas. Qu'est-ce que tu veux faire ? Ça restait comme ça. Elle tenait aussi des journaux intimes, ce n'est pas avec nous, mais avec eux qu'elle parlait. Un beau jour, en rentrant de l'école, ma sœur et moi avons découvert que tous les romans et ses journaux intimes avaient disparu. « J'ai tout jeté ! » a déclaré ma mère. Ma sœur est devenue pâle comme un linge. Elle aimait beaucoup maman, mais je crois qu'elle ne lui a jamais pardonné.

Les aboiements de Gaba se mirent à retentir de plus belle, croissant en fureur à mesure qu'ils accéléraient. Quelque chose devait l'énerver. Un aboiement qui disait : « Si vous ne me donnez plus de *simit*, merci de me ficher la paix ! »

— Comme personne ne lui convenait, elle s'est mariée très tard. Son mari était ophtalmologue, il avait un cabinet à Şişli. Ils s'aimaient beaucoup tous les deux. Ils n'ont pas eu d'enfant. Et puis, le brave homme est mort subitement ; il traversait simplement la rue mais va savoir, un moment d'absence, une seconde d'inattention, il s'est engagé sur la chaussée sans regarder. En pleine journée, une voiture l'a percuté et a pris la fuite. J'ai vu beaucoup de gens avoir les cheveux tout blancs sous l'effet du chagrin, mais ma sœur est la seule personne que j'aie vu rapetisser de chagrin. Elle s'est ratatinée, elle est devenue toute fluette. Elle ne voulait plus rien boire ni manger. Elle a accroché des photos de son mari dans toute la maison. Elle s'est mise à parler avec ces photos, de la même façon qu'elle parlait avec son journal intime quand elle était jeune. C'est alors que j'ai commis une grossière erreur. Je pensais qu'elle l'oublierait plus facilement si je soustrayais à sa vue tout ce qui pouvait lui rappeler mon beau-frère. Un beau jour, en cachette, j'ai rassemblé les photographies, débarrassé jusqu'à la dernière de ses affaires et tout distribué aux proches et aux amis. De même qu'elle n'avait pas pardonné à ma mère, elle ne m'a pas pardonné, à moi non plus. Elle a quitté son appartement. J'avais cru qu'il serait trop dur pour elle de rester dans une maison hantée par les souvenirs. En fait, c'est quand la trace des souvenirs de son mari a été effacée que ma sœur n'a plus pu y habiter. Elle a déménagé. Depuis ce jour, après toutes ces années, ma sœur ne me laisse toujours pas mettre les pieds chez elle. Elle ne s'est jamais remariée. Elle est toujours restée seule. Quand on a envie de se voir, on se retrouve dans une pâtisserie. Les rêves de ma sœur finissent toujours par se vérifier. En plus, elle sait très bien les interpréter.

— Et alors, comment a-t-elle interprété celui-là ? demanda Sidar.

— Elle a dit qu'elle mourrait peut-être avant l'heure. Et que c'est pour cela que ma mère était si en colère contre elle.

— Elle parlait de suicide ? s'exclama Sidar avec fébrilité.

Plissant ses petits yeux gris-bleu, le vieil homme le regarda sans réagir, comme s'il n'avait jamais réfléchi à un tel mot, ou ne l'avait même jamais entendu.

La voix de Gaba s'élevait avec beaucoup plus de virulence à présent. Un aboiement qui voulait dire : « Puisque vous ne me fichez pas la paix, c'est moi qui m'en vais ! » Sidar se leva d'un bond. Il avait pourtant encore des tas de questions à poser. À l'entrée du cimetière, il trouva Gaba, exactement comme il l'avait supposé, en train d'aboyer avec fureur, cerné par l'attention et l'affection d'un cercle de curieux. Avant de courir auprès de son chien, il s'arrêta un instant pour faire signe de la main au vieil homme. Mais ce dernier était tourné de l'autre côté et continuait à parler à voix basse, comme s'il n'avait pas remarqué qu'il était resté seul sur son banc.

NUMÉRO 9 :
HYGIÈNE TIJEN, SU ET MOI

18 h 54 : Les mains enfoncées dans les poches de son short, balançant par-dessus le bras du fauteuil ses jambes maigres comme des baguettes et criblées de piqûres de moustiques que, à force de gratter, elle avait mises à vif, Su attendait, les yeux rivés sur la petite aiguille de l'horloge murale, comme si cela pouvait accélérer le cours du temps. Son professeur arrivait toujours à l'heure pile. Il n'avait jamais été en retard jusqu'à présent, même pas de cinq minutes. Mais sa ponctualité avait sa contrepartie. Il terminait toujours le cours à l'heure pile. Jamais il ne lui était arrivé de rester plus longtemps, pas même cinq minutes. Dès que le cours commençait, il posait sa montre au bracelet en cuir entre eux sur la table et, bien qu'il ne donnât pas du tout l'impression de s'être ennuyé pendant la leçon, il se levait au bout d'une heure.

18 h 57 : Le bruit de la sonnette la fit sursauter. Il était en avance de trois minutes !

Pendant ce temps, Hygiène Tijen, devant l'évier, était occupée à retirer le calcaire incrusté au fond de la théière. Essuyant sur son tablier blanc comme neige ses mains aux extrémités toutes bosselées et ravinées d'avoir passé des heures dans l'eau chaude, elle se dirigea vers la porte d'entrée. Elle inspecta de pied en cap le professeur de sa fille ; il semblait net et soigné, comme d'habitude. Tandis qu'il se déchaussait sur le seuil et mettait sur ses chaussettes beiges la paire de galoches en caoutchouc pêchées dans la corbeille en plastique, la mère et la fille s'étaient effacées dans un coin, pour le regarder avec une respectueuse courtoisie. Puis, dans un grand froufrou de galoches, tous trois passèrent au salon. Comme à l'accoutumée, un coin de la table à manger rectangulaire avait été préparé : sur la nappe blanche, des tranches de cake à la noix de coco toutes de la même épaisseur étaient disposées dans deux assiettes en porcelaine blanche ; près des serviettes blanches, le cahier à spirale était ouvert, les crayons à papier soigneusement taillés, un cendrier mis à disposition... Il n'était pas interdit de fumer dans cette maison. Fumée et cendres n'entraient pas dans les limites imparties à la définition de la « saleté » selon Hygiène Tijen.

— Vous ne nous trouverez pas impolies si nous continuons notre ménage pendant que vous travaillez ici, n'est-ce pas ?

Avant chaque cours, elle posait toujours la même question. Je réitérai ma réponse habituelle :

— Je vous en prie, Tijen Hanım. Que cela ne vous empêche pas de vaquer à vos occupations.

À ce moment-là, la nouvelle femme de ménage sortit de la salle de bains, un seau d'eau savonneuse dans une main et une serpillière usée jusqu'à la corde dans l'autre. Derrière elle Meryem surgit, précédée de son gros ventre. Une grande serviette d'un blanc immaculé jetée par-dessus l'épaule, elle avait l'air d'un entraîneur de boxe ou d'un employé de hammam. Les deux femmes se déplaçaient en se dandinant, leurs pieds chaussés de fines galoches peinant à supporter le poids de leur imposante corpulence.

— Tu travailles encore, dans ton état ? demandai-je.

— Non, non, s'interposa Hygiène Tijen. En fait, Meryem ne travaille pas vraiment, elle a arrêté la semaine dernière. Mais son départ m'a mise en grande difficulté. Et nous avons trouvé cette solution. Maintenant, Meryem organise le travail et c'est Esma Hanım, la bénédiction soit sur elle, qui l'exécute.

En entendant prononcer son nom, Esma Hanım, qui ne semblait guère apprécier cette répartition des tâches, tourna vers moi ses yeux las et me salua de mauvaise grâce. Ensuite, les trois femmes s'égaillèrent dans l'appartement en laissant seuls le professeur et son élève.

19 h : En rapprochant sa chaise de la table, Su lança un regard agacé à la montre au bracelet en cuir ayant quitté son poignet pour se dresser entre eux.

NUMÉRO 7 :
MOI ET LA MAÎTRESSE BLEUE

De retour chez moi après le cours, je trouvai la Maîtresse Bleue encore là. J'eus de plus la surprise de voir qu'elle avait rangé quelques-uns des cartons restés en souffrance depuis mon emménagement et mis un peu d'ordre dans la maison. Je croyais pourtant qu'elle devait rentrer cuisiner pour le négociant en huile d'olive. Je ne me suis pas appesanti sur la question. Je savais que ça n'allait pas fort entre eux ces derniers temps.

— Dis-moi, qu'est-ce que tu veux manger ?
— Des pâtes, répondis-je.

Elle tenta d'abord de protester mais se rendit bien vite à cette proposition qui lui facilitait la tâche. Tandis que je faisais cuire les pâtes, elle se mit à préparer une sauce tomate aromatisée à l'origan avec le peu d'ingrédients dont elle disposait. Je pense que c'est pour ça qu'elle m'aime. Contrairement aux autres hommes dans sa vie, je lui demande beaucoup moins que ce qu'elle pourrait donner. Et en échange, j'obtiens bien plus que je ne désire.

Nous venions à peine de nous mettre à table quand on sonna à la porte. Quelle étrange gamine, cette petite Su. Son livre à la main, elle déclara que j'avais oublié de lui donner des exercices pour le week-end.

La Maîtresse Bleue l'invita à s'asseoir avec nous. Elle refusa. Pendant qu'elles discutaient toutes les deux, je choisis quatre ou cinq exercices bien au-dessus de son niveau. Puisqu'elle tenait à gâcher son week-end, autant y aller carrément.

— Apparemment, je ne suis pas la seule voisine à en pincer pour vous, cher monsieur, dit la Maîtresse Bleue, quand nous pûmes nous rasseoir à table.

— Ne dis pas n'importe quoi, ce n'est qu'une enfant.

— Et alors ? Les enfants ne peuvent-ils pas tomber amoureux ? Je me rappelle avoir été éperdument amoureuse à son âge. Est-ce que cela ne t'est jamais arrivé quand tu étais gosse ?

Cela me fit un drôle d'effet tout à coup. La Maîtresse Bleue parlait de son enfance comme d'un lointain passé, alors que depuis cette époque il n'avait dû s'écouler que dix ou douze ans. Su et la Maîtresse Bleue n'avaient pas plus de onze années d'écart.

— Tu ne m'as pas répondu ! Quand tu étais enfant, es-tu tombé amoureux oui ou non ? demanda-t-elle, visiblement agacée par mon silence.

Cela m'était arrivé, mais je n'en avais pas gardé un souvenir impérissable. Il y avait une fille un peu folâtre, à la langue bien pendue et pleine de taches de rousseur, avec qui j'allais à l'école. Je me rappelle avoir éprouvé quelque chose pour elle. De ma vie, je n'ai jamais connu quelqu'un d'aussi enclin à la cleptomanie. Du moment que cela appartenait à quelqu'un d'autre, tout était bon à voler. Elle dérobait des fruits dans les jardins voisins, chapardait les pantoufles devant les portes, subtilisait les gommes et les crayons de ses camarades de classe... et partageait son butin avec moi. Chaque jour, en allant à l'école, nous passions devant la boutique à l'odeur suffocante du cordonnier, et pendant que je parlais avec cet homme au visage ingrat et shooté à la colle, elle remplissait ses poches de clous et de fers à chaussures. Sans savoir à quoi cela pourrait bien servir, nous plantions discrètement ces fers sur les barrières, les poteaux, les bancs, les cagettes et les portes que nous trouvions en chemin. Puis, du jour au lendemain, la fille m'a fait un sale coup ; elle est allée moucharder auprès de ma famille. Mon père ne s'attarda pas sur l'incident, quant à ma mère, elle en fit toute une histoire ; endossant la part vacante d'autorité parentale, elle monta sur ses grands chevaux et me punit pour deux. Dix jours plus tard, mon père mourut, et le scandale de mes larcins s'effaça de l'agenda de ma mère.

— Comment s'appelait-elle ? demanda la Maîtresse Bleue en secouant pour la énième fois la salière au-dessus de son assiette, à croire qu'elle s'était juré d'en toucher le fond.

Je fus incapable de me le rappeler. D'ailleurs, j'avais oublié le nom de la majorité de mes camarades d'enfance. Je lui avouai que je n'avais jamais eu la mémoire des noms, mais je me gardai bien de lui parler de la fureur dans laquelle ce travers mettait Ayşin. De toute façon, la Maîtresse Bleue ne me posait jamais aucune question sur mon mariage. Peut-être en avait-elle assez d'entendre le négociant en huile d'olive lui parler du sien. Peut-être était-elle de ceux qui aiment à s'enquérir non pas du passé récent, mais de l'enfance encore vivace des gens. Je lui dis que j'étais en meilleurs termes avec les surnoms. Je les retenais beaucoup plus facilement, comparés aux noms.

— Dans ce cas, trouve-moi aussi un surnom, dit-elle lorsqu'elle put enfin reposer sur la table la salière prise de vertige à force d'être secouée.

— Mais tu en as déjà un, répondis-je. Tu es la Maîtresse Bleue.

Elle ne dit rien mais je sentis que ma réponse lui avait plu.

★

Quand je me suis éveillé, je ne l'ai pas trouvée à mon côté. J'ai jeté un œil au réveil : 3 h 33.

Elle était sur le balcon. Elle paraissait toute pâle, comme si elle s'était éveillée au milieu d'un cauchemar et avait craint de se rendormir. Je me laissai tomber sur la chaise près de la sienne et allumai une cigarette. Sous la table basse entre nous, des cohortes de fourmis tournaient autour d'une tranche de melon, en train de pourrir à l'endroit où elle était tombée. Pendant que les fourmis travaillaient sans relâche, nous restâmes immobiles, à contempler la rue déserte.

— Je ne crois pas que cette fille ait mouchardé, murmura-t-elle, perdue dans ses pensées. C'est probablement revenu aux oreilles de tes parents par d'autres voies. Pourquoi t'aurait-elle dénoncé ? Vous étiez complices.

Je revins à l'intérieur et nous préparai un *raki*. Elle prit son verre en souriant mais se contenta d'y tremper les lèvres. Elle n'aimait pas l'alcool. Mais vu qu'elle se retrouvait toujours avec des hommes qui s'imbibaient comme des éponges, elle refusait de le montrer. Peut-être que je me trompais. Elle n'était pas du genre à duper son monde. Peut-être qu'elle-même ne savait pas encore qu'elle n'aimait pas boire.

— Et si c'était exactement le contraire ? continuai-je.

Lorsque j'aurais fini mon verre, je continuerais avec le sien. À condition qu'il n'y ait pas de trace de rouge à lèvres sur le bord.

— Être complices crée forcément un lien mais cette situation ne peut être que temporaire. En réalité, si tu as commis un délit avec quelqu'un, tu chercheras à t'en débarrasser à la première occasion. Et si ce n'est pas toi, c'est l'autre qui le fera. Si l'on peut revenir sur les lieux de son crime, je ne pense pas qu'on revienne vers son complice.

— Oh, félicitations, vous parlez vraiment très bien, professeur. (Elle reposa sur la table basse le verre qu'elle ne cessait de tourner et retourner entre ses mains. Bien, pas de trace de rouge à lèvres.) Est-ce que tes étudiants aiment t'écouter ?

— Viens un jour en cours avec moi, assieds-toi avec les élèves. Tu jugeras par toi-même.

— Et si quelqu'un demande qui je suis ? Qu'est-ce que tu diras ?

— Que tu viens suivre les cours en auditeur libre. Tu es si jeune… répondis-je en lui caressant le visage. (Dans la pénombre, la cicatrice sur sa joue n'apparaissait absolument pas.) Mais, si tu le souhaites, je dirai que tu es mon amie.

— Ce serait un mensonge ! s'écria-t-elle avec une colère soudaine. Comme si je pouvais être ton amie ! Il leur suffirait de discuter deux minutes avec moi pour que ton mensonge éclate au grand jour. Je ne connais rien des sujets dont vous parlez. Je n'ai pas fait d'études. Et ce n'est sûrement pas à mon âge que je vais m'y mettre !

De quel âge parlait-elle ? Parfois, elle me donnait vraiment l'impression de ne pas réaliser à quel point elle était jeune. Voyant que je m'apprêtais à la contredire, elle s'empressa de poursuivre :

— L'amitié est une question de compatibilité. On peut très bien tomber amoureux de quelqu'un avec qui l'on n'a pas d'atomes crochus, mais sûrement pas devenir son ami. Dès que l'un ouvre la bouche, l'autre doit comprendre au quart de tour. Et pour cela, il faut le même niveau de culture. Nous ne serons jamais amis, toi et moi. Ni mari et femme, ni même des amants. Nous avons essayé d'être voisins. Mais ça aussi, nous l'avons gâché.

— Et pour quelle raison ne pourrions-nous être des amants ?

Au lieu de me répondre, mon anxieuse petite amante sans rouge à lèvres but une grande gorgée du verre que je pensais qu'elle avait abandonné sur la table. Elle fit aussitôt la grimace. Pourquoi se force-t-elle, puisque, à l'évidence, elle n'aime pas ça ?

— Que nous soyons ceci ou cela, je pense que nous sommes complices d'un délit, murmura-t-elle en tendant la main vers les fruits secs défraîchis pour effacer le goût de l'alcool dans sa bouche.

Une voiture blanche aux vitres fumées passa dans la rue, avec la musique à fond. La Maîtresse Bleue passa la tête par-dessus la rambarde et se mit à jurer comme un charretier. Je l'attirai doucement vers moi et l'embrassai. La musique tonitruante diminua à mesure que la voiture s'éloignait, puis s'évanouit complètement. Dans le silence, un moustique enragé se mit à tournoyer en bourdonnant sournoisement. Le vent retomba et l'odeur aigre des poubelles m'emplit les narines. La Maîtresse Bleue ne put trouver une seule pistache dans la coupelle. Après avoir terminé mon verre, j'attaquai le sien. Au nouvel assaut du moustique, je claquai des mains en l'air. J'ouvris les paumes et regardai à l'intérieur. Elles étaient vides.

NUMÉRO 10 :
MME TEYZE

— Quelque chose te tracasse, Su ?
— Non, ça va, marmonna Su en serrant et desserrant sans relâche son livre d'anglais plié en épais rouleau.
— Et si je nous préparais un bon café au lait ? Tiens, sors donc deux tasses de la vitrine, lança Mme Teyze en pensant que mieux valait ne pas accabler davantage cette visiteuse inopportune. (Elle s'était pourtant promis de l'éconduire en inventant un bon prétexte pour la décourager de revenir la prochaine fois qu'elle viendrait sonner. Mais une fois de plus, elle n'en avait rien fait.)

Dès que la vieille dame tourna les talons en direction de la cuisine, Su poussa un profond soupir. Par cette chaleur, un café au lait était bien la dernière chose qu'elle eût envie de boire. Mais quelle importance. En ce moment, pour tout et n'importe quoi, le mot qu'elle utilisait le plus était « saloperie ». Qu'elle boive une saloperie de Coca ou une saloperie de café au lait, cela ne changeait pas grand-chose. Tout en grattant ses jambes maigres comme des baguettes, elle quitta son fauteuil et se dirigea d'un pas indolent vers le meuble à vitrine situé à l'autre bout du salon. Elle l'ouvrit et regarda à l'intérieur en clignant les yeux d'étonnement. Il y en avait des trucs, là-dedans ! Les étagères en verre étaient remplies de tasses en porcelaine posées à l'envers, de verres à liqueur, de flûtes à champagne, de carafes en cristal, de cadres ornés, de cuillers en argent, et d'une foule de toutes petites boîtes ouvragées dont elle ne comprit pas vraiment à quoi elles servaient. Après un rapide coup d'œil, son choix se porta sur deux tasses rose lilas à l'anse torsadée. Juste derrière se trouvait un petit plateau rond, vernis et illustré. L'image peinte lui plut. Un homme à la mine grave, moustachu et coiffé d'un colback, descendait une échelle en portant dans ses bras une femme vêtue d'une longue robe en tulle. Elle avait posé la tête sur l'épaule de l'homme ; l'air rêveur, elle gardait les yeux fixés dans le lointain, comme s'ils étaient au sommet d'une colline offrant un magnifique panorama et non sur une échelle d'où ils risquaient de tomber à tout moment. Ils donnaient l'impression de s'échapper du conte auquel ils appartenaient. On distinguait quelques maisons isolées et, derrière, une forêt vert fané et vert printemps. Su retourna le plateau, comme si elle espérait y trouver la suite des aventures de ce couple empreint de dignité. Mais il n'y avait pas d'autre illustration au verso ; on y voyait juste une signature aux lettres flamboyantes jetée dans un coin : Vishniakov.

Elle déposa les tasses rose lilas sur le plateau et repoussa du pied la porte du placard. Juste au moment où elle allait se retourner, quelque chose attira son regard un peu plus loin. La porte du salon donnant sur le couloir était entrouverte, et de l'autre côté... mais qu'y avait-il donc de l'autre côté ?

Elle approcha à pas feutrés, ouvrit tout grand la porte et resta interdite. Sans même penser à poser le plateau qu'elle tenait à la main, elle commença à avancer le long du couloir de l'appartement de

Mme Teyze. À chacun de ses pas, son appréhension augmentait avec sa stupéfaction.

— Combien de sucres ? lança la vieille femme de la cuisine.

Mais, n'obtenant pas de réponse la deuxième fois qu'elle posa la question, elle baissa le feu sous la casserole de lait et vint rejoindre son invitée. Ne trouvant personne dans le salon, elle pensa d'abord que Su était partie. Mais soudain, elle remarqua la porte du couloir grande ouverte. Elle porta involontairement la main à son cou. Elle n'était pas là. Ses yeux gris-bleu balayèrent le salon avec anxiété jusqu'à ce qu'ils tombent sur la clef au bout du ruban de velours pourpre qui la regardait, l'air coupable, de la petite table basse où elle était posée. Elle blêmit. Le cœur au bord des lèvres, aussi vite que ses jambes le lui permettaient, elle se précipita dans le couloir où s'était faufilée l'enfant.

NUMÉRO 5 :
HADJI HADJI, SA BELLE-FILLE
ET SES PETITS-ENFANTS

— Avancez, cria la belle-fille, avancez ou je vous brise les jambes !

À ces mots, les deux enfants qu'elle tirait à bout de bras se mirent à pleurer de plus belle. Celui-de-sept-ans-et-demi marchait derrière, d'un pas nonchalant. Même s'il s'était bien amusé, c'était plutôt une sale journée pour sa mère. Probablement alerté par l'autre employée de guichet, le grand patron, qu'on voyait tous les trente-six du mois, avait déboulé dans le cinéma vers midi.

— Vous prenez cet endroit pour une crèche ou quoi ? tonna-t-il en foudroyant du regard Celle-de-cinq-ans-et-demi et Celui-de-six-ans-et-demi, restés bouche bée devant le bel Aladin et le génie bedonnant assis en tailleur qui trônaient sur l'affiche cartonnée d'un mètre sur deux suspendue au plafond pour la promotion du film.

Depuis, tous deux pleuraient sans discontinuer.

— Si vous pouviez patienter encore quelques jours, je trouverais sûrement une solution, avait plaidé la belle-fille, la mine contrite, tout en sachant très bien que, malheureusement, il n'en serait rien.

À l'approche de Bonbon Palace, les pleurs des enfants se calmèrent peu à peu et, une fois dans l'escalier, leurs voix se transformèrent en un vague bourdonnement. Mais dès qu'ils passèrent la porte de l'appartement numéro 5, comme deux bolides montés sur ressorts, les petits se précipitèrent en criant à tue-tête dans les bras de leur grand-père. Hadji Hadji faisait alors une sieste sur le divan, près de *Yusuf et Züleyha*, le troisième de ses livres restés au nombre de quatre depuis des années, qui lui avait glissé des mains. Débordé par ce soudain déluge de cris et d'affection, il essaya tant bien que mal de se redresser, en se tenant les reins et en battant des paupières, l'air de se demander où il était.

— Père, je vous confie les enfants, dit la belle-fille, en évitant de croiser son regard. Il faut que je retourne au travail.

Tandis que Hadji Hadji pressait la tête de sa petite-fille et de son petit-fils contre sa barbe, enhardis par ce geste, les deux enfants repartirent pour une nouvelle crise de larmes. La belle-fille, consternée, observa quelques instants la scène en silence et, sans grande conviction, elle s'entendit murmurer :

— Seulement, je vous le demande instamment, faites donc preuve d'un peu de compassion, je vous supplie de ne pas empoisonner ces jeunes cervelles avec vos contes.

La porte se referma. Les trois enfants et le vieil homme se retrouvèrent seuls. Tandis que les petits, épuisés d'avoir versé tant de larmes, poussaient un profond soupir et que leur grand-père ramassait les poils de sa barbe tombés pendant ces effusions, un silence précaire s'abattit. Ils semblaient ne plus savoir que faire. Mais sans tarder, Celui-de-sept-ans-et-demi rejeta son énorme tête en arrière et, ses yeux d'un vert d'algue pétillant comme des étincelles, se mit à sourire. À vrai dire, lui aussi était ravi d'être rentré à la maison. Même si cette sortie avait été pleine d'agréments, il s'était senti réduit à la taille d'un moucheron, aussi étranger à lui-même qu'insignifiant au milieu de tous ces gens qui portaient sur chacun de ses faits et gestes un regard de pitié. En revanche, à la maison, il était le seul maître de son petit royaume et le souverain incontesté de son éphémère existence.

— Allez, grand-père, dit-il. Pas la peine de te faire prier. Maintenant que nous sommes tranquilles, tu peux nous raconter ce que tu veux !

NUMÉRO 10 :
MME TEYZE ET SU

— C'est à vous... toutes ces affaires, madame Teyze ! ? s'écria Su en tournant la tête d'un côté et de l'autre, complètement ébahie.

Quand la vieille femme réussit à la rejoindre, Su était au bout du couloir et avait depuis longtemps découvert l'intérieur des trois pièces qui le bordaient.

— Tout n'est pas à moi.

— Ah, mais à qui donc alors ?

— Cela appartient à toutes sortes de gens. Je veille sur leurs affaires, répondit Mme Teyze, sans quitter des yeux le plateau portant les tasses rose lilas. Elle tremblait qu'elles ne se cassent, mais elle était si bouleversée par cet événement inattendu qu'elle était incapable du moindre geste pour arracher le boyard et sa belle des mains de la fillette.

Pour l'heure, cependant, la plus stupéfaite des deux était Su. Habituée à vivre dans une maison où la couleur dominante était le blanc, constamment nettoyée et astiquée, aspirée et purifiée, et pourtant jamais assez blanche, l'enfant avait l'impression d'être tombée dans un jardin enchanté dont elle n'aurait même pas imaginé qu'il puisse exister sur terre. Toutes les couleurs se côtoyaient en abondance, sauf le blanc. Empilées les unes sur les autres, entassées pêle-mêle, occupant tous les espaces vides, les affaires emplissaient chacune des trois pièces jusqu'au plafond. Il était impossible de distinguer les choses de valeur de celles qui ne valaient rien. Tout était imbriqué de façon inextricable. À la vue de tant d'objets, Su eut soudain l'impression que cet endroit était bien plus grand que chez elle. La maison de Mme Teyze était plus vaste que tous les autres appartements de cet immeuble, et même que tous les logements qu'elle avait vus jusqu'à présent. En fait, l'appartement numéro 10 ressemblait moins à une habitation qu'à une machine extrêmement complexe avec des centaines de pièces et des milliers de boutons ; il aurait suffi de retirer un seul élément pour que la machine entière se grippe et tombe en panne.

Le sol était jonché de stylos bille vides. Ampoules grillées, piles usagées, tulles déchirés, ballons crevés, médicaments périmés, vêtements usés, boutons dépareillés, papiers adhésifs ne collant plus, cartouches vides, briquets sans gaz, lunettes aux verres brisés, couvercles de bocaux de toutes les tailles, pièces de monnaie n'ayant plus cours, tissus en lambeaux, bibelots ébréchés, photos jaunies, tableaux sans cadre, pompons arrachés, perruques désagrégées, clefs ayant perdu leur porte-clefs, porte-clefs ayant perdu leurs clefs, tasses à l'anse brisée, biberons sans tétine, abat-jour disloqués, livres déglingués, boîtes de toutes les dimensions (en carton, en plastique, en bois, en nacre), bouteilles de lait vides, bâtonnets de pommes d'amour, bâtonnets de crèmes glacées, plats, poupées sans bras ou sans tête, parapluies aux baleines désarticulées, passoires noircies, sonnettes ayant elles-mêmes oublié à quelle porte elles sonnaient, collants filés aux mailles retenues par une touche de vernis à ongles, papiers d'emballage, poignées de porte, ustensiles ménagers, cahiers noircis, revues jaunies, flacons de parfum vides, chaussures orphelines, télécommandes, métaux rouillés, bonbons rancis, bagues sans pierre, suspensions en macramé, semelles, élastiques, cages à oiseaux, claviers aux lettres muettes, thé moisi dans des boîtes métalliques blanches, paquets de tabac, bracelets bigarrés, barrettes à cheveux toutes plus jolies les unes que les autres, optiques de jumelles... Pendant que Su regardait autour d'elle sans en croire ses yeux, elle remarqua un grand filet de pêche suspendu au-dessus d'un monceau d'objets.

— C'est la mer qui l'a apporté, dit Mme Teyze d'une voix vibrante de fierté.

— La mer ?

— Quand le *lodos* se lève, la mer devient généreuse et dépose des tas de choses sur le rivage. Les vagues jouent avec, comme des enfants avec une balle. Elles se les passent, les abandonnent sur les rives et reprennent le large. Les vagues sont comme les gens, elles se lassent vite. Mais tu sais, je ne suis pas la seule, nous sommes nombreux à attendre sur la côte.

Mais Su ne l'écoutait plus. Elle regardait un chapeau d'enfant en velours mauve. Il était très beau et paraissait tout neuf.

— Et celui-là, où l'avez-vous trouvé, madame Teyze ? demanda-t-elle en lui confiant le plateau pour toucher la matière douce et lisse du chapeau.

La vieille femme eut un instant d'hésitation. De toute façon, le mal était déjà fait. À présent, que pouvait-elle cacher à sa jeune amie qui, depuis longtemps déjà, était allée trop loin.

— Je l'ai trouvé dans les poubelles, murmura-t-elle. Je me demande bien pourquoi ils ont jeté un aussi joli chapeau.

Su le caressa, l'air distrait. Le clochard qui avait bravement affronté leurs projectiles agita devant lui le sachet plein de pois chiches qu'il venait de trouver dans la poubelle et ricana de loin en montrant ses dents jaunies.

— Mais ça, pourquoi l'avez-vous pris ?

— Est-ce qu'ils ne sont pas bien ? demanda la vieille femme en lançant un coup d'œil aux flacons de médicaments vides que lui indiquait l'enfant. On a toujours besoin de flacons. Il n'est pas juste de les jeter.

Su regarda les dents de la vieille femme. Elles étaient blanches et propres. Comme celles de sa mère.

— Prends donc ce chapeau, puisqu'il te plaît. Il est fait pour toi.

— C'est vrai ?

Lorsqu'elle approcha le chapeau de son visage, ses grands yeux sombres se teintèrent du reflet mauve du velours. Elle se pencha vers le miroir qu'elle avait repéré entre les boîtes de conserve entassées au pied du mur. Dès qu'elle se vit, elle éclata de rire. C'était un miroir grossissant.

— Oh, nous avons oublié le lait ! s'écria Mme Teyze au même moment. Cours, cours. Nous allons nous asphyxier !

Su devant, la vieille femme derrière, elles détalèrent vers la cuisine dans un cliquetis de tasses entrechoquées. Le lait avait depuis longtemps débordé, éteint le feu et noirci la plaque de la gazinière.

Quand, après avoir nettoyé la cuisinière, elles regagnèrent le salon, Su regarda encore une fois derrière la porte du couloir restée grande ouverte, et s'exclama :

— C'est dingue !

Maintenant ils ne disaient plus : « Ouahh », mais « C'est dingue ! » (Elle s'assit sur le fauteuil le plus proche et se mit à balancer ses jambes maigres.) C'est le Palais des immondices, ici. Si les garçons voyaient ça, ils adoreraient !

— Mais les garçons ne doivent rien savoir de cet endroit. Personne ne doit savoir... s'opposa la vieille femme en tendant à Su son café au lait.

Puis elle l'invita à prendre un chocolat blanc dans le sucrier en cristal sur la table basse. Sans réfléchir, Su en mit un dans sa bouche et le regretta aussitôt. Et si ce chocolat provenait des poubelles ? Su regarda avec angoisse la vieille femme, comme si la réponse était inscrite sur son front. Le chocolat commençait tout juste à fondre que, déjà, une autre question l'assaillait.

— Madame Teyze, dit-elle en baissant la voix. Est-ce pour cela que Bonbon Palace sent si mauvais ?

NUMÉRO 3 :
LES COIFFEURS DJEMAL & DJELAL

— Mais qu'est-ce qui t'arrive, bon sang ? On ne t'entend pas, aujourd'hui. Tu as avalé ta langue ou quoi ? s'écria la blonde avec une coquetterie dans l'œil qui venait une fois par semaine se faire décolorer les racines et qu'on ne pouvait persuader de l'inutilité de le faire aussi souvent.

Ignorant la remarque, Djemal continua à séparer les mèches de cheveux à décolorer. Malgré sa détermination à ne pas répondre à sa cliente, lorsque la pression de tous les mots qu'il retenait depuis ce matin pesa trop lourd sur sa langue, il se tourna vers l'apprenti boutonneux et, sous un prétexte fallacieux, laissa exploser sa mauvaise humeur. Se voyant grondé comme un enfant devant tant de femmes, l'apprenti, qui connaissait déjà l'infortune de traverser cette délicate période de sa vie en travaillant dans un salon de coiffure pour dames, rougit jusqu'aux oreilles. Dès que ses yeux, roulant désespérément en tous sens, croisèrent le regard de la Maîtresse Bleue, il rougit de plus belle. Son visage était si cramoisi que ses boutons d'acné s'estompèrent l'espace d'un instant.

— Qu'est-ce qu'il a ? murmura la Maîtresse Bleue à la manucure qui était à côté d'elle.

Elle ne s'était jamais fait faire de manucure jusqu'à présent. Mais ce soir, pour la première fois depuis bien longtemps, elle devait retrouver le négociant en huile d'olive. Cet après-midi, il lui avait envoyé un message sur son portable. Il disait qu'il passerait dans la soirée et qu'il avait très envie de parler avec elle. À vrai dire, l'homme n'avait jamais manifesté de passion particulière pour les mains manucurées et il était douteux qu'il voie la différence, mais à moitié somnolente sur son siège, une main agréablement plongée dans l'eau moussante et tiède, la Maîtresse Bleue pensait qu'elle avait bien fait. Cette faculté de ne pas se rendre compte que tous les préparatifs auxquels elles se livrent pour un homme se révéleront vains puisqu'il n'en remarquera rien est un mystère tout féminin.

La manucure, tirant légèrement la langue, concentrait toute son attention sur un ongle lui donnant du fil à retordre. Sans lever les yeux de son travail, elle répondit à voix basse :

— Franchement, nous non plus, on n'en sait rien. Depuis ce matin, on dirait un baril de poudre prêt à exploser. Il n'adresse pas un seul mot aux clientes et n'arrête pas de nous engueuler. On dirait un accro à la clope qui aurait subitement décidé d'arrêter. Un vrai paquet de nerfs. À croire qu'il a ses règles…

Djemal lança un regard courroucé à la manucure et la Maîtresse Bleue qui gloussaient et faisaient des messes basses dans son dos. L'apprenti boutonneux, craignant d'essuyer une nouvelle algarade tendit quatre feuilles d'aluminium en même temps.

— Dis donc, mon garçon, tu ne peux pas me les donner une par une ? tonna-t-il, voyant qu'on lui servait sur un plateau le prétexte qu'il cherchait pour épancher sa bile.

Au même instant, il sentit une main se poser sur son épaule.

— Peux-tu venir à la cuisine, un petit moment ? dit Djelal en veillant à ne pas attirer l'attention des clientes.

Ils restèrent debout dans la cuisine, de part et d'autre du samovar où de l'eau bouillante frémissait constamment. Djelal regarda avec affection l'homme raide et crispé dans sa chemise kaki qui, aujourd'hui, lui ressemblait davantage qu'à son jumeau.

— J'ai renoncé, dit Djelal en souriant. Pour l'amour du ciel, fais comme bon te semble. Redeviens celui que tu étais avant. Je n'aurais jamais imaginé combien tu serais insupportable en gardant ton sérieux.

Avant que son frère ait le temps de protester et de regimber, Djelal posa la main sur son épaule et la serra chaleureusement.

— Et bien sûr, quand tu ne parles plus et ne fais plus rire ton monde, le salon de coiffure aussi devient sinistre.

Quelques minutes plus tard, les deux frères ouvrirent le rideau qui séparait la cuisine du salon. Au même instant, toutes les têtes dépassant des blouses aux motifs léopard se tournèrent vers eux. Djelal tapota le dos de son frère et le poussa doucement devant le rideau, comme s'il encourageait un acteur paralysé par le trac à entrer en scène. Puis il adressa en souriant un clin d'œil à l'apprenti sans boutons :

— Mon garçon, prépare-nous donc un bon café, et nous le dégusterons tranquillement au nez et à la barbe du saint !

À ces mots, Djemal se retourna vers son jumeau et le regarda tout étonné. Puis, se détendant peu à peu, il finit par retrouver le sourire dont il privait tout le monde depuis ce matin.

NUMÉRO 7 :
MOI ET SU

D'abord, je pensai qu'elle mentait. Les enfants inventent toujours des tas de choses. Je regardai ma montre. Il s'était écoulé quinze minutes depuis la fin du cours. Et depuis quinze minutes, nous discutions à voix basse. Au moment précis où j'allais me lever, elle m'avait dit :

— J'ai quelque chose à vous raconter.

Esma Hanım, Meryem et Hygiène Tijen étaient toutes les trois dans la petite pièce du fond, occupées à poser les rideaux qu'elles venaient de laver. D'après leurs échanges, on comprenait qu'Esma Hanım était en hauteur, probablement juchée sur un escabeau, et qu'Hygiène Tijen, d'en bas, veillait à sa stabilité. Meryem, pour sa part, donnait ses instructions. Quant à nous, pour ne pas être entendus, nous chuchotions dans le salon.

— Je jure que c'est vrai, protesta Su devant mon scepticisme.

Je feignis d'être convaincu mais, cette fois, c'est elle qui commença à douter de moi. Elle me fit promettre de ne jamais répéter le secret qu'elle venait de me confier. Apparemment, cela ne lui suffit pas car elle m'obligea à le jurer plusieurs fois, d'abord sur mon honneur, puis sur la tête de tous ceux que j'aimais, un à un, en prononçant leur nom. Ne serait-ce que pour apaiser l'inquiétude de ses grands yeux noirs, j'obtempérai à tout ce qu'elle demandait. Or, loin de la tranquilliser, chacune de mes promesses ne fit qu'exacerber son angoisse. À un moment, elle disparut au fond de l'appartement en faisant bruire ses galoches et revint avec un coran de poche à la couverture verte, un de ces minuscules corans qui se glissent dans un sac ou un portefeuille. Juste pour la rassurer, le livre sacré entre mes paumes, je prêtai de nouveau serment. Quand j'eus terminé, comprenant qu'elle avait épuisé toutes ses ressources et était désormais contrainte de me faire confiance, elle exhala un dernier soupir de dépit. Comment lui en vouloir ? L'amour peut rendre pitoyable n'importe qui, même une enfant.

— Allez... Il est temps de clore ce sujet, dis-je. Ne t'en fais pas. Je ne le dirai à personne. Motus et bouche cousue.

Ses lèvres esquissèrent un sourire mi-figue mi-raisin.

— Si jamais je raconte quoi que ce soit, que je sois transformé en âne.

— Pas en âne, pas en âne ! objecta-t-elle de sa voix la plus capricieuse.

— En quoi, alors ?

Maintenant qu'elle avait balayé ses appréhensions, elle avait retrouvé cette gaieté étrange, un peu glaçante. Elle tournait autour de moi en devisant d'un ton très docte et énumérait toutes les bêtes hideuses qu'elle connaissait pour trouver la plus horrible des créatures qui soient. Les chouettes étaient de mauvais augure, mais pas assez sinistres, les rats étaient sales, mais pas assez dégoûtants. Les cafards étaient répugnants, les araignées effrayantes, les crocodiles monstrueux, les méduses se montraient repoussantes, les scorpions venimeux, les taons dangereux. Les cochons pataugeaient dans la fange, les vautours se nourrissaient de charogne, les ours pouvaient dévorer leurs petits, et les chauves-souris s'abreuvaient de sang. Les oursins nous plantaient leurs piquants dans les pieds, les grenouilles nous donnaient des verrues sur les doigts, les mille-pattes nous chatouillaient les oreilles. Les limaces qui sortaient de terre après la pluie, les chenilles qui se tortillaient dans la salade, les sauterelles qui ravageaient les champs, les lézards qui fuyaient en abandonnant leur queue, les mouches qui nous importunaient à table, les moustiques qui nous suçaient le sang… tous avaient quelque chose de rebutant mais aucun n'était assez abominable. Même la sangsue, qui semblait la plus infecte de tous, pouvait s'avérer utile pour les humains. Ce que Su recherchait devait être encore pire que toutes ces bestioles. Une créature d'aucune utilité, ni pour elle-même, ni pour les autres, totalement étrangère à la notion de bienfait, dont on ne comprenait même pas pourquoi elle existait, et incomparablement plus exécrable que toutes les espèces, aussi superflues qu'inoffensives, créées par Dieu pour la simple raison qu'il lui restait un peu d'argile. C'est en une créature de ce genre qu'elle menaçait de me transformer au cas où je romprais mon serment.

— Si tu cherches la pire des créatures, tu dois faire attention à ses yeux. Celles dont on peut voir les yeux sont moins terribles que celles qui ne les montrent pas.

Elle sembla apprécier ce conseil. Elle arracha aussitôt une feuille de son cahier à spirale et commença à faire la liste des bêtes dont les yeux étaient invisibles. Elle prenait cette tâche tellement au sérieux que, désormais, changer de sujet ou me lever pour partir était impossible. Et tandis qu'elle cherchait la peine suprême à m'infliger pour mon éventuelle trahison, je fis de mon mieux pour l'aider.

— Je pourrais me transformer en serpent à sonnette, sifflai-je, la langue coincée entre les dents.

— Nooon !

— En piranha, dis-je, en ouvrant la bouche et en claquant des mâchoires.

— Mais nooonn !

— Tu n'aimes rien de ce que je te propose. (Je fis mine de bouder.)

Jusque-là je m'amusais bien, mais soudain une angoisse m'étreignit. Je remis ma montre. Cela avait suffisamment duré et, je ne sais pourquoi, ce jeu stupide commençait à me taper sur les nerfs. Je m'apprêtai à me lever. Mais au même moment, elle s'écria avec enthousiasme :

— J'ai trouvé, j'ai trouvé ! Ce n'était pas la peine d'aller chercher si loin... Maintenant, tu vas répéter ce que je dis, d'accord ?

Elle était passée sans sourciller du vouvoiement au tutoiement. Je hochai docilement la tête. Elle se planta en face de moi et me regarda droit dans les yeux.

— Je suis un grand monsieur...

— Je suis un grand monsieur...

— Mais si je répète notre secret à quelqu'un...

— Mais si je répète notre secret à quelqu'un, dis-je en plissant les yeux et en essayant d'imprimer à ma voix un ton mystérieux.

Mais elle ne riait plus à présent. Au fond de ses yeux ténébreux, deux petites couleuvres noires se mirent à ondoyer en faisant jaillir des lueurs argentées.

— ... Que Dieu me transforme en pou, en un gigantesque pou ! dit Su en martelant chaque mot.

— ... Que Dieu me transforme en pou, l'imitai-je en martelant chaque mot. En un gigantesque pou !

Je me levai d'un bond et, tâchant de prendre l'expression la plus effrayante qui soit, je me mis à loucher, j'appuyai les dents du haut sur ma lèvre inférieure comme les vampires, j'avançai le menton en avant, ébouriffai mes cheveux, plissai le front et, les narines dilatées, j'abaissai un sourcil et soulevai l'autre. Je n'avais jamais essayé d'imiter un pou. Franchement, ce n'était pas évident ! Je n'avais pas la moindre idée de la tête que ça pouvait avoir. En fait, je ne savais même pas si les poux avaient une figure ou pas. L'une des rares choses que je savais à propos des poux était qu'on ne pouvait les distinguer que de loin, et qu'il était difficile de dire à quoi ils ressemblaient vus de près. Autre chose encore : je savais que les poux étaient suffisamment petits pour ne pas être repérés à l'œil nu et assez teigneux pour ne pas montrer leurs yeux.

À force d'y réfléchir, nous fîmes encore d'autres observations. Ce qui rend un pou aussi détestable provient sans doute de son incomparable habileté à ne faire qu'un avec sa victime. Le pou n'est pas un ennemi guettant de l'extérieur l'occasion de tomber sur quelqu'un, mais un fléau qui, sans qu'on s'en aperçoive, vous ronge doucement de l'intérieur. Un moustique aussi vient nous sucer le sang, mais une fois qu'il a terminé sa besogne et prélevé ce qu'il devait prendre, il laisse sa victime en paix. Même avec sa trompe plantée dans notre peau, un moustique ne fait pas partie de nous, il reste toujours un élément extérieur. Et si on réussit à tuer le moustique qui vient de nous pomper les veines, on ne conçoit tellement pas qu'il puisse y avoir un lien entre lui et nous qu'on considère avec dégoût le sang resté dans nos mains, comme s'il s'agissait de celui du moustique et non du nôtre. Or, c'est exactement le contraire pour un pou. La créature portant ce nom n'appartient pas à l'extérieur mais à l'intérieur. Il fait partie intégrante de notre personne.

J'arrachai moi aussi une feuille du cahier à spirale et commençai à dessiner. Puisque nous ne savions pas à quoi ressemblait la tête d'un pou, s'il en avait une, et puisque c'était la pire des pires espèces, nous pouvions approcher sa monstruosité en empruntant un peu à chacune des abominables créatures qui peuplaient la planète et lui faire revêtir le corps imaginaire que nous aurions inventé. Lorsque j'eus terminé mon dessin, une étrange chimère apparut sous nos yeux. Comme chacun de ses membres provenait d'un être différent, la créature née sous mon crayon en rappelait plusieurs autres tout en ne ressemblant à rien. Ses yeux, que j'avais empruntés l'un à une grenouille, l'autre à une chouette, étaient tellement bizarres côte à côte qu'ils lui donnaient un air ahuri, comme s'il avait pris un coup de marteau sur la tête. En bas de la page, j'écrivis en toutes petites lettres : « Pou alcoolique ».

Su se mit à rire en voyant le dessin.

— Génial ! C'est exactement ça. Si jamais tu ne tiens pas ta langue, c'est comme ça que Dieu te transformera !

Je voulus faire mine d'être effrayé, mais je ne pus me retenir de rire. Elle voulut feindre de se fâcher, mais elle ne put s'empêcher de rire.

Puis, d'un seul coup, comme si une présence invisible était venue la rappeler à l'ordre, elle sembla saisie d'appréhension et se tut. L'impuissance de quelqu'un réalisant soudain qu'il ne pourra revenir sur ce qu'il a dit se peignit sur son visage. C'est seulement alors que l'idée qu'elle avait dit vrai me traversa l'esprit.

NUMÉRO 6 :
METIN ÇETIN ET SON ÉPOUSE NADYA

— Je t'avais bien dit de ne pas perdre espoir en Dieu, Loretta. Maintenant que tu as retrouvé la mémoire, il faut penser à ton bonheur, ma fille. Tu mérites tellement d'être heureuse ! dit la nourrice à la jeune femme venant d'apprendre qu'elle sortirait de l'hôpital.

— Comme c'est étrange, sourit cette dernière, en écarquillant ses grands yeux verts accentués à outrance par une épaisse couche de fard céladon. Avant, la seule chose que je désirais était de réussir à me rappeler mon passé. Mais maintenant, je veux m'en libérer. Je vais débuter une nouvelle vie, ma chère nourrice. Désormais, je ne vous quitterai plus jamais.

— Tiens, tu vois... Loretta dit qu'elle ne nous quittera plus jamais, répéta Son Épouse Nadya à l'insecte qui se débattait dans le bocal qu'elle retournait inlassablement entre ses mains. Mais toi, *Blattella germanica*, tu nous quittes, n'est-ce pas ?

Vers la fin du siècle dernier, par une triste journée de brouillard, au beau milieu d'une rue sale et boueuse, un scientifique avait rapporté avec enthousiasme avoir été témoin de la migration en masse d'une variété de cafards connue sous le nom de *Blattella germanica*. La totalité du groupe ou presque était des femelles, et au moment où le docteur Howard les avait croisées, elles quittaient le restaurant où elles vivaient et se préparaient à traverser la chaussée. Leur migration dura près de trois heures, mais une fois atteint le nouvel endroit qu'elles avaient repéré, les blattes s'y étaient rapidement installées. Lorsque le docteur Howard commença à s'interroger sur les raisons ayant pu pousser ces cafards femelles à abandonner leurs pénates, il ne trouva pas de réponse satisfaisante. D'après ses observations, il ne s'était rien produit d'extraordinaire dans le restaurant ce jour-là. Ni grand ménage ni quelconque opération de désinsectisation. Il ne restait qu'un seul facteur pouvant expliquer cette migration : la surpopulation ! Pour que ces blattes prennent le risque d'abandonner leurs mâles et leur foyer, alors qu'aucune catastrophe ne les avait perturbées, c'est que leur colonie devait être passablement nombreuse dans ce restaurant. Et vu qu'elles s'étaient lancées par centaines dans les rues, il devait en rester des milliers derrière.

Son Épouse Nadya approcha le bocal en verre de son nez et loucha vers l'intérieur. Pour que toutes ces *Blattella germanica* qui, par nature, détestaient la lumière, surgissent subitement en pleine journée sur le plancher de la garde-robe où elle entreposait ses lampes en pomme de terre, c'est sans doute qu'elles avaient émigré de quelque part, elles aussi. Et si tel était le cas, il devait y en avoir encore des centaines, peut-être des milliers près d'ici.

NUMÉRO 7 :
MOI ET LA MAÎTRESSE BLEUE

J'étais dans la cuisine, en train de faire réchauffer les pâtes de la veille, quand la sonnette retentit comme si quelqu'un s'était coincé le doigt dedans. J'ouvris la porte. Je ne l'avais jamais vue comme ça.

— C'est bien fait pour moi, geignit-elle.

Des cernes gonflés et d'un rouge tirant sur celui de la viande crue s'étaient formés sous ses yeux ; l'éclat de son regard et la clarté de son teint avaient disparu, tout comme sa fraîcheur juvénile. À force de se moucher, elle avait les ailes du nez tout irritées, et la peau pelait. C'était un tout autre visage. Et comme la Maîtresse Bleue n'existait que dans et par son visage, elle était devenue quelqu'un d'autre. Je lui tendis le verre que je sirotais en attendant que les pâtes chauffent. Elle afficha une mimique de dégoût. Elle ne but pas une seule gorgée de mon *rakı* mais attendit que j'arrive à la moitié de mon verre pour commencer à parler.

— Il devait venir dans la soirée, débita-t-elle à toute vitesse. Il m'avait envoyé un message sur mon portable. J'avais fait de la purée d'aubergines. En fait, je voulais préparer du poulet à la tcherkesse mais… J'étais un peu fâchée. Il n'était pas venu depuis dix jours. C'est pour cette raison que j'ai fait de la purée d'aubergines. Il aime aussi. Pas autant que le poulet à la tcherkesse, mais il aime bien quand même. J'ai passé la journée à faire griller des aubergines.

Je la regardai, interloqué, mais elle ne remarqua même pas combien ses propos me passaient au-dessus de la tête. En toute hâte, comme si d'une minute à l'autre quelqu'un pouvait lui annoncer que son temps de parole était écoulé, elle m'assomma d'une montagne de détails plus insignifiants les uns que les autres, en pinaillant et tournant autour du pot. Je n'intervins pas.

— Il a eu une crise cardiaque. Il a eu une crise cardiaque en venant, dit-elle, lorsqu'elle eut épuisé les informations d'ordre culinaire. On m'a appelée de l'hôpital. Comme le dernier numéro qui apparaissait sur son portable était le mien, ils ont dû penser que j'étais sa femme.

— Je suis désolé…

À ces mots, elle se mit à pleurer à chaudes larmes, comme si je venais de rendre un avis négatif pour une décision qu'on attendait désespérément depuis longtemps. Peut-être avait-elle trouvé que je manquais de sincérité. Ce n'était pas faux. Le négociant en huile d'olive, avec qui je ne m'étais jamais retrouvé face à face, et que j'avais vite fait de cataloguer en le voyant tout au plus deux fois de loin, ne représentait rien d'autre, à mes yeux, qu'un personnage grotesque ; un rival falot, velu et gras, à la bedaine pendant au-dessus du pantalon. Mais voir ma petite amante dans un tel état me faisait de la peine. J'étais surpris aussi. Je n'aurais jamais imaginé qu'elle tenait tant à cet ours mal léché. Et elle avait beau, lorsqu'elle était avec moi, se ficher de lui, garder le silence quand j'y allais de mon couplet et prendre un malin plaisir à m'entendre l'insulter à tout propos, elle n'en était pas moins attachée à cet homme. Bien plus encore que je ne le pensais. Je lui caressai les cheveux. Elle repoussa brutalement ma main.

— Tu ne comprends pas, dit-elle avec colère. C'est ma faute. Si le malheureux ne passe pas la nuit, sache que c'est à cause de moi. (Elle déglutit avec difficulté, comme si elle avait une arête coincée dans la gorge.) Je suis allée voir le saint.

— Qu'est-ce que tu as fait ? Qu'est-ce que tu as fait ?

— En réalité, on ne peut pas vraiment appeler cela une visite. C'est Meryem qui m'a mis cette idée dans la tête. Il restait quelques bouteilles de liqueur de banane à la maison. Je les lui ai données, la dernière fois. Moi, je n'en bois pas, et elle adore ça. On se demandait justement si ça pouvait être dangereux pour le bébé. Mais heureusement, sa grossesse n'est pas aussi difficile que lorsqu'elle était enceinte de Muhammet. Avant lui, Meryem a perdu trois bébés, trois garçons. Elle en a eu deux mort-nés, et elle en a perdu un autre à six mois. Quand Muhammet est né, ils lui ont laissé pousser les cheveux comme une fille. La même coutume existe dans notre région. Et jusqu'à son entrée à l'école, ce gosse s'est toujours promené avec une tête de fille...

Je me demande si les femmes n'auraient pas dans leur cerveau un mécanisme spécial qui les empêche d'aller droit au but quand elles racontent quelque chose. Que de détails, que de méandres et que d'histoires, toutes imbriquées les unes dans les autres, en cercles concentriques qui se resserrent pour, au final, ne déboucher sur rien... Je me resservis un *raki*. Je contemplai les étagères vides de mon énorme réfrigérateur. Il n'y avait plus de soda. Je devais sortir en acheter.

— Meryem m'a raconté que Muhammet se faisait constamment maltraiter à l'école. Mais c'est fou ce qu'il a changé ces derniers temps. Il paraît qu'il n'a plus rien à voir avec le gamin trouillard qu'il était. Il ne reçoit plus de raclées de ses camarades. Ça tient presque du miracle.

L'épicerie du pieux musulman d'en face devait être encore ouverte. Il ne vendait pas de gin, mais du tonic. Il ne vendait pas de liqueurs, mais du chocolat fourré à la liqueur. Et selon cette même logique, il ne vendait pas de *rakı* mais du soda pour allonger le *rakı*.

— On parlait de la façon dont ce changement radical s'était opéré chez son fils. Et puis, elle a fini par me confier qu'elle avait fait une offrande au saint. « À quel saint ? » ai-je demandé. « N'en demande pas plus, a-t-elle répondu. Mais si tu as un vœu à formuler, tu peux essayer, toi aussi. Si ton souhait est exaucé, je te dirai alors de quel saint il s'agit. » Elle m'a demandé de lui donner un foulard propre. J'ai écrit mon vœu à l'intérieur. Je l'ai replié comme une lettre d'Hıdrellez[1], et je le lui ai donné.

Bon, je renonce. Le temps qu'elle finisse de raconter son histoire, le pieux épicier aura depuis longtemps fermé boutique et dormira du sommeil du juste. Tant pis pour le soda, je me contenterai d'eau plate.

— Elle m'a dit : « Si ton vœu se réalise, eh bien, ce sera un cadeau de ma part, après toutes ces bouteilles de liqueur de banane que tu m'as données. Et si ça ne marche pas, personne n'en saura rien. Nous aurons juste pendu un bout de tissu. » Voilà ce qu'elle a dit. Enfin, ce n'est peut-être pas exactement

1. Hıdrellez : fête du printemps sous le signe du prophète Hızır qui, selon la croyance, intercède pour résoudre les difficultés et exaucer les souhaits.

ce qu'elle a dit, c'est ce que j'ai compris. Enfin, je ne m'en souviens plus très bien.

Le *raki* ne ressemblait à rien. Sans soda, cette maudite boisson avait un goût horrible.

— Je l'ai donc replié comme une lettre d'Hıdrellez. J'ai écrit : « Faites que je sois libérée de cette situation. » À moins que je n'aie écrit : « Faites que je sois libérée de cet homme »... Si seulement je pouvais me rappeler ! Je mélange tout. Qu'est-ce que j'ai dit ? Qu'est-ce que le saint a compris ? Et notre homme est en train d'y passer à cause de moi.

Ce que j'entendais était tellement absurde que je ne pouvais pas me figurer qu'elle puisse y croire pour de bon. Et si elle y croyait, j'étais incapable de prendre part à sa souffrance. Car pour pouvoir partager du fond du cœur la douleur de quelqu'un, il faut d'abord qu'il partage la même vérité que nous. Lorsqu'on console un enfant en larmes parce qu'une pièce de son jouet de pacotille s'est cassée ; lorsqu'on jure qu'elle n'est pas grosse à une anorexique persuadée qu'elle a des kilos en trop alors qu'elle n'a plus que la peau sur les os ; lorsqu'on supporte les radotages de notre meilleur ami, au trente-sixième dessous parce que la femme de rien avec qui il est depuis à peine deux semaines l'a trompé ; lorsqu'on essaie, pour gagner du temps jusqu'à l'arrivée du médecin, d'occuper un aliéné qui court après tous les pigeons d'une place publique pour leur regarder le fond du gosier parce qu'un beau matin, un pigeon passant la tête par la fenêtre lui a volé son âme... on reste à leurs côtés, mais le regard demeure à mille lieues de leurs souffrances. L'enfant qui verse des larmes pour une peccadille, l'anorexique qui dresse son camp retranché très loin de la réalité, l'ami infortuné qui ne voit pas que *ce n'est pas la peine de s'en faire pour quelqu'un qui n'en vaut pas le coup*, le fou incapable de comprendre que ces pauvres pigeons préfèrent se ruer sur des grains de blé bien concrets plutôt que sur les âmes immatérielles… tous attendent de nous attention et compassion, consolation et solidarité. Et il est fort probable qu'ils les obtiennent. Nous pouvons sans hésiter endosser le rôle du consolateur. À voir combien ils délirent parce qu'ils souffrent, et combien ils souffrent à cause de leurs délires, nous pouvons éprouver une sincère empathie à leur égard. Ils peuvent même attendre de l'affection de notre part. Mais qu'ils n'espèrent surtout pas nous voir partager leurs souffrances.

NUMÉRO 10 :
MME TEYZE

À une température ambiante de 27 degrés et un taux d'humidité de 65 %, les mouches domestiques passent un à deux jours à l'état d'œuf, huit à dix jours à l'état de larve, et neuf à dix jours à l'état de pupe. Lors d'une recherche effectuée en laboratoire dans ces conditions, il a été observé que 50 % des mouches mâles mouraient au cours des quatorze premiers jours, et que 50 % des mouches femelles mouraient au cours des vingt-quatre premiers jours.

À une température ambiante de 27 degrés et un taux d'humidité entre 36 et 40 %, les cafards sont bien plus résistants que les mouches. Ils peuvent tenir vingt jours sans boire ni manger. Avec un peu d'eau, ils peuvent rester en vie pendant trente-cinq jours. Soumis aux mêmes conditions de température et d'humidité, les œufs éclosent entre vingt-sept et trente jours. Les bébés cafards, après cinq ou dix mues, deviennent adultes. Les adultes ont une durée de vie approximative pouvant aller de six à douze mois. Puis ils meurent. Ils se putréfient et se décomposent, s'émiettent et se dispersent, cessent d'être ce qu'ils étaient et se mélangent à diverses autres choses.

À l'instar des mouches et des cafards, les aliments ont une durée de vie limitée. Dans un endroit frais et sec, le lait pasteurisé se conserve pendant un an, le halva à la pistache pendant deux ans, les biscuits de régime à la cannelle pendant deux ans, le café soluble pendant deux ans, le chewing-gum à la framboise de dix à douze mois, le chocolat aux grains de riz soufflés pendant un an, le thon en boîte pendant quatre ans, les canettes de Coca pendant six mois, les chips au maïs aromatisées au fromage pendant six mois. À condition qu'ils soient conservés au réfrigérateur, les filets d'éperlan une semaine et demie, le yaourt liquide pendant sept jours, la mozzarella pendant un mois et demi, et le poulet sous emballage de douze à quatorze jours. Une fois dépassé ce délai, eux aussi commencent à dépérir. Ils se putréfient et se décomposent, s'émiettent et se dispersent, cessent d'être ce qu'ils étaient et se mélangent à diverses autres choses. Dès qu'ils ont dépassé la date limite, thé ou tabac, blé ou fromage engendrent des insectes, des poux ou des vers dans le creux des récipients où ils sont conservés. Les vêtements sont mangés par les mites, les meubles par les vers, les céréales par la vermine ailée. On y trouve aussi des cafards. D'ailleurs, ils sont partout.

Comme les mouches, les cafards et les aliments, les objets ont eux aussi un cycle de vie. En moyenne, la grenouillère du bébé dure de un à deux mois, le train électrique acquis dans l'enfance entre une heure et un an, les journaux intimes tenus à l'adolescence de trente à soixante jours, le pull offert par un membre de la famille n'ayant aucun goût dix secondes, la pipe achetée pour arrêter la cigarette et dont on ne comprend que plus tard combien son entretien est fastidieux dure entre deux et six utilisations, une cartouche d'imprimante entre quinze jours et trois mois, un billet de train de une à vingt heures, une potiche toute pomponnée qui nous tape dans l'œil et qu'on ramène chez soi un soir d'ivresse, mais qui ne nous paraît plus aussi agréable à regarder une fois dégrisé, une longue nuit. Eux aussi finissent par mourir. Ils meurent et vont au rebut : soit dans un coin, soit à la poubelle.

De l'instant où ils s'éveillent à l'instant où ils s'endorment, les habitants de la ville passent leur journée à jeter. Au fil des semaines, des mois, des années, une considérable montagne d'ordures s'accumule derrière chacun d'eux. Et tout comme les mouches, les cafards, les aliments et les choses, les êtres humains aussi ont une date d'expiration. La durée de vie moyenne est de soixante-cinq ans pour les hommes, et de soixante-dix ans pour les femmes. Ensuite survient la fin inévitable et ils meurent, eux aussi. Ils se putréfient et se décomposent, s'émiettent et se dispersent, cessent d'être ce qu'ils étaient et se mélangent à diverses autres choses. Mais, à l'article de la mort, si nous pouvions voir défiler sous nos yeux comme dans un film non pas nos souvenirs mais tout ce que nous avons jeté, notre vie s'en trouverait passablement rallongée.

★

Quand, après avoir perdu son mari dans un accident vingt-cinq ans plus tôt, Mme Teyze avait emménagé seule dans l'appartement numéro 10 de Bonbon Palace, elle y avait trouvé des affaires qui appartenaient aux résidants précédents : cent quatre-vingt-un objets n'appartenant à personne et ayant dépassé leur date limite d'utilisation…

Bien que sa propriétaire, de France, lui ait stipulé noir sur blanc qu'elle pouvait se débarrasser comme bon lui semblait de tous ces meubles et objets, elle n'avait pas eu le cœur d'en jeter un seul. Elle ne s'était pas mise en colère en lisant cette lettre. Elle l'avait déjà fait avant... et encore avant... Elle s'était rappelé l'injustice qu'elle avait subie jeune fille, quand sa mère avait jeté ses romans et ses journaux intimes et, des années plus tard, quand son frère avait distribué à la famille et aux amis les photos de son mari décédé subitement ; elle s'était souvenue de l'injustice et de la fureur auxquelles elle avait été en proie. Elle ne se fâchait plus à présent. Par le passé, peut-être n'avait-elle pas été capable de protéger ce qui lui appartenait, mais dorénavant, elle veillerait sur les affaires des autres tel un consignataire extrêmement vigilant. Car elle ne pensait plus à présent que ce qu'elle avait perdu sans le vouloir à une époque lui appartenait, ni que les choses qu'elle venait d'obtenir tout aussi involontairement appartenaient à d'autres.

... Acquérir des objets, les utiliser un moment avant de les jeter est une habitude propre à ceux qui s'imaginent posséder ce qu'ils ont. Or les objets n'ont pas de propriétaires, ils ont seulement une histoire. Et il arrive parfois que ces histoires prennent possession des gens qui s'y frottent...

NUMÉRO 7 :
MOI

Ethel est passée me prendre à la sortie des cours au volant d'une Cherokee couleur fauve. J'ai laissé ma voiture sur le parking de la faculté et nous avons continué notre route avec son nouveau jouet. Elle semblait avoir avalé sa langue mais, dès les premiers ralentissements, elle sortit de son mutisme. J'aurais préféré qu'elle regarde devant elle. Plus ça va, plus elle conduit mal. Tandis qu'elle me racontait la dernière étape à laquelle ils étaient arrivés dans leur projet d'université, je remarquai qu'elle avait perdu son enthousiasme des débuts. Soit cette affaire avait complètement capoté, soit Ethel avait décidé de se retirer. Je ne lui posai pas la question. De toute façon, tôt ou tard, elle m'en ferait le compte rendu circonstancié.

— Alors ? Raconte un peu. Comment ça se passe dans ton immeuble de cinglés ? demanda-t-elle quand, après nous être farci cinquante minutes de bouchons, nous nous installâmes enfin à la table que nous avions réservée.

C'était exactement comme je voulais. Tout au fond, près de la fenêtre. Je m'assis le dos tourné à la salle et Ethel de face, afin de pouvoir garder un œil sur les clients. Qu'elle regarde, puisqu'elle y tenait tant.

— Ne m'en parle pas. Nous sommes envahis d'insectes.

— Ce qui veut dire que même les insectes viennent s'amuser ! Tu en as de la chance ! Tu es tombé sur l'endroit où on se marre. Ce n'est pas un immeuble, c'est un asile de dingues.

— N'exagère pas, grommelai-je. Qui sait, peut-être que l'immeuble où j'habitais avant n'était pas très différent, simplement, je ne le voyais pas. La seule différence est que maintenant je ne suis pas aussi indifférent à mes voisins de Bonbon Palace.

— Ah, çà ! Tu es particulièrement intéressée par l'une d'elles, dit-elle en plaçant sa première cigarette de la soirée sur son fume-cigarette en bois de jasmin et en soufflant l'un après l'autre trois ronds de fumée dans ma direction.

Je fis mine de ne pas avoir entendu. Ce soir, je n'avais nullement l'intention de me chamailler avec Ethel. Mais ma feinte surdité n'eut d'autre effet que de la provoquer davantage.

— Ça ne marchera pas avec cette femme, mon trésor. Et tu sais pourquoi ? Pas pour une raison morale ou je ne sais quoi, mais pour une question de vitrine. Pour l'instant, pas de problème. Vous restez enfermés à roucouler et à prendre du bon temps. Mais après ? Est-ce que tu pourras sortir en public avec elle ? Est-ce que tu pourras te balader avec à ton bras ta petite chérie de vingt-deux ans tout juste échappée du lycée, aussi profondément croyante qu'elle est immorale, velléitaire et incapable de faire un choix ? Est-ce que tu crois vraiment que ça peut marcher entre un homme aux idées aussi nettes que toi et une jeune demoiselle à l'esprit si embrouillé ?

Je ne trouvai rien à répliquer. Quoi qu'elle dise, je préférai passer outre en riant. Au bout d'un moment, elle en eut assez de s'occuper de mon cas. Ni elle ni moi n'étions très en train ce soir-là. En attendant notre assiette de fruits, nous nous amusâmes à faire des suppositions sur les personnes assises à la table d'à côté, mettant ainsi en veilleuse les dommages que nous pourrions mutuellement nous causer mais, apparemment, Ethel avait gardé le meilleur pour la fin.

— Écoute, mon trésor, j'aurais préféré que tu l'apprennes par quelqu'un d'autre. Cela dit, il vaut peut-être mieux que ce soit moi qui te l'annonce. Avec moi, au moins, tu pourras tranquillement déverser ton venin. Bon, peu importe, gardons les commentaires abstraits pour plus tard. D'abord, le concret ! Voici donc la nouvelle explosive : Ayşin se remarie !

Le serveur albinos et joufflu qui, jusque-là, avait ignoré notre table, commit l'erreur, au moment le plus inopportun, de vouloir débarrasser mon assiette alors que je n'avais pas encore terminé. Je ne suis pas du genre à constamment chercher des problèmes et à râler pour un oui ou pour un non dans les restaurants. Mais je déteste qu'on change mon assiette tant que je ne l'ai pas demandé. Même si les serveurs se refusent à l'admettre, il y a des tas de gens dans cette ville qui aiment jouer avec les reliefs de leur repas. Je ne supporte pas qu'on retire à la hâte de sous mon nez l'arête du poisson que je viens de manger, comme si j'avais commis là quelque péché honteux. Si cela ne tenait qu'à moi, je ne lâcherais pas mon assiette jusqu'à ce que je me lève de table. Je peux mélanger les restes des entrées et des plats chauds et passer toute la soirée à les triturer. Non seulement je n'éprouve pas la moindre gêne à tremper mes tranches de fruits dans l'huile, la sauce, le sel et les épices de l'assiette où j'ai mangé mon plat chaud, mais je m'amuse parfois à faire des compositions sucrées-salées. Si le mélange final me plaît, j'en mange, et si ça ne me plaît pas, je le réduis en bouillie. Ethel connaît cette manie chez moi. Elle ne s'en mêle pas. Les serveurs l'ignorent. Ils s'en mêlent.

— Excusez-le. Il est dans une passe difficile, il vient juste de divorcer, dit Ethel au serveur, resté figé avec une assiette blanche toute rayée au-dessus de mon épaule, sans comprendre pourquoi il se faisait incendier.

L'homme saisit la moquerie qu'il y avait dans ces paroles et ses lèvres pâles esquissèrent un sourire. Mais au même moment, comme s'il pressentait qu'il avait tout intérêt à rester prudent, il retint le mouvement de ses lèvres et resta en suspens, comme un masque mi-pleurs mi-sourire.

— Allez-y, je vous en prie. Vous pouvez débarrasser mon assiette. Je suis normale, moi, ricana Ethel.

Le garçon, ne résistant pas davantage à autant d'appels à la connivence, joignit son rire au sien en prenant son assiette sale.

— Si tu veux mon avis, ce type est un crétin fini, dit Ethel en haussant les épaules, lorsque nous fûmes à nouveau en tête-à-tête. (Un moment, je crus qu'elle parlait du serveur. Or, elle reprenait là où elle s'était interrompue.) Un crétin plein de bonnes intentions – gentil, une vraie crème –, mais au final, ça reste un crétin. Docile, casanier et, naturellement, parfaitement domestiqué. Il est tellement bardé de limites. Carré, borné... Dès que tu t'approches un peu, vlan, tu te heurtes à un mur. Pour trouver une étincelle de vie chez ce type, il faut creuser jusqu'au fin fond de son passé. J'imagine qu'il devait bien avoir un peu d'allant et d'enthousiasme dans son enfance. Mais ne t'attends pas à tomber sur un geyser, s'il en sort deux gouttes, c'est bien le miracle. Tu dois sûrement te demander à quoi il ressemble, maintenant ! supputa-t-elle en me prenant la main. Je vais te le décrire ainsi : à côté de toi, il a l'air d'un vieux blaireau.

Ayşin allait donc se marier avec un vieux blaireau. Je déposai une tranche de melon au bord de mon assiette baignée de *tarator*[1].

— L'animal qui a les dents en avant, c'est une taupe ou un blaireau ? demanda Ethel. (Elle retira sa main, laissant sur mon poignet la trace de ses ongles vernis de bleu électrique.) Bon, peu importe, ce qui est sûr, c'est qu'il est vraiment moche. Comme tu peux le voir, Ayşin procède par la méthode de l'essai et de l'erreur. Maintenant qu'elle y a goûté et s'est brûlée, chat échaudé craint l'eau froide, comme on dit, elle se tient loin des beaux jeunes gens.

En sortant du restaurant, je me suis assis à côté d'elle, plus confiant. Je sais qu'elle conduit beaucoup mieux quand elle est ivre que lorsqu'elle est à jeun. Elle m'a ramené sans encombre jusqu'à Bonbon Palace. Puis elle est repartie en zébrant la rue obscure d'une traînée couleur fauve.

★

En arrivant au troisième étage, j'ai tendu l'oreille vers la porte de l'appartement d'en face. Pas un bruit ne parvenait de l'intérieur. Je n'avais pourtant pas le projet de passer la voir en entrant dans l'immeuble, mais j'ai sonné chez elle, sans trop réfléchir. Elle m'avait interdit de venir sans l'avertir, mais ce soir, je pouvais enfreindre cette règle. Le négociant en huile d'olive ne passerait probablement pas la nuit chez sa maîtresse au lendemain de sa crise cardiaque.

1. *Tarator* : sauce à base de yogourt avec de l'ail, de l'huile d'olive, des noix, du vinaigre…

Je perçus d'abord des bruits de pas. La lumière jaune de l'œilleton s'assombrit. Peut-être sommes-nous restés une bonne minute ainsi, de chaque côté de la porte.

Finalement, j'entendis le cliquetis du verrou. La porte s'ouvrit avec une lenteur déplaisante. La Maîtresse Bleue était devant moi. Elle m'adressa un regard sombre, inexpressif et sans amour. Sans prononcer le moindre mot, en bien ou en mal, elle tourna le dos et se dirigea vers le salon en traînant les pieds. Je ne me vexai pas. J'étais assez soûl pour ne pas me formaliser de son attitude étrange. J'allumai la télévision. Nous restâmes devant l'écran sans rien nous dire. Une chanteuse de musique classique turque, brillant de mille feux sous le voile de poudre étoilée dont elle avait enduit les endroits de son corps laissés nus par sa robe grenat semée de pierres et de paillettes, racontait au micro les épreuves qu'elle venait de traverser. Elle s'était cassé la jambe dans un accident de ski, mais comme elle n'avait pas eu le cœur d'annuler le concert, elle avait pris la courageuse décision de paraître sur scène la jambe dans le plâtre devant ses admirateurs. Près d'elle se tenait son médecin, qui intervenait de temps à autre et répondait aux questions posées par les journalistes en coulisses.

— Il est mort, dit la Maîtresse Bleue.

Je la regardai, perplexe, incapable de comprendre de qui diable elle parlait. Mes yeux glissèrent vers l'écran de télévision. La chanteuse, qui me parut bien plus pâle, souffla vers la caméra le baiser qu'elle avait déposé sur ses doigts. J'éteignis la télévision. Sans savoir que dire, je m'assis près de la Maîtresse Bleue. Je lui pris la main. Elle ne prit pas la mienne. Elle alla se coucher. Elle était très calme. Beaucoup trop calme.

Je restai assis seul dans le salon et essayai de rassembler mes esprits. Je ne pensais pas avoir tellement bu, ce soir-là. Finalement, j'avais bu beaucoup plus que je ne le croyais. Une lourde léthargie pesait sur tous mes mouvements. Je n'arrivais pas à réfléchir, ni à agir rapidement. Non seulement je ne savais pas comment consoler ma petite amante, mais je n'éprouvais ni chagrin, ni surprise, ni rien. Je ne désirais qu'une seule chose : rentrer me coucher, m'abandonner au sommeil et tout remettre à demain.

Pourtant, lorsque je réussis à me mettre debout, je me dirigeai non pas vers la porte mais vers sa chambre à coucher. Dans l'obscurité, je m'allongeai près d'elle en dressant l'oreille à tous les sons pour essayer de comprendre si elle dormait ou pas. Elle était éveillée.

— Il n'a pas survécu à sa crise cardiaque, murmura-t-elle. Il est mort vers trois heures du matin.

Je lui caressai les joues : elles étaient sèches. Elle ne pleurait pas. Je me blottis contre elle. Elle ne me repoussa pas, mais ne répondit pas non plus à mon geste. Elle continua à rester allongée comme un sac vide. Le lit était tiède. Nous nous sommes serrés l'un contre l'autre. Je me suis endormi.

Je me suis réveillé dans la nuit, torturé par la soif. Après avoir vidé la moitié de la bouteille d'eau qui était sur la table du salon, je me dirigeai en titubant de sommeil vers la salle de bains. Tout en pissant, je regardai les savons parfumés dans un pot en verre sur la machine à laver, les shampoings à la papaye sur le bord de la baignoire, les délicates bouteilles de parfum étincelant devant le miroir, les éponges de bain turquoise, les lotions pour le corps et les produits de maquillage tout effrités par l'usage. Je tirai la chasse. À un moment, mon regard fut attiré par deux lames de rasoir au milieu de ce bric-à-brac. L'une était tombée par terre, l'autre dans le lavabo.

Je retrouvai ma lucidité. Je me précipitai dans la chambre. J'allumai la lumière, et tirai le drap qui la recouvrait. Tandis qu'elle essayait d'émerger du sommeil dans lequel elle était plongée, je relevai la chemise de nuit aigue-marine qui lui descendait jusqu'aux genoux. Elle n'avait rien sur la jambe gauche, rien de nouveau. Mais sa cuisse droite était enveloppée dans une serviette pleine de larges taches, d'un rouge brique. Ce pansement improvisé était tellement épais que je ne m'étonnai pas de l'avoir remarqué avant. Tandis que je défaisais délicatement la fine et longue serviette, elle n'opposa aucune résistance.

Cinq balafres de presque un empan chacune apparurent sous la serviette. Trois d'entre elles ne paraissaient pas si profondes. On eût dit qu'elles avaient été faites accidentellement ou plus timidement. Comme une répétition pour les deux autres portées au-dessus. Parce que les deux autres étaient catastrophiques, insoutenables. Je courus encore à la salle de bains. Ne trouvant rien d'utile dans les placards, je fonçai chez moi. Pendant que je courais d'un bout à l'autre du troisième étage de Bonbon Palace avec de l'eau oxygénée, de la gaze et des pansements, toutes les vapeurs de l'alcool que j'avais ingurgité dans la soirée s'étaient dissipées.

Tandis que je nettoyais et pansais ses plaies, elle me regarda faire en silence. Ensuite, elle me remercia d'un air mi-gêné, mi-détaché, et tirant sur elle sa chemise de nuit aigue-marine qui avait, on ne sait comment, échappé aux taches pendant tout ce temps, elle se roula de nouveau en boule. J'éteignis la lumière. J'attendis qu'elle pleure, qu'elle raconte, qu'elle parle, qu'elle se blottisse et se serre contre moi.

Dans le noir, lorsqu'elle s'enroula sur elle-même et me laissa seul à son côté, force me fut d'admettre que je ne la connaissais absolument pas.

Quelle impardonnable naïveté que celle de croire que, en ouvrant leur vagin, nous pouvons voir chaque recoin du corps des femmes avec qui nous couchons, et qu'en entrant en elles nous avons touché leurs profondeurs...

NUMÉRO 10 :
MME TEYZE ET LES POUBELLES

À Istanbul, les premiers camions poubelles et le service des éboueurs ont été institués en 1868. Auparavant, la tâche incombait à la corporation des récupérateurs, sous l'autorité de l'intendant de la voirie et de la propreté urbaine. Les récupérateurs de l'ancien temps, tout comme les éboueurs de la période moderne, étaient chargés de libérer Istanbul, ne serait-ce que partiellement, de tout ce dont ses habitants voulaient se débarrasser à jamais. Mais entre les éboueurs et leurs prédécesseurs, il existe une différence notoire quant aux procédés. L'objectif essentiel des récupérateurs dans leur tournée des poubelles était de débusquer tout ce qui pouvait échapper au rebut. Avant de jeter à la décharge la camelote, les détritus et les immondices collectés dans les rues, ils les transportaient dans leurs paniers en jonc jusqu'au rivage où ils les fouillaient, les triaient, les lavaient, et les passaient scrupuleusement au crible. Il leur arrivait de trouver des plaques de cuivre, des barres de fer, des clous intacts, des tissus en bon état, de l'argenterie non oxydée, des cadeaux n'ayant su être appréciés, et même des bijoux, quand la chance leur souriait.

Ils hantaient aussi les lieux d'incendies. Chaque fois qu'une maison disparaissait dans les flammes, dans cette ville d'Istanbul vouée aux incendies, les récupérateurs venaient fouiller les décombres. Et, comme ils le faisaient avec les poubelles, ils emportaient ce qui émergeait des cendres. Les récupérateurs ramassaient et triaient. Les éboueurs quant à eux ramassent et jettent. Pour que la ville se modernise, l'ordre des choses a été inversé. Avant, il fallait rassembler les ordures dispersées, maintenant, il faut disperser les ordures entassées.

Quant à Mme Teyze, elle était comme ces récupérateurs du temps passé. Elle cherchait dans les poubelles ce qui ne devait pas être jeté. Et il ne lui était encore jamais arrivé de ne rien trouver.

NUMÉRO 8 :
LA MAÎTRESSE BLEUE ET MOI

Malgré un sommeil décousu, je me suis levé tôt ce matin. Tandis que j'écartais les mèches collées sur son front, la Maîtresse Bleue remua légèrement. Je la laissai dormir. J'allumai une cigarette et passai à la cuisine. Son réfrigérateur regorgeait de provisions, comme d'habitude. Elle l'avait garni de tout ce qu'aimait le négociant en huile d'olive. Je commençai à préparer le petit-déjeuner. Dans nos périodes heureuses avec Ayşin, j'avais pris l'habitude de faire la grasse matinée le week-end et de traîner devant d'interminables petits-déjeuners. Maintenant, elle est probablement en train d'accoutumer le vieux blaireau à son rythme. Si l'homme est comme Ethel me l'a décrit, il faut absolument que je le rencontre. Non que j'espère quoi que ce soit, mais je veux quand même qu'il me voie. Parce que je peux, rien qu'avec mon physique, allumer la mèche du complexe d'infériorité qui est en lui. Je peux même réussir à instiller le doute dans son esprit. Et ensuite, je lui souhaite bien du plaisir pour se défaire du soupçon larvé et corrosif que la femme qu'il s'apprête à épouser pourrait un jour revenir à son ex-mari.

J'avais dû réveiller la Maîtresse Bleue avec les bruits que je faisais. Debout sur le seuil de la cuisine, enveloppée dans son châle jaspé, elle paraissait beaucoup mieux que la veille, bien qu'elle eût encore le teint pâle et des cernes gonflés sous les yeux.

— J'espère que tu ne culpabilises plus autant, dis-je en lui servant son thé.

Mais elle culpabilisait, et moi aussi, je lui en voulais. À elle comme à tous ceux qui se prennent pour la déité de leur univers étriqué. Je ne comprends pas que des gens ayant souhaité de tout cœur du mal à quelqu'un puissent s'imaginer, en voyant leurs désirs se réaliser de façon inopinée, avoir une part de responsabilité dans une situation qui, à l'évidence, dépend du hasard et nullement de leurs actes ou de leur volonté. Je ne supporte pas cette façon qu'ils ont, d'un côté, de se décharger sur une instance divine épurée de tout mal des injustices subies et de la somme de leurs problèmes, depuis longtemps gangrenés parce qu'ils n'ont pas eu le courage de les prendre à bras-le-corps ni même de lever le petit doigt pour les résoudre, et, de l'autre, de s'attribuer une part du pouvoir de cette même divinité. Je fulmine contre quelqu'un qui passe le restant de sa vie rongé de remords parce que, un beau jour, le désir inavouable qu'il avait secrètement nourri dans l'enfance de voir mourir son petit frère devient réalité. J'enrage, non parce qu'il se surestime, mais parce qu'il imagine que le mal est aussi simple. Le monde est empli de gens qui tiennent non pas le hasard, mais ce qui leur passe par la tête, pour responsable du malheur qui frappe ceux qu'ils jalousaient secrètement, dénigraient de loin ou maudissaient ouvertement. Je refuse que la Maîtresse Bleue rejoigne leurs rangs. Je ne veux pas la perdre. Je veux protéger cette naïve créature qui croit que son Dieu, qui a tiré l'univers du néant en disant « Sois ! », peut occire ses ennemis en criant « Sus ! »

— Ôte-toi cette histoire de saint de la tête. C'est complètement bidon, dis-je en faisant glisser de la poêle dans son assiette la moitié de la meilleure omelette que j'aie faite depuis longtemps. Le saint dont t'a parlé Meryem a sûrement émergé de l'inscription sur le mur du jardin. Mais cette phrase, c'est moi qui l'ai écrite.

Si seulement je pouvais savoir ce qu'elle pensait en ce moment. Si seulement je pouvais être certain d'avoir bien fait de lui fournir toutes ces explications.

— Écoute, je suis désolé pour le négociant en huile d'olive. Et ne t'énerve pas si je n'arrête pas de l'appeler comme ça.

Elle fronça les sourcils. Elle sembla sur le point de dire quelque chose mais y renonça aussitôt.

— J'espère que tu as conscience que, même si le squelette d'un saint réduit en poussière par les siècles était réellement enterré sous le mur du jardin, cela ne changerait rien. Par-ce-que-ma-pe-ti-te-ton-bon-homme-est-mort-d'une-cri-se-car-dia-que-et-non-par-ce-que-tu-vou-lais-t'en-dé-bar-ras-ser.

Voilà que ça recommençait. Son regard s'assombrit. Une fois de plus dans ma vie, j'étais témoin de cet instant fatidique où j'éveillais la haine d'une femme dont j'avais l'habitude d'être aimé et regardé avec amour.

— Ce que je veux dire, ma chérie, c'est que si tu continues à culpabiliser et à te lacérer menu chaque fois que tu piques une crise, je ne pourrai pas t'en empêcher. Mais si tu as l'intention de renoncer à cette manie, je ferai tout ce que je peux pour t'aider. Maintenant, si tu acceptes de me considérer comme ton ami et non comme ton ennemi, assieds-toi près de moi et parlons de la suite. Parce que désormais, ta vie ne sera plus comme avant. Mais peut-être sera-t-elle plus belle.

— Pourquoi as-tu menti ? demanda-t-elle en faisant passer sur le pont que j'essayais de jeter entre nous ses regards brûlant du désir de venir à résipiscence.

— Si c'est de cette histoire de saint que tu parles, je ne considère pas avoir menti. Je voulais juste débarrasser l'immeuble de cette puanteur. Je n'ai pas imaginé une seule seconde que quelqu'un pourrait prendre cette inscription au sérieux.

Son visage se rembrunit. Voilà qu'à nouveau elle se terrait dans son silence rétif. Je fis une dernière tentative pour gagner son cœur.

— Si l'odeur provenait de l'extérieur comme nous le pensions, cela aurait peut-être servi à quelque chose. Mais, depuis tout ce temps, nous cherchons au mauvais endroit. En fait, l'odeur vient d'ici, de l'intérieur de l'immeuble.

Cela eut quelque effet. À présent, elle me regardait avec moins de haine et davantage d'intérêt. Je poussai devant elle l'assiette à laquelle elle n'avait toujours pas touché. J'éprouvai une joie enfantine à la voir prendre sa fourchette. Elle goûterait à mon omelette. Elle referait l'amour avec moi.

— Et notre éboueur en chef est… Tiens-toi bien ! dis-je avec une jubilation telle que ma voix m'écorcha presque les oreilles un instant, mais je n'y prêtai aucune attention. Numéro 10 ! Notre vénérable veuve et voisine.

— Mme Teyze ? murmura la Maîtresse Bleue. Je n'y crois pas. Tu dois te tromper. Jamais elle ne ferait une chose pareille.

— Elle l'a fait, ma jolie. Elle a rempli de fond en comble sa maison de détritus.

— Comment es-tu au courant ? dit-elle en plissant ses yeux marron.

— Peu importe comment je suis au courant. C'est la vérité. C'est peut-être pour cela que ta maison est envahie d'insectes, Dieu seul le sait.

535

Je n'y avais jamais pensé avant. Mais d'un seul coup, tous les événements décousus se reliaient dans mon esprit.

— Je ne te crois pas. Je ne croirai plus rien de ce que tu me racontes, dit-elle en reposant sa fourchette.

— Vraiment ? répliquai-je sans éprouver le besoin de cacher ma déception. Eh bien, je vais te le prouver.

NUMÉRO 6 :
NADYA

— Faisons une grande fête, nourrice. Nous inviterons tout le monde, même nos ennemis ! s'écria Loretta devant la porte de la clinique en se jetant dans les bras de la fidèle vieillarde qui versait des larmes de joie.

Près d'elle se tenait également son jeune époux, qui n'avait pas ménagé ses efforts pour la soigner et avait enfin réussi à la guérir de son amnésie. Avant de monter dans la voiture qui les attendait, ils se retournèrent pour faire signe de la main et à la nourrice qui ne cessait de pleurer, et au personnel de la clinique qui ne cessait de sourire.

Elle inspecta une dernière fois l'intérieur de la sacoche ambrée empestant le cuir, puis la referma en faisant claquer le fermoir. Elle éteignit la télévision. Les figurines de Karagöz qu'elle avait délogées de leur sac la regardèrent d'un air de reproche du coin où elles gisaient. Elle aurait très bien pu prendre autre chose comme bagage ; mais c'est pourtant ce sac qu'elle avait choisi. Elle partait. La dormance avait pris fin.

Comme les insectes, les humains ont eux aussi un potentiel écologique, c'est-à-dire un *seuil de tolérance*. Soumis à des conditions environnementales défavorables, ils réagissent en limitant leurs fonctions vitales. Ils ralentissent ou modifient leurs mécanismes physiologiques et, de la sorte, adaptent leur métabolisme à la situation nouvelle à laquelle ils sont exposés. Un tel état de dormance consécutive peut survenir n'importe quand et à n'importe quelle étape d'un cycle de vie, de même qu'il peut se reproduire plusieurs fois. Par exemple, certaines variétés d'insectes passent la période hivernale à l'état d'œuf ou à différents stades larvaires. Jusqu'aux premiers radoucissements, ils mettent au point mort leur processus de changement d'état matériel en stoppant ou freinant le cours de leurs mutations. Cependant, pour que leur développement puisse se poursuivre à long terme, cette période de stagnation ne doit pas se prolonger. Car, si ces mauvaises conditions environnementales devaient s'éterniser, des séquelles irréversibles pourraient affecter le métabolisme des insectes.

Afin d'être capable de réaliser vraiment ce que nous savons déjà, il nous faut parfois un signe, ou un émissaire, si possible dépêché de très loin, qui nous prenne par les épaules et nous secoue comme un prunier. Mais voilà, ce qui nous est envoyé ne se manifeste pas toujours sous la forme et de la façon que nous aurions souhaitées. Le problème n'est pas la forme que prennent le signe ou l'émissaire, mais notre capacité à décrypter le message. En regardant les insectes qui avaient envahi le placard où s'entassaient les lampes en pommes de terre, Nadya Onissimovna avait soudain réalisé que le statut de Son Épouse Nadya dans lequel elle végétait depuis si longtemps était un état consécutif de dormance. Depuis des lustres, elle limitait ses fonctions vitales, se ravalait en dessous de ses capacités, et gelait son processus de transformation. Et si elle ne s'extrayait pas au plus vite de cette phase à marée basse, d'irréversibles séquelles pouvaient apparaître au plus profond de son être.

Elle repartait. Et elle emportait avec elle la *Blattella germanica* venue jusqu'à ses pieds lui rappeler qu'elle était une âme égarée qui cherchait la différence dans la similitude / une étrangère qui n'avait jamais su s'adapter à cette ville / une épouse ouvertement trompée / une ménagère incompétente au point de ne savoir donner la bonne consistance à l'*aşure* / une victime de coups, régulièrement en butte à la violence d'un ivrogne dont même les raisins de Léon le Sage ne parviendraient pas à étancher la soif / une créature d'un pessimisme tel qu'elle en était réduite à espérer de l'aide de la monotone correspondance avec une bigote croyant discerner la voix de Dieu dans le bouillonnement de ses marmites / une désespérée dont chaque jour ressemblait au précédent / assez aveugle pour essayer de s'éclairer à la lumière de ses lampes en pommes de terre / et de surcroît, au-delà du fait qu'elle se sentait très seule et très malheureuse, qu'elle avait été et était encore une scientifique aimant davantage le monde des insectes que celui des humains.

NUMÉRO 88 :
BONBON PALACE

Le mercredi 1ᵉʳ mai 2002, à 14 h 4, arborant d'un côté l'image d'une gigantesque souris aux dents pointues et, de l'autre, celle d'une énorme araignée noire et velue, la carrosserie couverte d'inscriptions de toutes les tailles, une camionnette blanc cassé s'arrêta devant Bonbon Palace.

Le chauffeur aux cheveux roux, aux oreilles en feuilles de chou, à la drôle de bobine et qui ne faisait pas du tout son âge sortit la tête par la vitre. Il s'appelait Haksızlık Öztürk. Il s'occupait de désinsectisation depuis trente-trois ans, mais jamais, au cours de toute sa carrière, il n'avait autant détesté son métier qu'aujourd'hui. Il s'approchait du trottoir et retrouvait plus ou moins ses esprits quand une vingtaine de personnes, attroupées devant l'entrée de l'immeuble, le scrutèrent d'un air suspicieux. Une fois convaincu qu'ils étaient inoffensifs, même s'il ne comprenait pas la raison de leur présence, il vérifia l'adresse que sa secrétaire, qui parlait toujours plus qu'il ne fallait, lui avait remise le matin : « *88 rue Jurnal (Bonbon Palace).* » Cette pipelette n'avait pu s'empêcher de rajouter une petite note en bas du papier : « *L'immeuble avec un arbre à soie dans la cour* ». Essuyant les gouttes de sueur qui perlaient sur son front, Haksızlık

Öztürk observa attentivement l'arbre qui se trouvait dans la cour de l'immeuble devant lui. Ses branches étaient couvertes de fleurs roses ou tirant sur le mauve. Ce devait être le fameux *arbre à soie*.

Pourtant, n'ayant pas une entière confiance en sa secrétaire, qu'il pensait d'ailleurs remplacer dans les meilleurs délais, il voulut vérifier de ses propres yeux, myopes au dernier degré, le nom inscrit sur la plaque. Il pouvait très bien demander aux gens rassemblés devant l'immeuble. Mais cela ne lui effleura même pas l'esprit, tant il était habitué, depuis des années, à régler lui-même ses affaires et à ne se fier à personne. Il se gara à la va-vite et descendit de la camionnette. Il n'avait pas encore fait un pas que la gamine serrée contre deux jeunes enfants au milieu de l'attroupement, un peu plus loin, se mit à piailler :

— Ah ! Regardez ! Lui, là ! Un djinn est arrivé ! Grand-père, grand-père, regarde, un djinn est arrivé !

La barbe poivre et sel, le front large, une calotte sur la tête et la gamine agrippée à ses jambes, un vieil homme lança un regard acrimonieux à la camionnette immobilisée au milieu de la chaussée et à son chauffeur. Ce qu'il vit dut fortement lui déplaire, car, se renfrognant, il ramena d'un seul coup ses trois petits-enfants vers lui.

Tâchant de ne pas y accorder d'importance, l'employé fendit la petite foule d'un pas résolu. Lorsqu'il parvint à s'approcher de l'immeuble et à lire l'inscription, il vit que c'était la bonne adresse. Après avoir retiré une carte de visite glissée entre les sonnettes alignées les unes au-dessus des autres dans l'encadrement de la porte et y avoir substitué une des siennes, il sauta sur le siège du conducteur et enclencha la marche arrière de sa camionnette. Au même moment, une tête se pencha à l'intérieur.

— Vous êtes seulement venu avec ça ? Mais ça ne suffit pas ! dit une femme blonde qui portait un long tablier à motif léopard et le regardait en louchant. Ils devaient nous envoyer deux camions ! Et encore, ce n'est pas sûr que deux camions suffisent à emporter autant d'ordures.

Tandis que Haksızlık Öztürk essayait d'un côté de comprendre ce que disait la femme, et, de l'autre, de manœuvrer entre les deux camions qui s'étaient engouffrés de chaque côté de la rue, il perdit le contrôle du volant.

★

Ce jour-là, en plus de la camionnette de Haksızlık Öztürk, deux camions rouges et le van d'une chaîne de télévision privée arrivèrent l'un après l'autre devant Bonbon Palace. À la fin de la journée, les deux camions et le van de la chaîne de télé repartirent, les deux premiers avec un énorme chargement de détritus, et le dernier avec les images qu'ils avaient tournées. Les gens de la télé auraient préféré filmer et interviewer la femme qui habitait dans l'appartement poubelle plutôt que les voisins empressés de faire part de leur stupéfaction. Mais après que celui-ci eut été vidé et désinfecté, malgré toute leur insistance, elle n'avait ouvert à personne la porte de l'appartement numéro 10.

NUMÉRO 4 :
LES ATEŞMIZACOĞLU

Hors d'haleine, Zeliş Ateşmizacoğlu s'enferma dans sa chambre et balança sa petite valise sur son lit. Se retenant au montant pour conserver son équilibre, elle attendit que les battements de son cœur reviennent à la normale. Elle avait mal choisi son jour pour faire une fugue. À peine avait-elle mis le pied dans la rue qu'elle s'était trouvée happée dans un chaos indescriptible et, au bord de l'évanouissement, prise en sandwich entre deux camions rouges. Tout à l'extérieur était d'un rouge insupportable. De toutes les couleurs, c'est du rouge que les rues étaient les plus proches.

À quoi bon tant d'alarme ? De toute façon, je ne pourrai jamais sortir d'ici.

Elle prit son miroir et observa son visage. Il s'était couvert d'une multitude de petits boutons. Eux aussi étaient rouges. Elle se mit à pleurer, en silence d'abord, puis sans aucune retenue. Elle entendit soudain l'écho ténu d'une petite voix. Quelqu'un lui répondait de l'intérieur. Bien que la tête lui tourne encore et que ses yeux soient obstrués par un voile sombre, elle suivit la voix en avançant d'un pas chancelant. Devant la fenêtre du salon, le canari gazouillait dans sa cage.

Pourquoi tant de joie ? De toute façon, tu ne pourras jamais sortir d'ici.

NUMÉRO 7 :
MOI

Je pense souvent à ce dont nous avons parlé l'autre jour, je me le rappelle mot pour mot. Quant à ce qui arriva par la suite, je préférerais l'effacer totalement de mon esprit ou, tout au moins, m'en souvenir le plus rarement possible. Mais la malédiction de Su semble en partie s'être réalisée. Même si ce n'est pas mon corps mais ma mémoire qui se transforme en pou. Tandis que j'en suis encore à me débattre contre cette effroyable éventualité, ma mémoire, comme un pou repu fermement cramponné à ma tête, parasite mes pensées et enfle au fil des jours. Je l'imagine se promenant, parfois à la surface, parfois à l'intérieur de mon crâne et, avec de petits crissements secs, déposant ses œufs un peu partout. Des milliers de ces maudites créatures, minuscules et insatiables, se nourrissent de moi contre mon gré. Leur appétit s'accroît avec leur nombre. Quand, à n'importe quelle heure de la journée, elles plantent voracement leurs dents dans ma chair, ma tête, comme piquée par des milliers d'aiguilles, est anesthésiée de douleur. Je n'en parle à personne. Comme je ne supporte plus l'individu que je suis en présence des autres, j'essaie si possible de rester seul, en quête de réponses aux mêmes questions insolubles.

Si je n'avais pas écrit cette phrase absurde sur le mur, si j'avais tenu ma langue, si je m'étais servi de cette intelligence dont je me gargarise tant pour anticiper les dégâts que je causerais à d'autres avec cet acte motivé par mon seul intérêt, tout cela se serait-il produit ? Si je n'avais jamais mis les pieds à Bonbon Palace, si je ne m'étais jamais mêlé à ces gens ou n'avais jamais percé leurs secrets, si j'avais pu, ne serait-ce qu'une fois dans ma vie, ne pas être moi mais quelqu'un d'autre, est-ce que cette histoire se serait engagée sur les mêmes voies tortueuses pour se précipiter vers la même sinistre fin ? J'ai deux réponses différentes. L'une m'est soufflée par ma raison, l'autre par mon cœur.

— Ne t'inquiète pas ! me dit ma raison. Même sans toi, cette catastrophe serait tôt ou tard survenue. Tu n'es pas aussi important que tu l'imagines, ni aussi malfaisant que tu le crains. D'ailleurs, que cette tragédie se soit produite à cause de toi ou une tout autre raison… cela ne change pas grand-chose puisque le résultat est le même ! Appelle cela la Fortune, si ça peut te consoler. D'ailleurs, comment expliquer autrement que par la Fortune que chaque secret se retrouve finalement entre les mains de celui qui le divulgue ?

Je me console. J'ai besoin de croire et de me raccrocher à l'idée que ma raison dit vrai. Forte de me savoir de son côté, elle poursuit :

— Le problème, ce n'est ni tes innombrables faiblesses ni ta loque de volonté. Que cela te plaise ou non, ce n'est pas toi qui rends possible l'impossible. (Il y a une offensante consolation dans les propos que me tient ma raison.) L'être humain est une créature si primaire et si faible ! Ce sont davantage les coïncidences que les conséquences de ses actes qui marquent son existence de leur sceau. Alors que l'humanité est

545

si démunie, jusqu'à quel point peut-on la blâmer pour ce qu'elle a fait ?

Plus je m'avilis, plus je me blanchis.

Mon cœur proteste aussitôt :

— Même si la Fortune existait, n'est-ce pas toi qui remettais en cause cette image de catin dont on aime à l'affubler ? Ne disais-tu pas que nous avions coutume de nous attribuer toutes les victoires et de mettre toutes les avanies sur le compte des félonies d'une force féminine surnaturelle ? Qu'il fallait d'emblée accepter d'être l'unique acteur de sa vie au lieu d'embrasser une croyance superstitieuse et creuse ? (Il y a une élogieuse accusation dans les propos que tient mon cœur.) L'être humain est une créature si complexe et pleine de ressource. Ce qu'on appelle le hasard est seulement le signe de ce dont nous sommes nous-mêmes la cause. Alors que cette noble créature est si puissante, jusqu'à quel point peut-on la disculper de ses actes ?

Plus je m'élève, plus je me noircis.

Je ne bois pas plus qu'avant mais je dors beaucoup plus ces derniers temps. Plus mon angoisse augmente, plus je me réfugie dans le sommeil ; et je me réveille encore plus angoissé de rêves dont je ne parviens pas à me rappeler la fin. Que je parte ou que je reste, peu importe à présent. Aussi loin que je puisse m'éloigner, je ne pourrai échapper à l'odeur qui s'exhale dans le périmètre de l'appartement numéro 10. Chaque fois que je me réveille, elle est encore plus forte, encore plus aigre. Aucune odeur au monde, même celle des poubelles, n'est aussi lourde et pestilentielle.

J'écoute les conversations des voisins. Ils vont forcer sa porte. Je ne veux pas être là lorsqu'ils entreront chez elle.

LE BOYARD ET SA BELLE

Debout depuis cent ans sur leur échelle en bois, le boyard et sa belle s'étreignirent avec angoisse. La maison empestait tellement, il régnait une telle odeur de mort qu'ils n'osaient plus respirer. Détournant les yeux l'un de l'autre, ils contemplaient l'obscure forêt, mi-vert printemps, mi-vert fané, qui s'étendait dans le lointain.

Lorsqu'on brisa la porte, trois hommes équipés de masques et habillés en blanc de la tête aux pieds firent irruption. Ils chargèrent sur un brancard le frêle cadavre, plus fétide encore que les poubelles, de la vieille veuve ; refusant depuis des jours de manger, de boire, de prendre ses médicaments, elle s'était expédiée en silence vers la mort. Mme Teyze s'était révélée moins résistante à la privation d'eau et d'aliments que les insectes.

Dès que les hommes furent partis, on fumigea à nouveau l'appartement numéro 10. Les insectes, comme les cent quatre-vingt-un objets du mobilier restés sur place, se retrouvèrent ensevelis sous une pluie de particules de spray désinfectant. Mais le boyard et sa belle réussirent à s'échapper à temps. Ils descendirent de leur échelle et sortirent du délicat petit plateau rond, peint un siècle plus tôt.

Ne resta plus qu'une vaste forêt ténébreuse, mi-vert printemps, mi-vert fané. Et la forêt ne sentait ni la mort ni les poubelles, mais seulement la crème et la cannelle.

NUMÉRO 2 :
SIDAR ET GABA

De retour chez lui, il se jeta sur le canapé et, allongé sur le dos, prit une profonde inspiration. Il pensait inlassablement au suicide et en caressait le projet depuis longtemps, mais cette vieille femme, qui n'y avait probablement pas autant réfléchi que lui et que cette idée n'avait peut-être même pas effleurée avant le dernier moment, l'avait commis bien plus rapidement. Lorsqu'il se releva, il nota sur des petits papiers les neuf observations que lui avaient inspirées les événements dont il avait été témoin au cours de cette journée, et les colla dans les espaces vides qu'il put trouver au plafond. Après avoir placé le neuvième et dernier papier, il avait pris la ferme décision de ne plus ressasser ces sujets dans sa tête, et de ne plus jamais parler de suicide. Car :

1. Comme les civilisations, les suicides ont un Orient et un Occident.
2. Un esprit évolutionniste, s'employant à percer le sens de l'existence uniquement à l'aune de la raison et à faire de chaque jour un au-delà du précédent, éprouve le besoin de soupeser soigneusement le suicide et de le fonder sur des objections systématiques.

Les gens de ce type, quel que soit l'endroit où ils vivent, commettent le suicide en Occident.

3. Les suicides de personnes dans une tranche d'âge jeune-à-moyen, moyen et tardif-moyen appartiennent généralement à cette catégorie.

4. Comme les proches de suicidés en Occident ne connaîtront jamais la paix avant d'avoir trouvé une explication satisfaisante aux raisons de ce geste, ils suivent la même ligne de raisonnement pour analyser les causes et les conséquences.

5. Il y a aussi ceux qui se suicident au moment le plus inattendu, à la dernière minute, sans avoir réfléchi ni donné un sens aux détails. Les gens de ce type, peu importe où ils vivent, commettent le suicide en Orient.

6. Les vieux et les enfants se suicident généralement en Orient.

7. Rien n'est plus perturbant pour l'esprit que le suicide des vieux-qui-sont-de-toute-façon-si-proches-de-la mort et des enfants-qui-sont-pourtant-si-loin-de-la-mort.

8. Les suicides commis en Orient, contrairement à ceux commis en Occident, sont par essence un stupéfiant mystère[1].

9. On ne doit pas chercher de sens au mystère.

---

1. En turc, le mot *esrar* signifie à la fois mystère et drogue, haschich, stupéfiant.

NUMÉRO 7 :
MOI

Au début, je faisais de petits cercles autour de Bonbon Palace, de courtes excursions qui ne menaient nulle part. Puis les cercles ont commencé à s'élargir peu à peu. Avec le temps, j'ai commencé à m'aventurer dans des quartiers où je n'étais jamais allé auparavant ; le plus souvent à pied, parfois en voiture. Je recherchais des inscriptions. Une fois en quête, il ne m'est jamais arrivé de ne rien trouver.

Lorsque Ethel m'a dit qu'elle voulait m'accompagner, je ne m'y suis pas opposé. Tandis que je relevais les inscriptions en précisant l'endroit où nous étions, Ethel les photographiait avec son appareil numérique. À bord de sa Cherokee couleur fauve, nous serpentions le long des rues accidentées des quartiers déshérités mais riches de vacarme ; nous sillonnions les faubourgs des classes moyennes qui, à la lueur des réverbères, faisaient penser à un visage hideux aux yeux luisant de convoitise et du désir de prendre une revanche sur la vie ; nous faisions le tour d'anciens *konak*, nous nous enfoncions dans les terrains vagues et grimpions des raidillons. Les inscriptions étaient partout : sur les places, dans les cours, sur les murs, aux coins des rues, sur les bâtiments historiques, sur les fondations d'immeubles en construction, sur les bâtisses à l'abandon, les lieux de culte... La plupart avaient été tracées à la peinture à même le mur, mais certaines étaient écrites à la craie, au stylo, au charbon ou à l'aide d'un fragment de tuile, sur les portes, des feuilles de papier, des cartons, des panneaux... on trouvait même des textes imprimés. Comme les poubelles, les graffitis ayant trait aux poubelles étaient disséminés dans toute la ville.

Partout où nous allions, nous attirions immédiatement l'attention. Les enfants nous suivaient avec curiosité. Derrière leurs fenêtres ou sur le pas de leur porte, les femmes observaient tous nos faits et gestes d'un œil suspicieux ; les hommes qui passaient par là ou les boutiquiers les plus curieux nous entouraient et nous bombardaient de questions. Et si vraiment nous étions obligés de donner une explication, nous répondions qu'il s'agissait d'un projet pour notre école. Bien qu'ils accueillent avec un sourire goguenard l'absurdité de ce que nous faisions, dès qu'ils entendaient le mot école, ils hochaient la tête avec compréhension. Et qu'Ethel et moi ayons largement dépassé l'âge d'être étudiants n'avait pas l'air de les faire tiquer. Dès lors qu'une instruction émanait des professeurs, il n'y avait pas à discuter. L'école était intouchable à leurs yeux – un lieu où n'importe quelle ineptie avait droit de cité.

Trouver les auteurs de ces inscriptions était plus ardu que collecter les inscriptions elles-mêmes. La majorité d'entre elles étaient anonymes. À Balat, je réussis pourtant à savoir qui avait tracé l'inscription sur le mur d'une maison noire de suie, délabrée, au toit effondré et aux deux pièces ouvertes à tous vents : « *Le premier qui jette des ordures, gare à mes injures ! M'obligé pas a être ordurier... Pareil pour les emplâtres qui balancent leurs placo.* »

Les gamins du quartier connaissaient l'homme qui avait écrit cette phrase. Même s'ils ne se rappelaient pas son nom, ils savaient quel était son métier. Il était gardien dans une université, il avait habité ici avec son épouse infirme et sa belle-mère jusqu'à l'automne dernier. Pendant toute la durée des travaux dans les immeubles d'en face, il s'était tellement énervé contre les ouvriers qui venaient à tout bout de champ jeter des plaques de placoplâtre devant chez lui qu'il était sorti exprimer sa rage sur le mur. L'homme était mort à l'automne, après quoi les travaux s'étaient achevés ; et depuis, l'inscription était restée.

— Nous attirons suffisamment l'attention comme ça ! Tu ne pourrais pas t'habiller plus décemment ? lançai-je à Ethel lorsque nous nous éloignâmes du quartier où avait habité feu le gardien.

— Mêle-toi de tes oignons. On est là pour s'occuper de ton cas, pas de mes fringues, répondit-elle du tac au tac en passant une vitesse. C'est ton PACRIM, pas le mien.

Et bien que la chaussée se rétrécisse un peu plus loin, elle appuya sur la pédale d'accélérateur.

— Nous avons pris la route pour le « Projet d'Absolution de la Conscience Racornie par Inadvertance de Monsieur » ! Toute ta vie, tu t'es vu comme quelqu'un de différent, pour ne pas dire supérieur à tous ceux qui t'entouraient. Sauf que, maintenant que tu réalises que tu as foiré, il faut absolument que tu prouves que tu es comme tout le monde pour échapper à ta conscience bourrelée de remords. Et tu te dis que plus nous trouverons d'inscriptions, plus tu paraîtras innocent. *Mon Dieu ! Même si je n'ai pas le sang d'une vieille dame sur les mains, j'ai sa malédiction. J'ai payé cher le fait de prendre les autres à la légère. Finalement, j'ai vu le diable ; et de mes propres yeux. Je l'ai vu mais ne crois qu'en toi, mon*

Dieu. Je ne suis pas meilleur que les autres, je suis comme tout le monde. Regarde, tes autres serviteurs aussi ont écrit des tas de choses sur les murs. Ce que j'ai fait est d'une affligeante banalité. Je ne suis pas un homme aussi extraordinaire que je le croyais. Louée soit ma banalité ! Si tu les aimes, eux, tu peux aussi me pardonner... Tu me pardonneras, mon Dieu, n'est-ce pas ? Reprends-toi ! Ce n'est pas avec ce genre de vaines espérances que tu parviendras à quoi que ce soit ! Franchement, trésor, s'il suffisait de se baigner dans des monceaux d'ordures pour se purifier, ça se saurait.

*

Après un certain temps, nous avons commencé à classer les inscriptions par catégories. Ethel transférait sur son ordinateur les photographies qu'elle avait prises dans la journée et les conservait dans différents dossiers. La catégorie des blâmes et des insultes était la plus foisonnante. « *Celui qui jette ses ordures ici est un porc* » était la plus en vogue. À Galata, dans la rue de l'Ancienne-Banque, il était écrit en très grosses lettres : « *CELUI QUI JETTE DES POUBELLES, SA MÈRE...* » La fin de la phrase avait été soigneusement gribouillée. À Fatih, juste à l'angle de la rue Usturumcu, les deux façades d'une maison aux plâtres écaillés étaient entièrement couvertes de la même inscription, comme si quelqu'un avait eu pour punition de recopier cent fois la même phrase : « *Celle qui jette des poubelles est une pute.* » Toujours dans le même quartier, dans la rue Kırıktulumba, on pouvait lire : « *Le chien qui jette ses ordures ici est un fils de bâtard.* » Bien que très importantes en nombre, les insultes étaient limitées en variété. « *La personne qui jette ses poubelles ici est une pute ou un maquereau* », pouvait-on lire sur un panneau en bois ficelé à un mûrier dans le quartier de Dolapdere. Quelques pas plus loin, sur une façade, une autre inscription attirait l'attention : « *Le sagouin qui jette ses ordures mérite tous les noms.* » À Örnektepe, sur le haut d'un mur à moitié éboulé, il y en avait des dizaines écrites à la peinture noire ou blanche. Elles avaient été rajoutées à la va-vite les unes sur les autres, comme un étage rajouté sans permis de construire en haut d'une maison, et la plus récente effaçait la précédente. L'une d'elles semblait fraîchement apposée à la peinture bleu indigo : « *Celui qui jette ses poubelles ici est un fils de pute, à bon entendeur salut.* » Mais dans la catégorie blâme-insulte, la plus extrémiste se trouvait dans la rue Keresteci Recep, à Dolapdere : « *Celui qui jette ses ordures ici, je nique sa mère, sa femme, sa sœur et toute sa famille de la première à la dernière génération.* »

Après les inscriptions injurieuses, celles fondées sur la comparaison homme-animal arrivaient en bonne position. À Galata, dans la rue Camekân : « *Un humain ne jette pas d'ordures, mais vas-y si tu es un bourrin.* » Tracée au charbon sur le mur latéral d'une banque de la rue Küçük Hendek : « *Que les rebuts de l'humanité jettent ici leurs déchets.* » À Dolapdere, une inscription à la craie s'étalait à l'entrée d'un immeuble : « *Ici, un homme digne de ce nom ne dépose pas d'immondices.* » L'église syriaque était graffitée des deux côtés : « *Sois digne, ne déverse pas tes ordures* », « *Celui qui jette des déchets est un débris.* »

La troisième catégorie rassemblait les formulations tentant de faire appel à la conscience civique. « *Celui qui pollue l'environnement est une tête sans cervelle* », trouvait-on à Kuştepe. « *Respectons-nous. Respectons notre environnement* », lisait-on encore dans le même quartier, sur un panneau métallique planté à une intersection. Contrairement aux autres, la graphie de cette dernière sorte était nette et régulière. À Balat, sur le vieux puits au milieu du marché : « *Le déshonneur sur celui qui jette des immondices. Cet endroit est à tous.* » À Örnektepe, sur le mur d'une maison qui menaçait de s'effondrer à la moindre secousse : « *Celui qui jette ses ordures ici fait du tort à ses voisins.* » Les visiteurs du patriarcat orthodoxe de Fener étaient accueillis de loin par le même genre d'inscription : « *Celui qui jette ses poubelles ici est indigne de l'humanité.* »

Un grand nombre de ces inscriptions étaient incomplètes. Certaines s'étaient détériorées au fil du temps et d'autres avaient, dès le départ, été écrites à moitié. Des balbutiements sans suite du type « Ici, les ordures » fleurissaient à tous les coins de rue. À Harbiye, dans la rue du Pape-Roncalli, quelques lettres manquaient sur le mur longeant l'école primaire : « *L'abrut qui jette des ord…* »

Les inscriptions recourant à la menace directe étaient foule elles aussi. « *Celui qui vide ici ses ordures trouvera son châtiment* » était l'une des plus fréquentes. À Fatih, l'antique fontaine près de la mosquée des Trois-Têtes était criblée de phrases menaçantes : « *Ne jette pas de poubelles ici / Tu cours droit aux ennuis.* » Mais parmi celles qui comportaient des menaces et des malédictions, la pire était celle-ci, écrite au marqueur sur un bout de carton suspendu à un mur, dans l'une des rues les plus animées du même quartier : « *Si tu jettes des ordures ici, la mort sur ton enfant.* »

À côté de celles brandissant l'insulte ou la menace, il y avait aussi des inscriptions tournées avec politesse : « *Merci de ne pas déposer d'ordures* » ou « *Vous êtes priés de ne pas jeter de détritus* ». À l'entrée de l'école primaire Kaptanpaşa se trouvaient deux panneaux dos à dos, de façon que l'un s'adresse aux écoliers et l'autre aux passants : « *Merci de ne rien jeter dans la cour de l'école.* » Il y avait une inscription semblable sur les palissades en bois qui entouraient le chantier au début de la rue Asmalımescit : « *Interdiction de jeter des ordures, please !* » Ou dans la rue Meymenet : « *Quiconque aime Dieu est prié de ne pas jeter de détritus.* »

Dans ce genre d'inscriptions, le mot le plus fréquent était *interdit*. Sur les murs entourant le palais de Valachie étaient gravées d'énormes lettres : « *Il est interdit de jeter des immondices.* » De même, à Harbiye, sur la façade d'un célèbre tailleur, en forme de laconique résumé : « *Ici, déchets interdits.* » Le mot *formellement* était également très courant. « *Il est formellement interdit de jeter des immondices* », était-il écrit sur l'immense mur de la polyclinique SSK d'Okmeydanı, de façon que ce soit facilement lisible de la route. Et un peu plus loin : « *Interdiction formelle de jeter des gravats ou des détritus.* »

Il ne figurait presque jamais de nom ou d'autorité compétente en dessous des inscriptions. Cependant, ce n'était pas sans quelques exceptions. Dans ces cas de figure, où le besoin d'investir ces formulations du poids d'une quelconque autorité apparaissait de manière évidente, le nom qui revenait le plus fréquemment était celui du maire. « *Prière de ne pas déposer de détritus. Toute infraction est passible d'amende. Le maire* », voyait-on dans la rue Mesnevihane. Les municipalités étaient également impliquées dans ces affaires : « *La municipalité engagera des poursuites judiciaires contre quiconque jettera des ordures.* » Parfois aussi, les habitants du quartier s'appropriaient l'inscription, comme à Zeyrek : « *Dieu punisse celui qui dépose des ordures et gare sa poubelle ici. Les habitants du quartier.* »

Ensuite venait le tour des inscriptions ayant trait à la foi et la religion. Autour du palais que le prince de Moldavie, Dimitri Kantemir, avait fait restaurer entre 1688 et 1710, et dont ne restaient à présent que des vestiges, il était écrit : « *Par Dieu ne jetez pas d'ordures.* » Comme les murs du lycée privé grec de Fener, les alentours de diverses mosquées étaient criblés de phrases du même style. « *Ici, un bon et fervent croyant ne jette pas d'ordures* », était-il imprimé sur une feuille de papier dans la rue Dumanlı, dans le quartier de Kâğıthane, et cent mètres plus loin : « *Que la foudre s'abatte sur les jeteurs de détritus.* » « *Dieu châtiera celui qui dépose des ordures ici* », était-il écrit dans une des rues qui donnaient sur la place de Kadıköy. « *S'il vous plaît, ne jetez pas de poubelles. Elles se répandent en malédictions* », voyait-on à Fatih, sur un mur de jardin tapissé d'affiches pour les élections municipales. Dans le même secteur, un vieux cimetière coincé entre deux immeubles avait lui aussi reçu sa part. La façade de l'immeuble donnant sur le cimetière était couverte d'un bout à l'autre d'une gigantesque inscription : « *POUR L'AMOUR DE DIEU NE JETEZ PAS D'ORDURES* ». Et à Cihangir, sur une fontaine historique, nous tombâmes sur une inscription bien connue : « *Ci-gît un vénérable saint. Ne pas jeter d'immondices.* »

Au détour d'un virage, dans une ruelle déserte servant de repaire aux djinns, dans une bâtisse sans âge, toute de guingois et flanquée d'une citerne lézardée, sur les murs en bois d'un vieux *konak* rongé par le temps jusqu'au trognon, dans les voies sans issues, dans les bazars et sur les places de marché jonchées de saletés, sur les façades de bicoques délabrées, d'immeubles à la vie dure, d'arides et sombres administrations, d'hôpitaux dont l'apparence suffisait à vous rendre malade, d'écoles à l'aspect rébarbatif, de lieux de culte ne figurant même pas sur les cartes jaunies du Bon Dieu, à chaque endroit où se mêlaient le neuf et l'ancien, partout où s'immisçait l'odeur d'Istanbul, des inscriptions surgissaient devant nous. Elles étaient déjà des dizaines de milliers et ne cessaient de proliférer du soir au matin. Et les photographies en ma possession augmentaient constamment elles aussi.

Ethel ne tarda pas à en avoir assez. Elle s'éclipsa et nous laissa en plan, moi et mes poubelles. Dans sa galerie d'amants où chacun avait été relégué comme autant d'ébauches de projets avortés, je restai moi aussi à l'état de projet déjà classé avant d'avoir abouti.

NUMÉROS 7 ET 8 :
MOI ET LA MAÎTRESSE BLEUE

— Que vas-tu faire avec toutes ces photos ? grommela la Maîtresse Bleue en inspectant d'un regard courroucé mon appartement, qui commençait davantage à ressembler à un entrepôt qu'à un logement. À quoi vont-elles te servir ?

— Je ne les accumule pas pour qu'elles servent à quelque chose.

— Pourquoi le fais-tu, alors ?

À vrai dire, je ne fais rien. Je n'ai pas l'impression de faire quoi que ce soit. À y réfléchir de plus près, je crois que c'est moins le faire que le non-faire qui détermine tous mes actes. Cela relève moins de l'action que de l'inactivité... Je ne peux m'empêcher de chercher ; en cherchant, je trouve ; ce que je trouve, je le rapporte ; j'accumule ce que j'ai rapporté, et ce que j'ai accumulé, je ne peux me résoudre à le jeter.

— Et après, que va-il se passer ? demanda avec insistance la Maîtresse Bleue.

Et après…

> *Chaque ère géologique est symbolisée par un groupe animal. L'ère actuelle est celle des insectes, et les insectes ont développé une supériorité évidente sur les autres groupes du règne animal.*
>
> PR DR ALI DEMIRSOY,
> *Les Fondements de la Vie*
> – Entomologie, volume II

— QUE SE PASSE-T-IL APRÈS ? demanda avec insistance mon compagnon de cellule.

— Après ? Rien. Le type continue tout bonnement à accumuler des graffitis qui ne serviront jamais à rien, voilà tout.

Il trouvait ça débile. Je ne me vexai pas.

C'est la façon la plus triviale jamais inventée pour dire : « Tu as beaucoup d'imagination ! » Il a peut-être raison. Quand je cède à l'angoisse, quand je ne sais plus ce qu'il faut dire à certains moments ou dans certaines circonstances, quand j'ai peur du regard des autres et essaie de n'en rien laisser paraître, quand je veux me présenter à quelqu'un que je désire connaître et fais mine de ne pas voir combien, dans le fond, je me connais mal, quand le passé me fait souffrir et qu'il m'est difficile d'admettre que l'avenir ne sera pas meilleur, quand j'ai du mal à digérer d'être là et qui je suis... je raconte n'importe quoi, je débite des absurdités. Aussi loin qu'elle soit de la vérité, l'absurdité est tout aussi éloignée du mensonge. Le mensonge est l'envers de la vérité. L'absurdité quant à elle amalgame si bien le mensonge et la vérité qu'on ne peut plus les dissocier. Cela paraît compliqué, mais en fait, c'est très simple. Tellement simple qu'on pourrait l'exprimer en un seul trait.

La vérité est une ligne horizontale. Ce peut être un couloir d'hôtel, un dortoir d'hôpital ou un centre de désintoxication, ou bien un compartiment de train. Eux aussi sont horizontaux. Dans les endroits de ce type, tous vos voisins sont sur la même ligne horizontale que vous. Dans ce genre de lieux, vous ne pouvez pas prendre racine. Parce que l'horizontalité est le royaume de l'éphémère. Depuis soixante-six jours exactement, je vis à l'horizontale, moi aussi. Dans la septième des dix cellules qui s'alignent dans un long couloir.

Le mensonge est un trait vertical. Ce peut être un gratte-ciel. Ou un immeuble composé d'habitations superposées, avec deux couches de cimetières en dessous et au-dessus, le ciel sur sept niveaux. Ici, vous pouvez prendre racine, et développer branches et surgeons à votre guise. Parce que la verticalité est la demeure de la permanence, le pastiche de l'éternité.

Bonbon Palace est un immeuble construit sur des cimetières. Une ligne verticale s'élevant degré par degré. C'est le mensonge que j'ai inventé. Car, en réalité, je vous raconte ces histoires, non pas depuis l'un de ces appartements, mais de la prison.

Le 1ᵉʳ mai 2002, je faisais partie du petit groupe ayant décidé de forcer la barricade de police. Lorsque je me suis fait arrêter et pousser manu militari dans le fourgon, je me suis retrouvé à côté d'un rouquin aux oreilles en feuilles de chou, à la drôle de bobine, et qui ne paraissait pas du tout son âge. Je lui suis reconnaissant de m'avoir fait oublier ma propre peur en lisant la sienne dans ses yeux ronds comme des soucoupes. Pendant qu'on nous conduisait au poste, il n'a pas arrêté de chanter sur tous les tons qu'il n'avait rien à voir avec la politique et ne faisait rien d'autre que son métier. C'était la stricte vérité. Il travaillait réellement dans la désinsectisation, et probablement que, depuis trente-trois ans, il n'avait jamais autant détesté son boulot que ce jour-là. Il ne s'appelait pas Haksızlık ; ce prénom, c'est moi qui l'ai inventé. Mais cette invention n'est pas totalement infondée, parce qu'il avait vraiment l'air de quelqu'un ayant subi pas mal d'injustices. En revanche, son nom de famille est réel. Et je ne considère pas non plus que je trahis la vérité en disant qu'il n'a pas été arrêté. Car de toute façon, ils l'ont relâché le soir même. Ils l'ont libéré, mais moi, j'ai été incarcéré.

Depuis mon arrivée ici, pas un seul jour ne s'est passé sans que je pense à Haksızlık Öztürk. Tout cela à cause des insectes. J'ai toujours craint les insectes. Je suis un révolutionnaire qui a peur des petites bêtes. Et les insectes, ce n'est malheureusement pas ce qui manque par ici ; les cafards surtout. Dans les toilettes, dans les bouches d'aération, dans les cavités murales, dans les bruissements que j'entends... ils grouillent partout et profitent de l'obscurité pour continuellement se multiplier. Mais les pires, croyez-moi, ce sont les poux.

Évidemment, pour pouvoir observer tout cela, il faudrait passer pas mal de temps là-bas. Si le temps vous manque, vous devrez vous contenter de mon récit. Seulement, je relate les faits à ma façon : pas en y mettant trop de moi – non, ce n'est pas tout à fait cela – mais plutôt en essayant de souder le trait horizontal de la vérité au trait vertical du mensonge, et de m'éloigner, dans la mesure du possible, de l'immobilisme accablant du lieu où je me trouve. Parce que je m'ennuie. Si j'avais la chance de m'entendre annoncer qu'un jour ma vie sera moins morose, peut-être éprouverais-je moins d'ennui. Or demain sera exactement comme aujourd'hui, et il en ira de même les jours suivants. Mais ce n'est pas seulement ma propre vie qui s'acharne à se répéter. Si différentes qu'elles puissent paraître, la verticale, tout autant que l'horizontale sont fidèles à leur permanente continuité. Contrairement à ce que l'on croit, le principe qu'on appelle *l'éternel retour* s'applique aux lignes droites et non aux cercles.

C'est pour vaincre ma phobie des insectes que j'ai concocté cette histoire. En imaginant, afin d'échapper à la harassante horizontalité de cette cellule, une vieille veuve accumulant et dressant en cachette des piles de déchets. Mais cela ne veut pas dire que j'ai entièrement menti. Je peux seulement être accusé d'avoir amalgamé le mensonge et la vérité... de retourner au début là où je devrais toucher à la fin...

Moi ? Je ne resterai pas trop longtemps ici. Le temps de purger ma peine d'un an et deux mois de prison. Soixante-six jours se sont déjà écoulés. Au cours de ces soixante-six jours, j'ai passé la première semaine à me demander où j'étais et à avoir peur des insectes. Et le reste, à tenter de tromper ma phobie en inventant l'histoire que vous avez lue. Maintenant que le couvercle de poubelle en fer, rond et grisâtre, a cessé de tourner, je ne sais vraiment pas comment je vais passer les trois cent soixante jours qui me restent à écluser.

Mais en sortant, la première des choses que je ferai sera d'aller voir Haksızlık Öztürk, le premier professionnel de la désinsectisation à être retenu en garde à vue pour activité révolutionnaire. La vie est absurde... et la Fortune doit être bien lasse de s'amuser à donner les réponses possibles à cette sempiternelle question : « Qu'arrivera-t-il à qui, et quand ? »

TABLE

INTRODUCTION	11
AVANT…	23
ENCORE AVANT…	49
MAINTENANT…	89
Numéro 3 : Les coiffeurs Djemal & Djelal	91
Numéro 1 : Musa, Meryem, Muhammet	129
Numéro 4 : Les Ateşmizacoğlu	141
Numéro 3 : Les coiffeurs Djemal & Djelal	158
Numéro 5 : Hadji Hadji, son fils, sa belle-fille et ses petits-enfants	175
Numéro 7 : Moi	194
Numéro 8 : La Maîtresse Bleue	225
Numéro 7 : Moi	238
Numéro 6 : Metin Çetin et son épouse Nadya	251
Numéro 1 : Musa, Meryem, Muhammet	278
Numéro 2 : Sidar et Gaba	294
Numéro 9 : Hygiène Tijen et Su	315
Numéro 5 : Hadji Hadji, son fils, sa belle-fille et ses petits-enfants	322
Numéro 7 : Moi	329
Numéro 8 : La Maîtresse Bleue	351

Numéro 2 : Sidar et Gaba	355
Numéro 7 : Moi	358
Numéro 2 : Sidar et Gaba	361
Numéro 4 : Les Ateşmizacoğlu	369
Numéro 7 : Moi	373
Numéro 9 : Hygiène Tijen et le cafard	377
Numéro 1 : Musa, Meryem, Muhammet	382
Numéro 10 : Mme Teyze	386
Numéro 7 : Moi	389
Numéro 5 : Hadji Hadji, son fils, sa belle-fille et ses petits-enfants	391
Numéro 7 : Moi	395
Numéro 5 : La belle-fille et ses enfants	401
Numéro 7 : Moi	403
Numéro 1 : Meryem	411
Numéro 2 : Sidar et Gaba	413
Numéro 8 : La Maîtresse Bleue et moi	416
Numéro 1 : Muhammet	418
Numéro 3 : Les coiffeurs Djemal & Djelal	426
Numéro 7 : Moi et la Maîtresse Bleue	437
Numéro 10 : Mme Teyze	447
Numéro 3 : Le coiffeur Djelal	448
Numéro 9 : Su et Mme Teyze	451
Numéro 3 : Le coiffeur Djemal	453
Numéro 10 : Mme Teyze et Su	456
Numéro 2 : Sidar et Gaba	459
Numéro 3 : Les coiffeurs Djemal & Djelal	462
Numéro 9 : Su	470
Numéro 2 : Sidar et Gaba	474
Numéro 9 : Hygiène Tijen, Su et Moi	480
Numéro 7 : Moi et la Maîtresse Bleue	483
Numéro 10 : Mme Teyze	489
Numéro 5 : Hadji Hadji, sa belle-fille et ses petits-enfants	492
Numéro 10 : Mme Teyze et Su	495
Numéro 3 : Les coiffeurs Djemal & Djelal	500

Numéro 7 : Moi et Su	503
Numéro 6 : Metin Çetin et son épouse Nadya	509
Numéro 7 : Moi et la Maîtresse Bleue	511
Numéro 10 : Mme Teyze	517
Numéro 7 : Moi	521
Numéro 10 : Mme Teyze et les poubelles	530
Numéro 8 : La Maîtresse Bleue et moi	532
Numéro 6 : Nadya	537
Numéro 88 : Bonbon Palace	540
Numéro 4 : Les Ateşmizacoğlu	543
Numéro 7 : Moi	544
Le boyard et sa belle	547
Numéro 2 : Sidar et Gaba	549
Numéro 7 : Moi	551
Numéros 7 et 8 : Moi et la Maîtresse Bleue	560
ET APRÈS…	561

Impression réalisée par

La Flèche (Sarthe), 66550
Dépôt légal : septembre 2009
X05715/61

Imprimé en France